재벌집 막내아들

3

재벌집 막내아들

산경
현대 판타지
소설

테라코타

순양가(家) 가계도

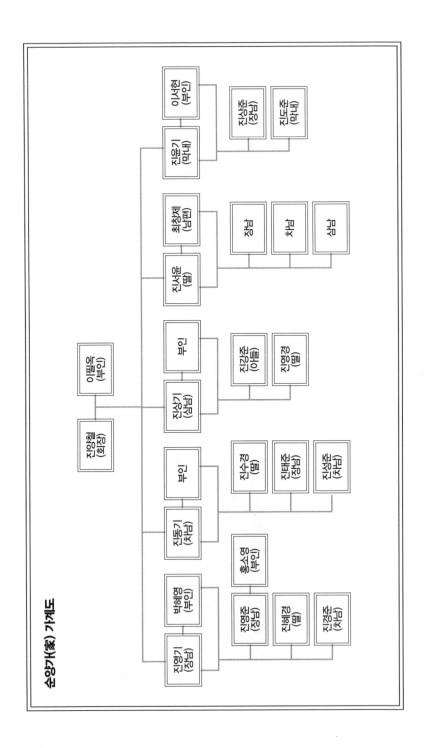

진양철
(회장)

이필옥
(부인)

진영기
(장남)

박혜영
(부인)

진동기
(차남)

부인

진상기
(삼남)

부인

진서윤
(딸)

최창제
(남편)

진윤기
(막내)

이서현
(부인)

진영준
(장남)

홍소영
(부인)

진혜경
(딸)

진경준
(차남)

진수경
(딸)

진태준
(장남)

진성준
(차남)

진강준
(아들)

진영경
(딸)

장남

차남

삼남

진사윤
(장남)

진도준
(막내)

주요 등장인물

진도준 (전생 윤현우) 순양그룹 창업주의 막내 손자이자, 순양그룹 미래전략기획본부에서 총수 일가의 온갖 구린 일을 뒤처리하다가 살해당한 윤현우가 환생한 인물. 전생에 자신을 죽인 진씨 일가를 무릎 꿇리고 순양그룹을 차지하는 것이 이번 생의 목표이다. 자신을 능력자가 아닌 '미래를 조금 아는' 평범한 사람이라 생각하기에 목표를 위해 단 하루, 한 시간도 헛되이 보내지 않는다.

진양철 순양그룹의 창업주이자 총수. 적을 무릎 꿇리고 새로운 영토를 정복하는 왕처럼 순양그룹을 키워 왔다. 사람들은 그를 정경유착의 상징, 편법과 탈법을 일삼는 재벌, 하청업체 쥐어짜서 부를 쌓아 올린 악덕 기업주라고 손가락질하면서도 국가 권력 기관을 줄 세울 정도로 큰 힘과 돈을 가졌기에 두려워한다. 자신의 성정을 쏙 빼닮은 막내 손자 진도준에게만큼은 인자한 할아버지의 모습을 보인다.

이필옥 진양철의 아내. 순양예술재단 이사장으로 한국보다는 유럽에서 미술품을 사모으며 귀족처럼 살고 있다. 유럽에 머무는 또 하나의 이유는 남편 진양철을 증오하여 같은 공기를 마시는 것조차 싫기 때문이다. 남편 대신 아들들에게 집착하여 막내아들을 변하게 만든 막내며느리와 손자들을 매우 혐오한다.

진영기 진양철의 장남. 순양의 창업자 장남으로 태어나 특권의식이 매우 강하다. '망한 다스 손'이라 불릴 만큼 경영자로서 능력이 부족하지만, 본인은 창업자의 장남이니 당연히 그룹을 물려받아야 한다고 여긴다. 그룹의 벽돌 한 장마저 자신의 것으로 생각할 만큼 욕심이 크며 그룹의 주인이 되는 데 방해가 되는 것은 무엇이든 제거할 준비가 되어 있다.

박혜영 진영기의 부인. 순양그룹보다 아래에 있지만 그 이름을 모르는 사람이 없는 재벌가 출신으로 과시욕과 욕망을 마음껏 분출하며 사는 사람이다.

진영준 진영기의 장남. 여자, 술, 갑질… 망나니 재벌 3세가 할 수 있는 사고는 모두 치고 다닌다. 할아버지가 세상을 떠나면 순양그룹은 아버지 것이 되고, 결국 장손인 자신이 모든 걸 물려받을 거로 생각한다. 회장의 장손 앞이라 고개 숙이고 반발하지 못하는 사람들을 보며 자신의 장점이 '사람 관리'라고 착각한다.

홍소영 진영준의 부인. 국내 언론사 중 가장 발행 부수가 많은 한성일보의 장녀다. 순양의 안주인이 되기 위해 장손 진영준과 정략 결혼한다. 진영준의 문란한 여자 문제를 모두 알고 있지만 신경 쓰지 않고, 남편을 회장으로 만든 후 자식도 회장으로 만들겠다는 목표에만 집중한다.

진경준 진영기의 차남. 한때 진영준 못지않은 망나니였지만 유학을 마치고 철이 들었는지 순양물산 호주 법인에서 순양전자의 1호 스마트폰을 알리기 위해 열심히 뛰어다니고 있다. 성질을 죽일 줄도 알고 필요한 것을 얻기 위해서 자존심도 버릴 줄 안다.

진동기 진양철의 차남. 합리적이고 차분하며 신중한 성격의 소유자로 장남에 비해 사업 실적이 뛰어나고 계열사 사장과 임원들에게 평판도 좋다. 그래서 그룹을 이끌어 나갈 사람은 자신밖에 없으며, 자신만이 '회장의 그릇'이라고 자부한다. 무능한 형이 장남이라는 이유로 더 많이 물려받고 더 높은 위치에 있는 것에 늘 불만을 품고 있다.

진태준 진동기의 장남. 큰 사고 안 치고 평범하게 자라 아버지 진동기가 이끄는 순양건설과 준공업 계열 경영지원본부장으로 일하고 있다. 역량이 뛰어나진 않지만 착실하고 성실한 편이라 그룹 내에서 평판이 나쁘지 않다.

진서윤 진양철의 유일한 딸. 딸이라는 한계, 출가외인이라는 한계 때문에 후계 구도에서 일찌감치 떨어져 나갔지만, 호시탐탐 기회를 노린다. 남편을 정계로 진출시켜 정치권력으로 순양의 후계자들을 하나씩 제거한 후 회장 자리에 앉겠다는 야심을 품고 있다.

최창제 진서윤의 남편. 순양가의 사위라는 후광, 남편을 정계로 진출시키려는 아내의 노력으로 승승장구하며 대선까지 꿈꾼다. 하지만 욕심보다 능력이 부족하며 순양의 후광이 없으면 할 수 있는 게 많지 않다.

진상기 진양철의 삼남. 어차피 아버지에게 인정받지 못할 바엔 일찌감치 맏형 진영기와 한배를 타는 것이 유리하다고 판단하여 그 옆에 붙어 있다. '진영기의 따까리'로 불리며 둘째 형 진동기에게는 없는 동생 취급을 받는다.

진윤기 진양철의 막내아들이며 진도준의 아버지. 공부 잘하고 성실하여 아버지에게 가장 큰 기대를 받았다. 하지만 영국 유학 중 연극과 영화에 빠져 눈 밖에 나버리고, 반대를 무릅쓰고 영화배우와 결혼까지 하는 바람에 집안에서 철저히 배제되었다. 사실 진양철의 아들 중 경영자 자질이 가장 충만한 사람이다.

이서현 진윤기의 아내이며 진도준의 어머니. 단 한 편의 영화로 스타 반열에 올랐다가 진윤기의 열렬한 구애를 받아들여 결혼한다. 재벌가 시집 식구들의 괄시와 구박을 받지만 남편에 대한 사랑으로 이를 모두 감내하며, 자식을 위해서라면 두려운 시아버지 진양철 앞에서도 할 말은 하는 강단 있는 모습을 보이기도 한다.

진상준 진윤기의 장남이며 진도준의 형. 아버지를 닮아 예술 분야에 관심이 많다. 진양철 회장에게 미움을 받기에 주눅 들고, 뛰어난 동생 진도준 때문에 기죽어 지내지만 엇나가지 않고 자신의 길을 개척해 나간다.

서민영 진도준의 법대 동기이자 여자친구. 집안사람들만 모여도 법원 하나쯤은 구성하고도 남을 정도의 법조인 집안의 딸로 일찌감치 진양철 회장이 진도준의 짝으로 점찍어 놓은 인물이다. 법대 졸업 전 사시 합격을 목표이자 의무로 여기며 공부에 열중하며, '직진 서민영'이라고 불릴 만큼 하고자 하는 일에 거침없이 달려들고 기어이 해내는 근성을 지녔다.

이학재 순양그룹 비서실장. 그룹의 비밀과 전체 현황을 가장 잘 파악하고 있어 진양철 회장이 장남보다 더 장남처럼 대할 정도로 신뢰를 아끼지 않는 오른팔이다. 어떤 사안이든 그가 거부하면 진 회장도 거부할 만큼 큰 영향력을 가졌기에 순양 일가 사람들은 물론 그룹 임원들까지 그를 두려워하고 불편해한다.

오세현 진도준의 사업 파트너. 친구 진윤기의 부탁으로 어린 진도준을 만나 인연을 맺은 후 투자, 기업 인수 합병의 전면에 나설 수 없는 진도준의 대리인 역할을 해 준다. 세계적인 자산운용사의 대표라고 하기에는 좀 허술해 보일 정도로 동네 아저씨처럼 굴지만, 현명하고, 경험 많고, 전 세계 어딜 가든 꿀리지 않는 경력을 보유하고 있다.

레이첼 진도준이 미국에 만든 투자회사 미라클 인베스트먼트 창립 멤버. 뛰어난 투자 감각으로 미국 법인을 총괄한다. 진도준을 보스로서 존중하면서도 큰누나처럼 조언을 아끼지 않는다.

김윤석 순양그룹 전략실 대리. 전략실 소속이지만 그룹 전략을 짜는 인재들이 모인 진짜 전략실이 아니라 3세들 뒷수발을 담당하는 파트 소속으로 진도준을 수행한다. 성격이 우직하고 매우 성실하다. 문제만 일으키는 다른 재벌 3세들과 다르게 열심히 살아가는 진도준을 존경한다.

우병준 순양시큐리티 상무. 모시는 사람의 가장 깊숙한 곳에 감춰진 추악한 비밀을 알아도 혼자만 알고 죽을 정도의 인물이기에 진양철 회장이 진도준에게 특별히 지정해 준 사람이다. 좀처럼 감정을 드러내지 않으며 잘 벼린 칼처럼 쓸모 있고 무서운 사람이다.

장도형 순양금융 계열사 임원. 40대에 임원이 되어 순양그룹 초고속 승진의 상징이다. 서구식 시스템을 선호하지만 순양에서는 통하지 않는다는 걸 알고, 현재를 있는 그대로 받아들이며 자신만의 방법으로 실적을 쌓아 왔다.

주병해 순양그룹 창업공신. 모종의 사건으로 진양철 회장과 등지고 시골에서 유유자
적한 삶을 살고 있다. 머리가 비상하고 추진력이 뛰어나 순양에 계속 남아 있
었다면 회장 자리에 앉았을 수도 있다는 평가를 받는다.

조대호 순양그룹 임원. 순양자동차 사장을 거쳐 진도준이 만든 HW자동차로 옮겨가
자동차 개발을 이끈다.

백준혁 장남 진영기의 비서실장. 진영기의 마음을 빨리 읽어 내는 눈치와 실행력으로
그의 오른팔 역할을 하고 있다.

주영일 순양그룹과 재계 유일한 경쟁자인 대현그룹의 회장.

일러두기
이 작품은 회귀, 빙의, 환생 등 판타지 세계관을 가진 '현대 판타지 소설'로 실제가 아닌
가상의 이야기입니다.

재벌집 막내아들

차례

1장

큰 도둑놈들

새해 둘째 날, 최창제 시장은 진 회장의 서재 앞에서 옷매무새를 가다듬고 조용히 문을 두드렸다. 응답이 없었지만, 조심스럽게 문을 열고 들어갔다.

"아이고. 어서 오시게, 최 시장. 번거롭게 새해 인사까지 올 필요는 없는데 말이야. 허허."

잔뜩 긴장한 최 시장은 자신을 향해 환히 웃으며 악수를 청하는 진 회장의 거친 손을 얼떨결에 잡았다. 하지만 그의 입에서 나온 호칭, 최 서방이 아닌 최 시장이라는 단어가 마음에 걸렸다.

"죄송합니다, 장인어른. 일찍 찾아봬야 했는데 제가 많이 늦었습니다."

"공무 바쁘신 분이 뭘 그리 신경 쓰나? 괜찮네."

최 시장은 진 회장의 말투에서 자신을 어떤 사람으로 생각하는지 깨달았다. 자신은 순양의 사위가 아니라 서울시장일 뿐이다. 최 시장은 의자에서 벌떡 일어나 서재 바닥에 무릎을 꿇고 고개를 조아렸다.

"장인어른, 죄송합니다. 한 번만 더 기회를 주십시오. 제가 잠시 권력에 취해 제정신이 아니었습니다. 용서해 주십시오."

진 회장은 납작 엎드린 최 시장을 물끄러미 내려다보다 낮지만 단호한 한마디만 던졌다.

"끝났어. 그만 일어나게."

'끝났어…!'

진 회장의 입에서 나온 말이다. 돌이킬 수 없다. 이건 불변이다. 최 시

장은 엎드린 채 굳어 버렸다. 그리고 그 짧은 순간 진 회장의 사위라는
명함은 사라졌지만, 정치인 최창제의 명함만이라도 지켜야 한다고 판단
했다. 이 명함을 유지하려면 진 회장과 깔끔한 이별을 해야 한다. 저 노
인이 마음먹으면 자신의 인생이 지옥으로 변해 버린다.

"용서해 주십시오!"

기회를 달라는 말은 소용없지만, 용서를 바라는 마음은 꼭 전달해야
했다. 최 시장은 진도준이 알려 준 대로 들고 온 선물 보따리를 풀었다.
이것으로 용서받아야 한다.

"대현그룹과 약속했던 뉴타운 계획은 백지화했습니다. 만약 장인어
른께서 기회를 주시면 새로운 뉴타운 계획을 세우겠습니다."

최 시장은 진 회장이 원하는 장소와 규모로 만들어 상납하겠다는 뜻
이 제대로 전달되기를 빌었다.

"그만 일어서라니까."

최 시장은 천천히 몸을 일으켜 의자에 앉았다.

"할 말이 뭔가? 이 늙은이가 알아들을 수 있게 본론만 짧게 말해."

"시키는 대로 뭐든 하겠습니다."

"그런다고 바뀌는 건 없을 텐데?"

"시키는 대로 뭐든 하겠습니다."

"이혼은 진행할 걸세. 서윤이가 마지못해 내 뜻에 따르는 게 아니야.
그 애가 결정한 거야. 어떤 일이 있어도 자네는 우리 집안에 발붙일 수
없다는 뜻이야."

"시키는 대로 뭐든 하겠습니다."

"허허, 그 사람 참…."

고개를 숙인 채 미친놈처럼 같은 말만 되풀이하는 최 시장을 보며 진
회장은 피식 웃었다. 근본이 자잘하다. 순양의 힘이 아무리 크다 해도

이럴 때일수록 사내답게 독기 품고 덤비는 놈이 큰 과일을 따 먹는다. 수박 한 덩이가 딸기 몇 개보다 낫지 않은가?

진 회장은 마지막으로 당부의 말이자 동시에 경고의 말을 남겼다.

"자네가 20년 넘게 이 집안사람으로 지내며 보고 들은 거 전부 잊게. 철저히 남이 되는 거야. 그러면 나도 자네를 남으로 대할 걸세. 무슨 말인지 알아듣겠는가?"

최 시장은 완전히 남이라는 말이 이처럼 반갑게 들릴 수 없었다. 섭섭함도, 분노도, 기대도 없는 게 남이다. 자신이 입만 다물면 최소한 앞길은 가로막지는 않겠다는 뜻 아닌가? 괜히 남의 인생에 끼어드는 사람은 없으니까 말이다. 아직 자신은 서울시장이다. 임기도 많이 남았다. 그 안에 정치적 기반을 굳건히 하는 것은 그리 어렵지 않을 것이다.

"모두 잊겠습니다."

"잘 알아들으니 다행이네. 그만 가시게. 이제 우리는 다시 볼 일 없을 걸세."

"장인… 아니, 회장님. 전 아직 서울시장입니다. 서울시장으로서 회장님과 만날 수는 있지 않겠습니까?"

"무슨 말씀을 그리 시건방지게 하시는가? 청와대가 불러도 당선 직후 딱 한 번 얼굴 비추는 게 전부야. 내가 그리 한가해 보이나? 서울시장 따위를 직접 만나게? 일 이야기 하고 싶으면 어디를 접촉해야 하는지 잘 알 텐데?"

사안 하나하나 다르다. 주로 순양건설 기획실이나 그룹 전략실 본부장급을 만날 수 있다. 서울시장은 순양그룹 전무나 부사장이 한계다.

"아, 죄송합니다. 결례를 범했습니다."

"나가 보게."

최 시장은 자리에서 일어서며 조심스레 입을 열었다. 마지막 부탁이다.

"그리고… 혹시 옛정을 생각해 주신다면…."

"남이라는 말 잊었나? 우리 사이에 과거는 없네."

차디차게 말을 끊어 버리는 진 회장을 보자 마지막 한 가닥의 기대도 사라졌다. 집안의 대들보인 법무법인은 이제 문을 닫아야 한다. 당장은 아니더라도 풍족한 수입원 하나가 사라진다. 집안 전체가 매달렸던 곳이 무너지면 자신만이 유일한 희망이요, 등대다. 이미 풍요로운 생활에 익숙한 집안사람들, 그 사람들 전체를 먹여 살리고 최소한의 생활이라도 영위하게 하려면 정말 빡세게 돈을 벌어야 한다.

▲ ▲ ▲

"아버지께 이야기 들었어요. 축하해요, 고모. 순양백화점 그룹의 회장님이 되셨네요. 하하."

"축하합니다, 진 사장님. 아니, 이젠 회장님이라고 불러야겠군요!"

고모는 환히 웃으며 나와 오세현 대표를 반겼다. 이제 고모부의 사정 따위는 전혀 개의치 않는지 다시 호텔 생활을 시작했다.

"어휴, 회장이라뇨? 그런 말씀 마세요, 부담스럽습니다. 아무튼 고마워요, 다 오 대표님 덕분이죠."

"무슨 말씀을요? 제가 한 게 뭐 있다고…."

"아니에요. 우리 도준이, 오 대표님께 배워서 이렇게 훌륭하게 컸잖아요. 전 도준이만 믿고 있어요."

그녀는 기특하다는 듯 내 엉덩이를 툭툭 치고는 널찍한 소파에 자리 잡았다. 중앙 상석에 앉은 자세가 이미 달라졌다. 한결 더 거만하고 도도하다.

"제가 꼭 뵙자고 한 건, 함께 일 좀 하자는 제안을 하려고요. 꼭 좀 함께했으면 합니다."

오세현은 나와 눈을 맞춘 후 머리를 끄덕였다.

"순양백화점 그룹과 함께 일하는 건 제게도 큰 기회죠."

고모는 두툼한 서류철 하나를 내밀었다.

"이걸 한번 봐주세요. 계열 분리하면서 우리 백화점 그룹이 순양그룹에 갚아야 할 빚이에요. 우리 임원들은 대형할인점 체인이 영업이익을 낼 때까지 감당하기 버겁다는 의견을 내놓았어요."

재빨리 서류를 낚아채 한참을 들여다본 오세현은 긴 한숨부터 내쉰다.

"체인점 부지 확보와 건설 비용이 만만치 않네요. 호텔과 백화점 예상 매출 목표는 좀 과하고요. 요즘 같은 불경기에 이 정도 매출이 나오기를 바란다는 건 좀….."

위에서 찍어 누르니 아랫사람들은 어쩔 수 없이 과도한 숫자를 만들어 냈을 것이다. 백화점, 호텔이 매출을 내지 못하면 빚은 더 늘어나고 이자는 감당할 수 없다. 고모는 오세현의 부정적인 평가를 이미 예상한 듯 표정이 변하지는 않았다.

"내년까지 할인점 네 곳 오픈은 무리수 아닐까요? 지금 부담만 가중될 텐데."

"제가 맡은 뒤 벌이는 첫 사업이에요. 대형 마트 체인 사업을 연기할 수는 없죠. 이건 그룹 내에서의 능력 문제니까요. 연기하거나 포기한다는 말이 조금이라도 나오면 계열 분리 자체가 없었던 일이 될 겁니다. 안 돼요!"

고모가 오세현에게 현실적인 이야기를 늘어놓는 것을 보고, 난 그녀의 본심을 읽을 수 있었다. 고모는 채권자를 바꾸고 싶은 것이다. 순양그룹의 벽돌 한 장도 자기 것으로 생각하는 장남과 자신만이 회장 그릇이라고 자부하는 둘째 오빠가 호시탐탐 여동생의 몫을 다시 뺏어 가려고 발톱을 드러내고 있다. 고모는 발톱을 피해 제삼자인 미라클을 원한다. 그래서 조심스레 본심을 슬쩍 보여 준다.

"그래서 제가 오 대표님께 제안하려고 하는데요."

"네, 말씀하세요."

"대형할인점 체인 공사… 대아건설이 맡아 주면 안 될까요?"

'오, 이런 고모가 아이디어까지 짜내다니.'

이 기회를 놓치지 않고 확실한 영역을 굳히려는 각오가 엿보인다. 고모의 제안에 오세현은 지금 머리를 굴리고 있을 것이다. 이미 부지 매입과 매장 건설 비용을 확인했다. 수익률을 계산하려면 건설사 임직원들 손에 맡겨야 한다.

"맡는 거야 뭐 어렵겠습니까? 오히려 머리 숙여 감사드려도 모자라죠. 하지만 그냥 주시는 건 아닐 것 같고."

오세현은 날카롭게 고모의 얼굴을 살폈다. 당당하지 못한 고모의 표정을 확인하고는 서서히 자세가 변해 갔다. 이 자리에서 누가 우위에 서 있는지 보여 주려는 모양이다.

"오 대표님 혹시 모르실까 봐 말씀드리는데 그 비용, 후한 편입니다. 계열 분리 전에 설정한 금액이라… 일종의 일감 몰아주기, 내부거래죠."

"그러니까 더 수상한데요? 이 좋은 걸 왜…?"

오세현은 모르는 척하며 계속 따져 묻는다. 고모 입에서 듣고 싶은 단어가 나와야 하기 때문이다.

"숨통 좀 틔워 주세요. 지금 압박에서 벗어나야 하는데 그 방법밖에 없어요. 부탁 좀 드리겠습니다."

"아, 외상으로 하자, 이 말씀이군요."

결국, '부탁'이라는 말을 끌어내고야 마는 오세현이다.

"영업 개시일부터 이자까지 포함해서 결제할게요. 분할로요."

고모는 되지도 않는 애교까지 섞어 가며 말했다.

"이미 계약 끝난 상태 아닙니까? 순양건설과?"

"그건 제가 처리할 수 있어요. 돈으로 족쇄 채워 놨으면서 계약까지 묶어 둔 건 항의할 생각이니까요. 게다가 내부 거래용 계약이니 문제없어요."

나라면 절대 신규 사업을 벌이지 않는다. 타이밍이 절묘하다. 대형 마트가 자리 잡고 겨우 본전치기라도 할 때쯤이면 또 하나의 위기가 닥치니까 말이다. 경기가 조금 되살아날 기미가 보이니 고모의 머리에는 지금 장밋빛 미래가 그려질 것이다. 몇 년 후를 아는 건 나뿐이다.

"어차피 결정 요인은 하나죠. 외상 거래이니 그만큼 담보를 얼마나 받아 둬야 하느냐? 아닙니까?"

고모의 얼굴이 좋지 않다.

"이런, 전 오 대표님과의 신뢰 관계를 믿었는데… 담보라니 좀 당황스럽군요."

"친구와 은행, 동시에 돈을 빌리면 보통 은행 돈부터 갚습니다. 신뢰란 그런 것이죠. 내게 유리한 쪽으로 가능성을 열어 두는 것. 내게 불리한 쪽으로 흘러가면 배신당했다고 화를 내기도 하죠. 신뢰요? 돈 앞에서 쉽게 무너집니다."

단호한 오세현 앞에서 고모는 할 말을 잃은 듯했다.

"삼촌, 빨리 일 시작하죠? 이 서류, 검토하는 게 어떨까요?"

내 눈짓에 오세현은 서류를 챙겼다.

"서로 섭섭하지 않을 만큼 적정선을 한번 찾아보겠습니다. 그럼…"

오세현이 뒷일은 내게 맡기고 호텔 방을 나가자마자 고모는 화를 쏟아 냈다.

"저 작자, 도대체 뭐야? 내가 밀어준다는데 태도가 왜 저따위야!"

"고모 약점이 뭔지 아니까요."

"뭐라고?"

"경리 장부만 슬쩍 봐도 회사 사정 싹 꿰뚫는 분입니다. 고모가 할아버지께 백화점 지분 전부 받기도 전에 다시 뺏긴다는 걸 알아채신 겁니다. 아쉬울 게 없으니 저렇게 뻣뻣하게 나오는 거죠."

고모는 침음을 흘리며 소파 손잡이를 꽉 잡았다.

"흠… 그렇게 절망적이니?"

"백화점이나 유통 자금 담당 임원은 알 겁니다. 단지 어려워서 솔직한 말을 못 할 뿐이죠."

"망할 영감탱이…."

할아버지를 욕하는 것이 거슬렸지만, 이해는 한다. 독립하라며 한 재산 뚝 떼어 줬는데 포장지를 열어 보니 빚더미였으니 말이다.

"고모. 아직 모르겠어요?"

"뭘?"

나는 잔뜩 독이 오른 고모를 달래듯 차분하게 설명했다.

"이건 할아버지의 시험이에요. 이걸 무사히 넘기면 백화점 그룹은 그날로 고모 손에 들어올 겁니다. 고모가 맡은 사업의 본질은 유통이니 경기에 민감하고 자금 회전이 관건 아닙니까? 그걸 테스트하는 게 틀림없어요."

눈치 빠른 고모는 내 말뜻을 정확히 이해했다. 한동안 고민하더니 내 의견을 물었다. 나는 고모의 욕심을 확인하고 싶었다.

"저라면 대형 마트 계획을 좀 미루고…."

"아까도 말했잖아. 그건 안 돼."

"그럼 과감한 정리를 시작해야죠."

"정리?"

"네. 골프장 몇 개 처분하고, 수익 낮은 콘도도 정리합니다. 백화점과 호텔은 상징이니까 그대로 놔두고요."

내가 말하는 동안 얼굴이 점점 찌푸려지는 걸 보니 정리할 생각이 전혀 없는 모양이다. 하긴, 살림살이 쪼그라들면 모양새가 빠지니 꺼리는 건 당연하다.

"당분간 자산 정리는 안 돼. 그거 역시 능력 부족으로 비칠 거야."

아니다. 아주 상식적이고 정상적인 경영이다. 현금이 쪼들릴 때는 뭐라도 팔아서 자금을 구하는 게 우선이다. 할아버지도 높게 평가할 사항이다.

"고모는 미라클에서 돈을 끌어오는 것만이 해결책이라고 생각하시는군요."

"그게 가장 간단해. 'Simple is best' 알지?"

이 상황에 끌어다 쓸 만한 표현인지 모르겠지만, 어쨌든 고모 생각은 바뀔 것 같지 않다.

"도준아. 오 대표에게 말 좀 잘해 줘. 내가 잘되는 게 너도 잘되는 거잖아. 우린 한배를 탄 동업자 아니니."

고모의 욕심은 확인했고, 이제 믿음을 확인할 때다. 고맙게도 먼저 언급해 줬으니 말하기 편하다.

"고모. 솔직하게 말씀해 보세요. 지난번 약속 아직 유효합니까? 한배를 탔다는 게 그 뜻인가요?"

당황한 고모가 쉽게 대답하지 못한다. 이럴 줄 알았다.

"괜찮아요. 이해해요."

내가 웃으며 고개를 끄덕이자 고모는 더 당황했다.

"이해? 뭘 이해해?"

"고모는 늦어도 올해 안으로 계열 분리하고 실질적인 주인이 되겠지만 전 불확실하니까요. 금융 계열을 제가 받는다는 보장이 없잖아요. 다시 말해 고모는 현금, 전 어음이니까요."

"그, 그렇지? 아, 오해는 마. 싫다는 건 아냐. 네 말처럼 우리 둘의 상속이 깔끔하게 끝났을 때는 당연히 손을 잡는 거야. 단지 아직 확정된 건 없어서 섣불리 확답하기가 좀 그래."

고모의 마음은 충분히 확인했다. 어차피 진심으로 나와 손잡을 생각은 없었다. 날 이용할 생각이 전부였을 것이다. 나야 고모의 욕심에 불만 지르면 된다. 백화점 계열만으로 만족할 사람이 아니니까 말이다.

"그런데 고모, 잘 생각하세요."

"뭘?"

"만약 제가 순양의 금융 계열을 가진다면 제 마음도 변할지 몰라요. 순양생명만 하더라도 고모가 가진 전부보다 더 가치 있으니까요. 그때 제 손은 큰아버지에게 향할 수도 있습니다."

예상하지 못한 내 말에 고모는 또 당황한 얼굴이었지만, 무시하고 일어섰다.

"아무튼, 오 대표에게는 부탁해 볼게요. 이건 별개의 문제니까요."

▲ ▲ ▲

고모의 제안을 받고 난 뒤 한 달이 지나서야 윤곽이 나왔다. 회계사들이 모여 순양유통 계열이 짊어진 빚과 자금 흐름을 검토한 내용을 정리한 것만 한 뭉치였다.

"대형 마트 공사는 지금 HW건설에서 아직 분석 중이야. 소요 자금은 고사하고 우리 손이 부족해서 못한다고 우는소리부터 나오더라. DMC에 모든 자원을 쏟아부어야 할 판이니까."

"하도급 회사 알아보죠. 요즘 같은 불경기에 일손 부족해서 못 한다는 건 말이 안 되죠. 그보다 고모가 필요한 자금은 어느 정도예요?"

오세현은 머리부터 흔들었다.

"지금 당장 4000억은 수혈해야 해. 안 그러면 이자 감당이 안 된다고. 백화점, 호텔이 버는 돈 전부 이자로 나갈 판이야. 한 달만 매출 꼬꾸라져도 연체가 시작될걸?"

"할아버지가 좀 심하셨네요."

"더 확인할 것도 없어. 이건 유산 상속이 아니라 빚 상속이야. 계열사 빚을 잔뜩 얹어서 보냈어."

"하지만 제게는 기회죠."

"왜? 백화점 삼키려고?"

"돈 주고도 못 사는 게 순양그룹 지배지분입니다. 자기들 울타리 안에서만 돌리는 주식 아닙니까?"

"네가 순양에만 집착하지 않는다면 그 돈으로 더 좋은 회사를…. 아니다, 관두자. 원래 꿈이라는 건 합리적인 사고로 계산할 수 있는 게 아니니까."

"지금은 비합리적이지만 순양그룹 총수 자리에 앉으면 모든 게 합리적으로 바뀝니다. 그 자리는 돈의 상징이 아니라 모든 권력의 상징이니까요."

빌 게이츠는 국가 권력기관의 감시를 받지만 진양철 회장은 국가 권력기관을 줄 세운다. 욕망을 충족하기에는 우리 할아버지 자리가 더 적합하다.

"그 권력을 쥐고 뭘 하고 싶은데?"

"그건 제 손에 쥔 다음에 생각하려고요. 일단 4000억 지원하죠."

할아버지께 10억 달러를 주고 바꾼 원화 1조 6000억이 고스란히 남아 있다. 백화점 그룹이 아무리 어렵더라도 지탱하는 건 전혀 문제없는 돈이다.

"담보는 당연히 주식이겠지?"

"그렇죠. 모회사인 순양유통의 주식을 받아야죠. 주식 가치부터 계산해야겠지만 우리 고모, 머리 아플 겁니다. 하하."

즐거운 웃음이 터져 나올 때 노크 소리가 들렸다.

"대표님, 손님 오셨는데요?"

비서가 전해 준 명함을 본 오세현의 눈이 커졌다.

"어? 이 친구는…? 들어오라고 해요."

자리를 비켜 주려 슬쩍 일어나려 하자 오세현이 손짓했다.

"괜찮아. 그냥 있어. 인사 나눠도 될 만한 사람이니까."

문을 열고 들어온 사내는 오세현을 향해 머리를 꾸벅 숙였다.

"선배님. 오랜만입니다."

"이야… 이게 누구야? 이상수! 요즘 잘나가는 벤처 사업가께서 여긴 어쩐 일로…."

잘나가는 40대 초반의 벤처 사업가치고는 행색이 추레했다. 셔츠 옷깃과 소매 끝은 때가 새까맣게 끼었고 부스스한 머리에 까칠한 수염까지 흡사 도망자 같은 모습이다. 악수하던 오세현도 이상한 낌새를 눈치챘다.

"근데 너, 꼴이 왜 이래? 사업 잘 안 되냐?"

"아닙니다. 요즘 너무 바빠서… 옷 갈아입고 온다는 걸 깜박했어요. 죄송합니다."

"아냐. 바쁘면 좋지 뭐. 그것도 너무 잘나가서 바쁜 건데…."

이상수의 눈길이 나를 향했다.

"아, 인사해. 나랑 같이 일하는 친구야. 아주 대단한 인재라고나 할까? 하하."

이상수는 먼저 손을 내밀었다.

"진도준입니다."

그의 눈빛이 달라졌다.

"혹시 순양그룹…?"

"아, 네."

어떻게 알았을까? 오세현도 조금 놀라는 기색인 걸 보니 나에 대해 언급한 적이 없었던 것 같다.

"그렇군요. 아직 대학생이라고 들었는데…"

"이 친구는 날라리 학생이야. 학교보다는 여기서 나랑 죽때리는 시간이 더 많아. 하하."

오세현이 웃으며 농담을 했지만, 그의 표정은 조금도 풀리지 않았다.

"저도 소문은 많이 들었습니다. 순양그룹에서 걸출한 인재가 나타났다고요."

"소문이 돌아?"

나도 오세현도 깜짝 놀랐다. 하지만 조금만 생각해 봐도 이미 내가 전면에 나선 적이 몇 번 있으니 소문이 돌지 않는 게 더 이상하다.

"네. 심지어 미라클 인베스트먼트의 실질 소유주가 순양그룹이고, 손자인 진도준 씨가 관리한다는 말까지 은밀하게 돕니다."

순양자동차 인수 때문이다. 할아버지가 묵직한 계열사를 쉽게 넘길 분이 아니라는 건 이 바닥에서 모르는 사람이 없다.

"헛소문이야. 나야 그런 소문 돌면 나쁠 것 없지만…"

고개를 끄덕인 이상수가 명함을 꺼냈다.

뉴데이터테크놀로지. 대표이사 이상수.

아, 바로 그 사람이다. 골드뱅크와 더불어 한국 벤처 사업의 현실을 보여 준 산증인, 아니 미래의 산증인이 될 사람.

'광고를 보면 현금을 준다'라는 아이디어로 1990년대 후반 벤처기업의 대표주자로 주목받았던 골드뱅크가 작년 10월 코스닥에서 최초의 벤처 바람을 일으켰다면 뉴데이터는 가장 강력한 태풍을 만든 기업이다. 골드뱅크는 현재 액면가 500원짜리가 1만 원이 넘는 거래가로 치솟아 이른바 '묻지마 투자'를 하게 만든 장본인이다. 주가 상승으로 떼돈을 거머쥔 골드뱅크는 지금 신용금고, 프로농구단 등을 인수하겠다며 어슬렁거린다. 어차피 내년엔 쪽박 차겠지만 말이다.

이상수는 현재 골드뱅크보다 더 기대를 받는 기업의 대표다. 그런 그가 왜 이리 초라한 몰골로 나타났을까?

"자, 서로 인사했으니 앉자. 넌 커피라도 좀 마실래? 아니면 차를 줄까?"

"물이나 좀 주십시오. 목이 타네요."

이상수는 꽉 조인 넥타이를 풀며 가볍게 숨을 내쉬었다. 눈치를 보니 일어나야겠다. 아무래도 가벼운 이야기나 하러 온 것은 아닌 듯 보인다.

"그럼 두 분 말씀 나누십시오. 전 이만…."

"도준아, 잠깐."

오세현은 자리를 피하려는 나를 급히 막아서며 이상수를 향해 물었다.

"상수야, 너 개인적인 이야기하러 온 거냐? 아니면 회사 일이냐?"

"네? 아, 겸사겸사…."

"정확히 말해. 갑자기 연락도 없이 사무실로 달려온 거 보면 급한 일 같은데, 아냐?"

"그런데 왜 그걸 물으시는지…?"

"일 이야기면 이 친구도 함께 있어야 하니까 묻는 거다."

이상수는 눈에 이채를 띠며 약간 주저하더니 머리를 끄덕였다.

"일 이야기입니다. 다만 밖으로 새어 나가면 안 되는…."

"그거라면 염려 마. 나보다 더 입 무겁다. 도준이, 넌 앉아."

나는 다시 자리에 앉으며 이상수를 유심히 살펴보았다. 1994년, 팩스 기기 없이 PC를 통해 팩스를 보낼 수 있는 통신 소프트웨어와 PC 통신 에뮬레이터를 내놓은 이후 엄청난 투자 유치에 성공했고, 곧 상장할 회사의 사장이다. 여의도에서 최고로 주목받으며, 곧 돈방석에 앉을 벤처 사업가가 급히 달려와 비밀스러운 이야기를 하려 한다. 도대체 무슨 일일까?

"사실 우리 회사가 여름쯤에 상장할 계획입니다."

"오! 축하해. 이젠 돈방석에 앉는 일만 남았구나. 아쉽네. 나도 돈 좀 태울걸."

오세현이 등을 두드리며 축하해 주자 그는 씁쓸한 표정을 지었다.

"무슨 말씀입니까? 선배님은 투자 거절하셨으면서. 흐흐."

"서울대와 카이스트 출신들이 모여 만든 회사가 투자자 걱정이나 했겠어? 돈 보따리 싸 들고 온 사람들 줄 세워 놓고 골라 가며 받았을 거 아냐?"

이상수가 쑥스러운 듯 머리를 슬쩍 긁었다. 어차피 이 바닥도 그들만의 리그가 벌어지는 곳이다. 비주류가 돈 자랑하며 투자한답시고 깝죽대다가는 비웃음만 산다.

"사실 난 투자하고 싶었지만, 이놈이 말려서 관뒀어. 아는지 모르겠지만, 우리 미라클은 초기 온라인게임 회사 몇 군데만 하고 벤처기업 투자는 아예 없어."

이상수는 의아한 눈빛으로 물었다.

"왜 벤처를 멀리하셨죠? 혹시 특별한 이유라도…?"

"어차피 벤처는 중소기업 아닙니까? 미라클 정도의 규모가 푼돈 좀 벌겠다고 그 바닥에 들어가는 건 민폐죠. 아진그룹과 대아건설을 인수한 미라클입니다. 상도의는 지켜야죠."

일부러 좀 거만하게 말했다. 사실 난 이 사람이 싫다. 좋은 기술력을 바탕으로 차근차근 회사를 키워 나갔다면 훌륭한 기업으로 남았을 것이다. 그런데 일확천금에 눈이 멀어 상장이니 뭐니 하다 쪽박 차지 않았는가? 그 때문에 피해 본 일반 개미 투자자도 수십만 명이다. 책임지는 사람 하나 없이 말이다.

"그런가요? 하지만 순양전자는 우리에게 러브콜을 보냈습니다만."

내 말투에 기분이 나빠졌는지 샐쭉한 표정으로 즉시 되받아친다.

"그거 봐. 우리 미라클은 순양그룹과 아무 연관이 없다니까!"

싸늘한 느낌을 감지한 오세현이 웃으며 끼어들었다.

"자, 투자자 넘쳐나고 곧 상장하고 좋은 일만 줄줄이 기다리는데, 우리 후배 고민이 뭘까?"

"사실 좀 두렵습니다."

의외의 말에 우리 둘은 깜짝 놀랐다. 잔칫집 분위기일 텐데 두렵다고?

"우리 회사는 아직 적자에서 벗어나지 못했어요. 유료화 모델을 모색 중이고 그림도 어느 정도 나올 것 같고…."

"벤처 상장이야 가능성이 핵심이잖아. 적자 상태에서 상장하는 게 어제오늘 일도 아니고, 한두 곳도 아니잖아."

사실이다. 쥐꼬리만큼의 가능성도 보이지 않는 기업들이 작년 말부터 줄줄이 상장하고 있다. 게다가 주가가 열 배, 스무 배 뛰는 건 기본이다.

"우린 그런 기업들과 좀 다릅니다. 반짝하고 사라질 수준은 아니라고 자부합니다."

이상수의 빛나는 눈을 보자 뭔가 이상했다. 내가 아는 그 사람이 아닌가?

"사실 전 흑자 전환 이후 상장하고 싶은데 투자자들이 가만히 내버려 두질 않아요. 하루빨리 상장하라고 성화가 이만저만 아닙니다."

이런 속사정이 있었나? 떠밀린 상장이었단 말인가?

"그럼 버텨. 너 후배 둘하고 창업했지? 아직 경영권 지분 유지하는 거 아냐?"

"그게…."

"뭐야? 벌써?"

정말 상장이 멀지 않았나 보다. 창업자들의 지분이 절반 이하로 떨어진 걸 보면 말이다.

"제가 지금 25퍼센트를 갖고 있고 함께 시작했던 후배 둘은 이미 엑시트 했어요."

"뭐? 걔들이 핵심 개발자 아냐? 그 애들이 빠지면 어떡해?"

"투자자들에게 주식만 넘기고 회사에 남아 있어요. 개발은 문제없습니다."

"그럼 투자자들을 설득해. 더 기다려 달라고. 그럼 더 큰 이익을 볼 거라고…."

"요지부동이에요. 늦어도 8월엔 상장 추진하겠답니다."

이상수는 오세현을 흘긋 바라봤다. 눈치 빠른 오세현은 이걸 놓치지 않았다.

"뭐야? 진짜 속사정은 따로 있는 것 같은데?"

"그러니까, 정말 이런 경우도 있습니까? 창업자가 아직 멀었다고 하는데 투자자들이 나서서…."

"많아."

오세현은 딱 잘라 말했다.

"지금 시장이 불붙었는데 이 기회를 놓치고 싶지 않은 거야. 너희 회사 정도면 빚맞아도 열 배야. 기업의 미래? 그딴 거 신경 쓰는 투자자가 어디 있어? 상장 미뤘다가 시장 죽어 버리면? 나라도 상장하자고 졸랐을걸?"

"조르는 게 아니라 협박 수준인데요?"

"뭐?"

"자꾸 반대하면 절 탈탈 털겠답니다. 먼지 하나라도 나오면 옥살이시키겠다고 윽박지르면서요."

그의 말을 들으니 아연했다. 이 정도라면 원인은 하나뿐이다.

"혹시 조폭 자금 받으셨습니까?"

내가 조심스럽게 묻자 그는 머리를 세차게 흔들었다.

"천만에요. 아까 말씀하셨다시피 투자자를 가려서 받았습니다."

"먼지는 좀 있으시고요?"

"털면 나오죠. 초창기에 투자금 받아서 좀… 흥청망청했습니다."

"그거야 안 그런 사람이 없으니까."

컵라면으로 끼니를 때우고 밤잠 설쳐 가며 일했는데 뭉칫돈이 들어왔다. 당연히 보상심리가 작동해서 죄의식도 못 느끼고 돈을 뿌린다. 벤처 시장의 ABC 아닌가?

"협박까지 할 정도의 투자자라… 이거 안 좋은데…."

오세현이 미간을 찌푸리자 이상수는 떨리는 목소리로 말했다.

"혹시 감 잡히는 거라도 있으세요? 선배님은 이 바닥 전설 아닙니까? 웬만한 일은 다 겪으셨을 텐데…."

"대단한 놈들이 붙었어. 대표이사 협박까지 서슴지 않는다면 초단기 자본이 들어온다는 징조야. 너희 회사 상장하면 곧바로 작전세력이 들러붙는다. 확실해!"

두 사람의 대화를 듣고 나니 모든 것이 명확해졌다. 우리나라 주식 시장의 깨지지 않는, 반년 만에 600배를 기록한 신화, 뉴데이터테크놀로지의 비밀을 알아 버렸다.

내년, 그러니까 2000년 4월에는 제16대 국회의원 선거가 있다. 정권을 뺏긴 지금의 야당이 이를 갈며 반격을 노리고, 정권 후반기를 안정적으로 끌고 가려는 여당도 사활을 걸었다. 그 어느 때보다도 피 터지는 싸움이 펼쳐질 것이다. 치열한 전투는 든든한 총알이 뒷받침되어야 하는 법이다. 올해의 코스닥 과열은 바로 이들의 부추김이 큰 몫을 차지한 게 틀림없다.

"넌 이미 호랑이 등에 올라탔다고 봐야 해. 솔직히 말해 봐. 회삿돈 얼마나 썼어?"

이상수는 조금 주저하더니 머리를 숙였다.

"10억 좀 넘습니다."

"흠… 발도 못 빼겠군. 고소하면 실형이야."

이상수의 얼굴이 흙빛으로 물들었다.

"순서만 변하는 거야. 그냥 편하게 생각해. 상장하면 또 자금이 들어오잖아. 그 돈으로 고급 인력 대거 영입해서 정상적인 기업으로 키우라고. 네 사업 아이템이 거품은 아니잖아? 열심히 해서 흑자로 만들면 되지 않겠어?"

"작전세력 붙었다면서요? 그런데도 상장하라고요?"

"주가 폭등했다고 팔고 손 털 건 아니잖아? 넌 그냥 사업에만 매진하면 돼."

이런 당연한 소리는 이자가 원하는 것이 아니다. 훨씬 더 심각한 상태로 보인다.

"저기, 선배님. 아 참, 선배님이라고 불러도 되겠습니까?"

"아, 그러고 보니 우린 대학 동문이네. 편히 불러요, 후배님."

이상수의 표정이 다소나마 밝아졌다.

"선배님께서 아직 말씀하지 않은 게 있어 보입니다. 저 때문이라면 제가 자리 비켜드리겠습니다."

"아니에요. 어차피 알게 될 것 같은데요, 뭘."

그는 오세현의 표정을 슬쩍 살폈고, 오세현은 당연하다는 듯 머리를 끄덕였다.

"선배님께서 우리 회사에 투자 좀 해주시면 어떨까… 사실, 이 부탁 드리러 왔습니다."

"뭐? 내가?"

"네. 개인 자격도 좋고, 회사 차원도 좋습니다. 사실 지금 자본금 늘리려고 유상, 무상 증자를 논의 중입니다. 그럼 이놈들 지분이 더 늘어납니다. 차라리 선배님이 대주주가 되어 주시면 작전세력도 포기하지 않겠습니까?"

물타기라도 해서 기존 투자자의 힘을 막아 버리려고 안간힘을 쓴다.

"선배님 손해 보는 일은 없도록 하겠습니다. 제 지분 전부 선배님께 드려도 상관없어요. 상장 뒤로 미루고 정상적인 길을 밟겠습니다. 전 닷컴 버블에 사라지고 싶지 않습니다."

'이미 늦은 것 같은데, 나만 그렇게 생각하나?'

뭐라 말하려 하는데 오세현이 내게 아무 말 말라는 듯 아주 짧게 눈을 깜빡이며 신호를 주더니 급히 입을 열었다.

"한번 생각해 보마. 쉽게 결정 내릴 문제는 아니야. 우리도 입출금 통장에 돈을 쌓아 두고 있는 건 아니니 융통할 돈이 있는지부터 확인하고. 우리 투자자들의 의견도 무시하지 못해."

이상수의 얼굴에 실망이 가득했다. 미라클 정도의 규모라면 100억, 200억 정도는 지갑에서 돈 빼듯 할 수 있다는 걸 여의도에서 모르는 사람이 없다. 이건 완곡한 거절의 뜻이 분명하다.

"선배님. 혹시 조건이 부족하다면 말씀하십시오. 원하시는 대로 어떻게든 맞추겠습니다. 지금이라도 제 주식 전부 양도하겠습니다. 단지 절 전문 경영인으로만 남게 해주시면 됩니다. 흑자 전환하고 비전을 보여드린 뒤 다시 평가받겠습니다."

"그래, 그 모든 걸 고려해서 판단할게. 지금 당장 확답하는 건 어렵잖아. 네가 얼마나 급한지는 잘 알았으니까 더는 말하지 않아도 돼."

이상수는 힘겹게 일어섰다. 저 모습을 보니 아마도 믿을 만한 투자자들을 전부 만나고 다니는 게 틀림없다. 이곳이 마지막 남은 곳일지도 모른다. 이제 달리는 호랑이 등에서 내릴 수 있는 가망성이 없다는 것에 절망하는 것이다.

이상수가 돌아가자 오세현은 곧바로 여기저기에 전화를 걸었다. 한동안 정보를 수집하더니 그의 한숨이 더 깊어져 갔다.

"된통 걸린 거죠?"

"그런 거 같다."

"회삿돈 쓴 거까지 쥐고 흔들 정도면 검찰도 움직이는 힘이 배후 아닙니까?"

"넌 누구라고 생각하냐?"

"여의도 서쪽 끝에 있는 놈들이겠죠."

오세현은 머리를 끄덕였다.

"유력하다는구나."

"투자할 생각은 있으세요?"

"상수도 알아. 우리가 투자한다 해도 기존 투자자들이 절대 받아들이지 않는다는 걸. 힘겹게 잔칫상 차렸는데 숟가락 들고 끼어드는 놈을 보고만 있겠어?"

"뭐라도 해보려고 저러고 다니는 거다?"

"그렇지. 이제 세력들 움직이는 대로 끌려다니는 게 전부야."

"안타깝네요. 온갖 고생은 다 하고 감방까지 가다니. 쯧쯧."

"뭐? 감방? 저 애가 감옥을 왜 가?"

'아차차! 이런 실수를….'

뚫어지게 쳐다보는 오세현의 눈길을 받으며 재빨리 변명거리를 생각했다. 이미 정해진 미래를 추측하듯 말하는 게 가장 그럴듯할 것 같다.

"삼촌, 가만히 생각해 보면 피할 수 없는 일 아니에요?"

"어째서?"

"정치권 놈들이 붙어 작전 들어가면 낮게 잡아도 100배는 뛸 거 아닙니까?"

"100배까지? 너무 높게 잡았다."

아니, 낮게 부른 것이다. 그런데도 믿지 못하고 있다. 하긴 500원짜리가 30만 원까지 오르는 걸 상식적으로 이해할 수 있는 사람이 있을까. 그것도 반년 만에.

"지금 10배, 50배까지 오른 벤처도 많습니다. 막차일 수도 있는데 한 몫 잡아야죠. 100배가 무리한 예측은 아닐 겁니다."

"좋아. 그렇다 치고, 그래서?"

"주가가 오른다고 돈을 버는 건 아니죠. 팔아서 통장에 돈이 들어와야 버는 거 아닙니까? 그럼 누가 살까요? 100배나 오른 주식을?"

"몰라서 묻는 건 아닐 테고."

"네. 뭔지도 모르고 덩달아 달리기 시작하는 개미들이겠죠. 그리고 많은 사람이 대박은커녕 쪽박만 찰 테고요."

"주식 하다 쪽박 찬 사람들이 한둘이야? 그게 상수가 감옥 갈 이유가 돼?"

"네."

"뭐야?"

개인의 투자 실패 때문에 대표이사가 감옥 간다는 건 말이 안 된다. 누구라도 그렇게 생각한다.

"선거철 아닙니까? 성난 사람들을 달래야죠. 하지만 화살이 향해야 할 과녁이 없어요. 그럼 만들어서라도 쏘게 합니다. IT기업 활성화로 경제를 살리겠다는 건 현 정부가 견인한 겁니다."

"하, 이런…."

오세현도 내가 읊고 있는 시나리오의 끝을 알아챘다.

"작전세력을 건드려 봐야 모르고 따라간 개미들 잘못도 탓해야 할 테고… 만만한 놈 하나를 천하의 잡놈으로 만들어서 씹어야죠."

"돈 잃은 개미들의 분노가 이상수를 향하겠구나."

"이미 회삿돈 횡령한 증거 확보한 것부터 수상하지 않아요? 아주 보기 좋게 만들 겁니다. 성실한 사람들의 피와 땀을 끌어모아 흥청망청 놀아난 부도덕한 대표이사. 이 사람의 구속으로 상황 종료!"

설명을 끝내고 오세현의 표정을 살폈다. 조금의 의심도 없다. 앞으로 일어날 현실이 가장 그럴듯한 시나리오라는 내 생각이 맞았다. 물론 상상할 수도 없는 비현실적인 일도 일어나지만 말이다. 여기서 비현실적인 것은 딱 하나, 주가의 폭등뿐이다. 돈 해먹으려고 작정한 놈들이 얼마나 비현실적인지, 평범한 사람들은 상상도 못 한다. 그들은 너무 무자비하고, 넘쳐나는 욕심을 숨기지도 않고 분출한다.

뉴데이터테크놀로지는 직원 45명의 IT기업일 뿐이다. 이런 회사를 재계 서열 6위인 한진그룹의 여덟 개 상장사 시가 총액을 합친 것보다 3000억 원 더 많고, 16위 동부그룹의 여섯 개 상장사 시가 총액을 합친 것의 네 배의 규모로 만들어 버린다. 이런 '상식 밖의 일'을 큰 도둑놈들이 저지르는 것이다. 평범한 사람은 상상조차 할 수 없는 일이니, 사기인지 사실인지 판단마저 할 수 없다.

아무 말 못 하는 오세현에게 슬쩍 물었다.

"어떡하실 거예요? 도와주실 겁니까? 아니면 관심 끊어 버리실 겁니까?"

"모르겠다, 젠장."

오세현은 상체를 소파 깊숙이 묻었다. 한동안 침묵만 흘렀다. 오세현과 이상수의 친분이 얼마나 깊은지 모르겠지만, 솔직히 나는 그에게 관심 없다. 그가 감옥에 가든, 떼돈을 벌든… 어차피 내게는 푼돈 들고 장난치는 놈들일 뿐이다.

가만, 조 단위의 돈이 움직이니 푼돈이 아니다. 갑자기 흥미가 솟는다. 돈 때문은 아니고… 어떤 놈들이기에 조 단위의 시나리오를 짰는지 궁금하다.

잠자코 있던 오세현이 마침내 천천히 입을 열었다.

"우리도 들어갈까? 판돈 크게 해서 한번 흔들어?"

'와, 우리 삼촌, 무슨 생각일까?'

완전히 다른 모습으로 탈바꿈한 오세현이 하나하나 짚어 나가기 시작했다.

"넌 예상 주가가 얼마야?"

"공모가는 주당 1500원, 삼촌 말대로 액면가 500원의 100배면 5만 원이죠."

"작전 들어간다면 단기로 치고 빠질 테니까 길게 잡고 6개월. 1500에 사서 5만에 판다. 반년 만에 서른 배가 넘는다면 해볼 만하지. 다만 규모가 너무 작다는 게 흠이라면 흠이다. 그래도 이만한 종목 구하기 쉽지 않다."

오세현이 너무 진지하게 말하니 오히려 내가 주저하게 된다.

"그런데 삼촌, 왜 갑자기 들어갈 생각을 하신 겁니까? 아끼는 후배를 위해 판을 흔드시려고요?"

"응? 뭐가?"

"판돈 크게 해서 흔든다고 하셨잖습니까?"

"그러니까. 크게 들어가서 크게 먹고 나오는 거지. 주식 시장에서 작전주를 미리 알고 있다는 건 상대방 패를 보며 고스톱 치는 거야. 이상수 회사가 작전주라는 걸 알았잖아. 이젠 식은 죽 먹기지."

이거 뭔가 이상하다.

"단순히 투자 수익이 크니까 들어간다는 뜻입니까?"

"응. 다른 게 있어야 해?"

오히려 반문하는 오세현 때문에 말문이 막혔다. 사색이 되어 도와 달라는 후배를 보고도 투자 이익만 생각하다니.

"그런 게 아니라요. 이 사장이 삼촌께 도움을 청했으니까…."

"이미 말했잖아. 우리가 대주주가 되어서 상장을 연기한다는 건 불가능하다고. 도와줄 방법이 없어."

오세현은 머리를 슬쩍 긁었다.

"그렇다고 남의 잔칫상이라고 보고만 있기에는 아깝잖아. 잔칫날 미리 알려줬고, 높은 담장 안으로 들어갈 방법까지 알고 있는데?"

"깔아 놓은 판이니까 들어가자?"

"이건 대단한 정보야. 정보 쥔 놈이 투기판에 안 들어가면 여의도 떠나야지."

할 말을 잃었다. 오세현은 타고난 건지, 습관이 된 건지 모르겠지만 완벽한 투기꾼이다. 또 한 번 놀랐다. 프로에겐 정상이 없다고 했던가. 아무리 높은 곳에 올라가도 더 높은 곳만 바라본다. 그러니 오세현을 말릴 수 없을 것이다.

"제가 말려도 삼촌 들어가실 거죠?"

"당연! 개인으로 들어간다. 싫으면 넌 빠지고."

후배 이상수 문제는 개입할 여지가 없으니 싹 잊어버린 그는 지금 중요한 정보를 얻은 꾼의 모습이다. 그래서 나도 본래의 모습을 되찾았다. 단, 오세현과 달리 나는 단순히 짧은 시간에 돈을 버는 것만으로는 만족할 수 없다.

▲ ▲ ▲

"4000억이면 어느 정도 숨통은 트이겠죠?"

"아슬아슬하군요. 하지만 말씀대로 간신히 숨은 쉴 수 있을 것 같습니다."

우리가 계산한 내용을 들이밀자 순양유통의 자금 담당 상무는 엄살을 부렸지만, 표정만은 더할 수 없이 환했다.

"역시, 지금 우리나라 돈줄은 오로지 미라클이라는 말을 명동에서 심심치 않게 들었는데 다 이유가 있군요. 당사자인 우리보다 더 치밀하게 계산하시니… 이거 부끄럽습니다."

순양유통 상무가 우리를 높이고 자신을 낮추며 겸손을 떨었지만, 한편으론 무능을 드러낸 듯한 말이라 그런지 고모가 눈살을 찌푸렸다.

"지금 당장 동원할 수 있겠죠?"

고모의 바짝 마른 입술을 보니 속이 얼마나 타들어 가는지 알 것 같다. 이제 겨우 두 달밖에 안 지났는데 백화점과 호텔에서 벌어들인 수익을 전부 다 이자로 바쳤다. 입점한 업체들에 줘야 할 돈까지 미뤄가면서 말이다.

"물론입니다. 계약서에 유통, 호텔, 백화점의 법인 인감과 진서윤 사장님의 인감만 찍으면 4000억은 즉시 계열사로 쫙 뿌려질 겁니다."

오세현의 미소에 고모는 머리를 절레절레 흔들었다. 한 달 전 4000억의 담보로 요구한 주식을 확인하고는 온몸을 부르르 떨며 화를 냈지만, 자금 압박에 시달리자 서둘러 다시 찾았다. 회사를 맡자마자 이자도 못 낸다는 소리가 할아버지의 귀에 들어가기라도 하면 모든 것이 물거품이 된다는 걸 누구보다 잘 알기 때문이다.

"정말 날강도가 따로 없군요. 어떻게 고작 4000억으로 순양유통 주식의 30퍼센트를 가져갈 수가 있죠?"

고모는 계약서에 도장을 찍고 끝내기 전에 잊지 않고 한마디 더 보태며 분한 마음을 토로했다.

"아직 진 사장님의 손에 들어오지도 않는 주식입니다. 미래의 재산을 담보로 돈 빌려주는 곳은 우리뿐이지 않습니까? 그리고 4000억이 전부는 아니죠. 제1호 대형할인점 공사대금 1300억도 포함된 겁니다. 우린 모험을, 진 사장님은 조금 비싼 담보를 맡기는 것이니 공평합니다."

오세현은 그냥 한번 던져 보는 고모의 불평을 조목조목 따져 가며 합리적인 거래임을 어필했다. 이래야 두 번 다시 쓸데없는 소리를 듣지 않기 때문이다.

아니나 다를까 회의실을 차지한 많은 임원들은 눈만 내리깔고 아무 말 하지 않았다. 무언의 동의다. 고모는 입술을 깨물고 임원들을 향해 눈짓했다. 그들은 기다렸다는 듯 두꺼운 서류에 빠짐없이 인감을 찍기 시작했다. 그 모습을 내 눈으로 직접 지켜보면서 나도 모르게 주먹을 불끈 쥐었다.

'됐다. 이제 순양유통은 내 것이다!'

유통과 연결된 백화점, 호텔, 콘도, 골프장까지 모두 완전히 내 손에 들어오면 미라클 직원들에게 보너스로 회원권을 쫙 나눠 줘야겠다. 너무 김칫국인가? 아니다. 정해진 수순이다. 2003년 카드 대란이 오고 소비가 꽁꽁 얼어붙었을 때 차지하려던 계획을 이상수 사장 덕분에 훨씬 앞당기게 되었다. 새 천년이 시작되기 전, 모두 내 것이 된다.

이 회의실에서 막힌 자금줄이 풀렸다고 안도의 한숨을 쉬는 임원들은 그때 가서 어떤 표정을 지을까? 아마도 많은 임원들이 진서윤의 손아귀에서 벗어났다고 좋아하지 않을까?

▲ ▲ ▲

"뭐라? 돈을 갚아?"

"네. 순양생명과 화재보험을 제외하고 두 부회장이 맡은 계열사 채권을 상당 부분 정리했습니다."

"걔가 돈이 어디서 나서? 회사 굴리기에도 버거울 텐데?"

"미라클에서 빌려줬답니다. 진 사장이 도준이에게 부탁했고, 오 대표는 도준이의 말에 따랐다고 합니다."

진 회장의 입에서 '그 돈은 바로 도준이 거다.'라는 말이 튀어나올 뻔했다. 이학재는 미라클이 바로 진도준의 소유라는 걸 잘 알고 있지만 진 회장은 아직 이학재가 눈치챈 것을 모른다. 이학재는 진 회장이 가장 궁금해 할 것을 보고했다.

"담보는 주식입니다. 만약 진 사장이 빌린 돈을 갚지 못하면 유통을 비롯한 계열사가 미라클로 넘어갈지도 모릅니다."

"설마? 전부 다 담보 잡았어?"

"아뇨. 일단은 30퍼센트입니다."

"일단은? 무슨 뜻이야?"

"한번 돈을 빌리기 시작하면 계속 손 내미는 법 아니겠습니까? 가장 손쉽게 회사를 굴리는 방법인데, 한 번으로 끝낼까요? 진 사장은 자금이 막힐 때마다 곶감 빼먹듯이 주식을 던져 주고 돈을 빌릴 겁니다."

"앞으로도 그럴까? 급한 불은 껐잖아. 그리고 순양경제연구소 보고서도 나쁘지 않던데?"

정확한 예측으로 소문난 연구소에서 만든 극비 보고서는 1998년의 마이너스 6.9퍼센트라는 최악의 경제성장률을 비웃기라도 하듯 9.5퍼센트 성장이라는 극단적인 숫자를 내놓았다. 물론, 외부 발표용 자료에는 여전히 마이너스지만 말이다.

"진 사장은 또 빌릴 겁니다. 회장님께서는 어려움을 극복하는 걸 보고 싶으셨겠지만, 진 사장은 아주 쉬운 방법을 택했어요."

이학재의 말에서 묻어나는 뉘앙스가 묘했다. 안타까워하는 것 같기도 하고, 이미 예상한 일이라는 것 같기도 하다.

"누가 어려움을 극복해?"

"네?"

이학재는 진 회장의 비웃는 듯한 눈길을 마주 보지 못했다.

"서윤이와 극복이라는 단어가 어울리기나 해? 어림없는 소리."

"그럼…?"

"경영 체질을 확 바꿔야 겨우 버틸 수 있는 상황으로 밀어 넣었어. 서윤이가 조금이라도 어려움을 타개할 머리가 있었다면 콘도, 골프장부터 처분했을 거다. 물론 대형 마트는 뒤로 미뤘겠지."

진 회장은 경영의 기본도 실천하지 못하는 딸이 조금은 안타깝기도 했다.

"서윤이는 어려움 없이 나이만 먹었어. 힘들지 않을 때야 그럭저럭 해내겠지만, 회사가 위기에 내몰리면 우왕좌왕하고 아랫사람들에게 신경질 내는 게 그 애가 할 수 있는 전부야."

이렇게 부정적이면서 왜? 이학재는 진 회장의 의도를 짐작해 봤다.

"혹시 경영 일선에서 물러나도록 상황을 만드시는 겁니까?"

"그래. 휘청거리면 누군가 뺏어 갈 거 아냐. 그때 괜찮은 사내놈 하나 물색해서 평범한 주부로 만들 생각이었어. 재혼이 싫다면 장학재단 하나 주고 바깥일 계속하도록 하든지."

"그 누군가가 어처구니없게도 오세현이군요."

이학재는 진 회장의 표정을 유심히 살폈다. 그의 얼굴에서 미소가 아주 잠시 나타났다 사라지는 걸 보고 진도준이 차지하는 걸 기뻐한다고 확신했다.

"오세현이니 그나마 다행이다. 내가 다시 돈 주고 사오면 돼. 명동 사채시장으로 넘기지 않은 게 어디야?"

진 회장이 흐뭇한 미소를 숨기며 안심하고 있을 때 두 명의 부회장은 날벼락이나 다름없는 보고에 망연자실했다.

▲ ▲ ▲

"어서 와. 차나 한잔하자."

"차는 됐고. 서윤이 때문에?"

"그래. 너도 들었구나."

순양그룹 본관 27층은 진영기, 진동기 두 명의 부회장과 그룹의 두뇌라고 할 수 있는 그룹전략본부가 차지하고 있다. 진동기가 부회장으로 승진할 때 한 층을 완전히 갈아엎고 만든 것이다. 중앙에 회장실도 있지만 진 회장이 출근을 거의 하지 않으니 두 사람을 위한 공간이라 볼 수 있다.

진동기는 형의 호출에 진영기 부회장실로 왔다. 바로 그 일 때문에 부른 걸 짐작하고 있다.

"형만 그쪽에 사람 심어 둔 거 아냐. 나도 그 정도 정보는 전해 줄 사람 있어."

"그럼 오세현이라는 것도 알겠네."

"물론."

"그 멍청한 것이 결국 사고 쳤어. 돈은 들어왔어?"

"형이랑 다를 바 없어. 대부분 갚았어."

"서윤이가 대형 마트 공사 계약도 파기하자고 했다면서?"

"정식 공문은 아직이야. 통화만 했어."

상황을 확인한 두 사람은 누가 먼저랄 것도 없이 동시에 담배를 꺼내 물었다.

주식을 팔아 치운 게 아니다. 아직 들어가지도 않았으니까. 하지만 지배지분을 담보로 맡기는 바보 같은 짓은 절대 하지 말았어야 한다. 물론 오세현과의 특별한 관계를 믿었을 것이다. 동생 진윤기의 절친한 친구이니 부채와 이자만 갚아 나간다면 회사를 뺏기지는 않을 터다.

다만, 두 사람이 담배 연기만 들이켜며 말을 잇지 못하는 이유는 자신들의 통제에서 완전히 벗어났기 때문이다. 아버지가 유산으로 나눠 줬다고 하더라도 계열 분리를 보고만 있을 생각은 눈곱만큼도 없었다. 기회가 오고, 때가 오면 곧바로 원상복귀 시킬 생각이었다. 하지만 이제 기회와 때가 사라졌다.

"동기야, 내가 곰곰이 생각해 봤는데… 오세현 말이다."

"듣고 있어. 말해."

"그놈 아무래도 아버지의 지시대로 움직이는 것 같지 않냐?"

"오세현이 아버지와?"

"그래. 미라클에 순양자동차 넘긴 거 봐. 아무리 IMF 때문에 달러가 급하다 해도 자동차와 그룹 지분 17퍼센트까지 준 건 너무 과해."

"아버지의 지시가 뭐라고 생각하는데?"

"도준이 몫으로 하나씩 넘기는 게 아닐까. 이번 백화점도 그렇고. 오세현이 제정신이라면 있지도 않은 주식을 담보로 맡을까? 아버지가 안 주면 담보고 뭐고 없이 4000억만 날리는 거잖아."

"아버지에게 유통 주식을 전부 넘긴다는 확답이라도 받았다?"

"그래. 그리고 아버지는 유통 전부를 도준이에게 줄 생각인 거지. 나중에 금융 부문까지 포함해서."

진동기는 형의 말을 귀 기울여 듣지 않았다. 이 모든 것이 아버지의 계획이라면 되돌릴 방법이 없다. 그러니까 오세현과 아버지를 연관 지어 생각하는 건 무의미할 뿐이다.

"만약 그렇다면? 어쩌려고? 아버지 뜻인데 방법 있어? 도준이 손에 들어가는 걸 우린 멍하니 보고만 있어야 해."

"막아야지, 왜 보고만 있어? 난 그 애새끼가 순양을 야금야금 파먹는 꼴 못 본다."

"막아? 어떻게? 지난번처럼 차로 확 밀어 버리게? 이번엔 트럭 한 대로는 안 될걸?"

진동기는 형을 슬쩍 도발했다. 아니… 어쩌면 희망 사항을 말한 것일 수도 있다. 하지만 그의 예상과 다르게 진영기는 아주 침착한 모습으로 진동기를 물끄러미 바라보고 있었다.

"난 너라고 생각했는데, 아냐? 가장 초조한 사람은 1등이 아니라 2등이거든. 따라잡기도 버거운데 뒤에서 쫓아오는 사람도 있으니까 말이야."

진영기는 동생보다 한술 더 떴다.

"널 따라잡기 전에 다시 시도해 봐. 아버지든, 도준이든."

"할 말 다 끝났어? 가도 되지?"

진동기는 피식 비웃으며 일어섰다.

"너 회사 여유 자금 얼마나 있어?"

진동기는 종잡을 수 없는 형의 질문에 얼굴을 찌푸렸다.

"오세현은 여의도맨이다. 서윤이가 맡긴 담보 우리가 사자. 4000억이라고 했으니 우리가 5000억 부르면 되지 않겠어? 1000억 더 주고 가져오자. 만약 그 자식이 안 넘긴다면… 그놈은 아버지 지시대로 움직이는 거다."

간만에 진영기가 괜찮은 생각을 짜냈다. 진동기도 5000억 정도는 충분히 융통할 수 있다.

"형님이 던져 봐. 오세현이 받으면 5000억 준비하지."

"우리 오랜만에 의기투합하는 것 같다?"

진영기가 동생을 향해 웃었지만, 동생은 쳐다보지도 않고 말했다.

"형님이 생각 못 한 것도 있어."

"잘난 우리 동생, 무슨 말이 하고 싶은 거야?"

"오세현이 도준이 대리인이라는 생각은 안 해봤어?"

"뭐?"

진영기는 잘못 들은 게 아닌가 의심했다.

'무슨 말 같지도 않은 소리를….'

"어쩌면 미라클이 도준이 회사일 수도 있어. 오세현은 전문 경영인이고."

"그걸 지금 말이라고…!"

"나도 아니라고 믿고 싶지만 요즘 자꾸 그런 생각이 들어. 형님도 곰곰이 생각해 봐. 도준이가 미라클의 실질적인 주인이라면 웬만한 건 다 맞아떨어져. 아버지가 그놈에게 순양을 물려주지 못해 안달인 이유부터 말이야."

"설마… 진담이냐? 지나치다."

"나도 믿고 싶지 않지만, 아귀가 맞아떨어져. 10억 달러 수혈하면서 자동차만 넘기면 될 일 아니야? 오세현이 외국 자본 들고 들어왔다면 주식까지 왜 줬겠어? 그것도 환전이 전부였는데."

진영기도 그 부분이 가장 이상했다. 아무리 급해도 주식까지는….

"금융계열을 도준이에게 준다는 것도 그래. 이제 겨우 스물둘이야. 도대체 도준이가 뭘 보여 줬길래?"

황당한 소리 같지만, 자꾸 그럴싸하게 들려 진영기는 불안했다.

"가능성을 열어 두자고. 먼저 백화점부터 찾아오고 나서."

공동의 적이 나타나면 원수도 힘을 합친다. 어쩌면 어린 조카 때문에 으르렁대던 형제가 손을 잡을 수도 있을 것 같다.

▲ ▲ ▲

봄을 알리는 3월, 하나로통신이 국내 최초 상용 ADSL 기반의 인터넷 서비스를 개시하자 세상은 변하기 시작했다. PC방이 동네 오락실을 압사시킬 정도로 폭발적으로 증가했다. 이제 동전 넣고 버튼을 눌러대는 것 대신, 마우스와 키보드를 두드리며 스타크래프트와 MMORPG라는 온라인 세상으로 사람들은 빠져들었다.

마침내 소규모 오프라인 대회 중 하나인 '한국프로게임리그'가 시작되었고, 아버지가 제공한 DCN 스튜디오에서 세계 최초의 게임 중계방송이 케이블을 타고 흘러나갔다.

아버지는 이 모습을 보면서 어이없어하며 혀를 찼지만, 시청률을 보고 까무러치게 놀랐다. 영화보다 더 높은 시청률이 나온 것이다. 이 시청률을 주의 깊게 본 사람들도 많았다. 그들은 게임은 하는 것이지만 동시에 보는 것이 될 수도 있다는 걸 알았다. 그리고 높은 시청률은 돈이 된다. 방송 이후 아버지 주변에 게임 관련 사람들이 모이기 시작했다.

고속 인터넷 서비스는 벤처기업에도 불을 붙였다. 인터넷 통신이 주종인 뉴데이터테크놀로지는 대대적인 여론몰이를 하며 또 한 번 세간의 관심을 끌어모았다. 전문가들은 이 회사를 띄우는 방법을 알았고, 회사가 뜨는 만큼 주식도 띄울 것이다.

"얼마나 넣을 거야?"

"회사는 30억 정도가 적당하지 않을까요? 회사 규모가 작으니 더 쏟아붓기에는 부담입니다. 티 나지 않을 정도만 하죠."

오세현은 순식간에 계산을 마쳤다.

"상장가 1500원이면 200만 주, 5만 원일 때 팔아 치우면 1000억을 쥐는 거네."

"고모에게 빌려준 돈, 일부는 세이브 하겠네요."

사실은 일부가 아니다. 난 20만 원일 때 팔 생각이다. 그럼 정확히 4000억, 딱 맞아떨어진다.

오세현의 눈이 더욱 반짝였다.

"넌 개인 투자는 할 생각이 없어?"

"티 안 나게 하죠. 3억?"

"5억 어때?"

"그러죠. 뭐."

오세현이 5억이 얼마로 불어날지 행복한 고민을 할 때 누군가 사무실 문을 두드렸다.

"어? 큰아버지?"

"도준아. 잘 지내지?"

셋째 진상기가 갑자기 찾아왔다. 재단이나 관리할 사람이 여긴 왜 왔을까, 하는 의문은 금방 사라졌다. 진영기 부회장의 메신저로 온 게 틀림없다.

"두 분은 처음이시죠? 셋째 큰아버지 진상기 이사장님. 여긴 오세현 대표님."

두 사람은 명함을 교환하며 어색한 인사를 나눴다. 어색함은 인사 후에도 계속되었다. 사무실을 두리번거리기만 하는 진상기를 향해 오세현이 먼저 입을 열었다.

"어떤 용무로 오셨는지요?"

"아, 부탁드릴 일이 좀 있습니다."

"큰아버지, 편하게 말씀하세요."

나까지 나서서 용건을 묻자 큰아버지는 헛기침부터 했다.

"흠, 흠. 오 대표. 내 동생 친구니까 편히 말하겠소."

"네, 그러십시오."

"딴 게 아니라 우리 여동생이 큰 실수를 저질렀다고 들었는데 그걸 좀 바로 잡아야겠어요."

오세현의 입꼬리가 비죽 올라갔다. 그의 비웃음을 살 만한 가족들의 행태에 내 얼굴이 달아올랐다.

"실수를 바로 잡는다? 그건 개인적인 문제 같은데… 제가 도움이 될까요?"

"오 대표만이 도와줄 수 있어요."

진상기는 잠시 뜸을 들인 뒤 본론을 꺼냈다.

"담보로 설정한 주식은 우리가 되사겠소. 나이도 먹을 만큼 먹은 애가 너무 성급하게 집안 재산을 넘긴 거요. 알다시피 돈 부족한 집안도 아닌데 말입니다."

"저야 장사꾼 아닙니까? 타당한 가격이라면 뭐든 못 팔겠습니까?"

긍정적인 답변으로 착각한 큰아버지는 표정이 환해졌다.

"역시 말이 통하는 분이시구나. 좋습니다, 좋아요. 그럼 가격을 말씀하세요. 허허."

"먼저 사겠다고 하신 분은 이사장님 아닙니까?"

"아차차, 그렇지."

진상기는 오세현의 눈치를 슬금슬금 보기 시작했다. 심부름 왔으면 심부름만 하면 된다. 아무런 재량이 없는 심부름꾼이 지금처럼 눈치를 살피는 건 괜한 짓이다.

"우리 걸 되사는 거니 조금 더 얹어서… 4500억 드리다."

"제가 타당한 가격이라고 말씀드렸습니다만."

"부족합니까?"

"네, 아주 많이요."

오세현의 얼굴에서 미소가 사라지자 지금까지 한껏 여유를 부리던 큰아버지는 당황한 듯 보였다.

"이거, 아주 큰 장사를 하시려나 봅니다."

"네. 우린 뭘 사든지 간에 최소 열 배는 남겨 먹어야 직성이 풀립니다. 그렇지 않다면 시작도 안 했습니다."

"뭐, 뭐요? 열 배?"

당황을 넘어 황당한 표정의 큰아버지에게 오세현은 쐐기를 박았다.

"네고할 생각은 마십시오. 열 배에서 단돈 1원도 에누리 없습니다."

이 정도면 눈치 없는 큰아버지도 무슨 의미인지 모를 리 없다.

"그거 꿀꺽 삼켜 봤자 소화 못 시켜요. 순양 노리다가는 탈 납니다."

두 사람이 서로를 매섭게 쏘아보기 시작했다.

"삼키긴 뭘 삼켜요? 우린 순양백화점 그룹과 돈독한 관계를 유지할 생각입니다. 앞으로 꽤 많은 수익을 창출할 좋은 거래처니까요."

오세현은 순식간에 눈에 힘을 빼고 부드러운 눈매로 돌아왔다.

"그 수익이 4조 원이라고? 말이 안 되잖아!"

진상기는 여전히 성난 얼굴로 소리쳤다.

"손에 쥐는 캐시만 생각하지 말고요. 우린 HW그룹이라는 기업 집단의 대주주라는 걸 잊지 마세요. 진서윤 사장님이 앞으로 진행할 사업에 우리가 참여하는 겁니다. 그 가치를 다 합쳐서 열 배라고 말한 거고요. 이미 우리 전문가들이 계산까지 끝냈어요. 거래 깨자고 말한 게 아닙니다."

오세현의 그럴듯한 헛소리에 웃음이 터지려는 걸 겨우 참았다. 투자를 업으로 삼은 사람은 기본적으로 노름꾼이다. 노름꾼은 사기도 곧잘 친다. 큰아버지는 반박하고 싶으나 전문가의 계산이라는 말이 주는 권위에 아무 말 못 했다.

"이사장님, 순양그룹 지분 빠져나가는 게 께름칙하시다면 진서윤 사장이 사업 잘해서 빚 갚으면 됩니다. 아니면 제게 더 나은 제안을 하십시오. 채권을 넘기겠습니다."

"더 나은 제안이라니?"

"우리 HW그룹이 순양의 중장기 프로젝트에 참여해서 큰돈을 벌 수 있도록 해주신다면야, 뭐…."

청소용역까지 자회사를 만들어 밖으로 빠져나가는 돈을 막은 순양그룹이 중장기 프로젝트에 우리를 끼워 넣을 리가 없다. 확고한 거절이라는 것을 확인한 큰아버지는 더 있을 이유가 없을 것이다.

"오 대표의 뜻은 잘 알았소. 내 돌아가서 상의해 보리다."

차디찬 눈빛만 던지고 일어서는 큰아버지는 내 어깨에 손을 올리고 말했다.

"언제 집으로 한번 와라. 저녁이나 먹자."

"네. 곧 찾아뵙겠습니다."

진상기가 거칠게 문을 닫고 사무실을 나가자 오세현은 비웃음을 보였다.

"너희 집, 정말 장난 아니구나. 단 하나라도 뺏기지 않으려는 욕심 봐라."

"핏줄이 어디 가겠습니까?"

대충 얼버무렸지만, 욕심 때문에 저러는 건 아니다. 할아버지의 허락만 떨어지면 언제든 되찾아갈 방법은 많다. 저들의 시커먼 속내는 뭘까?

▲ ▲ ▲

심부름을 마치고 온 진상기는 잔뜩 화가 나서 큰형에게 오세현의 말을 전달했다.

"그 새끼, 장사치 아니야. 꿈쩍도 안 해."

"1000억을 얹어 준다고 해도?"

"돈 말고 사업 거리를 달래. 우리한테 빨대 꽂고 한 10년 우려먹을 생각인 거야."

"오세현이 직접 그렇게 말했어?"

"그렇다니까. 도준이도 옆에서 똑똑히 들었어."

"그놈은 뭐라고 했어?"

"아무 말 없던데? 그냥 가만히 있었어."

오세현은 단기간에 엄청난 돈을 벌 기회마저 차버렸다. 이유가 아무리 그럴듯하더라도 치고 빠지는 일이 주업인 여의도맨의 모습이 아니다.

진영기 부회장은 이대로 지켜보고만 있을 수는 없었다. 오세현이 아버지 진 회장의 수족이든, 어린 조카의 동업자든 판단은 뒤로 미뤄도 된다. 가장 먼저 할 일은 백화점 그룹을 엉뚱한 놈이 가져가는 것부터 막는 것이다.

진영기는 진동기를 찾아갔다. 강력한 적이지만 이 일을 하는 동안은 힘을 합쳐야 한다. 결승전에서 만날 때까지 들러붙은 파리 새끼들부터 처리하는 게 맞다.

진영기, 진동기 형제는 조금도 지체하지 않고 순양호텔로 달려갔다.

"어머, 오빠들이 웬일이야? 그것도 함께? 사이좋아 보이네."

진서윤은 나란히 들어오는 두 사람을 보며 한껏 목소리를 높였다. 이제 재산도 갈랐고, 순양그룹과 연결된 것도 없다. 핏줄만 이어졌을 뿐 더는 눈치 볼 까닭이 없음을 드러내는 것이다.

"회사 날려 먹고 속이 편한가 봐? 얼굴 좋네."

진영기가 못마땅한 소리를 했지만, 진서윤은 들은 체 만 체했다.

"속 긁으려면 그만둬. 이제 그럴 때는 지났잖아?"

두 형제는 집무실로 꾸민 스위트를 둘러보며 중앙의 소파에 털썩 주저앉았다.

"긁으러 온 게 아니고 도대체 어쩌려는 건지 알아보러 왔다. 속 시원하게 이야기나 좀 해봐."

진동기가 차분하게 말했지만, 진서윤은 여전히 귀찮은 표정이었다.

"내 일은 내가 알아서 할게. 뭐가 그리 궁금해?"

"오세현 말이다. 네가 생각하는 만큼 믿을 수 있는 놈 아니다."

"내가 그 사람을 믿는다고 생각해? 이건 거래야. 믿기는 뭘 믿어?"

"단순한 채권, 채무? 그깟 이자 좀 챙기려고 오세현이 너한테 돈 빌려준 것 같아? 1000억도 거절한 놈인데?"

"뭐? 1000억? 무슨 말이야?"

두 사람의 이야기를 자세히 들은 진서윤은 한동안 굳은 얼굴로 그들을 쳐다봤다.

"이제 알겠니? 건물 담보 잡아 놓고 이자, 원금 상환 독촉하다가 건물 삼키는 사채업자 흉내 내는 거다. 넌 거기에 당한 거고."

"1호 대형 마트 공사도 곧 들어가지? 그 공사 대금은? 앞으로 돈 들어갈 일이 태산인데 감당하겠어? 한 번이라도 삐끗하면 전부 다 뺏긴다고."

두 사람이 불길한 소리를 마구 해대자 잠자코 있던 진서윤이 입을 열었다.

"그래서?"

"뭐? 아직 감 못 잡았어?"

"그러니까 내가 여우 피하려다 호랑이 굴로 들어갔다는 소리야?"

"알아들었네."

진영기 부회장이 한심하다는 듯 툭 던지자 진서윤은 생긋 웃었다.

"아니지, 그 반대지. 호랑이 아가리에서 빠져나와 늑대 만난 거야. 운은 내가 더 좋지 않아?"

자기들을 호랑이 아가리로 비유하자 발끈했지만, 뒤를 이은 진서윤의 말 때문에 아무 소리 하지 못했다.

"오세현이 신경 쓰이면 착한 우리 오빠들이 호랑이가 아니라 토끼라는 걸 보여 주면 돼. 오세현에게 1000억 얹어 준다고 했지? 여동생에게는 높은 이자 물려 놓고 생판 남에게는 천문학적인 돈을 줘? 어이가 없네, 진짜."

진서윤은 두 사람에게 최고의 선택지를 말했다. 물론 자신의 입장에서 말이다.

"내가 회사 뺏길까 봐 두려우면 돈으로 막아. 4000억에 1000억 더 얹어서 5000억 빌려줘. 이자는 은행의 절반 수준으로. 돈 벌어서 천천히 갚을게. 그럼 우리 오빠들 걱정할 일이 없잖아?"

구구절절 옳은 소리지만 두 형제는 헛기침만 할 뿐이다. 진서윤의 말대로 했다가는 백화점 그룹을 다시 찾아올 방법이 없다. 불경기가 지나가고 경제가 좀 살아나면 굳히기에 들어갈 것이고 빌린 돈은 순식간에 갚아 버릴 것이다. 완벽한 계열 분리가 끝나는 순간 진영기, 진동기는 백화점과 호텔의 VVIP 고객으로 등록될 뿐 더 이상의 연결 고리를 기대할 수 없다.

그들이 입을 닫고 아무 말 못 하자 진서윤은 비웃음만 흘렸다.

"나이 쉰인 딸 먹고살라고 아버지가 준 거야. 그렇게 탐나? 왜? 밤마다 올케들이 백화점 가져오라고 바가지 긁어? 그냥 쇼핑이나 하라고 해. 내가 신상 나올 때마다 잔뜩 할인해 줄 테니까 돈 걱정하지 말고. 알았어?"

형제는 여동생에게 된통 당한 뒤 호텔을 나왔다.

진영기는 분노에 차 여동생을 향해 입에 담지 못할 욕설을 내뱉었다. 진동기는 그런 형에게 차분하게 말했다.

"어차피 쟤는 계속 실수를 저지를 거야. 분명히 기회는 와. 좀 더 기다려 보자."

▲ ▲ ▲

도시를 태울 듯한 불볕더위가 한창인 무렵, 우성그룹의 금융채권단은 우성그룹과 재무구조개선 수정약정을 체결했다. 이것은 곧 있을 워크아웃의 신호에 지나지 않았고 재계는 그야말로 충격에 휩싸였다.

우성은 IMF에도 아랑곳하지 않고 전 세계를 상대로 공격적인 인수전을 벌였다. 그 결과 1998년에는 외국 현지법인만 400여 개에 이르렀고 경제 위기로 휘청거린 순양그룹을 제치고 재계 서열 2위까지 뛰어올랐다.

그러나 경기침체의 장기화와 세계 시장의 위축으로 우성그룹의 입지는 크게 흔들렸고, 개발도상국 위주로 사세를 확대하다 보니 부진을 면치 못했다. 외형 확대에 초점을 맞추었으니 정부가 요구했던 구조조정에는 소극적이었다. 규모를 포기할 수 없었다. 하지만 자금난이 가중되던 우성은 알짜 자산인 호텔까지 매각했다. 그럼에도 불구하고 1999년 3월에는 이미 부채 비율이 무려 400퍼센트를 훨씬 넘은 상태여서 수습이 어려운 지경이었다.

7월, 우성은 초고강도 구조조정안을 발표하였으나 채권단은 이를 반려했고 8월, 채권단의 압력이 시작된 것이다. 채권단과 우성그룹의 수정약정 뉴스를 보며 할아버지는 혀를 찼다.

"우성그룹은 사실상 해체군요."

"그래. 우성 회장이 사재 다 털어놓고 경영권도 포기하겠다고 했지만 감당할 수준이 아니지."

"덩치 큰 물소가 쓰러졌으니 살점 뜯어먹으려고 다들 덤비겠어요."

"넌? 탐나는 부위 없어? 너 돈 많잖아. 아직 원화로 1조 정도 쥐고 있지?"

"남의 통장 함부로 들여다보시면 안 됩니다. 그거 범죄예요. 흐흐."

"통장 안 봐도 통밥으로 나온다, 이놈아. 아직 이 할애비 머리 녹슨 거 아니다."

할아버지는 우성그룹 계열사 검토를 끝마친 것 같다.

"제 돈 쓸 만한 곳이 있습니까?"

"우성해양조선, 그거 하나는 쓸 만하다. 이걸 한번 봐."

할아버지는 자료 파일 하나를 테이블에 툭 던졌다.

"볼 줄 알지? 그 정도면 네놈 회사 구색 갖추는 데 쓸 만할 게다."

1999년, 우리나라 조선업은 수주잔량에서 일본을 2만CGT(표준 화물

선 환산 톤수)가량 앞서기 시작하며 호황기를 누리기 시작했다. 세 손가락 안에 드는 우성해양조선은 우성그룹 계열사가 아니었다면 엄청난 경영 성과를 낼 우량기업이다.

할아버지가 준 자료는 해양조선, 우성상사 그리고 우성증권은 인수할 가치가 있다고 결론 내린 것이었다.

"구색 맞출 생각은 없습니다. 그리고 돈보다 사람이 부족해요. 인수해도 경영할 사람이 없습니다."

"사람은 내가 빌려주마."

"순양중공업 사람들요?"

"다른 곳에도 인재는 많아. 돈이 없어 걱정이지 사람 없어 걱정이겠냐?"

"글쎄요. 아직 인수한 회사도 이곳저곳 물 새는 곳 막느라 힘듭니다. 그 회사들부터 챙겨야 해서요."

나를 응시하는 할아버지의 눈빛에 다른 뜻이 숨어 있다는 걸 알았다.

"돈 빌려드려요?"

"아니다. 순양이 인수하는 건 어려워. 우리도 구조조정을 한다고 소문냈는데 또 회사를 인수한다면, 그것도 엄청난 덩치의 회사를 인수한다면 정부가 가만있지 않을 거다. 우성그룹 채권단도 우리와 선 그을 거고."

할아버지가 원하는 게 뭔지 알았다. 우성해양조선을 미라클이 인수하고 적당한 때가 오면 순양그룹에 넘기는 것이다.

"그러니까 우성이 탐나긴 하는데 현실적으로 감시하는 눈이 너무 많다? 그리고 자금 사정도 여의치 않고. 맞습니까?"

"그렇지. 그러니까 네가 바지사장 노릇 좀 해라. 잠잠해지면 내가 다시 가져오마."

순양중공업이 조선업을 맡고 있지만, 업계 1위는 아니다. 대현조선이 압도적이다. 하지만 순양과 우성이 합치면 대현은 2위로 밀려난다.

할아버지가 원하는 것은 단순한 것 같지만 얽힌 문제가 좀 있다. 시기가 문제다. 한두 달 안에 정리될 문제도 아니고 최소 몇 년 뒤의 일인데…. 순양중공업은 둘째인 진동기 부회장이 맡았다. 만약 우성해양조선을 순양으로 넘길 때 할아버지가 살아 계시지 않는다면? 칼자루는 진동기 부회장이 쥐게 된다. 고심하는 내 모습을 본 할아버지는 뜻밖의 말을 꺼냈다.

"내키지 않으면 그만둬도 된다. 괜찮아."

아주 인자한 표정이지만 괜찮을 리가 없다. 이미 모든 검토를 다 끝내고 결정한 상태에서 말을 꺼내는 사람이다. 우성해양조선을 갖기로 마음을 굳혔을 텐데… 뭔가 이상하다.

"정말 안 해도 될…."

내 대답이 채 끝나기도 전에 할아버지는 또 서류 파일 하나를 툭 던졌다. 바로 미라클과 순양백화점의 계약서 사본이었다. 계약서를 보자마자 눈을 들어 할아버지 얼굴을 보니 웃음이 한가득하다. 물론 그 웃음은 한 수 아래인 나를 완전히 내려다보는 비웃음이었다.

"…리가 없죠. 알겠습니다. 할아버지 뜻대로 할게요."

재빨리 머리를 끄덕였다.

"도준아."

"네."

"난 네가 참 좋다."

"저도 잘 알아요."

"구구절절 말하지 않아도 척하면 다 알아들어서 좋다는 말이다. 허허."

아끼는 손자지만 협박도 서슴지 않는 저 단호한 할아버지가 나도 참 좋다.

할아버지와 만난 뒤 오세현에게 우성 인수 건에 대해 어떻게 말을 해야 할지 고민하는 와중에 뜻밖에 그가 먼저 이야기를 꺼냈다.

"너 뉴스 봤어?"

"네. 우성그룹 말이죠?"

"그래. 주 채권단에서 연락 왔다. 혹시 인수할 의향 있는지…."

채권단에서 먼저 연락을 해왔다니 다행이다 싶었다. 그런데….

'설마?'

"아니. 계열사 중에서 고르라고 하더라. 지금 자금 여력이 있는 곳은 외국계 투자사뿐이니까."

"업계 평판은 어떻습니까? 쓸 만한 계열사가 있기나 한 겁니까? 분식회계니 뭐니 해서 전부 부실 덩어리라고 하던데요."

짐짓 모르는 척 부정적인 의견부터 말하자 오세현도 머리를 끄덕였다.

"드러난 부채만 3조야. 모든 계열사가 빚더미라는 뜻이지. 인수할 만한 건 없어."

"단 하나도?"

"우성해양조선은 이미 수주한 양이 상당하다고 들었어. 그나마 가장 나은 거 같은데…."

"삼촌, 혹시 채권단에서 뭔가 달콤한 제안을 던졌습니까?"

"너 어떻게 알았어? 귀신이 따로 없군."

놀라는 오세현을 보자 할아버지의 치밀함이 더 돋보였다. 이미 채권단에 언질을 줬고 우리 쪽으로 몰아가고 있다.

"부채 탕감을 약속했어. 관심 있으면 만나서 협상 좀 하자더라고. 절대 손해 볼 일 없도록 해줄 테니까 가벼운 마음으로 나와 달래."

"맞습니다. 손해 볼 일 없긴 할 겁니다."

"뭔 일 있었구나."

이미 벌어진 일이라는 걸 알아챈 오세현은 짧은 한숨을 쉬며 내 입을 바라봤다.

"사실…."

할아버지와 나눴던 대화를 빠짐없이 들려주자 오세현도 눈치챘다.

"네 고모와의 계약서를 들이밀어? 햐! 진짜 무서운 양반이네."

"더 깊은 뜻이 있는지는 모르겠지만, 일단은 우리가 나서서 총대 메고 가져와야 합니다."

"그냥 해보는 위협 아냐? 한번 개겨 볼까?"

"할아버지는 그 계약서 보고도 아무 말씀 없으셨어요. 여차하면 백화점 그룹이 우리 손에 들어온다는 걸 모를 리 없는 분이… 개겨도 별일 없을 겁니다."

"그렇지만 계약서 툭 던진 건 완전한 협박이잖아."

협박 맞다. 백화점 그룹을 우리 손에 넣으려면 우선 할아버지가 모든 지분을 순양유통에 올려서 고모에게 넘겨주어야 한다. 만약 이 지분 승계가 이뤄지지 않는다면 미라클은 무담보로 4000억을 빌려주고, 전액 후지급으로 대형 마트 공사까지 해주는, 아주 멍청한 호구 짓을 한 것이다. 하지만 이건 애교 같은 협박일 뿐이다.

"할아버지는 부탁을 그런 방식으로 하신 겁니다. 우리가 백화점 그룹을 차지하는 걸 모른 척한다는 뜻이기도 하고요. 받은 게 있으니까 부탁은 들어드려야죠."

"우리가 아니라 너다. 말은 똑바로 하자, 인마."

"그럼, 말을 바꾸겠습니다. 백화점은 제가 차지할게요. 삼촌은 우성해양건설을 인수한 다음 순양그룹에 팔 때 엄청난 매매 이익을 남기면 되잖습니까?"

"그 이익을 전부 나 주려고?"

오세현은 농담이라 생각하고 오히려 진지하게 말하는 듯했다.

"물론입니다. 대표이사 특별 보너스로 전부 가져가십시오."

하지만 절대 농담이 아니라는 걸 내 표정을 보고 알았는지 입을 다물지 못했다. 오세현이 딱 5년만 일하고 은퇴한다고 선언한 것이 언제였던가? 이 일을 마무리하려면 은퇴 시점을 뒤로 미뤄야 한다. 그를 조금이라도 더 붙잡아 둘 수 있다면 돈은 아깝지 않다.

"자자, 감동은 그만하시고 더 급한 일부터 처리해야죠. 뉴데이터테크놀로지 상장이 일주일도 안 남았습니다. 그렇죠?"

"아, 그… 그래. 그건 이미 준비 끝마쳤어. 선수들 대기하고 있다. 거래 첫날부터 조금씩 사들일 거다. 열흘 안에 우리 자금만큼 주식 들어온다."

"작전 세력은 언제 들어올까요?"

"처음엔 들어오지 않아. 어차피 상장발이라는 게 있어서 놔둬도 주가는 오르거든. 빨리 들어와도 3주 뒤야. 우린 그전에 주식 확보하고 있다가 매도 시점만 결정하면 돼."

오세현은 내 표정을 보며 슬며시 말했다.

"너 정말 인수건 내게 맡길 거냐?"

"네. 어차피 우리 둘째 큰아버지와 협상해야 합니다. 중공업 부문은 그분 소관이니까요. 껄끄러운 상대 아닙니까?"

"흠…."

뭔가 숨기는 게 있는지 확인하는 눈빛을 피하며 일어섰다.

"전 할아버지 뵈러 갑니다. 우성 인수 진행하겠다고 말씀드려야죠."

"야! 어딜 가? 내 이야기 안 끝났다."

소리치는 오세현을 남겨 두고 도망치듯 사무실을 빠져나왔다.

▲ ▲ ▲

"왜? 싫어? 내키지 않아?"

"아, 아닙니다. 단지 좀 의외라서요."

"의외? 싸고 좋은 물건 나왔을 땐 재빨리 낚아채는 게 왜 의외야? 당연한 거지."

진동기는 아버지 진 회장의 호출을 받고 한달음에 달려왔다. 그리고 우성해양조선을 챙기라는 말을 듣고 더할 수 없이 기뻤다. 중공업 건설 부분을 맡기고 승계 작업을 진행하는 것까지 확인했다. 이번엔 떠보기도 아니고 간 보기도 아니다. 그런데 조선을 두 배로 키워 주겠다고 하니 놀랄 수밖에 없었다. 그만큼 자신을 믿는다는 뜻으로 해석할 수도 있다.

"하지만 아버지, 지금 우리 처지에 우성조선을 인수한다면 진행 중인 구조조정의 진의를 의심할 겁니다."

구조조정이라는 명목하에 승계 작업을 진행 중이다. 눈엣가시 같은 노조도 이 기회에 박살 낼 참이다. 그룹 전체가 어려우니 사람 자르는 것은 당연했고 사회적 공감대도 형성되었다. 이 절호의 기회를 우성조선 인수로 날려 버릴 수는 없다. 그룹 사정 어렵다면서 엄청난 돈이 필요한 인수를 진행하는 건 어불성설이기 때문이다.

"그래서 대타를 내세울 거다. 대타가 인수하고 세상이 잠잠해지면 받아오면 돼."

진동기는 불현듯 누군가가 떠올랐다.

"그 대타가 혹시 미라클입니까?"

"잘 아는구나. 지금 그 정도 자금을 움직일 수 있는 곳은 외국계 투자사뿐이다. 미라클은 우리와 밀접한 관계도 있으니 적당하지 않겠냐?"

진짜 묻고 싶었다. 그리고 확인하고 싶었다. 그 밀접한 관계가 어떤 것인지? 하지만 섣불리 물었다가는 호통만 돌아올 게 뻔했다.

"그쪽에서 협조해 준다고 했습니까?"

"그래. 괜찮은 회사 싸게 인수하고 몇 년 뒤 비싸게 팔아먹는 게 오세현이 같은 친구 특기 아니냐? 거절 못 한다. 인수도 내가 적극적으로 도와줄 테니까 말이다."

"그럼 제가 오세현을 만나겠습니다. 이름만 빌리는 일이니 인수부터 직접 챙기겠습니다."

"호락호락하지 않을 거다."

"네?"

"오세현이 말이다. 네가 직접 나서서 챙기는 걸 고맙습니다, 잘해 봅시다, 할 놈이 아니라고."

"무슨 말씀이신지…?"

무슨 말인지 충분히 알아들은 진동기다. 하지만 지금이 바로 그 밀접한 관계를 확인할 수 있는 절호의 기회기 때문에 모른 척하며 아버지 눈치를 살폈다.

"대타를 해주겠다고 했지 심부름하겠다고 한 건 아니다. 대타가 타석에서 홈런 치는 일도 왕왕 있지 않아? 순순히 네 말 들을 놈이 아니야."

"우성조선을 인수하고 돈 냄새를 맡으면 순순히 넘기지 않을 수도 있다는 말씀입니까?"

"그래."

진동기는 당황한 기색을 드러내지 않기 위해 입술을 깨물었다.

'잘못 생각한 건가? 미라클은 아버지의 회사가 아닌가?'

진 회장의 숨은 회사라면 심부름만으로 만족하지, 홈런을 노리지는 않는다. 그렇다면 여기서 해야 할 대답은 하나다.

"문제 생기지 않도록, 오세현이 딴생각을 못 하도록 제가 잘 처리하겠습니다."

"믿어도 되겠지? LNG선을 선도해 가려면 우성해양조선은 꼭 필요한 회사다. 절대 놓치면 안 돼."

"네. 너무 염려 마십시오. 차질 없도록 하겠습니다."

당당한 둘째 아들을 보며 진 회장은 잔잔한 웃음을 띠었다.

"동기야, 너도 불만이 없진 않겠지만 이것이 최선이라는 것은 명심해야 한다."

진동기는 이것이 무엇을 뜻하는지 알고 있다.

"앞으로 기회가 있을 거다. 그 기회를 놓치지 않고 회사를 키워 나가다 보면 어느새 지금의 순양그룹만큼 커져 있을 거다. 난 너와 네 형이 가진 걸 두 배로 키울 수 있다고 믿는다."

아버지가 전에 없이 따뜻한 말씀을 꺼냈지만, 진동기는 절반 정도만 믿었다. 위로의 말이나 달래는 말이 나올 때면 항상 뭔가를 숨기고 있었다. 한두 번 경험한 게 아니다. 아무리 나이 먹어도 절대 변하지 않을 아버지라는 걸 잘 안다. 그리고 항상 아버지가 원하는 대답을 해야 하는 것도 잘 안다.

"네. 기대하시는 만큼 해내겠습니다."

진동기는 꾸벅 머리를 숙이고 서재를 나갔다.

"아이고, 힘들다. 다 큰 아들놈들 달래 가며 일 시켜 먹으려니 죽겠구먼."

▲ ▲ ▲

"잘 부탁합니다, 오 대표님. 우리 순양그룹이 매우 중요하게 생각하는 안건이라는 것은 이미 아시겠죠?"

"제가 뭐 할 게 있겠습니까? 이미 진 회장님께서 다 조율해 놓으셨다고 들었습니다."

"조율한 대로 쉽게 진행된다면 좋겠습니다만… 어디 일이란 게 그렇습니까? 여기저기서 발목 잡는 놈들이 나오기 마련이죠."

오세현은 스쳐 가듯 인사만 몇 번 나눈 진동기를 자세히 살폈다. 셋 중에 가장 낫다는 진도준의 평가를 확인하는 자리다. 거만하지 않은 첫인상부터 조용한 말투까지, 쉽게 속내를 드러내지 않는 진중한 사람이라는 것을 대번에 알 수 있었다.

"순양이 점찍었다는 사실을 모르는 놈들이나 발목 잡겠다고 덤벼들겠죠. 아무튼, 부회장님께서 잘 이끌어 주십시오."

진동기가 본 오세현의 첫인상은 의외였다. 건방이 하늘을 찌른다고 투덜대던 동생 진상기의 말과는 전혀 다른 겸손한 모습 아닌가? 각자의 첫인상을 확인하자 둘 사이의 기류는 한결 부드러워졌다. 진동기는 이 기회를 놓치지 않았다.

"우리 막내 조카를 데리고 다니며 가르친다고 들었는데, 어떻습니까? 우리 도준이."

"음….."

오세현은 잠시 뜸을 들였다. 아무래도 듣고 싶어 하는 말을 들려주는 게 낫겠다 싶었다.

"타고난 겜블러죠. 아버지인 윤기와는 정반대라고나 할까요?"

"겜블러?"

"네. 촉 좋고, 과감하고, 배짱 두둑하고, 지를 때와 물러날 때를 정확히 파악하고…. 무엇보다 판세를 읽는 능력이 뛰어나죠."

"그러니까 여의도 증권맨이나 투자가로서 적격이라는 칭찬이군요."

"정확합니다. 요즘은 아예 저보다 더 낫죠. 이젠 혼자 포커판에 들어갑니다."

진동기는 슬쩍 웃었다.

"말씀하신 겜블러의 자질이 꼭 포커판에서만 유효한 게 아니죠."

"네?"

"그런 자질은 경영자에게 요구되는 내용과 정확히 일치합니다. 안 그렇습니까?"

보통은 넘는다. 도준이는 투자회사 밖으로 나가지 않을 놈이라는 인상을 심어 주려 했는데… 오세현의 의도는 어긋나 버렸다.

"아, 듣고 보니 그렇기도 하군요. 그런데 부회장님. 설마 어린 조카를 경계하는 건 아니시겠죠?"

자존심을 슬쩍 긁었지만 이마저도 먹히지 않았다. 진동기는 여전히 머리를 갸웃거리며 말했다.

"순양의 차기 회장이 누가 될지는 모르겠으나 3대 회장은 도준이가 분명합니다. 저야 제 몫을 단단히 챙겨서 도준이가 넘보지 못하게 하는 게 전부죠. 그래야 내 자식들도 밥은 굶지 않을 거 아닙니까? 하하."

겸연쩍은 웃음까지 보이는 진동기를 보며 오세현은 도준이가 사람을 정확히 봤다고 생각했다. 그리고 이 사람은 이미 도준이를 경쟁 상대로 생각하며 움직인다는 것도 확신했다.

"자, 그럼 채권단의 제안서부터 확인할까요? 어떻게…? 부회장님이 직접 보시겠습니까? 아니면 믿을 만한 임원에게 맡기실 겁니까?"

"함께 봅시다. 아버지께서 당부하신 사안인 만큼 직접 챙겨야죠. 조선업계의 판도를 바꾸는 일인데 직원에게 맡긴다는 건 안 되겠죠?"

탐색하며 오세현의 그릇을 가늠할 좋은 기회를 진동기가 놓칠 리 없다.

▲ ▲ ▲

"큰아버지 직접 보시니까 어때요?"

"진동기 부회장?"

"네."

"뭐, 특별할 게 있나? 그냥 재벌 2세지, 뭐."

"단지 그 정도?"

"재벌 2세는 다 거기서 거기야. 어릴 때부터 귀족처럼 살아서 특별해 보이지만, 까보면 보통사람과 다르지 않아. 단지…."

오세현은 눈을 깜빡거리며 기억을 더듬었다.

"태도가 좀 다르긴 하더군. 신중하고 겸손한 척하고. 그런 게 특별해 보이지."

"너무 야박한 평가 아니에요?"

"정확한 평가지. 보통사람이라는 게 깎아내리는 게 아니야. 좀 똑똑한 사람, 그저 그런 사람도 다 보통사람이니까. 진동기 부회장은 좀 똑똑한 보통사람이야. 하지만 재벌 2세라는 옷을 입고 있으니 특별해 보일 뿐이지. 나도 보통사람인데 뭐."

미라클의 투자 수익이 상위권이다 보니 돈 좀 굴리는 사람들이 많이 모여들었다. 그중에는 재벌 축에 들어가는 고객도 많았고 그들을 위해 전담반도 운영한다. 오세현은 그들과 비교하여 큰아버지를 평가했다.

"특별한 놈은 너뿐이야. 아, 네 아버지도 좀 특별하고. 정반대의 기준이지만."

내가 특별한 건 재벌 3세라는 옷을 입어서 그렇다. 옷 속의 나는 미래를 조금 아는 평범한 보통사람이다. 아, 독하게 이 악물고 덤비는 점은 좀 특별하긴 하다.

"큰아버지와 손발 맞추는 게 어렵지는 않아요? 그분 탐색전이 장난 아닐 텐데?"

"나 보다 네 살 위던데 계속 존대야. 편하게 말씀하라고 몇 번 권했는데도 태도를 안 바꾸더라고. 그건 좀 신선했어. 그쪽 부류들은 다들 사람을 아래로 보잖아."

형 동생 하지 않는 이상 편안한 이야기는 나오지 않는다. 오로지 공식적인 일 이야기가 전부다. 탐색은 없다는 뜻인데… 좀 의외다.

"참, 그 양반은 대놓고 널 경쟁자라고 하던데?"

"그래요?"

"진영기 부회장은 널 찍어 누르려 한다고 했지? 그런데 이 양반은 널 자기편으로 끌어들일 모양이더라. 장남과 차남의 차이인가?"

"성격 차이겠죠. 좀 더 두고 보죠."

이때 매니저 한 명이 보고서를 들고 사무실 문을 두드렸다. 뉴데이터 테크놀로지의 주가 현황 보고서였다. 1480원으로 상장한 뉴데이터테크놀로지의 주가는 쭉쭉 치고 올라갔다. 순식간에 1만 원을 넘겼고 이후 열 배인 1만 5000원까지 바로 올라갈 것처럼 보였지만 1만 원 언저리를 벗어나지 못했다. 증권가는 이 정도 주가면 성공이라는 평판이 자자했고 상장발이 끝나는 대로 5000원에서 6000원대에 안착할 거라는 예상이 지배적이었다.

"이제 주식 팔고 나가는 놈들이 속출하면 다시 작전이 붙을 거야. 5만 원대까지 등락을 거듭할 거고 그때마다 손해 본 사람들은 주가가 오르면 땅을 치며 후회하다 다시 매입하고, 또 떨어지면 허겁지겁 팔아 치우며 계속 손해 보겠지."

개미 투자자들의 특징이다. 오르면 팔고 떨어지면 사는 게 아니라 떨어지면 팔고 오르면 사는, 참으로 이해하기 어려운 패턴을 반복한다. 오세현 같은 전문가들은 개미 투자자들의 정반대 패턴으로 사고팔고를 되풀이하며 그 와중에도 매매 차익을 남기는데 말이다. 하지만 이런 전문가들도 주가가 5만 원 이상으로 치솟을 것이라고 예상하긴 어렵다.

난 고모가 등장하기를 목 빠지게 기다렸다. 이상수 사장이 말한 대로 순양전자가 투자한다면 그 정보를 분명 사전에 입수할 것이다. 이런 고급 정보를 듣고 가만히 있을 사람이 아니다. 가뜩이나 자금 부족에 시달리는데 공돈이나 다름없는 돈벌이 기회를 놓칠 리 없다. 아직 순양전자의 투자가 확정되지 않은 걸까?

___2장___

영토 싸움

"확실해?"

"네."

"오빠가 결정한 거야?"

"아닐 겁니다. 겨우 200억 투자하는데 부회장님까지 결재가 올라가 겠습니까? 작년에 적극적인 벤처 투자 지시만 내리셨고 그 뒤부터는 실무진이 진행하죠. 전체 투자 금액만 결재하셨을 겁니다."

진서윤은 경영관리 상무가 전해 주는 정보에 귀가 솔깃했다.

"그런데 임 상무, 순양전자는 사내 벤처팀만 투자하는 거 아니었나? 어떻게 외부 기업까지 투자해?"

"저도 자세한 내막은 잘 모릅니다. 단지 지금 이 정보를 아는 극소수의 사람들은 차명으로 주식 끌어모은다고 난리입니다."

임 상무는 끊임없이 눈알을 굴렸다. 그가 진서윤에게 이 사실을 보고하는 건 두 가지 이유다. 하나는 순양전자의 투자가 확실한지 진서윤을통해 알아보기 위해서고, 다음은 만약 투자가 실제 일어날 때 이 정보를 먼저 알아낸 자신의 정보력과 능력을 과시하기 위해서다.

"투자 발표 날짜는 알아냈어?"

"그게 좀…."

"왜?"

진서윤은 눈만 떼굴떼굴 굴리는 임 상무를 노려보며 혹시 모를 꿍꿍이를 파악하느라 신경을 집중했다.

"날짜를 정한 게 아니고 주가에 맞춰 발표한다고 합니다. 2만 원대를 찍었을 때 발표한다고…."

"2만 원? 지금은 얼마야?"

"만 원에서 왔다 갔다 합니다. 벌써 손 털고 나가는 사람도 있는데…."

"임 상무!"

"넵!"

매서운 목소리에 임 상무는 저도 모르게 부동자세를 취했다.

"알아 오려면 확실히 알아 와야지! 뭐야, 이게? 부족한 회사 자금 충당하자고 꺼낸 말 아니야? 만약 잘못되면 더 큰 일만 생기잖아. 이렇게 멍청한 소리만 해대면 내가 당신 믿을 수 있겠어?"

"죄, 죄송합니다. 사장님."

"이틀 줍니다. 정확히 파악하세요."

임 상무는 붉어진 얼굴을 숨기려는 듯 머리를 숙이고 물러났다.

진서윤은 두 숫자에 집중하며 머리를 굴렸다. 주가가 2만 원에 진입하면 순양전자가 투자한다. 이 말은 주가는 무조건 2만 원까지는 오른다는 뜻이다. 게다가 순양전자의 투자가 알려지면 주가는 또 폭등한다. 최소한 두 배, 즉 4만 원까지는 문제없다는 의미다.

"네 배라…."

이 기회를 놓친다면 바보다. 하지만 빠듯한 자금 사정을 생각하면 신중, 또 신중해야 한다. 그녀는 핸드백을 챙겨 들고 인터폰을 눌렀다.

"차 대기시켜. 여의도로 갈 거야."

▲ ▲ ▲

사무실에 들이닥친 고모는 인사도 생략한 채 다짜고짜 회사 이름부터 들먹였다. 급하긴 급한가 보다.

"뉴데이터테크놀로지, 이 회사가 요즘 핫하다면서요?"

오세현은 생끗 웃는 진서윤을 보고 어이가 없는지 헛기침까지 했다.

"오 대표님 혹시 모르고 계셨어요? 그렇다면 실망인데요?"

"진 사장님, 핫한 종목은 늘 있었습니다. 그 회사도 그중 하나고요. 특별한 일도 아닙니다."

"이번 건은 특별한데 정보가 늦으시군요."

고모는 오세현과 나를 번갈아 보며 기다렸다. 우리가 뭔가를 내놓아야 자신도 가진 것을 풀겠다는 자세였다. 하지만 오세현은 굳은 표정으로 머리를 저었다.

"진 사장님, 분명히 당부하는데 찌라시에 속지 마십시오. 지금 사오백짜리 찌라시 받아보실 텐데, 그거 믿으면 큰일 납니다."

"오 대표. 찌라시 아니에요. 다른 곳에서 흘러나온⋯."

"아무리 정확한 정보라고 해도 절대 주식 투자할 생각은 마십시오. 사장님 사재도 담보로 잡혀 있고 회사 주식도 마찬가지 아닙니까? 괜히 회삿돈에 손대시면 정말 돌이킬 수 없습니다. 그냥 경영에만 집중하세요. 이건 채권자로서 말씀드리는 게 아니고 투자 전문가이자 긴밀한 관계자로서 드리는 말씀입니다."

말리는 오세현이 고맙기 그지없다. 말리는 사람이 많을수록, 자기 생각을 더 굳게 확신하는 게 철없는 재벌 2세들의 특징 아닌가? 아니나 다를까, 고모는 발끈하며 목소리를 높였다.

"오 대표. 지금 착각하는 거 아니에요? 오 대표는 채권자일 뿐이에요. 주주가 아니란 말입니다. 그리고 회사 자금을 잠시 사용하는 게 불법은 아니잖아요?"

"손실이 발생하면 어쩌려고요? 메꿀 수 있는 상황이 아니잖습니까?"

"그래서 사실 확인하려고 온 거잖아요. 이렇게 다짜고짜 화만 낼 게 아니라고요!"

말이 통하지 않는 고모를 보며 오세현은 한숨을 내쉬었다.

"자, 이럴 게 아니라 서로 의견을 한번 교환하는 게 어떨까요? 팩트부터 체크하면 고모도 생각을 달리하실 수 있을 것 같은데…."

오세현의 눈치를 살피며 내가 끼어들자 고모의 얼굴에 화색이 돌았다.

"어때요? 오 대표님. 도준이 생각이 좋지 않아요? 제가 먼저 알려드리죠. 순양전자에서 곧 200억 투자합니다. 주가는 또 오를 거예요. 이걸 아는데 가만있기에는 좀 그렇지 않아요?"

"진 사장님, 우리도 이미 그 사실을 압니다. 하지만 투자자라는 건 현찰이 통장에 꽂힐 때까지는 절대 믿을 수 없어요. 투자 계약서 사인까지 한 경우에도 어그러지는 일은 이 바닥에서 다반사라니까요."

오세현은 멋모르는 초보자를 설득하듯 말했지만, 고모는 콧방귀만 뀌었다.

"오 대표, 참 답답하네요. 저도 투자 계약서에 사인하고 캔슬한 적 많아요. 그 정도 기본은 알아요. 그러니까 자신 있게 말하는 겁니다. 200억, 투자해요. 순양전자에서 200억이면 휴대전화 디자인 용역비 수준인데 뭘 망설이겠어요?"

이미 고모가 원하는 대답은 정해져 있었고, 그것을 듣기 위해 이곳에 온 것이다. 그리고 우리는 그녀가 원하는 대답을 들려줘야 한다. 그것이 바로 내가 원하는 바이다.

"특이하게도 주가가 2만 원일 때 순양전자의 투자를 공시한다고 합니다. 이 말은 최소 2만 원까지는 오른다는 거 아니겠어요? 그리고 투자 공시가 뜨면 곧바로 두 배! 내 말이 틀려요?"

"지금 1만 원에 사서 4만 원에 팔고 싶다, 이 말이죠?"

오세현은 여전히 고모의 말이 마음에 들지 않는지 못마땅하게 쳐다

보며 말했다.

"바로 그거예요."

"그럼 그렇게 진행하시면 되지 왜 저한테 알려 주시는 겁니까?"

"일말의 불안감도 남기지 않겠다는 의지? 뭐, 그런 이유죠."

오세현은 짧게 숨을 내쉬더니 고모에게 물었다.

"진 사장님, 지금까지 주식 투자한 적 많죠?"

"그럼요. 절 아마추어 개미 투자자로 보시면 큰 실수하시는 겁니다."

"그렇지는 않아요. 그런데 지금까지 부족한 돈을 쥐어짜서 투자한 적 있습니까? 투자 실패가 큰 후폭풍을 몰고 올 만큼요."

고모는 씩 웃으며 머리를 끄덕였다.

"무슨 말인지 알겠으니 그 정도만 하세요. 벼랑 끝에서는 도박하지 마라, 돈이 아니라 목숨을 잃는다. 이 말 아닌가요?"

절박한 심정으로 주식 차트를 바라보면 돈을 따든 잃든 이성을 잃어 버린다. 잃으면 말할 것도 없고, 돈을 따도 그 돈 전부를 잃을 때까지 도박판을 떠나지 못한다.

"아시니까 두 번 말하지 않겠습니다. 4만 원일 때 전부 파세요. 제가 할 말은 이게 전부입니다."

오세현은 두말하기 귀찮다는 듯 말을 탁 내뱉었다.

"4만 원이라는 거죠? 오랜만에 의견일치군요. 저도 그 정도 생각했어요. 호호."

"네. 다행이군요. 하지만 명심하세요. 여긴 대단한 작전세력이 붙었습니다. 주가가 더 오른다고 해서 따라가다가는 언제 폭락할지 모릅니다. 4만 원이라고 해도 네 배 아닙니까? 더는 욕심부리지 마세요."

"저도 그 정도까지만 생각했다니까요. 잔소리 그만하세요."

고모는 마침내 원하는 말을 들었다. 오세현 같은 전문가에게 자기 판단이 옳다는 것을 확인받았으니 계열사 돈을 전부 끌어모아서 뉴데이터테크놀로지 주식을 사 모을 것이다. 그리고 네 배의 이익을 얻고 나면 흥분에 휩싸일 것이고 오세현의 당부는 까맣게 잊어버릴 게 틀림없다. 그렇게 번 돈을 또 올인할 것인지 말지 잠시 망설이겠지만, 다시 춤추는 주가를 보면 불같이 일어나는 욕심을 절대 억제하지 못한다. 그렇게 고모는 내가 원하는 막다른 길로 달려갈 것이다.

▲ ▲ ▲

주가가 6000원까지 빠지자 진서윤은 입술이 타들어 갔다. 그녀는 불안과 초조한 마음에서 오는 스트레스를 전부 임 상무에게 퍼부었다.

"사장님, 틀림없습니다. 이미 투자는 손훈재 전자 사장의 결재까지 떨어졌어요. 지분참여 시 주당 가격을 조율 중이라고 합니다. 이제 주가는 다시 오릅니다. 조금만 진득하게 기다려 보시지요."

이 상무의 장담대로 6000원까지 떨어졌던 주가는 갑자기 반등하여 순식간에 다시 1만 원을 찍었다. 여기서 멈추지 않았다. 마치 터보 엔진의 추진력을 얻은 듯 연일 상한가를 때리며 마침내 2만 원 고지를 넘었다. 하지만 주가가 2만 원을 찍자 기다렸다는 듯이 매물이 쏟아지기 시작하며 사흘 연속 하락세를 보였다. 출렁이는 주가에 환호성을 지르는 사람과 탄식을 내뱉는 사람들이 속출했다. 1999년 하반기의 증시는 오로지 뉴데이터테크놀로지의 출렁이는 주가가 태풍의 눈이었다.

때마침 이상수 대표이사의 긴급 기자회견도 열렸다. 며칠 전부터 증권 관련 사이트에는 '손정의의 소프트뱅크가 뉴데이터테크놀로지에 투자한다.', '야후와 손잡고 나스닥에 상장한다.'라는 등의 루머가 떠다녔기 때문에 중대 발표가 분명했다.

이상수 대표이사는 기자들의 눈부신 플래시 빛을 피해 천장을 응시했다. 회견장이 잠잠해지자 마이크 앞에서 간단한 프레젠테이션을 시작했다. 현안 문제점의 타개책과 향후 비전 같은 뜬구름 잡는 소리가 계속되자 기자들은 점점 인상을 구겼다. 긴급 기자회견이라는 이름이 부끄럽게 평범한 내용만 계속될 뿐이니 제대로 된 기삿거리가 없기 때문이었다. 이상수 대표이사는 계속 시계를 힐끔힐끔 쳐다보다 정오가 가까워지자 프레젠테이션을 끝마쳤다.

"지겨운 시간은 끝났습니다. 지금쯤은 발표해도 되겠네요."

그가 화제를 돌리자 기자들은 다시 집중했다.

"뉴데이터테크놀로지는 글로벌 브랜드를 육성하기 위해 순양그룹과 제휴하기로 했습니다…."

순양전자가 아니라 그룹이라는 이름을 썼다. 발표의 파괴력을 한층 더 키우기 위해서였다. 순양전자의 지분참여 형태의 제휴 계약은 이날 11시에 이루어졌다. '만일의 사태'에 대비, 안전한 시간대까지 철저하게 보안을 유지했고 기자들도 일일이 신원을 확인한 후에 간담회장에 입장시켰다. 오늘 아침 증시가 열리자마자 쏟아진 매물은 작전세력이 쓸어 담았을 것이다.

단 몇 시간 만에 주가는 다시 폭등했고 오전 거래에서 주식을 내다 판 개미들은 하늘이 무너지는 심정으로 기자회견 뉴스를 들어야만 했다. 순양의 지분참여 발표가 끝나자마자 기자들의 질문이 쏟아졌다. 이 사장은 난처한 질문에 대해서는 말끝을 흐리거나 비보도를 전제로 답했다.

이 회견을 뉴스 속보로 확인한 오세현은 급히 몇 군데 전화를 돌리더니 너털웃음을 터트렸다.

"이상수 사장 도망칠 궁리를 하다 악수를 뒀어. 저러면 안 되는데… 허, 참."

"왜 그러세요?"

"자신의 주식 100만 주를 순양전자에 넘겼어. 이제 이 사장 지분은 10퍼센트 정도야. 순양전자가 2대 주주가 됐고."

창업자이며 대표이사가 주식을 팔았다. 여전히 최대주주이긴 하지만 나중에 문제가 생기면 이것이 빌미를 제공할 것이다. 현금 챙기고 빠져나갈 계획을 미리 세웠다는 의심을 피할 길이 없다.

"200억이라는 현금이 생겼으니 유상증자라도 하지 않을까요? 자본금 늘리려면 그 수밖에 없는데?"

"그렇겠지. 아마도 100억 정도는 유상증자에 넣을 거야. 그래도 100억은 챙긴 거지."

오세현은 후배를 걱정하고 나는 고모를 걱정했다. 이제 폭등하는 주가에 취해 우리의 당부를 잊을지도 모른다. 4만 원일 때 팔아서 네 배의 이익을 꼭 남겨야 한다. 그래야 도박의 짜릿함을 맛볼 것이고 승리에 취해 우리의 통제를 벗어난다. 그때부터는 내버려 두기만 하면 저절로 무너진다. 과연 얼마나 많은 돈을 잃고 쓰러질까?

▲ ▲ ▲

"도준아. 정말 팔아야 해? 바보짓 아냐?"

"파세요. 오 대표의 감은 거의 틀리지 않는다니까요."

"계속 오르잖아."

고모는 못 미더운 눈으로 신문을 내 눈앞에 내밀었다.

"주가가 떨어질 때는 한순간에 매도 물량이 쏟아집니다. 잘 아시잖아요. 아차 하는 순간에 타이밍 놓치면 되돌릴 수 없어요. 충분히 벌었잖아요."

고모는 조용히 나만 불러냈다. 오세현의 잔소리를 피하기 위해서

다. 하지만 내 입에서도 똑같은 소리가 나오자 아쉬운 마음을 숨기지 못했다.

"너도 팔았어? 전부?"

대답을 잘해야 한다. 자고로 사람이란 사촌이 논을 사면 배 아픈 족속이 아닌가?

"우린 이미 다 처분했어요. 3만 8000원쯤에서요. 스물다섯 배 남겼으니 충분하죠, 뭐."

물론 아직 쥐고 있다.

"뭐? 스, 스물다섯 배?"

입을 떡 벌린 채 말을 더듬는 고모에게 대수롭지 않은 듯 말했다.

"네. 우린 상장 시점에 샀으니까요. 1500원이었나?"

"야! 왜 나한테는 미리 말 안 했어?"

"회사가 진행하는 일이니까 저도 몰랐어요. 투자회사야 늘 주식 시장만 보니까 상장 시점을 놓치지 않은 거죠."

"회사가 샀다고 해도 네 투자금도 포함되어 있을 거 아냐?"

"저 이제 얼마 없어요. 고모부 선거자금으로 다 들어갔고 그 대가로 받은 상암동 땅은 아직 그대로니까요. 한 5억 정도 들어간 거로 알고 있어요."

어차피 아무 말도 들리지 않을 것이다. 고모의 머릿속에는 오로지 25배라는 숫자만 남은 것이 뻔하다.

"고모, 용돈 벌 기회는 앞으로도 얼마든지 있어요. 지금은 미련 두지 말고 다 파세요."

지금 내가 하는 말 때문에 얼마나 많은 욕을 먹을지 짐작도 못 하겠다. 고모의 불같은 성격을 생각하면 멱살 잡히는 건 각오해야 한다.

고모는 회삿돈을 임시로 '유용'하는 처지라 더는 모험할 수 없었다.

결국, 4만 원이 조금 넘었을 때 모두 팔아 치웠다는 연락만 받았다. 얼마나 투자했는지, 수익은 얼마인지는 알려 주지 않았다.

고모는 설득했지만, 더 힘든 산이 앞에 버티고 있었다. 오세현은 어이가 없는지 큰소리도 내지 않았다.

"25만 원? 그게 네 예측이야?"

"황당하죠?"

"아는구나. 다행이다. 난 네가 미친 줄 알았거든."

"그런데 삼촌. 잘 생각해 보세요."

"뭘?"

"제가 미친 것 같은 소리를 할 때마다 그 결과가 어떻게 됐죠?"

"그래서 내가 가만히 있는 거야. 아니었다면 널 병원으로 데리고 가든지 아니면 누가 네게 그런 헛소리를 했는지 잡으러 다녔을 거다."

어차피 내 고집을 이길 수 없다는 건 잘 알 테고, 미친 소리 같지만 어쩌면 또 한 번 믿을 수 없는 결과가 나올 수도 있다는 것을 안다.

"난 정리할 거야. 내 개인으로 투자한 거 말이야."

예상보다 쉽게 받아들이는 오세현에게 웃으며 말했다.

"후회하실 텐데요? 흐흐."

만약 뉴데이터테크놀로지에 평범한 투자자들이나 그 어떤 작전세력도 붙지 않았다면 주가는 어땠을까? 벤처 광풍이긴 했지만, 어차피 끝물이라는 것을 여의도 사람이면 누구나 감지하고 있었다. 2만 원? 4만 원? 아마도 이 정도가 최대치 아니었을까?

주가가 5만 원의 고지를 간당간당하며 넘지 못할 때 추진력에 불을 지필 호재가 나왔다. 미국 상장을 목표로 추진 중인 새로운 사업모델을 이상수 대표가 직접 발표한 것이다.

언론 역시 한 패거리였다. 이상수 대표가 발표한 'VoIP(Voice over

Internet Protocol)'라는 기술을 실용화한 상품 '다이얼패드'를 띄우느라 엄청난 지면을 할애했다. 그저 코스닥 열풍에 편승해 까닭도 없이 주가가 치솟는 '무늬만 벤처'들에 비하면 월등히 차이 나는 기술력이라며 치켜세우기 바빴다. 단기간 회원 50만 가입이라며 떠들어댔지만, 가입자가 늘어날수록 수익은 점점 나빠진다는 건 철저히 숨겼다. 50만 가입자 상당수는 소비성향이 낮은 대학생이라 다이얼패드의 광고 프로모션에는 한계가 있을 수밖에 없다는 의견은 단 한 줄도 나오지 못했다.

주춤하던 주가도 단숨에 치고 올라가며 10만 원을 찍자 오세현은 하얗게 질렸다.

"모두 미쳤어. 이제 시총이 조 단위야. 300억 매출에 적자 나는 회사 주가가 이 정도라는 건 미쳐 돌아간다는 거 외엔 설명할 길이 없어."

"지금 주식 사 모으는 사람들 중에 그런 거 따지는 사람 있을까요? 이 광풍에 낙오하면 병신이라는 말이 파다합니다."

"이건 한 번에 폭락해. 전부 휴지 쪼가리가 된다고. 당장 내일일 수도 있어."

오세현은 주가가 오르면 오를수록 불안에 떨며 주식을 빨리 처분해야 한다고 말했다.

"삼촌, 제 예측이 틀렸다고 해도 회사 자금 30억, 제 개인 돈 5억 날리는 게 전부 아닙니까? 미라클이 30억 정도 날린다고 해도 티 안 나요. 제 돈도 마찬가지고요. 끝까지 한번 지켜보자고요."

사실이었다. 만약 돌발변수로 인해 지금 당장 꼬꾸라져도 아쉬울 것도 아까울 것도 없었다. 내 관심사는 오직 고모가 이 판에 다시 들어왔는지 아닌지다. 단기간에 네 배라는 돈맛을 봤는데 가만있기에는 돈이 너무 많다. 수백억을 평범한 사람들의 지갑 속에 든 돈 정도로 생각하는 특이한 부류 아닌가?

▲ ▲ ▲

진도준의 말만 믿고 4만 원에 전부 팔아 치우자 주가가 약 올리듯이 또 한 번 폭등했다. 진서윤은 분통이 터져 일이 손에 잡히지 않았다. 결국, 주가가 계속 상승 국면에서 내려오지 않자 진서윤은 다시 사들이기 시작했다. 자금을 조달하는 임 상무 외에는 아무도 모르게 은밀하게 말이다.

한 번의 선택과 결정으로 큰돈이 들어오는 맛을 알아 버린 노름꾼은 마누라까지 잡히고 패를 돌린다. 진서윤도 예외는 아니었다. 네 배가 아니라 스물다섯 배도 가능한 도박판이다. 그녀는 백화점에 입점한 업체들에 결제해야 할 돈을 어음으로 막았다. 열한 개의 백화점과 호텔에서 들어오는 현금 중에 꼭 지급해야 할 돈을 제외하고 모두 뉴데이터테크놀로지에 쏟아부은 것이다. 길어 봤자 두 달이면 끝날 것으로 예상했다. 더불어 명동 사채시장의 선수들에게 많은 수수료를 지급하고 차명으로 거래를 텄다. 수익을 전부 비자금으로 할 생각이었다.

처음에는 100억으로 꽤 많이 확보할 수 있었지만 10만 원이 넘어가자 손에 쥔 물량이 팍 줄었다. 물론, 주가는 계속 뛰었지만, 너무 많은 돈을 '유용'하자 불안이 엄습했다. 곁에서 불안을 부추기는 임 상무의 걱정도 한몫했다.

"사장님. 이대로 가다가는 소문을 막을 수 없습니다. 경영 악화로 어음이 부도날지도 모른다는 악소문까지 돕니다."

"무시해요. 소문을 확인할 때쯤이면 끝나요."

"그렇지만…."

진서윤은 참다못해 소리를 질렀다.

"지금 실업률이 얼만지나 알아? 우리 백화점은 최소한의 구조조정으로 끝냈어. 순양의 다른 계열사처럼, 아니 대현그룹이나 정일그룹처럼 절반 이상 해고해야 정신 차릴 거야?"

"죄, 죄송합니다."

"입단속 확실하게 해요. 만약 소문을 못 막으면 진짜 구조조정이 어떤 건지 보게 될 겁니다. 입점 업체 절반 이상 물갈이해 버리고 호텔 직원 중 매니저급부터 임시직으로 바꿔 버릴 테니까. 알아들었어요?"

소리치며 윽박지르는 진서윤의 마음도 편치 않았다. 이쯤에서 멈추고 싶었지만, 주가 변동 차트만 보면 마음이 바뀐다. 꾸준히 오르는 그래프의 기울기를 보면 한 달 백화점 수익이 일주일 만에 나온다는 게 눈에 보였다.

불안한 그녀는 마음을 편히 해줄 사람들을 불렀다. 안심하고 잠을 청할 수 있는 그런 말을 해줄 사람.

"참으로 송구스럽지만… 주가를 예측한다는 건 이미 불가능합니다. 그냥 추이를 보며 문제가 생길 것 같은 예감이 들면 빠져나오는 것, 이것이 최선입니다."

"그렇습니다. 주가를 평가할 기업 데이터는 이미 무용지물입니다. 지금 주가는 오로지 미래에 대한 낙관을 베이스로 쌓았기 때문입니다.

"더불어 개미 투자자들의 욕망도 한몫하고요."

얼떨결에 불려 온 사람들은 진서윤의 눈치를 살피며 보고했지만 뭐하나 속 시원한 해답을 내놓진 못했다.

"순양증권의 최고 인재들이라고 들었는데, 영 시원찮네."

진서윤이 못마땅한 표정으로 자신들을 무시하자 순양증권에서 내로라하는, 잘나가는 인재들은 발끈했지만 애써 마음을 억눌렀다. 오너 일가 아닌가?

"죄송하지만 지금 이 상황을 명쾌하게 설명할 사람은 아무도 없습니다. 한국 증시가 시작된 뒤로 처음 보는 기현상이니까요."

"그러니까 어디까지 올라갈지는 아무도 모른다는 말 맞죠?"

"그렇습니다."

"순양전자 상황은 어때요? 200억 투자했으니 지금쯤 뭔가 액션이 나올 법한데…?"

"순양전자는 크게 신경 쓰고 있지 않습니다. 어차피 IT 사업부에서 여기저기 투자한 곳 중 하나일 뿐이니까요. 주가 상승으로 인한 매매 차익보다는 관계사로 하는 것에 중점을 두고 있습니다."

"음….."

방향을 제시하는 등대 같은 답을 얻으려 했지만, 망망대해라는 말만 나오니 그녀의 고민이 깊어졌다. 하지만 망망대해가 끝나면 엘도라도를 만날 수도 있지 않은가?

"저기, 사장님. 혹시 얼마나 투자했는지 여쭤봐도 될까요?"

"그건 알 거 없고. 지금은 주가 오르는 만큼 조금씩 더 매수하는 중이에요. 주가가 좀 빠지면 그만큼 매도하고."

"기본에 충실하시네요. 그 정도면 괜찮습니다."

증권사 매니저들의 긍정적인 평가가 불안을 조금은 없애준다.

"오늘 나와 만난 건 비밀로 해주세요. 만약 그룹 내에 이 사실이 새어 나가면 여러분의 가벼운 입을 의심하겠습니다. 내가 마음먹으면 여러분이 이 땅에 발붙일 곳은 없습니다. 그 정도 힘은 있습니다. 아시죠?"

순양증권 매니저들은 입에 지퍼를 채웠다. 진 회장의 딸에게 그 정도 힘이 있다는 건 의심할 여지없는 사실이다. 그녀가 순양증권의 매니저들을 은밀히 모은 건 투자 자문을 얻기 위해서가 아니다. 마음을 편하게 해줄 말이 듣고 싶어서였고 원하는 것을 얻었다.

"저거 가져가서 안사람에게 줘요. 어떤 취향일지 몰라서 브랜드별로 준비했으니까 마음에 드는 거 서너 개씩 챙겨가요."

그녀의 손끝이 가리키는 곳에는 수백만 원을 호가하는 명품 가방이 쇼핑백에 들어 있었다.

분명 서너 개라고 했다. 증권사 매니저들은 한 번에 모두 일어나 허리를 굽혔다. 이런 횡재는 언제나 반가운 일이다.

▲ ▲ ▲

가을바람이 겨울바람으로 변하기 시작할 즈음 고모는 조용히 나를 찾았다. 그녀의 첫 마디를 듣자 빠져나올 수 없는 늪에 발을 담갔다는 것을 알았다.

"도준아. 오 대표에게 이자 지급 조금만 연기해 달라고 부탁 좀 해줄래? 경기가 엉망이라 백화점 매출이 확 줄었어. 식품관만 근근이 꾸려 나가는 실정이야."

"그 정도까지 나빠졌어요?"

모른 척 시치미를 떼고 묻자 기다렸다는 듯이 우는소리를 늘어놓았다.

"호텔 공실은 70퍼센트가 넘어. 사람들이 먹고는 살아야 하니까 백화점에 장 보러 오는 거야. 백화점인지 시장인지 분간이 안 될 지경이라고."

그럴싸한 거짓말을 들으며 한번 확인해 볼까 하는 생각이 굴뚝같았지만, 자칫 말실수라도 하는 날에는 모든 게 수포로 돌아간다. 이미 20만 원을 훌쩍 넘었다. 지금 고모가 주식을 몽땅 처분하면 떼돈을 만질 것이고 백화점 그룹은 내 손에서 멀어진다. 자연스럽게, 아주 자연스럽게 주식 이야기를 꺼내야 한다.

"죄송해요. 고모."

"응? 뭐가?"

"고모가 그 주식을 4만 원에 팔지만 않았더라면 한꺼번에 문제가 잘

해결됐을 텐데 말이죠."

"응? 아…! 그거. 뭐, 괜찮아. 어차피 나랑 주식은 어울리지 않는데 뭐. 그리고 네 배 수익 올렸잖아. 그 정도로 만족해야지."

얼버무리는 모습이 어색하지만 모른 체하며 말을 이었다.

"30만 원은 족히 넘어갈 것 같던데… 정말 어마어마하죠?"

"뭐? 30만 원?"

화들짝 놀라는 표정이 미묘하다. 입꼬리에 아주 잠깐 머문 미소, 그 미소가 모든 걸 말해 준다. 아무쪼록 백화점 그룹이 휘청할 정도로 질렀기를….

"네. 하지만 비행기 추락이라고 하더라고요."

"그건 또 무슨 말이야? 자세히 말 좀 해봐."

"에이, 남의 집 잔치 이야기하면 뭐해요? 우린 주식 하나 없는데…."

"그, 그렇지만… 궁금하잖니. 나도 한때는 대주주였는데."

지금도 대주주임이 분명하다. 아니라면 고모가 이렇게 눈을 빛내고 있겠는가?

"그러니까 30만 원 정도까지 오를 수도 있다는 게 여의도의 평가래요. 그런데 뭔가 이상 있는 비행기가 고도만 올리는 형국이랄까? 위태로우니 언제 추락할지 모르잖아요."

"위험하다는 말이구나."

"하지만 마지막 타이밍만 잘 잡는다면 그야말로 떼돈이 굴러 들어오니까 사람들이 버티는 거라고 하더군요. 하이 리스크, 하이 리턴, 잘 아시죠?"

"물론이야."

"고모."

난 그녀의 눈을 똑바로 바라보며 말했다.

"응."

"혹시라도 지금 들어가는 짓은 하지 마세요. 아시죠? 비행기 추락."

손을 들어 추락하는 비행기 모습을 보여 주자 고모는 웃음을 터트렸다.

"애가 날 뭐로 보고! 쓸데없는 소리 하지 마."

"그럼 돌아가서 오 대표에게 말씀드려 볼게요. 너무 걱정하지 마세요. 사정 무시하고 돈만 밝히는 분은 아니니까요."

내 입에서 긍정적인 대답이 나오자 고모의 표정은 한결 밝아졌다.

"잘 부탁해, 우리 조카. 이 고모가 신세 진 건 확실하게 갚는다. 알지?"

"신세랄 게 뭐 있나요? 우린 가족인데."

좋은 말만 하고 돌아섰다. 우린 가족이다. 그리고 가족은 늘 문젯거리를 만든다. 고모가 사무실로 쓰는 객실을 나오자 문 앞에서 기다리던 중년 사내가 다가왔다. 어딘지 낯익은 사람이다.

"저기… 진 실장님, 혹시 저 기억하십니까?"

'아, 이 양반… 미라클이 고모에게 돈 빌려줄 때 함께 있던 사람 아닌가? 자금담당 상무던가?'

"혹시 임 상무님?"

"네, 맞습니다. 기억하시는군요."

그가 머리를 꾸벅 숙였다.

"진 사장님 뵙고 나오는 길입니까?"

"네."

초조한 표정의 임 상무는 내게 뭔가 할 말이 있는 눈치였다.

"참, 상무님. 커피 한 잔 주시겠습니까? 고모는 뭐가 그리 바쁜지 할 말만 하고 내쫓더라고요."

"아, 그러시죠. 제 방으로 가실까요?"

그는 기쁜 듯이 날 데리고 서둘러 발걸음을 옮겼다.

임 상무는 커피를 홀짝거리는 내 눈치를 보며 겨우 입을 열었다.

"혹시 사장님과 무슨 말씀 나누셨는지… 제가 알면 안 되는 내용입니까?"

"아뇨. 임 상무님은 자금담당 임원이시니 상관없습니다. 고모는 미라클에 지급할 이자와 상환금을 한두 달 정도 사정 봐달라고 하시더군요. 불경기라 백화점과 호텔 상황이 영 좋지 않다면서요."

"그렇군요. 그 정도만 해도 숨통이 좀 트이겠는데…."

얼마나 돈에 쪼들리는지 길게 한숨을 쉬는 그의 낯빛이 시커멓다.

"그 정도로 어렵습니까?"

"그게…."

흙빛 얼굴로 말을 잇지 못하는 걸 보니 주식에 묶인 돈이 어마어마한 듯하다. 이쯤에서 도박 한번 해봐야겠다.

"주식에 얼마나 넣었나요? 상무님 표정 보니 어마어마할 것 같은데. 아닙니까?"

최소 1000억은 박은 것 같다.

"어, 어떻게 아셨습니까? 진 사장님께서 말씀하셨습니까?"

"그걸 말해야 압니까? 회사 주식까지 담보 잡은 곳에 이자를 못 줄 정도면 뻔하죠. 경영권이 흔들릴 지경 아닙니까?"

"역시 눈치 빠르시네요."

"솔직히 말씀 좀 해보세요. 제가 비밀은 지켜드리겠습니다. 제 입장도 정말 난처합니다. 고래 싸움에 새우 등 터진다고, 고모 사정 나 몰라라 할 수도 없고 오세현 대표님은 친삼촌이나 다름없는데…. 이거 참."

난처한 표정으로 슬쩍 던지자 임 상무는 다급하게 상황을 설명했다.

"실장님, 지금 이 사태를 막을 수 있는 분은 회장님뿐입니다. 실장님은 진 회장님의 총애를 한몸에 받는다는 걸 알고 있습니다. 가서 말씀 좀 해주세요. 불안해서 미쳐 버릴 지경입니다."

"정말 1000억 넘습니까?"

"지금까지 들어간 자금이 1400억입니다. 주가가 5만 원일 때부터 20만 원 때까지… 끊임없이 매입했어요."

웃음이 터지려는 걸 겨우 참고 아주 놀란 표정을 지었다.

"뭐라고요? 1400억?"

"쉿! 소리 좀 낮추십시오."

조심스러워하는 임 상무에게 재빨리 되물었다.

"5만에서 20만? 그럼 지금 팔면 손해는 안 보겠군요."

"당연하죠. 적어도 세 배는 될 겁니다."

"아니, 고모도 참 무모하네. 주식도 잘 모르면서 왜 버티고 쥐고 있답니까?"

"순양증권 사람들 때문이죠. 이 사람들이 매도 시점 알려 주기로 했는데… 아무래도 더 오를 것 같다면서 자꾸 부추기잖습니까?"

'이건 또 무슨 소린가? 여기서 순양증권이 왜 나와?'

의아한 내 표정을 보며 임 상무는 왜 순양증권 사람들이 등장했는지는 그간 사정을 설명했다.

"그러니까 순양증권 사람들이 고모 옆에 붙어서 코치한다는 겁니까?"

"그렇습니다. 이 친구들, 베테랑이라고 하던데… 무모하리만큼 공격적인 것 같아서 불안합니다."

생각지도 못한 정보를 얻었다. 고모가 정보를 알려 주고 가이드를 제시하는 사람까지 구했을 줄이야. 만약 이들이 적절한 매도 타이밍을 알려 준다면 내 계획은 무너지고 고모는 큰돈을 쥐게 된다. 조바심이 났다.

"사실 제가 그 친구들을 따로 만나서 이야기했습니다. 진 사장님께 지금이 매도 타이밍이라고 강력히 권하라고요."

"그런데요? 말을 안 듣습니까?"

"이야기 들어 보니까, 사실 그 친구들도 난처해서 죽으려 하더군요. 만약 매도한 뒤에 주가가 계속 오르면…."

"고모가 가만있지 않겠군요."

"그렇습니다. 그걸 두려워합니다."

고모는 그냥 넘어갈 성격이 아니다. 심하면 강력한 인사 조처 같은 보복까지 할 사람이다. 내게 진짜 문제는 그들의 인생이 아니다. 그 정도로 신경 써서 고모를 관리한다면 고모가 큰돈을 만지고 게임이 끝나 버릴 수도 있다. 공든 탑이 무너질 것 같아 입술이 타들어 간다.

"그 사람들이 누군지 알려 주십시오. 제가 한번 만나 보겠습니다."

"그렇게 해주시겠습니까?"

임 상무의 표정이 밝아졌다.

"아무래도 제가 정리를 좀 해야겠어요. 여차하면 엄청난 손실을 볼 텐데… 이거 원, 불안해서 가만있을 수가 없군요."

"제 심정은 오죽하겠습니까? 아니, 진 사장님도 마찬가지이실 겁니다. 얼굴 타들어 가는 거 보셨죠? 이러다 무슨 일 나겠습니다."

지나칠 정도로 걱정하는 임 상무에게 마지막 당부의 말도 잊지 않았다.

"혹시라도 회장님께 보고하고 도움 청할 생각은 절대 하지 마세요. 고모는 핏줄이라 별 탈 없이 넘어가겠지만, 백화점, 호텔 임원들은 전부 옷 벗어야 합니다. 제대로 보필하지 못한 임원은 용서치 않는 분입니다."

임 상무는 한숨부터 내쉬었다.

"감히 생각하지도 못할 일입니다."

걱정만 하는 임 상무를 뒤로하고 호텔을 빠져나왔다.

순양증권의 훼방꾼들, 참으로 운 좋은 놈들이다. 적절한 타이밍에 등장해서 인생역전할 테니 억세게 운도 좋다. 이번엔 정말 제대로 걸렸다. 이놈들 인생을 통째로 사서 고모를 벼랑으로 밀어 버리는 일을 시켜야겠다.

사무실을 찾아온 세 명의 사내는 눈길 둘 곳이 없어 사무실 내부만 두리번거렸다. 미라클이라는 이름 때문에 달려왔지만 왜 미팅을 요청했는지는 아직 모르니 호기심 어린 눈빛이다.

"안녕하십니까. 진도준입니다."

명함을 건네자 셋 중 한 명의 눈빛이 달라졌다.

"혹시 회장님의…?"

"맞습니다. 바로 그 진도준입니다. 하하."

이들이 어디까지 아는지 모르겠지만 3세라는 것만으로도 긴장하는 모습이다. 총수의 핏줄이 연이어 자기들을 찾으니, 이것이 기회인지 위기인지 열심히 궁리하는 모습까지 엿보인다.

"그런데 무슨 일로 저희를 보자고 하셨는지요?"

난 호기심 가득한 그들의 눈을 보며 입을 뗐다.

"줄 서실 생각 있으면 제 곁에 서시라는 말씀을 드리고 싶어서요."

노골적인 말에 이들의 표정이 달라졌다.

"입 무거우신 분들이라고 들었습니다. 그래서 허심탄회하게 말씀드립니다."

나는 준비한 서류를 그들에게 내밀었다.

"제가 원하는 조건 하나만 들어주신다면, 그 서류는 바로 효력을 발휘합니다. 일단 검토해 보시죠."

내 말이 떨어지기 무섭게 그들은 서류에 얼굴을 박았다. 단 한 글자도 빼먹지 않겠다는 듯 꼼꼼하게 서류를 살핀 그들의 얼굴 근육이 실룩거렸다. 환호와 웃음이 터져 나오려는 걸 참는 게 분명하다.

"마음에 드십니까?"

내 물음에 그들은 표정을 가다듬고 조심스레 입을 열었다.

"미라클이라면 현재 최고의 투자사입니다. 미국 본사도 마찬가지고요. 하지만 이런 파격적인 조건으로 스카우트한다는 이야기는 듣지 못했습니다."

"허심탄회하게 말씀하신다고 했으니 이런 놀랄 만한 제안을 왜 하시는지 말씀해 주실 수 있겠습니까? 원하는 조건 한 가지가 뭔지 말입니다."

연봉 10억, 인센티브 별도, 실적과 관계없이 최소 5년 이상 고용 보장이 조건이다. 이들은 5년만 일하면 남들이 평생 일해도 가질 수 없는 돈을 손에 넣는다. 단, 알지 못하는 한 가지 조건만 들어주면 말이다.

"제 고모 진서윤 사장님께 조언하는 중이라고 들었습니다. 아, 너무 놀라지 마세요. 비밀인 것은 잘 아니까요."

세 사람의 입매가 순식간에 굳었다. 진서윤이 떠올랐을 것이다. 이 바닥에 발을 못 붙이게 할 수 있다는 경고, 그 비밀이 새어 나갔다.

"뭐, 거의 협박이더군요. 하지만 미라클엔 고모의 힘이 미치지 못합니다. 또한 고모는 제가 제안한 조건만큼 여러분의 미래를 책임지지도 않고요. 아닙니까?"

"그러니까 그 조건을 알아야 합니다. 그래야 실장님께 줄을 서든, 진 사장님 눈치를 보든 선택할 수 있으니까요."

"조건은 간단합니다. 진서윤 사장님이 보유한 뉴데이터테크놀로지 주식을 끝까지 못 팔게 하시면 됩니다."

"못 팔게…?"

"그렇습니다. 그 회사의 주주로 영원히 남게 해달라는 겁니다."

이들도 여의도 짬밥을 10여 년간 먹었다. 지금 그 회사의 주가는 살얼음판이라는 걸 잘 안다. 당장 폭락해도 이상할 게 없는 주식, 그걸 영원히 쥐고 있게 하라는 건 어마어마한 손실을 본다는 뜻이다. 줄 선다는 게 직급이나 사내 정치 급이 아니다. 아예 총수 일가의 사람에게 줄 서는 것이다. 이들의 표정이 더욱 굳어 버렸다. 진서윤에게 거짓말을 하고 배신하라는 뜻 아닌가?

"뭘 그리 놀라세요? 주식으로 손해 본 사람이 어디 한둘입니까? 여러분 고객 중에서도 여러분의 말만 믿고 있다가 손해 보고, 쫄딱 망한 사람도 많을 텐데요?"

"그렇다고 떨어질 게 뻔한 주식을 계속 쥐고 있으라고 조언한다는 건 좀….'

"친하세요?"

"네?"

"진서윤 사장과 친하냐고 물었습니다. 그분 안 지가 얼마나 됐습니까? 제가 알기로 한번 만난 게 전부라고 들었는데."

배신이라는 말을 쓰기에도 어색하다. 단지 힘 있는 자에게 멱살 잡힌 게 전부인 관계에서 배신이니 뭐니 할 것도 없다.

"매일매일 피 말리는 전쟁터 같은 곳에서 일하시는 분들치고는 사태 파악도 늦고 판단이 엉성하군요. 혹시 부족한 능력을 겨우겨우 감추며 지낸 겁니까?"

자존심을 확 긁으니 이들의 발끈한 심정이 얼굴에 드러났다. 하지만 회장의 핏줄이니 아무 말 못 하고 씩씩거리기만 한다.

"이건 누굴 선택해야 인생이 풀리는지 고민할 문제가 아닙니다. 누구를 선택해야 인생 꼬이는 걸 막을 수 있는지 생각해야 할 문제라는 겁니다. 이해되십니까?"

이들도 내 말뜻을 알아챘다. 조카가 고모를 사지에 밀어 넣는다고 한다. 여기서 거절하면 조카가 칼을 든다. 결국, 방패막이가 가능한 사람을 골라야 하는데 나는 방패 역할뿐만 아니라 돈다발로 된 카펫까지 깔아 주겠다고 했으니, 어느 쪽에 줄 서야 하는지는 명확하다. 이들이 바보가 아니라면 말이다.

"충분히 이해했습니다만 어떻게 보장하실 겁니까?"

"뭘 보장해요?"

"진서윤 사장님이 우리를 쫓아냈을 때 이 계약서대로 우리를 채용한다는 보장 말입니다."

"주식을 안 팔고 꾹 쥐고 있게 만드는 건 약속할 수 있고요?"

피식 터진 내 비웃음에 곧바로 카운터펀치가 날아왔다.

"우린 고객이 주식으로 돈 벌게는 못해도, 망하게는 할 수 있습니다. 잘 아신다고 생각했는데요?"

약속은 확실히 지킨다는 뜻이고 내 곁에 서겠다는 의미도 포함되어 있다. 이제 내가 확신을 줘야 한다.

"사실 나도 뉴데이터테크놀로지 주식 30만 주 갖고 있습니다. 여러분 5년 치 연봉쯤은 아무것도 아니죠."

"30만…!"

지금 주가가 20만 원을 훌쩍 뛰어넘었다. 이것만 해도 600억이다. 이들 셋의 5년 치 연봉이라고 해야 겨우 150억, 아무것도 아니라는 게 빈말은 아니다.

"주가 얼마일 때 사셨는지 물어봐도 될까요?"

"상장했을 때 5억 질렀습니다."

나지막한 탄성이 동시에 흘러나왔다.

"상장가 수준으로 매수하셨다는 건데… 대단하십니다."

"어떻게 계속 쥐고 계셨는지? 등락 폭이 엄청났는데… 떨어질 때 흔들릴 법도 하지 않습니까?"

놀란 그들에게 사실을 말할 수는 없고, 이들의 기를 팍 꺾어 놓는 대답을 던졌다.

"다 날려도 고작 5억, 리스크를 조금만 인내하면 수십, 수백억을 버는데 흔들릴 이유가 있겠습니까?"

세 사람의 얼굴에 못마땅함과 부러움이 공존했다. 5억 원이라는 거금 앞에 고작이라는 단어를 붙일 수 있는 가진 자의 여유, 그것 때문에 더 많은 것을 가지게 되는 부자, 아니꼽지만 부러움을 부인하기 어려울 거다.

이제 이야기를 끝내야 할 시점이다. 마지막은 나 역시 고모와 다를 바 없이 위협으로 끝냈다.

"제가 말한 대로 잘 끝내 주기를 바랍니다. 일이 잘못되면 제가 진서윤 사장님보다 더 악랄한 놈이라는 걸 아시게 될 테니까요."

굳은 표정으로 내 협박을 듣던 그들 중 한 명이 조심스레 물었다.

"하나만 묻겠습니다. 왜 진 사장님을 수렁으로 미는 겁니까?"

"자잘한 가족 간의 다툼이라고 해두죠."

'자잘하다는 표현치고는 좀 잔인한 면도 있나?'

주가가 25만 원을 찍었을 때 모조리 팔아 치웠다. 물론 한 번에 매도 주문을 내는 멍청한 짓은 하지 않았다. 회사 투자금 30억은 5000억이 되었고, 나의 개인 투자금 5억은 800억으로 불어났다. 오세현은 겨우 160억을 벌었지만, 단 한 번도 후회하거나 부러워하는 모습을 보이지

않았다. 주식은 파는 그 순간 잊어버린다는 진정한 프로의 모습을 보여
주고 싶었나 보다. 혼자 있을 때 기회를 놓친 걸 아까워하며 분통을 터
트렸을지는 모를 일이다.

주가는 1주일 정도 30만 원 코앞에서 안간힘을 썼지만 넘지 못했다.
물론 장중 최고가로 잠시 그 선을 넘은 적도 있지만, 유지는 불가능했다.
그 1주일이 지나자 비행기가 추락하듯 하한가를 찍기 시작했다. 다가올
새 천년의 기쁨에 들떠 있어야 할 여의도는 온통 잿빛이었다. 그 한가운
데 뉴데이터테크놀로지가 무너지는 소리가 천둥처럼 크게 들렸다.

불과 3개월여 만에 70배 가까이 급등하면서 증권사 지점에서는 '모
든 주식을 무조건 팔고 뉴데이터를 사달라'는 열풍이 불어닥쳤다. 이
에 따라 145.50에 불과했던 코스닥 종합지수는 3개월 만에 266.00으로
82.8퍼센트나 급등했다. '닭(코스닥)이 소(거래소)를 잡아먹었다.'라는 말
까지 유행할 정도였다.

주가가 30만 원이 넘었을 때는 코스닥지수도 292.55까지 올라 300
돌파는 문제없다는 분석이 지배적이었다. 그러나 주가가 15만 원으로
급락한 뒤 이렇다 할 반등 시도도 못 한 채 다시 1만 원대에 안착했다.
'노다지'가 '휴지 조각'으로 변하는 순간이었다.

차세대 기술이라며 칭찬하던 언론들은 언제 그랬냐는 듯이 허황한
아이디어일 뿐이었다며 혹평했고, '벤처가 벤처답지 않고 극복해야 할
재벌을 닮았기 때문'이라며 회사 자체를 씹어대기 시작했다.

더욱 가관인 것은 한국의 빌 게이츠라며 칭찬해 마지않던 이상수 사
장을 희대의 사기꾼으로 묘사하며, 그가 자주 다니던 룸살롱 아가씨의
인터뷰까지 지면에 실었다. 수십만 명이 알뜰히 모은 돈을 다 날리고 울
부짖으니 그들의 분노에 바칠 제물을 준비하는 것이다. 비정상적인 주
가라는 걸 누구나 알았지만, 모두가 한탕주의에 빠져 외면한 사실을 준

엄히 꾸짖는 언론은 단 한 군데도 없었다.

패배한 탐욕은 절망을, 절망은 분노를, 분노는 터트릴 대상을 찾아 헤맨다. 진서윤도 똑같은 순서를 밟았다.

▲ ▲ ▲

1400억이 100억도 안되는 금액으로 줄어들자 진서윤은 절망했다. 해를 넘기기 전에 지급해야 할 돈이 1400억이다. 더는 버틸 수 없다. 해를 넘기게 되면 백화점 입점 업체들이 가만있지 않을 것이고 심할 경우 고소 고발로 이어질 수도 있다. 그녀는 이 절망의 책임이 자신에게 있다는 것을 인정할 수 없었다.

"임 상무! 이놈들은 언제 오는 거야? 내가 빨리 데려오라는 말, 못 알아들어?"

"사, 사장님, 진정하시고….""

"내가 지금 진정하게 됐어? 뭐 하냐고!"

"연락이 안 됩니다. 전화도 안 받고 출근도 안 했다고 합니다."

순양증권의 그 셋뿐만이 아니다. 뉴데이터테크놀로지가 무너진 후, 잠적한 여의도 사람이 한 트럭이 넘는다.

"이놈들을 그냥…! 사람 풀어서 잡아 와. 경찰청에 연락하든 검찰에 부탁하든 무슨 수를 써서라도 잡아 오라고!"

임 상무는 집기까지 집어던지는 진서윤을 멍하니 바라보는 게 전부였다. 순양그룹의 힘으로 세 놈을 찾아내는 거야 뭐가 어렵겠냐마는 이미 날아가 버린 돈이다. 되찾는 것은 불가능하다. 지금은 펑크 난 돈을 어떻게 메우느냐를 궁리해야 한다. 지금이라도 진 회장을 찾아가거나 미라클의 오세현을 만나 필요한 돈을 구하는 게 최우선 순위 아닌가? 이렇게 히스테리만 부릴 때가 아니다.

진서윤은 임 상무의 처연한 시선을 느끼고는 떨리는 몸을 진정시켰다. 그녀도 바보는 아니다. 지금 당장 1000억 원대의 돈을 구할 곳은 단한 곳뿐이다. 오세현에게는 말도 꺼낼 수 없다. 빚쟁이에게 돈을 더 빌려 달라고 하다가는 담보까지 날아가 버린다. 이럴 때도 역시 피를 나눈가족뿐이다.

"차 준비해. 평창동으로 간다. 지금 당장!"

인터폰을 향해 말하는 진서윤을 보고 임 상무는 안도의 한숨을 길게 쉬었다. 다행이다. 모시는 사장이 완전히 정신 나간 건 아닌 것 같다.

진 회장에게 1400억 정도는 푼돈이다. 진서윤이 무릎 꿇고 싹싹 빌고, 심한 꾸지람 한 번 들으면 차용증을 대신할 수 있다. 급한 불을 끄는건 바로 혈육의 정이다.

"얼마라고?"

"그게…. 1400억이요."

"그 돈을 주식으로 홀라당 말아먹었다?"

진 회장은 고개를 들지 못하는 딸을 보며 눈살을 찌푸렸다.

"백화점 쥐어 줬더니 입점 업주들에게 줘야 할 돈을 주식에 꼬라박아? 제정신이냐?"

"죄송해요, 아버지. 경영 자금 압박이 심해서 방법을 찾다 보니…."

"참 쉽게 산다. 경영 자금이 여의도에 굴러다니더냐?"

"아버지. 순양전자도 투자한 회사라고요. 그래서 믿고…."

진서윤은 매섭게 쏘아보는 아버지의 눈빛에 변명을 멈췄다. 몇 발짝만 더 나갔다가는 아무것도 건지지 못한 채 쫓겨날 것 같았기 때문이다.

"넌 이미 순양그룹과 별개가 아니냐? 남의 회사 뒤나 쫓아가는 게 가당키나 해?"

"이렇게 몇 개월 만에 무너질 회사에 200억이나 투자한 순양전자가

잘못된 거 아닌가요? 투자 잘못한 건 저나 순양전자나 차이가 없다고
요."

"그래서 하고 싶은 말이 뭐야? 왜 왔어? 남의 회사 트집이나 잡으려
고?"

진서윤은 진 회장의 화난 표정에 아차 싶었다. 지금은 무릎 꿇고 싹
싹 빌어도 모자랄 판이다.

"딱 한 번만 도와주시면 안 돼요? 이 고비만 넘기면…."

"오세현이에게 또 손 내밀면 만사 해결 아니냐? 내가 뭘 도와줘?"

"안 돼요. 오 대표에게 더는 빌릴 수 없어요."

기겁하는 딸을 보며 진 회장은 서랍 속에서 서류 뭉치 하나를 꺼내
툭 던졌다.

"네가 원하는 대로 계열 분리까지 다 끝냈다. 이제 순양이라는 이름
떼더라도 상관없어. 주식 한 주 섞이지 않은, 완전히 별개의 회사야. 내
가 도와주면 순양 돈을 횡령한 셈이 된다. 늙은 애비가 구속되는 꼴이라
도 보고 싶은 게냐?"

진서윤은 서류 파일을 펼치지도 못한 채 파랗게 질려 버렸다.

"아, 아버지. 지금 이러시면 안 돼요. 지금 백화점 그룹이 제 손에 들
어오면 큰일 나요. 이거 다시 되돌려야 한다고요!"

"주식으로 돈만 날린 게 아니로구나. 정신도 날렸어. 네가 그렇게 원
하던 걸 줬는데… 거절해?"

"그게 아니고요…."

"이거… 애처로워서 어쩌나, 우리 딸. 남편도 버렸는데 회사도 버리
려고?"

"아니, 그게 아니고 잠시만 뒤로 미뤄 달라는 부탁이라고요."

"제정신이냐? 이거 네게 물려준다고 깨진 돈이 얼만 줄 알아? 그걸

다 날려 버리라고? 도대체 넌 어떻게 생겨 먹은 거야!"

진 회장이 화를 터트리자 진서윤은 눈만 질끈 감았다. 복잡한 채무 관계부터 구멍 난 돈 1400억, 새 천년 첫 사업으로 오픈하는 대형 마트까지, 산재한 일이 전부 꼬여도 너무 꼬였다. 그런데 진서윤이 까마득히 잊고 있던 사실이 진 회장의 입을 통해 흘러나왔다.

"그런데 너, 주식 투자는 누구 명의로 진행했어? 혹시 차명이었냐?"

몰라서 묻는 건 아니다. 누구나 차명으로 회삿돈을 '유용'하지 않는가? 이건 확인하는 것이다.

"갑자기 그건 왜 물으세요?"

"빨리 대답이나 해! 맞아?"

"네."

"미치겠구먼."

진 회장은 머리를 의자에 기댔다.

"아버지, 왜 그러세요? 무슨 문제라도…?"

딸의 조심스러운 질문에 그는 입을 꾹 다물고 아무 말 하지 않았다.

진서윤은 이럴 땐 아무 말 없이 기다려야 한다는 걸 안다. 그녀는 진 회장의 얼굴만 바라보며 가만히 있었다.

"서윤아."

"네, 아버지."

한참 만에 말문을 연 진 회장은 부드럽게 딸을 불렀다.

"네가 가장 믿는 사람이 임 상무냐?"

"네. 곳간 열쇠를 맡겨도 될 만한 사람이에요."

"그자도 널 충심으로 따르고?"

"아마도요. 그런데 아버지, 왜 그러세요? 불안하게…."

그녀가 떨리는 목소리로 물었지만 진 회장은 속 시원한 대답은 피했다.

"됐다. 뒷일은 내가 알아서 하마. 넌 돌아가서 회사나 챙기거라."

진서윤은 아버지의 '알아서 하마.'라는 말이 구원의 빛처럼 다가왔다.

"아버지. 정말 고마워요. 저 정말 잘할게요. 그리고 1400억…. 1년 안에 다 정리하도록 노력할 거고요."

"무슨 소리냐? 1400억이라니?"

"네? 알아서 다 해주신다고…?"

부녀는 동시에 눈을 동그랗게 뜨고 서로를 향해 물었다. 진 회장이 먼저 어긋난 의미를 알아챘다.

"돈은 네가 해결할 문제다. 아직도 그따위 소리나 하는 게냐? 회사를 쪼갠 이상 일과 돈은 네 몫이다. 전부 말아먹더라도 내게 와서 손 벌리지 마라!"

"아, 아버지."

"내가 해결하는 건 네가 구속되는 일은 벌어지지 않도록 막겠다는 뜻이다. 딸이라고는 달랑 너 하나뿐인데 옥살이하는 건 애비로서 못 보겠으니 말이다."

"옥살이라니요? 그게 무슨…?"

"넌 알 거 없다. 그만 돌아가. 지금은 꼴도 보기 싫으니까. 어서!"

진서윤은 아버지의 호통에 영문도 모른 채 물러나야 했다. 하지만 돈 걱정 가득 안고 돌아가는 발길이 잘 떨어지지 않았다.

"그래 전부 알아봤어?"

"네. 명동에서 몇 바퀴 돌린 겁니다. 총 열여섯 명의 이름으로 분산했더군요."

"끙."

진 회장은 저도 모르게 신음이 흘러나왔다.

"돈은 어떻게 뺐어?"

"회사에서 대표이사들 명의로, 그다음 명동입니다."

"서윤이 손때는 묻었고?"

"없습니다."

"그건 다행이구먼."

이학재 실장은 담담한 표정으로 말했다.

"너무 염려하실 필요 없을 것 같습니다. 나름대로 조심한 것 같습니다."

"자네가 하루 만에 파악했는데 검찰은? 반나절이면 돈 흐름 전부 파악해."

머리를 흔드는 진 회장을 보며 이학재는 그의 걱정이 너무 심한 것 아닌가 생각했다.

"아무리 심각한 사태라도 주식 매입한 사람까지 조사하겠습니까?"

"5조가 넘는 돈이 증발했다. 그 5조가 재벌 돈도 아니고 세금도 아니야. 애 업고 증권사 들락거리며 반찬값이라도 벌어 보려던 아줌마들 돈이야. 수백만 명의 분노가 하늘을 찔러. 이거 제대로 정리 못 하면 정권마저 흔들린다. 희생양을 정할 때까지는 조심, 또 조심해야 해."

진 회장은 이 일을 단순한 주식 폭락으로 보고 있지 않았다.

"뉴데이터인지 뭔지 그놈 주가가 한창일 때 순양전자가 보유한 주식을 내다 팔려고 하는 걸 내가 막았어. 열 배나 이익이 난다고 영기 그놈이 와서 입에 거품을 물더라."

"이렇게 될 줄 아셨습니까?"

"썩어 빠진 정치하는 놈들이 붙어서 작업하는 게 뻔히 보이는데 그걸 모를까? 차라리 돈 200억 날리는 게 낫다 싶더라고. 만약 그때 팔았어봐. 이 난리의 주연이 우리 순양전자라고 할 게야."

"이젠 피해자니 그런 일은 없겠군요."

팔순이 가까운 나이에 어떻게 저런 판단력이 살아 있는지… 이학재는 그가 참으로 대단하다 싶었다.

"이미 검찰과 금감원이 수사한다고 칼을 빼 들었어. 작전세력부터 색출할 텐데, 서윤이 이름 나오지 않게 조치해."

"네, 회장님. 그런데 명동 놈들 입에서 진 사장 이름이 나올지도 모릅니다."

"임 상무 그자가 지금 총괄이라고 하니 그놈 뒤를 털어 봐. 백화점과 호텔 돈을 10여 년 만졌으니 떡고물 많이 묻었을 게다. 그거 못 본 척해 주는 조건으로 이거 책임지게 해야지."

혹시라도 모를 일을 대비해 대신 옥살이할 놈은 이미 정했다. 진서윤의 죄를 다 뒤집어쓰고 순순히 검찰청으로 걸어가게 만드는 건 이학재가 할 일이다.

"이 건은 그렇게 정리하겠습니다. 그런데 회사는 어떻게 할까요? 자칫 잘못하면 경영권을 뺏길 수도 있습니다."

미라클과의 계약서는 분명 심각한 수준이다. 이 일을 빌미로 채권을 주장하며 담보를 가져가 버릴지도 모른다. 이미 그 담보는 진서윤의 손으로 들어갔다. 오세현이 마음만 독하게 먹으면 뺏어 버릴 수 있다.

"언제든 무너질 탑처럼 불안하더니…."

"불안하셨습니까?"

"회사는 건재할 게야. 무너질 탑은 바로 자식이지."

이미 진서윤의 경영권 방어는 어렵다고 생각하는 게 틀림없다. 하지만 탑이 무너지는 걸 기다린 건 아닐까? 아니, 불안한 탑이 무너지는 걸 일부러 지켜만 보고 있었던 건 아닐까? 무너질 불안한 탑 대신 '안전하고 튼튼한' 새로운 탑을 원했던 건 아닐까?

이학재는 의문이 아니라 확신에 가까운 생각이 들었다. 그리고 새로운 탑이 누군지 그는 정확히 알 것 같았다.

▲ ▲ ▲

"자, 이제 어떻게 할 셈이냐?"

"고모 말입니까?"

"그래. 이상수 사장 덕분에 5000억이 넘는 돈이 들어왔어. 네 고모 회사 차지하는 데 썼던 돈, 단번에 번 거잖아."

오세현은 '빌려줬던'이라는 단어 대신에 '차지하는'이라는 단어를 썼다. 내 목적이 뭔지 정확히 안다는 뜻이다.

"네 할아버지가 도와준 게 확실하다. 딱 때맞춰 그룹 분리 작업을 끝마친 거 보면 말이다."

"도와준 게 아니라 제게 주신 거겠죠."

"줬다고 하기에는 모자란 감이 없지 않아. 우리가 담보로 잡은 주식은 30퍼센트에 불과해. 아직 진서윤 사장이 35퍼센트를 쥐고 있다."

"고모가 사고 친 돈이 1400억입니다. 그 돈으로 25퍼센트를 더 가져와야죠."

"순순히 줄까?"

"회삿돈 1400억을 주식 투자로 날렸어요. 죄질이 악랄합니다. 이거 묻어 주는 것까지 환산해야죠."

30퍼센트의 주식을 가진 대주주가 대표이사의 횡령을 눈감아 준다. 물론 횡령한 돈 1400억도 메꿔 준다. 이 정도면 고모도 손해 보는 장사는 아니다.

"총대는 내가 메고? 또 악역을 해야 하는 거야?"

"아뇨. 이번엔 제가 나서겠습니다. 누가 백화점 그룹의 진정한 주인인지 정확히 알려 줘야죠."

의외라는 듯한 표정의 오세현을 바라보고 있자니 괜히 머쓱해졌다. 무게 잡으려 한 말이 아닌데 왠지 손발이 오글거린다.

"네 고모가 많이 놀라는 건 그렇다 치고, 집안사람들이 너에 대한 경계심이 더 커지겠는걸? 괜찮겠냐?"

"고모가 입을 다물 겁니다. 아직 욕심을 버리지 못했으니 당분간 제 곁에 바짝 붙어 다닐 겁니다."

"고모를 수족처럼 부리겠다? 너도 참 독하다."

"예전에 한 번 말씀하셨죠? 우리 집안 내력입니다. 그냥 그러려니 하세요. 하하."

"그런데 헐레벌떡 달려와야 할 네 고모는 무슨 배짱으로 잠자코 있는 거지? 우리가 먼저 찾아오기를 기다리는 건가? 여전히 공주님 흉내네."

오세현이 투덜거리기 무섭게 문이 벌컥 열리며 누군가 뛰어 들어왔다. 기다리던 고모는 아니었다.

"오 대표님. 저 좀 살려 주십시오! 진 실장님 좀 도와주세요!"

갑자기 들이닥친 이는 바로 임 상무였다.

"뭡니까? 또 무슨 일이 터진 겁니까?"

황당하기도 하고, 고모가 무슨 엉뚱한 일이라도 저질렀는지 겁이 나기도 했다.

"수, 순양에서 절 희생양으로 삼았습니다. 가만히 있으면 제가 전부 뒤집어쓰게 생겼다고요. 제발 좀 구해 주십쇼!"

희생양이라는 말만 들어도 모든 걸 짐작할 수 있었다. 횡령은 무거운 중죄다. 오세현도 짐작 못 할 사람은 아니지만 임 상무를 달래 가며 자초지종을 물었다.

"이학재 실장이 다녀갔습니다. 제 실수를 샅샅이 뒤져 죄를 따지는

데… 전 정말 억울합니다."

이학재까지 등장했다면 실수가 아니라 임 상무가 저지른 위법 행위를 샅샅이 찾아냈다는 뜻이다. 이학재는 절대 허술한 사람이 아니다. 임 상무는 미라클과 고모의 계약 내용을 훤히 아는 사람이다. 순양의 협박에서 자신을 구해 줄 사람은 백화점 그룹의 주인이 될지도 모르는 미라클밖에 없다는 걸 잘 안다. 하지만 우리의 본색을 몰라 저지른 실수다. 순양이라는 호랑이를 피해 늑대 굴로 들어온 여우, 이것이 바로 임 상무의 운명이다.

"뭐가 그리 억울하세요?"

"네?"

"이학재 실장이 찾아낸 죄나 실수 중에 없는 일을 꾸며낸 것이 있습니까?"

"그, 그게…."

임 상무는 어버버할 뿐 확실하게 부인을 못 한다.

"우리가 상무님을 도우려면 모든 걸 다 알아야 합니다. 실수가 뭔지, 무슨 잘못을 저질렀는지 말입니다. 아시겠어요?"

"전 정말 큰 문제를 저지르지…."

"아뇨. 상무님 말고요."

"네?"

"상무님 목에 이학재 실장이 칼을 들이댔는데 피하기에는 이미 늦었습니다. 우리도 칼을 빼 들고 상대의 목을 겨눠야죠. 바로 진서윤 사장 말입니다. 어차피 이학재 실장은 진서윤 사장의 대리일 뿐이니까요."

임 상무는 내가 고모를 공격하자고 하니 믿을 수 없는 표정이 되었다. 오세현은 잠자코 나를 지켜보기만 했다, 이 판은 내가 나서겠다고 했으니 완전히 빠지겠다는 의사를 보이는 것이다.

"진 실장님, 진심입니까?"

"상무님도 이미 짐작하셨으니 이리로 달려오신 것 아닙니까? 고모의 자리를 미라클이 차지할 수도 있다는 짐작, 맞죠?"

"그, 그렇습니다."

"그럼 전부 다 말씀해 주세요. 고모가 주식 투자로 날린 1400억. 그 돈의 출처와 자금 흐름, 그걸로 고모의 목에 칼을 겨눠야죠. 그럼 둘 다 칼을 내려놓자는 제안을 이학재 실장이 먼저 할 겁니다."

임 상무는 오세현을 흘낏 쳐다봤지만, 어깨만 으쓱할 뿐 여전히 아무 말 하지 않았다. 임 상무가 주저하는 이유는 충분히 이해한다. 혈육으로 엮인 관계 아닌가? 조카가 고모의 약점을 쥐고 칼을 겨누기보다는 생판 남인 자신을 매장하려는 속셈이 아닐까 하는 의심이 먼저 들 것이다.

나는 주저하는 그를 보며 말했다.

"고모를 모함하라는 말이 아닙니다. 증명할 수 있는 팩트만 말씀하세요. 괜히 부풀려 봤자 역으로 당합니다. 팩트가 임 상무님이 쓸 수 있는 칼이 될지 안 될지는 제가 판단하겠습니다."

"그러니까 그게…."

조심스레 말을 꺼낸 임 상무는 차츰 목소리를 높여갔다. 1400억의 출처를 전부 다 밝혔을 때쯤엔 아예 귀청이 따갑도록 소리를 지르고 있었다.

"완전히 미친 거라고요! 아무리 줄 돈 안 주고 버티는 게 부자들의 습성이라지만 이건 도를 넘었어요. 내일모레면 입점 업체들 전부 머리에 띠 두르고 백화점 입구에서 농성할 겁니다."

"그러니까 1400억이 빠져나가서 명동으로 흘러 들어가는 동안 진서윤 사장의 손을 거친 건 아니라는 거죠?"

"그렇습니다. 회사 계좌에서 유령 회사로, 그다음 명동으로 흘러 들어 간 겁니다."

"유령 회사 대표는 누굽니까?"

"말 그대로 유령입니다. 행불자 명의로 만든 회사죠. 꽤 오래되었습니다."

"비자금 창구군요."

"네. 이런저런 명목으로 세금계산서 발행해서 호텔과 백화점 돈을 빼먹었죠."

"그 회사만 조사해도 빼도 박도 못 할 증거가 나오는 셈이군요."

"네. 진 사장님은 꼼짝 못 할 겁니다."

"돈 만지는 분이 셈이 느리시네."

한심하다는 듯 바라보는 내 눈을 보며 임 상무는 고개를 갸웃거렸다.

"유령 회사로 돈을 쏜 건 대표이사들입니다. 각 백화점 사장들, 호텔 사장들, 바로 이 사람들이 돈을 빼돌린 증거 아닙니까? 거기에서 고모의 흔적을 찾아낼 수 있을 것 같아요?"

"무슨 말씀을… 누구나 다 아는 사실인데요? 그 유령 회사가 진사장님의 지갑이라는 걸."

"누구나 다 알지만 법원은요? 검찰은요? 법정증거주의, 모르세요? 유령 회사가 고모의 지갑이었다는 걸 서류로 증명할 수 있습니까?"

"증언도 증겁니다. 대표이사들, 임원들 전부 증인이에요."

"바로 그겁니다."

내가 무릎을 탁 치며 머리를 끄덕이자 임 상무의 눈이 휘둥그레졌다.

"상무님이 그분들 전부 증언할 수 있게 설득하세요. 그럼 나머지는 제가 맡겠습니다."

모시는 주인을 배신해야 한다. 그래야 새로운 주인을 받아들인다.

"문제 터지면 그 대표이사님들 전부 상무님과 같은 처지라는 걸 알려 주세요. 어차피 증발한 1400억에 대한 책임을 누군가는 져야 합니다. 상무님 혼자 순순히 독박 쓰면 조용히 넘어가겠지만…."

"제가 어떻게 가만있겠습니까? 절대 혼자 죽을 생각 없습니다."

"그럼 시끄러워질 테고 호텔이나 백화점 대표이사들에게 불똥이 튐니다. 그들이 이구동성으로 상무님을 가리킨다면요?"

"그, 그런 말도 안 되는…!"

임 상무는 소스라치게 놀랐다. 하지만 말이 안 되는 게 아니라 그럴 가능성이 크다는 것도 잘 안다. 충성하는 주인을 위해 거짓말하는 것이 드문 일도 아니지 않은가?

"그러니까 그들의 손끝이 진서윤 사장에게로 향하게 해야 합니다. 설득하세요. 꼭!"

나는 아직 두려움에 떨림이 멈추지 않은 임 상무의 두 손을 꼭 잡았다.

▲ ▲ ▲

"대표님, 선택하셔야 합니다. 시간이 없어요."

"임 상무! 말이 되는 소리를 해야지. 내가 진 회장님께 입은 은혜가 얼만데 그따위 소리를 하는 거야?"

"살고 봐야지요. 안 그렇습니까?"

"이 친구야! 자네가 이러면 안 되지. 진서윤 사장이 자네를 얼마나 신뢰하나? 그런데 배신하자고?"

순양백화점 중 가장 규모가 크고 선임이라고 할 수 있는 강남점 대표이사는 임 상무를 보며 눈살을 찌푸렸다.

"대표님, 진 사장님은 지금 자기가 사고 친 걸 제 어깨에 올리려고 합니다. 무려 1400억이에요. 제가 이걸로 감옥 가면 10년은 옥살이해야 합니다. 제가 부귀영화 누리자고 이런 말씀드리는 게 아닙니다."

옥살이 10년이라는 말이 강남점 대표를 머쓱하게 만들었다. 욕할 수도 손가락질할 수도 없는 말이다. 10년이면 일흔을 바라보는 나이에 바깥세상 공기를 마실 것 아닌가?

임 상무는 강남점 대표의 표정을 살피며 때를 놓치지 않았다.

"대표님, 저 솔직하게 말씀드리는데요… 혼자는 절대 안 죽습니다."

"뭐?"

"모든 순양백화점, 호텔 장부는 제 손을 다 거쳤습니다. 그간 빼돌린 비자금 내역, 제 손에 있어요. 그거 터트리면 백화점 그룹 임원들은 물론 사장급 전부 줄소환입니다."

"이 작자가! 보자 보자 하니까!"

노골적인 협박에 큰소리가 나는 건 당연했지만 임 상무는 여기서 멈출 생각이 없었다.

"대표님, 이건 새로운 변화의 기회입니다. 우리가 힘을 합쳐 진서윤 사장의 그늘에서 벗어날 기회 말입니다."

"그건 또 무슨 소리야?"

"대표님도 그 자리에 계시지 않았습니까? 계약서 말입니다."

"미라클?"

"네. 아시다시피 미라클은 투자사일 뿐입니다. 그들이 지금 벼르고 있는데 이 기회를 놓치겠습니까? 그 회사가 최대주주 자리에 오르면 우리 백화점 그룹은 그야말로 소유와 경영이 완벽하게 분리된 이상적인 모습을 갖춥니다."

"투자사니까 전문 경영인 체제로 간다?"

"투자사가 소유한 회사 중에 전문 경영인 체제가 아닌 곳 있습니까? 우린 이미 순양그룹에서 떨어져 나왔습니다. 진 회장님도 어쩔 수 없다는 뜻입니다."

월급쟁이 사장치고 전문 경영인 체제를 원하지 않는 사람이 있을까? 전횡을 일삼는 오너 일가의 지배를 벗어나 완전한 독립 사업체를 스스로 경영한다는 건 협박보다 더 솔깃한 유혹이었다.

▲ ▲ ▲

대형 할인마트 1호점이 개장을 준비하느라 막바지 공사에 여념이 없을 때, 나는 1호점과 나란히 서 있는 빌딩으로 들어갔다. 20층짜리 빌딩이 아직은 한산했지만, 곧 발 디딜 틈 없는 곳으로 바뀔 것이다. 이곳이 바로 순양유통의 본사가 될 것이기 때문이다.

직원의 안내를 받으며 대회의실에 들어서자 신품 가구 냄새와 희미한 페인트 냄새가 기분을 들뜨게 했다. 음료를 마시며 바깥 풍경을 보고 있을 때, 윤기 나는 새하얀 모피로 몸을 감싼 고모가 들어왔다.

"오셨습니까?"

조금은 딱딱하고 건조하게 인사를 건네자 고모는 회의실을 두리번거렸다.

"오 대표는? 아직 안 왔어? 아니면 화장실?"

"오 대표는 오늘 안 오십니다. 제가 그분을 대신해서 온 거니까 저와 이야기 나누시면 됩니다."

고모의 얼굴이 환해졌다.

"그래? 천만다행이다. 쉽게 풀리겠네? 우리 조카랑 쉽고 편하게 이야기하면 된다, 이거지?"

대답 대신 조용한 미소만 보이며 자리에 앉았다.

"도준아, 오 대표가 뭐래?"

"채권에 대한 의무를 성실히 이행할 수 있는지 확인부터 해야겠습니다. 이미 주식으로 큰 피해를 봤다는 건 이 바닥에서 소문이 자자하니 감출 생각 마시고요."

"너무 그러지 마. 괜히 긴장되잖아."

고모는 최대한 여유를 보이면서 냉랭한 분위기를 풀려고 애를 썼지만, 받아 줄 생각은 없다.

"힘들죠? 채무 이행은 고사하고 당장 메꿔야 하는 돈이 1000억 넘을 텐데… 어쩌시렵니까?"

"그래, 이왕 말 나왔으니 내가 부탁 좀 하자."

"부탁요?"

"응, 돈 조금만 더 빌려줘. 한 1500억. 이 돈 역시 주식을 담보로 맡길게. 이자도 종전과 같은 조건으로, 오 대표에게 말 좀 잘해 줘."

고모는 여전히 분위기 파악도 못 하고 마냥 원하는 것만 늘어놓는다.

"그 말은 원금 상환과 이자 지급이 불가능하다는 뜻으로 해석해도 됩니까?"

"애가 무슨 말을 그리 험악하게 하니? 불가능이 아니잖아. 조금 더 미뤄 달라는 거지."

"고모, 정확하게 말씀하세요. 올해가 며칠 남지 않았습니다. 올해 안으로 가능합니까, 불가능합니까?"

높아진 내 목소리에 다른 낌새를 차린 고모는 그제야 긴장한 듯 목소리가 떨렸다.

"도, 도준아…."

"불가능하다는 걸로 받아들이겠습니다."

나는 테이블 위에 계약서 사본을 올려놓았다.

"계약서대로 유통, 백화점, 호텔 등 담보 설정된 주식은 미라클 인베스트먼트의 소유로 이전 신고 시작하겠습니다. 이의 없으시죠?"

"도준아! 너 왜 이래?"

"소리치지 마세요. 귀 안 먹었습니다."

"오세현 그놈이 이러라고 시켰어? 내 회사 차지하려고?"

믿고 싶지 않은 현실이 눈앞에 닥치자 고모의 입에서 험한 소리가 계속 나왔다.

"달러 가지고 순양자동차도 헐값에 가져가더니 이젠 나야? 날강도 같은 새끼. 내가 순순히 당할 거 같아? 어림도 없어. 너 빨리 가서 그 새끼한테 전해. 순양그룹을 우습게 본 대가는 톡톡히 치르게 해준다고. 어서!"

고모는 얼굴이 시뻘게지도록 악다구니를 썼다. 그동안 우아하고 고상했던 귀족 흉내는 바닥에 떨어지는 순간 흔적도 없이 사라졌다.

"그런 쓸데없는 소리를 내가 전할 것 같습니까? 아니, 전할 필요도 없습니다. 정신 차리세요. 지금 이게 악쓰고 떼쓴다고 해결되리라 생각하십니까? 고모가 가졌던 백화점 그룹은 바로 오늘! 고모 손을 떠납니다. 비록 회사지만 꽤 애정을 쏟아부었을 텐데… 눈물을 보이는 게 정상입니다."

평상시 살갑게 구는 조카는 온데간데없고 완벽한 오세현의 대리인 같은 내 모습에 고모의 목소리가 확 작아졌다.

"도, 도준아. 그러지 말고 우리 같이 오 대표 설득하자. 네가 조금만 도와주면…."

"고모."

"응."

"오세현 대표를 왜 설득해요? 그분은 딱히 백화점에 관심도 없는데?"

"뭐? 지금 무슨 소리 하는 거니?"

내 입꼬리에 걸린 웃음이 비웃음이라는 걸 언제쯤 알아챌까?

"순양유통을 비롯한 백화점 그룹 전부가 고모 손을 떠나면 누구 손에 들어갈 것 같습니까? 오세현? 천만에요."

"…?"

고모는 눈을 깜박이며 내 입만 바라본다. 이제 저 얼굴이 경악으로 물들 것이다.

"전부 다 제가 가질 겁니다. 아시겠어요? 자동차에 이어 백화점 그룹도 제 손에 들어오는 겁니다. 그리고 전 고모 사정 따위는 봐드릴 생각이 손톱만큼도 없어요."

충격이 크면 현실감이 떨어지나? 아직 내 말의 의미를 모른다.

"도, 도준아…. 지금… 그게 무슨 말이냐…?"

한참 만에 입을 연 고모는 제대로 말을 잇지 못했다.

"제 말 그대롭니다. 오세현 대표는 이 일에 관심 없어요. 계약서대로 이행하는 건 오로지 제 뜻입니다."

"그러니까 네 뜻이 도대체 뭐냐고? 진심이야? 내 회사를 네가…?"

"제가 헛소리한 적 있습니까? 내년부터 순양유통의 주인은 제가 될 겁니다. 물론 유통 산하의 백화점, 호텔, 골프장, 콘도, 할인마트 체인, 이 모든 것을 다 가진다는 뜻입니다. 이제 어떤 상황인지 확실히 이해되십니까?"

확실하게 이해하는 건 어려울 것이다. 퍼즐은 스스로 맞춰야 한다. 하지만 고모 같은 사람은 퍼즐 조각 자체를 만져 본 적 없으니 어떤 그림인지 알 도리도 없을 것이다. 정물화라면 쉽게 이해하겠지만, 이 그림은 추상화다. 이해하는 데 한참 걸린다. 다행히 시간이 지나자 고모는 단 하나의 사실은 깨달았다.

"너… 너 이 자식, 설마 날… 배신한 거야? 날 이용했어?"

"언제 우리가 같은 편이었던 적이 있던가요? 우리 집안사람들은 항상 서로를 경계하며 살지 않나요? 배신, 이용…. 이런 단어는 애초에 성립조차 불가능했죠. 고모도 날 동업자라고 여긴 적이 한 번도 없었으니까요."

"어린놈의 새끼가, 감히 날 농락해? 가만… 너 이 자식… 주식 투자도 다 네놈 계략이었던 거야?"

"네 배나 벌었을 때 팔라고 한 건 접니다. 잊었어요? 다 팔았다고 해 놓고 저 모르게 다시 사 모은 건 고모 아닌가요? 무슨 소리 하시는 겁니까?"

"야!"

고모에겐 놀람도, 경악도, 혼돈도 모두 사라졌다. 아니 버렸다는 말이 맞다. 단지 분노만 남겨 두고 내게 쏟아 내려 한다. 나는 이 사람의 분노를 다 받아 낼 필요도 없고 그런 자비로운 마음도 없다.

"소리 그만 지르고 마음 가라앉히세요. 지금 백화점 그룹의 향방을 결정하는 순간입니다. 순양유통의 대주주로서 진서윤 사장님을 그 자리에 계속 앉혀 둘지 말지, 아직 정하지 않았습니다. 냉정하게 이성을 찾는 모습을 보여 주셔도 모자랄 판입니다."

"야, 이 자식아. 계약서대로 해! 그래 봤자 30퍼센트야. 대주주? 인정해 주지. 하지만 미라클은… 아니, 너는 아무것도 못 해. 주주는 나눠 주는 배당금이나 챙겨."

고모는 화려한 모피코트를 휘날리며 자리에서 일어섰다.

"나가! 이 건물에서 당장 나가! 넌 자격 없어. 1년에 한 번 주주총회 자리나 지켜!"

"앉으세요. 대주주 말씀 아직 안 끝났습니다."

"뭐야?"

시뻘건 핏발이 고모의 흰자위를 다 덮었다.

"말씀하셨다시피 30퍼센트 지분의 대주주로서 주식 투자로 회삿돈을 날려 먹은 고모를 배임 횡령으로 고소할 생각입니다."

고소라는 말이 화살처럼 꽂혔는지 고모는 입을 떡 벌렸다.

"대주주가 몸을 움직이면 대표이사나 임원 물갈이하는 것쯤은 일도 아니죠. 특히, 고모처럼 회사 시스템에도 없는 사람이 회사를 주물럭거리며 손해를 끼치고 돈이나 빼돌린다면 하루빨리 사라져야죠."

정신을 차린 고모는 입술을 삐죽이 내밀며 비웃었다.

"할아버지가 그건 안 가르쳐 주디? 우리가 왜 회사 시스템에 없는 사람인지? 바로 이런 때를 위해 그런 거야. 지배는 하되 책임질 일이 없는 존재, 그게 바로 우리야."

"그런 건 배우지 않아도 압니다. 저뿐만이 아니죠. 전 국민이 알아요."

"알아도 어쩔 수 없으니 보고만 있는 거지. 너도 그 국민과 다를 바 없어. 어떻게 할 수도 없을걸? 네 말대로, 대주주님께서는 대표이사나 임원이나 갈아치워. 그놈들이 다 책임져야 하니까."

"과연 그럴까요?"

난 휴대전화를 꺼내 단축번호를 눌렀다.

"네, 접니다. 모두 들어오시죠. 해명해야 할 시점 같습니다."

"뭐, 뭐야? 누구랑 통화한 거야?"

"책임질 사람들입니다. 그 사람들은 어떤 생각인지 들어 봐야죠. 고모를 대신해 책임질 생각이 있는지. 아니면 없는 죄를 뒤집어쓰기보다 살기 위해 진짜 책임져야 할 사람으로 고모를 가리킬지."

회의실 바깥에서 발걸음 소리가 울리자 고모의 시선은 문을 향했다.

"그들이 동시에 고모를 지목하면 어쩔 수 없을 겁니다. 아, 그런 걸 배신이라고 하죠."

이때 회의실 문이 활짝 열리며 임 상무를 비롯한 백화점, 호텔 대표이사들이 줄지어 들어왔다. 그들은 고모의 시선을 피한 채 대회의실 의자에 자리 잡았다.

"쓸데없는 인사말은 건너뛰죠. 여기 계신 분들은 이미 미라클과의 계약서 내용을 잘 아실 테까요."

회의실 상석에 앉은 고모의 얼굴에는 핏기가 사라지기 시작했다.

"진서윤 사장님이 잃어버린 1400억, 이 돈의 출처는 바로 여러분이 책임진 회사에서 나왔습니다. 그리고 진서윤 사장님께서는 여러분의 충심을 굳건히 믿고 계시더군요. 그 돈에 대한 책임은 여러분이 안고 가신다고요. 맞습니까?"

단 한 명도 입을 열지 않았다.

"침묵은 긍정을 뜻합니다. 여러분께서 책임지실 겁니까?"

테이블을 탕 치며 소리치자 가장 먼저 입을 연 사람은 임 상무였다.

"죄송합니다, 사장님. 나이 먹고 노후를 감옥에서 보낼 수는 없습니다."

"죄송합니다, 사장님."

한 명이 시작하자 나머지 모두 고모에게 머리를 조아리며 죄송하다는 말만 내뱉었다.

"다, 당신들…."

이미 사색이 된 고모는 이 상황을 받아들이기 힘들 것이다. 한평생 순양그룹에 몸담고 충성을 바친 사람들이기에 더 믿고 싶지 않은 것이다.

"누… 누가 감옥 간다고 그래? 우리 순양을 못 믿어? 저놈이 아무리 난리 쳐도 문제없어요. 최악의 경우라고 해도 집행유예로 끝나."

임 상무가 모두를 대신해서 입을 열었다.

"우리 같은 아랫것들이 집행유예로 끝날 정도면 사장님은 무혐의 받으시겠군요. 아니면 기소유예? 그런데 뭐가 두려우십니까?"

"임 상무!"

고모가 소리쳤지만 이미 늦었다. 임 상무는 싸늘한 시선으로 그녀를 노려볼 뿐이다.

"임원들이나 대표이사 먼지까지 털어서 약점 잡으려는 생각은 그만 두세요. 혹시 단 한 명이라도 조사 대상에 오르면 제가 직접 고모를 고소할 것이고, 이분들 전부 증인이 될 겁니다."

나의 마지막 경고를 끝으로 불편한 침묵이 시작되었다. 모두가 자신들이 가진 주사위를 던졌으니 결과만 기다린다. 그 결과를 알려 줄 딜러는 나밖에 없었다.

"회사의 향방이 어디로 흘러가든, 여러분들의 지금 위치는 절대 변하지 않을 겁니다. 서로 칼을 겨누는 형국이니 함부로 휘두르지 못하지요. 안심하시고 돌아가십시오."

임상무와 대표이사들은 허겁지겁 일어나 회의실을 빠져나갔다. 숨막힐 듯한 자리를 벗어나는 그들의 뒷모습은 큰 짐을 내려놓은 듯 가벼워 보였다. 텅 빈 회의실에 남은 고모는 넋 나간 듯 천장을 바라볼 뿐이었다.

"자, 이제 상황은 잘 아셨을 테고… 현실적인 문제를 이야기해 봅시다. 며칠 뒤에 돌아올 1400억 어음, 어떻게 막으실 겁니까? 할아버지는 계열 분리가 끝난 회사에 돈 던질 분이 아니시니 막을 방법은 없을 겁니다. 아, 큰아버지들이 계시긴 하지만… 관둡시다. 저보다 더 독한 분들인데."

내 말을 듣고 있는지 아닌지조차 알기 힘들 정도로 넋 나간 그녀의 표정에는 변화가 없었다. 슬슬 짜증이 솟구쳤지만, 고모가 판단이 가능할 정도까지 정신이 돌아오기를 기다렸다. 그래야 준비한 계약서의 글자라도 읽을 것 아닌가?

얼마나 시간이 지났을까? 천장을 향해 있던 고모의 시선이 천천히 내게 돌아오더니 이성을 되찾는 듯 보였다.

"고모. 지금부터 제가 손을 내밀 겁니다. 그 손을 잡으시면 우리는 한배를 탄 동지가 될 거예요. 전, 자기 살자고 충실한 사람의 뒤통수치는 고모와 다릅니다."

"내가 네 밑에서…? 감히 그딴 개소리를 내게 해?"

"오세현 대표를 보세요. 그분이 제 밑에 있는 사람으로 보입니까? 동등해 보이지 않던가요?"

눈만 깜빡거리는 고모는 내 말의 의미를 알아채는 데 한참이 걸렸다.

"그, 그럼… 미라클의 실질적인 대표이사가 너란 말이냐?"

"그보다 좀 더 크게 보세요. 95퍼센트 이상의 주식을 가진 대주주이며 이 회사가 운용하는 자금의 70퍼센트 이상이 제 돈입니다. 실질적인 대표이사는 오세현 대표가 맞죠. 전 전문 경영인을 머슴이나 아랫사람으로 생각하지 않습니다. 전 소유만 할 뿐, 경영은 온전히 맡기죠."

막대한 펀드까지 내 돈이라는 걸 알려 주자, 그녀는 회사를 뺏어 버리겠다고 말했을 때보다 더 놀랐다.

"이제 제 눈을 다시 보고 결정하세요. 아진그룹을 인수하고, 순양자동차를 먹은 게 제 작품이라는 말입니다. 그게 2년 전 제가 대학교 신입생 때였어요. 이런 저를 진짜 적으로 삼고 싶으세요? 아니면 동지로 삼고 싶으세요?"

"도, 도대체 넌…?"

"제 손잡으세요. 고모가 아무리 발버둥 쳐도 못 이깁니다. 차라리 제 손잡고 재벌가의 일원으로 누릴 수 있는 삶을 계속 누리세요. 큰아버지들은 절대 이런 기회를 고모에게 안 줍니다. 아시죠?"

"이 사실을 아버지도 아시니? 네 할아버지 말이야."

"유일하게 제 본래의 모습을 아시는 분입니다. 그러니까 자동차를 순순히 내주신 겁니다. 아시겠어요? 할아버지가 절 총애해서 밀어주는 게 아니라, 우리 집안에서 유일하게 순양그룹을 믿고 맡길 만하니 총애하시는 겁니다."

"서, 설마… 벌써?"

말을 잇지 못했지만, 그녀가 알고 싶은 건 뻔했다.

"할아버지도 손자보다는 아들을 더 사랑하십니다. 그러니까 금융 부분 정도만 주시는 거고요. 하지만 할아버지는 이미 짐작하시고 계실 겁니다. 언젠가는 제가 전부 다 차지한다는 것을요."

고모의 머릿속에서 추상화의 본모습이 슬슬 그려지기 시작한 모양이다. 말로 표현하기 힘들었던 안개 속의 그림자가 실체를 드러내니 충격을 넘어 망연자실한 모습을 보였다. 어쩌면 포기하는 중인지도 모르겠다. 완전히 나락으로 떨어졌을 때 밧줄 하나를 내려 주면 고모와의 지루한 싸움은 끝난다.

"전 숨김없이 모든 걸 말했으니 고모의 선택만 남았습니다. 제 손을 거부하시면 감옥에서 10년은 썩게 만들어 드리죠. 1400억의 횡령 사실이 새 천년의 첫 뉴스가 될 겁니다."

그녀가 단 하나의 사실만 알기를 바랐다. 무슨 일이 벌어져도 할아버지가 자신을 도와주지 않을 것이라는 사실, 자식보다 더 사랑하는 순양그룹을 지탱할 유일한 사람이 나라고 믿고 있다는 사실을 말이다.

"내가 네 손을 잡으면… 어떻게 되지?"

"절 대신해서 백화점 그룹을 이끌게 해드리죠. 오세현 대표가 절 대신해서 미라클을 이끌 듯이 말입니다."

"지, 지금처럼?"

"임원 인사는 제가 최종적으로 결정합니다. 지금처럼 회사 자금을 마음대로 쓰지 못 할 거고요. 아, 호화로운 생활은 영위하게 해드리죠. 특별한 실수만 없다면."

동아줄에 꿀을 좀 발라 놓는 것도 빠른 선택을 도와주는 방법이다.

"내가 뭘 해야 하지?"

이제 계약서 글자 정도는 읽을 수 있을 만큼 정신이 든 것처럼 보여 난 준비한 서류를 내밀었다.

"핵심만 말씀드리죠. 고모가 보유한 순양유통 주식을 1400억에 사겠습니다. 그럼 제가 55퍼센트의 최대주주가 됩니다."

딴소리는 나오지 않았다. 거부하면 어떤 결과가 나오는지 알기 때문이다. 1차 부도 그리고 배임 횡령, 마지막으로 법정 구속. 화를 억누르는지 얼굴을 실룩거리는 고모에게 펜을 내밀었다.

"제 손을 잡으세요. 그럼 진양철 회장님의 딸로서 누릴 수 있는 건 하나도 잃지 않을 겁니다."

그녀의 떨리는 손이 펜 끝을 잡았다.

▲ ▲ ▲

영토 싸움이 끝나면 가장 먼저 황제에게 보고를 올려야 하는 게 절차며 예의다. 당사자가 아닌 제삼자에게 이런 소식을 듣는 것만큼 배신감 드는 일도 없다. 고모의 사인을 받아 내자마자 나는 바로 할아버지를 찾았다.

영토 싸움의 결과를 조용히 듣던 할아버지는 보고가 끝나자 긴 한숨을 내쉬었다.

"네 고모는 어떠냐? 충격이 심할 텐데?"

"잘 버팁니다. 말씀드린 대로 고모의 생활은 변함없도록 신경 쓰겠습니다.”

“그래 주면 고맙고. 고생했다.”

고생했다는 말이 참으로 고맙게 들렸지만, 아무래도 할아버지의 긴 한숨이 마음에 걸렸다.

“죄송합니다. 저 때문에 마음 쓰시게 해서….”

“아니다, 이제 안심하겠구나. 계열 분리하고 나서 계속 불안했다. 뭔 일이 터지지나 않을까 하고 말이다. 하지만 이제는 안심해도 되겠지. 네 녀석이 손에 쥔 거 까먹을 놈은 아니니 말이다.”

“더 키우고, 더 탄탄하게 만들겠습니다.”

내 표정을 슬쩍 보던 할아버지는 조심스레 물었다.

“그런데 하나만 묻자. 그 주식 말이다. 네가 덫을 놓은 게냐? 서윤이 가 걸려서 허우적대도록?”

“아닙니다. 우리나라 사람치고 뉴데이터테크놀로지 모르는 사람이 어디 있습니까? 고모도 그중 한 명입니다. 차이라면 일반인은 적금 깨 서 들어왔고 고모는 천문학적인 회삿돈을 들고 들어간 것뿐입니다.”

“네가 슬쩍 불을 붙인 건 아니고?”

“아닙니다. 전 기회를 놓치지 않았을 뿐입니다. 운이 좋았죠.”

딱히 믿는 눈치가 아니다. 확실하지는 않지만 내가 어떤 수작을 부렸 다고 생각하는 것 같았다. 그래서 그런지 할아버지는 당부의 말을 꺼냈 다. 아니, 부탁인가?

“도준아.”

“네.”

“네가 나를 닮지 않았으면 하는 게 하나 있다.”

“할아버지께서 염려하시는 게 뭔지 압니다. 그런 일은 앞으로도 영원 히 일어나지 않을 테니 걱정은 거두셔도 됩니다.”

"그래, 고맙구나."

유일한 형제마저 잔혹하게 내쳐 버린 사람이다. 형제의 자식인 조카는 지금 어디서 어떻게 사는지 소식도 모른다. 아, 우리는 모르지만, 혹시 할아버지는 그들의 근황을 전부 파악하고 있을 수도 있겠다.

하지만 큰아버지들과 고모는 내게 형제보다 더 먼 한 다리 건너 친척일 뿐이다. 얼마든지 내쳐 버릴 수 있는 관계다. 할아버지는 내가 당신의 자식들을 냉혹하게 대하는 게 두려운 것이다.

핏줄에 대한 걱정을 덜어 낸 할아버지는 회사를 걱정하기 시작했다.

"물건 파는 건 지금껏 네가 했던 것과 아주 다르다. 특히 소비재는 더 그렇다. 자신 있느냐?"

"지주는 마름을 잘 관리하고 마름은 소작농을 잘 관리하면 소출량은 많아집니다. 가끔 소작농들 불러서 고기 좀 먹이는 게 제가 해야 할 일 아니겠습니까? 그보다는 비옥한 땅을 찾아 사들이는 게 더 중요합니다."

조심스레 자신감을 피력하자 할아버지는 슬며시 미소를 지었다. 깔보는 듯, 비웃는 듯한 묘한 웃음이다.

"서윤이가 기대 이상으로 백화점과 호텔은 잘 굴렸어. 이유가 뭔지 아느냐?"

"제 생각에는… 고모가 바로 VIP 고객의 본질을 꿰뚫은 것 같습니다. 고모는 그들보다 한 단계 위의 사람이니까요."

"그래. 네 고모는 돈 많은 자들을 상대했다. 자연스럽게 고객을 정확히 알게 된 거지. 그래서 간혹 쓸 만한 말을 툭툭 던졌고 임직원들은 그걸 완벽하게 실행한 게야. 너도 그런 게 필요하다."

"전 괜찮습니다. 고모는 앞으로도 그 역할을 톡톡히 할 것이니까요."

이 말이 무슨 의미인지 할아버지는 알 것이다. 내가 고모를 폐족처럼 단번에 내치지 않고 여전히 그 자리를 유지하도록 하겠다는 것을 말이다. 하지만 그뿐만이 아니었는지 할아버지는 또 다른 의미를 언급했다.

"네 녀석이 딴 놈들과 다르게 돈 쓰는 재미를 모르는 건 나도 기특하게 생각한다. 하지만 안목이라는 게 있다. 물건을 보는 안목은 자꾸 보고, 접하고, 써보면서 키우는 거다. 남들에게 자랑하기 위한 허영이 아니라 진짜 가치를 보는 눈, 그걸 키워 봐."

할아버지의 말을 들으며 머리를 끄덕였다.

"꼭 백화점이나 호텔 경영만을 위해 필요한 건 아니군요."

"넌 젊지 않으냐? 살날도 많이 남았는데… 인생을 풍성하게 만드는 유용한 도구가 될 게다."

"명심하겠습니다."

오늘만큼은 최대한 공손한 태도를 보였다. 여러 감정이 교차하는 순간일 테니까. 미덥지 못한 딸과 신뢰할 수 있는 손자 사이에서 마음이 복잡할 테니 내가 그 마음을 달래 주어야 한다.

"저기, 할아버지."

"됐다. 난 지금 뿌듯하고 자랑스러워서 눈물이 나려는 걸 겨우 참고 있는 거다. 다시 한 번 말하지만… 고생했다. 촌구석에 있는 땅 몇 평만으로 아진그룹을 손에 넣고 순양자동차를 흡수했다. 이젠 백화점과 호텔까지. 넌 모르겠지만, 아니 아무도 모르겠지만 넌 지금 재계 순위 17위의 대기업 총수 자리에 오른 거다."

"전부 할아버지께서 필요할 때마다 선물을 주셔서 가능했던 일입니다. 제가 잘나서 그런 게 아닙니다."

'17위나? 아, IMF 여파로 다들 형편이 팍 쪼그라들었지. 나야 뭐, 털 거 다 털어 내고 알짜배기만 챙겼으니… 빈집에 슬쩍 들어간 셈인가?'

"어울리지 않게 겸손은. 대현그룹 회장이 돈으로, 회사로 장손을 얼마나 밀어줬는데? 그거 홀라당 다 까먹고 지금 유럽 지사에서 반백수로 지낸다. 도와준다고 아무나 하나?"

할아버지는 의자에서 일어나 내 등 뒤로 와 어깨에 손을 올렸다.

"이대로만 가거라. 천천히, 한 걸음씩. 조용하고, 은밀하게. 알겠니?"

"네. 다치는 사람 나오지 않도록 더 조심하고 챙기겠습니다."

난 내 어깨에 올린 할아버지 손을 꼭 잡았다.

"그래 주면 고맙고."

▲ ▲ ▲

"결국, 해냈구나. 축하해."

"전부 삼촌 덕분이죠. 고맙습니다."

"그 덕분이라는 거, 말로만 퉁치면 안 된다. 화끈하게 갚아."

"그 전에 이거부터 먼저 처리해 주시고요."

난 고모와 사인한 계약서를 내밀었다.

"회삿돈 1400억, 해 넘기기 전에 채워 주시고 고모 명의 주식 전부 미라클로 옮겨 주세요, 서둘러서."

"아!"

"일단, 이건 전국 순양골프장 임원 전용 VIP 회원권. 원하는 시간에 언제든 티오프 가능하고, 경비는 회사에서 자동 결제. 그리고 이건 호텔 및 콘도 회원권. 딱 열 장만 발행한 건데 골프장 회원권보다 더 높은 그 레이드입니다. 로열 스위트까지 적용. 어떻습니까?"

"이 정도로 퉁?"

"일단이라고 말씀드렸습니다. 이 단에서 백 단까지 이어질 겁니다."

"우리 마나님이 날 이뻐하겠구나. 흐흐."

오세현은 내가 내민 봉투를 챙겨 들고 함박웃음을 지었다.

"자, 그럼 우리 대주주님께서 지시하신 일을 처리하러 가볼까?"

오세현은 서류 몇 가지와 이 일을 맡을 직원들을 호출한 다음 외투를 챙겨 입었다. 사무실을 나가려던 그는 걸음을 멈추더니 지나가는 말처럼 한마디 툭 던졌다.

"고생했다."

▲ ▲ ▲

돌아올 어음을 전부 막고 주식 이전까지 끝낸 다음 나는 다시 고모를 만났다. 그녀는 며칠 사이에 살이 쫙 빠져 얼굴은 반쪽이 되어 버렸다.

"자, 이제 날 어떻게 할 셈이야? 약속 지킬 거야? 아니면 쫓아낼 거냐?"

"당연히 지킵니다. 저 그렇게 얄팍한 놈 아니에요."

그녀의 눈매가 조금은 부드러워졌다.

"고모는 지금처럼 하시면 됩니다. 차이는 단 하나, 고모는 정식 부회장이 될 것이며 회사 시스템 속에 들어오셔야 합니다. 소유는 제가 하지만 지배는 여전히 고모가 하십시오. 대신 책임도 함께 지시는 겁니다."

"부회장? 회장은 바로 너고?"

"아뇨. 말씀드렸다시피 전 소유만 합니다. 소유와 경영은 완전히 분리합니다. 전 실적만 본다는 말입니다. 그리고 회장은 공석입니다. 거긴 고모가 앉을 수도, 다른 사람이 앉을 수도 있습니다. 어쩌면 백화점이나 호텔 대표이사 중 뛰어난 실적을 내는 사람이 앉을 수도 있겠죠."

"실적 나쁘면 나 자르겠네?"

"물론입니다. 경영자는 실적이 전붑니다. 매출과 이익 그리고 비전. 이것만 볼 겁니다."

단호한 내 태도에 고모는 많이 긴장하는 모습이다.

"호텔 스위트는 계속 내 사무실로…."

"안 됩니다. 순양유통 사옥에 부회장실 만들어 놨습니다. 거기로 출근하시고 일하세요. 대신 그 스위트를 집처럼 쓰시는 건 그대로 두겠습니다."

반은 줬다. 이제 부족한 게 뭔지 배워 나가야 한다. 배우는 게 있다면 잡은 손을 뿌리치지 않을 것이고, 여전히 철딱서니 없는 재벌집 아줌마에서 변함이 없다면 그냥 적당한 부자 아줌마 신세로 만들어 버릴 것이다. 그래도 고모가 조금은 달라졌다. 더 달라고 떼쓰지는 않는다.

"고모."

"응."

"이미 짐작했겠지만 전 순양그룹의 회장 자리를 향해 계속 달릴 겁니다. 절 도와주고 제 곁에 계속 계신다면 순양그룹의 유일한 부회장이 될 겁니다. 그 자리는 비워 두겠습니다."

"영원히 네 아랫사람이 돼라?"

비웃는 듯한 말투는 여전히 고치지 못했다.

"하나씩 하세요."

"뭘 하나씩 해? 아직 내게 남은 게 있어? 허울 좋은 백화점 그룹 부회장 직함으로 평생 썩겠지."

"갈 길이 멉니다. 시간도 꽤 오래 걸리겠지요. 그동안 준비하십시오."

"뭘 준비해?"

고모는 눈을 반짝이며 관심을 보이기 시작했다.

"저를 밟고 올라설 준비요. 제가 앞에서 칼을 휘두르며 큰아버지들을 제거하고 사촌 형들을 처리하는 동안 제 목을 칠 준비를 철저히 하시면… 기회는 많을 겁니다."

"네가 앞길 막은 사람들 다 치우면 난 너만 넘으면 된다? 소 등에 올라탄 쥐새끼처럼?"

"그렇죠. 하지만 쉽진 않을 겁니다. 아시겠지만 저… 보통 아니거든
요."

희망은 잔인하다. 불가능이란 걸 알지만 희망 때문에 온갖 고난을 견
디며 힘들게 기다린다. 판도라의 상자 속에는 온갖 재앙이 가득 들어 있
었지만 가장 큰 재앙은 바로 희망이다. 희망 때문에 상자 속의 온갖 재
앙을 고스란히 겪어 낸다. 지금 고모의 눈빛에는 한 가닥 기대와 희망이
스쳐 갔다. 앞으로 내 곁에서 오지 않을 희망을 안고 끌려다니게 될 것
이다.

—
3장
—

마음을 사는 일

"여러분들은 지금처럼 회사의 발전을 위해 힘써주시면 됩니다."

순양유통 사옥에 모인 대표이사들의 표정은 그리 밝지 못했다. 난 미라클의 대리인이지만, 그들 눈에는 또 한 명의 총수 일가 핏줄로 보일 뿐이다. 그 이유는 바로 진서윤이 부회장으로서 여전히 자신들 위에 군림하기 때문일 것이다. 이들의 오해를 풀어야 한다.

"여러분의 인사권은 미라클이 쥐고 있습니다. 진서윤 부회장은 인사에 대해 그 어떤 영향력을 갖지 못합니다."

"인사권 없는 부회장이라면 허수아비 아닙니까? 왜 그 자리에 앉아 있어야 합니까?"

누군가 불만을 드러냈고 난 다시 합당한 대답을 해야 했다.

"그분은 순양그룹 진 회장님이 아끼는 유일한 딸입니다. 야박하게 대하기보다는 여러분께서 잘 살펴 주십시오. 그게 앞으로도 많은 도움이 될 겁니다. 그리고 경영에 꽤 많은 도움이 되는 건 사실 아닙니까? 그분의 인맥으로 유지하는 백화점과 호텔 VIP가 수백 명은 넘으니까요."

회사 내에서 고모의 역할을 설명하자 이해가 갔는지 불만이 어느 정도 줄어든 표정들이었다. 이제 이들에게도 희망을 주고 나를 따르도록 만들어야 한다.

"미라클은 앞으로도 소유만 합니다. 경영은 여러분의 몫이고, 아직 백화점 그룹의 회장 자리는 공석입니다. 그 자리는 누구나 앉을 수 있습니다. 바로 훌륭한 경영 성과를 내는 분을 위해 비워 둔 겁니다."

더 위로 올라갈 가능성, 그 희망 때문에 이들의 눈빛이 달라졌다.

"그리고 이 회사의 회장이라는 자리는 다른 재벌 총수처럼 회사의 조직에도 없고, 시스템에도 빠져 있는 제왕적 회장이 아닙니다. 각 백화점과 호텔, 대형할인점의 대표이사 인사권과 전체 사업 방향을 제시하는 권한을 드릴 겁니다."

"그렇다면 미라클은 회장의 임명에만 관여하겠다는 뜻입니까?"

"그렇습니다. 말씀드렸다시피 소유와 경영의 완전한 분리입니다."

사장들은 서로 눈짓을 교환하더니 차례차례 입을 열기 시작했다.

"그전에 진서윤 부회장과의 관계를 명확히 해야 할 것 같습니다."

"그렇습니다. 사실, 지난번 그 일로 인해 지금 그분과 우리의 관계가 상당히 껄끄럽습니다."

만약 책임을 대표이사들에게 넘길 때 증언하겠다는 담합은 분명 고모에게는 항명이나 다름없었다. 어쩌면 이를 갈고 있을지도 모른다.

"엄연히 부회장입니다. 저희는 회장 선임이 있기 전까지 그분의 지시를 따라야 하고요."

"따르지 않아도 됩니다."

슬쩍 웃으며 말하자 이들의 시선이 내게 쏠렸다.

"열린 마음으로 진서윤 부회장을 대하십시오. 그분이 하는 말, 의견, 지시 중에 필요한 것만 취하시고 나머지는 버려도 된다는 뜻입니다."

"그럼 부딪힐 일이 많을 텐데요?"

"교통정리는 항상 해드리겠습니다. 다시 한 번 말씀드리지만 열린 마음으로 함께 일합시다."

난 함께 일할 사람을 둘러보며 마지막 당부를 잊지 않았다.

"절 순양그룹 사람이라고 생각하시면 큰 실수하시는 겁니다. 우리 유통그룹에 조금이라도 도움이 된다면 순양그룹에 막대한 피해를 주는

일쯤 서슴지 않고 할 겁니다. 전 미라클의 사람이지, 순양의 사람이 아
니라는 것을 절대 잊지 마십시오."

과연 이들이 순양그룹과의 인연을 완전히 끊을 수 있을까?

▲ ▲ ▲

"이 자식이 슬슬 발톱을 드러내기 시작했어. 서윤이, 이 바보 같은 게
주식으로 다 날려 먹었다고."

"나도 들었어. 아버지가 주머니에 넣기 쉽게 잘 포장해 놓으니까 미
라클이 더 쉽게 가져간 거지. 지배구조가 복잡했다면 그렇게 쉽지는 않
았을 텐데."

"경영지원본부에서 알려 주더라. 우리 그룹에서 빌려 간 자투리 돈까
지 전부 갚았다고. 이제 서윤이 건 완벽하게 떨어져 나갔다고 봐야 해."

초조한 듯 서성대는 진영기와는 달리 진동기는 별일 아닌 것처럼 태
연한 표정이었다.

"덕분에 지금 부족한 거 많이 채웠으니 됐지 뭐."

"야! 넌 아무렇지도 않아?"

진영기가 태연한 동생을 향해 소리 질렀다.

"백화점, 호텔, 마트, 콘도, 골프장. 전부 땅 사고 건물 올리면 되는 사
업이야. 기술이 필요해, 기계가 필요해? 부동산과 사람, 이게 전부야. 뭐
가 아쉬워서?"

"무슨 말이야? 그게?"

"형이랑 나랑 투자해서 부동산 매입하고, 호텔 올리고 순양이라는 이
름 달면 끝나. 사람? 그거야 서윤이 밑에 사람들 다 데려오면 되고."

딱 하나만 시작하면 된다는 게 진동기의 생각이었다. 호텔이든 백화
점이든 하나로 시작해 인재를 싹 빼버리고, 미라클로 넘어간 회사를 흔

들면 큰 싸움 없이 무너질 것이다. 순양이라는 이름이 주는 힘, 이 힘을 못 쓰게 하는 순간 스스로 백기를 든다는 게 진동기의 생각이다.

"참, 너 우성해양조선 인수 때문에 오세현 자주 보지? 이번 건에 관해 이야기한 거 있어?"

"그래서 하는 말이야. 오세현은 지금 환상에 젖어 있어."

"무슨 환상?"

"재벌 총수가 될 수 있다는 환상. 미라클의 자금은 미국에 의존하고, 미국 놈들은 IMF라는 두 번 다시 오지 않을 기회를 놓치지 않고 회사를 사들인 오세현을 전적으로 신뢰해. 그러니까 자기가 총수 놀이를 해도 미국 투자자들이 아무 말 하지 않을 거라는 거지."

"정신 나간 놈이군."

"아니. 환상을 현실로 만들 능력도 있어."

"뭐?"

진영기의 마음 한구석에 묵직하게 자리 잡은 거북함이 동생의 말 때문에 고개를 들었다.

"잊었어? 순양자동차가 가진 17퍼센트의 그룹 지분? 만약 도준이가 우리 순양의 금융 부분을 차지하고, 순양자동차의 17퍼센트 지분을 순양 계열사 몇 개와 맞바꾸면? 못해도 재계 서열 5위 안에 들어갈걸?"

저 말은 바로 두 형제가 가진 것의 합친 규모와 맞먹는다는 뜻이며 순양의 절반을 뺏긴다는 소리나 다름없다. 진영기는 소름이 쫙 돋았다.

"백화점과 호텔을 무너뜨려야 하는 게 먼 나중의 일이 아니구나."

"그래. 딱 하나만 자빠뜨리면 떨어져 나간 순양맨들이 우리에게 달려올 거야. 그게 바로 오세현에게 보내는 경고가 될 거고."

항상 서로를 견제하던 형제는 외부의 적 때문에 당분간 떼려야 뗄 수 없는 형제의 본모습으로 돌아왔다.

▲ ▲ ▲

1999년은 90년대를 마감하는 시기이자 2000년을 앞두고 새 천년에 대한 기대가 컸던 해였다. 특히, 작년에 경험했던 마이너스 6.9퍼센트라는 최악의 경제성장률을 비웃기라도 하듯 9.5퍼센트 성장해 단번에 극복했기에 새해는 더욱 나아지리라는 기대가 팽배했다.

그리고 2000년은 새 천년의 기대와 함께 Y2K에 대한 공포가 지배했다. 그러나 막상 2000년 1월 1일이 밝아오면서 우려했던 그런 일들은 일어나지 않았다. 은행은 야근을 불사하며 만약의 사태를 대비했고 정부 기관과 대기업도 마찬가지였다. 새해가 밝았을 때 밤새 긴장했던 그들은 안도의 한숨을 내쉬며 허탈하게 퇴근했다.

그렇게 새 천년이 시작되었다. 올해는 친척 그 누구도 할아버지 댁으로 가지 않았다. 집으로 밀려올 손님들을 대비해서 아침부터 준비해야 했기 때문이다.

순양유통과 계열사 임원들은 오세현과 진서윤 사이에서 갈등했지만, 시골로 내려간다는 오세현의 통보에 모두 고모 집으로 향했다. 나는 누가 들락거리는지도 확인하기 어려울 만큼 북새통 같은 집에서 빠져나와 조용히 평창동으로 향했다. 할아버지 댁이 조용할 때 긴한 이야기를 나누기 위해서였다.

새 천년 첫날이니만큼 큰절을 올리고 거실에 자리했다.

"할머니는 아직 돌아오지 않으신 겁니까?"

"그래. 여전히 유럽에서 팔자 좋은 귀족 행세하며 지낸다는구나."

"영국에 계시지 않았어요?"

"그림 몇 점 사고 제네바 별장으로 옮겼단다. 뭘 하고 다니는지 원."

할아버지의 표정이 좋지 않아 더는 묻지 않았다. 혼인한 지 60년이 다 되어 가는데도 어찌 된 셈인지 갈수록 사이가 멀어지는 듯한 느낌이다.

"조 사장은 아직인가 봅니다."

"그 친구도 자손들 세배는 받아야지. 느긋하게 오라고 했다."

많은 일을 손에서 놓아 버린 탓인지 할아버지는 유유자적한 모습마저 보였다.

"그런데 생뚱맞게 자동차냐? 자동차는 아진과 순양의 구조조정이 끝나지 않았느냐? 조대호와 송현창 회장이 일 처리를 잘했다고 재계의 칭찬이 자자한데 어쩌려고?"

"변화를 좀 주고 싶습니다."

"변화?"

"네. 어차피 대현자동차를 뛰어넘는 일이 힘들다는 건 부인할 수 없는 사실 아닙니까? 그럼 세계를 보고 달려야죠."

"이놈아, 대현도 밖에 나가면 마이너야. 대현도 못 잡으면서 세계는 무슨?"

할아버지는 어림도 없다는 듯 고개를 저었다.

"생산량과 판매량이 전부는 아니죠. 올림픽 종목은 다양합니다."

"허허, 그놈 참. 여전히 입만 살아서…. 그래, 하고 싶은 말이 뭐냐?"

"사랑받는 자동차 기업으로 변신해야죠."

"뭐라? 사랑?"

할아버지는 어이가 없는지 헛웃음을 터트렸다.

"이놈아. 연애도 제대로 못 하는 놈이 사랑 타령은? 지나가는 개가 웃겠다."

"그 사랑과 이 사랑이 같은 겁니까? 아시면서 그러세요?"

"이왕 말 나온 거 하나 물어보자."

"네."

곁으로 바짝 다가앉는 할아버지의 표정이 더없이 진지하다. 뭘까?

"너 사귄다는 그 애 말이다. 자주 만나기는 하니?"

"민영이요? 아뇨. 한 달에 두어 번 만나서 밥 먹고 맥주 한잔하는 게 전부예요. 저도 바쁘지만, 그 애도 마찬가지니까요. 사시 준비하느라…."

아닌 게 아니라 민영이는 절간에라도 들어가야겠다고 했다. 졸업 전 합격은 그녀의 지상 과제인 듯, 압박감에 시달려 밥만 후다닥 먹고 도서관으로 돌아갈 정도였다.

"이놈아, 한 달에 두어 번 만나서 밥 먹는 게 사귀는 거냐? 그냥 친구도 그보다는 더 자주 보겠다."

"급할 거 있나요? 이러다 멀어지면 그냥 학교 동기로 남겠죠."

'잠깐! 그런데….'

"할아버지, 제가 누구 만난다고 말씀드린 적 있나요? 그런 말은 한 기억이 없는데…?"

"뭐? 아, 아니지. 말했지. 어찌 젊은 애가 이 할애비보다 기억을 못 해!"

할아버지가 버럭 소리까지 지른다. 왜 이러는지 알 것 같아 더는 말하지 않았다. 내 뒤에 항상 누군가를 붙여 놓은 게 틀림없다. 분명 좋은 뜻일 테니까. 나는 괜찮은데 당황한 할아버지가 변명을 더 하려고 애쓰는 그때 구세주가 등장했다.

"많이 늦었습니다. 회장님."

조대호 사장이 한 손에 보자기 하나를 쥐고 거실로 들어왔다.

"아닐세. 자식들 인사받기도 바쁠 텐데 새해 첫날부터 불러 미안하네."

"괜찮습니다. 장성한 자식 놈들 인사가 어디 인삽니까? 부담이지. 오히려 핑계도 되고 좋습니다. 하하."

조 사장이 손에 쥔 새해 선물을 슬며시 내려놓을 때 허리를 숙였다.

"새해 더 건강하십시오. 조 사장님."

"아, 그래. 도준이도 왔구나?"

조대호 사장은 내 등을 가볍게 툭 치며 허리를 세웠다.

"앉으십시오. 큰절 올리겠습니다."

"관둬라. 나이 먹는 것도 서러운데 그런 티까지 내야겠냐? 참, 그런데 넌 혼자 웬일이냐?"

"이 친구야. 자넬 호출한 사람이 바로 이놈이라고. 나이 먹으니 눈치가 없구먼. 허허."

"아, 그렇습니까? 이거 긴장되는군요. 최대주주님의 호출이라니. 허허."

조 사장의 입에서 주주라는 말이 나와 소스라치게 놀랐다. 이 양반은 이미 내가 미라클의 실질적인 오너라는 걸 알고 있었나? 놀란 내 표정을 본 조대호 사장은 조금 난처한 표정이었다.

"이거, 내가 안다는 걸 숨겨야 했나?"

이때 할아버지는 내 등을 치며 말했다.

"괜찮아. 입이 천근인 분이다. 순양자동차를 그리 쉽게 내어 주는데, 전후 사정은 알아야 할 자격이 있는 사람이야."

"네. 놀라긴 했지만, 꼭 숨겨야 할 일은 아니었습니다. 실례를 범했습니다, 조 사장님."

"아니야. 보는 눈이 많으니 그렇게 해야겠지. 아진그룹이 스무 살짜리 대학생에게 넘어갔다는 게 알려졌어 봐. 세상이 발칵 뒤집혔을 거야. 그걸 누가 믿어? 게다가 그 대학생이 순양그룹 3세라면 특혜니 편법 중여니, 아주 시끄러웠을 거야. 현명한 판단이었어."

사실을 숨긴 것을 전혀 다른 각도로 해석한다. 난 단지 큰아버지들의 눈길을 피한 것뿐인데 말이다.

"자자, 서재로 들어가서 조용히 이야기하지. 이놈이 자네에게 할 말이 많은가 봐."

우리는 서재로 자리를 옮겨 본격적인 이야기를 시작했다.

"회사의 색깔을 바꾸고 싶다?"

"네."

"어려운 거 할 생각이구나."

조대호 사장은 놀라거나 궁금함을 드러내지도 않았다. 이미 내가 하려는 일이 뭔지 짐작한다는 의미다.

"이제 겨우 정상 궤도가 눈앞에 보여. 보인다고 해도 들어가는 건 쉽지 않아. 여기서 다른 가지를 치게 되면 궤도에 못 오를 수도 있다."

조 사장의 머릿속에서 경영 실적의 숫자가 팽팽 돌아가고 있을 것이다. 그 숫자에서 다른 가지로 뻗어 나갈 때 필요한 숫자는 아무리 쥐어짜도 나오지 않으니 부정적인 말부터 나온다.

"일단 돈 걱정은 나중에 하시죠."

"일단? 좋아. 그럼 그 색깔이 어떤 색인지 들어 볼 수 있겠지? 빨간색인지, 파란색인지…."

할아버지가 웃으며 슬쩍 거들었다.

"사랑받는 기업으로 만들고 싶단다."

"사랑이요?"

조 사장의 반응도 할아버지와 다를 바 없다. 조금은 황당하다는 표정이 전부다. 역시 나이 든 사람들에게 사랑이라는 단어는 색 바랜 추억일 뿐인가?

"많이 팔리지는 않아도 고유의 정체성이 있는, 갖고 싶은 차, 특색 있는 차… 그런 차도 만들어 내는 기업입니다. 첫눈에 반한 사랑도 좋고,

천천히 달아오르는 사랑도 좋겠죠."

"갖고 싶은 차라…."

"96년이었던가요? 아진자동차는 영국 로터스의 생산 라인과 설계를 인수해서 2인승 오픈카를 판매했죠. 수제 소량 생산에 맞춰 설계되었기 때문에 대량 생산도 안 되는 차를 말입니다."

내가 말하는 차를 떠올렸는지 조대호 사장의 미간이 찌푸려졌다.

연간 1만 대 생산 기준으로 생산 원가만 3000만 원인 차였다. 이익을 남기지 않고 팔아도 부가세, 특소세 등을 더하면 인수가격만 4000만 원 짜리 차로 변한다. 풀 옵션 중형차를 1500만 원이면 살 수 있고 심지어 플래그쉽 세단이 4000만 원대에 불과하다. 아진자동차 송 회장은 결국 세금 포함 2000만 원 후반대로 판매가를 정했고, 팔면 팔수록 손해나는 엄청난 짓을 벌였다.

"잘 알아. 그 차, 내 손으로 단종시켰으니까."

"네. 수익성을 생각하면 제정신으로 할 수 없는 일이죠."

"그래서? 그런 스포츠카를 생산하자는 말이야?"

조대호 사장은 아직 한참 어린 내 나이를 생각하면 왜 이런 말을 꺼 냈는지 다 이해한다는 표정이다. 자동차 회사의 어린 오너가 스포츠카 를 갖고 싶어 한다, 바로 자기 회사에서. 그는 딱 그 정도로 내 의도를 이해하는 것 같았다. 이런 생각이야말로 회사를 갖고 노는 장난감으로 생각하는 어린 오너의 특징 아닌가?

"손해 보며 팔 차를 왜 만들겠습니까? 그리고 혹시나 해서 말씀드리 는데, 전 아직 면허증도 없습니다. 스포츠카 같은 건 관심도 없고요. 가 장 좋아하는 차는 BMW 7시리즈입니다. 목숨을 구해 준 차라서요."

"그럼 특색 있는 차라는 게 뭘 말하는 거지?"

"직장 여성이 할부로 구입할 수 있는 경차, 30대 남자가 3년 할부로

지를 수 있는 쿠페, 중년 남자가 세컨드 카로 사고 싶은 픽업트럭, 이런 걸 말합니다."

조 사장의 찌푸려진 미간은 여전히 펴지지 않았다.

"경차도, 쿠페도 이미 많이 나왔어. 픽업은 우리나라에선 안 먹히고."

"갖고 싶지 않은 차들이죠."

"뭐?"

"빈티 나고 없어 보이는 경차, 예쁘지도 않고 폼도 나지 않은 쿠페, 영업용 화물차로 보이는 픽업트럭, 이런 차를 누가 사고 싶겠습니까?"

할아버지와 조 사장은 그제야 내 말뜻을 이해했다. 하지만 여전히 부정적인 견해를 보였다.

"그런 차는 아무리 갖고 싶게 만들어도 몇 대 팔리지 않아. 어쨌든 팔리는 차는 패밀리 카야. 그 외의 차는 절대 손익분기점을 넘지 못해. 너도 이젠 알잖아? 자동차는 대량 생산이 가능해야 하는 설비 산업이라는 걸."

"생산 라인을 두 트랙으로 한다면 손익분기점까지 가는 것은 어떻습니까? 불가능합니까?"

"패밀리 카와 사랑받는 차? 이렇게?"

"네."

"돈 벌 생각이 없구나."

"앞으로 10년간 적자라도 좋습니다. 10년 뒤부터는 달라질 겁니다."

지금도 그렇지만 앞으로도 마찬가지다. 도요타와 폭스바겐, 두 회사의 판매량은 절대 앞지를 수 없다. 이 두 회사가 줄곧 패밀리 세단만 만들었다면 절대 왕좌에 오르지 못했을 것이다. 다양하고 특색 있는, 도전적인 차를 끝없이 개발하고 소수의 마니아를 외면하지 않는 기업 마인드가 그들의 주력 차종인 코롤라와 골프를 톱에 올려놓은 것이다.

대현자동차는 21세기 글로벌 톱 5에 들겠다는 포부를 밝혔고 분명 달성할 것이다. 하지만 대현은 여전히 가성비 때문에 선택할 수밖에 없는, 현실적인 이미지 외에는 갖지 못한다. 자동차는 꿈을 꾸게 만들어야 한다. 그 차를 운전하는 자신의 모습을 상상하는 순간, 사랑받는 것이다.

"으허허."

듣고만 계시던 할아버지가 갑자기 웃음을 터트렸다. 그 모습을 보던 조대호 사장도 이마를 탁 치며 덩달아 웃기 시작했다. 영문을 몰라 두 사람을 번갈아 보니 웃음을 그친 할아버지가 입을 열었다.

"내가 순양자동차 시작할 때 했던 말을 너도 똑같이 하는구나. 허허."

"그러게나 말입니다. 회장님께서도 그러셨죠. 10년은 돈 못 벌어도 좋다. 필요하다면 입던 빤스까지 팔아서라도 돈 대주겠다."

"아, 정말요?"

"그래. 그런데 딱 1년 지나고 결산 나오자마자 내게 그러셨지. 이대로 가다간 내 목이 위험하다고. 빨리 적자 면하라고 말이다. 하하."

'젠장, 내 진심이 이렇게 왜곡되는구나.'

"괜찮아. 도준이 넌 회장님과 다를 거라고 믿어 주지. 흐흐."

"이 친구가! 그건 농담이었어. 진심이었다면 내가 자네를 그 자리에 계속 앉혔겠나?"

두 어르신의 과거 회상만 계속 들을 수는 없는 일, 슬며시 끼어들었다.

"사장님, 제 의도는 아시겠죠?"

"너 돈 많다고 회장님께서 어마어마하게 자랑하시긴 했는데… 감당할 수 있겠어? 사랑받는 자동차의 첫 번째 조건은 바로 디자인이다. 아름다움은 기본이다."

"최고의 디자이너를 영입하겠습니다. 크리스 뱅글도 좋고 피터 슈라

이어라도 데리고 올 수 있습니다. 원하는 디자이너 말씀만 하세요."

BMW와 아우디의 디자이너 이름까지 거론하자 조 사장은 할아버지를 바라보며 다시 미소 지었다.

"회장님, 아무래도 진심인 것 같은데요? 덕분에 전 10년간은 실적 걱정 없이 월급 챙겨 먹게 생겼습니다."

"속지 마. 누구 핏줄인데? 흐흐."

할아버지는 가볍게 웃은 뒤, 진지하게 물었다.

"자동차 회사가 돈 까먹기 시작하면 감당하기 힘들다. 네가 투자로 모은 돈 다 날릴 수도 있어."

"10년 정도 투자할 돈은 있습니다. 중국을 포함해서요."

"뭐? 중국?"

두 분은 또 한 번 놀랐지만, 그 반응은 조금 달랐다. 특히, 조 사장은 신기한 광경이라도 본 듯한 표정으로 물었다.

"대현그룹에 스파이라도 심어 둔 거냐?"

"네?"

"대현이 슬슬 중국 쪽으로 눈을 돌린다고 들었다. 2005년 정도에 현지 생산을 목표로 한다고 했지만, 아직 의견이 분분하다고 하더라."

"이미 늦은 감이 없지 않습니다. 우린 하루라도 서둘러야 합니다."

폭스바겐은 이미 1984년부터 중국에 상륙했다. 상하이자동차와 합작으로 상하이따쭝(上海大衆)을 설립해 상하이를 중심으로 중국 남부지방을 집중 공략했다. 1991년 다시 중국제일기차와 합작하여 북부지방의 공략에 나섰다. 그 결과 1999년에는 시장 점유율 60퍼센트에 육박할 정도로 중국 시장을 다 먹어 버렸다.

"중국 시장은 150만 대 수준이다. 중국 부자들의 럭셔리 자동차를 제외하면…."

서두르지 않았으면 하는 조 사장의 심정이 드러났다. 합작회사만 허가하는 중국이라 중국 진출은 기술 이전이 필수다. 이것이 찜찜한 부분이긴 하다.

"폭발적인 성장세가 시작될 것이라는 걸 아시지 않습니까?"

"자자, 그건 도준이 뜻에 따르는 게 좋을 듯해."

갑자기 의견을 툭 던지는 할아버지 때문에 조대호 사장은 놀란 듯했다. 순양자동차와 아진이 합병한 뒤 단 한 번도 경영에 이래라저래라 간섭하지 않았던 분이다.

"어째서 그렇습니까?"

갑자기 도발적인 질문을 던지는 조 사장 때문에 할아버지 또한 놀란 듯하다.

"어쭈? 이 친구 보게. 이젠 내 말에 순순히 따르지 않겠다는 겐가?"

"이 자리에서 회장님은 조언자이시니까요. 꼭 따라야 할 이유가 없습니다. 물론 훌륭한 조언이라면 따를 생각입니다만."

"봤지? 이 친구가 이래. 지금 도준이 네게 시위하는 거다. 사랑받는 회사든, 중국 진출이든 스스로 이해할 수 없다면 시작도 하지 않을 위인이라고."

할아버지는 뭔가 재밌거리를 발견한 어린애처럼 신이 난 모양새다.

"잘 보라고. 전 세계의 돈이 중국으로 흘러 들어가고 있어. 세계의 공장? 이 말 진짜 무서운 거다. 인건비 싸다고 우리 순양 공장들도 어마어마하게 들어갔잖아. 부가가치를 창출하는 건 바로 노동이다. 그 노동의 장소가 공장이고."

"부가 쌓이니 쓸 곳이 필요하다는 말씀이시군요."

"중국에 굴뚝 올라가는 속도가 더 빨라진다. 그만큼 경제도 급성장하겠지? 그리고 쌓인 부를 과시하는 첫 번째 방법이 바로 자동차다."

"통장에 돈이 쌓이면 자동차로 눈이 돌아가는 게 바로 남자들 습성이죠."

조 사장이 머리를 끄덕이며 내게 시선을 돌렸다.

"돈이 많이 들 거다. 시간, 퀄리티, 돈, 이 세 가지는 항상 반대편에 서 있다. 시간을 줄이고 퀄리티를 높이려면 엄청난 초기 자금이 필요해. 괜찮으냐?"

"금액을 예측할 수 있을까요? 지금?"

"중국은 무조건 5대 5 투자 시스템이니⋯ 최소 2억 5000만 달러 이상? 그 정도면 초기 생산 규모가 10만 대 정도는 될 거다."

"생각보다 그리 크지 않네요. 이렇게 하죠. 초기 투자 5억 달러를 베이스로 사업 추진합시다. 서두르는 비용도 포함해서 말입니다."

곧바로 두 배의 숫자를 부르니 조대호 사장은 입을 떡 벌렸다.

"거봐. 이놈 이거, 돈 엄청 많다고 말했잖아."

할아버지는 놀란 조 사장을 향해 즐거운 듯 손뼉까지 치며 웃음을 터트렸다.

▲ ▲ ▲

"이혼한⋯ 아니, 아직은 아니네. 아무튼 몇 년 뒤에 이혼할 와이프가 만나자고 하니 기분이 묘하더라."

"좋아 보이네."

"당신도 여전히 관리 잘하는군. 누가 쉰이 넘은 사람이라고 볼까?"

"그런 칭찬 자주 좀 하지. 왜? 당신 부인이 아니니까 색달라 보여?"

"여전히 따갑네. 그만두자. 용건은?"

최창제 시장은 진서윤의 차나 한잔하자는 연락에 내심 반가웠고 혹시나 하는 기대도 있었다. 예정된 이혼을 취소하자는 건 아닐까 하는⋯.

"다시 손잡자고."

"진심이야?"

"오해는 마. 당신이랑 다시 한 침대 쓸 생각은 없으니까. 부부가 아닌 진짜 동업자, 어때?"

"뭐지? 날 떠난 대가는 충분히 받지 않았나? 나랑 손잡는 거 당신 아버지가 알면 도로 다 뺏길 텐데?"

"안 뺏겨. 아니 뺏을 수가 없어."

"당신 아버지가 그 정도 안전장치 없이 당신에게 물려줬을까?"

"안전장치든 뭐든 다 소용없다니까. 내 손에 없는 걸 어떻게 뺏어 가?"

"뭐? 무슨 뜻이야?"

"말한 그대로야. 이제 내가 가진 건 아무것도 없어. 그렇게만 알아 둬."

최창제 시장은 진서윤이 구구절절 말하지 않는 걸 보며 짐작했다. 자존심이 강한 여자다. 진 회장에게 받은 건 전부 사라졌고 남은 건 순양그룹의 딸이라는 간판뿐이다. 무슨 일을 겪었는지는 모르겠지만.

"말하기 싫으면 됐어. 그런데 나와 다시 손잡고 하고 싶은 일이 뭐지? 여전해?"

"당연하지. 더 나이 먹기 전에 평창동 서재에 앉아 봐야겠어."

"당신 손에 쥔 거 아무것도 없다면서? 평창동까지 어떻게 갈래?"

"집 앞까지는 누구 뒤만 따라가면 돼. 그런데 대문에서 서재까지 가는 길이 어렵네. 그때 당신이 그 누구를 정리해 주면 쉬울 것 같은데."

"당신 앞길 터주는 게 누구야?"

"당신도 잘 아는 사람. 당신 선거자금 준비한 그 애."

"도준이? 정말 도준이?"

진서윤은 손가락을 들어 입술에 대며 놀란 최 시장을 진정시켰다.

"도준이든 누구든, 당신이 마지막에 정리하려면 힘이 있어야 해. 서울시장 정도로는 안 되니까 준비 잘해야 해. 내가 아직 개인 재산은 좀 있으니까 알거지가 되더라도 밀어줄게."

"전처 쌈짓돈까지 손대긴 싫은데…."

괜한 너스레를 떠는 최 시장을 향해 진서윤은 살짝 미소 지었다.

"됐어. 당신 가장 잘 아는 사람이 나야. 내숭은 무슨…."

최창제는 진서윤 앞에 놓인 빈 잔에 물을 따랐다. 그러고 나서 눈치를 보며 슬쩍 물었다.

"정말 도준이가 당신 앞길을 정리해 준다고 믿어?"

그녀는 이런 남편을 향해 긴 한숨을 내쉬었다.

"잘 들어요. 오세현은 바로 도준이가 고용한 바지사장이야. 미라클 인베스트먼트의 실질적 소유주가 도준이란 거지. 그러니까 미라클이 사들인 아진그룹, 순양자동차, 대아건설까지 전부 도준이 거야. 당신도 알지? 순양자동차에 순양그룹 지배지분이 무려 17퍼센트나 있다는 거?"

최 시장에게는 도저히 믿기 힘든 소리였다. 아직 대학생 아닌가?

"더 기가 차는 게 뭔지 알아? 그 모든 걸 아버지 도움 없이 해냈다는 거야. 그러니까 아버지가 도준이라면 사족을 못 쓰지. 자동차 넘길 때 지분 얹어 준 걸 나도 이해할 정도니까."

"도, 도대체 그놈은 어떻게 생겨 먹었길래… 태어날 때부터 제 할아버지 피를 고스란히 다 받은 건가?"

놀라는 와중에 최 시장의 머리에 스치는 생각이 있었다.

"당신 혹시 장인어른께 받은 거 전부 도준이에게 다 뺏긴 거 아냐?"

진서윤의 표정을 보니 굳이 대답을 듣지 않아도 알 수 있었다.

"세상에! 도대체 어떻게 했길래 그 짧은 시간에…."

진서윤은 연거푸 한숨을 쉬고는 천천히 그간의 일들을 털어놓았다. 순양그룹의 부채를 안고 시작한 계열 분리부터 미라클의 돈을 끌어 쓴 것, 마지막으로 잘못된 주식투자까지 지나간 이야기를 다 듣고 난 최 시장은 화가 치밀었다. 그는 작정하고 어린 손자에게 백화점 그룹을 차지할 빈틈을 만들어 준 진 회장과 그 틈을 놓치지 않고 주식을 이용한 진도준, 그리고 그 함정에 놀아난 진서윤을 향해 분통을 터뜨렸다.

"그만해요. 돌이킬 수 없으니. 이제 당신도 내 처지를 정확히 알았겠죠? 어쩌면 내가 당신에게 도움이 안 될 수도 있어. 다 털어먹고 이러는 게 부끄럽기도 하지만…."

"됐어, 그만해."

최 시장은 슬며시 진서윤의 손을 잡았다.

"물려준 건 다 잃었지만, 대단한 칼잡이 하나 얻었잖아."

"오빠들을 다 정리해 줄 칼잡이죠."

"그래. 내가 그 칼잡이 명줄을 자를 만한 뭔가만 얻으면 순양은 당신, 아니 우리 손에 들어오니 어쩌면 더 잘된 일일 수도 있어."

"당신은 여전히 긍정적이네요. 그게 늘 마음에 안 들어 짜증 났는데 오늘은 좀 듣기 좋네."

진서윤도 동업하겠다는 뜻을 분명히 말한 최 시장의 손을 꼭 잡았다.

"좋아. 그놈이 오빠들 다 밟고 올라설 때까지 곁에 딱 붙어 있을게. 일단, 백화점과 호텔을 내게 일임하도록 능력을 보여 줄 테니까 당신도 시장 재선 후 대권을 노려. 이제 아버지 힘은 기댈 수 없으니까 정말 잘해야 해."

"그래. 꼭 재선 시장이 될 테니까 염려 마."

"참, 혹시나 해서 하는 말인데 절대 오빠들에게 도준이의 정체를 밝히면 안 돼. 이미 조금은 미심쩍어 하는 눈치지만 설마설마할 거야. 너무 황당한 소리라서."

"당연하지. 형님들이 칼잡이를 경계하면 이 일은 다 틀어져. 행여나 당신도 은연중에 말이 흘러나오지 않도록 조심하고."

진서윤은 지금까지 볼 수 없었던 최 시장의 애틋한 눈길을 확인했다. 어려울 때 서로를 보듬어 주는 것이 부부였던가? 이 간단한 진리를 나이 쉰이 넘어서야 알게 됐다.

"가끔 호텔에 들러. 저녁이나 같이 먹게. 도준이 그놈이 통은 커. 여전히 스위트룸에서 지내도록 배려해 줬어요. 어딘지는 알지?"

▲ ▲ ▲

"보고서는 봤습니다. 대책은 세웠습니까?"

"준비 중이야. 그런데 너무 서두르는 것 같은데? 인천 국제공항은 내년 3월에 개항이야. 아직 사업자 선정 계획도 안 나왔는데 우리가 먼저 움직인다는 게 좀⋯."

"치열한 경쟁이 시작되기 전 미리 조율을 끝내는 게 할아버지 방식이죠. 모르십니까?"

고모는 자존심이 상했는지 입술을 잘끈 깨물었다. 유통그룹 전반에 걸친 큰 사업에 대한 최종 보고는 항상 고모를 통해 들었다.

마름이 힘이 세면 소작농이 지주는 아랑곳하지 않고 마름의 눈치를 본다. 지주는 항상 마름의 무릎을 꿇려야 한다. 그래야 소작농들도 진짜 주인이 누군지 머리에 새겨 넣는다.

"인천공항의 규모는 이미 잘 아실 겁니다. 우리가 면세점을 놓쳐서는 안 돼요. 게다가 인천공항 개항에 맞춰 서울 시내에 적어도 세 곳 이상 면세점을 허가해 준다는 정보도 있습니다."

"어차피 우리 순양을 빼지는 않을 텐데? 항상 3대 기업에 들어갔어."

고모는 아직 우리가 기득권을 쥐고 있는 줄 안다. 이 착각을 깨지 않는 한 부회장 자리를 오랫동안 지키는 건 힘들 것이다.

"고모."

"응."

"이미 주주 변동은 정부도 잘 알고 있어요. 우리가 순양그룹과 전혀 별개라는 걸 아는데… 그놈들이 우리 눈치 보겠어요? 예전 같으면 고모 생각처럼 말하지 않아도 알아서 길 겁니다. 하지만 지금은 할아버지의 부탁이 없으면 안 움직여요. 그리고 할아버지는 우리를 위해 움직여 주지 않습니다."

고모는 여전히 불만에 찬 표정이었지만 나는 더 닦달하지는 않았다. 하루아침에 바뀐 처지를 피부로 느끼기에 공주처럼 살아온 세월이 너무 길다.

"내가 재정경제부와 관세청 관계자를 만나 약 좀 치겠습니다. 고모는 면세점 입점 서류를 완벽하게 체크하세요."

"내가? 서류를?"

"그럼 누가 최종 결재합니까? 고모가 부회장입니다."

즉각적인 대답 없이 나를 흘겨보던 고모가 인상을 풀고 부드럽게 말했다.

"도준아. 넌 아직 나를 잘 모르는구나?"

"압니다. 서류 같은 거 본 적 없죠? 하지만 경영을 하려면 서류는 무조건 봐야 합니다. 그리고 완벽하게 이해해야 하고요. 제가 회계장부까지 이해하라는 말씀은 안 드리겠지만 다른 보고서나 계획서는 꼭 보세요."

"알아. 열심히 보도록 할게. 내 말은 그게 아니라 나를 더 유용하고 적절하게 써먹으라는 뜻이야."

"고모의 인맥을 활용할 계획은 있습니다. 아직 때가 아니라서…"

"아니. 내가 가장 잘하는 건 인맥 동원이 아니다."

"그럼요?"

"쇼핑을 리드하는 거야."

"쇼핑을 리드? 무슨 뜻이죠?"

정말 몰라서 물었다. 고모가 쇼핑을 리드하다니? 쇼핑 아니, 패션 트렌드는 디자이너들과 연예인들이 주도하는 게 아니었나?

"마케팅 비용 10억만 결재해. 그리고 내가 어떻게 하는지 봐."

"10억?"

"야! 너 그런 눈으로 볼래?"

고모는 웃으며 내 등을 찰싹 쳤다.

"아야! 뭐가요?"

"내가 또 헛돈 쓰는 거 아닌가 하는 눈빛이잖아."

왜 이렇게 싹싹한 걸까? 그게 더 의심스럽다. 하지만 위태로운 부회장 자리에 며칠이나 앉았다고 장난을 칠까? 분명 회삿돈을 어떻게 해볼 생각은 아니다. 더욱이 겨우 10억은 아니다.

"좋습니다. 쇼핑을 리드하는 게 어떤 건지 한 수 알려 주세요. 레슨비라고 생각하고 10억 집행하겠습니다."

내 말이 떨어지자마자 고모는 손가락을 딱 튕겼다.

"오케이. 지금부터 내가 하는 걸 하나도 빼놓지 말고 잘 봐둬."

며칠 뒤 고모는 나를 호텔로 불렀다. 고모가 묵고 있는 객실에는 패션 화보집이 산더미처럼 쌓여 있었다.

"이게 다 뭡니까?"

"올해 S/S 시즌 트렌드를 볼 수 있는 패션쇼 화보집이야. 파리 오트 쿠튀르, 프레타포르테 그리고 밀라노, 뉴욕, 런던에서 열리는 4대 컬렉션에 나왔던 건데… 난 매년 1월 패션 위크에 참석했지만, 올해는 못 갔어. 이유는 너도 알지?"

회사에서 쫓겨난 셈이니 한가하게 패션쇼나 돌아볼 여유가 없었다는 말이다.

"여기서 팔릴 만한 걸 골라내는 거야. 그게 이 사업의 첫 번째라고."

이미 화보집의 많은 상품에 체크 표시가 있었다. 어떤 기준인지 모르지만 다양한 표식이 눈에 띄었다.

"너도 봐. 남자라서 패션에 관심 없다고 한다면 백화점, 호텔 경영은 어려워진다."

"고모, 그런데 이건 뭐예요? 옷이 아닌데?"

고모는 내가 내민 화보집을 흘긋 보며 말했다.

"침구야. 커튼, 시트 같은 거. 그것도 중요해."

그뿐만이 아니었다. 시계, 구두, 화장품처럼 백화점의 주요 품목 화보도 꽤 많았다. 한마디로 백화점 명품 매장을 온전히 호텔 객실로 가져온 것이다.

"어때? 쓸 만한 물건 좀 보여?"

"다 좋아 보이는데요?"

"그렇지, 대부분 좋지. 어마어마하게 비싼 명품들이니까. 싼 것도 웬만한 부장 월급이고 비싼 건 연봉이니까."

물론 몇 년 치 연봉으로도 못사는 것도 많을 것이다.

"잘 들어. 비싸다고 다 좋은 게 아니야. 그게 눈으로만 봤을 때 좋아 보이는 게 있고, 몸에 착용하거나 집 안에 들여놓았을 때 좋아 보이는 게 있어. 넌 어떤 걸 고를래?"

"당연히 쓸 때 좋아야죠."

"하지만 눈으로 볼 때는 별로일 텐데? 선뜻 손이 가겠어?"

손이 가지 않으면 구매 자체가 일어나지 않고 쓸 때 좋지 않으면 재

구매가 없다. 애매하다….

내가 머리만 갸웃거리며 대답을 못 하자 고모는 살며시 미소 지었다. 우월감이다.

"안목이야. 일반 서민들 매장은 가격대로 구성하지만, 명품은 가격이 중요하지 않아. 오로지 안목만으로 고객을 붙잡아야 한다고."

다시 등장한 단어, 안목. 난 정말 안목이 없는 걸까? 고모는 대기하던 직원들을 전부 불렀다.

"파리에 연락해서 이거 전부 보내라고 해."

고모의 눈짓에 직원들은 화보집을 전부 챙겼다.

"네, 부회장님. 세팅은 예전처럼 그 업체에 맡길까요?"

"그래. 이번엔 특별히 신경 써달라고 해. 중요한 프로젝트가 걸려 있다고 말하고."

"알겠습니다."

화보집을 챙긴 직원이 빠져나가자 다음 차례 직원이 초대장 샘플을 쫙 늘어놓았다. 고모는 한번 쓱 훑어보고 몇 장을 집어 꼼꼼히 살폈다.

"이걸로 준비해."

그중 한 장을 휙 던지니 직원이 공손히 받아들었다. 마지막까지 남은 직원이 레스토랑 메뉴판 같은 걸 내밀자, 고모는 요리 리스트를 하나나 보며 또다시 체크해 나갔다.

"이렇게 코스 준비하라고 하고 뤽상부르, 거기 셰프 예약해. 식기도 그 친구에게 맡겨. 애가 감각 있더라고."

"알겠습니다. 부회장님."

직원들이 다 빠져나가고 단둘만 남자 고모는 크게 기지개를 켰다.

"오래간만에 즐겁네. 역시 좋은 물건 구경하는 건 피곤해도 기분을 업시켜준다니까. 호호."

고모는 와인으로 목을 축였다.

"도준아. 방금 내가 뭘 했는지 알 것 같아?"

"일단 고모의 안목으로 상품성 있는 명품 샘플을 요청했겠죠. 딱 거기까지 알 것 같습니다."

고모는 실망한 눈빛이 역력했다.

"어이없다. 어떻게 그거뿐이지? 아, 올케가 명품 쇼핑을 거의 안 하지? 검소한 여자니까."

'설마 지금 우리 어머니를 무시하는 거야?'

매서운 내 눈초리에 고모가 황급히 손을 내저었다.

"오해하지 마. 나쁜 뜻 아니니까. 네 엄마처럼 아름다움을 타고난 여자는 검소한 차림으로도 충분하다는 뜻이야. 시장에서 파는 만 원짜리 원피스를 걸쳐도 명품으로 보이니까 말이야."

"알았으니까 나머지를 설명해 봐요. 설마 저 샘플, 전부 사는 거 아니죠? 저거 산다고 10억이나 쓸 수는 없어요."

"내가 바보야? 저걸 다 사게? 내가 쓰는 마케팅 비용 10억은 권력과 돈이 넘치는 한국 여자 100명을 사는 거야. 그 여자들이 정신을 차릴 수 없을 정도로 우리 순양백화점과 호텔을 찬양하게 만드는 비용, 그게 10억이라고."

당당하고 자신감 넘치는 고모의 모습을 오랜만에 본다.

이것이 고모가 가장 잘하는 것일까? 부자들의 마음을 사는 일?

"일단 전체 흐름부터 설명해 주세요. 제가 개념을 좀 잡게."

"오케이. 일단 올해 S/S 시즌 상품 중에 주력이 될 만한 것들을 골라. 셀렉팅이 끝나면 디스플레이 할 샘플을 요청하지."

"거기까진 이해했어요."

고모는 좀 들떠 보였다. 앞으로 진행할 일들이 머릿속에 떠오르는 것이다. 그리고 자기 뜻대로 잘 진행될 것이라는 확신도 있다. 일할 때 가장 신나고 즐거운 순간이다.

"샘플이 도착하면 디스플레이를 생각해야 해. 하나하나 자세히 들여다볼 수 있는 동선을 짜고, 연결 구매가 가능하도록 구성해야겠지?"

"연결 구매?"

"그래. 모자를 사면 어울리는 귀걸이를 갖고 싶고 귀걸이를 사면 목걸이에 눈이 가. 예쁜 목걸이를 사면 목이 파인 원피스를, 그리고 원피스에 어울리는 하이힐을…. 이런 걸 말하는 거야."

"마네킹에 다 걸쳐 놓으면 되는 일 아닌가요?"

"그건 기성품이나 그렇게 하는 거지. 우리 VIP들은 까다로워. 자기가 직접 하나하나 골라야 해. 마네킹은 마치 강요당하는 기분이 들거든."

"까다롭네요. 진짜."

타고난 성격이 까다로워서가 아니다. 넘쳐나는 돈이 인격에 펌프질한다. 난 특별한 존재라고!

"나랑 나란히 선 여자들만 그래."

고모와 견줄 만한 여자라면 재벌가의 여인들이 뻔하다. 그녀들은 고모가 추천하는 세팅을 절대 받아들일 리가 없다. 자존심 싸움이니까.

"그쪽은 집으로 찾아가는 거죠?"

"그래. 약속한 날짜에 가서 그 고객의 취향에 맞춰 디스플레이 하면 고르는 거지. 고객으로서는 그들이 최고라고 할 수 있어. 다들 같은 걸 몇 개씩 사니까. 집에 놔두고 유럽 별장이나 뉴욕 아파트에도 놔두거든. 여행 갈 때 은근히 들고 다니기 귀찮다니까."

여기까지는 알 것 같다.

"아, 이번에 네가 가볼래? 그래. 그게 좋겠다."

갑자기 고모가 손뼉을 짝 치며 날 일으켜 세웠다. 그러고는 한 바퀴 빙 돌면서 내 모습을 다시 확인한 뒤 활짝 웃었다.

"순양 회장님의 손자, 게다가 영화배우와 제작사 사장의 아들, 스타 빰치는 외모의 젊은 3세. 이건 대박이다."

"내가 왜 가요?"

"넌 가서 인사만 해. 나머지는 전문가들이 알아서 할 거야. 그 여자들 너 보면 가만히 못 있어. 잘생기고 젊은 3세가 곁에서 딱 지켜보는데 우물쭈물할 것 같아? 어마어마하게 사들일 거야. 그것만이 네게 내세울 수 있는 유일한 거잖아."

내가 미끼인 것 같아 불편했지만, 그들과 안면도 트고 매출도 올린다면 책임자로서 해야 할 일이기도 하다.

"그러죠, 뭐."

"의외다. 순순히 한다고 하고…."

"매출 올려야죠. 기록 한번 세워 봅시다. 하하."

아무렇지도 않게 웃어 버리자 고모의 눈빛이 변했다. 조카 중에 웃음을 팔아 가며 매출 올리려는 놈은 단 한 명도 없다. 일 자체도 싫어하는데 굽신거리기까지 해야 한다면 모두 소리를 빽 지르며 거절할 것이다. 굽신거리는 걸 마다치 않는 내가 달리 보였을 것이다.

"자, 그렇게 1차 끝내면요?"

"아까 내가 말한 뤽상부르 셰프가 누군지 알아?"

"아뇨. 저도 그게 궁금했어요."

"파리 뤽상부르 거리에 있는 레스토랑 유명 셰프지. 그 사람이 스태프들까지 데리고 오는 거야, 전세기로."

"저, 전세기?"

"그래. 그 전세기에 식재료도 전부 싣고 오는 거지. 그리고 호텔 연회장에 신상품을 디스플레이 해놓고 초대장 받은 100명을 모으는 거야."

100명을 위한 만찬, 그리고 값비싼 명품 전시회. 이런 거였나?

"특히 테이블, 식탁보, 의자, 접시, 포크 나이프 전부 공수한 거로 다 채우거든. 그것 역시 상품 디스플레이지."

"그 100명은 누굽니까?"

"집이 좁은 부자."

"네? 부자가 어떻게 집이 좁아요?"

"수십 벌의 옷과 잡화를 디스플레이 못 하는 크기의 거실과 집이거든. 그리고 재벌가를 부러운 눈으로 바라보는 사람들이기도 하고."

"그러니까 고모의 제안을 아주 주의해서 듣고 받아들인다는 거죠? 워너비니까?"

"바로 그거야. 호텔 연회장의 디스플레이는 내 취향이거든? 그걸 내가 직접 설명하면 웬만해서는 다 듣지."

"그리고 또 다른 효과도 있어."

"뭐죠?"

"질투와 경쟁."

'쇼핑에도 팽팽한 기 싸움을 하는구나. 무섭다, 여자들이란.'

"100명이 서로를 보며 견제하는 거야. 여기서는 많이 예약하는 사람이 최종 승자야. 경매장과 분위기가 흡사하지."

갑자기 오싹하다. 이건 아예 무한경쟁을 유도하는 것 아닌가?

"너도 시간 되면 와서 한번 봐. 지는 걸 죽기보다 싫어하는 사람들의 그 살벌하고 광기 어린 모습, 그게 쇼핑을 통해서 확 드러나거든."

꼭 봐야겠다. 원초적인 욕망이 드러나는 장면 아닌가?

"좋아요. 꼭 가서 보죠. 그런데 고모, 이건 그냥 물건 파는 방법의 하나일 뿐이잖습니까? 이게 어떻게 쇼핑을 리드하는 게 돼요?"

"그 사람들이 주로 다니는 곳이 부티크니까 디자이너들에게 영향을 주거든. 다들 VIP 고객이잖아. 취향을 맞춰 줄 수밖에 없어. 그게 다시 아래로 퍼지고."

이런 곳에서도 낙수효과를 보는 건가? 아니, 동심원효과인가?

"그럼 면세점과는 어떻게 연결 짓습니까? 중요한 건 우리가 인천공항, 그리고 서울 시내 면세점에 선정되는 거라는 걸 잘 아시죠?"

"물론이야. 내가 고른 100여 명이 어떤 사람들인데? 전부 각 분야에서 한 가닥 힘 좀 쓴다고 자랑하는 사람들이야. 이번 이벤트 끝나고 예약한 상품을 전해 줄 때 슬쩍 언질을 주는 거지. 그게 모이면 엄청난 힘이 될 거다."

가장 큰 권력은 베갯머리에서 부탁하는 거라더니….

"도준아."

"네."

고모가 더없이 진지한 표정으로 말했다.

"그동안 넌 너무 이쪽을 무시했어. 천박해 보이기도 하겠지. 하지만 그 천박한 것들이 이 나라의 힘을 쥐고 있다. 너도 나처럼 그들과 관계를 맺어야 해. 그래서 그 힘을 써야지."

갑자기 고모가 왜 이럴까? 내가 힘을 가지면 가질수록 자신이 불리해질 게 뻔한데 말이다. 고모는 수상한 눈빛으로 자신을 바라보는 날 보며 피식 웃었다.

"경계하지 마. 네가 그랬잖아, 목적지에 갈 때까지 우리 둘은 동맹이라고. 마지막이 어떻게 될지 모르지만 난 네 말을 따르기로 했어. 내가 네 본모습을 오빠들에게 단 한마디도 하지 않은 게 바로 그 증거야."

아직 포기하지 않았나? 하지만 난 크게 경계하지는 않는다. 마이크 타이슨이 말하지 않았나? '한 방 맞기 전까지는 누구나 다 그럴듯한 전략이 있다.'라고. 고모가 그 어떤 계략을 짜든 마지막에는 알 것이다. 그냥 백화점과 호텔을 전전하며 호화로운 생활이라도 유지하는 게 건질 수 있는 전부라는 걸 말이다.

▲ ▲ ▲

5년 전 800에 불과했던 미국 나스닥 종합지수가 2000년이 시작되었을 때 4800을 돌파했다. 생명이 다하기 전의 마지막 불꽃을 화려하게 태우는 것이다. 마치 뉴데이터테크놀로지의 주가처럼.

우리나라도 예외는 아니었다. 여의도의 촉 좋은 증권맨들은 한국에도 불어닥친 닷컴 버블이 꺼질 것을 예상했고, 마지막 한탕을 위해 살벌하게 돈을 끌어모았다.

바이코리아 펀드, 박현주 펀드 같은 애국 마케팅 등으로 시중의 자금들이 전부 IT 기술주에 쏠렸고 테마주 쏠림 현상이 발생했다. 이미 거품 터진 벤처 때문에 돈을 날린 사람들이 부지기수였지만, 누구나 그렇듯 자신은 안전할 것이고 큰돈을 벌게 될 거라는 희망을 품은 사람은 여전히 넘쳐났다.

칼날 위를 걷는 아슬아슬한 형국이었지만 오늘 내가 찾아가는 사람들에게는 딴 세상의 이야기였다. 그들은 한국 경제가 휘청이든, 롤러코스터를 타든 늘 구름 위에서 포근하고 안락한 생활을 영위한다.

"어때? 끝내주지 않아? 완전 화보지?"

100퍼센트 수작업으로 만들며 기간만 6주가 걸리는 정장이다. 이 한 벌을 위해 열 시간 동안 3000개 이상 한 땀 한 땀 스티치하고, 재킷 하나를 만드는 동안 42번 이상의 다림질을 하는 등 186번의 제작 과정을 거쳐야 한다. 이 때문에 기성복 제작 기간과 비교하면 30배 이상의 노력과 시간이 들어, 가격은 50배에서 100배 이상인 남성 정장이다.

고모와 백화점 최고 MD는 나를 위해 3대 나폴리 슈트인 체사레 아톨리니, 브리오니 그리고 키톤을 준비했다.

"패션의 완성은 모델이라는 말이 딱 들어맞아요. 어쩜 이리 세 브랜드 모두 잘 어울리실까?"

당분간 나와 함께 움직일 직원들은 고모에게 장단을 맞추느라 호들갑을 떨었다.

"오늘 두 집을 방문할 텐데 도준이 넌 안면만 터. 그리고 가만히 지켜보고 있으면 돼. 나머지는 이 친구들이 다 알아서 할 거야."

딱히 긴장하지도, 걱정하지도 않았다. 오늘 방문하는 곳은 백화점이나 쇼핑몰이 없는 재벌가다. 그리고 재계 순위도 순양보다 한참 떨어지니 굳이 잘 보이려 노력할 필요도 없다. 고모 말대로 인사를 나누는 게 목적이다. 그들과 비즈니스로 관계를 맺을 때 아는 사람이 있으면 접근하기 유리하기 때문이다.

"첫 번째는 일성그룹 사모님과 며느님들 그리고 따님들입니다. 그렇게 까탈스럽지는 않아서 불편하지 않을 거예요."

"그런데 남자 고객은 없습니까?"

"물론 있어요."

함께 가는 직원이 생긋 웃었다.

"오로지 여직원만 남성 고객을 상대합니다. 아시겠지만…."

"남자 직원이 가면 유독 갑질하려고 하죠?"

"네. 아마도 우월감을 드러내고 싶은가 봐요."

"영장류는 원래 계급 사회를 구성해요. 인간도 짐승이나 다름없다는 말이지요, 뭐."

"네?"

"아, 아니에요."

고개를 갸웃하는 직원을 그대로 두고 자동차 시트에 몸을 기댔다.

일성그룹이라…. 나중에 대통령과 사돈이 되는 집안이었지? 잘해 두면 대통령 직통 라인이 또 하나 생기는 거다. 순양의 회장쯤 되면 새로운 파이프를 꽂을 필요도 없겠지만, 그전까지는 쓸모 있다. 정점에 오른다는 건 이런 잡다한 일을 할 필요가 없다는 사실을 다시 한 번 되새겼다.

일성그룹 자택에 도착해 들어서자 시원하게 펼쳐진 잔디부터 눈에 띄었다. 웅장한 맛은 없지만 깔끔한 정원이 집주인의 성격을 드러낸다.

현관문을 열고 들어가자 일하는 사람들이 먼저 나왔고 안주인은 보이지 않았다. 함께 온 백화점 직원들이 곱게 포장한 상품들을 하나하나 꺼내며 거실에 늘어놓을 때도 그들은 나타나지 않았다.

"잠시만요, 실장님. 실장님이 직접 오셨다는 걸 넌지시…."

직원 한 명이 이 집에서 일하는 사람에게 접근해서 내 신분을 밝히려 할 때, 그를 끌어당겼다.

"그냥 놔두세요. 이 사람들 평상시 모습을 보고 싶네요."

분명 까탈스럽지는 않다고 했는데 그것과 예의 없음은 별개였다. 집안일을 하는 사람들은 우리를 물끄러미 바라볼 뿐 수고한다며 물 한 잔 주지 않는 야박한 인심을 보였다.

한 시간 넘게 공들여 디스플레이를 끝내자 누군가 2층으로 올라가 알렸다. 그렇지만 곧바로 나타나지도 않았다. 다시 20여 분이 흘러서야 두런거리는 여자들의 목소리가 들리기 시작했다.

할머니 하나, 중년 여인 셋, 젊은 여자 둘. 그녀들을 보고 함께 온 직원들은 아무 말 없이 허리를 깊게 숙였다. 나는 가볍게 머리만 까닥해 보였더니 그들의 시선이 일제히 내게 꽂혔다. 여남은 명이 허리를 펴지 않았으니 멀뚱멀뚱하게 서 있는 내가 눈에 띄었을 것이다.

그녀들의 시선을 피하지 않고 가볍게 미소 지으니 할머니가 입을 열었다.

"오늘은 재밌는 젊은이가 왔네."

할머니의 말이 신호인 양 직원들이 허리를 폈다. 그리고 얼마 지나지 않아 까탈스럽지 않다는 게 어떤 뜻으로 한 말인지 쉽게 알아챌 수 있었다.

직원들은 부동자세로 꼼짝도 하지 않고 서 있기만 했다. 일성그룹 여인들은 전시한 상품들을 천천히 둘러보며 자기들끼리 평가를 주고받았다. 직원을 불러 이것저것 묻지도 않았고, 옷을 입어 본다거나 몸에 걸치는 법이 없었다. 아주 마음에 들었을 때만 손을 들어 직원을 불러 낮은 목소리로 조곤조곤 뭔가 묻는 게 전부였다.

10여 분쯤 지났을 때 '세상에 쉬운 일은 없다.'라는 명언이 머리를 스쳤다. 벌서는 것도 아니고 이렇게 계속 서 있어야 한다. 언제 끝날지도 모르는데 말이다. 몸이 힘든 건 둘째 치고 지겨워서 죽을 것 같았다. 결국 하품이 슬슬 나오는 걸 참지 못하고 입이 찢어져라 하품을 하다 젊은 여자애에게 딱 걸려 버렸다. 그녀는 어이없다는 듯 피식 웃으며 손을 까닥거렸다. 내 곁에 서 있던 직원이 달려가려 하자 손가락을 들어 나를 찍었다.

고객이 부르면… 특히 VIP 고객이 부르면 총알처럼 달려가야 하는 게 본분 아닌가? 그래서 즉시 달려갔다.

"네."

"이거 어때요?"

그녀는 내가 곁에 가자마자 목걸이를 가리키며 말했다.

"예쁘네요."

순간 두런거리던 여인들이 입을 닫고 나를 주시했다. 우리 직원들이 당황해서 어찌할 줄 모르는 게 뻔히 보였다.

'아, 실수했구나.'

"아주 잘 어울리겠습니다."

이젠 모두 키득거리기 시작했다.

"어머님 말씀 맞네요. 젊은이가 재미있네요."

모두 웃음을 보이자 여직원이 달려왔다. 그녀도 미소를 보이며 말했다.

"스털링 실버, 길이 36인치, 지름 19밀리미터, 간편하고 쉽게 착용할 수 있는 디자인입니다. 뉴욕 여성들의 정신을 떠오르게 하는 우아하면서도 세련되고 대담한 디자인이 특징이죠. 이번 컬렉션은 뉴욕이 지닌 파워와 감각, 그리고 뉴욕 거리의 에너지를 구현합니다. 또한, 연속적이고 자연스러운 라인의 세련된 설계가 돋보이는 하드웨어 특유의 실용주의 디자인을 보여 주는 작품이에요."

숨도 쉬지 않고 청산유수처럼 흘러나오는 제품에 대한 설명, 이 자리에서 나만 빼고 모두 고개를 끄덕였다. 대단한 건 이것과 비슷한 목걸이가 몇 개 더 있다는 것이다. 그게 그거 같은 목걸이를 두고 물 흐르듯 설명한다는 것은 상품의 특징을 전부 외웠다는 것이다.

이 거실에 놓인 수십 개 아니, 어쩌면 백 개가 넘는 상품, 그리고 회사 브로슈어에 나와 있는 각각의 설명을 정확히 외운다는 건 드라마 대사를 외우는 배우의 일과 다르지 않다.

그런데 직원의 대단한 암기력과 저런 추상적인 말을 던지는데도 모두 머리를 끄덕인다는 것에 나만 놀라고 있다. 놀란 표정을 감추지 못하자 결국 사모님이 불편한 한마디를 던졌다.

"뭐지? 무슨 문제라도 있어요?"

"아, 아닙니다."

"그런데 왜 그래? 혹시 얘들, 무슨 문제라도 있어?"

사모님은 전시한 상품을 쭉 둘러보며 말했다.

"그럴 리가요. 며칠 전 직접 전세기로 공수해 온 작품입니다."

당황한 직원이 손사래를 치며 말했다.

이대로 가만히 있다가는 일을 망칠 것 같아 입을 열었다.

"죄송합니다, 사모님. 제가 처음이라 많이 서툽니다. 넓은 아량으로 용서해 주시기 바랍니다."

"처음? 그럼 진 사장이 생짜 풋내기를 보냈다는 건가? 감히?"

실수는 용서해도 무시는 용서 못 하는 게 이 바닥 사람 아닌가? 나는 재빨리 직원에게 눈짓했다.

"아, 사모님. 진도준 실장은 진 사장님 조카입니다. 앞으로 이 일을 책임질 분이라 함께 오셨습니다."

신분을 밝히니 여인들의 표정이 달라졌다. 놀란 기색을 감추느라 애쓰는 게 역력했다.

"다시 한 번 사죄드립니다. 제가 철저히 교육받고 왔어야 했는데 시간이 좀 부족했습니다."

이번에는 허리까지 깊이 숙였다.

"진 사장 조카라면 회장님 손자시군. 그래, 몇째인가?"

회장 사모님인 할머니가 온순한 표정으로 물었다.

"막내입니다."

"막내라…."

아쉬운 기색이 사모님의 얼굴에 스쳤다.

"혹시 서울대 법대 입학했다던…. 전국 10위 안에 든 수재라고 소문이 자자했던 그분인가…?"

며느리처럼 보이는 중년 여인이 조심스럽게 물었고 나는 머리를 긁적였다.

"다 옛날 이야깁니다. 이제는 학교도 잘 안 가서 머리가 다 굳었어요. 조금 전에 들은 작품 설명도 무슨 말인지 모르겠더군요. 이해하기 힘들었습니다. 하하."

슬쩍 너스레를 떠니 젊은 여자 둘도 킥킥대며 웃기 시작했지만, 할머니가 흘겨보자 손을 들어 입을 막았다.

"그렇군. 사실 나도 무슨 말인지 이해가 안 되던데, 뭐…. 그게 중요한가? 예쁘고 갖고 싶으면 되는 거지."

사모님은 슬쩍 웃으며 상품을 가리켰다.

"이 플로피 햇은 두 개 준비하고… 이 향수 몇 개 챙겨 줘요. 난 이 정도면 됐어. 너희들도 골라."

가장 먼저 쇼핑을 끝낸 회장 사모님은 내 곁으로 와 손을 덥석 잡았다.

"나머지는 저 애들에게 맡기고 재미있는 젊은 친구는 나랑 차나 한잔 할까?"

사모님은 여러 사람의 시선을 본체만체하며 거실 구석의 소파로 나를 끌고 갔다.

"그래, 지금 몇 학년인가?"

"올해가 마지막입니다."

"그렇군. 백화점 일을 하기로 한 건가?"

"아직 정해진 건 없습니다. 급하게 서두를 필요는 없지 않겠습니까?"

"서울대 졸업장이 필요했던 건가? 졸업하고 유학?"

꼬치꼬치 묻는 건 뭐가 궁금해서일까? 내가 순양그룹의 후계 구도 안에 포함된 건지, 아니면 적당히 유산 좀 받고 떨어져 나갈 떨거지인지 확인하려는 것일까? 아니면, 혹시라도 연을 맺어 볼까 타진하는 중인가?

'미안하지만 그건 안 됩니다. 당신 손녀는 미래의 대통령 며느리가 될

166

테니까요.'

말하지는 못해도 얼굴에 티가 났나 보다.

"왜 그렇게 웃지?"

"아, 실례했습니다. 아까 사모님께서 사신 모자 때문에요."

이렇게 둘러대는 수밖에 없다. 그리고 이 사모님이 어떤 사람인지 알아볼 수 있는 테스트이기도 하다.

"모자? 플로피 햇?"

"네. 그 챙 넓은 모자 말입니다."

"그게 왜 웃기지?"

"사모님께서 그 모자를 썼을 때 어떤 모습인지 상상했습니다. 죄송합니다."

"그 모습이 웃을 정도로 엉망인가?"

"엉망까지는 아니지만 어울리지는 않습니다. 솔직히요."

감히 큰 사모님께 꼴이 우습다고 말했으니, 이 대화를 다른 사람이 들었다면 기겁했을 것이다. 하지만 그녀는 별다른 표정 변화 없이 입꼬리만 조금 올렸을 뿐이다. 내가 순양의 사람이라 그런 것인지, 이 할머니가 원래 대범한 것인지 파악하기 어려웠다.

"자네는 백화점 일 오늘부로 그만두는 게 좋겠네."

의외의 반응이다.

"어째서 그렇습니까?"

"나처럼 키 작은 할망구가 저 플로피 햇을 쓰면 모자에 가려 아무것도 못 본다는 것쯤 나도 알아. 전혀 어울리지도 않고 저걸 쓰고 외출할 생각도 없어."

"그런데 두 개나 사셨지 않습니까?"

"갖고 싶으니까."

"네?"

갖고 싶다. 당연한 대답인데 해답은 되지 못한다.

"늙어도 여자라는 건 알겠지? 그런 여자의 마음을 모른다면 백화점에서 일하는 건 그만둬야지. 안 그래?"

키 작은 할머니는 소파에서 일어섰다.

"공부 머리는 좋다고 하니 일머리도 좋겠지. 하지만 여자는 전혀 모르는 헛똑똑이구먼. 쯧쯧."

그녀는 아직 물건을 고르는 여인들을 향해 말했다.

"대충 고르고 이분들 돌려보내. 기다리시느라 진 다 빠지겠다."

"아, 네. 어머님."

"할머니, 피곤하시면 먼저 올라가서 쉬세요."

손녀가 아직 한참 남았다는 걸 은근히 말하자 그녀는 고개를 저으며 2층 계단에 올라섰다.

"기다리시는 만큼 듬뿍 사드려라. 일당은 벌어야 하지 않겠니."

"꺅!"

마음껏 사라는 말에 손녀들이 즐거운 비명을 질렀다.

"저기, 사모님."

나는 계단 위를 향해 급해 외쳤다.

"혹시 오드리 헵번이 그 마음입니까?"

생뚱맞은 소리에 모두 날 쳐다봤지만, 사모님은 고개를 돌리지 않았다. 하지만 계단을 오르는 발걸음을 멈추고 한마디 툭 던졌다.

"언제 짬나면 한번 놀러 오게. 차 한 잔 대접함세."

그녀는 이 말만 남기고 늙은 나이가 무색하게 재빠른 걸음으로 올라가 버렸다. 내 곁으로 다가온 직원이 슬쩍 귓속말을 건넸다.

"실장님 덕분에 오늘 구매 예약은 예상치를 훨씬 웃돌 겁니다. 축하드려요."

두 번째 방문한 곳은 KC그룹이었다. 재계 서열 14위로 석유화학이 주력인 곳이다. 현재의 회장은 이 집안 사위다. 창업자가 딸 하나만 달랑 남겨 놓아 거의 데릴사위처럼 집안에 들어간 운 좋은 사내가 회장인 것이다. 하지만 모두 알고는 있지만, 결코 입 밖으로 내지 않는 것도 있다. 바로 그 외동딸이 KC그룹 진짜 회장이라는 것. KC는 부부의 성씨 이니셜이 틀림없지만, 한국 케미컬이라는 이름의 이니셜이라고 강조했다.

집 안으로 들어갔을 때 백화점 직원들의 얼굴은 사색이 되어 버렸다. 집보다는 외부 활동이 훨씬 많은 이 집안의 가장, 바로 회장 부인이 떡하니 기다리고 있었기 때문이다. 놀란 직원 한 명이 귓속말로 내게 속삭였다.

"우리도 처음 뵙습니다. 보통은 절대 이런 쇼핑 자리에는 나타나지 않거든요."

어찌 된 일인지 대번에 감을 잡았다. 정확한 경로는 모르겠지만, 이 사모님은 일성그룹으로부터 정보를 얻었다. 순양그룹의 막내가 직접 방문한다는 사실을 말이다. 어떤 놈인지 호기심도 일고, 쓸 만한 놈이면 손녀 중에 누군가와 짝이라도 맺어 주면 금상첨화 아닌가?

그룹 안주인은 대장부 기질이 다분했다. 우리를 한번 쓱 훑어보더니 곧바로 내게 성큼성큼 다가왔다.

"자네가 진도준인가? 진 사장의 조카?"

"그렇습니다. 인사드리겠습니다."

명함을 꺼내 두 손으로 공손히 전하려 하자 다짜고짜 고갯짓했다.

"장사는 직원들에게 맡기고 자네는 나와 차나 한잔하지. 아니다… 혹시 술 하는가? 나는 낮술도 마다치 않아."

일성그룹 안주인과 똑같았다. 사람 없는 곳으로 나를 끌고 가서 앉혀 놓고 이것저것 캐물으며 내가 어떤 사내인지 탐색하는 게 전부였다. 그렇게 대화를 끝내고 왔을 때 직원들의 얼굴에는 웃음이 한가득했다. 아마도 매출이 어마어마한 모양이다.

"이거… 올해 S/S 시즌 실적은 실장님 덕분에 예약만으로 전부 채울 것 같습니다. 역시, 대단하시네요."

그 후로 몇 곳의 재벌집을 방문했는데 같은 패턴이 반복됐다. 심지어 회장이 직접 기다리는 곳이 있을 정도였다. 덕분에 두 가지 성과를 얻었다. 웬만한 대기업에 내 이름을 알렸고, 언제든 전화해서 차 한잔 나눌 수 있는 친분도 쌓았다. 그리고 매출은 정점을 찍었다. 직원들은 F/W 시즌에도 나와 함께하기를 원했다. 매출도 좋고 돈 많은 재벌가의 갑질도 없이 아주 편하게 영업을 끝냈기 때문이다. 그리고….

"야 이놈아! 넌 도대체 무슨 짓을 하고 다니는 거냐? 왜 갑자기 너랑 선보고 싶다는 집안이 줄을 잇는 게야?"

기쁜 듯이 소리치는 할아버지의 전화도 몇 번 받았다. 그 정도로 내가 마음에 들었는지 아니면 순양그룹과 연을 맺을 기회를 놓치고 싶지 않아서였는지 모를 일이다.

방문 판매나 다름없는 특급 VVIP 영업이 끝나고 이제 진서윤 부회장의 실력을 가늠할 수 있는 시간이 다가왔다. 100여 명의 VIP들이 마치 파티라도 하듯 화려한 옷차림으로 호텔에 모여들었다. 개중에는 톱클래스의 여배우도 몇 명 보였다. 이들이 프랑스 요리사와 스태프가 준비한 요리를 즐길 때, 고모는 막바지 점검을 하느라 정신이 없었다. 그 모습이 꽤 신선하고 놀라웠다.

'일 좀 하는걸? 우리 고모.'

초대받은 고객들은 줄이어 나오는 코스요리를 즐겼다. 저들의 입에 들어가는 것, 사용하는 접시, 식기 그리고 테이블과 테이블 보, 이 모두가 전세기에 실려 프랑스에서 날아온 것임을 그들도 안다. 1년에 딱 두 번 하는 행사이니 그들은 단 하나도 놓치지 않으려는 듯 모든 것을 유심히 살피며 긴 식사 시간을 가졌다.

"식기나 접시도 주문합니까?"

"당연하지. 마음에 드는 걸 발견하면 우리 직원을 호출해서 주문해."

연회장을 둘러보니 이미 몇몇 직원이 고객 곁에서 뭔가 열심히 설명하는 모습도 보였다.

세상의 선택은 아닐지라도 순양의 선택을 받은 사람들만 구매할 수 있는 명품들. 이 명품들은 백화점 매장에서는 찾을 수 없으므로 국내에선 초대받은 자신들을 제외한 그 누구도 걸칠 수 없다는 걸 안다. 이런 특별함 때문에 초대장이 가치를 갖는 것이다. 순양의 초대장을 받았다는 것은 한국 최상층이라는 증표나 다름없다. 이런 전략을 구사한 고모도 보통은 넘는다.

긴 만찬이 끝나자 연회장의 불은 꺼졌고 정면에 젊고 잘생긴 사내 한 명이 등장했다. 그는 오늘 이 연회장에 전시된 여러 브랜드의 특징과 장점 그리고 희소성을 설명할 것이고, 수많은 브랜드를 한자리에 모은 이유인 통합 콘셉트를 알려 줄 것이다.

"아름다움을 향한 집착은 매우 중요한 의미를 지닙니다. 왜냐하면, 바로 그 안에 브랜드의 아이덴티티를 표현하는 순양의 방식이 담겨 있기 때문입니다."

정면 스크린에는 S/S 컬렉션의 런웨이를 편집한 영상이 흐르기 시작했다.

"빈티지한 감성의 와이드 라펠 하프 캔버스 헤리티지 라인부터 클래식한 핏과 어깨가 강조된 시뇨리아 라인에 이르기까지, 독자적인 소재를 사용한 일곱 가지 실루엣의 라인업을 선보입니다."

여전히 추상적이고 뜬구름 잡는 단어로 나열한 프레젠테이션이 끝나자 모두 천천히 일어나 본격적으로 쇼핑을 시작했다. 그들은 웃으며 인사를 나누고 아는 사람들끼리 어울려서 의견을 교환하기도 했지만, 그 속에서 눈에 보이지 않는 치열한 눈치싸움이 벌어지고 있다. 상대보다 자신이 우월한 존재라는 걸 과시하는 방법으로 돈을 쓰는 것이다.

깜깜이 쇼핑이다. 전시된 명품에는 가격표가 없다. 지금 손가락으로 가리키며 예약하는 블라우스가 수백만 원짜리일 수도 있고, 여름에 해변에서 신을 슬리퍼가 백만 원을 훌쩍 넘을 수도 있다. 웬만큼 자신 없다면 주얼리는 건드리지도 못한다. 가격을 물어본다는 것은 상상도 못하는 일이다. "이거 얼마죠?"라고 묻는 순간 주변의 시선이 쏟아진다. 그 시선에는 명품을 돈으로 환산하는 천박함에 대한 경멸과 가격을 물어봐야 할 정도의 경제력밖에 없는 사람이 왜 이곳에 왔냐는 무시가 담겨 있다.

이 속에는 고모의 또 다른 전략이 숨어 있었다. 200여 개의 상품 중에 많게는 10퍼센트, 적게는 5퍼센트를 아주 값싼 상품으로 채워 놓았다. 몇만 원짜리 손지갑, 10여만 원에 불과한 하이힐…. 순양의 컬렉션은 단지 비싼 상품으로만 구성한 게 아니다. 가격을 떠나 진정한 명품으로 구성한 것이라는 걸 나타내는 것이다. 이 때문에 이 자리에서 가격을 물어본다는 것은 가치를 돈으로만 생각하는 천박한 행동이라고 여긴다.

고모는 연회장 구석구석을 예리하게 살펴보다가 갑자기 돌아다니기 시작했다. 그런데 그녀가 단순히 눈인사만 주고받으며 다니는데도 연회장의 분위기가 달라진다. 고모의 시선을 놓치지 않으려는 듯 "이거 준비해 줘요."라며 예약 속도가 빨라지는 것이다. 눈도장을 찍어 둬야 F/W 시즌에도 초대받을 수 있기 때문이다. 이런 엄청난 효과를 불러

일으킨 고모는 내게 눈짓하며 재빨리 연회장을 빠져나왔다.

"이 정도면 됐어. 자리를 더 지키면 값 떨어진다. 가자."

신비주의 전략인가? 이렇게 끝내 버리면 좀 아쉽다. 100여 명의 고객 중 안면을 터놓으면 도움이 될 만한 집도 분명히 많을 것이다.

이런 내 생각을 눈치챈 고모가 말했다.

"저 사람들 인사는 나중으로 미뤄. 어차피 감사 인사하러 한 바퀴 돌아야 하는데 쓸 만한 집안은 내가 리스트 업 해줄게. 면세점 허가에 힘이 되어 줄 거야."

"저한테 인맥 넓힐 기회를 많이 주시는군요."

"오해하지 마. 널 위해서가 아니라 날 위해서니까."

"오빠보다는 조카가 더 편하다는 계산입니까?"

"아니, 넌 오빠들보다 더 여유가 있어."

"여유?"

"그래. 자신감이라고나 할까? 만약 큰오빠나 작은오빠였다면 이미 날 지방 골프장으로 쫓아냈을 거야. 경영에는 아예 손도 못 대게 했겠지."

고모는 날 보며 싱긋 웃었다.

"하지만 넌 자리를 계속 지키게 해줬고 네가 경쟁자를 다 물리치는 동안 내가 와신상담해도 좋다고까지 했어. 난 그럴 생각이고."

"제 인맥을 넓히는 게 큰아버지들과의 경쟁에서 유리할 거라는 생각이시군요."

"당연하지. 너도 큰아버지들을 조심해. 살아온 세월만큼 인맥도 쌓이는 법이야. 할아버지가 지금은 네 방어막이 되어 주지만… 두고 봐."

고모는 내 눈을 빤히 바라보며 경고하듯 말했다.

"할아버지가 돌아가시면 그날부터 국세청, 금감원이 미라클을 덮칠 거다. 물론 미국 본사까지 털어먹으려고 온갖 연줄을 다 동원할걸?"

"그때를 대비해서 지금부터 방어막이 되어 줄 만한 사람을 알아 둬야 한다?"

"그래, 네가 무너지면 나도 귀양 신세를 면치 못할 테니까 말이야. 그래서 이건 날 위한 거라는 거다."

희망은 좋은 것이다. 희망을 품고 있는 사람에게 좋은 것이 아니라, 그 사람이 내가 원하는 대로 움직여 주기 때문에 좋은 것이다. 하지만 희망보다는 계획이 더 좋다.

행사가 끝나고 예약 현황을 보고받는 자리에서 고모는 직원들에게 지시했다.

"1억 이하는 다음 시즌부터 초대장 돌리지 마."

"네."

1억 이하라는 것은 주얼리 종류에는 아예 손도 대지 않았다는 뜻이다. 패션의 마지막은 보석이다. 1000만 원짜리 드레스를 걸쳤으면 보석은 1억이 훌쩍 넘어야 구색이 맞다. 보석을 구매하지 않았다면 처음부터 돈이 부족하다는 걸 알려 주는 셈이다. 앞으로 VVIP로 대접할 이유가 사라지는 셈이니 초대장 명단에서 빼 버리는 것이다.

"잠깐만, 그 리스트 좀 볼게요."

나는 밖으로 나가는 직원에게 1억 이하의 고객 리스트를 받아들고 그들의 예약 구매 내역과 남편의 직업, 그 집안사람들의 인적 사항까지 꼼꼼히 살피며 필요한 내용을 메모했다.

"거기 적은 대로 준비해 주고 방문 가능한 일자 스케줄 잡아서 내게 알려 주세요."

내가 전한 리스트를 쥔 직원이 고모의 눈치를 슬쩍 보기에 소리쳤다.

"내 지시를 부회장님 지시처럼 생각해야 직장생활 계속할 수 있습니다. 아직 그 정도 눈치도 없습니까?"

"아, 네. 죄… 죄송합니다."

황급히 허리 숙인 직원이 나가려 할 때 고모는 손을 들어 그를 세웠다. 그리고 호기심에 찬 눈으로 내게 물었다.

"이제 직원들 군기도 잡는 거야? 하긴… 그럴 때가 됐지. 그런데 뭘 전해 준 거야? 이 메모는?"

"다음에도 계속 초대장을 줘야 할 사람들 체크해서 준 겁니다. 구매 수준보다 어떤 일을 하는 사람인지가 더 중요하죠."

"그래서 메모는 뭔데?"

"제가 직접 찾아갈 때 전달할 선물 목록입니다."

고모는 리스트의 메모를 찬찬히 살피며 펜을 들어 뭔가 덧붙이거나, 찍찍 그어 버리고 다시 끼적이기도 했다.

"이거 수정한 대로 준비해요. 그리고 진도준 실장 말대로 스케줄 확실하게 확정하고. 진 실장 괜한 헛걸음 하지 않도록."

"알겠습니다. 부회장님."

또 한 번 허리 숙인 직원이 나가자 고모는 나지막이 휘파람을 불었다.

"우리 도준이는 배우는 것도 빠르네. 선물 리스트가 꽤 적절해."

"어려운 일도 아니니까요. 여성 옷에는 목걸이, 남성 옷에는 시계. 필요한 걸 주는 거죠. 그런데 뭘 고친 겁니까?"

"목걸이와 시계 브랜드만 수정했어. 구매한 옷과 어울릴 만한 거로."

나보다 더 나은 점이 있다는 걸 보여 주고 싶은 걸까? 아니면 좀 더 싼 거로 바꾸기 위한 변명일까?

"그런데 그 사람들은 왜 챙겨 주려는 거지? 그렇게 힘쓸 만한 사람들은 아닌데?"

"공무원들이니까요. 공무원은 큰 실수만 없다면 올라갈 일만 남았습니다. 5년, 10년 뒤를 생각하면 괜찮은 장기 투자 종목이죠."

초대장을 받을 정도라면 단순한 고위 공무원이라서가 아니다. 깜깜이 쇼핑을 즐길 만한 재력이 뒷받침하는 집안이다. 배경과 능력 있는 공무원은 최소한 정상 근처까지는 간다.

"이런 투자가 아니더라도 공무원은 순양 말을 잘 듣는 고양이야. 불필요한 데 돈 쓰는 거다. 오늘 추가한 선물만 해도 3억이야."

"참, 그 돈은 제가 채워 넣죠. 앞으로 회삿돈 펑크 나는 건 절대 안 되니까요."

"괜찮아. 이 정도는….."

"고모가 말했죠? 언제든 국세청이나 금감원이 덮칠지 모른다고요. 그 대상이 우리 순양유통일 수도 있습니다. 조심해야죠."

"미리 준비한다…?"

"네. 지금 중앙 고위 관료들이 큰아버지들과 좋은 관계라면 5년 뒤는 우리와 좋은 관계의 사람들로 채워야죠."

고모의 표정이 굳어졌다. 오빠가 자신을 공격할 것이라는 생각은 아직 못 한 것 같다.

"고모, 큰아버지들은 저보다 더 가까운 관계니까 잘 생각해 보세요. 순양 이름을 단 유통 관련 계열사가 다 빠져나갔습니다. 유산 배분이니 포기하고 넘어가실 분들입니까?"

고모의 표정이 더욱 굳어졌다.

"이걸 다시 뺏으려고 작업 들어올 겁니다. 조심하지 않고 방심하면 한 방에 당해요. 고모가 왜 유통을 제 손에 고스란히 넘겼는지 생각해 보세요. 몇천억 때문에 놓친 겁니다."

"야! 그만해. 속 쓰리다."

웃으며 말하지만 웃음은 길지 않았다.

"두 번 속 쓰릴 수는 없는 일이죠. 미리미리 우리를 지켜 줄 방어막을 준비해야죠."

아마 이번 F/W 시즌의 초대장은 두 번에 걸쳐 발송될 것이다. 전통적인 고객들, 그리고 우리의 방어막이 되어 줄 사람들, 이렇게 나눠서 말이다.

며칠 뒤 나는 리스트 속 고객의 집에 직접 방문했다.

"혹시 진도준 실장님?"

"네, 사모님. 그날 인사드리지 못한 점 사과드립니다."

"아니에요. 그 복잡한 연회장에서 어떻게 일일이 인사하나요. 마음 쓰지 않아도 돼요."

사람 좋아 보이는 부인이 웃으며 반겼다. 이미 내가 누군지 아는 눈치다. 땅 투기로 일약 갑부가 된 아버지를 둔 그녀는 현재 정책국장이라는 자리에 오른, 쓸모가 많은 남자를 남편으로 두었다.

직원들은 몇 개의 상자를 조심스레 거실에 내려놓은 후 멋들어진 봉투 하나를 내밀었다.

"예약하신 것과 맞는지 확인 부탁합니다."

재빨리 청구서를 살펴보는 부인의 눈이 조금 커졌다. 오늘에야 얼마나 많은 돈을 썼는지 알았고, 계획보다 훨씬 많이 나와 놀라는 듯했다. 땅 투기로 재벌 못지않은 부자 아버지를 둔 그녀지만 뱁새는 뱁새일 뿐 황새는 되지 못했다. 속이 쓰릴 것이다.

나는 그녀의 표정을 살피며 작은 상자 두 개를 내밀었다.

"이건…?"

"부군 되시는 분의 정장을 구매하셨죠? 이건 그 정장에 어울릴 만한 시계입니다. 작은 성의니 거절하지 말아 주십시오."

공짜라면 뭐든 기분이 좋다. 심지어 그 공짜 선물이 그녀가 구매한 옷보다 두 배 정도 비싸다면 기분이 수십 배는 더 좋아질 것이다.

"어머, 이렇게 신경 쓰지 않으셔도 되는데…!"

이미 이 시계의 가격이 얼마인지 아는지 그녀의 살짝 찌푸려졌던 미간이 활짝 펴지며 입이 귀에 걸렸다.

"나랏일 보시는 분이니 주변에 눈이 많으실 테고… 가끔 기분 전환하실 때 쓰시라고 가져왔습니다."

상자 안에는 가격표와 품질보증서 그리고 영수증까지 들어 있다. 영수증의 의미도 알 것이다. 뇌물이 아니라 구매한 것으로 둔갑시켰으니 안심해도 된다는 뜻이다. 그녀의 만족스러운 웃음은 내 부탁을 거절하지 않겠다는 계약서나 다름없다. 이런 계약을 수십 명과 하느라 바쁜 날을 보냈다.

4장

창과 방패

"동기야. 소문 들었냐?"

"도준이?"

"그래."

"재벌가 마나님들 사이에서 들썩거리기는 하더라. 인물 훤칠하고, 예의 바르고, 망나니짓한 적 없고, 서울대 떡하니 들어간 최고의 사윗감이라면서…."

진동기는 저녁이나 먹자는 형님의 전화가 그리 달갑지는 않았다. 하지만 큰 조카인 영준이 문제로 만나자고 하니 냉정히 거절하는 것도 쉬운 일은 아니었다.

"백화점 VIP 대상으로 하는 S/S 시즌 컬렉션이 역대 최고의 매출을 올렸다고 업계가 뒤집힐 지경이야. 대현백화점은 시작할 엄두도 못 낸다고 울상이야.

"그게 다 도준이 때문이다?"

"그래. 딸 가진 재벌가 안주인들은 그 자식에게 잘 보이려고 돈을 물 쓰듯 썼다고 하더라."

진동기는 여자들이 열광하는 이런 대화를 계속 나눌 생각은 없었다.

"영준이 때문에 보자고 하더니 계속 도준이 이야기만 할 거야?"

"도준이 문제는 의견을 나눠야 하니 이야기가 길어질 것 같아 먼저 하는 거야."

"영준이는?"

"내가 부탁하는 거니 빨리 끝난다."

"그럼 빠른 거부터 하지?"

"좋아. 우리 영준이… 그만하면 유배 생활 오래 했다. 풀어 줘라."

"유배?"

진동기는 코웃음부터 쳤다.

"혼자 수시로 서울 들락거렸어. 서울에 와서 무슨 짓을 했는지는 형님이 더 잘 아실 테고…. 거제도에서는? 무슨 모델 대회 입상자 다섯인가 여섯인가 거제도에 불러서 직원들 모아 놓고 위로한다는 명목으로 쓸데없는 행사 벌였지? 그 뒤의 일은 잘 알잖아? 그거 아버지 귀에 안 들어가도록 막는다고 고생한 사람이 바로 형님이잖소."

"그래서? 계속 묶어 두려고?"

"내가 풀어 주면? 우리 조카 서울 와서 사고라도 치면 나도 곤란해져."

"그놈 풀어 줘야 며느리도 풀려나지. 이건 며느리 때문에 부탁하는 거다."

순간 진동기의 얼굴이 환해졌다.

"뭐야? 애라도 들어선 거야? 임신?"

하지만 진영기 부회장은 씁쓸한 표정이었다.

"그랬다면 내가 부탁하겠냐? 요구했겠지."

"그럼?"

"아는지 모르겠지만, 곧 이상수 구속 수사할 거다."

"이상수? 누구지?"

"뉴데이터테크놀로지 사장."

작년부터 올해 초까지 나라를 뒤흔들어 버린 회사다.

"아… 그런데 그 사람은 왜?"

"순식간에 수조 원이 증발했어. 애 업고 길바닥에 나앉은 사람도 부지기수고."

"미친 것들. 돈에 환장해서 전세금까지 털어먹으니 그렇지. 그렇다고 주가 폭락한 회사 사장을 구속해?"

진동기는 한심한 듯 혀를 찼다.

"낼모레면 선거다. 여당도 표 관리해야지. 아니, 여야 모두 관리하려다 보니 그놈 잡아넣는 거야. 희대의 사기꾼 새끼 하나는 만들어야 돈 날린 사람들 울분을 가라앉히지."

"그건 그렇다 치고. 그 이야기가 왜 나와?"

"그놈 조사할 때 몇 명 더 끼워 넣을까 생각 중이야."

"누구를?"

"오세현 그리고 도준이랑 우리 하나뿐인 여동생까지."

"뭐?"

진동기는 형의 미소를 보자 어처구니가 없었다. 뭐 하자는 짓일까? 어차피 별다른 소득도 얻지 못하고 유야무야될 게 뻔한데….

"슬쩍 한번 쳐보자고, 뭐가 나오는지. 혹시 알아? 미국 돈줄이 누군지, 흔적이라도 잡을 수 있다면 더 좋고."

"그게 가능하기나 할 것 같아? 우리 뉴욕지사 애들이 몇 달 동안 뒤져도 별다른 성과가 없었어."

"그러니까 혹시라고 했잖아. 또 있어. 언론이 서윤이가 회삿돈을 마음대로 주무른 걸 터트리고, 그 애가 검찰청 들락거리면 면세점 선정에도 불리할걸?"

"면세점? 인천공항?"

"그래. 거기에 엄청나게 공들이고 있는데… 어떻게 돌파하는지 실력 한번 보자고."

슬며시 웃는 형님을 보며 진동기는 여전히 내키지 않았다.

"검찰이 움직이면 아버지가 가만있을까? 그 애들 참고인 조사 명단에만 올려도 검사장이 직접 전화해서 보고할걸?"

"그래서?"

"뭐? 무슨 뜻인지 몰라? 검찰이 안 움직일 거라고."

"보고한다고 검찰이 덮어? 못 덮어."

"무슨 소리야?"

"한성일보가 터트릴 거거든."

가볍게 한번 두드려 보는 것치고 너무 크게 벌인다. 언론까지 나서면 수습도 힘들어지기 때문이다.

"후유, 지금 상황 알지? 그룹 지분 이동 중이야. 그것도 막바지라고. 조금만 지나면 우리 손에 들어올 순양그룹인데 왜 분란을 일으키려고 해?"

"네 말대로 조금만 지나면 우리 손에 들어오니까."

"말장난하지 마."

"내가 명동이랑 여의도에 사람 좀 풀어서 알아봤어. 아버지가 아무리 화내셔도 이제는 돌이킬 수 없어. 지금 상황을 말하자면 고속 질주하는 자동차야. 급브레이크 밟으면 대형사고 나."

"자신 있나 보군."

"없었으면 말도 꺼내지 않았다."

진동기는 곰곰이 생각하더니 자리에서 일어났다.

"그럼 형님이 알아서 하쇼. 난 빠질 테니까. 대신 영준이는 서울로 보내 줄게. 사표 받고 보낼 테니까 형님이 적당히 자리 만들어 줘."

"그래. 그 정도면 된다."

"아무튼, 난 한성일보든 뭐든 모르는 일로 할 테니까 알아서 해. 난 영준이를 서울로 올리는 것만 책임진 거야."

발을 뺀 진동기가 사라지자 진영기 부회장은 이를 악물고 중얼거렸다.

"얍삽한 새끼. 혼자 독야청청한다 이거지?"

▲ ▲ ▲

이상수에 대한 의혹이 가득한 기사가 넘쳐나고 벤처 신화가 허상이었다는 기사가 쏟아지기 시작했다. 오세현의 말대로 누군가 희생양으로 삼기 위한 작업이 시작된 것이다. 선거가 코앞이니까. 기사의 강도는 하루가 다르게 높아졌다. 의혹이 확신으로 확신이 구체적인 사실로 변하면서 이상수의 사생활까지 낱낱이 알려졌다. 어느새 희대의 사기꾼으로 변했지만 그를 수사하는 검찰은 횡령으로 가닥을 잡았다. 사기 혐의는 애초에 존재하지 않았으니 검찰도 수를 낸 것이다.

천하의 둘도 없는 사기꾼 이상수, 그 사기에 대한민국이 놀아났다는 언론의 결론, 그리고 마지막은 바로 배임 횡령 혐의로 기소…. 이 이상한 흐름을 따지는 사람은 없었다. 모든 책임을 지고 감옥에 갈 사람만 나오면 되는 일이다.

"이거 좀 이상한데요?"

"뭐가?"

"이 기사 한번 보시죠."

오세현은 내가 내민 신문을 낚아챘다. 특정 기사를 한참 보더니 눈살을 찌푸렸다.

"이거 대놓고 공격하네."

"그렇게 보이죠? 누가 봐도 고모 아닙니까?"

"대한민국의 대표적 기업 창업주의 딸, 백화점을 맡아 경영, 그런데 유령회사를 통해 주식 투자… 엄청난 손해… 알 만한 사람은 전부 눈치

채겠군."

"처음엔 긴가민가했는데 한성일보니까 짐작 갑니다. 어떻습니까?"

"진영기 부회장?"

"네."

오세현은 신문을 집어던졌다.

"오빠가 여동생까지 팔아먹는 거냐?"

"백화점을 그냥 넘겨줄 분이 아니죠. 앞으로 틈만 있으면 흔들어댈 겁니다."

"진서윤 사장, 아니 부회장이지. 어떻게? 그냥 놔둘 수는 없잖아."

"막아야죠. 고모가 검찰청 포토라인에 서는 일이라도 생기면 큰일입니다. 면세점 허가가 얼마 남지 않았는데요."

"좋아. 다른 신문사에 심층 기사 나가지 않도록 손부터 쓰자."

"네. 전 고모 좀 만나고 올게요."

고모는 이미 한바탕 전쟁을 치르고 있었다.

"당장 그만둬. 오빠도 저금통으로 쓰는 페이퍼 컴퍼니 몇 개 있는지 내가 모를 것 같아? 그거 터트리고 함께 개망신 당해 볼까?"

나를 발견한 고모는 흘깃 쳐다보며 손짓했지만, 수화기를 내려놓지는 않았다.

"돈으로 물어뜯으면 오빠 상처가 훨씬 더 심해. 누구 입에서 비명이 먼저 나오는지 한번 두고 보자고!"

거칠게 수화기를 내려놓은 고모는 한동안 씩씩대기만 했다. 물 한잔을 따라 고모에게 내밀었다.

"큰아버지?"

고모는 물을 들이켜며 머리를 조금 끄덕였다.

"기사 보고 왔어?"

"네. 너무 염려 마세요. 우리 쪽에서 다른 신문사의 스피커 틀어막는 중입니다. 한성일보 혼자 떠들다 그만둘 겁니다."

고모는 안심하는 표정이 아니었다.

"그 정도로 끝나지 않아. 한성일보가 토스하면 검찰이 스파이크 때려야 끝나."

"우리도 수비수는 꽤 동원할 수 있습니다. 지금 이 시점에 고모가 포토라인에 서는 건 꼭 막아야 합니다."

"무슨 말인지 알아. 나도 나름대로 선이 있어."

입술을 깨문 고모에게 조심스레 물었다.

"혹시 큰아버지의 페이퍼 컴퍼니에 대해 아는 거 있으세요?"

"아는 건 있지만, 증거는 없어. 뭐… 흔적을 손에 쥐려고 생각해 본 적이 없으니까. 하지만 오빠가 이렇게 나오면 나도 가만있을 수는 없지."

"방법이 있습니까?"

"서로 갈라선 남매일 때는 모른 척해 줬지만, 칼을 겨눈다면 나도 칼 뽑아 써야 하지 않겠어?"

고모 입에 걸린 작은 미소를 보니 그 칼이 누군지 알 것 같다. 검찰에 영향력을 행사할 수 있는 인물, 최창제 시장? 두 사람이 아직 긴밀한 관계를 끊지 않은 건가? 이젠 걱정보다 흥미가 앞선다. 집안사람들끼리 치고받다 보면 쓸 만한 칼자루 몇 개는 떨어트리지 않을까?

하지만…. 나도 이 집안사람이라는 것을 잠시 깜빡했다. 그리고 그 사실을 일깨워 준 사람은 아버지였다. 아버지의 급한 연락에 사무실로 달려가 보니 긴장한 표정으로 나를 기다리고 있었다.

"이거 한번 봐. 무슨 일인지 짐작 가니?"

아버지가 내민 서류는 참고인 출석요구서였다.

'어쭈, 요것 봐라! 고모가 아니라 내가 타깃이었나? 아니면 미라클?'

"아버지, 잠시만요."

곧바로 오세현에게 전화를 걸었고 그의 불만이 휴대폰을 통해 고스란히 전달되었다. 확실하다. 그물 한 번 던지고 여러 마리 잡겠다는 속셈이 분명했다.

"집안일 보시는 아주머니가 놀라서 연락했더라. 그래서 네 엄마 보기 전에 이리로 가져왔어."

"잘하셨어요. 별거 아니니까 걱정하지 마시고요."

"별거 아냐? 소환장인데?"

"참고인 출석 아닙니까? 안 가도 상관없습.니다."

아버지가 이 정도로 안심하기 어려운 건 당연하다. 아들 일 아닌가?

"무슨 일인지 빠짐없이 말해. 혼자 어떻게 해보겠다고 생각하는 거 아니까 어물쩍 둘러댈 생각 말고!"

"저도 확인해 봐야 어떻게 된 일인지 알 것 같습니다. 아마도 세현 삼촌께서 알아보실 테니까 그때 확인하시죠."

"그래?"

아버지 표정을 보니 순순히 넘어가는 건 다 틀렸다.

"가자. 네 말대로 그 자식에게 물어보자."

아버지는 날 데리고 여의도로 달렸다.

내가 힘들게 눈짓, 손짓하며 오세현의 입을 막으려 해도 소용없었다.

"그 잘난 진영기 부회장님께서 한성일보에 불씨를 던졌고 검찰에게 미끼를 줬어. 백화점 뺏고 싶어 난리 치는 거야."

"뭐?"

"진 회장님 이선으로 물러나니까 기다렸다는 듯이 물어뜯는 거 봐라. 대단하다, 진짜."

오세현은 오히려 담임에게 일러바치는 반장처럼 신나게 떠들어댔다.

"확실해? 큰형이 시작한 거야?"

"심증이야. 이런 거에 물증이 어딨어? 큰형 아니면 둘째 형이 뻔한데 누구겠어? 이렇게 치고 들어오는 건 둘째 형 스타일은 아니지 않나?"

아버지의 표정이 점점 굳어졌다.

"이… 씨발!"

아버지도 역시 큰아버지의 짓이라는 걸 확신하는 것 같았다.

"아버지. 흥분 가라앉히세요. 이건 그냥 한번 찔러 보는 것에 불과합니다. 고모나 제게 약간 겁주는 정도로 끝날 겁니다."

소용없었다. 부모란 자식을 위협하는 놈이 아무리 강해도 이성적으로 따지지 않는 것이 진리다.

"검찰이든 뭐든 넌 움직이지 마. 출석 거부하고 기다려. 진짜 보자 보자 하니까…."

아버지는 말릴 틈도 없이 나가 버렸다.

"삼촌! 그걸 아버지에게 다 말씀하시면 어떡합니까?"

내가 버럭 소리 질러도 오세현은 싱긋 웃기만 할 뿐이다.

"뭐 어때? 이럴 때는 우리 편이 많은 수록 좋은 거지. 이왕 이렇게 된 거 제대로 한번 붙어 보자고. 이번 기회에 진영기 부회장 끗발이 얼마나 좋은지 가늠해 보는 것도 좋잖아? 아 참, 행여나 네 할아버지에게 쪼르르 달려가서 도와 달라는 말은 하지 마라. 플라이급 싸움에 헤비급 끼어들면 판 다 깨진다. 흐흐."

투자와 기업 인수 합병에 익숙한 오세현은 명확한 적이 나타났을 때 불타오르는, 익숙한 기분을 만끽하는 듯 보였다.

"그러니까 이 판에 아버지까지 끼어들게 할 필요는 없잖습니까?"

"형제끼리 주고받을 말도 있을 거야. 어쩌면 윤기만이 할 수 있는 일도 있을 테고. 놔둬 보자. 재미있을 것 같으니까."

더 따져 봐야 바뀔 게 없다. 오세현 말대로 놔두는 수밖에.

"그런데 우리는요? 참고인으로 남부지검 구경 한번 합니까?"

"넌 무시해. 나 혼자 출두할 생각이다. 도대체 뭘 노리는지 확실히 알아봐야지. 단, 은밀하게. 기자와 카메라 없는 조건으로…."

"듣는 귀는 많을수록 좋은 거 아닙니까? 저도 가서 뭐라 하는지 들어보겠습니다. 선배들에게 인사도 드리고요."

"아, 너도 그쪽 출신이지? 그럼 분위기나 한번 파악해 볼래?"

이처럼 여유를 가질 수 있는 이유는 별것 아니다. 미라클은 미국 회계 기준으로 운영하고 있어서 국세청이 덤벼도 크게 털릴 게 없기 때문이다. 자잘한 위반쯤은 벌금 좀 내면 깔끔하게 정리할 수 있는 수준이고 고모가 날린 1400억도 투명하게 처리했다. 고모의 유통 주식을 매입한 게 전부다. 그 돈으로 구멍 난 자금을 어떻게 메웠는지는 우리가 알 바 아니다. 검찰이 두드려 봤자 헛발질로 끝날 것이다.

"그러니까요. 검사님들이 원하는 게 뭔지 한번 알아봅시다."

▲ ▲ ▲

아들의 예상과 달리 진윤기는 곧바로 큰형에게 달려가지 않았다. 대신 사무실로 돌아온 그는 한동안 전화기만 붙들고 있었다.

"김 대표. 희은이랑 태현이 데리고 빨리 사무실로 좀 와줘. 긴히 할 이야기가 좀 있다."

"최 팀장, 지금 당장 봉 감독 찾아서 끌고 와. 그리고 윤동건이 스케줄 확인하고 그 친구도 빨리. 급하다."

많은 통화를 끝낸 진윤기는 사무실 안에서 서성거렸다. 집안싸움 하기 전에 할 수 있는 일은 모두 다 할 생각이었다.

한국 영화계의 큰손이니 대형 매니지먼트사 대표와 톱스타라 하더라도 바로 달려왔다.

"아이고, 형님. 무슨 일이시길래 그리 급하십니까?"

사무실 문을 열고 들어오는 중년의 사내는 괜한 너스레를 떨었고, 그의 뒤를 따라 남녀 한 쌍이 팔짱을 낀 채 들어왔다. 지금 가장 핫한 충무로의 두 사람은 진윤기를 향해 머리를 꾸벅 숙였다.

"사장님, 혹시 우리 더블 캐스팅인가요? 아직 충무로에 도는 시나리오는 없던데요?"

"미안, 영화 때문에 부른 거 아니다."

진윤기는 기대 가득한 두 배우의 눈을 보며 사과부터 했다.

김 대표는 뭔가 심상치 않은 일이 생겼다는 걸 직감했다. 항상 차분한 진윤기 사장이 이렇게 당황한 모습은 처음이기 때문이다.

"형님, 뭔지 모르겠지만 뜸 들이지 말고 시원하게 말씀하십쇼."

"내가 진짜 어려운 부탁 좀 하자."

"네, 뭐든 말씀하십쇼. 우리 희은이, 태현이를 스타로 만들어 주셨는데 어떤 부탁이든 들어드려야죠."

세 사람은 진윤기의 입만 쳐다봤다.

"두 사람, 결혼할 거냐?"

"네? 갑자기 그건 왜…?"

두 배우는 서로를 바라보며 눈을 크게 떴다.

"뭐, 상관없겠지. 아무튼, 두 사람 열애설 터트리자. 내일 당장… 아니, 오늘이라도 좋아."

"형님!"

가장 놀란 사람은 당사자가 아닌 김 대표였다. 지금 물밀듯이 들어오는 CF, 드라마 캐스팅이 허공에 날아가는 소리다. 하지만 즉각적인 거절은 피했다. 다른 사람 같았으면 더 들어 보지도 않고 자리를 떠났겠지만, 눈앞의 진윤기는 격이 다른 사람이다. 영화계를 쥐락펴락하기도 했지만, 그의 배경은 바로 순양그룹이다. 순양이라는 이름은 모든 위험과 손해를 감수할 만한 힘을 준다. 김 대표는 순식간에 계산을 끝냈다.

"이거, 제가 너무 놀라서 큰소리를… 죄송합니다."

김 대표는 머리를 꾸벅 숙인 다음 두 사람을 바라보며 말했다.

"잘됐네. 결혼은 나중 일이고 두 사람 비밀 연애하는 거 힘들잖아. 그냥 발표하자."

"대표님!"

길게 생각하지도 않고 대답하는 김 대표를 향해 두 톱스타는 깜짝 놀라 소리 질렀고, 그런 두 사람을 향해 김 대표는 눈을 찡긋거리며 말했다.

"너희 두 사람, 이 자리까지 단번에 오른 게 다 우리 형님 덕분인 거 잊었냐? 이럴 때 도와드려야 얼굴에 분칠하는 것들 믿으면 안 된다는 소리가 없어져. 아냐?"

"김 대표. 너무 그러지 마. 당사자는 힘든 결정이야."

진윤기는 다시 두 사람을 향해 머리를 숙였다.

"희은아, 태현아. 부탁 좀 하자. 내가 꼭 보답한다. 한번 도와줘라."

"아… 진 사장님. 왜 이러십니까? 머리 드세요. 알겠습니다. 뭐든 원하는 대로 하십시오."

태현은 벌떡 일어나 진윤기를 바로 세웠다.

"희은아, 언젠가는 터질 일이니까 좀 앞당긴다고 생각하자. 괜찮지?"

"오빠만 괜찮으면 나야 뭐…."

두 사람도 받아들이자 진윤기의 표정이 밝아졌다.

"고마워. 내가 좀 급해서 그러니까 발표 서둘러 줘. 늦어도 내일 아침 신문 톱기사로 나가게 김 대표가 힘 좀…."

"형님, 염려 마십시오. 신문, 방송, 인터넷까지 두 사람 이야기로 도배하겠습니다."

김 대표는 더 이상 이야기할 필요가 없다는 듯 자리에서 일어서며 휴대전화를 꺼냈다.

이번에는 부스스한 머리의 사내가 불만을 터트리며 사무실로 들어왔다.

"아, 뭔데 바쁜 사람 오라 가라 해요? 시나리오 작업 망치면 전부 형님 탓으로 돌릴 겁니다."

진윤기는 그의 손을 끌며 소파에 앉혔다.

"쓸데없는 소리 말고 내 이야기만 들어. 다 듣고 대답해. 그 대답도 무조건 예스야. 알아들었지?"

"형님. 이건 또 무슨 콘셉트에요? 마피아 두목 흉내…."

"입 닫고. 지금 쓰는 시나리오 영화 제작 확정이다. 내가 안 봐도 돼. 오케이?"

봉 감독은 눈만 깜빡거렸다. 시나리오도 안 보고 영화화 결정?

시놉시스 나온 게 전부다. 시나리오 작업 때문에 바쁘다고 엄살을 떨었지만, 아직 트리트먼트도 나오지 않은 상태라는 걸 모르는 사람이 없다. 게다가 자신은 입봉작을 관객 10만으로 시원하게 말아 드신 신인 감독 아닌가? 그런 자신을 상대로 확정이라니?

"예, 예스!"

저절로 대답이 터져 나왔다.

"그리고 한석규, 송강호, 설경구, 최민식, 안성기, 박중훈을 다 때려 넣어도 좋아. 이 사람들 개런티도 달라는 대로 다 줘."

봉 감독은 도저히 믿기 힘든 표정만 지을 뿐, 예스라는 대답도 못 했다.

"대신 딱 일주일 뒤에 제작 발표회 한다. 준비는 내가 할 테니까 넌 주연 배우를 꼭 그 자리에 데리고 와야 해."

"네? 그런 억지가…. 뭡니까? 제 영화 자빠진 겁니까? 그래서 이런 말도 안 되는…."

봉 감독은 자신을 바라보는 진윤기의 눈을 보자 입을 닫았다. 진지함을 넘어 간절함이 줄줄이 새어 나왔다.

"너한테만 맡기는 거 아니다. 나도 전화 돌리든지, 직접 만나든지 할 거다. 하지만 배우가 감독 보지, 제작자 보고 승낙하지 않는 건 너도 알잖아? 네가 직접 설득해야 한다."

"일주일이라고 하셨죠?"

"그래."

봉 감독은 소파에서 일어나 진윤기의 집무용 의자에 털썩 앉았다. 그리고 종이 위에 배우의 이름을 적어 나가기 시작했다.

"이 사람들 섭외할 생각입니다. 형님이 먼저 연락부터 해놓으세요. 설득은 제가 하겠습니다."

명단을 받아든 진윤기는 곧바로 수화기를 들었다.

"빨리 가봐. 참, 제작부장에게 말해 놨으니 같이 움직여. 난 전화부터 돌릴 테니까."

봉 감독은 더 이상 빠를 수 없을 만큼 신속하게 사무실을 나가 버렸다. 그도 단 일주일이라는 시간이 얼마나 부족한지 안다. 하지만 믿는 영화사의 대표가 이렇게 간절할 정도면 얼마나 긴급한 일인지도 잘 안다.

봉 감독 뒤를 이어 진윤기의 사무실을 방문한 사람은 배우 윤동건이었다.

"최기영 감독 말입니까?"

"그래."

잘생긴 윤동건은 당황한 표정을 숨기지 않았다. 진윤기 사장이 불렀을 때 들뜬 마음으로 매니저도 없이 혼자 달려왔다. 아주 중요한 이야기를 나눌 것 같아서였고, 돈 때문에 매니저가 먼저 선을 긋는 우를 범할까 봐 걱정되었기 때문이다.

그는 TV에서는 스타지만 영화판에서는 그만한 위치에 오르지 못했기 때문에 항상 영화에 굶주렸다. 또래의 후배들이 스크린에서 치고 나갈 때 그는 드라마와 CF로 더 많은 돈을 버는 거로 위안 삼았다. 그러나 영화와 드라마는 격이 다르다는 걸 누구보다 잘 알고 있다. TV 스타는 부러움의 눈길을 받지만, 은막의 스타는 존경의 눈길을 받는다. 돈은 충분히 있으니 존경의 대상이 되고 싶었다.

"알겠지만 최기영 감독은 항상 논란을 불러일으키지. 네가 최 감독의 영화에 출연하는 것부터 파격이라고 할 거야."

"사장님. 단지 화제를 모으는 방법으로 절…."

"오해하지 마."

진윤기는 손부터 내저었다.

"최 감독이 먼저 물어봤어. 솔직히… 내가 뭉개고 있었고."

"최 감독님이 먼저요?"

"응. 그런데 최 감독 영화가 많이 어둡잖아. 네 이미지랑 좀 안 맞아서 뭉갰어. 그리고…."

"그리고? 뭡니까? 말씀해 보세요."

"자네가 이거 맡으면 당분간 CF나 드라마는 꿈도 못 꿀 거야. 많이 잔인하거든."

윤동건은 더 묻지도 못하고 입을 닫았다. 얻을 것과 잃을 것을 생각해야 한다. 그리고 자신이 진짜 원하는 게 무엇인지 자문해 보아야 한다.

진윤기는 윤동건의 표정을 살피며 툭 던지듯 말했다.

"거절해도 돼. 나도 그리 내키지는 않으니까."

"생각 좀 해보겠습니다."

"그래. 부담 갖지 말고. 하지만 스케줄 때문에 답은 빨리 줘야 해."

"시간이 얼마나 있습니까?"

"열흘. 참, 시나리오는 사무실로 보낼 테니까 같이 의논해 보라고."

윤동건이 나가자 진윤기는 긴 한숨을 쉬었다. 저런 스타는 돈으로 안 된다. 마지막 남은 자존심을 건드려야 일이 성사된다. 한껏 버티다가 보름쯤 지나면 승낙할 것이다.

세 개의 기사. 최소한 한 달은 인터넷을 시끄럽게 할 것이다. 한성일보가 아무리 떠들어도 이기지 못한다. 아니, 한성일보도 이 가십거리를 쓸 수밖에 없을 것이다.

큰형의 계획이 뭐든지 간에 일단 허물어트리고 만나야 한다. 소리만 치고 따지기만 하는 동생이 아니라 또 다른 힘이 있다는 걸 과시하고 만나야 한다. 그래야 대화나 협상을 시작할 수 있다.

▲ ▲ ▲

"이놈들이 온갖 지랄들을 다 하는구먼. 에잉."

진 회장은 훑어보던 신문을 한쪽으로 휙 하고 치워 버렸다.

두 톱스타의 열애설, 그리고 두 사람의 관계를 인정하는 공식 기자회견. 이 기사를 모든 언론이 크게 다뤘고 덕분에 진서윤의 횡령에 대한 후속 보도는 나오지 않았다. 한성일보도 바보가 아닌 이상 지금 열심히 후속 보도를 내봤자 거들떠볼 사람이 없다는 걸 알기 때문이다. 재벌들이 회삿돈을 빼먹는 게 하루 이틀 일인가?

"그러니까 큰놈이 시작했고 밑에 동생들이 반격하는 중이라는 거지?"

"네, 회장님."

이학재 실장이 짧게 대답했다.

"그리고 동부지검에서 진영기 부회장의 뒷조사를 은밀히 시작했다고 합니다."

"동부지검이면 최 시장 고향이지?"

"네. 진서윤 사장이 부탁했나 봅니다."

"이놈들 좀 보게! 집안싸움에 검찰을 끌어들여?"

진 회장은 혀를 차며 바로 앞에 앉아 있는 사내를 쳐다봤다.

"우리 집구석이 이 모양일세. 내가 검찰총장님 앞에서 얼굴을 들 수 없구먼."

"아, 아닙니다. 회장님. 별말씀을…."

검찰총장은 옅은 미소를 지으며 찻잔을 들었다.

"그래, 수사는 진행 중인가?"

"참고인 정도로 출석을 요청했습니다. 그런데…."

"주저 말고 말씀하시게. 왜? 곤란한 게 있나?"

"생뚱맞게 미라클 인베스트먼트까지 건드렸습니다. 소문에는 회장님과 긴밀한 관계라고 들어서 말입니다."

"긴밀은 무슨, 내 회사를 차례차례 훔쳐 가는 놈들인데. 허허."

총장은 진 회장의 웃음 속에 적의가 전혀 없음을 느낄 수 있었다.

"그쪽은 털어 봐야 나올 게 없을 테고. 어떤가? 내 딸내미가 사고 친 건? 수습하기 곤란한가?"

"아닙니다. 어쨌든 따님은 큰돈을 잃은 피해자입니다. 그리고 과정이야 어찌 됐든 회삿돈은 원상태로 돌아왔고요. 주주들이 나서지 않는 한 크게 문제 삼을 수는 없습니다."

진서윤은 개인 재산인 주식을 팔아서 그 돈을 메꿔 놓았다. 주주들이 나설 이유도 없고 대주주는 어차피 미라클이다.

"그렇다면 우리 총장께서 별다른 하명을 내리지 않는다면 어떻게 되는 건가? 동부지검과 남부지검이 서로 칼을 겨누며 대리전쟁이라도 하는 겐가?"

"같은 회사 다니는 동료들인데 그럴 리야 있겠습니까? 각자 밝혀 낸 사실만 확인하고 결론을 내겠죠. 서로 논의할 겁니다."

"그럼 우리 총장도 크게 신경 쓸 이유가 없구먼."

"사실, 딱 하나 마음에 걸리는 것이 있어서 확인하고 싶습니다, 회장님."

"말씀하시게."

"미라클이라는 투자회사 말입니다. 정말 회장님과 관계없는 곳입니까?"

"그게 왜 걸리는 거지?"

진 회장은 검찰총장을 뻔히 보며 되물었다.

"아진그룹, 순양자동차, 대아건설… 이제는 순양백화점 그룹까지 차례차례 삼키고 있습니다. 지분 변동을 보면 순양의 지분을 꽤 많이 쥐고 있는 셈이지요. 회장님의 묵인 없이 가능한 일이 아니지요."

"자동차야 IMF 때 핫머니 결제할 달러가 없어 팔아먹은 거고, 백화점이야 어리석은 딸내미가 사고 치는 바람에 뺏긴 거지. 묵인이니 뭐니 하는 건 없다네."

검찰총장은 조금 더 딱딱한 어조가 되었다.

"혹시 정보를 받으셨는지 모르겠지만, 금감원에서 미라클을 주시하기 시작했습니다. 외국 자본이 분명한데 그 색깔이 애매하니까요. 투기 자본인지 건실한 자본인지…."

"돈은 그냥 돈이지 색깔이 어디 있나? 별 쓸데없는 짓은 그만하라고 해."

"IMF 때 한몫 단단히 챙기고 빠져나간 투기자본입니다. 경계하는 게 당연하죠."

진 회장은 슬며시 미소 지으며 머리를 흔들었다.

"내가 그놈들 잘 아는데 투기자본 아니야. 잘 생각해 봐. 달러 들고 와서 망해 가는 회사 인수하고 직원들 밀린 월급까지 다 챙겨 줬어. 투기꾼들이 그런 일을 할 것 같은가?"

"그럼 금감원이 조사를 시작해도 별문제 없다는 뜻으로 받아들이겠습니다."

진 회장의 얼굴에 미소가 사라졌다.

"이미 시작했구먼."

"네. 미국 연방국세청에도 협조 요청 공문을 보낸 거로 알고 있습니다."

"그쪽도 참 지랄들 하는구먼. 허허."

진 회장의 헛웃음을 조용히 바라보던 검찰총장이 슬며시 일어났다.

"회장님 의중은 잘 알았습니다. 조용히 지켜보다 특별한 일이 생기면 다시 연락드리겠습니다."

"그래요. 번거롭게 해서 송구하네."

"아닙니다, 회장님. 그럼⋯."

검찰총장이 허리를 숙이고 물러나자 진 회장은 굳게 닫힌 서재 문을 노려보며 미간을 찌푸렸다.

"저놈, 영기한테 얼마나 받아 처먹었어?"

이학재는 어색한 미소를 지었다.

"죄송합니다. 왔다 갔다 하는 쌈짓돈까지는 파악하기 힘듭니다."

"금감원은?"

"진영기 부회장이 이리저리 들쑤셨다는 건 확인했습니다."

"아이고, 나이도 먹을 만치 먹은 놈이 뭔 겁이 그리 많은지… 쯧쯧."

큰아들을 생각하며 혀를 차는 진 회장을 보며 이학재는 사뭇 진지한 표정이었다.

"상대가 보통 무섭습니까? 단 한순간도 방심하기 힘들지요. 저였더라도 다 크기 전에 싹을 잘라 버리고 싶은 생각이 들었을 겁니다."

"무서운 놈을 마주쳤을 때 서두르면 지는 거다. 기회를 엿보는 게 정석이지. 아무튼, 금감원장과 총장은 이번 총선 끝나면 물러나도록 만들어. 영기한테 휘둘릴 정도면 너무 가볍다."

"생색내라는 말씀입니까?"

"그래. 총선 자금 넉넉하게 주고 언질만 줘봐."

일선에서 물러난 것처럼 보여도 생강은 생강이다. 보통 매운 게 아니다. 진 회장의 눈 밖에 나지 않는 방법은 아주 간단하다. 진 회장의 곁에 서든지 아니면 그 누구의 곁에도 서지 않는 것이다.

"그럼 도준이는 이대로 놔두실 생각입니까? 진영기 부회장이 물고 늘어지면 한 번은 검찰 소환에 응해야 할 겁니다."

"그놈이 이 자리를 노린다면 앞으로 수도 없이 들락거릴 곳인데 미리 구경하는 것도 나쁘지 않겠지."

진 회장은 자신의 큼지막한 가죽 의자를 툭툭 치며 말했다.

"법대생인데… 출근이 아니라 출두를 먼저 하다니. 하하."

이학재의 농담에 굳은 진 회장의 표정도 좀 풀어졌다.

▲ ▲ ▲

"보통 아니지? 우리 막내?"

"그러게. 나도 좀 놀랐어. 처음엔 우연의 일치인가 생각했는데 한 달

만에 세 건이 연이어 터지니 윤기 작품이란 걸 알겠더라고."

"백화점 오너의 비리를 연예 기사로 덮을 생각은 어떻게 했을까?"

"사람들이 열광하잖아. 기업주 돈 빼먹는 거야 하루 이틀 일도 아니고. 이젠 식상하지."

두 형제는 분통을 터트리기보다는 허탈하게 웃으며 이야기를 나눴다. 동생의 역습이 참으로 기발했기 때문이다.

"부담 줄었다고 검찰은 좋아하더라. 처음 한성일보가 터트려서 수사할 명분은 줬으니 됐고, 쳐다보는 눈이 많으면 거북한 건 사실이니까. 이제 조용하게 처리하는 게 쉬워졌다면서."

어차피 변한 건 없으니 진영기도 마음 편했다. 괜히 순양이라는 이름이 언론에 오르내리는 건 자신에게도 마이너스 요인이다.

"그런데 동부지검이 형님 뒷조사한다는 소문을 들었는데, 사실이야?"

"서윤이가 지 남편한테 부탁한 거야. 동부지검엔 최 서방 인맥이 요직을 다 차지했잖아."

"이거… 형님 혼자 고생하니까 괜히 내가 미안하잖아. 내가 뭐 도울 건 없어?"

"할 마음 없는 거 아니까 쓸데없는 소리 말고. 네 밑에 줄 서 있는 놈들에게 압력이나 좀 넣어. 이번에 미라클 제대로 한번 털어 보게."

"좋아. 그 정도는 할 수 있어. 총선 전에 해치우자고."

형제가 조카 하나를 털어먹기 위해 굳건히 손을 잡았다.

▲ ▲ ▲

남부지검으로 출두한 나를 검찰은 꽤 많이 신경 써줬다. 지하주차장에서 곧바로 7층 금융조사2부 710호로 직행했다. 내가 어려운 건 아닐 테고 할아버지 눈이 무서워서 그러는 것이다.

"취조실 가야 하는 거 아닙니까, 검사님?"

"참고인 진술 몇 개만 받으면 되는데요, 뭐. 왜요? 혹시 취조실까지 가서 진술해야 할 만큼 중요한 게 있습니까?"

"뭐가 중요한지 제가 알아야죠. 혹시 중요한 질문 하시면 제가 아는 범위에서 성심껏 알려드리겠습니다."

"세상 참 좋아졌어. 예전 같으면 벽 앞에 세워 놓고 반성의 시간부터 가지게 했을 텐데… 그럼 대화가 술술 풀리거든."

이강식 검사는 새파랗게 어린놈이 한 치의 긴장도 보이지 않고 또박또박 말꼬리를 잡자 슬슬 열이 올랐는지 초장부터 힘자랑이었다. 하긴, 족보도 없고, 돈 많은 장인도 없고, 머리 하나에 기대어 여기까지 빡빡 기어서 올라왔는데 눈앞에 서울대 족보에, 재벌 할아버지에, 외모도 축복받은 놈이 떡하니 앉아 있으니 누구라도 세상 참 불공평하다고 생각할 것이다.

'친하게 지내려면 싸우고 나서 화해하는 게 제일이라던데, 한번 긁어 볼까?'

"검사님, 콤플렉스 있으세요?"

"뭐?"

"참고인으로 불러 놓고 대뜸 범죄자 취급하고 힘자랑부터 하는 걸 보니 불현듯 그런 생각이 드네요. 대한민국 최고의 권력을 쥐신 분이 왜 이리 날카로우실까…?"

"야!"

검사실에 딸린 작은 회의실이 떠나가라 소리치는 검사를 향해 나지막이 말했다.

"이강식 검사님, 목소리 낮추세요. 소리친다고 해서 다음 달 청주지검으로 내려가야 하는 게 바뀌지는 않습니다."

"…!"

이번에는 고함을 지르지 못하고 놀라 눈만 크게 뜬다.

"뭘 놀라십니까? 대한민국 검사 인사발령이 국가 기밀도 아닌데. 아 참, 음주단속에 걸린 돈 많은 친구 슬쩍 빼주고 용돈 조금 받은 건 검사 들끼리만 아는 비밀인가? 그것도 비밀이 아니긴 하죠. 그 때문에 지방 내려가야 하니까."

"이… 이…!"

이 검사는 앙다문 이 사이로 신음만 흘렸다. 자신의 치부를 훤히 아 는 참고인이라니…. 이런 경우는 단 한 번도 없었을 테니 대응할 방법이 떠오르지 않을 것이다.

"수사는 검찰의 권한이지만 조사는 누구나 할 수 있습니다. 검사님 의 공권력으로 제 뒷조사한 것과 제가 가진 돈의 힘으로 검사님 뒷조사 한 거 비교하면 서류 두께는 제 것이 두세 배쯤 두꺼울 겁니다. 괜한 힘 빼지 마시고 간단히 끝냅시다. 어차피 제게선 먼지 한 톨 나오지 않았을 텐데."

이강식 검사는 쉽사리 입을 열지 못했다. 검찰청 안에서 칼을 쥔 이 는 항상 검사뿐이었다. 하지만 오늘 이 자리는 칼이 두 자루다. 내가 쥔 칼이 자신의 목을 겨누고 있다는 걸 깨닫자 어쩔 줄 몰라 하는 게 훤히 보였다. 이 모습은 바로 검사 이강식이 아니라 인간 이강식의 모습이다. 예상치 못한 일에 당황하는 건 당연하지만 얼마나 빨리 떨쳐 버리느냐 가 관건이다.

이 검사는 나를 한참 노려보다 호흡을 가다듬고 입을 열었다.

"철딱서니 없는 어린놈인 줄 알았는데 재벌 손자 무섭네. 앞으로 검 찰청 자주 들락거리겠군."

"반대로 말한 거 아닙니까?"

"철없는 놈들이 사고 치는 건 약식기소로 끝나. 넌 사고 쳐도 큰 사고 치겠는데? 예를 들면 1400억 원의 횡령 같은 거."

"칭찬으로 듣겠습니다. 할 말 없으시면 저 가도 되죠?"

엉덩이를 들썩이자 이 검사는 내 어깨를 눌렀다.

"진서윤이 회사 자금을 주머니 속의 돈처럼 빼 쓴 정황이 잡혔어. 그리고 주머니에 다시 돈을 채워 놓을 때 순양유통 주식이 미라클이라는 회사로 싹 넘어갔고. 우연이라고 말하지만. 난 안 믿으니까."

"우연일 리가 있나요? 회삿돈 빼 썼고 그 돈 메꾸려고 주식 판 거죠."

순순히 원하는 대답을 해주자 이강식 검사는 조금 놀라는 눈치였다.

"회삿돈을 유령회사로 옮겼고 다시 갚았어요. 그 돈을 유용한 몇 개월 치 이자는 넣지 않았을 테니 과태료 때리면 끝나겠군요. 원하는 대답 했으니까 가보겠습니다."

내 어깨에 올라간 손을 툭 쳐내고 자리에서 일어났다.

"아무리 털어도 비듬 몇 개 떨어지는 게 전부인 억지 수사, 상대는 나라를 쥐락펴락하는 재벌 가문이죠. 여차하면 칼날이 되돌아올 수도 있는 일이니 지방으로 내려갈 비주류 검사에게 맡기고 대충 시늉만 내도록 했겠죠. 조사 부탁한 놈이 보통 거물이 아니니까."

"그만하지!"

"문제 생기면 그 검사가 뒤집어쓸 테니 족보 있는 놈들의 안전에는 문제없고."

눈을 부릅뜬 이강식 검사에게 내 명함을 내밀었다.

"운 좋으시네, 우리 이강식 검사님."

이 검사는 내 눈과 명함을 번갈아 보기만 할 뿐 손을 내밀지 않았다.

"받으세요. 족보 대신 굵은 동아줄 하나를 잡았다고 생각하세요. 앞으로 몇천억 대의 큰 사고 칠 거물이 될지도 모르는 사람의 명함입니다."

여전히 손을 내밀지 않았지만, 그 눈빛은 달랐다. 자존심 지키느라 애쓰는 모습이 역력했다. 나는 명함을 그의 주머니에 쑤셔 넣었다.

"필요할 때 찾아오세요. 난 진영기 부회장 같은 사람과 매우 다르다는 걸 알려 줄 테니까요."

처음엔 이런 잔챙이부터 시작한다. 잔챙이가 누구와 함께 올지는 모르겠지만 말이다.

참고인 조사를 마치고 오니 오세현은 다소 심각한 표정이었다.

"어땠어? 눈치 좀 봐?"

"센 척하는 게 그 사람들 특징 아닙니까? 삼촌은요?"

"형식적인 질문으로 끝내더라. 진영기 부회장 부탁이니 시늉만 내는 티가 팍팍 풍기더라고."

"그럼 고모만 남았네요."

오세현은 심각한 표정으로 머리를 흔들었다.

"진서윤 부회장을 먹잇감으로 뜯는 척하는데…. 이거 아무래도 페이크 같아."

"페이크라뇨?"

"진영기 부회장이 노리는 건 여동생이 아니라 조카다."

"저요?"

"그래, 배경인 미라클을 들여다보고 싶은 거지."

"순양자동차와 유통그룹의 진짜 주인이 전지 아닌지가 궁금한 거군요."

"그렇지."

"그렇다면 지금쯤 금감원이 바쁘게 움직일 것 같은데…."

"그건 내가 알아보마. 뉴욕에도 조심하라고 일러둘 테니 별일 없을 거다. 멀쩡한 회사를 증거도 없이 조사하지는 못해."

걱정을 완전히 걷어 내지 못한 표정이다. 공권력이 꼭 증거를 확보한 다음 움직이는 건 아니다. 의심과 정황만으로 수사를 시작할 수 있다. 어차피 한 번은 거친 바람을 맞아야 할 것 같았다. 대신 큰아버지도 흙 먼지 정도는 뒤집어쓰게 만들어야 속이 풀릴 것 같다. 오세현도 조금의 위협을 느꼈는지 조심스레 입을 열었다.

"도준아, 네 할아버지한테 부탁해서…."

"안 됩니다. 할아버지가 실망하실 일을 제가 하면 안 되죠."

"실망이라니?"

"싸우다 한 대 처맞고 집에 와서 큰형 데리고 나가는 꼴 아닙니까? 그런 부탁을 하는 순간, 할아버지가 절 바라보는 눈이 달라질 겁니다. 집안싸움 아닙니까? 할아버지는 결과만 보실 겁니다."

오세현이라고 줄이 없겠는가? 아니, HW그룹의 고위직들도 전부 나름대로 검찰 쪽에 줄을 댈 수 있다. 하지만 그들의 인맥 위에 군림하는 것이 바로 순양이다. 순양그룹의 장남, 진영기 부회장을 털어 보자고 말하면 모두 몸을 사릴 것은 뻔하다. 그렇다면 주류를 쥐고 흔드는 힘 앞에 기대할 것은 비주류들의 단합된 힘뿐이다. 정면 승부는 어렵지만, 게릴라전 정도는 가능하지 않을까?

이강식 검사라고 했던가? 악착같이 살아남아 서울에서 근무하는 걸 보면 근성은 있어 보였다. 잘못 본 게 아니라면 내가 준 명함발이 식기 전에 연락할 텐데… 소심한 놈인가?

며칠 뒤 예상보다 늦긴 했지만 이강식 검사에게 연락이 왔다.

"일전에는 실례가 많았습니다. 진 실장님."

"아닙니다. 공무 보시는 데 실례라니요. 그리고 저도 무례했습니다.

그냥 서로 퉁치는 거로 하고 잊읍시다."

"그런데 여긴…?"

이강식 검사는 실내를 휘휘 둘러보며 소파에 걸터앉았다.

"아, 얼마 전에 샀습니다. 주변의 눈을 피하고 싶을 때 마땅한 장소가 없더군요. 좀 좁죠? 불편해서 어떡하나 이거…."

"좁다뇨? 제 아파트보다 큰 거 같은데요."

여의도에 있는 대형 평수 오피스텔은 여러모로 쓸모 있겠다 싶어 하나 장만했다. 철저한 보안과 완벽한 사생활 보호를 홍보했기에 마음에 들었다. 어쩌면 여의도 국회의원들을 대상으로 지은 건물이 아닐까 추측할 뿐이다.

"그런데 침대나 생활 가구가 없는 걸 보니 여기서 생활하는 건 아닌가 보군요."

"네. 그냥 카페라고 생각하시면 됩니다. 참, 커피 드릴까요?"

"아, 그럼 한 잔 부탁합니다."

커피 머신으로 커피를 뽑아 테이블에 내려놓았다.

"참 대단하시더군요. 아직 대학생 신분인데…. 재벌가 사람들은 다 그렇습니까? 어릴 때부터 경영수업을 받아서 일찍 시작하는 건가요?"

"아닌 거 잘 아시지 않습니까? 재벌 3세는 사고만 치지 않아도 효자 소리 듣습니다. 전 금수저치고 좀 성실합니다. 좀 특이하죠?"

"매우 특이하시더군요. 큰아버지들이 한껏 경계할 만큼."

이강식은 나와 함께하는 것이 진심이라는 걸 드러내기 위해 배후를 슬쩍 털어놓았다.

"진행 상황은 어떻습니까? 슬슬 닫아야 할 것 같은데…. 특별히 주목할 만한 게 없죠?"

"실장님과 오세현 대표님은 현황 파악만으로 끝내라는 지시가 떨어졌어요. 남은 건 진서윤 부회장님뿐입니다."

그 정도로 멈추는 걸 보면 검찰은 페이크라는 게 확실하다.

"우리 고모, 참고인 출석 요구하셨습니까?"

"아직입니다. 페이퍼 컴퍼니의 자금 입출 내역을 조사하고 있는데, 제 소관이 아니라서 자세히는 모릅니다."

머리를 슬쩍 긁는 거로 봐서는 지금은 자신이 그다지 쓸모없다는 걸 아는 것 같다. 하지만 사람이든 도구든 쓰는 사람 손에 달린 것 아니겠는가?

"이강식 검사님."

"네."

"남부지검에서 이 검사님과 아주 친한 분은 몇이나 될까요?"

"친한 사람이라…."

함께 나를 도와줄 검사가 몇이냐는 질문이다. 찰떡같이 알아들은 것 같다.

"몇 있습니다."

"이 검사님과 그분들의 목표는 검찰총장입니까? 아니면 큰 사건 터 트리고 여의도로 점프하는 겁니까?"

"목표라…."

이강식 검사는 쓴웃음만 보였다. 저 웃음의 의미도 안다. 사법시험을 통과하고 연수원을 거쳐 검사가 됐을 때, 출세를 생각하지 않는 이가 있을까? 하지만 이리저리 치이며 살다 보면 꿈은 사라지고 현실만 바라본다. 부장검사라도 거쳐 연고지에 변호사 개업이 가장 현실적인 목표로 다가왔을 것이다.

"그 목표 바꾸면 안 되겠습니까?"

"목표를 바꾸라니요?"

"이건 어떻습니까? 거액 연봉의 변호사."

이 검사는 눈을 빛내며 물었다.

"거액이라면 어느 정도를 말씀하시는 겁니까? 재벌 3세는 단위가 다를 것 같습니다만."

"검사장이나 고검장을 지낸 분이 변호사를 시작할 때, 첫해의 수임료. 이 정도면 거액 아닙니까?"

전관예우를 생각하면 최소 50억이 넘는다. 그의 눈이 더욱 빛나기 시작했다. 게다가 이 사람은 내 계좌를 탈탈 털었다. 뉴데이터테크놀로지 주식으로 번 돈만 800억이 넘는다. 그 돈은 아직 입출금 통장에 들어 있으니 돈에 대한 의심은 없을 것이다.

"그 정도 연봉을 받으려면 험한 일도 마다치 않아야겠군요."

"험하고 위험한 일을 할수록 승진도 빠릅니다. 칼잡이는 칼을 휘둘러야 빛이 나고, 사냥개는 거칠게 물어뜯어야 함부로 대하지 못하거든요. 고분고분하면 호구 됩니다, 지금의 이 검사님처럼."

자존심을 슬쩍 긁었지만, 입술만 깨물 뿐 화를 내지 않는다. 용기가 없어 고분고분했던 자신을 잘 알기 때문이다. 어떤 일이 생기더라도 안락한 미래만 보장된다면 찌르고 물어뜯는 것쯤 어려운 일이 아니다. 검사 아닌가?

"칼을 써야 할 대상이 누굽니까?"

"아실 텐데요?"

"순양의 진영기 부회장, 맞습니까?"

"네, 하지만 물어뜯지는 않아도 됩니다. 그분도 주머니 속에 페이퍼 컴퍼니가 몇 개 들어 있습니다. 그거 조사하는 정도? 그 정도면 충분해요."

"가능하면 은밀하게?"

"쓸 만한 자료 몇 개면 됩니다. 찌르는 건 제가 하죠."

이강식 검사는 그리 길지 않은 시간 동안 침묵하다 입을 열었다.

"아시겠지만, 전 한 달 뒤 청주로 내려갑니다."

인사 문제를 해결해 달라는 소리다. 내게 부탁한다는 건 내 요구를 들어준다는 의미이기도 하다.

"한 달이면 아직 시간 많이 남았군요. 그 안에 쓸 만한 자료 찾아서 주세요. 그럼 남부지검에 남으실 겁니다."

이강식 검사는 내게 쓸모 있는 사람이라는 걸 증명해야 한다. 기한은 한 달. 그는 남은 커피를 쭉 마시고 일어섰다.

"시간이 촉박하니 이만 일어나겠습니다. 참, 저와 함께 움직일 동료들을 데리고 일간 한번 찾아뵙겠습니다."

"그래요. 그때는 여기가 아니라 분위기 좋은 곳에서 술이라도 하죠."

아직은 설익었지만, 사냥에 필요한 기본은 갖췄다. 남부지검에 비주류가 몇이나 되려나? 그리고 그중에 쓸 만한 칼잡이는 몇이나 될까?

▲ ▲ ▲

"감사합니다, 아버지."

"고생했다."

진영기 부회장은 얼굴이 많이 그을린 아들의 어깨를 다독였다.

"작은아버지께 인사는 드렸고?"

"네, 서울 도착하자마자 찾아뵀습니다."

"잘했다. 이삿짐은 옮겼느냐?"

"필요한 것만 챙기고 가구는 직원들 나눠 줬습니다. 거제도 내려갈 때 산 거라 두 번 다시 쳐다보기도 싫더군요."

"그럼 내일부터 출근해라. 전자 전략실에 자리 마련해 뒀다. 휴대전화 브랜드 아이덴티티(Brand Identity) 구축이 지상 과제니 많이 배우고 제대로 준비해."

진영기는 아들의 밝은 표정을 보니 덩달아 마음이 풀렸다. 그때 비서가 조심스레 문을 열었다.

"부회장님, 손님 찾아오셨는데요."

"기다리라고 해!"

진영기는 표정을 구기며 소리쳤다. 오랜만에 아들과 오붓한 시간을 보내니 절대 방해하지 말라고 미리 당부까지 하지 않았던가? 하지만 기다리지도 않고, 문을 벌컥 열고 들어온 남자는 다름 아닌 진윤기였다.

"아, 작은아버지."

진영준이 벌떡 일어나 머리를 숙였지만, 진윤기는 눈길조차 주지 않았다.

"오랜만의 부자 상봉을 방해해서 미안한데, 영준이는 좀 나가 있을래?"

"야! 너 왜 그래?"

진영기는 동생을 향해 눈을 부릅뜨고 소리쳤지만, 진윤기는 조금도 물러설 생각이 없어 보였다.

"아니다. 너도 들어 두면 나쁘지 않겠다. 앉자."

진윤기는 소파에 털썩 앉으며 진영준을 향해 손을 까닥거렸다.

"큰형, 내가 왜 왔는지는 잘 알 테고, 여기서 멈추자. 남부지검이든 대검이든 지금 당장 연락해서 전부 덮으라고 해."

진영준만 영문을 몰라 두 어른의 눈치를 보며 몸을 움츠렸다.

"우리 막내, 많이 컸네. 자세부터 달라. 이제 사장님 태가 물씬 풍기는구나."

진영기 부회장은 시건방진 막냇동생의 태도에 울화가 치밀었지만, 아들 앞이라 최대한 여유 있는 모습을 보이려 애썼다.

"사돈댁이 언론사라 이용하는 것도 나쁘지 않지만 그걸 가족에게 써 먹는 건 좀 비겁하지 않아? 검찰도 그래. 털어서 먼지 안 나는 사람, 나뿐일걸? 누가 먼지 많은지 자랑이라도 하겠다는 거야?"

"너도 보통은 아니던데? 연예계 가십거리로 싹 막았잖아. 좀 놀랐다. 흐흐."

"그거? 시작일 뿐이야. 다시 말하지만 지금 멈추지 않으면 우리 큰형, 얼굴 들고 못 다니게 만들어 주지. 이거 괜히 해보는 소리 아니야."

동생의 경고에 진영기의 얼굴이 굳어졌다.

"무슨 말인지는 모르겠지만… 네가 나를? 가능하다고 생각해? 영화사 나부랭이 좀 만지며 사장 소리 들으니까 마치 거물이라도 된 거 같아? 까부는 건 여기까지다."

"삼촌, 무슨 일인지 모르겠지만 좀 진정하시고…."

조용히 입 다물고 있어야 할 진영준이 끼어들자 진윤기는 조카를 노려보며 말했다.

"서울로 올라오자마자 하얏트 특실을 빌렸더구나. 무려 6개월간 장기 투숙으로 예약했던데, 그 방에는 누가 묵게 되지? 아나운서? 걸그룹? 아니면…? 아! 요즘 네가 푹 빠져 지내는 이경희?"

순간 진영준의 얼굴에서 핏기가 싹 사라졌다.

"그 애 조심해야 할 거다. 차세대 청순가련이라고 떠들어대지만, 고등학교 때 가출해서 산전수전 다 겪은, 닳고 닳은 애야. 그 애 데리고 있는 매니지먼트사도 위험해. 조폭 출신이 사장이거든. 아 참, 그 애 마약에도 손댄 적 있는데 아는지 모르겠다. 혹시 너도 같이하니?"

진윤기의 입에서 엄청난 소리가 폭포수처럼 쏟아져 나왔다.

"조심해라. 어쩌면 호텔 방에 몰카 설치해 놓고 전부 촬영해 놨을 수도 있어."

"자… 작은아버지."

진영준은 아버지가 들어서는 안 될 말까지 나오자 안절부절못하며 더듬기 시작했다.

"신인 여배우에게서 뽑을 수 있는 돈은 얼마 안 돼. 지금쯤 그 조폭 사장은 너한테서 어느 정도 거금을 뽑아낼지 상상하며 웃고 있을 거다."

"그만해! 이 새끼야!"

참다못한 진영기가 소리쳤지만, 이미 전쟁을 시작한 동생은 거칠 것이 없었다.

"아는지 모르겠지만 내가 8월부터 엔터테인먼트 채널 하나를 열어. 영화, 드라마도 보여 주지만 '연예가 중계' 같은 연예 정보 프로그램도 하거든. 거기 첫 소식을 방탕한 재벌 3세 시리즈로 할 생각이야. 영준이랑 경준이, 친형제가 나란히 등장하면 시청률은 보자…."

진윤기는 잠시 뜸을 들이며 손가락을 까닥거렸다.

"…장담하는데 '모래시계'보다 높을걸?"

"겨…. 경준이? 그 애가 왜?"

진영기는 유학 간 막내아들의 이름까지 나오자 당혹감을 감추지 못했다. 공부 끝마칠 때가 돼서 어떤 자리를 마련해 주나 생각 중이었는데….

"몰랐어? 그놈 LA에서 동거 중이야. 종주인이라고, 홍콩 배우지. 나이가… 아무튼 연상이야."

LA지사에서는 별다른 보고가 없었다. 성적은 그럭저럭이지만 큰 사고 없이 잘 다닌다는 보고만 이어졌다. 그런 애가 동거라니? 게다가 홍콩 여자? 진영기 부회장은 뒷골이 뻐근해지기 시작했다.

"내가 그 엔터테인먼트 채널 운영하기 위해 기자만 서른 명 뽑았어. 전부 파파라치급 베테랑이거든. 딱 한 달 만에 이 정도 파악한 거야. 앞으로 심층 취재 들어가면 더 어마어마한 기사도 나올 텐데… 감당할 수 있겠어요? 형! 님!"

또박또박 힘주어 말하는 것이 더 위협적이었다.

"너 지금 나 협박하나?"

이를 악문 진영기 부회장이 노려봤지만, 진윤기는 조금도 위축되지 않았다.

"유산 싸움? 좋아. 하지 말라는 게 아니야. 옛날 같으면 나라를 차지하는 것과 견줄 만한 규모인데 어떻게 안 싸우겠어? 하지만 자식은 건드리면 안 되지. 그리고 밖으로 새어 나가서도 안 되고. 아직 정정한 아버지가 지켜보시잖아."

진윤기는 이 말을 끝으로 자리에서 일어났다.

"집안싸움을 전 국민이 지켜보도록 생중계하는 건 아버지 돌아가시면 시작해. 다시 경고하는데, 우리 도준이 또 검찰청 설렁탕을 먹게 하면 기자 30명 전부 형님 뒤만 쫓아다닐 거야."

문을 쾅 닫고 나가 버리는 막냇동생을 보며 진영기는 까마득히 잊고 있었던 사실 하나가 떠올랐다. 얌전해 보였던 저 막내의 몸속에도 자신과 같은 피가 흐르고 있다. 그리고 또 하나의 사실도 떠올랐다.

"너! 저놈 말이 사실이냐?"

대답을 들을 필요도 없었다. 이미 흙빛으로 변해 버린 자식 놈의 얼굴이 대답이다.

"이런 멍청한 자식!"

짝!

더는 참지 못하고 손이 올라갔다. 붉어진 뺨을 어루만지며 엉거주춤한 자식 놈을 내버려 둔 채 진영기는 씩씩거리며 수화기를 들었다.

"비서실, 전략실, 감사실…. 아! 경영지원본부장. 전부!"

진영준은 거칠게 수화기를 내려놓고 살벌한 기운을 내뿜는 아버지를 두려운 눈빛으로 바라볼 뿐 용서를 구할 엄두조차 내지 못했다. 5분도 지나지 않아 문이 열리며 사람들이 쏟아져 들어왔다. 그들은 망나니 3세가 아버지 앞에서 고개를 떨구고 있는 부회장실의 광경을 보고는 순식간에 알아차렸다.

'저 새끼가 또 사고 쳤구나!'

"전략!"

"네, 부회장님."

"잘 들어. 이 시간부터 저놈에게 둘 붙여. 기사 하나, 가드 하나. 힘깨나 쓰는 놈으로! 24시간 감시하고 집과 회사 외에는 그 어디도 못 가게 해. 저놈이 딴 곳으로 새면 다리를 분질러서라도 막아. 하찮은 카페라도 들르면 전략실 전부 모가지야. 알아들어?"

"네."

"나가 봐."

전략실장은 진 부회장의 말이 떨어지기 무섭게 재빨리 빠져나갔다.

"감사실!"

"네."

"작년… 아니 재작년부터 저놈이 돈 쓴 거 전부 찾아내. 껌 한 통 산 거까지 하나도 빠트리지 말고. 특히 뭉텅이 현금 쓴 게 있으면 꼭 밝혀. 알았어?"

"네."

감사실장은 나가라는 소리를 하기도 전에 도망쳐 버렸다.

"강 전무."

경영지원본부장은 자신을 부르는 소리에 부동자세를 취했다.

"영준이가 쓰는 카드 전부 정지시켜. 저놈 명의로 된 통장 동결시키고, 저놈이 꿍쳐 둔 비자금도 다 찾아서 가져와. 아무튼, 저 자식 주머니에서 단돈 10원이라도 나오면 넌 모가지다. 월급 통장은 내게 가져오고. 그거 뭐냐? 온라인인지 뭔지 하는 거래도 다 막아. 무슨 뜻인지 알아들었어?"

"돈을 쓰지 못하게 막으라는 말씀입니까?"

"그래. 집에서 밥 먹고 구내식당에서 밥 먹으면 돼. 저놈 입에 들어가는 밥알도 아깝다. 젠장."

마지막으로 남은 비서실장은 어떤 엄중한 명령이 떨어질지 사뭇 기대감까지 생겼다. 이 정도로 혹독한 조치는 처음이다.

"순양전자 가서 내 말 똑똑히 전해. 진영준은 내 아들이 아니다. 단순한 경력 사원일 뿐이다. 일 제대로 안 하거나 능력을 보이지 못하면 그날부로 수원 공장으로 쫓아 버려도 좋다. 이해했어?"

"네, 부회장님."

진영기는 아들을 향해 소리쳤다.

"인마! 그 계집애 이름이 뭐라고?"

"네? 아…. 겨, 경희. 이경희예요."

가까스로 이름만 말하고 다시 고개를 떨궜다.

"들었지? 여자 탤런트라고 하는데 걔하고 거기 매니지먼트사 싹 털어."

"조사하라는 말씀입니까? 아니면…?"

비서실장이 조심스레 묻자 진영기는 다시 언성을 높였다.

"털어서 묻어 버리라고! 그 계집애는 마약쟁이고 소속사 사장은 조폭이라니까 털면 뭐든 나올 거야. 감방 보내서 몇 년 푹 썩게 만들어. 알았어?"

"네, 부회장님."

"저 자식 데리고 나가서 순양전자에 던져 줘."

모두 내보내고 텅 빈 방에서 진영기 부회장은 한숨만 내쉴 뿐이었다. 한숨이 잦아들 때쯤 그는 수화기를 들었다.

"LA 지사장, 지금 당장 아프리카 같은 데로 발령 내. 뭐? 이 새끼야! 아프리카에 있는 나라까지 내가 어떻게 알아? 그냥 깡촌으로 보내라고!"

또 울화가 치밀어 견딜 수가 없었다. 하지만 아직 처리해야 할 일이 하나 남았다.

"지금 당장 경준이 멱살 잡아끌고 데리고 와. 무조건 오늘 비행기 태워. 공항에서 딴 데로 새지 못하게 확실히 가드 치고!"

진영기 부회장은 자식 두 놈을 요절 낼 생각이었다.

▲ ▲ ▲

"진영기? 순양의 그 진영기?"

"네."

형사부의 배재환 부장검사는 소주잔을 채워 주는 이강식 검사의 입에서 나온 이름 때문에 술잔을 들지 못했다.

"미쳤구나. 왜? 지방으로 쫓겨 가니까 마지막으로 분탕질해야 속이 시원하겠어? 건드리긴 누굴 건드려?"

"요리 재료도 이미 받았습니다. 이걸 한번 보시죠."

"이건 뭐야?"

배재환은 이강식이 내민 서류 파일을 펼쳤다.

"이 회사가 뭔데?"

"진영기 부회장 저금통입니다. 쿠션만 먹는 내부거래부터 비자금 창구로 쓰죠. 해외 지사는 완벽한 오프쇼어 컴퍼니(offshore company)고요."

"오프… 뭐?"

"역외회사, 조세회피처에 설립되는 일반적인 회사를 말합니다."

"이 새끼야! 금융부라고 잘난 척하냐? 그냥 유령회사라고 해!"

"아무튼, 그 회사 리스트라고요. 명확한 대상이 있으니 수사도 쉽습니다."

"그럼? 그동안 어려워서 못했어? 재료가 부실해서 수사 안 했어? 막아 주는 놈이 한둘이 아니니까 못한 거잖아! 건드려도 되는 놈이 있고 안 되는 놈 따로 있다. 몰라서 그래?"

"우린 조사만 하면 됩니다. 건드리는 건 그쪽에서 할 테고요. 어떻습니까?"

"우리라는 말 함부로 쓰는 거 아니다."

배 부장은 서류 파일을 휙 던져 버렸다.

"이런 허튼짓하려는 이유부터 말해 봐. 무슨 일이야?"

"그렇지 않아도 말씀드리려고 했습니다."

이강식 검사는 진도준과 나눴던 이야기를 최대한 자세히 해주었고, 특히 그가 미래를 확실히 보장한다는 믿음을 심어 주기 위해 양념 치는 것도 빼놓지 않았다.

"최소 50억은 약속했습니다. 변호사 생활 딱 1년만 하면 보험금 타는 겁니다."

"이 자식이 허파에 바람 단단히 들었구나? 너 돌았어? 어떤 미친놈이 조사 좀 해줬다고 그런 거금을 주고 미래까지 보장해 줘?"

"부장님께서 재벌을 모르시니 그런 겁니다. 솔직히 저, 이제 알았습니다. 족보 따져 가며 지들끼리 밀어주고 당겨 주는 거… 그거 전부 이런 돈줄을 지들 울타리 안에 가둬 두려고 그런 겁니다."

재벌 관련된 사건을 덮고, 증거를 인멸하며 심지어 기소유예 같은 극단적인 방법까지 써서 보호하는 검사들, 자칫 잘못하면 검사 옷 벗는 것은 물론이고 심하면 변호사 자격까지 박탈당할 수 있다. 하지만 이들이 조금도 머뭇거리지 않는 이유는 바로 수십억의 연봉을 약속받고 재벌 대기업의 법무팀으로 옮길 수 있다는 믿음 때문이다.

"부장님, 우리 솔직해집시다. 어차피 부장검사가 끝 아닙니까? 운 좋아도 차장검삽니다. 검사장 윗급으로 비주류가 단 한 번이라도 올라간 적 있습니까? 어차피 고향에서 개업하는 게 우리의 마지막 아닙니까?"

"그래서? 이제 겨우 대학 졸업반인 어린놈을 스폰서로 삼아 노후대책 세우자는 거냐? 이 새끼 이거, 정신 나갔군."

"직접 만나 보시면 되잖습니까? 만나 보시면 생각 바뀌실 겁니다. 어리지만 보통 놈이 아니라니까요. 그리고 부장님께서 거절하시면 저도 미련 없이 청주 내려가겠습니다."

배재환 부장은 이강식의 간절한 눈빛을 보며 말없이 술만 마셨다.

▲ ▲ ▲

"몇이나 됩니까?"

"남부지검엔 대여섯 있습니다. 경기도까지 넓혀야 숫자가 좀 되죠."

"300명, 50명, 그 외. 맞습니까?"

배재환 부장은 정확한 비율을 듣고 조금 놀랐지만 내가 그쪽 줄이라는 걸 기억해 낸 것 같다.

"그렇죠. 검찰과 사법부 고위직은 서울대 출신 300명. 고려대 출신 50명. 그리고 나머지 몇 명으로 짜여 있죠. 잘 아시네요."

"신입생 때 선배들이 자랑스럽게 말하더군요. 쪽팔리는 줄도 모르고."

"뭐가 쪽팔릴까요? 동문인데…?"

"원래 쥐뿔도 없는 놈이 집안 팔고, 선배 팔고, 출신 팝니다. 자신을 믿는 놈이면 그딴 걸 입에 담지 않습니다."

배재환 부장의 표정이 조금 변했다. 아주 보기 드문 재벌 3세인 내가 조금은 신선했을 것이다.

"검찰에 사람 만들려면 주류를 건드려도 될 듯한데… 한국에서 대학 동문보다 더 끈끈한 관계가 있을까요? 진도준 씨가 마음먹고 접근하면 쉽게 친분을 쌓을 수 있을 겁니다."

"검찰 주류라고 하면 소위 말하는 정치검사들 아닙니까? 그자들이 동문 챙기는 건 다름 아닌 돈 때문입니다. 필요할 때 돈으로 사면 되는 일인데… 굳이 지금일 필요가 없습니다."

"진도준 씨보다 더 돈 많은 사람이 그들의 줄이기 때문인가요? 이를테면 진영기 부회장 같은 사람?"

"잘 아시네요. 제가 부회장님과 비슷한 수준이라는 걸 알면, 제 곁에 알아서 붙을 겁니다."

"그래서 지금은 비주류부터 시작하겠다?"

'이 양반 보게? 앞뒤가 뭔지, 위아래가 누군지 아직 모르네.'

간을 봐도 내가 보고, 맛을 봐도 내가 먼저다.

"배 부장님."

"네."

"제 할아버지인 순양 회장님도 단지 조사만 부탁한 검사에게 미래를 약속하지 않습니다. 검사가 가진 힘으로 할아버지를 보호해 줘야 장밋빛 미래를 안겨 주죠. 그런데 전… 이강식 검사에게 들으셨겠지만, 단지 필요한 증거 찾아 달라는 것만으로 미래를 약속했습니다."

"…"

하나하나 따지자 배 부장은 입도 벙긋하지 못했다.

"이 정도 조건이면 거저먹는 장사 아닙니까? 이 오피스텔에 문 열고 들어왔다는 건 물건 팔겠다는 뜻일 테고 물건값 후하게 쳐준다고 했으니 계산 끝냅시다."

검사인 척하는 놈은 필요 없다. 철저한 장사치가 필요하다. 장사치는 이문 남는 거래처에는 절대 등 돌리지 않으니까 말이다.

"거래라…."

"돈과 권력. 이 두 개를 교환하는 상거래는 빈번하지 않습니까? 새삼스러운 일도 아니죠."

배재환 부장검사는 한동안 나를 뚫어지게 쳐다보더니 슬쩍 웃으며 말했다.

"이 검사가 그러더군요. 보통의 금수저와는 상당히 다르다고요. 왜 그런 말을 했는지 알겠습니다."

"어떻게 다릅니까?"

"뻔뻔한 말을 아무렇지도 않게, 더구나 상당히 그럴듯하게 들리도록 하는 재능이 있군요."

"나눠 주는 사람은 뻔뻔해도 됩니다. 어차피 제 금수저에 붙은 밥알 떼어 먹으려는 사람은 앞으로 계속 나타날 게 뻔하기 때문이죠. 그렇게 생각하지 않습니까?"

가진 권력을 팔려는 소매상은 많다. 무려 2000명이나 있지 않은가?

"이거… 사람 부끄럽게 만드는 재주도 상당하시고. 알겠습니다. 제대로 된 상품 만들어서 팔러 오겠습니다."

'말귀를 잘 알아듣는 사람이군.'

믿음, 신뢰, 의리…. 이따위보다 서로 만족하는 거래가 훨씬 더 장기적인 관계를 유지할 원동력이라는 걸 아는 사람이다.

"제가 급해요. 한 달 이내 좋은 거 들고 오시기 바랍니다. 값은 톡톡히 쳐드릴 테니까요."

"이강식 검사가 더 급한 것 같습니다. 급한 놈이 샘 파겠죠."

"아, 첫 거래니 제가 선지급으로 계산하겠습니다. 청주 발령 없었던 일로 만들어 준다고 전하세요. 더 힘내서 좋은 결과 기대한다는 말도 덧붙여 주시고요."

배 부장은 기쁜 미소를 지으며 머리를 숙였다.

"이 검사를 대신해서 감사드립니다."

"인사는 제가 해야죠."

"네?"

"부장님께서 말씀하신 대여섯 명 중 한 명은 옷 벗어야 할지도 모르는 상황으로 갈 수 있습니다. 적당한 사람 있습니까?"

"옷을 벗다니요?"

배 부장은 깜짝 놀라 되물었다.

"만약의 경우까지 생각한 겁니다. 검사 자리보다 돈이 더 급한 사람이면 됩니다. 총대 메고 나서 줄 사람요. 대신 변호사 자격으로 우리 미라클 법무팀에서 채용하겠습니다."

쉽게 대답하지 못하는 그를 향해 한 줌 남은 걱정까지 털어 주었다.

"최악의 경우 변호사 자격 박탈당해도 괜찮습니다. 어차피 법 공부하신 분들이니 원천 기술 어디 가겠습니까? 회사는 법 지식이 필요하지 자격증이 필요한 건 아니거든요."

"일을 크게 벌일 생각이시군요."

"말씀드렸다시피 만약을 대비한 겁니다."

"확인해 보겠습니다. 변호사 개업 생각하는 친구가 있다면 대환영일 테니까요."

10년 변호사로 뛰어서 벌 수 있는 돈을 1년 만에 번다면 마다할 이유가 없다.

"그럼 기다리겠습니다. 첫 거래니 손발 한번 제대로 맞춰 봅시다."

배 부장은 내가 내미는 손을 힘껏 잡았다.

"검찰은 찔러 보기가 맞았어. 진짜는 금감원이야."

"그쪽에서 뭔 짓을 하는지 파악하셨어요?"

"우리 회사는 물론 너랑 나, 개인 거래까지 뒤진다고 하더라. 한국 미라클 설립할 때 들어온 자금 역추적 시작했고."

오세현은 툭 던지듯 말하지만, 말투에서 일말의 불안감이 드러났다.

"문제 삼을 만한 게 있긴 한 겁니까?"

"그간 우리가 움직인 돈이 조 단위야. 부스러기만 긁어모아도 몇백억은 나올걸? 우리는 절세라고 이름 붙이지만, 그놈들 보기에는 탈세야. 법 해석 문제니까. 정황 나오면 국세청이 들이닥칠 거다."

"살짝 떨리긴 하네요."

"최악의 경우 세금 내고 과징금 물면 된다. 그 정도 돈은 있으니까 괜찮아. 흐흐."

"이건 돈 문제가 아니라는 거 아시지 않습니까?"

굳은 내 표정을 보며 오세현은 웃음을 거두었다.

"어디까지 해볼 생각이냐?"

"칼 뽑았으면 한 번은 찔러야죠. 무 정도나 자르고 칼집에 넣을 생각은 없습니다."

오세현은 더욱 심각한 표정이 되었다. 화해할 생각이 없다는 건 순양그룹과 미라클이 싸운다는 의미니까. 과연 철옹성 같은 순양을 찌를 수 있을까? 도리어 이쪽이 상처 입는 건 아닐까? 이런 걱정이 고스란히 묻어나는 표정이다.

"최악에는 과징금 좀 내면 된다고 삼촌이 말씀하셨잖습니까? 돈으로 막을 수 있으면 싸게 먹히는 거죠. 물러설 필요 없습니다."

내 결심을 확인한 오세현은 크게 숨을 한 번 내쉬고는 물러났다.

"칼은 준비하고 있지?"

"네. 남부지검 금융조사부에 이강식 검사라고 있습니다. 이 친구가 곧 청주로 내려가야 하는데 인사명령 취소할 수 있겠습니까?"

"그 친구가 우리 칼잡이야?"

"그런 셈이죠. 검찰청 내부의 낭인들을 모아서 우리 힘이 되겠답니다."

"그 정도야 문제없지. 남부지검이 요직도 아니고."

"그럼 됐습니다. 우리 낭인들이 얼마나 날카로운 칼을 들고 올지 조금 기다려 보죠."

그리고 한 달이 지나기 전, 우리의 칼잡이는 쓸 만한 무기를 들고 왔다.

"내부거래나 일감 몰아주기는 기삿거리도 안 돼서 인력을 투입하지 않았습니다. 대신 해외 컴퍼니를 집중적으로 추적했는데 이런 게 나왔어요."

오세현은 이강식 검사가 내미는 자료를 덥석 낚아챘다. 숫자 하나도 빠트리지 않고 꼼꼼히 챙겨 본 오세현은 작게 휘파람까지 불었다. 제대로 된 증거다.

"이거 남부지검 금융조사부 대단하군요. 이걸 찾아내다니!"

"비자금 빼돌리는 건 누구나 다 하고, 그 파장이 커서 어차피 터트리기도 힘듭니다. 그래서 환치기만 파고들었는데 제대로 건졌습니다."

"미국의 도움 없이는 힘들었을 텐데요?"

"법무부 연수 프로그램에 운 좋게 참여한 적 있습니다. 서울대 출신에게 주는 혜택 같은 건데, 구색 맞추기로 저같이 족보 없는 놈도 한둘 끼워 넣죠. 그때 친하게 지낸 교포 3세가 있었어요. 그 친구가 도와줬습니다."

"뭡니까? 그게?"

서류를 가리키며 묻자 오세현은 환히 웃었다.

"달러 빼돌린 거. 미국과 연동한 계좌에서 빠져나간 돈이야."

"얼마나 되죠?"

이강식은 확신에 찬 모습으로 말했다.

"200억이 넘습니다. 이게 문제가 되는 건 미국에서 빠져나간 그 돈을 어디에 썼는지 자료가 없어요. 이런 경우는 보통 도박이죠."

"도박?"

"네. 이건 오너 일가만이 가능한데⋯ 혹시 진영기 부회장이 도박을 즐깁니까?"

이강식은 내게서 새로운 단서라도 얻으려는지 눈을 반짝였다. 도박 이라⋯. 누군지 안다. 마약보다 끊기 더 힘든 게 도박 아닌가? 평생 도박 으로 끝없이 사고 친 사람, 바로 큰어머니다. 큰어머니 박혜영은 부족함 없는 재벌가에 태어나서 더 큰 재벌가로 시집왔다. 주체할 수 없는 돈으 로 뭐든 제 것으로 만들고 과시욕과 욕망을 마음껏 분출하며 사는, 어찌 보면 부러운 인간이다. 남자, 도박 그리고 쇼핑은 그녀의 인생에서 빼려 야 뺄 수 없는 것들이다.

"해외계좌 출금 시기와 큰어머니 출국 시점을 비교해 보세요."

"진영기 부회장의 아내?"

"그렇습니다."

두 사람은 입을 쫙 벌렸다. 재벌가의 맏며느리가 거액 원정 도박에 빠졌다는 건 불법 여부를 따지기 전, 도덕적 지탄의 대상이다.

"우리도 정치 흉내 한번 냅시다. 언론에 먼저 흘리고 여론이 시끄러 워지면 검찰에서 발표합니다. 그럼 언론이 다시 받아쓰고."

"받아 줄 언론이 있을까요? 순양에 밉보이면 광고 다 떨어지는데?"

힘의 크기는 밖에서 지켜보는 사람이 내부자보다 더 정확히 안다. 이 검사는 검찰의 요청에도 불구하고 언론이 무시하는 경우를 여러 번 경험했을 것이다. 특히 재벌이 엮인 사건은 더욱 그랬을 터다.

"그만큼 우리가 채워 주면 됩니다. 우리도 건설, 자동차, 백화점, 마트 다 있어요. 충분합니다."

하지만 그는 여전히 고개를 저었다. 뻔한 결과를 예측하기 때문이다.

"그 정도가 끝일 겁니다. 참고인 소환도 어렵다는 것만 알아 두세요. 아마도 서면 질의로 마무리하고 무혐의 처리될 것입니다."

"괜찮습니다. 설령 큰어머니가 진짜 결백하다 해도 믿을 사람은 없을 테니까요. 팔자 좋은 재벌가의 안주인이 원정 도박했다는 건 거론하는 것만으로도 진실이 됩니다."

상처를 줘서 내 손에도 칼이 있다는 것을 알게 하는 게 목적이다.

"그 전에 삼촌이 큰아버지 한번 만나 보세요. 이쪽에서 접으면 서로 얼굴 붉힐 일 없을 거라고 넌지시 말씀해 보세요."

"만약 접으면? 금감원이 조사하는 걸 중단하면 우리도 멈추는 거냐?"

"아뇨. 우린 계속 직진합니다. 처음이니까 매섭다는 걸 보여 줘야죠. 안 그러면 또 이런 일 반복될 겁니다."

손뼉 치며 동의하리라 기대하지는 않았지만, 오세현의 굳은 얼굴은 내 예상을 뛰어넘었다.

"굳이 그럴 필요까지 있을까? 우리에게 겨눈 칼을 내리겠다는데⋯. 우리도 칼을 내리면 여기 검사님도 난처한 일을 피할 수도 있어."

하지만 몰라서 하는 소리다. 뭔가 손에 쥐기 전까지는 멈추거나 칼을 거둘 사람이 아니다. 손에 쥔 것을 터트리느냐 아니냐의 차이일 뿐, 우리도 칼을 쥐고 있다는 걸 뼛속까지 알아야 멈출 사람이다.

"우리 집안사람들, 믿지 마세요. 삼촌은 아버지만 아시니까 무르게 보시는 겁니다. 모두 '철면'입니다. 할아버지만 그런 게 아니라고요."

그리고 우리가 가진 진짜 무기가 뭔지도 똑똑히 알려 줘야 한다. 큰 아버지가 우리를 압박하는 이유는 우리에게 힘을 과시하는 게 전부가 아니다. 우리의 진짜 무기를 뺏으려는 의도다.

▲ ▲ ▲

"어려운 시간 내주셔서 감사합니다. 부회장님."

"아니요. 우리 귀여운 막내 조카 데리고 가르치는 스승인데 언제든 환영합니다."

"그럼 그냥 귀엽게 봐주시는 것으로 끝내시지요."

"무슨 말입니까?"

"도준이 경계하느라 제게도 불똥 튀는 일은 하지 마시라는 겁니다."

"아, 그거? 허허. 이거 참⋯ 오해하셨구먼."

"이런, 실망입니다. 설마 발뺌하시는 겁니까?"

"발뺌은 무슨⋯. 아니요. 난 오 대표에게 감정 없어요. 도준이를 경계 하는 것도 아니고."

"그럼 뭡니까? 이것도 저것도 아니라면?"

"순양자동차가 내 것까지 가져가서 그거 돌려받으려고 이리저리 궁 리하는 거뿐이요."

오세현에게 진영기는 도저히 이해하기 어려운 사람이다. '원하는 것 은 숨긴다.'라는 협상의 첫 번째 원칙 따위는 완전히 무시한다.

"자동차? 순양자동차가 보유한 그룹 주식 말하는 겁니까?"

웃으며 머리를 끄덕이는 진영기를 보며 진도준의 말이 떠올랐다.

'우리의 진정한 칼을 휘둘러 버리세요.'

오세현은 칼을 휘두를 시점을 기다렸다.

"그게 왜 부회장님 겁니까? 진 회장님께 정당하게 매입한 겁니다."

"잠시 주인이 바뀐 거지. 아니, 난리 통에 맡겨 둔 거라는 게 더 정확한 표현이겠어요. 그 왜… IMF를 환란이라고 하지 않았소? 외국환 난리."

진도준의 말이 떠올랐다. 이 사람들은 '철면피'다. 비상식적인 말을 이렇게 쉽게 내뱉는다.

"보관료는 톡톡히 치를 테니까 넘기세요. 여차하면 시세대로 쳐줄 수도 있어. 손해 보는 장사 아닐 겁니다."

"거절하면요?"

"오 대표, 돈 만지는 사람치고 셈이 느리군. 쥐고 있어도 순양그룹을 어찌하진 못해. 머리 아픈 일만 만드는 그 주식을 쥐고 있으니 필요한 거로 바꿔요."

"머리 아픈 일이라는 게 바로 지금처럼 공권력을 움직이겠다는 뜻으로 받아들여도 됩니까?"

"남부지검, 금감원은 양반이지. 더 지독한 놈들이 덤빌 텐데?"

"더 지독한… 대검 중수부와 국세청의 연합이겠군요."

"하나 더. 언론의 집중포화."

득의양양한 진영기 부회장을 보며 오세현은 무표정한 얼굴로 천천히 입을 열었다.

"아. 이. 고. 무. 서. 워. 라!"

한 자씩 힘주어 말하며 전혀 겁먹은 게 아니라는 걸 노골적으로 드러내자 진영기가 미간을 찌푸렸다.

"지금 나랑 장난하자는 건가?"

"완벽한 인간은 없습니다. 그러니 실수라는 걸 하죠. 우리처럼 크게 움직이는 기업은 그 실수가 치명적일 수도 있습니다. 특히 국세청 같은 곳에서 그 실수를 물고 늘어지면 말입니다. 어찌 무섭지 않겠습니까?”

진영기는 뻔뻔하게 말하는 오세현을 한동안 바라보다 슬쩍 미소 지었다.

“윤기 친구는 전부 고만고만한 줄 알았는데… 내가 잘못 봐도 한참 잘못 봤어. 윤기도 그렇고, 친구도 그렇고 다들 보통이 아니야.”

순식간에 태도를 바꾼 진영기는 순양의 부회장답게 여유를 보였다.

“좋아. 주식 쪼가리 같은 소소한 건 넘어가고, 크게 크게 가자고. 미라클이 먹은 회사 전부를 들고 순양의 우산 아래로 들어오시게. 원하는 건 뭐든 지불할 용의가 있어.”

“함부로 큰소리치는 거 아닙니다. 우리 HW그룹의 기업가치가 얼만지나 알고 하시는 말씀입니까?”

거만 떠는 진영기를 참고 보기 힘들어 한마디 톡 쏘았지만 들은 체만 체였다.

“오 대표야말로 그런 쪽 전문가 아니신가? M&A 하자고. 냉정하게 기업가치 평가해서 그 결과대로 다 주겠네.”

“큰 이야기는 작은 문제를 해결하고 난 뒤 하시죠. 금감원이 우리 미라클을 현미경으로 들여다보는 거, 멈춰 주십시오. 그럼 저도 이쪽에서 끝낼 수 있습니다.”

“뭘 끝낸다는 건가?”

“우리라고 멍하니 있을 수만은 없어서 여기저기 좀 알아봤습니다. 환치기를 좀 하셨더군요.”

진영기의 눈썹이 꿈틀거렸지만 이내 평온을 되찾았다.

“그게 뭐 대수라고. 우리나라 기업에서 그 정도는 가벼운 위반이야. 오 대표도 운전하다 보면 가끔 불법 유턴하지 않나? 그 정도라고.”

“불법 유턴이야 저도 가끔 합니다. 하지만 만취 상태에서 그러지는 않죠. 이건 음주운전 플러스 중앙선 위반이니까요.”

“음주? 그게 무슨 말이지?”

“환치기 한 달러가 도박장으로 흘러 들어갔으니까요. 지금 누군지 확인하는 중입니다. 아, 그 계좌는 순양 계열사니까 모른다고 발뺌하시기 어려울 겁니다.”

오세현은 진영기 부회장 부인의 이름을 말하지 않고 그의 눈치를 살폈다. 도박장이라는 단어에 보이는 반응이 궁금해서였는데 예상과는 매우 다르다. 자기 부인이 그 대상이란 걸 안다면 보일 반응이 아니다. 마치 처음 듣는 것처럼, 혹은 도박이라는 단어를 못 들은 것처럼 무표정했다.

“오늘 중으로 제 귀에 한 가지 소식이 들려야 합니다. 금감원의 공식적인 조사와 수사 종결. 그 소식이 들리지 않으면 내일 음주운전자의 불법 유턴 뉴스가 쫙 깔릴 겁니다.”

“방금 도박이라고 했나? 해외 원정 도박?”

“네. 그게 바로 음주운전에 해당하는 핵심이지요. 그리고 운전자가 누군지 말씀드리지 않아도 아시겠죠?”

순식간에 딱딱하게 굳은 진영기의 얼굴을 쏘아본 오세현은 테이블 위에 명함을 올려놓고 일어섰다.

“제 핸드폰 번호입니다. 오늘까지예요. 기억하십시오.”

부회장실을 나서는 오세현은 눈살을 찌푸렸다.

‘저 양반, 부인이 도박에 빠진 걸 모르나?’

진영기 부회장은 오세현이 남긴 말을 곰곰이 생각해 봤지만, 환치기 계좌가 한두 개가 아니라 사태 파악이 어려웠다. 빼돌린 달러는 미국뿐만이 아니라 여러 나라에서 사용 중이다. 별장이나 호화 주택을 산다거나 돈이 될 만한 곳에 땅이나 건물을 사두기도 한다. 물론 개인적인 유흥을 위해서 쓰기도 하지만 도박이라니!

오세현이 큰소리칠 만큼이라면 룰렛 몇 번, 슬롯머신 좀 당기는 재미 수준이 아니라는 이야긴데… 혹시 하는 걱정부터 앞섰다.

"최 부장 불러. 외환계좌 전부 뽑아서 가져오라고 해."

인터폰에 대고 소리친 후 방안을 오락가락했다.

최 부장이 두툼한 서류 파일을 들고 들어왔을 때 진영기는 소리부터 꽥 질렀다.

"너 나한테 숨기는 거 있지?"

"네? 무슨 말씀이신지…?"

아닌 밤중에 홍두깨 같은 소리에 최 부장은 화들짝 놀랐다.

"계좌에서 돈 빠져나간 거 중에 수상한 거 없었어? 내게 보고하지 않은 거 말이야."

진영기는 최 부장의 놀란 표정에서 질문이 잘못되었음을 알았다. 특별한 건수가 아니면 따로 보고받은 적이 없었다.

"다시, 질문하지. 큰돈 빠져나간 거 중에서 이상한 거 없어? 자네 기준으로?"

평생 숫자만 바라보며 산 사람답게 쉽게 알아들었다. 최 부장은 서류 파일을 재빨리 넘기다 몇 장을 뽑아 건넸다.

"이건 뭐야?"

"사모님께서 사용하신 목록입니다. 그중, 하이라이트 친 게 부회장님께서 찾으시는 내용이 아닌가 싶습니다. 제가 사모님께 여쭤봤을 때 몰라도 된다고 하셔서…."

진영기 부회장은 재빨리 마지막 합계 숫자만 확인해 보고는 잘못 본 게 아닌가 하는 생각마저 들었다.

"아니, 300억?"

최 부장은 부회장의 태도에 어찌할 바를 몰라 아무 말도 할 수 없었다. 사고가 나도 대단히 큰 사고가 났다는 걸 짐작할 뿐이다.

"이거 확실해? 영준이 엄마가 쓴 거야?"

"네, 사모님이 주로 미국에서 인출하셨고 모나코에서도 가끔 쓰셨습니다."

미간을 찌푸린 부회장이 나가라는 의미로 손을 까닥이자마자 최 부장은 도망치듯 방을 나왔다. 아무래도 오늘 부회장 집에서 곡소리가 크게 날 듯하다.

진영기는 음주운전에 불법 유턴까지 저지른 부인에 대한 분노보다 오세현의 경고가 먼저 떠올랐다. 그는 급하게 비서실장을 불러 다음 조치를 했다.

"전략 홍보실에 단단히 일러둬. 앞으로 혹시라도 불미스러운 기사를 한 줄이라도 싣는 언론사가 나오면 내가 직접 문책한다고 경고해."

집안에 문제가 생겼다는 걸 직감한 비서실장은 부리나케 회의를 소집하고 달려 나갔다. 회사의 모든 인맥을 동원해서 기사를 막아야 칼바람이 부는 걸 막을 수 있다.

다시 홀로 남은 진영기는 마음을 진정시켰다.

"오세현, 이 새끼…."

그의 입꼬리가 조금 올라갔다. 오세현이 신흥 재벌 흉내를 내봤자 대한민국은 순양의 손아귀에 있다. 언론사 어디라도 순양의 허락 없이 기사 쓰는 놈이 없다는 걸 단단히 알게 해줄 셈이다.

순양의 힘을 증명이라도 하듯 다음날 조간신문과 TV 뉴스에는 도박이라든지, 해외계좌, 외화 유출이라는 단어는 한마디도 나오지 않았다. 진영기는 언론사의 상황을 다시 한 번 확인하고 마음을 놓았다. 이제 이따위 협박을 일삼은 오세현에게 피눈물을 흘리도록 해야 한다.

'감히 어디서…!'

그는 금감원의 수사를 독촉했다. 쓸 만한 단서 하나만 나오면 곧바로 국세청을 동원해서 미라클을 탈탈 털어 버릴 것이다. 비명 지르며 살려 달라고 할 때 다시 M&A 협상에 들어가면 된다.

다소나마 근심을 덜어 낸 진영기는 그날 저녁 임원들과 승리의 기분을 만끽하기 위해 술자리를 즐기고 있었다. 그때 급하게 달려온 비서실장의 표정을 보며 뭔가 일이 잘못 흘러간다는 걸 직감했다.

"뭐야?"

"부회장님. 이걸 한번…."

비서실장이 내민 종이는 인터넷 기사를 프린트한 것이었고 기사 첫 문장을 읽자마자 얼굴을 구겼다.

「망국 도박판

이름만 대면 다 아는 인물.

라스베이거스 유명 카지노에서 수백만 달러의 도박을 즐기는 모습이 포착.

재벌 총수 일가의 호화판 쇼핑.

라스베이거스 현지 호텔 카지노들이 한국인 도박 호스트를 고용해 한국인 단골 고객들에게 서비스를 제공하고 있는 것으로 파악.

일부 카지노 관계자의 말을 인용하면 S그룹 맏며느리 P씨가 미국 현지 카지노에서 탕진한 금액만 한국 돈으로 수백억 원에 이를 것이라고 추산.

3일 동안 300만 달러를 탕진하고 지사의 외환계좌에서 인출한 비자금으로 충당.

현지 카지노들은 일부 고객에게 자가용 비행기를 보내 주는 사례도 있으며 스위트룸과 골프장을 무료로 제공하기도 한다는 것을 확인.」

"미국 현지 시각으로 오늘 아침 신문에 난 기사입니다. 〈코리아 타임 저널〉이라고 가장 영향력 있는 한인 언론입니다."

"이게 방금 터진 거라고?"

"네, S그룹 P씨라면…."

"나도 알아, 이 새끼야! 확인 안 해도 돼!"

"죄, 죄송합니다."

비서실장은 허리를 숙인 채 뒷걸음질 치며 물러났다. 자리를 함께한 임원들은 서로 눈치를 보며 식탁만 바라볼 뿐 입을 열지 못했다. 싸늘한 냉기가 술자리에 내려앉자 진영기 부회장이 천천히 입을 열었다.

"뭣들 해?"

임원들은 숙였던 머리를 번쩍 들었다.

"이미 무슨 일인지 다 알 거 아니야? 여기서 계속 술 마시며 빈둥거리고 싶어? 대책 세워야지?"

"아! 네. 죄송합니다."

임원들이 우르르 일어설 때 진 부회장은 경고를 잊지 않았다.

"이 기사 미국에서 끝내야 해. 한국으로 절대 넘어오면 안 된다. 그리고 미주 법인 법인장들 전부 귀국시켜서 대기 발령 내. 이 새끼들은 돈을 어디에다 쓰는 거야? 이런 기사도 못 막고!"

텅 빈 술자리에서 진영기 부회장은 휴대전화를 만지작거렸다. 오세현에게 전화할까 말까 망설이는 시간이 길어졌다.

"대작할 술친구가 없으실 분은 아니고…."

오세현은 진영기의 맞은편에 앉으며 너스레를 떨었다.

"조간신문 몇 개를 구워삶았나?"

"일단은 두 군데 정도?"

"일단?"

"모레쯤이면 모든 언론사가 기사화할 겁니다. 아, 한성일보는 빠지겠군요."

진영기는 오세현의 잔에 술을 채웠다.

"끝까지 해보자고?"

"피차일반 아닙니까? 시작은 부회장님이 먼저 하셨습니다."

진영기의 이마에 핏줄이 툭툭 돋았다. 믿는 구석이 없다면 오세현 정도가 절대 할 수 없는 행동이다. 뭘까?

"이거… 이젠 나도 멈추기 힘들어지네. 오 대표에게 밟혔다는 소문이 돌면 전경련 모임에도 못 나가거든."

"사업하시는 분이 체면 때문에 손해 보는 일 하시면 되겠습니까?"

"오 대표가 아직 구멍가게를 벗어나지 못해서 그런 말을 쉽게 하는 거야. 지금 회사 규모보다 서너 배쯤 커지면 체면이 가장 중요하다는 걸 알게 될 거야."

진영기는 술잔을 싹 비우고 일어났다.

"국세청이 터는 정도로 망하지는 않겠지? 회사 잘 챙기라고. 언젠가 순양그룹의 일원이 될 테니까."

"제 걱정은 그만하시고 술값이나 계산하고 가십쇼. 저 돈 없어요."

진영기는 여전히 너스레를 떠는 오세현을 한 번 쏘아보고 사라졌다.

"흥분하면 눈에 뵈는 게 없는 타입이군. 같은 피를 물려받았는데 다 제각각인 거 보면 참…."

오세현은 진도준을 떠올리며 테이블 위의 접시를 하나하나 비워 나가기 시작했다. 내일이면 진영기 부회장의 배포를 알 수 있을 것이다.

대회의실에 부동자세로 서 있는 10여 명의 사람들은 진영기 부회장이 나타나지 않기를 빌었지만 그런 일은 생기지 않았다. 부회장은 회의실에 들어서자마자 손에 든 신문을 획 던졌다.

"도대체 뭣들 하는 사람들이야? 기사 나는 걸 알고도 못 막아? 당신들 부인 일 아니니까 나 몰라라 한 거 아냐?"

앞으로 최소한 한 시간 이상은 부회장이 쏟아 내는 거친 말을 고스란히 받아 내야 한다. 그게 이들이 받는 월급의 가치다. 하지만 비서실 직원이 거친 숨을 몰아쉬며 회의실로 뛰어든 바람에 부회장의 호통은 한 시간은커녕 1분도 더 이어 가지 못했다.

"부, 부회장님. 잠시만!"

진영기는 물론 임원들의 눈길이 쏠아졌지만, 비서실 직원은 아랑곳하지 않고 재빨리 리모컨을 들어 회의실 한쪽 벽면에 걸려 있는 대형 TV를 켰다.

『…사회 지도층 인사 10여 명의 주기적인 해외 원정 도박을 수사 중이며, 이미 입증 가능한 구체적인 증거도 포착했습니다. 특히 대기업과 연계하여 외국환관리법까지 위반한 사례가 드러난 이상, 해당 기업의 수사는 불가피하다고 생각합니다.』

"뭐야, 저건?"

"조금 전 남부지검에서 시작한 특별 기자회견입니다. 이 기사와 관련 있습니다."

비서실 직원은 회의실 테이블에 놓여 있는 조간신문을 가리켰다.

『특히 이번 원정 도박은 통상의 원정지였던 마카오나 필리핀이 아니라 미국, 모나코였다는 것을 주시하고 있습니다. 마카오나 필리핀은

패키지 투어로 위장하여 단체로 움직였지만, 지금 수사 대상에 오른 라스베이거스, 모나코는 개개인이 움직였고, 도박 금액은 수억 원에서 수백억 원대로 추산하고 있습니다.』

곧이어 쏟아지는 기자들의 질문에는 순양이라는 이름이 계속 거론되었다. 순양이라는 이름이 나올 때마다 진영기의 안색이 붉어지더니 마침내 직원이 들고 있던 리모컨을 뺏어 TV를 향해 던져 버렸다.

"인터넷에 올라온 기사 전부 삭제하고 저거 당장 중단시켜. 그리고 저 새끼 옷 벗겨! 이 모두가 오보였다는 게 내일 뉴스에 나오지 않으면 전부 모가지야. 알아들었어? 빨리 튀어!"

회의실의 사람들은 더 큰 짐을 안게 됐다는 걱정보다 이 자리를 벗어날 수 있다는 해방감에 번개처럼 사라졌다.

"오세현, 이 새끼가 진짜…!"

혼자 남은 진영기는 한참을 씩씩대다 휴대전화를 꺼내 들었다.

"오늘 당장 중앙지검과 국세청 움직여. 미라클 압수 수색하고 오세현 팬티까지 탈탈 털어! 어서."

이젠 정말로 멈출 수 없다. 도박 정도로 부인이 구속되고 실형을 받을 일은 없을 것이다. 설령 완벽한 증거가 나오더라도 초범이니 벌금형으로 충분히 막을 수 있다는 계산이 앞섰다. 하지만 국세청이 삽 들고 파고들면 쉽게 끝나지 않는다. 어찌 됐든 이 싸움의 최종 승자는 자신이다.

▲ ▲ ▲

"이강식! 이 새끼가…! 너 돌았어? 미쳤어?"

픽!

이강식은 비명을 내지 않으려 이를 악물었지만, 손은 정강이를 만지고 있었다. 남부지검 차장검사의 구둣발이 멈추지 않고 정강이를 차댔다.

"넌 인마, 뭐 한 거야? 애 하나 간수 못 해서 이런 대형사고를 쳐? 나 옷 벗기고 진급하고 싶어 미치겠어?"

차장검사의 화살이 자신에게 쏟아지자 금융조사부 부장은 두 눈을 감고 옅은 한숨만 거푸 내쉬었다.

"죄송합니다. 차장님."

"지랄들 한다. 이제 어떻게 수습할래? 순양 변호인단 수십 명은 몰려올 거다. 그중에 검사장 출신이 열 명은 넘을 거라는 데 내 명패 건다."

남부지검 차장검사는 자개 장식의 명패를 들고 흔들었다. 그걸로 머리를 내려치지는 않을까 겁이 날 지경이었다.

"이강식!"

"네. 차장님."

"전임 총장님 임기 몇 개월 채웠는지 알아?"

"8개월입니다."

"그래, 법이 정한 2년 중에 겨우 8개월 하고 옷 벗었다. 그게 순양 회장이 난리 쳐서 그랬다는 거 모르는 사람이 없어. 그런데 일개 평검사가 그 집 맏며느리를 건드려? 너 때문에 몇 명이 옷 벗을 것 같아? 너 포함해서!"

"…"

이강식은 머리만 푹 숙인 채 아무 말도 하지 않았다. 예상했던 질책이었지만 직접 들으니 입이 썼다.

'일개 기업가에게 검찰 전체가 벌벌 떨다니…'

"검사장님 대검에 불려 가셨어. 너 때문에, 새끼야!"

차장검사가 뒤통수를 후려갈겼을 때 이강식은 머리를 들었다.

"계좌 확보했고 박혜영 출국 기록과 대조 끝났습니다. 라스베이거스 CCTV 기록은 한인 언론사에서 확보하겠다고 장담했습니다. 그 아줌마는 빼도 박도 못 해요. 순양그룹 환치기까지 한 번에 엮을 수 있습니다. 믿어 주십시오."

"눈 안 깔아?"

차장검사는 자신을 똑바로 노려보며 항변하는 이강식을 향해 소리쳤다.

"너 왜 이래? 그간 증거가 없어서 그쪽 인간들 못 잡아넣었어? 휠체어 한번 타면 끝나는 게 그놈들이다. 오히려 면죄부 주는 꼴인 거 몰라? 아줌마 도박 때문에 환치기까지 날려 버릴 셈이야?"

재벌의 위법 사실은 증거를 모아 묵혀 두어야 한다. 그리고 여론이 시끄러워 기회가 왔을 때 한 번에 터트려야 실형을 끌어낼 수 있다. 어차피 집행유예로 풀려나고 사면으로 풀려나겠지만 말이다. 딱 거기까지가 검찰의 역할이다.

"죄송합니다. 제가 책임지겠습니다. 공명심에 눈이 먼 일개 평검사의 일탈로 끝내셔도 됩니다."

이강식은 품속의 봉투를 꺼냈다. 사직서였다.

"이 새끼가…! 끝까지 가오는 살리겠다?"

차장검사는 못마땅한 눈초리로 이강식을 노려보며 말했다.

"쫓겨난 정의로운 검사, 그 끝이 뭔지 잘 알지? 전생에 나라를 구한 놈이면 여의도 금배지, 아니면 동네 변호사야. 넌 나라 구한 놈은 아닐 테니 동네 변호사로 인생 종 치는 거다."

이강식은 자신을 무시하는 차장검사를 향해 소리치고 싶었다.

'1년 뒤면 날 부러워하게 될 겁니다.'

"이강식 검사가 총대 멨네요."

"그러게. 부장검사가 총대 멜 줄 알았는데. 검사 생활도 할 만큼 했고, 애들에게 돈도 많이 들어갈 테고. 딱 맞을 거로 생각했는데."

"욕심에 나이가 있나요? 돈 급한 사람이 나선 거겠죠."

나 역시 의외이기도 했고 조금 아쉽기도 했다. 배 부장 정도가 나서 주면 좀 더 중량감 있는 그림이 그려졌을 것이다.

"이제 네 큰아버지는 어떻게 할까?"

"성질만 지랄 맞은 사람인지 뚝심 있는 사람인지 확인할 수 있겠죠. 이 회견을 덮는 데만 신경 쓴다면 간이 콩알만 하다는 증거일 테고, 이 왕 터져 버린 거 수습보다 우리를 공격하는 데 집중한다면 배짱 좋다는 뜻 아니겠습니까?"

"그 또한 성질머리 지랄 맞다는 뜻이겠지."

오세현은 큰아버지가 어떤 결정을 할지 확신하는 것 같았다. 국세청 이 덤비는 건 기정사실이고 그 시기만 궁금한 게 분명했다.

"내일?"

"준비하는 데 시간 걸리니까 내일, 아니 모레쯤?"

하지만 우리의 추측은 틀렸다. 큰아버지의 능력인지 순양그룹의 힘인 지는 모르겠지만, 공무원을 동원하는 시간은 그리 오래 걸리지 않았다.

"대, 대표님. 국세청과 검찰이 들이닥쳤습니다."

직원 하나가 사색이 되어 노크도 없이 뛰어 들어와 소리쳤다.

"빠르네. 진영기 부회장."

"그러네요. 이 정도로 결단이 빠른지 몰랐어요."

"그냥 성질이 급해서 욱한 거야. 욱해서 물불 안 가리는 거지. 너도 핏 줄이라 좋게만 생각하는 거냐?"

여유 있게 찻잔을 드는 오세현을 보며 직원은 안달 난 모습이었다.

"대표님! 지금 이럴 때가…."

"야! 소리 좀 지르지 마. 귀 안 먹었다."

찻잔을 내려놓은 오세현이 손가락을 내밀었다.

"10분이면 되겠냐?"

"삼촌은 말이 좀 많으니까 20분 하죠."

"그래."

오세현은 휴대전화를 들었고 직원에게 지시했다.

"나가서 그 사람들 좀 막아. 엘리베이터 끄고 비상구 계단 문도 잠가 버려. 국세청이든 검찰이든 이 방까지 오는 데 딱 20분 걸리게만 해. 그럼 된다."

"네, 대표님."

뭔지 모르지만 어떻게 해야 할지는 알았다. 직원도 전화를 꺼내며 밖으로 달려 나갔다.

오세현은 닫힌 문을 확인하고 느긋하게 번호를 눌렀다.

"진영기 부회장님. 오세현입니다."

"먼저 전화할 정도면 급한 일 터졌나 보네. 흐흐."

"생각보다 행동력 있으시군요. 기자회견 끝난 지 얼마 지나지도 않았는데…."

"공무 집행하는 공무원들이니 예의 바르게 대해요. 직원들 시켜서 몸으로 막고, 자료 파기하는 짓 따위는 하지 말고."

"그럴 필요 없습니다. 정확히 20분 안에 모두 철수할 테니까요."

"철수? 누구 힘 있는 분한테 부탁이라도 했나? 혹시 도준이 시켜 우리 아버지게 매달리기라도 한 건가?"

"제가 애도 아니고…. 고자질 같은 건 안 합니다. 지금 제 회사에 들이

닥친 공무원들 철수는 바로 진영기 부회장, 당신이 지시할 테니까요."

"무슨 헛소리를 하는 거지?"

"지금부터 잘 들으세요. 부회장님. 전 지금 진동기 부회장을 만나러 갈 겁니다."

"동기? 으하하! 겨우 생각해 낸 구원자가 고작 동기야?"

"말 끊지 마시고 잘 들으시라니까요. 빈손으로 가는 게 아닙니다. 제 손에는 양도 계약서가 있습니다."

"양도?"

"네. 바로 순양자동차가 보유한 순양그룹 주식 17퍼센트를 전부 넘긴 다는 계약서죠."

"뭐, 뭐야?"

"두 분이 그룹 지배권을 놓고 팽팽한 줄다리기를 하시지 않습니까? 17퍼센트 정도면 결정타는 되지 않더라도 균형은 무너질 겁니다."

"야! 지금 무슨 소리를 하는 거야?"

"저야 뭐 나중에 진동기 부회장이 순양그룹을 손에 넣을 때 쓸 만한 계열사 서너 개만 얻으면 그만입니다."

"야! 오세현!"

"말조심하세요! 내가 당신 부하도 아닌데 함부로 이름 부르는 거 아닙니다."

오세현은 전화기 든 손을 바꾸며 말을 이어갔다.

"제가 가진 순양그룹 지분이 제 손에 남아 있느냐, 아니면 진동기 부회장 손에 들어가느냐는 이 통화가 끝날 때 결정할 겁니다. 어떡하시겠습니까?"

"자, 잠깐!"

"만약 국세청 공무원이 내 방에 한 발짝이라도 디딘다면 진동기 부회장의 그룹 지배 영향력은 17퍼센트 늘어날 겁니다. 바로 오늘 말입니다."

▲ ▲ ▲

진영기 부회장은 아무 말도 나오지 않았다. 17퍼센트의 주식을 넘기라고 했을 때, 아니 순양그룹과 HW그룹의 통합까지 이야기한 것이 이런 식으로 되돌아올 줄 몰랐다.

동생인 진동기와 자신의 지분구조는 그룹 분리와 다르다. 경계선이 모호한, 서로 관장하는 기업의 성격만 규정지었을 뿐 계열사의 소유가 분명한 구조가 아니라는 것이다. 지금이야 아버지 진 회장이 두 눈 시퍼렇게 뜨고 노려보고 있으니 형제가 각자의 영역에만 충실하지, 진 회장이 사라지면 언제든 침범할 수 있다. 이때 17퍼센트는 엄청난 힘을 뜻하는 숫자다.

정신을 차린 진영기는 급히 입을 열었다.

"그거 내게 넘겨. 그럼 두 번 다시 국세청과 검찰 만날 일 없을 거다. 참, 쓸 만한 계열사 서너 개라고 했나? 내가 몇 개 더 얹어 주지. 지분의 가격은 비싸게 쳐줌세."

"내가 속도 없는 놈으로 보입니까? 먼저 시비 걸고 이렇게 찔러대는 사람에게 날개를 달아 줄 만큼 너그러운 사람 아닙니다. 두 번 말하게 하지 마십쇼. 지분 들고 있을까요? 아니면 진동기 부회장에게 넘길까요?"

진영기 부회장은 입술이 타들어 갔다.

"시끌시끌한 소리가 들리기 시작합니다. 국세청 공무원 친구들, 아래층은 건너뛰고 곧바로 내 방으로 달려올 모양입니다. 다시 한 번 말하지만, 저 친구들이 내 방문 여는 순간 통화 끊습니다."

"기다려."

진영기는 두 눈을 질끈 감고 전화를 끊었다. 오세현이라면 그냥 하는 소리가 아니다. 이놈이 주식을 들고 가면 동생은 얼씨구나 하며 두 팔 벌려 반길 것이다. 진영기는 힘없이 인터폰을 눌렀다.

"국세청장 연결해서 지금 당장 철수하라고 해. 빨리."

"철수라면 어디를…?"

"야! 몰라서 물어? 미라클 말이야. 미라클!"

소리를 꽥 지른 진영기는 힘없이 의자에 털썩 주저앉았다. 하지만 넋 놓고 있을 때가 아니었다. 아무런 소득도 없이 아내의 거액 도박과 불법 환치기 사실만 세상에 알려졌다. 수습해야 하는데… 검찰이 문제다. 조용히 덮어 줄 것인지 아니면 정식 수사를 시작해 자신의 해외 비자금 내역까지 탈탈 털어 낼지 모르는 일이다.

부인의 도박이야 세상의 손가락질 좀 받으면 곧 사라질 테지만 알토란같이 차곡차곡 모은 비자금이 드러나서는 안 된다. 만약 해외 부동산 내역까지 언론에 노출되면 세상은 손가락질로만 끝내지 않는다. 여차하면 특검으로까지 번질 일, 무조건 막아야 한다. 최대한 빨리 모든 걸 지워야 한다. 진영기는 마음이 조급해졌다.

"경영지원, 기획실, 전략실, 홍보, 비서실 전원 집합."

진영기는 무거운 발을 끌며 회의실로 향했다.

"보고해 봐."

부회장의 기운 없는 말투가 회의실 공기를 더욱 무겁게 했다.

"검찰도 체면이 있는지라 일개 평검사의 섣부른 판단으로 치부하는 건 곤란하다고 합니다. 한인 신문에서 떠들어 댔고, 국내 일간지도 기사화했는데…."

보고자는 부회장의 표정을 다시 확인하고 조심스레 말했다.

"원정 도박 관련해서 참고인 출두까지는 불가피하다고…."

"검찰청 포토라인에 한 번 서달라는 말이야?"

"네. 우리가 언론을 막아 주면 약식기소 후 벌금형으로 마무리 짓겠답니다."

"좋아. 홍보팀 어떻게 됐어?"

진 부회장의 시선이 향한 곳에서 한 사내가 벌떡 일어났다.

"그냥 앉아서 해. 발표장도 아니잖아."

진영기가 손을 내젓자 홍보실 책임자는 엉거주춤 의자에 앉았다.

"인터넷 기사는 다 내리겠다고 했지만, 후속 보도는 어쩔 수 없다면서 한두 번 정도는 더 싣겠다고 합니다. 그래서 지금도 협상 중입니다. 꼭 막겠습니다."

진영기는 조금은 마음이 놓였다. 언론만 막으면 검찰도 해결하기 쉬워진다. 부인이 전국적으로 망신살이 뻗쳤다. 지금 심정으로는 직접 감옥에라도 보내고 싶다.

"기자들이든 데스크든 돈 아끼지 마. 원하는 대로 쑤셔 넣어 주라고. 대신 원정 도박 기사는 보이지 않도록 해."

"네, 부회장님."

이제 가장 힘든 문제를 해결해야 한다. 해외계좌와 환치기. 이건 절대 쉽게 넘어가지 않을 것이다. 그놈의 IMF 극복이라는 국가적 과제 때문에 달러 빼돌리는 것은 대역죄와 다르지 않다. 대역죄는 구족을 멸해야 할 만큼 중죄, 이미 대검 중수부가 움직인다는 소문까지 들렸다.

"최 부장."

"네, 부회장님."

"50만 달러짜리 계좌 하나 터서 검찰에 던져 주고… 그걸로 끝내자고 해."

"네."

이 정도로 끝날 수 없다는 걸 회의에 참석한 모든 사람이 다 안다. 부회장의 입에서 50만 달러가 나온 건 그 정도 금액을 어깨에 짊어지고 누군가 책임지라는 말이다. 집행유예로 마무리해 줄 것이고 최소 두 단계 승진에 특별 보너스 10억 정도는 받을 것이다.

모두 눈치를 보기 시작했다. 진영기는 회의실을 한번 쓱 둘러본 뒤 지나가는 말처럼 한마디 툭 던지고 일어났다.

"잠깐 출장 다녀올 사람은 잘 상의해서 정해. 장기 출장은 아니니까 깊게 생각할 필요는 없는 거 알지?"

5장

세대교체

이학재의 보고가 끝나자 진 회장은 미간을 찌푸렸다.

"그러니까 꼬리 말은 게 영기다?"

"그렇다고 볼 수밖에 없습니다. 미라클 본사까지 들어간 국세청 직원들이 썰물처럼 빠져나갔습니다. 진영기 부회장이 급히 연락했다고 합니다."

"멍청한 놈. 공무원 자존심은 지켜 줘야 하는 법이거늘."

아무리 시키는 대로 하는 공무원이지만 가라면 가고 오라면 와야 하는 상황을 좋게 보지만은 않는다. 특히, 그 명령이 조직의 수장이 아니라 대기업에서 떨어졌다는 걸 알면 공무원이라는 자긍심마저 무너진다. 이런 일이 반복되면 양치기 소년과 다를 바 없다. 앞으로 정부 조직에 대한 입김이 점점 더 옅어진다.

"검찰 기자회견은? 진짜 수사한 거야? 아니면 미라클의 부탁이야?"

"처음엔 부회장의 지시로 움직였는데 변절한 겁니다. 미라클에서 더 큰 선물을 안긴 거겠죠."

"연락은 해봤어?"

"네. 남부지검장이 난처해 하더군요. 없던 일로 덮기에는 좀 힘들다고 말입니다."

잠깐 고민하던 진 회장은 짜증이 솟구쳤는지 혀를 찼다.

"일선에서 물러났으면 신경 쓰지 않아야 하는데…. 이거 참."

그는 가볍게 머리를 흔들고 말했다.

"범위만 확실하게 지켜 달라고 해. 순양까지 불똥 튀면 곤란해."

"네. 그리 전하겠습니다. 그리고…."

"뭔데 또 표정이 그래?"

"최 시장이 동부지검을 통해 뭔가 하나를 건진 것 같습니다."

"최 시장이?"

"네, 어떻게 할까요?"

"최 시장은 놔둬. 가족 일이니 자기들끼리 해결하겠지. 아이고. 이 나이에 아직 애들 싸움이나 말려야 한다니… 원."

진 회장은 힘겹게 수화기를 들었다.

"내가 왜 너희들을 불렀는지 다들 알고 있겠지?"

진영기는 긴장했고 진서윤은 뾰로통한 표정이었다. 차남 진동기는 무표정한 얼굴로 아버지를 바라보고만 있었다.

"내가 부끄러워서 집 밖으로 못 나가. 적당히들 좀 하지?"

"아버지, 큰오빠가 시작한 일이에요. 제가 감옥 가게 생겼는데…."

"그래서? 남이나 다름없는 최 시장에게 오빠 뒷조사하라고 했어? 그게 할 짓이냐?"

진영기가 여동생을 죽일 듯 노려보며 말하자, 진 회장이 단호하게 일갈했다.

"모두 줄 닿는 데 전부 연락해서 다 정리해. 조용히 잠재워."

"아버지. 전 관계없는 일…."

"시끄럽다. 너도 똑같아. 발은 담그지 않았지만 네 형 뒤에 숨어 있었던 거 아니냐? 그러니 영준이도 서울로 올렸지. 내가 말했을 텐데? 그놈 인간 만들기 전에는 서울 땅 못 밟게 하라고?"

진동기가 자신은 이 일과 관련 없다고 변명하려 했지만, 돌아오는 건 호통뿐이었다.

"대체로 차남이 이기적이고 잔머리 잘 굴린다는 거 알지만, 네놈은 도가 지나쳐. 나설 땐 직접 나서고 빠질 땐 확실하게 선을 그어. 교활하게 행동하다가는 되로 주고 말로 받는 법이다."

노골적인 질책에 진동기는 아버지의 눈을 피했다.

"대답 안 해? 너도 이번 사태 잠잠하게 만드는 데 전력을 기울이라고!"

"네, 알겠습니다."

진 회장의 호통에 진동기는 저도 모르게 큰소리로 대답했다.

"신문 보고 뉴스 보기가 겁난다. 더는 나오지 않도록 해. 사흘이 지난 후에도 순양이 언론에 거론된다면 모두 각오해. 임원들까지 다 동원해서라도 잠재워."

매서운 진 회장의 눈이 딸을 향했다.

"최 시장도 멈추라고 해. 그놈이 너의 마지막 끈이라고 생각하겠지만, 잡으려면 굵은 동아줄을 잡아야지 그런 얇은 줄을 잡아서 어디다 써?"

"…"

"그놈은 당에서도 불편해 해. 마음이 콩밭에 가 있으니 정치가 되겠어? 그놈에게 다음은 없다."

진서윤이 시원한 대답을 하지 않자 진 회장의 눈매가 매서워졌다.

"네가 그놈 중단시키지 않으면 내가 하마. 그놈이 대현그룹에서 받아처먹은 돈이 얼마나 되는지 전 국민이 알게 해줄까?"

"아, 아뇨. 오늘 정리할게요."

진 회장은 세 자식의 확답을 듣고는 긴 한숨을 쉬었다. 앞으로도 이런 일은 계속될 것이라는 걸 모르는 바 아니지만, 계열사 정리만 끝나면 진정으로 신경 쓰지 않을 생각이었다. 진 회장은 마지막으로 자식들에게 당부의 말을 꺼냈다.

"지금부터 내가 하는 말을 똑똑히 들어. 내가 백화점과 호텔을 서윤이에게 물려준 이유가 있다."

진서윤이 눈을 반짝이며 귀를 세웠다.

"내가 순양을 시작할 때 내 머리에는 산업보국(産業報國), 산업을 일으켜 나라에 보답한다는 말이 전부였다. 기업이란 물건을 생산하고 그걸 파는 게 당연한 의무처럼 여겼지. 지금은 흔하디흔한 물건이라도 그때는 귀해서 쓰지도 못했다."

올바른 시작이었지만 지금은 전혀 다른 모습이다. 진 회장은 아직 그때의 마음을 잊지 않았다. 지키지는 않지만….

"호텔이나 백화점은 그냥 돈벌이 수단에 지나지 않아. 산업보국이라는 말과 어울리지 않지. 그래서 떼어 준 거다. 하지만 그걸 1년도 지키지 못해서 홀라당 날려 먹었어. 서윤이가 바보라서 그랬겠냐?"

진 회장은 머리를 흔들었다.

"순양이 강자라는 생각은 버려. 저 바깥에는 승냥이 떼처럼 호시탐탐 우리를 노리는 놈들이 수두룩하다. 바늘구멍 같은 틈이라도 보이면 바로 덤벼드는 거야. 단 한 번의 실수가 돌이킬 수 없는 후회를 낳는다."

마지막 당부라 생각하고 진 회장은 전에 없는 감정적인 모습을 보였다.

"그리고 순양자동차나 미라클도 마찬가지다. IMF는 국가의 방파제를 무너뜨렸어. 난 순양을 지켜야 했고. 그래서 공짜나 다름없는 값으로 넘겨준 거다. 그렇지 않았으면 해외에서 무너지기 시작해서 본사까지 흔들렸을 거야."

진 회장은 두 아들을 바라보며 말을 이었다.

"너희 둘은 자동차를 되찾아 와야 한다. 지금 순양자동차는 아진자동차와 합병해서 두 배 이상으로 커졌다. 쉽지 않겠지만, 꼭 찾아와야 한다."

듣고만 있던 진동기가 입을 열었다. 우성그룹도 망한 지금 두 회사가 합병한 자동차 회사는 대현에 맞설 유일한 곳이라 그도 내심 욕심을 버리지 않았다.

"혹시 오세현 대표와 다른 약속이 있었습니까?"

"약속이라니?"

"언젠가는 다시 넘긴다는, 뭐 그런…."

"없다."

짧은 대답에 진동기의 얼굴 근육이 실룩였다. 아버지가 뭐라고 말하든, 거저 넘겨준 것이나 다름없다.

"그자를 만만히 보면 안 된다. 돈만 많이 주면 회사를 넘길 거라는 착각도 하지 마. 겨우 몇 년 만에 재계 순위권에 진입한 놈이다."

진 회장은 진동기를 바라보며 말했다.

"넌 우성해양조선 인수 때문에 오세현이를 자주 만나지?"

"네."

"그 기회를 잘 살려 봐. 그놈이 원하는 게 뭔지 파악해. 그게 우선이다."

"알겠습니다."

진 회장은 두 아들을 향해 마지막으로 말했다.

"너희들이 제왕이라고 생각하면 절대 되찾지 못해. 너희가 승냥이 떼가 되어야 찾아올 수 있어. 바늘구멍만 하더라도 틈이 생길 때까지 기다리는 인내도 필요하고, 기회가 왔을 때 단숨에 목줄을 끊어 버리는 힘도 필요하다."

▲ ▲ ▲

"잘 지내셨어요? 건강은 괜찮으신 거죠?"

"네 녀석 때문에 제 명에 못 살겠다. 좀 살살 해라."

"저야 뭐… 안 죽으려고 발버둥 치는 게 전붑니다. 하하."

"오늘 네 큰아버지들 불러 정리하라고 일러뒀다. 너도 더는 크게 벌이지 마라. 순양이 다칠 수도 있으니까 말이다."

할아버지가 호출했을 때 짐작했다. 더는 말 나오지 않도록 정리하는 단계니 내게도 당부하는 걸 잊을 리 없다.

"저야 뭐, 다행이죠. 더 할 밑천도 없습니다."

"그래. 대신 내가 선물 하나 주마. 몇 군데 일러뒀으니 인천공항 면세점 허가는 문제없을 거다. 서울 도심 면세점도 함께 말이다."

"감사합니다, 할아버지."

"어차피 허가는 떨어졌을 거야. 신청 기업 중에 우리만 한 데도 없으니까 말이다. 그냥 못질 한 번 더 했을 뿐이다."

"그 못질이 간절할 만큼 불안했습니다. 검찰이 고모를 조사할지도 몰랐으니까요. 그게 감점 요인이 되지 않을까 조마조마했습니다."

"그래. 도움이 됐다면 다행이고. 아무튼, 네게는 좋은 공부가 됐을 것 같은데… 어떠냐?"

"일단 생각대로 됐습니다. 두 번 다시 이런 일 생기지 않게 하는 게 목표였으니까요."

"그래서? 목표는 이루었어? 이제 네 큰아버지가 쓸데없이 널 찌르는 일은 없을 것 같으냐?"

"네. 할아버지께서 주신 무기를 적절히 써먹었습니다."

"내가 준 무기? 그게 뭐냐?"

"자동차가 보유한 순양그룹 지분 17퍼센트요."

"뭐…?"

"그걸 둘째 큰아버지에게 던져 버리겠다고 하니 바로 먹히던데요?"

할아버지는 내 말을 이해하느라 잠깐 눈을 깜빡이더니 호탕한 웃음을 터트렸다.

"이런 사악한 놈을 봤나. 으허허."

"할아버지께서 원하시는 거 아니었어요? 손에 쥔 걸 가장 효과적으로 써먹는 것?"

"그래, 알면 됐다. 너무 자주 써먹지 않도록 해. 약발 떨어진다."

"두 큰아버지들이 욕심을 버리지 않는 한 약발 떨어질 일은 없을 것 같은데요?"

"과연 그럴까?"

할아버지는 잔잔히 웃었다.

"내가 네놈이 얕보는 영기와 동기에게 단단히 일러두었어. 형제가 힘을 합쳐 순양자동차를 꼭 되찾으라고 말이다. 그놈들도 마냥 욕심만 부리지는 않아. 더 큰 욕심을 채우기 위해 일시적으로나마 손을 잡을 수도 있다. 형제니까 더 쉽게 잡을지도 몰라."

"자동차를요?"

"그래. 힘없으면 뺏기는 게 세상 이치지. 안 그러냐?"

'이런 고약한 노인네!'

밖으로 번지는 싸움은 철저히 막지만, 안에서만 벌어지는 싸움은 기꺼이 반기며 심지어 틈만 보이면 싸움을 부추긴다. 모르긴 몰라도 가장 좋아하는 노래가 'The Winner Takes It All(승자는 모든 것을 차지해)'일 것이다.

"준비 단단히 하고 있겠습니다."

"그래야 할 게다. 네가 무기로 휘두르는 그 17퍼센트 지분도 무용지

물이 될 수도 있어. 왜 그런지 아느냐?"

"순양그룹의 규모가 커지면 그렇게 됩니다. 규모가 커질수록 미라클이 가진 지분은 하잘것없어지니까요."

"잘 아는구나. 사실 이미 16퍼센트대로 떨어졌다. 경기가 좀 살아난 뒤 자본을 늘린 계열사가 꽤 되거든. 따라잡을 수 있겠냐?"

"뒤처지지 않게 노력해야죠. 그래야 할아버지의 기대를 저버리지 않을 거 아닙니까?"

"내 기대만?"

"제 욕심도 채울 생각입니다만, 이번에 알았습니다. 결코, 쉽지는 않겠구나…."

씁쓸한 내 표정을 본 할아버지는 눈을 반짝였다.

"왜 그리 생각하지?"

"큰아버지의 세월을 망각했습니다. 살아온 세월만큼 탄탄하게 다져놓은 사람들, 그 사람들이 가진 힘 말입니다. 제가 큰아버지와 동등한 힘을 가지려면 앞으로 20년은 걸리겠죠. 아니, 어쩌면 더 걸릴 수도 있습니다. 큰아버지는 할아버지의 장남, 전 가장 멀리 떨어진 서열의 막내니 힘 있는 사람들 눈에 제가 들어오겠습니까?"

할아버지는 무릎을 탁 치며 목소리가 높아졌다.

"그게 진정한 순양의 힘이다."

"네. 머리로는 알고 있었는데 실감하지는 못했습니다. 이번에 확실히 체험했습니다."

"너 혼자 하려면 50년은 걸릴걸? 영기의 힘 절반 이상은 내가 물려준 것이니까. 내가 준 거에 20년의 세월을 보탠 것이다."

난 할아버지에게 미소를 날리며 말했다.

"제게도 좀 주실 생각이신 거죠?"

"공평한 싸움을 하려면 주긴 줘야겠지. 하지만 한 가지는 명심해라. 내가 주더라도 네 것이 되는 건 아니다. 물건이 아니라 사람이기 때문이지."

"사람이니까 분실할 염려는 없겠네요."

"뭐라? 분실? 이런…. 으허허."

할아버지는 책상까지 치며 즐거운 듯 웃었다.

"할아버지께서 주시기만 한다면 잃어버리지 않고 간수 잘하겠습니다. 어차피 돈으로 산 사람들 아닙니까? 그들의 힘을 누구보다도 비싸게 사용료 내고 쓰겠습니다."

"처음만 그렇다."

"네?"

"처음엔 돈이지만 나중엔 더 필요한 게 생길 게다."

"그게 뭔가요?"

"말해 준다고 아는 게 아니다. 그건 네가 파악하고 채워 줘야 하는 거야."

"쉽지 않군요."

"사람이니까 그렇다. 사람이니까 복잡하고 어려운 게다. 사람의 욕망은 감히 가늠하기 어려울 만큼 제 각각이거든. 그 어려운 걸 해줘야 네 사람이 된다."

"명심하겠습니다."

할아버지는 헛기침을 몇 번 하며 목소리를 가다듬더니 선명한 눈으로 나를 보며 말했다.

"곧 지분 상속 절차가 끝난다. 두 놈이 나눠 가질 텐데, 성장세로 봐서는 전자를 중심으로 한 영기가 조금 더 많이 가져가는 모양새가 될 거다."

"그렇군요."

"남은 건 금융 부분인데 지금 그룹 지분을 조정 중이다."

마른침을 삼켰다. 이 말을 꺼낸다는 것은 내게 준다는 의미인데… 지분 조정 중이라는 말이 걸렸다.

"금융 계열사들이 알짜배기인 건 너도 잘 알지?"

특히, 순양생명은 현금흐름이 준수하다 보니 부동산 또한 엄청 많이 가진 거물급 기업 중 하나다. 회사에 쌓여 있는 현금으로 부동산을 마구 사들여 엄청난 임대 수입까지 올리니 그룹의 은행이라는 말이 괜히 나온 게 아니다. 또한 순양전자 주식 7퍼센트를 쥔 대주주 회사이기도 하다.

"네. 그룹 지배의 중추 역할을 하는 계열사 중 하나 아닙니까?"

"넌 그걸 어떻게 하고 싶어?"

"주시려고요?"

"만약에라는 말을 빼먹었구나. 허허."

"순양생명을 중심에 놓고 확장에 힘쓰겠습니다. 또 하나의 거대 기업 집단이 될 때까지요."

"네 큰아버지들이 가진 순양 계열사가 아니라 밖으로 키운다?"

"그런 뜻은 아닙니다. 순양 계열사도 확장의 대상일 뿐, 제게 있어서 전부는 아니라는 의미입니다."

정답이기를 바랐다. 한계 없이 회사를 늘려나가는 것, 이것이 재벌들의 궁극적인 목표 아닌가? 수성보다는 확장을 꿈꾸는 핏줄에 마음이 가야 한다. 그래야 주식 한 주라도 더 얻어 낼 수 있다.

"네 녀석은 항상 교과서 같은 답변만 술술 늘어놓는단 말이야. 그걸 또 결과로 보여 주니 딱히 흠잡을 곳도 없고."

"난처하십니까?"

"뭐가?"

"제게 금융 부분을 물려주시려니 큰아버지들이 반발할 게 뻔하니까요."

"네 큰아버지들만 반발하는 게 아니다. 금융 계열사 임원들 전부가 들고일어날걸? 손자뻘에 머리를 숙이는 게 쉬운 일은 아니니까."

"그분들 원하는 걸 채워 주는 게 제가 할 일이군요. 맡겨 주시면 반발이 아니라 환영 일색으로 바꿔 놓겠습니다."

"거참, 큰소리 탕탕 치는 놈일수록 별 볼 일 없는데 네 녀석은 그것도 믿음이 가니…."

할아버지는 피식 웃으며 고개를 절레절레 흔들었다.

"금융 계열사는 네게 맡길 거다. 지금 절차 진행 중이니 준비 잘하고."

예상했던 일이지만 이렇게 확답을 들으니 하늘을 날 것 같았다. 하지만 께름칙한 부분도 없진 않았다. 금융 계열사가 보유한 그룹 지분이 얼마나 되는지 말씀하시지 않았다. 적어도 30퍼센트는 될 터인데…. 그렇다면 자동차가 가진 16퍼센트와 합치면 절반에 육박한다. 이걸 모를 리 없는 할아버지 아닌가? 지분 조정이라는 게 아마도 보유 주식 비율을 낮추는 작업일 것이다. 얼마나 남겨 놓으시려나?

"이놈아. 무슨 생각 하길래 고맙다는 말도 안 하는 게냐?"

"아, 아닙니다. 말씀드린 대로 또 하나의 그룹사를 만들어 보겠습니다."

나는 자리에서 일어나 허리까지 깊이 숙이며 최소 20퍼센트만 남겨 두기를 빌었다. 자동차와 함께 30퍼센트만 넘으면 삼각 구도가 만들어진다. 딱 10년, 아니 5년만 저울추 중앙에서 줄타기하며 조금씩 갉아먹으면 절반을 가져올 테고, 그 뒤 10년의 세월이 흐르면 전부 내 것으로 만들 자신이 있다. 지금 나를 보며 흐뭇하게 웃고 있는 할아버지가 앉은 저 의자, 저 자리의 주인이 되는 데까지 15년이면 충분하다.

▲ ▲ ▲

진영기는 가족을 한자리에 모아 놓고 보니 가관도 이런 가관이 없어 입이 썼다. 도박으로 기백 억을 날려 먹은 부인, 여자 연예인 가랑이 사이에 빠져 허우적대는 장남, 정신 차린 줄 알았더니 동거부터 시작해 뒤통수치는 차남이다.

거기에 서른을 넘긴 딸은 시집갈 생각도 않고 유럽에서 돌아오지도 않는다. 그나마 할머니 곁에 꼭 붙어 얌전하게 지내니 다행일 뿐이다. 하지만 재벌가에서 노처녀라니! 망신도 이런 망신이 없다. 어디 하자 있는 거 아니냐는 소문이 재계에 쫙 퍼진 지경이다. 마지막으로 무슨 꿍꿍이인지 속을 알 수 없는 며느리는 남편이 허구한 날 외박을 일삼아도 바가지는커녕 눈 하나 깜짝하지 않는다. 진영기 부회장은 끓어오르는 속을 누르며 천천히 입을 열었다.

"당신은 오늘부터 집 밖으로 못 나가. 1년간 외출 금지야. 명심해."

"여보! 지금 무슨… 내가 어린애야?"

"그 입 다물어. 내가 지금 어떤 마음으로 말하는지 알면 엎드려 싹싹 빌어도 모자랄 판에…."

"여보 그래도…."

"닥쳐! 감방에서 몇 년 썩게 만들어 줘? 도박에 빠져 기백 억을 날린 정신 나간 아줌마라고 신문에 대문짝만하게 실어 줄까?"

이 집의 안주인인 박혜영은 눈을 내리깔았다. 자식들 보는 앞에서 이 무슨 망신인가?

"검찰청 출두는 내가 무슨 수를 써서라도 막아 준다. 서면 조사로 끝낸다는 뜻이라고. 그러니 집구석에 처박혀서 숨만 쉬고 살아. 집 밖으로 한 발짝이라도 나가면 처가부터 박살 낼 테니까. 알아들어?"

남편의 고성에 박혜영은 고개만 끄덕였다.

"당신 집안 어른들 만났어. 당신이 저지른 이 어처구니없는 일을 말하니 모두 황당해 하며 머리도 못 들더라. 그분들도 다 늙은 딸년 못된 버릇 고쳐 달라고 부탁했어. 그러니 친정에서 돈 타 쓸 생각 마."

돈줄을 다 막아 버린 남편에게 대들고 싶었지만, 서릿발 같은 모습에 냉가슴만 앓았다.

"경준이 넌 학교고 뭐고 다 때려치워. 혼인하고 일 배워."

"아… 아버지."

"토 달지 마. 네놈이 데리고 살던 그 홍콩 여배우는 정리했다. 두 번 다시 만나지 못할 거다. 네 혼처도 이미 정했고 이야기 다 끝냈다. 세광 그룹 여식이야. 인물도 반반하고 공부도 할 만큼 했다고 들었어. 딴소리하면 너도 네 형 꼬라지로 만들어 준다."

진경준은 입술을 깨물었다. 형의 사정은 이미 잘 안다. 주머니에 만 원짜리 한 장, 카드 하나 없이 집과 회사만 오가며 끔찍한 하루하루를 보낸다. 상상도 하기 싫은 생활이다. 하지만 얼굴도 모르는 여자와 결혼해야 한다니? 조선 시대도 아니고…. 진경준은 하고 싶은 말은 많았지만, 입을 열지 않았다. 지금은 엎드려 있어야 한다. 아버지의 화가 좀 풀리면 그때 매달리는 게 현명하다.

"이제 이 집구석 돈줄은 다 끊었다. 전부 밥 먹고 숨 쉬는 거 빼고는 아무것도 하지 마. 사람 같은 모습을 보이기 전에는 절대 예전으로 돌아갈 수 없을 거다."

진영기는 고개를 숙이고 앉아 있는 며느리에게 말했다.

"새아가, 너도 명심해. 친정에서 10원이라도 타 쓰면 그날부터 한성일보 광고는 다 끊어 버릴 거다. 사돈댁과 원수지간이 되는 건 전적으로 너한테 달려 있다. 알아들었겠지?"

"네, 아버님."

홍소영은 재깍 대답했다. 지금 분위기로 봐서는 한마디라도 대꾸했다가는 쫓아낼 기세 아닌가?

"앞으로 너희들 수행원은 내게 모든 걸 보고할 거야. 어디에서 뭘 하는지, 밥 먹을 때 반찬은 몇 개였는지까지 하나도 남김없이 말이다. 똥 누고 오줌 눌 때만 혼자 있을 수 있어. 만약 수행원에게 한마디라도 싫은 소리 하면 외출 금지다."

진영기 부회장은 고개 숙인 가족들을 내려다보며 말을 뱉었다.

"화목한 가족 같은 건 바라지도 않는다. 제발 사람 구실 좀 하며 살자."

진영기가 이 말만 남기고 2층으로 휙 하니 올라가 버리자 모두 한숨을 내쉬며 흩어졌다.

홍소영은 가족들이 제각기 방으로 들어가는 걸 확인하고 재빨리 시아버지의 서재를 향해 달려갔다. 위기가 기회라는 건 큰일에만 적용되는 말이 아니다. 이런 가족 일에도 해당한다. 이 가족이 보통 가족인가? 이 집안에서 벌어지는 사소한 일이 나라의 경제를 움직이지 않는가?

"아직 할 말 남았느냐?"

조용히 서재 문을 열고 들어오는 며느리를 보며 진영기는 미간을 찌푸렸다. 감히 시아버지 결정에 불만을 드러내려는 것으로 생각했기 때문이다. 홍소영은 시아버지의 표정을 보자 급히 말했다.

"아버님의 결정에 불만 있는 게 아니에요. 전적으로 따르겠어요."

"그런데?"

"부탁드릴 게 좀 있어서…."

"거기 앉아라."

홍소영은 맞은편 의자에 살며시 앉았다.

"그래, 부탁할 게 뭐냐?"

"한성일보에서 고모님 비자금과 미라클의 관계를 계속 취재하도록 허락해 주세요."

"뭐?"

"유령회사로 들어간 자금까지 파악했다고 들었어요. 조금만 더하면 미라클까지 덩굴째 엮여 나올 텐데… 이대로 접기에는 너무 아깝잖아요."

어처구니없는 말이었지만 일견 기특하기도 했다. 가족 전체가 사고나 치고 돌아다니는데, 그나마 전투를 멈추지 않으려는 의지를 보여 주는 유일한 식구다. 홍소영은 대답 없이 자신을 노려보는 시아버지의 눈길을 조마조마한 심정으로 받아 냈다. 이때 그의 입에서 의외의 소리가 흘러나왔다.

"그런 식으로 뒤를 탈탈 턴 우리 식구가 몇이나 되지?"

"네?"

"야단치는 거 아니니까 놀라지 말고. 대답해. 몇이나?"

"아… 아버님. 전…."

"넌 아는 게 없다?"

"…네."

귓불까지 빨개진 며느리의 모습에 진영기는 실소가 흘러나왔다. 공주처럼 있는 집에서 귀하게 자란 애치고 공격적이다. 단지 욕심만 앞서서 설치는 철부지 같아 보이지도 않았다. 며느리가 아니라 딸이었다면, 아들이었다면 이 상황에서 어떻게 대했을까 생각했다.

"넌 내일 친정으로 가서 그간 조사한 자료 전부 갖고 와라. 우리 가족에 대한 조사도, 미라클에 대한 조사도 전부 말이다."

"아버님. 시댁 가족은 저도 잘…."

"그래. 넌 모른다는 거 믿어 주마. 아무튼 자료는 있을 거다. 전부 다 가져와라. 책임을 묻거나 하지는 않으마. 네가 제안한 건 그 자료를 다 보고 다시 논의해 보자."

홍소영의 표정이 환해졌다. 시아버지가 분명히 말했다. 논의라고. 자기 생각을 계속해서 듣겠다는 뜻을 분명히 하신 것이다.

"네. 내일 다녀오겠습니다."

"그래, 나가서 쉬어라."

허리를 숙이고 밖으로 나가려던 홍소영이 걸음을 멈추고 뒤돌아섰다.

"저기, 아버님."

"왜? 아직 남은 게 있어?"

"영준 씨 말이에요. 좀 풀어 주시면 어떨까 해서요."

"뭐? 풀어 주라고?"

"네. 영준 씨 지갑 묶어 둔다고 해서 될 일이 아니에요. 영준 씨는 얼굴이 명함이고 이름이 신용카드잖아요. 그이 돈 없다고 해서 버릇 고쳐지지 않아요. 더 은밀하게 숨기겠죠. 1년이든 10년이든 외상 긋고 다닐 거예요."

"차라리 뭘 하고 돌아다니는지 드러나도록 하자?"

"네."

진영기는 황당해서 더는 말하기도 힘들었다. 어쨌든 남편이 여자 만나고 돌아다니는 거 묵인한다는 뜻 아닌가?

"진심이냐?"

"네. 전 영준 씨가 평범한 남자처럼 사는 건 불가능하다는 거 알아요. 한국 최고의 재벌 3세인데 주변 날파리들이 가만히 내버려 둘 리가 없어요."

여자치고는 통이 크다는 생각이 먼저 들었다. 어째서 이런 모습을 이제야 발견한 걸까.

"생각해 보마. 오늘은 그만하고 나가 봐."

홍소영이 다시 머리를 숙였다.

"참, 넌 언제쯤 손자를 안겨 줄 생각이냐?"

대답하기 힘든 질문에 홍소영은 머리만 숙인 채 서 있었다. 하지만 이어지는 시아버지의 말에 정신이 번쩍 들었다.

"애를 낳아야 진정한 순양의 가족이 된다. 명심해. 자식은 우리 핏줄과 연결되는 유일한 방법이다. 명석하니 무슨 말인지 알겠지?"

홍소영에게는 충격적인 말이었다. 지금은 며느리일 뿐이다. 아직 순양의 가족이 아니다. 가족은 바뀌지 않지만, 며느리는 언제든 쫓겨날 수 있다. 시아버지의 마음을 안 며느리는 허리를 숙였다.

"빨리 손주를 안겨드리도록 노력하겠습니다."

▲ ▲ ▲

"정말? 회장님이 직접 말씀하셨어?"

"네. 지금 승계 작업 진행 중입니다."

"이야, 결국 이렇게 되는구나. 축하해."

"다 삼촌 덕분이죠. 삼촌이 아니었으면 여기까지 절대 못 왔을 겁니다."

공치사를 건네며 슬쩍 표정을 살피니 편안하고 환히 웃는 얼굴이다. 내가 기대했던 모습이 아니다. 새롭게 도전하려는 열망이 드러나길 바랐다. 본격적인 큰 전투를 앞둔 장수의 표정이기를 바랐는데 그의 얼굴은 모든 걸 다 이룬 성취자의 모습이다.

언젠가 했던 말, 5년만 더 일하고 은퇴한다고 했던가? 순양의 3분의 1을 가졌으니 이만하면 충분하다고 생각하는 걸까? 혹시라도 자신의 역할을 다 했다고 생각하면 어떡해야 하나?

"아니까 다행이다. 흐흐. 보통 성공한 놈은 다 자기가 잘나서 그런 줄 안다니까."

웃음을 터트리는 오세현을 보며 생각에 잠겼을 때 그는 종이를 꺼내 회사 이름을 적기 시작했다.

"자, 보자. 순양생명, 순양화재, 순양증권, 순양카드가 주력이지? 어떡할 거냐? 경영진은 진 회장님 사람 그대로 놔둘 거냐? 야! 뭐야? 왜 넋 놓고 있어?"

"아, 아닙니다. 뭐라고 하셨죠?"

걱정은 조금 뒤로 미루자. 돌연 은퇴할 양반은 아니니까.

"경영진 말이야. 어떻게 구성할 거냐고? 기존 경영진 전부 정리해야 할 거 아냐?"

"너무 성급하신 거 아닙니까? 아직 멀었습니다."

"인사는 한 번에 정리해야 해. 김영삼 대통령이 하나회 정리하는 거 봤지? 장성 수십 명을 일주일 만에 다 날렸어. 그게 사람 물갈이 방법의 정석이야. 살생부 미리 만들어 뒀다가 넘어오는 순간 확 쳐야 해. 어수선할 때 정리해야 뒷말도 적다."

"그렇다고 회사 받자마자 칼바람 일으키는 게 좀…. 사기가 팍 떨어질 텐데…."

"그럼? 찔끔찔끔 계속 자를 거야? 그게 회사 사기에는 더 악영향을 미쳐. 칼바람이 계속되는 거보다는 딱 한 번으로 끝내는 게 좋아."

또 사람이 문제다. 자르기는 쉽지만 채우는 게 어렵다. 그 빈자리는 어떻게 채우나? 내 걱정을 눈치챈 오세현이 방법을 알려 준다.

"사람 걱정은 하지 마. 인재는 많아. 윗대가리들 싹 정리하고 밑에서 올려. 낙하산 말고, 승진시키는 거지. 그럼 회사 사기는 하늘을 찌를 거다."

"그럼 할아버지께 여쭤봐야겠군요. 옥석을 골라내려면."

오세현이 고개를 흔든다.

"물론 진 회장님 의견도 중요하지만, 꼭 따를 필요는 없어. 진 회장님이야 능력과 관계없이 오랫동안 고생한 사람들을 좋게 볼 테니까."

단순히 곁에 오랫동안 있었다는 이유로 임원 승진한 사람이 한둘이겠는가? 공신을 다 쳐내고 새 인물을 앉히면 그들은 내게 충성할 것이 틀림없다. 이래서 세대교체는 꼭 필요한 것이라는 걸 다시 한 번 깨달았다.

"참, 삼촌. 카드사 좀 유심히 살펴봐 주세요."

"카드사?"

"네. 거기부터 정리해야 합니다."

"카드를 왜? 올해부터 법 개정돼서 실적이 천장을 뚫는데? 가장 잘나가는 회사는 천천히 정리해야 해. 위기감만 불러일으켜."

"아뇨. 폭풍우가 불기 전에 노아의 방주처럼 대비해야 합니다. 지금 상황은 너무 위태로워요. 일정한 소득도 없는 사람에게 카드를 남발하지 않습니까?"

오세현은 잠시 말없이 날 뚫어지게 쳐다봤다.

기우라고 생각하는 걸까? 아니면 날카로운 감이라고 생각하는 내 느낌을 믿는 걸까? 물론 느낌은 아니지만.

"금융 사고는 항상 그렇게 터지지. 부실 대출. 카드 역시 대출의 일종이니까 네 말이 그럴듯하다."

"부실 대출로 이어지는 금융대란, 이건 계속 반복되지만, 사람들은 잘 깨닫지 못하죠."

경기 부양을 위해 소비를 끌어올려야 했다. 그런데 그 소비를 국민의 카드빚으로 쌓아 올렸으니 무너지는 건 당연하지 않은가?

지금 언론에서 떠들어대는 경기 회복 조짐이라는 장밋빛 전망이 핏빛으로 물드는 것도 머지않았다. 모두 무너지고 순양카드만 살아남으면 전리품을 챙길 수 있다. 국내 최고의 카드사가 되는 건 시간문제다.

"좋아. 그건 내가 따로 조사해 보마. 이런 건 언론 기사가 아니라 필드에서 샅샅이 뒤져야 해. 카드 발급 현황을 정밀 진단하면 결론을 유추할 수 있을 거다."

"역시 믿을 분은 삼촌뿐입니다."

"시끄럽다. 네가 순양의 금융 계열사 주인이 되는 순간 믿을 만하고 쓸 만한 사람이 부지기수로 나타날 거다. 불안해하지 마. 말했지? 세상에는 인재가 많아."

'불안하다. 이분 슬슬 떠날 준비를 하고 있구나.'

물리적인 내 나이는 아직 어리다. 하지만 이제부터 내 곁에는 내가 믿고 따르며 의지할 수 있는 사람이 아니라, 나를 믿고 따르며 의지하는 사람들로 채워질 것이다. 과연 내가 그 사람들을 이끌 수 있을까? 본격적인 싸움이 벌어질 때, 그 사람들의 선두에 서서 승리를 이끌 수 있을까? 불안한 마음을 떨쳐 버리려 괜히 더 환하게 웃었다.

"불안하긴요. 근거 없는 자신감, 그게 제가 자랑하는 장점 아닙니까? 하하."

▲ ▲ ▲

이학재 실장은 사무실로 몰려든 사람들을 향해 매서운 눈빛을 쏘아 댔다.

"말씀드렸죠? 아직 진행 중인 상황이라 자세히 말씀드릴 수 없다고 말입니다. 아실 만한 분들이 왜 이러십니까?"

"이게 자세히 말하고 할 게 뭐 있나? 소문이 사실인지 아닌지만 말하면 되는데. 정말 우리 금융 계열사를 그 애가 물려받는 거야? 지금 대학생이라면서?"

"후계 구도는 이미 끝났고 남은 건 금융 부분인데 더는 숨기기도 힘들지 않습니까? 저도 처음엔 막내아들인 윤기가 받는 줄 알았어요. 그런데 난데없이 손자라니? 어처구니가 없어서, 원….'

평상시 같으면 그룹의 실세인 이학재에게 이처럼 반발하는 모습을 보이기 힘들다. 하지만 이학재의 엄중한 표정에도 누구 하나 물러설 기색이 없다.

"회장님 지시 사항입니다. 그걸 뒤집자는 말입니까?"

"사실이구먼. 허, 참."

"이 실장, 자네라면 이걸 순순히 받아들일 수 있겠나? 핏덩어리에 불과한 그 애가 그룹의 돈줄을 꽉 쥐고 무슨 일을 벌일지 모르는데?"

금융 계열사 사장들과 임원 대여섯 명이 허탈한 모습을 감추지 못했다. 이학재 실장도 이들의 마음을 짐작하기에 힘으로 눌러 반발을 잠재우려 들진 않았다. 지금 필요한 건 회사가 요동치지 않도록 달래는 것이다.

"회장님을 못 믿으십니까? 항상 현명한 판단을 하셨고 한 치의 틀림도 없지 않았습니까? 그리고 장 전무, 자네가 이러면 안 되지."

이학재는 몰려온 사람 중 40대 후반의, 가장 어려 보이는 사내를 향해 말했다.

"자네 동기들 전부 부장 아냐? 심할 경우 과장도 있어. 그런 자네가 최연소 이사 타이틀 차지하고 상무 건너뛰고 전무까지 올랐어. 그게 회장님 판단이었잖아. 지금 그 판단에 딴지 거는 사람 있어?"

장도형 전무는 이 실장의 눈길을 피했다. 자신은 순양그룹 초고속 승진의 상징이다. 차기 순양생명 대표이사 자리를 넘보며 최연소 사장이라는 타이틀까지 거머쥘 야심을 숨긴 적도 없다. 이 자리에서 나이나 서열을 따지는 건 어울리지 않기도 했다.

"이 실장. 장 전무와는 경우가 다르지. 이 친구야 실력을 증명하며 여기 올라온 사람 아닌가? 단지 핏줄이라는 이유로 뭐 하는지도 모르는 어린애와 비교하지 말게."

"회장님이 은거해 계시니 우리가 직접 쳐들어가 따지는 건 참았어. 하지만 이건 그냥 받아들일 수 없네. 회장님을 만나야겠어."

이학재는 끊임없는 불만을 들으며 서서히 표정이 변했다. 아예 옅은 미소까지 보였다.

"좋습니다. 저도 머리 아파 죽을 지경이니 회장님께 말씀드리죠. 직접 만나서 따지세요."

이학재는 의자에 몸을 묻었다. 금융 계열사 사장들은 움찔했지만, 발을 빼지는 않았다. 그만큼 이번 일은 참고 넘어가기 힘든 사안이었다.

"일정 잡아서 알려 주게. 이 실장에게는 피해 없도록 잘 말씀드리겠네."

그들이 사무실을 떠나자 이학재는 수화기를 들었다.

"…회장님. 심각한 수준이니 한번 만나서 타이르셔야 할 것 같습니다. 네…. 네…."

통화를 끝낸 이학재는 이 재미있는 이야기가 어떻게 전개될지 궁금해서 미칠 지경이었다. 하지만 아무래도 자리가 자리인 만큼, 자신은 배석하지 못할 게 분명한데….

"우리 돈 많은 꼬맹이가 저 능구렁이들을 어떻게 다룰지… 흥미롭군."

결과는 믿어 의심치 않았다. 어차피 진 회장이라는 거목이 뒤를 받쳐 준다. 계열사 사장들도 진 회장을 넘어설 수 없다는 걸 잘 안다. 다만, 이 기회를 놓치지 않고 자신들의 존재감을 내세우려는 수작에 불과하다. 그리고 그 존재감은 무시할 수준도 아니다. 누가 뭐라 해도 이들은 공신 아닌가?

그리고 공신들과 진 회장의 만남은 신속하게 이루어졌다.

"아이고, 이 사람들아…. 나 죽었나, 살아 있나 확인하러 온 게지?"

"무슨 말씀을 그리하십니까? 적적하실까 봐 말동무나 하러 온 겁니다."

"회장님의 정정한 모습을 뵈니 마음이 놓입니다."

생명, 화재, 증권, 카드 등 네 곳의 계열사 사장이 차례로 허리를 숙이며 인사를 건네자 진 회장은 흐뭇한 표정으로 그들의 등을 두드렸다.

"자자, 앉지. 늙은이들이 한참 투덜거릴 것 같으니 앉아서 시작하게. 힘들 텐데. 허허."

단순한 문안 인사차 들른 게 아니니 본론부터 꺼내라는 말이다.

"그래, 인사 문제로 불만이 많다고 들었는데 다 털어놔 봐. 내가 요즘 시간이 남아돌아서 그 어떤 헛소리도 다 들어 줄 용의가 있거든."

진 회장은 여전히 웃고 있었지만 네 명의 계열사 대표 얼굴은 순식간에 굳어졌다.

'헛소리라니!'

누가 봐도 말이 안 되는 헛소리는 진 회장이 하고 있다. 일개 대학생에게 주당 가치가 70만 원에 육박하는 회사를 맡기는 게 헛짓이다. 그리고 이들은 이 엄청난 고가의 주식을 무려 500만 주나 쥐고 있다. 계열사 사장부터 임원, 몇몇 직원들까지 이들이 가진 지분은 25퍼센트다. 만약 이 주식을 손자가 넘겨받지 못하면 금융사 지배는 불가능하다. 이 차명주식을 지금 회장의 대학생 손자에게 넘겨야 한다.

임원들의 불만을 잠재우지 못하면 승계 절차는 삐걱거릴 것이고 최악의 경우 이 은밀한 승계 작업이 밖으로 새어 나갈 수도 있다. 실명 거래 위반은 애교 수준이다. 수천억의 상속세를 물게 된다면 돌이킬 수 없다. 진 회장도 이 사실을 잘 안다. 그러니 자신들의 의견을 어느 정도까지는 들어줄 거로 생각한 것이다.

"회장님, 도준이는 아직 학생입니다. 졸업하고 입사한 뒤 실무 경험 몇 년 쌓고 경영진에 합류해도 절대 늦지 않습니다."

순양생명 양우찬 사장이 먼저 입을 열었다. 이 중에서 가장 오랫동안 진 회장을 보필한 사람이며 나이와 회사 규모로 봐서 충분히 대표 자격을 갖췄다.

"그렇습니다. 서두를 이유가 없습니다. 승계 작업을 조금 미루는 게 어떻겠습니까?"

"이 사람들아. 내가 그 몇 년을 더 산다고 어떻게 장담하나? 난 내일 죽어도 호상이라고 문상객들이 웃으며 밥 먹을 거야."

"그럴 리가요. 아직 이렇게 정정하신데…."

"그러니까 내 손자 도준이가 몇 년 동안 훈련하고 그 뒤에 경영에 참여해도 괜찮은 거 아니냐? 이런 말이지?"

"그렇습니다. 주요 보직으로 최대한 빨리 돌리겠습니다."

"그럼 그렇게 해. 뺑뺑이 돌려. 하지만 그거랑 승계 작업 진행은 상관없는 일 아닌가?"

진 회장이 별것 아니라는 듯 순순히 수긍했지만, 사장들의 표정은 밝아지지 않았다. 기업 지배권을 확보하고 진 회장의 입김이 통하지 않으면 진도준이 월급쟁이에 불과한 경영진 밑에서 버틸 리가 없다. 대주주 기업 오너로서 권리를 행사할 게 뻔하고, 그 권리 행사의 첫 번째는 바로 자신들 같은 구세대를 정리하는 일이 될 것이다. 이들이 진 회장의 의도를 정확히 알지만 반발하는 이유는 결국 자신들 자리보전이 가장 큰 이유다.

"회장님. 대주주를 아래에 두고 일할 수 있는 사람은 많지 않습니다. 그런 사례도 없고요."

바로 자신을 두고 하는 말이다. 양우찬 사장은 진도준이 금융 계열사를 물려받으면 곧바로 사직서를 내겠다는 뜻을 이렇게 돌려서 말했다.

"그렇구면. 이거… 내가 직장 생활을 해본 적이 없어서 월급쟁이들의 마음을 잘 모르네. 허허."

진 회장의 웃음이 거실을 채웠지만, 분위기는 더 얼어붙는 것 같았다. 저 웃음 뒤에 어떤 말이 나올까? 계열사 사장들은 마른침을 삼키며 회장의 입만 쳐다보기 시작했다.

이때, 웃음을 그친 진 회장은 아무도 예상하지 못한, 의외의 행동을 보였다. 전화 수화기를 든 것이다.

"도준이냐? 그래, 할애비다. 너 지금 냉큼 이리로 달려오너라. 내가 우리 손자한테 회사 몇 개 물려주는 걸 못 참는 사람들이 좀 있어. 그래 그래. 아예 눈에 쌍심지를 켜고 이 할애비를 압박하는구나. 어서 와서 이 할애비 좀 살려다오."

수화기를 놓자마자 사장들은 황급히 손을 내저었다.

"아이고, 회장님. 압박이라니요. 오해하지 마십시오."

"회장님. 저흰 회사를 위해 의견을 말씀드린 것뿐입니다."

"괜찮네. 내가 설마 20년 넘게 생사고락을 함께한 자네들을 욕보이겠나? 그런 거 아니야."

진 회장은 평상시와 다른 모습이었다.

"자네들이 한번 만나 보게. 그래! 이건 면접 같은 거라고 볼 수 있네. 나도 어린놈에게 회사를 물려주는 게 잘하는 건지 아닌지 불안할 때가 있었어. 자네들 눈으로 확인하고 미흡하다 싶으면 잘 타일러 봐. 어린놈 하나 구슬리는 게 뭐가 어렵겠나? 그리고 우리 도준이가 어른들 말을 무시하는 그런 멍청이는 아니라네. 허허."

사장들의 표정이 더욱 굳어졌다. 절대 이런 식으로 타협할 분이 아니라는 걸 잘 안다. 도대체 무슨 꿍꿍이일까?

▲ ▲ ▲

"뭐야? 왜 그래?"

"할아버지 전화인데요. 지금 금융 부분 계열사 사장들이 몰려와서 절 보이콧하겠다는 의사를 보였답니다."

오세현은 머리를 젖히며 크게 웃었다.

"으하하. 하여튼, 계산 빠른 영감들이라니까. 세대교체 당할까 봐 벌벌 떠는군."

"저 좀 다녀오겠습니다."

"어딜?"

"그 영감님들 한번 만나 보라고 하시네요."

"엉? 그럼이 이상하잖아. 경영진이 대주주님 심사하겠다는 거야, 뭐야?"

"아닙니다. 대주주가 경영진을 갈아 치워 버릴지 말지 판단하는 자리가 될 겁니다."

난 눈을 부릅뜬 오세현에게 여유를 보이며 할아버지 댁으로 향했다.

할아버지의 서재에 들어서니 네 명의 눈길이 내게 꽂혔다. 명절 때나 할아버지 생신 때 몇 번 본 사람들이라 누가 누군지는 정확히 안다. 또한, 넷 모두를 상대할 필요도 없다. 대가리를 꺾으면 몸통이든, 다리든 쓰러지게 마련이다.

순양생명 양우찬 사장, 저 늙은이를 꺾고 부족하면 고인규 순양증권

사장 정도만 조지면 더는 시끄러운 불평불만이 쏟아지지 않을 것이다.

"안녕하세요."

일단은 예의 바르게 머리를 꾸벅 숙였다.

"그, 그래."

자리 배치가 참 묘하다. 상석에는 할아버지가, 긴 테이블을 사이에 두고 네 명의 대표이사와 내가 마주 앉았다. 사장단의 신입사원 면접 같기도 하고, 한 명의 면접관이 넷을 동시에 면접 보는 모습이기도 하다.

"자자, 거두절미하고 편안하게 말하라고. 난 입 닫고 듣기만 할 걸세."

할아버지는 재미있는 드라마라도 보는 듯 팔짱을 낀 채 의자 등받이에 몸을 기댔다. 내가 눈을 말똥말똥 뜬 채 네 사람의 얼굴을 번갈아 살피자 그들의 얼굴에 불편함이 고스란히 드러났다. 누가 먼저 입을 뗄지 서로 눈치를 보다 가장 노련한 양우찬 사장이 헛기침하며 말했다.

"도준아, 넌 금융 쪽에 관심이 많다고 들었다. 미라클 인베스트먼트에서 일도 좀 배웠다고?"

"네."

짧게 대답했다. 불필요한 질문에 구구절절 길게 대답할 필요는 없다. 곧 처지가 바뀔 테니까 말이다.

"그래, 가장 관심 있는 분야는 어디야? 주식? 펀드? 아니면 파생상품?"

"아뇨. 그건 실무자들이 할 일이죠. 전 경영에 관심 있습니다. 장기투자도 흥미롭고. 기업 분석해서 매입하고 다시 쪼개 파는 M&A도 재미있더군요."

이 대답을 어떻게 받아들일까? 어린놈의 잘난 척으로? 아니면 그릇이 다르다고?

"그렇구나. 그렇다면 네가 굴리는 자금 규모가 상당하겠는데?"

돈 자랑하러 나온 게 아니니 굳이 말할 필요는 없다. 적당히 둘러대면 된다.

"제가 직접 굴리는 게 아니라 회사가 굴리는 거 아닙니까? 전 자금 운용 시스템을 눈여겨볼 뿐입니다."

나이 많은 분들이니 대화를 이어 나가는 게 껄끄럽긴 할 것이다. 아직 경험이 짧다는 걸 내게 심어 줘야 하지만 실무를 건너뛰어 버리니 무엇으로 꼬투리를 잡아야 하나 고민도 될 것이다.

"에이, 재미없구먼. 양 사장, 고 사장. 단도직입적으로 물어보라고. 도준이가 금융 계열사를 손에 쥐고 흔들지… 아니면 경영은 자네들에게 맡기고 회장입네, 부회장입네 하며 술이나 퍼마시고, 여자나 꼬시러 다닐지를 물어봐야지. 아닌가?"

자꾸 이야기가 겉돌자 잠자코 있던 할아버지가 나섰다.

"회, 회장님. 농담이 지나치십니다. 도준이야 성실하기로 소문났는데…. 그럴 리야 있겠습니까?"

"잘들 아는구먼. 그러니까 도준이는 회사를 쥐고 흔들 게 뻔하고, 대신 어떤 방향인지 궁금하다 이거 아닌가? 맞지?"

할아버지의 짓궂은 질문에 모두 겸연쩍은 듯 헛기침만 쏟아 낸다.

"도준아. 이분들이 궁금해하는 거, 속 시원히 말씀드려라. 너 같은 어린 꼬맹이가 거대 금융사를 맡아서 무슨 짓을 할지 몰라 걱정이 태산이야. 그 걱정을 덜어드려라."

할아버지가 사장들을 쳐다보고 웃으며 말하자 그들의 헛기침은 더욱 잦아졌다.

"전 소유와 경영의 분리가 이상적인 기업 형태라고 생각하기 때문에 금융사 경영에 관여할 생각이 없습니다."

사장들의 표정이 밝아졌다. 매일 회사에서 어린놈에게 머리 숙여 가며 보고서를 올릴 일은 사라졌기 때문이다.

"대주주의 권리, 즉 대표이사 임명과 임원 선임 정도에만 제 의견을 말할 뿐입니다. 실적만 좋다면 제 눈치를 볼 필요가 없을 겁니다."

이제 사장들은 두 팔 벌려 나를 반길 기색이다. 경영에 참여하겠다는 어쭙잖은 놈보다 참견 없이 실적만 챙긴다는 어린놈이 훨씬 편하지 않은가?

"제 생각이 어떻습니까? 걱정이 사라지셨습니까?"

그들은 미소를 띠며 고개를 끄덕이는 거로 질문의 대답을 대신했다.

"그런데 양 사장님. 장도형 전무는 너무 파격적인 승진을 하셨던데, 적절하다고 보십니까?"

"물론이야. 그 친구는 순양생명의 미래를 책임질 인재가 분명해. 그간 보여 준 능력과 실적은 그 누구도 따라갈 수 없을 정도라네. 그렇기 때문에 회장님께서 엄청난 파격 인사를 단행했고."

"그렇군요. 오늘 함께 오시지 않았어요?"

"오늘은 우리 사장단만 왔네. 왜 그러나?"

이들은 내가 갑자기 장 전무에게 관심을 보이자 의구심을 드러냈다.

"아, 제가 그룹 계열사를 맡으면 장도형 전무님을 금융 계열사 총괄 부회장으로 임명할 생각이라서요. 그분께 전권을 일임한다는 뜻입니다."

내가 총괄 부회장이 되고, 전권을 휘두른다는 말보다 더한 충격이었나 보다. 나이 많은 능구렁이들은 입을 떡 벌린 채 아무 말도 못 했다.

"이런! 외통수구먼. 으허허."

조용한 서재에 할아버지의 웃음만 터져 나왔다.

외통수! 이처럼 적합한 단어가 없다.

소유와 경영을 분리하고 경영에는 일절 관여하지 않겠다는 걸 대환영한 사장단 아닌가? 대신 오너를 대신해 경영을 책임질 사람을 고르는 건 당연한 일이다. 그 대리인이 외부인도 아니고 자신들도 인정하는 대단한 인재, 장도형 전무다.

이것마저 반대한다면 지금껏 회사를 걱정한다고 떠들어댄 그들의 말은 전부 입에 발린 소리에 불과하다. 회사를 걱정한 게 아니라 자신들의 자리를 걱정했을 뿐이다. 장도형 전무를 반대한다면 입에 침이 마르도록 그를 칭찬한 양우찬 사장의 입장이 난처할 뿐만 아니라 파격 승진을 허락한 진 회장을 바보로 만드는 일이다.

만약 찬성한다면? 바로 오늘까지 아랫사람으로 부리던 부하직원을 상사로 모셔야 한다. 아무 말 말고 사표 던지는 게 모양새가 좋다. 차라리 내가 총괄이라면 그만두지 않을 명분이라도 있다. 오너 일가이며 대주주니까 말이다.

"왜들 그런 표정입니까? 장도형 전무는 자격이 없습니까? 믿을 만한 분 아닌가요?"

누가, 어떤 대답을 할까? 네 사람과 한 번씩 눈길을 주고받았지만 쉽게 말하는 이 없었다. 이들은 할아버지의 눈치를 보기 시작했다. 지시를 기다리는 것인지, 도움을 청하는 것인지 모호하다. 하지만 할아버지는 이들의 눈을 외면했고 오히려 대답을 재촉했다.

"뭐지? 대주주의 질문을 무시한 건가? 경영의 문제가 아니라 인사 문제니 주주로서 응당 물을 수 있는 수준 아닌가?"

"그… 그렇습니다만, 너무 파격적이라…"

고인규 증권 사장이 겨우 대답했지만, 이건 또 걸려든 것이나 다름 없다.

"40대 후반에 전무라는 것도 파격 아닙니까? 파격적 인사라는 건 처음만 그렇습니다. 파! 격! 일정한 격식을 깨뜨림. 이미 깨져 버렸으니 연

공서열을 무시한 인사발령 자체가 격식이며 형식이 돼버린 겁니다."

고인규 사장이 아무 말 못 하고 붕어처럼 입만 뻐끔거리기에 기회를 놓치지 않고 한 번 더 밀어붙였다.

"선진 금융사, 글로벌 스탠다드라고 말할 수 있는 서구 기업 중 나이나 입사순으로 승진하는 곳 있습니까?"

금융은 철저히 서구의 비즈니스 영역이다. 하나에서 열까지 피부 하얀 놈들이 만든 사업 아닌가? 그들이 이 영역을 이끌어 가는 걸 부인할 수는 없다.

"IMF 구제 조건이 바로 금융시장 개방입니다. 외국 자본은 물밀듯이 몰려드는데 그 자본과 경쟁하거나, 이용하거나 흡수하려면 그들의 방식으로 해야 하지 않겠습니까? 전 장도형 전무라는 사람을 그 상징으로 생각했고 우리 순양은 이미 글로벌 경쟁에 뛰어들 준비를 끝마쳤다고 생각했습니다. 그런데… 사장님들의 표정을 보니 저 혼자만의 착각이었군요."

조용하고 차분하게 말했지만 매서운 질타로 여겨졌으니 누구 하나 내 눈길을 받아 내는 이가 없다.

"이거, 내가 봐도 자네들이 첫 번째 해야 할 일이 뭔지 알겠어. 도준의 질문에 한 치의 의문도 남지 않을 만한 완벽한 보고서를 만들어야 할 것 같지 않아? 외국 자본의 대응. 그렇지?"

"즈… 즉시 준비하겠습니다."

양우찬 사장이 가까스로 대답했을 때 난 고개를 저었다.

"아닙니다. 제가 준비한 게 있습니다. 그걸 보면서 함께 논의하는 게 나을 겁니다. 아, 제가 거북하시면 전 빠져도 됩니다. 금융사 경영진 모두 모여 충분히 논의하시고 최종 결과만 알려 주시면 됩니다."

"자네가 준비했다고?"

내가 준비한 건 맞지만, 사실대로 말해 줄 필요는 없다. 좀 더 무게를 싣고 압박을 가하려면 권위를 빌려야 한다.

"아뇨. 미라클 인베스트먼트 미국 본사에서 준비한 겁니다. 순양의 금융사 분석하는 데만 몇 개월 걸렸습니다. 도움이 될 겁니다."

사장들은 난감한 표정이지만 할아버지는 호기심을 드러냈다.

"그게 어떤 내용인지 궁금하구나. 미국에서 우릴 분석해?"

"할아버지는 이해하시기가 좀 어려울 수도 있어요."

"뭐라고? 이놈이!"

큰 줄기의 회사 정책만 짚어 내는 할아버지가 복잡하기 짝이 없는 디테일을 어떻게 이해할 수 있을까?

"좋다. 그럼 이 친구들에게 말해 봐. 나는 몰라도 이 친구들은 알겠지. 안 그러냐?"

지금껏 허허실실 웃으며 구경만 하던 할아버지는 웃음을 거두며 사장단을 노려보기 시작했다.

"양 사장님."

"응?"

화들짝 놀라는 모습을 보니 조금 우습기도 했다.

"순양생명의 자금을 여기저기 투자하실 텐데 국내 은행의 금융상품도 꽤 있죠?"

"그, 그렇지."

난처한 마음이 고스란히 드러나는 얼굴로 변했다. 명색이 생보사의 대표이사지만 회사에서 투자한 상품 하나하나를 다 파악하고 있을 리 없다. 혹시나 내가 투자 상품에 대해 질문하면 회장님 앞에서 개망신당하는 건 기정사실 아닌가?

"그 상품에서 보통 설명하는 건 실적, 예상 수익률, 안전도 등이 전부입니다. 그런데 내가 그 금융상품에 투자했을 때 내 돈이 어디로 흘러들어가는지 설명하지는 않습니다. 그리고 내가 투자한 상품이 무엇으로 이뤄졌는지도 모릅니다."

"그게 무슨 말이냐? 채권, 주식, 현물 투자… 딱 정한 곳에…."

할아버지는 모른 척 기다리지 못했다.

"아닙니다. 요즘은 좀 더 복잡합니다. 채권도 굉장히 다양한 종류를 묶어서 상품으로 만들죠. 예를 들면 플로리다주의 주택 담보 대출의 채권과 영국기업의 회사채, 멕시코 국채를 섞습니다."

"복잡해 보이지만 어차피 채권 아니냐."

"그렇다면 머리 아플 일도 없죠. 아닙니다. 여기도 다른 것이 섞여 들어갑니다. 바로 이 채권 묶음의 회수율에 베팅한 파생상품까지 들어가죠."

"도준아, 도대체 하고 싶은 말이 뭐냐? 내가 그런 상품의 디테일을 모르기 때문에 사장으로서 자격이 없다는 게냐?"

역시, 양 사장은 눈치도 빠르고 순발력도 좋다. 더 세세한 이야기가 나올까 봐 내 말을 자르고 버럭 소리까지 질렀다. 이쯤 되면 체면도 세워 주고 장단도 맞춰 주는 게 좋다. 앞으로도 계속 얼굴 봐야 하는 사람인데 사소한 일로 틀어지면 나만 곤란해진다. 아직 내 앞의 사장님들은 확보한 세력이 꽤 크다.

"아뇨. 그걸 어찌 다 알겠습니까? 그걸 정확히 꿰고 있어야 하는 사람은 바로 애널리스트죠. 투자 책임자인 애널리스트가 상품의 디테일을 모른다면 해고 대상이지 임원은 몰라도 됩니다."

"그럼 자네가 생각하는 임원의 책무는 뭐지? 뭘 알아야 한다고 생각해?"

"책무가 한두 가지겠습니까마는 가장 중요한 건 바로 발밑에 차오르는 물이 어디쯤에서 멈출지 정확히 판단하는 것 아니겠습니까?"

눈치 빠른 건 양 사장뿐만이 아니다. 모두 내 말을 알아들을 눈치는 있다.

"코밑까지만 물이 찬다면 다행이겠지만 머리까지 물에 잠긴다면 살 아날 길이 없습니다. 안 그렇습니까? 이민섭 순양카드 사장님?"

갑자기 표적이 된 이민섭 사장은 영문도 모른 채 화들짝 놀랐다. 지금 불붙은 카드 사업이다. 판만 깔아 놓으면 캐시가 쏟아져 들어오는, 그야말로 노다지 사업 아닌가? 실적도 천장을 뚫고 하늘에 맞닿으려는 듯 치고 오르는 중이다. 물이 찬다는 건 리스크를 말하는 건데 이곳에서 자신이 그 대상이 될 줄 상상도 못 했다.

"그게 날 향한 경고인 줄은 생각도 못 했는데… 이거 참. 허허."

기분이 많이 상한 듯 표정이 좋지 않았다.

"카드 사업은 기본적으로 대출업입니다. 대출의 핵심은 회수 여부 아니겠습니까?"

"그런데?"

"소득 없는 주부가 300만 원, 아르바이트도 하지 않는 대학생이 200만 원을 신용이라는 이름으로 매달 현금서비스 받습니다. 소득이 확실한 직장인들이 지금 카드 돌려막기를 하느라 정신이 없습니다. 당장 순양카드 직원에게 물어보세요. 카드 돌려막기를 하지 않는 사원이 몇이나 될 것 같아요?"

이민섭 사장은 입술만 지그시 깨물었다. 습관은 무서운 것이다. 습관적으로 카드를 긁고 습관적으로 월급을 전부 넣는다. 연체료를 물고, 카드 돌려막기를 하는 사람이 주변에 많다 보니 당연한 패턴이 된 것이다. 빚을 두려워하는 사람이 없어졌다. 카드 쓰는 사람은 물론이고 카드 회사마저 당연하다고 생각한다.

"그게 물이 차오르는 흔적이다?"

할아버지가 굳은 표정으로 입을 열었다.

"그 판단을 하는 게 임원이며 경영진 아니겠습니까? 빚내서 카드 긁는 게 물이 차오르는 것인지, 한국 경제를 살리는 생명수가 될지 누가 알겠습니까?"

할아버지의 표정이 바로 서재의 모습이다. 딱딱하고 차디찬 서재에서는 숨소리만 새어 나왔다. 침묵은 할아버지가 깼다. 다시 서재는 훈풍이 감돌기 시작했다.

"어떤가? 자네들 생각은?"

"네?"

"아직 도준이가 몇 년 동안 회사 여기저기 뺑뺑이 돌며 실무를 익혀야 자격이 생긴다고 생각하느냐는 말일세."

'이건 또 무슨 소리? 아하, 소위 말하는 경영수업을 받아야 하냐는 말이구나.'

"잠깐 한 말씀 드려도 되겠습니까?"

양해를 구하니 할아버지가 고개를 끄덕였다. 할아버지의 질문에 대답을 주저하는 사람들은 내가 노려보자 움찔했다. 앞으로 자신의 생사여탈을 마음대로 할 윗사람을 교육한다고 했으니 첫걸음부터 삐걱거린 것이다.

"주주가 해당 기업의 교육까지 받아야 한다는 사실은 처음 듣는 소리입니다만."

"아, 그, 그건….".

"경영에 깊숙이 관여할 경우를 생각해서 제안한 것이네. 소유와 경영을 분리할 생각이란 걸 알았다면 그런 말은 꺼내지도 않았을 거야."

"그, 그렇지. 우린 도준이 자네가 당연히 경영 일선에 설 거라고 예상했거든. 그래서 한 말이니 오해는 말게."

당황한 사장들이 황급히 손을 내저으며 더듬거렸다.

"아뇨. 오해 아닙니다. 전 벤치에 앉아 지켜보다 필요하다면 선수로 뛸 생각도 있습니다. 그럼 그때 회사 부서를 돌며 실무를 익혀야 한다고 생각하십니까?"

당돌한 질문에 조금씩은 당황한 모습을 보였지만 노련함은 살아 있었다. 양우찬 사장이 웃으며 입을 열었다.

"그건 그때 봐서 스스로 결정하는 게 낫겠지? 오늘 보니까 누가 강요하지 않아도 필요하다면 먼저 뻥뻥이 돌겠다고 나서겠는걸? 허허."

가장 적절한 대답이다. 나를 재단하거나 판단하는 걸 내게 맡긴다. 띄워 주는 말이기도 하고 책임을 피하는 대답이기도 하다.

"자, 이 정도면 내 손자에 대해 충분한 판단을 할 만큼 알았다고 보는데, 더 할 말 있나?"

모두 입을 닫고 가볍게 고개만 저었다. 자신들은 세대교체의 대상이 되지 않으려 무리수를 뒀지만, 이젠 앞날을 예측하기 어려워졌으니 밝게 대답하지도 못한다. 이런 모습을 눈살 찌푸리며 보던 할아버지는 손을 슬쩍 내저었다.

"그만 가서 일들 봐. 회사 비우는 시간이 길어지면 불안한 건 자네들일 테니. 어여 가."

네 명의 사장은 서재를 빠져나가며 모두 나와 눈을 맞추었다. 그럴 때마다 옅은 미소를 보이는 거로 봐서 나와의 관계를 받아들이는 것 같다.

"도준아. 진정이냐? 일개 전무를 최고 자리에 앉힌다는 거 말이다."

단둘만 남게 되었을 때 할아버지가 처음 던진 질문은 바로 인사 문제였다.

"면접은 보고 결정해야겠죠. 하지만 장도형 전무의 평판이 좋더라고요. 양 사장의 말처럼 순양의 미래를 짊어질 만한 자질이 있다고 하더군요."

"그게 여의도에서 도는 소문이냐?"

"네."

"흠⋯."

"왜 그러십니까?"

할아버지는 긴 한숨 끝에 입을 열었다.

"네게 맞는 새 사람을 쓴다는 건 꼭 필요하지만, 오래된 사람 괄시는 안 된다. 물러나는 사람의 뒷모습을 아름답게 해줘야지. 모욕감을 느끼게 하면 큰일이야."

부탁인지, 당부인지 모호한 태도였지만 오랜 시간 함께한 사람들의 끝을 염려하는 마음은 분명히 느껴졌다. 첫 대면이라 내가 좀 과하게 나간 면이 없지 않았기에 할아버지의 마음을 편하게 해주고 싶었다.

"저분들의 자리는 당분간 그대로 놔두겠습니다. 충분한 역량을 보인다면 굳이 교체할 생각은 없습니다."

"아니다."

"네?"

"시점의 문제일 뿐, 저 친구들은 다 정리해야지. 시대가 바뀌었다는 걸 전 직원이 알도록 해야 한다. 내 시대가 아니라 네 시대가 왔다는 걸 느끼게 해주는 방법 중 가장 효과적인 건 대가리를 치는 거야."

역시, 사람을 생각해서 하는 말이 아니다.

"다만, 저 친구들을 정리할 때 생길 수 있는 부정적인 효과를 최소화해야 한다. 그래도 순양의 충신들이었어. 저들이 냉혹하게 잘려 나가는 모습을 자신의 미래로 생각하는 사람이 나오지 않도록 하라는 뜻이다. 배신감을 느끼는 놈은 꼭 배신한다. 이유를 아느냐?"

"자신의 배신을 정당화할 수 있기 때문 아닐까요?"

"바로 그거다."

할아버지는 나를 보며 흐뭇한 미소를 보였다.

"마지막까지 흠잡을 데 없다면 섭섭하지 않을 만큼 대우해 주고, 문제 삼아도 모두 수긍할 만한 흠이 나온다면 냉혹하게 정리해. 저들의 남은 순양 생활은 회사 사람들에게 본보기가 되어야 한다. 좋든 나쁘든 말이다."

"명심하겠습니다."

헛웃음이 나올 지경이었다. 순양생명 양우찬 사장은 30년 넘게 고락을 같이한 사람인데도 그를 배려하는 마음은 보이지 않는다.

'도대체 우리 할아버지는 단 한 줌의 측은지심도 옛정도 없는 걸까? 나도 이렇게 변하게 될까?'

"참, 장도형 전무는 제가 한번 만나 보겠습니다. 어떻게 할 건지는 그 뒤에 결정하도록 하죠."

"장 전무는 내가 잘 모르는 놈이긴 한데, 평판이 좋긴 하더라. 참! 만만한 놈은 아닐 거야."

"그 나이에 순양에서 전무까지 올랐으니 오죽하겠습니까?"

"너랑 죽이 잘 맞는다면 괜찮은 조합이 나오겠어. 허허."

잘 맞아야 한다. 장도형 전무는 부사장까지 올라가지만, 결국 미끄러지는 사람이다. 진영기가 회장 자리를 차지하고 물갈이를 시작했을 때 장도형의 도전적이고 공격적인 기업 운영 방식을 못마땅하게 생각했기 때문이다. 진영기에게 순양의 금융 계열사는 단지 지배지분을 보관하는 곳이며 필요할 때마다 돈을 빼 쓰는 저금통일 뿐이었다. 그런 회사를 장도형은 전 세계 금융 네트워크의 거점으로 삼아 글로벌하게 키우고 싶어 했기에 진영기와 어울리는 건 불가능했다. 진영기는 자기 생각에 순응하는 자를 대표이사로 승진시켰고, 장도형은 토사구팽 신세를 면하지 못했다.

이것이 내가 아는 숨은 이야기지만 확인은 해야 한다. 장도형 전무가 나랑 잘 맞는지, 정말 글로벌 기업으로 키울 만한 능력이 있는지?

▲ ▲ ▲

"이거, 좀 기괴한 느낌인데요? 진 실장님과는 영 어울리지 않는데…. 아 참, 실장님이라고 불러도 되겠습니까?"

"네. 그게 저도 편합니다, 전무님."

크기는 아파트만 하지만 가구라고는 편안한 소파 세트와 테이블이 전부인 텅 빈 오피스텔. 이곳에 문을 열고 들어온 장도형 전무의 첫마디는 기괴하다는 것과 나와 어울리는 곳이 아니라는 것이었다. 뭐가 어울리지 않는다는 걸까?

"술 한잔하시겠습니까? 아니면 커피? 차?"

"혹시 캔맥주 있으면 가볍게 목이나 축이죠."

냉장고에서 캔맥주 두 개를 꺼내 테이블 위에 놓았다.

"양 사장님이 호되게 당했다고 웃으며 말씀하시던데 사실입니까?"

장도형 전무는 어색한 웃음을 지으며 말했다.

"호되게 당했으면 아랫사람에게 말씀하셨겠습니까? 자존심 강한 분일 텐데."

'요것 봐라. 이 자식, 그날 무슨 이야기가 오갔는지 알아내기 위해 떠본 거 아닌가?'

"하하. 그럼 저 겁주시려고 농담하신 거군요. 전 또 그걸 진지하게 받아들여 괜히 바보 같은 모습만 보였습니다."

그는 슬쩍 넘어가려는 듯 캔맥주 한 모금을 삼켰다.

"그런데 왜 절 보자고 하셨는지…?"

"여쭤볼 게 좀 있어서요. 이미 아시겠지만, 순양그룹 금융 부분은 제가 물려받습니다."

"네, 알고 있습니다."

"하지만 전 제 큰아버지들과 다릅니다. 회사 내에서 큼지막한 직책을 맡아 경영할 생각은 추호도 없어요."

"의외군요."

장도형 전무는 손에 든 캔맥주를 내려놓고 자세를 바로 세웠다.

"빌딩 안에서 벌어지는 일을 밖에서는 절대 파악하지 못합니다. 결산 자료가 전부가 아니에요. 빌딩 로비에 들어섰을 때 느껴지는 공기의 기운, 오가는 사원들의 표정, 사무실의 웅성거리는 소리, 이런 것들이 바로 회사의 참모습입니다."

"그런가요?"

짐짓 놀란 표정을 지으며 그가 어떤 말을 하는지 귀를 기울였다.

"회장, 부회장 같은 큼지막한 직책은 회사 시스템에 존재하지 않습니다. 하지만 이 직책을 이마에 달고 빌딩 로비로 들어오는 사람에게 모두 허리를 90도로 숙이죠."

"전 그런 모습을 좋아하지 않습니다. 좀 올드하지 않아요? 조폭도 아니고…."

"모르셔서 그런 겁니다."

"뭘 말입니까?"

"월급쟁이들의 속물근성 말입니다."

"속물?"

이 사람 좀 독특하다. 할아버지가 말씀하신 만만하지 않다는 것이 이런 면을 말한 것인가?

"그룹 오너 일가 사람들에게 깍듯이… 말씀하신 것처럼 조폭 두목 대하듯 머리 숙이는 월급쟁이 99퍼센트는 회장과 말 한마디 못 해보고 회사를 떠납니다."

"그렇겠죠."

"그 사람들이 그걸 모르겠습니까? 하지만 회장이 직접 다가와 악수라도 한번 해주면 모든 게 달라지죠. 자신은 그 99퍼센트가 아니라 특별하다. 이런 환상을 갖게 됩니다."

"그러니까 하고 싶은 말이 뭡니까?"

"직책을 원하지 않는다는 건 매년 실적만 체크하고, 실적이 형편없을 때 대표이사를 비롯한 임원을 갈아치우겠다는 뜻 아닙니까?"

"정확합니다."

"그건 서구식이죠. 시스템을 서구식으로 한다고 해서 선진 경영이 되는 건 아닙니다. 사람도 서구식 시스템에 적합해야 하는데 아직 우리나라는 주인과 하인, 주군과 충신… 이런 사고가 뼛속 깊숙이 박혀 있어요."

"지금 21세기가 코 앞인 거 모르십니까?"

말은 이렇게 했지만 조금 놀란 건 사실이다.

장도형 전무, 정말 독특하다. 나도 잘 안다. 스스로 선을 정해서 그 위는 쳐다보지도, 꿈을 꾸지도 않는 보통 사람의 뼛속에 박혀 있는 노예근성. 가장 큰 포부를 지닌 사람마저 대표이사가 끝이다. 회장까지 노린다는 꿈은 미친놈 취급받는다. 하지만 창업자도 아니고 아무것도 한 것 없고, 능력마저 없는 2세가 그 자리를 차지하는 건 당연하게 생각한다. 회사를 대기업으로 키운 자신은 창업자 가문의 충복이라고 생각하는 게 한계다. 그런데 이 사실을 인정하고 분석까지 하는 사람은 처음이다.

'자존심이 없나?'

"다시 묻습니다. 그러니까 하고 싶은 말이 뭡니까?"

"하는 일 없더라도 가장 위에 앉아 있으시라는 뜻입니다."

"그럴 필요 있을까요? 계열사마다 훌륭한 사장님이 계시는데?"

"그 훌륭한 사장들도 예외는 아닙니다. 그분들도 옳든, 그르든 지시를 받아 움직였던 사람들입니다. 평생, 머슴이죠. 시키는 대로 일해야 마음이 편합니다. 시키는 대로 일한다는 건 책임을 지지 않아도 되기 때문입니다."

"책임이라는 거… 생각보다 무게가 많이 나가는 거죠. 어떨 땐 감당하기 어려울 만큼 말입니다."

장도형 전무의 눈이 반짝였다.

"잘 아시는 분이 단지 주주 자격만 쥐고 뒤로 물러서시겠다? 나이 때문입니까?"

"외적으로는 나이, 내적으로는 몸을 좀 사려야 하는 처지라서요."

이 말의 뜻을 저 사람은 알아들었을까?

"아…"

표정을 보니 이해한 것 같기도 하다.

장도형 전무는 맥주를 시원하게 한 모금 한 뒤, 목소리를 낮췄다.

"많이 치열한가 보죠?"

"아무래도 좀 그렇죠. 아파트 한 채 물려받는 집안이 아니니까요."

장도형 전무는 머리를 끄덕이며 낮게 읊조렸다.

"진 실장님은 아무래도 집안에서 죠스 같은 존재로 보이는군요."

"죠스? 영화 말인가요? 상어?"

"네."

"어째서 그렇죠? 설마 제가 모든 걸 먹어 치우는 무시무시한 존재라고 생각하신 건 아니겠죠?"

"그건 아니고… 영화에 등장하는 인물들은 다 바다 밑에 뭔가 있다는 건 알지만 정확한 정체를 모릅니다. 크기도 모르고 공격성도 모르죠. 하지만 존재한다는 건 정확히 압니다. 언젠가는 공격할 거라는 것도 알죠. 그게 두려운 겁니다."

"그래서 날 견제한다?"

"사실 죠스도 무서울 겁니다. 물 위의 존재가 자신을 해칠지 모른다고 생각하니까요. 실장님은 그보다 좀 더 심하겠죠. 순양 핵심 계열사를 차지하는 순간 집안 어른들이 공격할 테니까요. 이거…. 저 같은 사람은 그런 종류의 압박을 짐작할 수도 없으니 뭐라 말하긴 그렇군요."

죠스! 적절한 비유다. 하지만 내 이빨의 크기는 아는 사람이 없으니 그나마 다행이다.

'근데 장 전무 이 사람, 뭔가 알고 있나? 아니면 누구나 짐작하는 그 수준 정도만 아는 건가?'

"감당하실 수 있겠습니까?"

"뭘 말입니까?"

"제가 장도형 전무님을 신뢰한다는 것이 알려지면 힘든 일이 많아지실 겁니다. 누군가는 위협하고 누군가는 회유하려 들 테고. 아무튼, 별의별 일이 다 생길 겁니다."

"그 별의별 일을 상황에 맞게 이용할 수 있는 권한을 주신다면 마다할 이유가 없습니다만."

목소리가 다시 높아졌고 입꼬리도 올라갔다. 안색도 조금 붉어졌다. 이 사람은 흥분한 걸 애써 감추려 하지 않는다. 싸움을 즐기는 전투적인 타입인가?

"깊게 생각하는 편이 아니시네요. 제가 신뢰라는 말만 했지 아직 구체적인 제안은 하지도 않았는데 이렇게 덥석 받아들이시다니."

"받아들인 적 없습니다. 전 어떤 권한을 제안하실지 들어 보고 결정할 생각이었어요."

싱긋 웃는 표정을 보니 어떤 사람인지 짐작할 수 있었다. 이 사람은 노예근성이 없다. 지금까지 말한 서구식 시스템에 적합한 인물이다. 하지만 순양에서는 그런 시스템이 통하지 않는다는 걸 답답해 하거나 바꾸려고 노력한 것도 아니다. 그랬다면 초고속 승진은 불가능했을 거다. 이자는 있는 현재를 있는 그대로 받아들이고 자신만의 방법을 찾고 있다.

"오늘은 이 정도만 할까요?"

"네?"

"서로 상대가 어떤 사람인지 파악하는 게 면접 아니겠어요? 결정은 천천히 시간을 두고 하죠."

"동등하지는 않습니다. 진 실장님은 선택하는 존재, 전 선택받아야만 하는 처지. 확연히 다르죠."

"하하. 선택받아야 하는 처지치고는 너무 당당하고 여유가 있어 보이는데요? 아쉬울 것이 없어 보였습니다."

"그런 척한 거죠. 상당히 떨고 있습니다."

솔직한 건지, 능글맞은 건지는 조금 헷갈린다. 후자 쪽일 것 같은데….

"장 전무님은 저 아니더라도 누군가가 선택할 것 같습니다. 순양생명 미래의 대표이사라고 다들 칭송하지 않습니까?"

"진영기 부회장님, 진동기 부회장님보다 전 실장님의 손길을 기다립니다."

"저요?"

"네."

"왜 그럴까요? 아…! 제가 아직 어리니 마음대로 주무를 수 있다? 뭐 이런 겁니까?"

"천만에요. 제 손에서 놀아날 사람이었다면 진 회장님께서 핵심 계열사를 물려주실 리가 만무하죠. 아직 어린 나이지만 벌써 회장님의 낙점을 받을 만큼 뛰어난 사람이라는 뜻 아니겠습니까?"

장도형 전무가 눈치 빠른 것은 인정해야겠다. 그리고 뭔가가 더 있어 보이기도 하다. 그게 뭘까? 어쩌면 오늘 꽤 오랜 시간 이야기를 나눠야 할 것 같다.

"그렇게 해석할 수도 있겠죠. 그런데 단지 그것 때문에 큰아버지보다 제가 더 낫다?"

"또 있습니다. 저 역시 여의도 바닥에 지인이 꽤 많습니다. 그들 중 몇몇이 그러더군요. 진도준은 미라클의 미래다. 진도준이 미라클에서 전권을 휘두를 자리에 올라가면 한국 금융시장은 그의 손에서 놀아날지도 모른다."

"누가 그따위 헛소리를 하고 다니던가요?"

"겸손하시네요. 하하."

장도형은 시원한 웃음을 터트렸다.

"제 지인이 여의도에만 있는 건 아닙니다. 예일 유학 시절의 친구들이 월가에 많이 있죠. 그들이 미라클 인베스트먼트에는 미라클 보이가 있다고 하더군요. 투자의 천재. 특히 스타트업 기업의 가치를 정확히 알아보는 혜안을 가졌다고 들었습니다. 단 한 번의 실패도 없는 투자자⋯. 이름이 '하워드 진'이라고 하더군요."

장 전무는 반짝이는 눈으로 내 얼굴을 뚫어지게 쳐다보며 물었다.

"미라클 보이, 바로 실장님 아닙니까?"

"아닌데요."

반짝이는 그의 눈을 보며 주저 없이 바로 대답하자 당황한 기색이 역력했다.

"⋯."

"제가 미국 미라클의 투자자이긴 합니다. 어릴 때 목장 판 돈을 오세현 대표가 미국에 묻어 뒀죠. 그게 꽤 많이 불어났습니다. 아마 그 때문에 그런 말이 도는 것 같은데, 투자의 귀재는 아닙니다."

"그럼 하워드 진이 실장님이라는 건 맞습니까?"

"그럴 수도 있고 아닐 수도 있고. 미국 본사 사람들이 절 하워드라고 부르기도 합니다. 그게 전부죠. 그러니까 절 너무 높이 추켜세우지는 마세요. 그리고 저를 투자의 귀재니 뭐니 착각해서 저와 함께하겠다는 생각도 접으시고요."

"아직 그 어떤 결심도 한 건 없습니다. 단지 두 부회장님보다 실장님이 우리 금융 계열을 맡게 된 걸 다행으로 여길 뿐이죠."

"그럼 절 보호하고 지켜 주셔야 할 겁니다. 두 부회장님께서 호시탐탐… 아니, 노골적으로 절 밀어내고 금융 계열사를 차지하려고 혈안이 돼 있을 테니까요."

장도형 전무는 이제야 '누군가는 위협하고 누군가는 회유하려 할 것'이라는 내 말의 정확한 뜻을 이해한 것 같았다.

"이거 선택을 잘못하면 태풍의 눈에 들어가게 되는군요."

"이미 들어왔습니다."

"그게 바로 제 대답입니다. 이제 선택하는 자의 결론만 기다리겠습니다."

눈치 빠른 아저씨다. 지금에 와서 나와 같은 길을 가지 않겠다고 말하면 당장 내가 칼을 빼 든다. 내 손길을 기다리지 않고 선택의 문을 열어 두었다면 이처럼 오랜 시간 이야기하지 않았을 것이고 내 처지에 대해 꺼내지도 않았다.

장도형은 처음부터 자신의 선택지를 나로 정했다. 그렇다면 내가 할 일은 그에게 올바른 선택을 했다는 생각이 들도록 해주어야 한다.

"생명, 화재, 증권, 카드, 이 계열사를 한눈에 파악하려면 어떻게 해야 하는지 설계하세요. 그래서 제 손에 회사가 들어오는 날 번개처럼 그 설계대로 해치울 겁니다. 가능합니까?"

"제가 알기로는 승계 작업이 2개월쯤 남았다고 들었습니다. 준비하겠습니다."

"훌륭하게 처리하시리라 믿습니다."

"실장님."

"네."

"전 사람에게 충성 같은 거 못합니다. 제가 양우찬 사장님께 알랑방귀를 뀌며 아부했던 이유는 제 출세를 위한 것이었습니다."

갑자기 의구심이 든다. 이 사람은 혹시 내 뒷조사를 철저히 한 건 아닐까? 충성보다는 정확한 거래가 훨씬 더 오래가고 믿음을 준다는 내 생각을 어디선가 들은 게 아닐까?

"무슨 뜻인지 알겠습니다. 두 달 뒤, 전무님은 순양그룹 통틀어 최고 연봉을 받는 순양전자 대표이사와 똑같은 대우를 받게 될 겁니다. 단, 제가 말했던 설계가 아주 잘 나온다면 말이죠."

장 전무는 입을 떡 벌린 채 감사의 인사는커녕 대답도 못 했다.

"직책은 그때 가서 생각해 봅시다. 처음엔 파격적인 인사를 단행할까 생각해 봤는데 아무래도 설계를 보며 결정해야겠어요. 괜찮죠?"

"무, 물론입니다. 이미 파격적인 제안을 주신 겁니다. 감사합니다."

"그 인사는 제 지시를 훌륭하게 해냈을 때 하세요. 아직은 미정인 겁니다."

일부러 지시라는 말에 힘을 줬다. 하지만 장 전무는 조금도 불쾌한 모습을 보이지 않았다.

"당연합니다. 실적 없는 보상은 저도 원하지 않습니다."

장도형 전무는 깨끗이 비운 맥주 캔을 찌그러트리며 일어섰다.

"할 일이 많으니 이만 일어서겠습니다."

"네, 긴 시간 고생하셨습니다."

우리는 굳은 악수를 했다.

"그런데 전무님. 마지막 질문이 하나 있습니다."

"네, 실장님."

"전 한참 어린놈에 불과한데 불안하지 않으십니까?"

장 전무는 마주 잡은 손에 힘을 불끈 주며 대답했다.

"전 제 눈앞의 기적을 믿거든요. 하하."

▲ ▲ ▲

승계 작업이 막바지에 달했을 때 조마조마했지만 할아버지 서재로 달려가는 짓은 하지 않았다. 과연 그룹 지배지분의 몇 퍼센트를 얹어 주실까? 더도 말고 덜도 말고 딱 20퍼센트만 주신다면 더 바랄 게 없었다.

"무슨 생각해?"

"아, 아냐."

"어휴… 나 축하하러 나온 자리에서 딴생각에 빠진 남자친구를 멋있다고 생각하는 미친 애는 나뿐일 거야."

"그걸 또 말하는 게 더 미친 거야. 넌 속마음 숨기는 법부터 좀 배워."

"내 유일한 장점이야, 솔직한 거. 장점을 왜 숨겨?"

"또 있어. 얼굴 예쁜 것도 장점이야."

"입에 발린 소리라는 거 알아도 기분은 좋네."

서민영은 배시시 웃으며 고기 한 점을 입에 넣었다.

"이제 고생 끝 행복 시작이 아니라 더한 개고생이 남았지?"

"응. 사법연수원 1년 차는 죽었다고 봐야지. 사시는 예선, 연수원이 본선이라는 말도 있잖아."

"종종 놀러 갈게."

"기대는 안 한다마는… 믿어 볼게."

여전히 밝은 모습의 그녀를 보자 괜스레 미안한 마음이 몰려왔다. 내가 부잣집의 평범한 20대 젊은 놈이었다면 이 애와 함께 즐거운 청춘을 보냈을 것이다. 하지만 즐거운 청춘 따위를 생각할 여유가 없다.

시간은 미친 듯이 빠르게 흘러가고 순양의 지배구조는 점점 복잡해진다. 바로 지금, 재학 중 사법고시 합격이라는 그 어려운 과제를 해낸 서민영을 축하해 주러 나왔지만, 머릿속은 지분구조만 꽉 차 있다.

"참. 너 말고 합격한 애가 또 있다면서?"

"응. 올해 재학 중 합격은 딱 둘이야. 나랑 김지훈. 알지?"

"김지훈? 누구지?"

"거 있잖아. 예비군 아저씨처럼 생긴 애."

"아… 그래."

내가 고개를 끄덕이자 서민영은 가볍게 웃음을 터트렸다.

"그런데 지훈이 그 애, 빠른인 거 알아?"

"빠른? 우리보다 한 살 어려?"

"응. 대박 아냐?"

나보다 10년은 늙어 보이는 놈이… 어이가 없다. 이름은 또 얼마나 세련됐는가? 하지만 그놈은 어린이에서 바로 아저씨로 변한 보기 드문 놈이었구나.

"그놈은 어디 지망이야? 검사?"

"아마도."

"넌 판사지?"

"응. 수도권 발령 받으려면 미친 듯이 공부해서 연수원 성적 잘 받아야 해. 생각만 해도 돌아 버릴 것 같아."

긴 한숨을 뱉는 민영이를 보며 기분을 좀 풀어 줘야겠다고 생각했다. 오늘은 기쁜 날 아닌가? 나는 준비해 온 쇼핑백을 내밀었다.

"이거 뭐야? 축하 선물이야?"

"응. 판사 되면 이거 들고 다녀. 서류 가방이다."

그녀는 황급히 쇼핑백을 뒤졌다.

"우와… 이쁘다…."

한참 동안 가방을 이리저리 살피던 그녀가 더듬거리기 시작했다.

"에르메니… 질? 길? 이거 어떻게 읽어?"

"에르메네질도 제냐(Ermenegildo Zegna)."

"너 이런 거 잘 아는구나. 역시 재벌이라 달라."

입이 찢어진 그녀에게 웃으며 말했다.

"이래 봬도 내가 백화점 주주야. 그 정도는 알아야지."

이런 걸 내가 알 리가 있나? 고모에게 부탁해서 골랐다. 고모가 눈은 최고 아닌가? 다시 작은 상자를 내밀었다.

"이건 또 뭐야?"

"가방은 나중에 쓸 거고, 이건 곧 써야 하는 거."

서민영은 선물상자를 열며 눈을 빛냈다.

"혹시나 해서 먼저 주는 거야. 너 연수원 들어가면 부모님께서 분명히 준비해 주실 거잖아. 미리 말씀드려. 필요 없다고."

서민영은 두 개의 열쇠를 손가락에 걸고 흔들며 말했다.

"난 아직 면허증 없어."

"연수원 들어가기 전에 따. 일산서 서울 왔다 갔다 할 때 운전해야지."

"이건 마스터키 같은데?"

그녀는 또 하나의 키를 내밀었다.

"응. 연수원 근처에 오피스텔 하나 얻었어. 괜히 기숙사에서 지낸다고 하지 마. 고생도 고생이고 남자 새끼들 득실거리는데…."

"불안해?"

불안한 건 아니지만 오늘이라도 기분 맞춰 주는 게 예의 아니겠는가?

"당연하지. 넌 거울도 안 보나?"

"불안한 거로 따지면 나보다 더할까?"

"너 나 몰라? 불안하긴 뭐가 불안해?"

그녀도 내 말을 수긍하는 듯 고개를 끄덕였다. 집과 사무실만 오가는 내 일상은 웬만한 직장인보다 훨씬 바쁘다는 걸 잘 안다.

"백화점 직원들에게 네 취향을 말해 줬어. 그 사람들이 필요한 가구는 다 채워 놓았으니까 언제든 들어가서 써. 참, 디지털 도어니까 번호 세팅 다시 하고."

"네 생일로 맞춰 놓을게."

"나 마음대로 불쑥 들이닥쳐도 되는 거야? 흐흐."

"그땐 각오하고 들이닥쳐."

"무슨 각오?"

"내가 확 덮쳐 버릴지도 모르니까 각오하라고!"

서민영은 참… 솔직하다.

▲ ▲ ▲

12월의 찬바람도 매섭지 않았다. 긴장이 풀리지 않으니 몸이 계속 들끓는 것 같다. 내 눈 앞에 펼쳐진 수많은 결재판과 그 위에 놓인 두꺼운 서류들. 이 서류들 맨 아래 있는 진도준이라는 이름과 서명란이 긴장을 풀지 못하게 만들었다.

"이놈아. 그냥 찍어. 뭘 그리 유심히 살피는 게냐?"

"아… 네."

"숫자 챙겨 보지 마. 지분구조는 워낙 복잡해서 한 번에 계산 못 한다. 도장 다 찍으면 내가 알려 주마. 싫으면 안 찍어도 되고."

"아닙니다."

가장 위에 놓인 서류 몇 장에 내 인감을 찍었다. 일종의 세리머니다. 곁에서 대기하던 직원에게 도장을 넘겨주니 서류 더미와 내 도장을 들고 조용히 서재를 빠져나갔다. 나 대신 저 두꺼운 서류에 인감을 찍을 것이다.

"궁금하지?"

할아버지는 선물 포장지를 못 풀어서 궁금해하는 나를 보며 계속 웃기만 했다.

"금융 주력사 네 개와 고만고만한 자회사 몇 개 묶었다. 보너스로 그룹 지분도 섞어 넣었고."

'그러니까 얼마나 넣었냐고요?'

소리치고 싶은 걸 억지로 누르며 차분한 표정으로 기다렸다.

"네 녀석이 순양그룹에 큰소리치는 건 딱 10분의 1이다."

겨우 10퍼센트.

내 얼굴을 순식간에 스치고 지나간 실망을 할아버지는 놓치지 않았다.

"왜? 부족한 게냐?"

"아닙니다. 괜찮습니다."

"이놈 보게. 충분합니다가 아니라 괜찮습니다? 욕심은…."

"아, 충분해요. 정말이에요."

"대신 그 계열사들이 가진 자산은 그룹에서 가장 많다. 알지?"

많으면 뭐 하나? 돈으로 살 수 없는 게 바로 순양그룹의 지배지분인데. 온갖 비상장 회사들이 다 쥐고 있지 않은가?

"네가 자신 있게 말하지 않았더냐? 그 계열사와 미라클이 가진 HW 그룹을 기반으로 또 하나의 순양그룹을 만들겠다고."

"꼭 그리하겠습니다."

시원하게 대답하자 할아버지는 자리에서 일어나 내 곁으로 와서 앉았다.

"도준아."

"네."

"이 할애비가 어떤 심정으로 이렇게 했는지 이해하지?"

애잔한 할아버지의 눈을 보니 섭섭한 마음이 일순간에 사라졌다.

"네. 잘 알아요."

절묘한 숫자 10퍼센트. 두 큰아버지가 내가 가진 지분을 차지하기 위해 위험한 도박을 시도하기엔 적고, 나를 무시하기에는 큰 숫자다. 나를 자신의 편으로 끌어당기려 다정하게 대할 만한 숫자인 것이다. 날 위험에 빠트리지 않기 위해 안배한 할아버지의 마음을 충분히 이해한다.

"감사합니다. 할아버지."

난 주름 가득한 할아버지의 두 손을 꼭 잡았다.

▲ ▲ ▲

"10퍼센트?"

"네, 부회장님. 주력 계열사 네 곳, 그리고 여섯 개의 관계사를 승계했습니다. 지배지분은 순양생명이 쥐고 있습니다."

진영기 부회장은 일단 한시름 놨다. 핏줄 중에 그 정도로 애정을 보인 적이 없어 노심초사했지만, 그간 아버지가 보인 애정을 생각하면 의외다.

"지분 관계 정확하게 뽑은 자료입니다. 한번 검토해 보시죠."

진영기는 비서가 공손히 내미는 서류 몇 장을 재빨리 낚아챘다.

진영기 36퍼센트

진동기 33퍼센트

미라클 16퍼센트

진도준 10퍼센트

"나머지 5퍼센트는 임원이야?"

"그렇습니다. 전부 34명인데 은퇴하신 분이 21명, 현직 13명입니다. 세부 명단은 뒤에 있습니다."

진영기 부회장은 명단을 쭉 훑어본 후, 얼굴을 찌푸렸다.

"제기랄… 전부 아버지 수족이군."

"네. 그 주식을 되찾아 올 수 있는 분은 회장님뿐입니다. 그런데 그분들의 공로를 인정해서 나눠 준 것이기 때문에 되찾아 오실 생각은 없으실 겁니다."

"지금 당장 이 사람들 접촉… 아니다. 좀 더 지켜보자. 괜히 들쑤셨다가는 아버지 귀에 들어가."

"그렇습니다. 아직 여유가 있으니 천천히 움직이셔도 될 듯합니다."

비서는 서둘지 않는 진영기를 보며 안심한 표정이었다. 겨우 어제 일어난 일이다. 5퍼센트의 주식을 쥐고 있는 임원들에게 오늘 당장 전화라도 한 통 하면 곧바로 진 회장의 귀에 들어간다. 분명 경박한 놈이라고 욕만 얻어먹을 게 뻔한 일 아닌가?

"동기 움직임 잘 감시해. 사람 더 붙이고, 누구 만나는지 한 명도 빼먹지 말고 보고하도록."

"네, 부회장님."

진영기는 진도준의 얼굴을 떠올렸다. 그 꼬맹이가 가진 주식을 뺏을 필요가 없다. 자신의 충실한 개로 만들면 된다. 개는 주인의 사랑을 먹고 자란다. 앞으로 항상 인자한 큰아버지의 모습을 보여 주며 천천히 내 사람으로 만들면 된다. 조급해 할 필요가 없다. 10퍼센트의 지분으로 할 수 있는 건 없으니까 말이다.

▲ ▲ ▲

"내가 필요한 건 눈에 드러난 지분구조가 아니라고 몇 번이나 말했어? 순양그룹 주식이 이것밖에 없어?"

진동기 부회장은 비서실장이 내민 서류를 집어던지며 소리쳤다.

"그룹에 영향력을 끼칠 수 있는 외부기관이나 개인을 전부 파악하라고. 그놈들이 똘똘 뭉치면 순양그룹에서 진씨 성을 가진 놈은 단 한 명도 빠짐없이 쫓겨난다는 거 몰라?"

"부, 부회장님. 그건….."

비서실장은 예민해진 진동기 부회장의 억지를 고스란히 받아 내야 했다. 어차피 의결권을 행사하지 않는 주주들 아닌가? 순양그룹 주요 계열사 주식을 어마어마하게 가진 은행, 투자기관, 공공기관은 그룹 내부 경영권에 큰 관심을 보이지 않는다. 이런 기관들이 순양그룹의 주식을 보유하는 이유는 은행에 예금하는 것과 크게 다르지 않다. 분산 투자의 한 부분으로 대기업 주식에 돈을 묻어 둘 뿐, 경영권을 차지하기 위해 주식을 확보한 건 아니다.

개인도 마찬가지다. 특히 오랫동안 주식을 보유한 개인은 재산 일부로 생각할 뿐 경영에 참여하기 위해 주권을 행사한 적이 없다.

지금 변수는 임원들이 가진 지분과 미라클 그리고 진도준이 전부다.

"왜? 파악 불가능하다고 우는소리라도 하려고?"

"아, 아닙니다."

"잘 들어. 분명히 차명으로 분산한 주식이 존재해. 넌 아직 내 아버지를 모르겠어?"

진동기는 비서실장을 죽일 듯 쏘아봤지만, 그 시선은 사실 그의 아버지를 향한 것이었다. 진 회장의 권력욕은 보통 사람들이 꿈꿀 수 있는 범위를 훌쩍 뛰어넘는다. 생명의 마지막 숨을 쉴 때까지 그 권력을 내려놓을 사람이 아니다. 분명 회심의 일격을 먹일 수 있는 마지막 한 줌은 손에서 놓지 않았을 것이다. 진동기는 그 한 줌을 기관이나 개인에게 숨겨 놓은 것이 분명하다고 생각했다.

"부회장님, 솔직히 기관들은 회장님의 뜻에 따라 움직일 겁니다. 아직까지는요. 하지만 그놈들은 권력의 이동을 귀신처럼 알아챕니다. 부회장님께서 힘을 키워 나가면 자연스럽게 지지할 겁니다."

진동기는 불꽃처럼 이글거리는 눈길을 고스란히 받아 내며 흥분한 자신을 진정시키려고 애쓰는 비서실장의 긴장한 표정을 보자 마음이 가라앉았다.

"고맙다."

"송구합니다."

비서실장은 진동기 부회장의 한마디에 담겨 있는 진심을 느꼈다.

"그래도 개인 주주는 파악해야겠지?"

"네. 특히 장기 보유자 명단은 꼭 파악하겠습니다."

"그래. 아 참, 차명으로 된 놈들이 있을 거야. 그러니까 행방을 찾기 힘든 놈들, 이를테면…."

"거주지 불명, 이민자, 장기 외국 체류자들을 중심으로 파악하겠습니다."

"그래. 꼭 찾아내."

"네. 그리고 부회장님, 적어도 안전장치는 해놔야 하지 않겠습니까?"

"안전장치?"

"네. 조카인 진도준과 미라클 말입니다. 제 생각엔 이 두 주주의 연결고리는 동생이신 진윤기 사장님입니다. 그분과 좋은 관계만 유지한다면…."

"59퍼센트! 내가 순양그룹의 주인이지."

"그렇습니다. 그룹의 향방은 진윤기 사장이 쥐고 있다고 해도 과언이 아닙니다."

"남에게 칼자루 맡길 수는 없지 않겠나? 내 회사들의 자금을 총동원해서 시장에 흩어져 있는 지분을 사들이는 것도 추진해 봐. 얼마나 확보할 수 있는지 확인해야겠어."

"알겠습니다."

비서실장이 허리를 숙이고 나가자, 진동기는 전화 수화기를 들었다. 일단 동생의 심중부터 파악해야 한다.

▲ ▲ ▲

대학 시절이 끝났다. 기말고사를 끝내고 아버지가 신신당부한 약속을 지키기 위해 차를 몰았다.

"시험 끝났다고 친구들이랑 어울려 놀고 싶은 마음은 안다. 하지만 연말연시를 늘 같이 지낼 수 없을 만큼 바쁘잖아. 너도, 나도…. 그러니 오늘 저녁만이라도 우리 가족끼리 오붓하게 먹자."

종강 파티를 함께 즐길 만한 친구가 없다는 걸 모르시지 않을 텐데 꼭 시간 내라는 말을 이런 식으로 하신 거다. 아버지가 말씀하신 저녁식사 장소는 상암동의 한 빌딩이었고 그곳 최상층은 꽤 그럴싸하게 꾸민 퓨전 레스토랑이었다.

"시험 잘 쳤냐?"

상준 형은 웃으며 나를 반겼다.

"낙제만 안 하면 되지 뭐."

"수고했다. 이제 졸업만 남았네."

어머니는 내 등을 토닥이며 자리를 내어 주었다.

가장 늦게 도착한 아버지는 오랜만에 다 모인 가족의 모습 때문인지 환하게 웃었다.

"여보, 여기 어때? 분위기 괜찮지 않아?"

"좋은데요? 그런데 왜 손님이 한 명도 없어요? 좀 이른 시간이긴 하지만… 장사가 안되나?"

"흐흐. 크리스마스이브가 오픈이야. 아직 정식 영업이 아니라서 그래."

"혹시…?"

어머니가 고개를 갸웃하자 아버지는 어머니 손을 꼭 잡으며 말했다.

"상암동 관계자들 중요한 미팅 장소가 없는 것 같아서 준비했어, 당신 이름으로."

"네?"

"여기 총괄 매니저가 유능한 사람이야. 거금 주고 스카우트했으니까 당신은 가끔 얼굴만 비춰 주라고. 이제 애들 다 컸는데 소일거리라도 있어야 하지 않겠어?"

'오! 우리 아버지, 로맨틱한데?'

"축하해요, 엄마."

상준 형이 먼저 인사를 건네자 어머니의 어리둥절한 표정이 밝게 변했다.

"자자, 식사부터 하자고. 이곳 대표 메뉴라 할 만한 것들부터 맛보고 다들 품평해 봐. 주방장은 이탈리아와 프랑스에서 제대로 공부한 분이니까 괜찮을 거야."

요리를 먹는 동안 아버지는 내가 순양의 금융 계열사를 물려받은 소식을 전하지 않았다. 분명 어머니 때문일 것이다. 어머니는 우리 가족이 순양그룹에서 한 발짝 떨어진 곳에 머물기를 간절히 원하는 분 아닌가? 이제 내가 태풍의 눈이 됐다는 걸 알면 밤잠을 설칠 것이다. 심각한 이야기를 꺼내지 않았으니 가족 간의 대화는 그 어느 때보다 온화하고 화목하게 흘러갔다.

"아버지, 혹시 이 건물 통째로 쓰실 겁니까?"

"응? 어떻게 알았어?"

어떻게 모를 수 있나? 빌딩 로비 안내판에 붙은 회사 이름이 전부 아버지의 회사였다. 게다가 빌딩 이름은 '현(HYUN)', 바로 어머니 이름 이서현의 현 자가 아닌가?

"아버지, 글자 읽을 수 있는 사람이라면 누구나 알 겁니다."

상준 형이 웃으며 말했다.

"그런가? 하하. 오세현 다리 잡고 늘어져서 싸게 빌렸다."

"지주회사 시스템으로 바꾸십니까?"

"그래. '현홀딩스'라고 이름 지었어. 내년에 시작할 거야."

아버지는 다정스레 어머니를 바라보며 말했다.

"당신 이름 붙은 건물 보니까 어때?"

손발이 오글거린다. 쉰 넘은 나이에 이런 유치한….

난 아무래도 어머니 피를 더 많이 받았나 보다. 소녀처럼 기뻐하실 줄 알았는데 한숨을 쉬신다.

"애들 앞에서… 그 정도만 해요."

어머니의 매서운 눈길에 아버지는 슬쩍 화제를 돌렸다.

"제작사, 기획사, 케이블 방송 등 전부 이곳으로 모으려고. 강남에 흩어져 있는 회사도 같이. 그래야 관리하기 편하겠더라고."

일부러 내 졸업 시기를 맞춘 것 같다. 아버지 일하기 편하도록 상암동에 집이나 한 채 지을까 생각할 때, 마음이 통했는지 아버지는 예상하지 못한 말을 꺼냈다.

"이제 도준이도 졸업하니까 내년부터 너희 둘은 집에서 나가는 게 어때? 다 큰 놈들 밥해 줘야 하는 우리 마나님 보니 속이 아프다. 그만 부려먹고 독립해라."

"여, 여보!"

화들짝 놀란 어머니가 아버지를 만류했지만, 아버지는 여전히 웃으며 말했다.

"괜찮아. 언제까지 우리가 끼고 있을 수는 없어. 때가 되면 부모 둥지 떠나는 게 이치에 맞아. 먹고사는 걱정이야 이놈들 문제고 우리는 이제 신혼 때처럼 재미나게 살자고."

더 이상 반가울 수 없는 기쁜 명령이다.

"우리 집도 줄이고 적당한 아파트로 이사하고 싶은데 방문하는 손님들 때문에 그건 힘들고…."

"순양호텔 객실 하나 비워 놓을 테니까 가끔 들러서 신혼 기분 만끽하세요. 제 독립 기념 선물이라고 생각하세요."

"이야, 우리 아들 통 큰데? 기꺼이 잘 써주마. 하하."

호탕한 아버지의 웃음에도 함께 웃지 못하는 상준 형은 머리를 숙인 채 음식만 꾸역꾸역 집어넣고 있었다.

"상준아, 머리 들어. 죄지었어?"

죄인이나 다를 바 없는 심정일 것이다. 동생은 벌써 엄청난 돈을 주물럭거리며 부모님의 자랑거리가 됐는데 형인 자신은 천덕꾸러기 신세 아닌가?

"죄송해요."

"괜찮다니까. 회사 그만둔 게 네 책임만은 아냐. 내가 조심하라고 했는데, 어쩌겠냐? 다들 눈치 보느라 그랬다는데."

무슨 내용인지 몰라 의아해 하는 사람은 어머니뿐만이 아니다. 나도 두 사람의 얼굴을 번갈아 보며 눈만 깜빡거렸다.

"아, 별일 아니다."

별일 아니라고 했지만, 알고 보니 내용은 좀 우습기까지 한 일이었다.

어차피 나는 아버지의 미디어 회사에 관심도 없으니 아버지는 자연스럽게 상준 형을 끌어들였다. 음악에 관심도 많고 예술을 사랑하는 피는 상준 형이 더 낫다고 판단했다.

이쪽도 나름대로 빡센 곳 아닌가? 바닥부터 차근차근 익히는 게 정석이라고 생각한 아버지는 상준 형을 엄하게 굴리라고 지시했지만, 지시대로 움직인 사람은 아무도 없었다. 일을 배우기는커녕 모두 눈치만 보며 왕자 대접하기에 하루 종일 구경꾼처럼 서성대기만 하다 퇴근했다. 출근해서 일하지 못하고 하루를 때우는 게 얼마나 큰 고통인지 대기 발령 받은 사람만 안다.

아직 머리를 들지 못하는 상준 형을 보니 마음이 편치 않다. 좋아하는 음악 공부하며 재능이 없음을 깨달았을 때 얼마나 절망했을까? 일터에 나가 멍때리다 하루를 마감했을 때 얼마나 참담했을까? 평범한 사람들에게는 복에 겨운 소리지만 다들 자기 상황이 가장 힘든 법이다. 풀죽은 형의 모습을 보니 짠한 마음이 솟았다.

"아버지, 어머니. 저 잠시 형이랑 이야기 좀 할게요. 괜찮죠?"

난 깜짝 놀라 머리를 든 형을 향해 눈짓하고 구석 테이블로 자리를 옮겼다.

"형, 이런 건 어때?"

"뭐가?"

"요즘 가수 기획사가 대세잖아. SM엔터테인먼트 상장한 거 알지?"

"너 거기 투자했어?"

상준 형은 휘둥그레진 눈으로 물었다.

"아니. 엔터 주는 답 안 나와. 규모도 작고. 거긴 그쪽 계통 사람들이나 투자하는 거지. 앞으로 10년쯤 지나야 가치를 인정받을 거야. 하고 싶은 말은 그게 아니고. 형도 그쪽으로 한번 해볼래?"

"기획사? 내가? 어림도 없어."

머리를 절레절레 흔드는 형을 보니 뒤통수라도 한 대 때려 주고 싶었지만 참았다.

"음악 좋아하잖아. 물론 좋아한다고 잘하는 건 아니지만, 그래도 아버지가 하는 영상보다는 음악이 낫지 않을까?"

"도준아, 마음 써주는 건 고마운데 그거 아무나 하는 거 아니야. 일단 매니지먼트에 대해 내가 아는 게 없다고. 신인 발굴하는 거, 교육하는 거, 방송 데뷔 성사시키고…. 불가능해."

이 대답은 조금 기특하기까지 했다. 능력도 안 되는 놈이 얼씨구나 하고 시작한다고 말했다면 내가 멈췄을지도 모르겠다.

"배워."

"뭐?"

"일을 배워야지. 설마 내가 회사를 차려 줄 거로 생각한 거야?"

"그… 그게 아니라…."

"형이 한번 골라 봐. 꼭 취직하고 싶은 곳. 아직 성공하지도 않았고 가수도 몇 없는 작은 곳. 하지만 형이 보기엔 가능성이 엿보이는 그런 회사 말이야. 거기 취직하라고."

"그러니까 회사부터 골라라?"

"진짜 바닥부터 빡빡 기면서 일 배워. 가수 차도 운전하고 생리대 심부름도 해. 성질 더러운 아이돌한테 조인트도 까이고. 그렇게 시작하는 거야."

"…"

"우리 집안 팔지 말고 형 이름만으로 취직해. 외국 유학 다녀온 스펙도 있잖아. 형은 월급 적어도 괜찮잖아? 매달려서라도 취직하라고."

과연 그 정도의 의욕이 있을까? 하지만 바닥을 건너뛰겠다는 안일한 생각이라면 차라리 평생 백수로 사는 게 낫다. 생활비와 용돈이야 충분히 줄 수 있다.

"그러다 자신감 생겼을 때 말해. 회사 차려 줄게. SM보다 더 크게 키울 자신과 능력만 내게 보여 줘. 그럼 돈이 얼마가 들든 형에게 투자할 테니까. 어때?"

"생각 좀 해볼게."

'이 자식이 장난하나? 고생은 싫고 성공만 원하는 거야?'

일그러진 내 표정을 본 상준 형은 급히 입을 열었다.

"야! 빡빡 기는 거 때문에 생각해 보겠다는 거 아냐. 일 배우는 데 그 정도는 해야지. 그런데 내가 엔터 회사를 키울 수나 있을지, 경영할 그릇은 되는지부터 생각해 보려고. 부모님 돈도 아니고 동생이 준 돈을 홀라당 날려 먹는, 그런 병신 짓은 피해야 하잖아."

'오호라, 이런 기특한 소리까지 할 줄이야!'

"생각하지 마."

"뭐?"

"일단은 그냥 배워. 배우다 보면 자신감도 붙을 거고 능력도 생기는 거야. 그 분야를 모르면서 생각만으로 결정하는 게 더 병신 짓이지. 그렇지 않아?"

내 말에 아무런 대꾸도 못 하던 상준 형은 잠깐의 침묵 뒤에 입을 열었다.

"아버지한테 말하지 마. 그럼 어디선가 또 말이 샌다. 이제 누구누구의 아들, 누구누구의 손자라는 말은 듣고 싶지 않아. 들어서도 안 되고."

"그래, 형이랑 나만의 비밀로 하자. 됐지?"

몇 번 실패해도 믿어 주고 밀어줘야 가족이다. 상준 형이 고른 회사에 몇십억 투자해 주고 제대로 일 배우도록 부탁해야겠다. 정말 로드매니저만 하다 몇 년 까먹을 수는 없지 않은가?

저녁 식사를 마치고 집으로 돌아와 아버지와 단둘이 맥주 한 잔을 기울였다.

"기분이 어떠냐? 이제 겨우 스물넷 되는데 계열사가… 몇 개나 되냐? 열 개 넘어?"

"HW그룹 아홉 개, 순양금융사 네 개. 주력만 그렇고 자회사는 몇 갠지 저도 헷갈리네요."

"어쭈? 너무 잘난 척하는 거 아냐? 흐흐."

"할아버지도 그렇고, 세현 삼촌도 그렇고…. 회사 쪼개서 여기저기 붙이는 데는 귀신이더군요. 솔직히 자회사는 신경 쓸 여력도 없습니다."

"또 잘난 척. 야! 나도 회사 많아. 하지만 조그만 제작 스튜디오까지 신경 쓰며 관리한다고. 신경 써야지."

"아버지."

슬쩍 웃으며 나지막이 아버지를 불렀다.

"왜?"

"사이즈가 다르지 않습니까? 국내 제1의 생보사, 한국 점유율 32퍼센트의 자동차 회사. 도급 순위 6위의 건설사. 더 말할까요?"

"됐다. 자식이… 끝까지 잘난 척은. 흐흐."

물려받았든, 편법을 썼든, 아버지는 아직 어린 아들이 거대한 기업을 일궜다는 자랑스러움을 감추지 못했다. 하지만 몸에 딱 맞지 않는 옷은 탈이 나는 법, 아버지의 웃음엔 묘한 여운이 남았다.

"큰아버지들은? 연락 온 적 없어?"

"아직은…. 아마 아버지께 연락하지 않을까요? 대주주인 저와 미라클, 양쪽을 아버지가 컨트롤할 수 있다고 여길 테니까요."

"그럴 수도 있겠네. 내가 어떻게 해줄까?"

"제가 학업 마칠 때까지는 관여하지 않는다고 하시면 될 것 같습니다."

"응? 학업? 그게 무슨 소리지? 내년 2월이면 졸업인데? 두어 달 남았는데 그사이에 무슨 일이 생기는 거냐?"

"아뇨. 대학원 갈 생각입니다."

아버지는 황당한 표정으로 말했다.

"학교도 잘 안 가던 놈이 대학원은 무슨? 왜? 경영학이나 경제학을 공부해 볼 생각이야? 아니면 회계학이라도?"

"그건 아니고요."

난 아버지의 눈치를 살피며 조심스레 말했다.

"할아버지 연세가 만만치 않잖아요. 졸업하면 곧바로 영장 나올 테고, 군대 가야 하는데 그동안 할아버지께 좋지 않은 일이라도 생기면 어떡합니까? 살아계시는 동안은 군대 미루고 곁을 지키고 싶어서요."

"군대?"

아버지의 얼굴은 더 황당한 표정으로 변했다.

"너 군대 가? 그룹에서 조치했을 텐데…?"

"네? 무슨 조치요?"

"잠깐만 있어 봐."

아버지는 휴대전화를 꺼냈다.

"아, 형님, 저 윤기입니다. 네, 네. 잘 지내시죠?"

아버지는 누군가에게 전화를 걸어 일상적인 안부 인사를 한참 나눴다.

"여쭤볼 게 있는데요. 우리 도준이 군대 문제 어떻게 됐습니까? 네. 네. 아… 그때 그 사고? 네…. 그렇군요. 아, 아뇨. 연락을 못 받아서요. 네…. 네, 아무튼 알겠습니다. 고맙습니다. 형님, 일간 한번 뵙죠. 소주나 한잔…. 하하하."

통화를 끝낸 아버지는 빙긋 웃었다.

"그럼 그렇지. 연락하는 걸 깜빡했군."

"누구와 통화하셨어요?"

"응? 아…! 이학재 실장님. 너 군대 문제 어떻게 됐나 해서."

'설마?'

조금은 이상하게 생각했다. 상준 형은 물론이고 사촌 형들 모두 군대 간 놈이 없었다. 기억을 더듬어 봐도 방위조차 없었으니 모두 면제였던 게 확실했다. 나도 당연히 면제라고 생각했지만, 아직 졸업하지 않았고 휴학한 적도 없으니 알 수 없었다. 영장 나오면 처리하는 거라고 짐작만 할 뿐이었다. 더욱이 할아버지와 나를 떨어뜨려 놓는 가장 좋은 방법이 군대이니 큰아버지들이 장난이라도 치지 않을까 걱정했다. 대학원은 만에 하나를 대비한 꼼수였는데….

"너 면제 판정 받아 놨대. 넌 좀 쉬웠다더라. 예전에 큰 교통사고를 당했을 때 진단서 끊어 처리했다고…. 그러니까 영장 나오는 거 연기하려고 대학원 갈 필요는 없어졌어."

"그렇군요."

아무렇지 않은 듯 머리를 끄덕였다.

"혹시 군 문제 아니라도 공부 더 할 생각 있어? 외국 유학이라도 가볼래?"

"아뇨. 공부는 성공을 위해서든, 공부 자체를 좋아해서든 둘 중 하나 때문에 하는 건데 전 둘 다 아니잖아요. 성공했고, 공부는 하기 싫고."

"그럼 다시! 내가 어떻게 해줄까? 형님들이 날 들볶을 때?"

"당분간은 관망하겠다고 하시죠."

"지금은 그래야겠지?"

"네."

아버지는 남은 맥주를 싹 비웠다.

"그래. 필요한 거 있으면 언제든 이야기하고."

"그렇게 하겠습니다. 참, 상준 형 있잖습니까?"

"응? 상준이?"

"네. 혼자 어떻게 해보겠다고 했으니 당분간 취직 알아보지 마시고 놔두세요. 형도 성인이니까요."

물끄러미 날 보던 아버지는 내 어깨를 두드렸다.

"내가 전생에 나라를 서너 번은 구한 게 틀림없어. 이런 복덩이 아들을 두다니 말이야. 그래, 모른 체하마."

나는 말없이 아버지를 향해 미소만 지었다.

'아버지가 나라를 구한 게 아니고 전생에 억울한 죽임을 당한 아들을 둔 겁니다. 그게 아버지에게는 얻어걸린 행운이에요.'

6장

시한폭탄 팔기

월드컵 개최를 코앞에 둔 한국 축구 대표팀은 시드니 올림픽 조별리그 탈락, 아시안컵 3위의 성적을 기록하는 등 성적이 바닥으로 떨어졌다. 마침내 허정무 감독이 사퇴하고 1998년 프랑스 월드컵 조별예선에서 대한민국에 5대 0의 참패를 안겼던 거스 히딩크가 2001년 1월 1일 대한민국 축구 국가대표팀 감독으로 공식 취임했다.

　"축구 좋아하십니까?"

　"보통이죠, 뭐. 국대 경기만 좀 보는 수준? 그게 전부예요."

　장도형 전무는 히딩크 감독의 취임식 인터뷰를 보며 흥미를 보였지만, 결과를 알고 있을 때 스포츠만큼 재미없는 게 있을까? 맥 빠지는 거로 치면 영화 스포일러보다 더하다. 내가 별다른 흥미를 보이지 않자 장도형은 화제를 돌렸다.

　"새해 첫날인데 집에 계시지 왜 이곳에 계십니까?"

　"임원들이 인사하러 올 것 같아서요."

　"받으시면 되죠."

　"아이고, 그거 엄청 불편합니다. 자식 같은 놈에게 문안 인사를 하는 것도 힘들겠지만, 아버지뻘이신 분들에게 인사받는 건 더 고역입니다."

　"그럼 전 아버지뻘이 아니라서 편하신가요? 새해 첫날 보자고 하신 이유가?"

　"전무님께 힘을 실어 드리기 위함이죠."

　"네?"

"내일 회사 가서 슬쩍 흘리세요. 새해 첫날 저랑 독대했다고."

"아⋯!"

힘을 실어 준다는 뜻을 이해했는지 장 전무는 슬쩍 웃음을 보였다. 그가 바라는 것, 바로 새로운 실세의 첫걸음이라고 생각하는 것 같다.

"전무님, 순양그룹의 실세는 누구라고 생각하십니까?"

"그야 이학재 비서실장이죠. 그야말로 회장님의 오른팔 아닙니까?"

"그럼 어떡해야 실세가 될까요?"

"신뢰 아니겠습니까?"

"신뢰?"

"네. 권력자의 절대적인 신뢰, 그걸 다른 사람들도 아는 거죠."

실세, 매력적인 단어. 절대 권력자의 곁에서 또 하나의 권력을 휘두르는 사람, 가끔 혹은 종종 모시는 사람보다 더한 권력을 휘두를 때도 있다. 하지만 신뢰만으로 실세가 되는 건 아니다.

"전무님, 제 생각에 실세란 이렇습니다. 권력자를 언제라도 만날 수 있고, 만나서 아무 이야기나 할 수 있고, 한 이야기 대부분이 권력자를 통해 이루어져야 합니다. 이 중에 단 하나라도 빠지면 실세가 아닙니다. 자, 이학재 실장이 실세 맞습니까?"

장도형 전무는 조금 실망한 표정으로 나를 보더니 짧게 한숨 쉬었다.

"엄격하시군요. 심하다 싶을 만큼⋯."

"그런 의미로 말씀드린 게 아닙니다."

"네?"

"순양그룹 모두가 이학재 실장은 실세라고 생각합니다. 할아버지만 그렇게 생각하지 않죠. 중요한 건 실세냐 아니냐가 아닙니다."

"아⋯! 그렇군요. 모두가 실세라고 생각한다면⋯."

장도형 전무는 그제야 무릎을 탁 쳤다.

"오늘 이런 자리가 장 전무님 운신의 폭을 넓혀 줄 겁니다. 충분히 이용해 보세요."

장 전무는 머리를 끄덕이며 어렵사리 말을 꺼냈다.

"어떻게 이런 생각을 다 하십니까? 혹시 회장님께 특별한 가르침이라도 받으시는 겁니까?"

"글쎄요. 그냥 눈 크게 뜨고 귀를 활짝 열면 모두가 스승이라는 말도 있지요. 하하."

말 같지도 않은 소리를 하자 장 전무도 기가 차는지 실소를 보인다.

"자, 농담은 이만하고 서류 검토부터 합시다."

"아, 네."

장 전무는 준비해 온 계획서를 펼쳤다. 반도체 회로 설계도 같은 복잡한 계획서였다.

"계열사 전산 시스템부터 통합해야 합니다. 그 시스템으로 일일 현황까지 파악할 수 있습니다. 계열사 현금 흐름을 한눈에 파악하실 수 있도록 준비하겠습니다."

"문제는 여유 자금 분석입니다. 운용 기간을 정확히 알아야 돈을 굴릴 수 있는 거 아시죠?"

"네. 참… 자금은 자사주 매입으로 쓰실 거죠?"

"그렇습니다. 지금 지분구조가 불안정한 거 아시죠? 두 부회장님이 우리 계열사 주식 쓸어 모으면 증권과 카드는 단숨에 뺏깁니다. 물론 할아버지께서 지켜보시니 드러내놓고 사들이지는 않지만 분명 물밑에서 매집합니다."

"계열사가 보유한 부동산도 차근차근 정리해 나갈 생각입니다. 차후 땅값 오르는 걸 생각하면 아깝긴 하지만…."

"괜찮아요. 땅은 다시 살 수 있지만, 큰아버지 손에 들어간 주식은 영영 못 찾습니다. 아깝다고 생각 말고 주식으로 바꾸세요."

"네, 그런데 실장님."

"말씀하세요."

"순양카드 말입니다. 지난번 계열사 사장단 미팅 때 리스크 조짐이 보인다고 하셨다는데… 맞습니까?"

"네. 어떻게 아십니까?"

"이민섭 사장이 회사로 돌아와서 노발대발했습니다."

장 전무는 고자질 같아 찝찝한 모양인지 내 눈을 피하며 말했다.

"어린놈의 새끼가 할아버지를 등에 업고 잘난 척했다?"

"뭐, 비슷합니다."

난처한지 여전히 눈을 내리깔고 대답한다.

"제 의견은 아실 테고, 전무님 의견도 한번 들어 볼까요? 어떻습니까? 카드, 이대로 괜찮겠습니까?"

"솔직히 말씀드리겠습니다. 신용카드라는 게 기본적으로 돈놀이 아닙니까? 시중금리보다 높은 이자놀이 하는 건데 회수율만 신경 쓰면 사업 자체를 부정하는 꼴입니다. 어느 정도는 회수 불가하다는 걸 고려해야 합니다. 채권이 늘어날수록 회수 불가 금액도 커지지만 대신 벌어들이는 이자나 수수료도 더 커집니다. 이 밸런스를 무시하면 안 됩니다."

'역시….'

설마 하던 위험은 갑자기 닥친다. IMF만 봐도 알 수 있다. 하지만 3년이면 망각하는 데 충분한 시간이다. 쓰나미처럼 덮칠 카드 대란은 아직 아무도 감지하지 못했다.

"그렇군요. 이거, 제가 사과라도 해야겠는데요?"

"네?"

"아닙니다. 그럼 이렇게 하죠. 자사주 매입은 증권에 집중하세요. 카드는 굳이 손대지 않아도 됩니다. 대신 카드사가 보유한 다른 계열사 지분은 조금씩 순양생명으로 옮기세요."

장도형은 머리를 갸우뚱하며 미간을 찌푸렸다.

"생각을 바꾸지 않으셨군요."

"제가 고집이 좀 셉니다."

"그럼 카드사 정책을 손대야 합니다."

"아뇨. 놔두세요."

'만신창이가 될 카드사에 큰아버지가 돈을 쏟아붓게 하려면 누군가 도발해야 하는데 이민섭 사장이 그 역할을 할 수 있으려나? 아니면 미끼라도 하나 던져야 하나?'

장도형 전무는 생각에 잠긴 내 모습을 미심쩍은 눈빛으로 가만히 지켜보기만 했다.

"이렇게 합시다."

"네."

내 생각을 정리하고 통할 만한 계책이 떠올라 말문을 열자, 장 전무는 잔뜩 긴장한 표정이 되었다.

"전무님은 이민섭 사장에게 넌지시 흘리세요. 진도준은 사람과 부딪히며 상대하는 걸 좀 꺼리는 것 같다. 그래서 모니터만 들여다봐도 되는 투자를 좋아하더라."

장 전무는 내 말이 끝나기를 기다렸다.

"그런데 카드사에 대한 견해가 다르고, 그놈은 너무 부정적이라 카드사를 귀찮은 혹처럼 여기는 것 같다. 어떻게 하면 좋겠냐? 뭐, 이런 식으로…."

"실장님의 지금까지 행적을 보면 사실이든 아니든 그럴듯하게 보입니다."

"그렇죠? 상대가 믿게 만드는 게 중요합니다. 만약 이민섭 사장이 이 사실을 믿으면 어떻게 움직일까요?"

"글쎄요. 제가 이 사장이라면 분통을 터트릴 것 같은데요?"

"왜 그렇죠?"

"지금 카드사의 실적은 엄청나게 좋은 축에 속합니다. 그런데 오너가 귀찮은 서자 취급하면 기분이 좋을 리 없겠죠."

"그렇겠죠? 더구나 그 오너라는 놈이 새파랗게 젊은 놈이면 자존심이 팍 상할 겁니다. 그럼 누군가를 찾아갈 텐데… 우리 할아버지는 아닌 게 확실하죠? 회장님 결정에 감히 반발할 수는 없는 일이니까요."

장 전무의 표정이 싹 바뀌었다. 내 의중을 알아차린 것 같다.

"시, 실장님. 설마?"

"할아버지를 제외하면 가장 힘 있는 사람은 바로 진영기 부회장이죠."

"카드사를 팔아 버릴 생각입니까?"

"파는 건 아니고 교환입니다. 큰아버지의 계열사 중에 괜찮은 놈 하나 골라 바꾸는 거죠."

"실장님, 지금 카드사의 실적을 생각하면…."

"아깝습니까?"

"당연하죠."

"아까운 회사니까 비싸게 팔아먹을 수 있겠죠. 자, 진영기 부회장의 계열사 중에 비슷한 놈 하나를 찾아보세요. 조금 부족해도 됩니다. 아무튼, 큰아버지가 이득 봤다는 기분이 들 만한 회사면 돼요."

장도형 전무의 표정에는 아까워 죽겠다는 심정이 확연히 드러났고, 그 표정을 보니 이 거래는 충분히 가능하다는 확신도 들었다. 또한 현금을 뽑아내는 회사는 그룹을 차지하기 위한 주식 확보에 큰 도움이 되니 진영기 부회장이 탐낼 만하다.

"조금 전 말씀드렸던, 카드사가 쥐고 있는 계열사 주식 옮기는 건 빨리 진행하시고요."

"생각 굳히신 겁니까?"

"네. 하지만 너무 아까워 마세요. 전 제 손에 한 번 들어온 거 절대 남의 손에 들어가는 일 없도록 합니다. 돈이든, 회사든, 사람이든…."

마지막으로 말한 사람이 자신이라는 걸 알아차린 장도형 전무는 슬며시 미소 지었다.

"제 손 떠난 카드사는 곧 다시 들어올 겁니다. 아니, 꼭 찾아옵니다."

"도대체 무슨 생각이신지… 말씀해 주실 수 없을까요?"

"이해하고 받아들이기 어려운 이야기입니다. 그냥 지켜보세요."

▲ ▲ ▲

"뭐? 그놈이 그딴 식으로 말했다고?"

"네. 솔직히 전 진도준이 보통 애가 아니라고 생각했는데… 알고 보니 그냥 제 생각만 옳다고 믿는 고집불통이었습니다. 전형적인 재벌 3세더라고요."

"도대체 그놈은 무슨 근거로 우리가 부실하다고 믿는 거야?"

"그러니까요. 어디서 책 두어 권 보고 떠들어대는 거 아니겠습니까?"

"이런 젠장!"

이민섭 사장은 새해 첫 출근부터 기분 더러운 말을 전해 듣자 절로 욕이 튀어나왔다.

"장 전무, 그 새끼 어떻게 해야 해? 가만 보니까 그놈이 자네를 심복으로 삼을 생각인 것 같던데?"

"임원 중에 제가 만만한 거겠죠. 나이로 고른 겁니다. 계열사 사장님들이야 부친인 진윤기 사장보다 나이가 많지 않습니까? 이래라저래라 말하기 곤란해서 그렇겠죠."

사장실 안을 서성이던 이민섭은 장 전무를 보며 말했다.

"애 비위 맞춰 주느라 고생했다. 나가 봐."

"어쩌실 생각입니까?"

"내가 알아서 해. 가봐."

"네, 그럼."

장도형이 사라지자 이민섭 사장은 수화기를 들었다.

"진영기 부회장님 스케줄 확인해. 시간 비면 내가 뵙고 싶다고 전하고."

이민섭 사장은 진영기 부회장의 허락이 떨어지자마자 한달음에 찾아갔다.

"인사가 늦었습니다. 죄송합니다, 부회장님."

"아니에요. 이렇게 찾아와 준 것만 해도 고마운 일이지."

진영기 부회장은 허리를 숙인 이민섭 사장을 일으켜 세웠다.

"모두 자기 주인 찾아가서 인사하기 바쁜데 옆집 사람 신경 쓸 여유가 있을 리 없지. 괜찮으니 마음 쓰지 말아요."

소파에 자리 잡은 두 사람은 간단히 새해 덕담을 나누었다.

"저기, 부회장님."

"네."

"혹시 이대로 가만 계실 겁니까?"

"응? 무슨 뜻입니까?"

"그러니까 금융 계열사를 어린 조카가 가져가는 걸 놔두실 생각이신지 궁금합니다."

"이런, 정초부터 뭐 이리 무거운 이야기를 하시는 건가? 허허."

진영기의 입은 웃었지만, 눈은 날카롭게 번뜩였다.

"우리 이 사장님, 내 조카에게 구박이라도 받으셨소?"

이민섭 사장은 장도형 전무에게 전해 들은 내용을 진영기에게 고스란히 전달했다. 조금 더 격앙된 톤이라는 게 다를 뿐, 더하거나 빼지도 않고 최대한 사실대로 전달하려는 노력도 잊지 않았다.

"음…."

이야기를 다 들은 진영기는 머릿속이 바빠졌다. 어쩌면 기회가 될지도 모르기 때문이다.

"그러니까 우리 조카가 카드사를 썩 달가워하지 않는다?"

"네. 어디서 누구에게 무슨 말을 들었는지 모르지만 말입니다."

"아마도 우리 부친 때문일 거요."

"네? 회장님 말씀입니까?"

진영기는 머리를 끄덕였다.

"카드 사업을 내켜 하지 않으셨거든. 이자놀이 사업이라고 고개를 흔드셨어. 세상이 변해 신용카드가 필수품이 돼버렸으니 마지못해 시작하신 거요. 도준이는 분명 그 영향을 받았을 테고…."

"아…."

이민섭 사장은 처음 진도준이 부실 어쩌고저쩌고, 회수율 어쩌고저쩌고할 때 증권가에서 배운 지식을 써먹는 줄 알았다. 하지만 겨우 현찰을 최고로 치는 구세대의 영향이라는 걸 알자 더욱 화가 치밀었다.

"혹시 더 해줄 말은 없어요? 우리 도준이에 대해서?"

이민섭 사장은 진영기 부회장의 관심이 이처럼 반가울 수 없어 기다렸다는 듯 말을 쏟아 냈다.

"그동안 제가 잘못 생각한 것 같습니다. 도준이가 꽤 영특한 아이고 경영자 자질이 충분한 줄 알았는데…."

"잘못 알았다?"

"소유와 경영의 분리, 책임 경영, 대주주인 자신은 전문 경영인의 평가가 전부라고 말한 게 서구식 사고에 젖었다고 여겼거든요. 그런데 다시 생각해 보니 그냥 귀찮은 겁니다."

"귀찮다고요?"

"네, 생각해 보십시오. 이제 갓 대학 졸업한 어린애입니다, 게다가 막내. 우리 같은 어른들과 함께 부대낀다는 게 달갑겠습니까? 더욱이 그 애는 모니터만 바라보며 주식투자만 배웠습니다."

이민섭 사장은 장도형에게 들었던 말과 자신의 희망 사항을 섞어 새로운 사실을 만들어 냈다. 진영기 부회장이 관심 있게 들어 주자 더욱 사실이라 믿고 싶었다.

"장도형 전무가 그러더군요. 숫자만 보던 사람은 불확실성을 가장 싫어한다고. 도준이는 논리적 사고에 훈련된 아이 아닙니까? 법대, 주식 차트, 금융 투자. 당연히 채권으로 굴러가는 카드사를 감당할 자신이 없는 겁니다."

"채권 자체가 불확실하긴 하지. 더욱이 일반인을 대상으로 한 사업일 땐 더!"

진영기는 이민섭 사장을 유심히 보며 지나가는 말처럼 툭 던졌다.

"앞으로 험난하겠군."

"부회장님, 이대로 보고만 있으실…."

"그만."

진영기는 이민섭 사장의 입을 막았다.

"아버님 뜻입니다. 그분의 뜻으로 이렇게 나눈 지 겨우 두어 달 지났어요. 벌써 잡음이 나면 안 됩니다."

아직은 때가 아니라는 뜻이다. 이민섭 사장은 황급히 머리를 조아렸다.

"죄송합니다. 현업에 있다 보니 제가 너무 성급했습니다."

"그룹 후계 구도를 완성했지만, 언론부터 막은 아버님입니다. 조용히 넘어가기를 원하시는 거 아니겠습니까? 순양그룹이 세간의 입방아에 오르는 걸 피해야 합니다."

"네."

이민섭 사장은 조용히 자리에서 일어났다.

"바쁘신 시간 내주셔서 정말 감사합니다. 부회장님."

"같은 빌딩에 있는데 종종 놀러 오세요. 차나 한잔하며 세상 사는 이야기나 나눕시다. 지분 쪼갰다고 관계까지 쪼개서야 되겠습니까?"

"아, 물론입니다. 부회장님께서 내치는 게 아니라면 우리야 언제든 준비가 돼 있습니다."

이민섭은 '우리'라는 단어에 더욱 힘주어 말했다. 이 의미를 눈치채지 못할 진영기도 아니었다. 이민섭 사장이 연신 허리를 숙이고 떠나자, 진영기는 즉시 비서실장을 호출했다. 그는 이민섭이 했던 말을 간추렸고 비서실장 백준혁은 한마디도 놓치지 않기 위해 집중했다.

"어떻게 생각해?"

"장도형 전무부터 만나 봐야 할 것 같은데요?"

"장도형을? 왜?"

"그자가 했던 말입니다. 도준이의 뜻인지 아닌지는 알 수가 없죠. 장 전무도 야심 많은 자 아닙니까? 뭔가 꿍꿍이가 있어 이민섭 사장에게 홀린 걸 수도 있습니다."

"장 전무 그놈이 왜 그런 짓을 하지?"

"일을 너무 잘하거든요. 하하."

"뭐?"

"장도형 전무는 그 자리가 끝입니다. 절대 대표이사 자리에 오르지 못해요. 순양생명의 모든 금융상품전략은 장도형의 머리에서 나옵니다. 그런 자를 승진 시키면 실무에서 손을 떼게 되는데….”

“에이스 투수는 어깨가 망가질 때까지 마운드에 올려야지.”

“그렇습니다. 장도형은 순양생명의 제1선발이니까요.”

진영기는 순양생명과 장도형 그리고 순양카드에 대해 생각했지만, 곧 생각을 멈추고 그가 가장 잘하는 것, 바로 ‘지시’를 선택했다. 머리 잘 굴리고 깊은 생각을 잘하는 아랫사람에게 원하는 것을 ‘지시’하는 것, 이것이 바로 진영기가 해야 할 일이다.

“장도형을 한번 만나 봐. 그놈이 뭘 원하는지 확인하고 내 손에 뭘 안겨 줄 수 있는지도 확인해.”

“알겠습니다. 부회장님.”

▲ ▲ ▲

“이민섭 사장이?”

“네. 새해 첫날인 어제, 가장 먼저 만난 사람이 진영기 부회장님입니다. 뭔가 이상하지 않습니까?”

“도준이는?”

“장도형 전무만 만났습니다.”

“장도형이면 생명?”

“네.”

“노친네들이 저항을 시작한 건가? 새해가 되자마자?”

“현실적으로 다가왔겠죠. 새해 인사를 아들, 아니 손자뻘에 가야 하니까요.”

“영감님들의 자존심 굽힌 인사도 거절하고 가장 젊은 장도형만 만났다? 우리 똑똑한 조카가 어른들 모시는 방법이 아직 서툴군.”

진동기는 피식 웃음을 흘렸다.

"부회장님, 뭔가 수상하지 않습니까?"

진동기 앞에 앉아 있는 세 명의 남자는 그가 중공업 부문을 승계받은 후 새롭게 구성한 비서진이었다. 한 명의 머리보다 여럿의 머리가 더 좋은 결과를 만들어 낼 거라는 합리적인 판단에 의해서였다.

"뭐가 수상하지?"

"이민섭 사장 정도라면 불만이 있으면 회장님께 뛰어가야 하지 않습니까? 진영기 부회장이라니요?"

"아버님께 가서 뭐라고 하지? 애새끼랑 일 못 하겠다고 배라도 쨀까? 그 양반들도 기댈 데가 없어 그런 거야. 형님과 나를 두고 잠깐 고민했겠지. 결과는 형님이었고."

"부회장님. 이민섭 사장이 단지 불만만 털어놓았겠습니까?"

비서진들은 앞다퉈 질문과 의견을 쏟아 냈다. 새롭게 시작한 만큼 자기가 더 똑똑하다는 걸 드러내고 싶어 안달하는 모습이었다. 세 명은 같은 직급, 같은 연봉을 받지만, 누군가는 떨어져 나갈 것이고 누군가는 앞서갈 것이라는 사실을 다들 알고 있다.

"불만 외에 뭐가 있지?"

"살아남아야 하니까요. 손을 내밀어 달라고 요청하며 뭔가 제안했겠죠. 마냥 매달리기만 할 아마추어는 아니니까요."

"흥미 있는 건 카드사 사장이 나섰다는 겁니다. 금융 계열사의 수장은 누가 뭐래도 순양생명 아니겠습니까?"

그룹 사옥에는 수많은 눈이 있다. 그 눈들은 누군가를 대신해서 관찰하고 즉각 알려 주는 눈들이다. 새해 첫 출근 날 두 사람이 만난 것은 이미 빌딩 전체에 퍼질 것이며 곧바로 후계자 문제로 수군댈 것이 뻔하다.

"의문만 제시하려고 모인 건 아니겠지? 그래서 결론은?"

세 사내는 눈빛을 교환했다. 합의를 보는 건지 눈치를 보는 건지 알기 힘든 눈빛이었다.

"장도형 전무를 만나 보겠습니다."

"장 전무를?"

"네, 장 전무도 순양생명입니다. 그가 순양카드의 이민섭 사장을 만난 게 자연스럽지는 않죠."

"유일하게 진도준의 생각을 엿본 사람일 수 있습니다. 그가 진도준에게 카드사에 대한 계획을 뭔가 들었으니 곧바로 이민섭 사장에게 달려갔겠죠."

"장 전무가 아는 게 뭔지 확인하겠다?"

"네. 진영기 부회장님이 아는 건 우리도 알아야 하니까요."

진동기는 이런 상황이 올 것이라는 걸 예견했지만, 너무 빨리 와버려 입안이 썼다. 두 어른이 어린 조카의 행동 하나하나에 신경을 바짝 곤두세워야 한다니….

"그래, 조용히 접촉해 봐. 소문 안 나게 조심하고."

"네, 주의하겠습니다."

진동기는 비서진이 빠져나간 다음 '동생 윤기를 한번 만나 봐야 하나? 아니면 도준이를?' 하는 고민에 빠졌다.

▲ ▲ ▲

"두 형제분의 눈치싸움이 참…. 이민섭 사장은 진영기 부회장만 만났는데 진동기 부회장 측이 먼저 접근하더군요."

"같은 빌딩 안에서 얼굴도 안 마주치며 지내는데, 심어 놓은 눈들이 얼마나 많길래…. 흐흐."

"눈이라니요?"

"장 전무님, 순양 본사 임원 층에 여직원이 몇인지 아시죠? 그 여직원들 월급이 얼만지는 모르겠지만, 통장에 꽂히는 돈은 월급의 열 배는 될 겁니다."

"그럼 제 비서도…?"

"장 전무님께서 따로 챙겨 주는 건 없죠?"

"가끔 야근할 때 택시비 정도는 쥐여 주죠."

"그런데 그 여비서 핸드백이 뭔지 아십니까?"

"글쎄요. 관심이 없어서…."

"그룹 핵심 임원들이 모여 있는 본관 20층 이상에 근무하는 여직원들을 유심히 한번 보십시오. 그녀들의 핸드백, 옷, 액세서리 같은 거요. 한 달 월급을 훌쩍 넘는 걸 가진 친구들은 조심하시고요."

퇴근 후 항상 자신의 책상을 정리한 여직원이 그간 자신이 남긴 메모, 업무 관련 서류 등을 전부 누군가에게 보고했다고 생각하면 장도형은 아마 등골이 오싹할 것이다.

"자, 그건 이 정도로 넘어가고…. 우리 둘째 큰아버지 쪽에서는 뭐라고 하셨습니까?"

"처음엔 근황만 묻더군요. 대수롭지 않은 안부처럼. 그러다 결국 실장님에 대해서 꼬치꼬치 물었습니다."

"그래서 뭐라고 하셨어요?"

"좀 버거워하신다고요. 흐흐."

장도형 전무는 이런 음모의 짜릿한 맛을 느꼈는지 연신 짓궂은 웃음을 흘렸다.

"딱 카드사 하나만 언급하기에는 뭔가 앞뒤 안 맞는 것 같아 증권사 외에는 애정을 보이지 않는다고 말했더니 눈빛이 달라지더군요."

"그룹 지분을 순양생명이 잔뜩 쥐고 있으니 그런 거겠죠. 꼭 알려 줘야 할 건…?"

"특히, 원치도 않는 카드사 때문에 굉장히 고민한다고 넌지시 흘렸습니다. 차라리 중공업 계열사 한두 개 물려줬으면 미라클의 HW그룹에 팔아먹을 수 있었을 텐데 하며 아쉬워하더라는 말도 덧붙였습니다."

장도형은 서류도 꺼냈다.

"그리고 진동기 부회장님의 중공업 부문 계열사 목록도 추가로 작성했습니다. 그중에 카드사와 교환할 만한 회사는 하이라이트 해놨어요. 기업가치만 따졌을 때 카드사와 동등하거나 조금 못 미치는 것들입니다."

오세현과 함께 큰아버지들의 계열사 목록을 놓고 논의해야겠다. HW그룹에 가장 절실하게 필요한 회사를 고르고 협상을 준비해야 한다.

"진영기 부회장 측은 잠잠합니까?"

"백준혁 실장이 다녀갔습니다."

진영기 큰아버지의 오른팔 백준혁 실장은 할아버지 댁에서 몇 번 얼굴만 스치고 지나간 인물이다.

'뭐…. 천천히 알아 가면 되겠지.'

"뭐라고 그럽디까?"

"꼬맹이 밑에서 재롱 피우지 말고 원하는 걸 말하라고 하더군요."

에둘러 가는 사람이 아니었나 보다. 이렇게 노골적으로 찔러대는 사람이 참모로 일한다는 건 좀 의외다.

"뭐라고 대답하셨어요?"

"생각할 시간을 달라고 했습니다."

"백 실장은 어떤 대답을 듣고 싶어 했을까요?"

"제 욕심의 크기를 듣고 싶어 했겠죠. 거기에 맞춰 뭔가를 제안하려 했을 테니까요. 그 대신 실장님이 가진 걸 가장 손쉽게 뺏는 데 제가 앞장서야겠죠."

나도 궁금하다. 이 사람의 욕심은 어느 정도일까?

"어떻게 대답하실 생각입니까?"

"그걸 실장님과 논의하고 싶습니다만…."

장도형 전무가 진지한 눈빛으로 나를 본다. 이 사람, 이제 실세로 보이는 것 외에 내가 줄 수 있는 진짜를 듣고 싶어 한다. 아직 그와 나는 계약서 초안만 있을 뿐 서로 웃으며 사인할 만한 최종 계약서가 나오지 않았다.

"순양금융그룹 회장."

"네?"

"장 전무님 명함에 찍힐 직책인데 마음에 들지 않으십니까?"

장도형 전무는 한동안 입을 열지 못했다. 부사장, 사장이 아니다. 회장이라는 건 아예 대형 계열사 전부를 맡긴다는 뜻 아닌가? 그는 당연히 내가 그 직책을 맡을 거로 생각했을 것이다. 내가 말했던 소유와 경영의 분리가 진심이라고 생각한 적도 없을 것이다. 단지 어린 나이 때문에 한발 물러 서 있을 뿐 언제라도 전면에 나설 거라고 예상했을 것이다. 재벌가 중에 뒤로 물러난 사람은 단 한 명도 없었으니까 말이다.

"실장님, 진심입니까?"

"그 정도 보상도 없이 어린 저와 함께할 생각이셨습니까? 그렇다면 저와 함께하겠다는 전무님의 마음을 믿지 못하겠습니다. 받는 것 없이 함께 어려움을 헤치고 걸어갈 수는 없으니까요."

"이미 순양그룹 최고 대우를 약속하지 않으셨습니까?"

"지금은 그 정도로 만족하시겠죠. 하지만 충분한 돈을 가지면 더 높은 것을 원하기 마련이죠. 권력이든, 이상이든 말입니다."

장도형 전무는 신기한 생물을 보는 듯 나를 보며 말했다.

"뭡니까? 어떻게 그 나이에 그런 생각을 하십니까? 실례되는 질문이 지만 도저히 묻지 않을 수 없어서 말입니다."

"제게 말씀하셨잖아요? 미라클 보이라고? 흐흐."

여전히 놀란 장도형에게 경고의 말도 잊지 않았다.

"하지만 그 회장이라는 직책을 언제 얻게 될지, 또 얼마나 유지할지 는 전적으로 전무님께 달려 있습니다. 조금이라도 제 기준에 못 미친다 면 회장 자리에서 끌어내리는 건 물론이고 임원 계약에 따라 즉시 해고 합니다."

"영원히 함께하자 같은 건 없군요."

장도형 전무는 이젠 기가 찬다는 표정으로 변했다.

"Happily ever after를 원하세요? 그럼 당장 제주도 가서서 전원주 택 하나 사서 당근이나 키우며 사시는 게 나을 겁니다."

"동화 같은 스토리는 꿈도 꾸지 마라… 또 한 번 놀랍니다. 하하."

"만족하셨습니까?"

"거절하면 제가 병신이죠."

장도형은 벌떡 일어났다.

"백준혁 실장을 다시 만나겠습니다. 어떻게 말할지 방금 결론 내렸습 니다."

더는 말할 필요가 없었다. 장도형 전무는 이제 실력으로 보여 줘야 한다.

▲ ▲ ▲

"우리 가족은 이제 새해 첫날에 모이기도 어렵네요."

"가족보다 일 때문에 모이는 게 우선이 돼버렸어. 하나를 얻으면 다 른 하나는 버려야지. 윤기 너도 마찬가지잖아."

"형님께 드리는 새해 첫인사를 집이 아닌 사무실에서 해야 하다니."

떡국 대신 커피와 치즈케이크를 앞에 둔 형제는 서로 눈을 맞추며 씁쓸하게 웃었다.

"윤기야, 미안한데 내가 커피와 치즈케이크 사 들고 네 사무실로 온 건 새해 인사나 나누려는 게 아니다. 이것도 일 때문에 왔어."

"미안하다는 말은 내가 해야지. 명절엔 아랫사람이 윗사람을 찾아뵙는 게 예의잖아. 나도 이제 인사받는다고 첫날 다 보내고 보시다시피…."

진윤기는 산더미같이 쌓인 서류를 가리키며 어깨를 으쓱했다.

"넌 어떻게 생각할지 모르지만 이런 네 모습이 보기 좋다. 형제가 너무 바빠 자주 못 보면 어때? 이렇게 일 때문에 만나는 것도 나쁘지 않아."

"그럼 그 일이 뭔지 이야기해 볼까? 나보다 훨씬 바쁜 부회장님이잖아. 흐흐."

진윤기는 작은형이 사 온 케이크 한 조각을 입에 넣었다.

"너 요즘 도준이와 자주 대화 나누니?"

"그 일이 혹시 도준이 문제야?"

"그래."

진윤기의 이마에 주름이 잡혔다.

"날 메신저로 쓸 생각은 하지 마. 난 도준이가 내게 도움을 청할 때까지는 절대 끼어들지 않을 거니까."

"내 말을 전하라는 게 아니야. 도준이가 내게 할 말이 있을 거다. 그걸 전해 달라는 거야."

"도준이가?"

"그래. 그룹에서 들리는 말로 도준이가 좀 힘겨워한다고 해."

"뭐?"

"아버지가 도준이에게 억지로 회사를 떠맡겼다는 생각은 안 해봤지?"

진윤기의 주름진 이마가 펴지더니 슬그머니 미소까지 번진다.

"형님도 이젠 눈치챘잖아. 도준이 욕심이 어마어마하다는 걸. 아냐? 그런 애가 회사를 버거워해? 어림없지."

"욕심 많다고 해서 불필요한 것까지 갖고 싶어하진 않아. 도준이는 순양그룹의 지분을 원했지 회사를 원한 건 아닐걸? 회사에 앉아 있는 노친네들을 매일 봐야 하는 건 고역이다. 나도 힘든데."

진윤기는 작은형 진동기의 말을 부인하기 힘들었다. 공짜로 굴러들어 온 회사를 가지는 건 쉽고 즐겁지만, 그 회사를 경영하는 건 쉬운 일이 아니다.

"도준이가 그래? 힘들다고?"

"글쎄, 그걸 확인해 보라고. 나도 몇 다리 건너 들은 말이니까."

"힘들다고 하면? 형이 가져가려고?"

"기억하는지 모르겠지만 언젠가 네가 그랬어. 도준이를 위해 비싸게 팔겠다고. 난 그 약속 지킬 용의가 있어."

진동기는 조금도 흥분하지 않고 차분하게 부드러운 목소리로 말했다.

"얼마나 비싸게 사줄 건데?"

"물건 보고 이야기해야겠지?"

"확인해 볼게. 괜히 떠보는 게 아니길 빌어. 그랬다가는 앞으로 협상 대상에서 제외할 거니까."

"이런 이야기하는 거 많이 망설였다. 조카가 가진 걸 눈독 들이는 사람으로 비칠까 봐. 그러니 너무 빡빡하게 굴지 마라. 금융 계열사는 나도 꼭 필요해서 어렵게 말 꺼내는 거다."

목돈이 뭉텅이로 움직이는 중공업 계열이니 간간이 유동성 자금 문제가 발생한다. 이럴 때 캐시를 채워 줄 은행 같은 금융사는 가뭄의 단비 같은 존재다.

"좋아, 불순한 의도가 없는 비즈니스. 그렇게 생각할게."

볼일을 끝낸 진동기가 케이크를 집으며 웃었다.

"형제끼리 일 때문에 만나는 거, 나쁘지 않네. 흐흐."

"일 끝내고 소주 한잔하는 것도 나쁘지 않겠지?"

진윤기도 형을 향해 환히 미소 지었다.

▲ ▲ ▲

"둘째 큰아버지가요?"

"그래. 날 찾아왔더라. 무슨 일 있는 게야?"

좀 더 간절한 건 진동기 부회장인가? 아니면 전해 들은 말을 믿지 않기에 직접 확인하려는 것일까? 역시, 진동기 부회장이 좀 더 신중한 사람이다. 하지만… 아무리 생각해 봐도 아버지까지 이용하는 건 아닌 것 같다.

"있기는 한데, 그냥 모른 척하세요. 제가 해결할 수 있습니다."

"어려움이 있으면 내게 말하기로 약속한 것 같은데?"

"어려움이 아니니까요. 둘째 큰아버지께서 확인하고 싶은 게 있는가 봅니다."

"그룹 내에 네가 힘들어한다는 소문이 들린다고 하더라."

"소문이 사실일 때가 몇 번이나 있었습니까? 온갖 소문이 난무하는 곳이니 신경 쓰지 않으셔도 됩니다."

아버지는 내 표정을 유심히 살피더니 슬쩍 웃음을 보였다.

"소문 퍼지기를 원한 것 같구나. 알았다. 모른 척하마."

이번 일은 장도형 전무가 깔끔하게 처리해야 한다. 순양카드라는 양질의 상품을 싸게 처분하는 거다. 이런 손쉬운 일도 제대로 처리 못 한다면 그가 순양금융그룹을 맡을 자격이 없다는 증거일 뿐이다.

▲ ▲ ▲

"카드를 넘긴다고?"

"네. 대신 뭘 가져오는 게 HW그룹에 도움이 될까요?"

"순양전자."

오세현은 단 1초도 망설이지 않았다.

"삼촌, 설마 나 웃으라고 하는 말이에요?"

"HW에 도움이 되는 건 그것뿐이다."

"카드 주고 받아오는 겁니다. 큰아버지가 바보예요? 전자를 주게?"

"카드를 던지는 넌? 바보 아냐?"

지금 시점에서 어마어마한 수수료와 이자놀이 하는 회사를 던지는
건 멍청한 짓으로 보일 것이다.

"그 정도로 잔소리는 끝내실 거죠?"

"어쩌겠냐? 또 믿어 보는 수밖에."

오세현은 짧은 한숨을 한 번 내뱉는 것으로 더는 반대하지 않았다.

"양쪽에서 오퍼를 냈으면 경매 붙여. 만 원 한 장이라도 더 쳐주는 쪽
에 넘겨."

"회사 하나 챙겨 오려고 했는데 급한 건 없나 보죠?"

"필요한 게 있으면 우리가 만드는 게 낫겠지. 차라리 순양그룹 지분
은 어때?"

"제가 가장 원하는 것이지만, 바보가 아닌 다음에야 받아들일 리
가⋯."

이때 벼락처럼 무언가가 내 머리를 때렸다. 왜 이리 안일한가? 무조
건 내가 이기는 싸움이라고 해서 절박함마저 잊고 있다니? 진짜 필요한

건 순양그룹 지배지분이다. 계열사 한두 개 뺏는 게 목적이 될 수는 없는 일 아닌가? 카드를 미끼로 지배지분을 가져와야 한다. 조금만 더 깊게 생각하고 머리를 쥐어짜서 방법을 찾아야 한다.

"그러네요. 카드 주고 지분 챙겨야겠어요."

갑자기 달라진 내 말에 오세현의 눈이 휘둥그레졌다.

"야! 너 진짜 네 큰아버지들을 바보로 보는 거냐? 가뜩이나 간당간당한 지분구조인 거 몰라? 단 한 주도 내놓지 않는다고."

"아뇨. 궁지에 몰리면 주식을 내놓습니다. 고모 보세요. 1400억에 백화점 그룹을 내놓았어요."

"그건 특수한 상황이었고."

"그런 상황으로 만들어야죠. 제가 너무 조급하게 생각했습니다."

누가 더 욕심 많은지 확인해야겠다. 드러내놓고 순양그룹의 주인 행세를 하는 장남인지, 차분하고 신중하지만 순양그룹을 이끌어 나갈 사람은 자신밖에 없다고 생각하는 차남인지 두고 보면 알 것이다. 어쨌든 욕심 많은 사람이 땅을 치고 후회할 것이다.

장도형 전무는 카드사 매각으로 방향을 바꿨다는 내 말에 소스라치게 놀랐다.

"네? 교환이 아니고 팔아 버린다고요?"

"그렇습니다. 누가 그러더군요. 만 원 한 장이라도 더 주는 쪽에 넘기라고요."

"돈이 급한 건 아니라고 말씀하신 분은 바로 실장님이십니다."

화폐를 찍어 내듯 돈을 벌어들이는 곳이 카드사다. 미래가치를 생각한다면 인수자금은 천문학적인 숫자가 될 것이다. 순양그룹이 아무리 많은 돈을 벌어들인다 해도 그 정도 현금을 보유하고 있지는 않다. 거래 자체가 불발될 가능성이 더 크다.

"한번 말했다고 끝까지 밀어붙이는 건 어리석은 고집일 뿐입니다. 생각과 계획은 상황에 따라 언제든 변할 수 있어야 합니다."

"도대체 얼마에 넘기시려고 그러십니까?"

"글쎄요. 그 판단은 전무님께서 해보세요. 전 전무님의 판단에 따르겠습니다."

또 테스트인가 싶어 장도형의 얼굴이 굳어졌다.

"판매가를 정하라는 게 아닙니다. 경매 시작가를 정하는 겁니다."

"경매요?"

"네. 두 부회장님께 소소한 즐거움을 안겨 줄 생각입니다. 경매만큼 남자의 자존심을 자극하는 것도 드물지 않습니까? 게다가 경매 진행자가 어린 조카라면 의욕이 불끈 솟아오를 겁니다."

"직접 나서시게요?"

장도형은 갑자기 적극적으로 변한 내 모습에 많이 놀란 것 같다.

"저도 곧 졸업입니다. 사회에 첫발을 내딛는 기념으로 두 부회장님과 팽팽한 기 싸움 한번 해보고 싶군요. 두 분의 진짜 모습을 볼 수 있을지도 모르고. 하하."

도대체 무슨 생각을 하는지 궁금해서 미칠 것 같다는 표정을 한 장도형 앞에서 큰 웃음을 터트렸다.

"자, 경매는 시끌벅적해야 맛 아니겠습니까? 전무님은 언론에 슬쩍 흘리십시오. 순양그룹은 신용카드 사업에서 철수한다, 순양그룹에서 완전히 계열 분리를 한 다음 공개 입찰을 통해 회사를 팔아 버릴 것 같다고 말입니다."

일을 너무 크게 벌인다고 생각했는지 장도형은 이미 사색이 되었다.

"뭘 그리 놀라세요? 아직 절 믿지 않는 겁니까? 이미 말했을 텐데요? 전 제 손에 들어온 걸 절대 남에게 뺏기지 않습니다. 필요 때문에 잠시 맡겨 두는 것뿐입니다."

하긴, 10년 이상 곁에서 지켜본 오세현도 항상 불안에 떠는데 겨우 두어 달 나를 지켜본 장도형은 오죽할까? 거품 물고 쓰러지지 않는 것만 해도 다행이다.

▲ ▲ ▲

「순양그룹이 신용카드 사업에서 철수할 조짐이다. 익명의 관계자는 순양카드를 계열 분리하고 공개적인 매각에 나설 것이라고 밝혔다. 황금알을 낳는 거위라고까지 불리는 카드 사업의 철수가 어떤 전략의 일환인지 밝히지는 않았으나, 아직 신용카드 사업에 진출하지 못한 대현그룹이 인수할 것이라는 게 업계의 지배적인 시각이다.」

"이, 이런 미친 새끼가…!"

이민섭 사장은 조간 경제면에 난 기사를 읽다 분통을 터트렸다. 결국, 분을 참지 못하고 죄 없는 신문만 갈기갈기 찢어 버렸다.

"진영기 부회장님께 지금 즉시 내가 만나잔다고 전해. 모든 스케줄 취소하더라도 날 만나야 한다고 말해. 긴급상황이다."

이민섭은 수화기를 내려놓기 무섭게 밖으로 뛰어나갔다. 회신을 기다릴 여유도 없었다.

이민섭이 사장이 진영기 부회장의 집무실 문을 열자 이미 많은 사람들이 방안을 가득 메우고 있었다.

"이 사장 출근이 제일 늦네. 당사자 주제에 말이야."

이민섭 사장은 자신을 노려보는 진영기 부회장의 눈길에 움찔하며 허리를 숙였다.

"죄, 죄송합니다. 기사 보고 너무 놀라 정신을 가다듬느라…."

"뭘 그리 놀라요? 농담이요, 농담. 얼른 이리와 앉아요."

엉거주춤 자리 잡고 나서야 사람들의 얼굴이 눈에 들어왔다. 진동기 부회장과 백준혁 실장, 양우찬 생명 사장과 고인규 증권 사장까지 굳은 표정으로 앉아 있었다.

"자, 모두 신문은 읽었을 테고…. 이 일을 어떻게 수습할지 한번 논의해 봅시다."

진영기 부회장이 운을 뗐지만, 누구 하나 입을 여는 사람이 없었다. 단지 양우찬 사장이 수습책이 아니라 의문을 제기했을 뿐이다.

"이 기사, 사실일까요? 기자 놈이 어디서 헛소리를 주워들은 게 아닌지부터 확인해야…."

"양 사장님, 감이 많이 죽으셨네. 이건 우리 쪽에서 흘린 겁니다. 목표물도 정확해요. 바로 나와 형님에게 던지는 제안서라고요."

진동기 부회장이 미간을 잔뜩 찌푸린 채 답답하다는 듯 말했다.

"제안서라니요?"

양우찬 사장은 아직 감을 잡지 못하고 눈알만 이리저리 굴렸다.

"순양카드를 비싸게 사라. 그렇지 않으면 대현그룹에 팔아 버리겠다. 아시겠어요? 우리 똘똘한 조카가 무슨 생각인지?"

진동기가 소리치자 양우찬 사장은 얼굴을 붉힌 채 머리를 숙였다.

'설마 그 꼬맹이가 이런 짓을 할 줄이야….'

"이민섭 사장님. 어떻게 생각합니까?"

"네?"

진영기 부회장의 갑작스러운 질문에 이민섭은 화들짝 놀랐다. 그 모습을 본 진영기는 분통을 터트렸다.

"당신 도대체 뭐 하는 사람이야? 대표이사라는 사람이 자기 회사 매각설이 나도는데 눈만 뒤룩뒤룩 굴려? 그게 사장으로서 할 행동이냐고!"

"죄, 죄송합니다."

연신 머리를 숙이는 이민섭을 못마땅하게 노려보던 진영기 부회장은 백준혁 실장에게 말했다.

"자네는 지금 언론부터 막아. 인터넷 기사 다 내리고 앞으로 이 기사를 확대 재생산하는 곳이 없도록 확실히 정리해."

"네. 부회장님."

백준혁 실장은 즉시 일어나 밖으로 달려 나갔다. 이른 아침이라 아직 널리 퍼지지 않았을 터, 빨리 움직일수록 일이 수월해진다.

"이민섭 사장님."

진동기는 형과 다르게 차분함을 유지했다.

"백 실장 달려 나가는 거 보시면서 뭔가 떠오르는 거 없으십니까?"

"네? 무슨…?"

이민섭 사장은 불안한 눈빛으로 진동기 부회장을 조심스럽게 바라봤다.

"저라면 지금 당장 순양카드 매각설은 사실무근이라고 기자회견이라도 할 것 같은데… 사장님은 여유가 있으시네요."

"주가 곤두박질치는 거 보고 싶지 않으면 지금 당장 수습해요! 뭐 합니까?"

두 부회장의 질타에 이민섭 사장도 허둥지둥 달려 나갔다.

순양생명의 양우찬 사장과 증권의 고인규 사장은 두 부회장의 날카로운 시선 때문에 불안한 마음으로 자리를 지켜야 했다.

"양 사장님. 고 사장님."

"네."

"네."

두 사람의 시선이 자신들을 부른 진동기 부회장을 향했다.

"순양카드를 매각한다고 가정한다면 두 회사가 가진 지분만 확보하면 됩니까?"

"순양전자와 순양중공업이 우리 순양생명의 지분을 조금 갖고 있죠? 그러니까 매수자가 누구냐에 따라 좀 달라질 겁니다."

"현재 증시를 기준으로 최소 금액을 산정해 보세요. 또한, 지난 3개월간의 주가를 기준으로 맥시멈도 뽑아 보시고요."

"동기야. 너…!"

"형님, 도준이는 분명히 팔아 버릴 겁니다."

"어떻게 확신하지?"

"카드사가 동네 구멍가게도 아니고, 이런 결정을 그놈 혼자 했을 것 같습니까? 분명히 미라클의 오세현과 상의했을 겁니다. 카드사를 매각하고 그 매각 대금을 다른 곳에 투자하거나, 미라클이 꼭 필요한 회사를 인수하기 위한 자금으로 쓸 겁니다."

진동기의 의견에 모두 난처한 듯 침음을 흘렸다. 한동안의 침묵 뒤에 진영기 부회장이 입을 열었다.

"두 분은 인수금액을 산정해 주시고. 양 사장님!"

"네."

"장도형 전무 그자를 만나 보십시오. 그래서 왜 이 지경까지 왔는지, 도준이 생각이 정확히 뭔지 꼭 알아내야 합니다."

"알겠습니다, 부회장님."

"자, 어린 조카가 친 사고 수습 때문에 고생 좀 하시겠습니다."

두 사장도 수습을 위해 빠져나가자 형제만 남았다. 진동기 부회장은 주머니에서 담배를 꺼내 형을 향해 슬쩍 흔들었다.

"안 끊었어?"

"다시 피워."

"왜?"

"그렇게 됐어. 괜찮지?"

진영기 부회장은 눈살을 찌푸리며 손을 휙 저었다. 진동기가 담배에 불을 붙이자 진영기는 인터폰을 눌렀다.

"재떨이 하나 갖고 와."

진동기는 담배 연기를 길게 내뿜으며 허탈하게 웃었다.

"대학 졸업할 때까지 얌전히 사고 한 번 안 친 도준이잖아. 그 흔한 여자 문제도 없던 놈이 밀린 거 한꺼번에 사고 쳐버리네."

"여자나 술과 비교도 안 될 만큼 대차게 친 거지. 회사를 팔아먹으려 들다니. 기가 차서 말이 안 나온다."

"어쩔 거야? 보고만 있을 리는 없고. 인수할 거야?"

"넌?"

"계산기 좀 두드려 보고. 카드를 인수할 만큼 자금 사정이 좋은 건 아니니까."

"넌 빠져. 내가 정리할게."

형의 명령 같은 말에 기분이 상한 진동기는 담배를 비벼 껐다.

"조카가 흘린 물건이야. 수지타산이 맞으면 내가 빠질 이유가 없어."

"우리가 갈라서면 도준이 그놈에게 좋은 일만 해주는 거다."

"우리만 노리고 있다고 생각해? 대현그룹은 물론이고 아직 카드 사업에 진출하지 못한 놈들이 벌떼처럼 덤벼들걸? 금융권에서도 눈치 볼 테고. 이거… 우리가 합의 본다고 끝날 싸움 아니야."

진동기는 절대 물러서지 않을 거라는 의지를 보이고 일어섰다. 빨리 계산기를 두드린 다음 태풍의 눈인 도준이를 구슬릴 생각이었다. 그에게는 아직 호의적인 진윤기가 있다.

진영기 부회장은 호락호락하지 않은 동생의 뒷모습을 한참 노려보며 이를 갈았다.

▲ ▲ ▲

진 회장은 한참 동안 뒷목을 잡은 채 눈을 감고 있었다. 이 모습을 불안하게 지켜보던 이학재 실장이 조심스레 입을 열었다.

"회장님, 괜찮으십니까? 주치의 부르겠습니다."

"놔둬. 몸이 아픈 게 아니라 마음이 심란한 거다."

진 회장은 냉수를 들이켠 후, 의자에 바로 앉았다.

"이거 그놈이 흘린 거야? 아니면 기자들이 소설 쓴 거야?"

"흘린 겁니다. 장도형 전무가 어젯밤 몇몇 기자들과 술자리를 함께했더군요. 틀림없습니다."

"장 전무 그놈이 도준이를 부추긴 걸까?"

"그럴 리가요. 도준이가 어떤 애인지 잘 아시지 않습니까? 장도형은 이미 도준이 꼭두각시 노릇 하고 있을 겁니다."

"하긴, 누가 그놈을 꼬드겨? 남 꼬시는 데 일가견 있는 놈은 도준이지."

그렇기에 더욱 뒷골이 당기는 것이다. 지금까지 단 한 번의 실망도 준 적 없이 잘 커온 손자다. 이런 짓 하는 건 분명 이유가 있을 텐데 불러다 물어보기가 쉽지 않다. 물려줬다는 건 더는 관여하지 않는다는 뜻이기도 하다. 왕위를 물려주고 상왕 노릇하는 건 혼란만 부추긴다. 삐거덕거리더라도 새로운 왕이 자리 잡을 수 있도록 지켜보는 것이 맞다.

"어떡할까요?"

"뭘 어떡해?"

"더 늦기 전에 카드사 지분을 재조정할 수도 있습니다."

진 회장이 이학재를 한심하다는 듯이 쳐다보았다.

"그렇게 쉽게 재조정할 수 있다면 승계 작업 잘못한 거 아냐?"

"아닙니다. 도준이의 인감을 아직 제가 갖고 있습니다. 주식 전부는 아니더라도 극히 일부만 옮겨도 매각은 불가능합니다."

진 회장의 입에서 헛바람이 새어 나왔다.

"풋! 이 친구, 아직도 도준이를 잘 모르는구먼."

"네?"

"동사무소 가서 확인해 봐. 도준이 그놈이 자네가 쥐고 있는 인감을 그대로 보고만 있을 놈이야? 바꿔도 벌써 바꿨을 게야."

"서, 설마…?"

이학재는 혀를 차는 진 회장 앞에서 입을 떡 벌렸다.

"그놈… 꼼꼼해. 제 것을 남에게 맡길 놈도, 넘길 놈도 아니야. 그러니 내가 이상하다는 게다. 손에 쥐여 준 알짜 회사를 받자마자 팔아 버리려 하다니…. 이상해."

연신 고개를 갸웃하는 진 회장에게 이학재가 조심스레 물었다.

"혹시 대현그룹과 빅딜이라도 한 걸까요?"

"대현과?"

"네. 신문기사에 보면 대현이 반길 거라고 했습니다. 그건 틀린 말이 아니거든요. 순양카드를 넘기겠다면 대현이 총알 잔뜩 들고 덤벼들 겁니다."

"대현은 아니야. 염려 말게."

"그렇게만 생각하실 게 아닙니다, 회장님. 도준이는 미라클까지 생각하는 게 아닐까요? 대현자동차의 자회사 하나를 미끼로 내걸면 카드를 넘기는 것도 자연스럽…."

"아니라고. 대현 주 회장, 그 영감쟁이가 오늘내일하는 거 몰라? 이젠 사람도 못 알아본다고 하더라고. 그 영감 저승 가면? 자식 놈들 본격적으로 상속 싸움을 벌일 텐데 총알을 왜 엉뚱한데 쓰겠어? 대현 자사주 매입하는 데 쏟아부어도 모자랄 판에…."

"아…."

이학재는 무릎이라도 탁 치고 싶었다. 2세들의 재산 싸움은 그 집이나 이 집이나 다르지 않다. 어찌 보면 대현그룹이 더 심할 것이다. 대현은 자식뿐만 아니라 창업 공신이라고 할 수 있는 주영일 회장의 형제들과 조카들도 수두룩하다.

20여 명의 사내가 인생을 걸고 만들어 온 대현그룹이다. 하나라도 더 가지는 방법은 오직 지분 확보뿐이다. 어마어마한 총알이 필요하니 바깥으로 눈 돌릴 여유가 없다. 외부로 넘어갈 위험은 없을 것 같아 이학재는 한시름 놓았다.

"회장님. 도준이 불러 점심이라도 하시지요. 슬쩍 물어보는 거야 어떻겠습니까? 경영에 참견하는 것도 아니고, 너무 조심스럽게 그러실 필요는 없을 것 같습니다."

"그렇지? 밥 한 끼 먹는 거야 뭐…."

진 회장은 기다렸다는 듯이 수화기를 들었다.

"도준이냐? 냉큼 집으로 오너라. 아, 아니다. 오랜만이니 밖에서 만나자꾸나. 날씨가 쌀쌀하니 뜨뜻한 국물 있는 거로 점심이나 함께하는 게 어떠냐?"

▲ ▲ ▲

"이 집 순댓국 맛은 30년이 넘도록 그대로야. 이렇게 세월이 가도 변하지 않는 게 있다는 건 참 좋은 게야. 그렇지 않니?"

"네, 맛있네요."

분명 기사를 보셨을 텐데 할아버지는 계속 딴소리만 한다.

"어린애들이야 이 깊은 맛을 알 리가 없지."

"맛있다니까요. 맛집은 애나 어른이나 다 좋아해요."

"거참, 왜 버럭 소리를 지르고 야단이냐?"

"할아버지, 걱정하지 마세요. 30년이 지나도 변함없이 순양그룹을 지킬 테니까요."

"참이냐?"

보통의 노인처럼 국물을 떠먹으며 연신 '시원타' 소리를 내던 할아버지는 수저를 탁 내려놓았다.

"네. 더 커지면 커졌지 줄어드는 일은 없을 겁니다. 솔직히 지금 불안하시죠?"

"뭐라?"

"요놈이 진짜 카드사를 팔아먹는 게 아닌가 하고 말이죠."

"기사는 소설이냐?"

할아버지의 음성이 더없이 낮았다.

"아닙니다. 제가 흘렸습니다. 그리고 이미 아실 겁니다."

"누구? 네 큰아버지들?"

"그렇습니다."

할아버지는 다시 젓가락을 들고 깍두기를 입속에 넣었다.

"잘 익었네, 고놈. 허허."

깍두기를 삼킨 할아버지는 어느새 온화한 표정으로 변해 있었다.

"난 사채업이나 다름없는 카드라는 게 항상 마음에 들지 않았다. 하지만 사채로 번 돈이든 수수료로 번 돈이든 돈에는 이름표가 없다는 걸 명심해. 그 돈이 네 목을 쥘 수도 있어. 내가 듣기로 카드사가 벌어들이는 돈이 꽤 많다고 했어."

"돈 많이 버는 회사니까 큰아버지도 비싸게 사주겠죠. 안 그렇습니까?"

할아버지는 머리를 절레절레 흔들었다.

"네놈 속을 통 알 수 없으니…. 에이."

"집 나간 소가 암소 여러 마리 몰고 들어올 겁니다."

"잡아먹히고 뼈만 남아 버려라. 네놈 골탕 좀 먹게. 허허."

그럴 리가. 집 나간 소는 순양그룹 지분이라는 보물 상자를 수레에 싣고 돌아올 것이다.

▲ ▲ ▲

"이래도 지켜만 볼 거냐?"

진동기는 동생의 책상 위로 신문을 툭 던졌다.

"갑자기 쳐들어와서 왜 또 이러는데?"

진윤기는 신문을 펼치며 형의 얼굴이 굳은 이유를 찾기 시작했다. 순양카드 매각설이라는 활자를 발견하자 그의 얼굴도 굳어 버렸다.

"이거 사실이야? 아니면 소설이야?"

"도준이가 흘리고 다니는 거다. 모르겠어?"

"도준이가 왜?"

"그건 도준이에게 물어봐야지. 그리고 도준이 대답을 내게 알려 주고"

"무슨 소리야? 좀 알아듣게 말해 봐!"

평상시의 침착한 모습과 다르게 격앙된 동생을 보자 진동기는 움찔했으나 동생도 사태의 심각성을 알아챈 것으로 생각했다.

"도준이가 아무리 잘난 놈이라고 해도 애는 애다. 카드 사업은 어느 정도 리스크를 안고 가야 하니 불안한 거지. 그래서 넘겨 버리려는 거야."

"기사대로라면 대현?"

진윤기는 신문을 높이 들었다.

"아니. 나와 영기 형에게 보내는 메시지 아닐까? 우리가 비싸게 사주지 않으면 딴 데 넘겨 버리겠다는 협박까지 곁들여서."

진윤기는 신문을 움켜쥔 채 아무 말도 하지 않았다. 그러던 그는 의외의 말을 형에게 던졌다.

"좋아. 내가 도준이를 만나 볼게. 그리고 그놈 입에서 어떤 말이 나오든 다 알려 주지. 형은 오늘 저녁 어때? 시간 나?"

"뭐?"

"아니, 무조건 시간 내줘. 저녁 먹으며 술 한잔하자."

"야! 갑자기 그게…."

진윤기는 손을 들어 진동기의 입을 막고는 휴대전화를 꺼냈다.

"영기 형. 바쁜 거 알지만 저녁에 시간 좀 내. 카드사 문제, 내가 정리할 테니까 꼭 와. 물론 동기 형도 함께야. 순양호텔 일식당 예약해 놓는다. 8시."

통화를 끝낸 진윤기는 진동기를 바라보며 말했다.

"형도 들었지? 8시다. 늦지 마."

일방적이지만 어쩔 수 없다. 빠질 수도 없고 늦어서도 안 된다. 자신이 없는 자리에서 형과 동생이 무슨 이야기를 할지 모르는 일 아닌가?

"그래. 저녁때 보자."

진동기가 휙 하니 나가 버리자 진윤기는 긴장이 풀리는 듯 긴 한숨을 내쉬었다.

"후유! 역시 연기는 배우가 해야 하는구나. 생각보다 어렵네."

아들이 써준 시나리오대로 대사를 읊었다. 개봉은 오늘 저녁 8시.

'흥행이 되려나….'

▲ ▲ ▲

"회사에서 보면 되는데 굳이 왜….'

"여긴 어디… 입니까? 미라클 본사 같은데… 요?"

어정쩡한 말투, 두리번거리는 눈, 가볍게 떨리는 손끝.

회의실로 들어오는 세 사내들은 잔뜩 긴장해 굳은 얼굴이었다. 창업주의 손자이며 최대주주, 자신들의 인사권을 쥐고 있기는 하지만 딱히 나서지 않은 나를 어떻게 대해야 할지 갈피를 잡지 못하는 듯했다.

"일단 앉으세요. 맞습니다. 미라클 본사지만 여긴 제가 주로 혼자 일하는 곳이죠. 직원 서너 명이 전부입니다."

엉거주춤 자리에 앉는 그들에게 먼저 불편한 말투부터 바꿔 주었다.

"예전처럼 편히 말씀하세요. 대주주지만 회사에서 맡은 직책도 없고 지금에 와서 존댓말 듣는 건 제가 더 불편합니다."

"그래도 되겠나?"

"물론입니다. 편히 말한다고 해서 위치가 변하는 건 아니니까요."

'위치가 변하지 않는다'란 당신들의 인사권은 내가 쥐고 있다는 뜻이며 내가 상사라는 의미였다.

세 명 사장의 표정이 다시 굳어졌다.

"제가 급히 뵙자고 한 건 다른 일 때문이 아닙니다."

테이블 위로 신문을 던지니 그들의 굳은 얼굴이 벌겋게 변해 버렸다.

"기사는 다들 보셨죠?"

"그래. 그렇지 않아도 이것 때문에….'

"잠시만요. 제가 먼저 말씀드려도 될까요?"

양우찬 사장은 입을 닫고 머리를 끄덕였다.

"이민섭 사장님."

"응?"

화들짝 놀라며 눈이 동그래졌다.

"기자회견 잘 봤습니다."

"그래? 봤어?"

"네. 점심시간 뉴스에 나오더군요. 그런데 이 기사를 전면 부인하셨더군요. 뭐라고 그러셨더라…? 아, 기자의 소설 같은 이야기 때문에 주가가 떨어지면 안 된다, 맞습니까?"

"그, 그래."

"그런데 어떻게 소설이라고 확신하셨죠?"

"그야 당연히… 실적 좋은 순양 계열사를 매각할 이유가 없지 않은가?"

"주식회사의 매각은 대주주들이 보유한 주식을 파는 겁니다. 주주가 바뀌는 거죠. 그렇다면 이 기사를 보시고 나서 즉각 제게 물어보는 게 순서 아닙니까?"

"…."

눈길을 피하며 대답을 못 한다. 그 어떤 변명도 통하지 않는다는 걸 너무나 잘 알기 때문일 것이다. 다른 두 명도 이미 내 마음을 읽었는지 슬슬 엉뚱한 곳을 쳐다보기 시작했다.

"양우찬 사장님과 고인규 사장님."

이름까지 부르자 더는 내 눈길을 피하지 못하고 눈을 맞추었다.

"도저히 이해할 수 없는 일이라 두 분께 여쭙겠습니다. 순양카드에 관계된 기사가 났는데 왜 엉뚱한 회사 사람들과 만나 상의하십니까? 여러분께서 오늘 아침 일찍 만난 두 부회장님은 우리 회사 일에 조금도 관여할 수 없습니다."

"그, 그건…."

"아, 두 부회장님은 제 큰아버지들이니 제가 조언을 구하면 그때 적당한 덕담 정도는 툭 던질 수 있겠네요. 하지만 그게 전부 아닙니까?"

모두 입을 닫고 헛기침만 연신 해댔다. 할 말도 없을 테고 자존심도 많이 상했을 것이다. 이제 슬슬 어린애의 모습을 보여 줄 생각이다. 영감님들에게는 좀 미안하지만 어쩌겠는가? 문제만 생기면 큰아버지에게 쪼르르 달려가는 사람들이니 자업자득이다.

"그렇게 행동하신 건 절 인정 못 하겠다, 뭐 이런 뜻입니까?"

"도, 도준아. 그게 아니고….."

양우찬 사장이 당황해서 말을 더듬거렸다.

"제가 더 이상 어떻게 양보합니까? 사장님들 체면 생각해서 그 어떤 인사발령도 하지 않았고, 경영에는 손 담그지 않겠다고 했잖습니까? 그럼 대주주 자격은 인정해야지요. 아닙니까?"

모두 얼굴만 붉힌 채 머리를 들지 못했다.

'좀 약한가? 더 심하게 해야 하나?'

"솔직히 제가 마음만 먹으면 그깟 회사 서너 개는 손가락질 몇 번이면 굴러갑니다. 끽해 봤자 보험 아줌마들 관리하는 게 전부고, 카드 왕창 발급해서 수수료 떼어 먹기와 이자나 챙기는 사업 아닙니까? 뭐 대단한 일이라고….."

노친네들의 눈썹이 움찔거리고, 이마에 주름이 가득 잡혔다.

"제가 카드사를 정리하려는 이유도 투자의 기본이기 때문입니다. 생명, 화재, 증권은 고객의 돈을 빨아들이지만, 카드는 우리 돈을 고객에게 빌려주는 거 아닙니까? 그 돈, 제가 굴리면 수십 배는 더 벌어요. 아시겠습니까? 제가 어떤 사람인지?"

이민섭 사장의 인내심이 극에 달한 것처럼 보인다. 한마디만 더 하면 다 팽개치고 나가 버릴 것 같다.

"사장님들이야 인생을 순양그룹에 바쳤으니 순양그룹이 대단해 보이겠지만 우물 안 개구리예요. 미국 보세요. 지난 10년간 유례없는 초호황기를 맞았습니다. 다우존스 지수는 다섯 배나 뛰었다고요. 순양은 다섯 배 성장했나요?"

좀 억지인가? 주가지수와 기업 성장률을 비교한다는 게? 하지만 뭐 어때랴? 어차피 지금은 억지 부리며 잘난 척하는 어린놈 코스프레 중인데 말이다.

"핸드폰 팔고, 세탁기 팔아서 번 돈? 월 스트리트에서 며칠만 굴리면 그 정도는 벌어요. 세상은 금융이 지배하는데 아직도 생산이네, 수출이네 하며 정신없이 뛰어다니는 거 보면… 솔직히 같잖습니다."

결국, 참다못한 양우찬 사장이 이를 악물고 말했다.

"하고 싶은 말이 뭐지? 다 때려치우고 투자회사나 하자는 거냐?"

"그러고 싶지만, 할아버지가 남겨 주신 거라 당분간은 쥐고 있어야죠. 아, 순양증권은 앞으로 투자 전문 회사로 바꿔 버릴 생각이니 남겨 둬야겠네."

최대한 건방 떨며 거만한 표정을 짓자, 마침내 이민섭 사장이 폭발해 버렸다.

"어린놈의 새끼가 뭘 안다고 쫑알쫑알! 이놈아. 네가 태어나기도 전에 시멘트 공구리 쳐가며 공장 세웠다. 그 공장 덕분에 너 같은 애새끼가 회장 흉내 내는 거다!"

"추억이나 붙잡고 그때가 좋았네 뭐네 하시려면 은퇴하시고 고향으로 내려가세요. 시간은 늘 미래로 향합니다. 과거로 역행하지 않아요."

곧바로 되받아치자 이민섭 사장은 온몸을 부르르 떨 뿐 말문이 막혀 아무 말도 못 했다.

"제 할 말은 끝났습니다. 카드사는 정리할 것이고 나머지 회사도 수익률 낮으면 언제든 정리합니다. 수익률 기준은 제 개인 투자 수익률입니다. 원하시면 언제든 제 수익률 공개하겠습니다. 이런 제 방식이 마음에 들지 않으시면 선택지는 하나뿐입니다. 여러분께서 좋아하시는 제 큰아버지 회사로 옮기세요. 그 전에 사표 쓰시고요."

사표 쓰라는 말은 진심이었다. 내 손으로 직접 사장 자리에 앉힌 게 아니니 날 받아들이지 않는다. 내 얼굴을 보면 열 살배기 어린 시절의 내 모습이 떠오를 텐데 어떻게 내 뒤에 설 수 있겠는가? 내 손으로 대표 이사를 선임해야 한다. 그래야 직장 생활에서 정점을 찍은 그 감격의 순간이 나와 겹친다. 내게는 이런 기억을 간직한 임원이 필요하다.

"할 이야기 다 했으니 이만 나가 보세요. 전 할 일이 많습니다."

말이 끝나기도 전에 모두 우르르 일어나 나가 버렸다. 저들이 참았던 분노는 쾅 하고 닫히는 문소리에 모두 드러났다. 이제 큰아버지들에게 쪼르르 달려가 내가 했던 말을 더 부풀려서 할 테고, 나는 큰아버지들이 그 이야기를 기준으로 나를 판단해 주길 바랄 뿐이다.

▲ ▲ ▲

순양호텔 일식당 앞에 서 있는 팻말을 보며 진동기는 쓴웃음을 지었다.

[금일 내부 수리로 인해 휴업합니다. 고객님들께 불편을 끼쳐 죄송합니다.]

보나 마나 진영기 부회장의 짓일 것이다. 일반인과 한자리에 있는 것을 견디지 못하는 특권의식으로 가득 찬 장남이다. 태어날 때부터 순양의 창업자 장남이었으니 자신을 선택받은 자로 규정하고 모든 것이 특별해야 한다는 강박에서 벗어나지 못한다.

진동기는 고개를 저으며 문을 열었다.

"어서 오십시오. 부회장님. 자리는 이쪽에 마련해 뒀습니다."

"아직 아무도 안 왔어?"

"네."

딴 사람들의 지각을 자신의 잘못인 양 머리를 들지 못하는 직원을 보자 짜증이 솟구쳤다.

"가서 시원한 맥주부터 한 잔 가져와. 자리는 창가로 옮길 테니까."

진동기는 아직 눈이 녹지 않은 정원이 가장 잘 보이는 창가에 자리 잡았다. 직원이 가져온 차디찬 맥주를 한 모금 마시니 속이 좀 가라앉았다. 입구 쪽이 소란스럽더니 진영기가 성큼성큼 다가왔다.

"너 혼자야? 윤기는?"

"아직. 오겠지, 뭐. 앉아."

"이 자식은 뭐 한 거야? 일찍일찍 안 움직이고!"

진영기 역시 짜증을 내더니 손을 들었다. 직원이 쪼르르 달려와 허리를 숙였다.

"나도 맥주 좀 가져다주고, 음식 내와. 먹으면서 기다릴 테니까."

"네, 부회장님."

코스 요리가 하나둘 나왔지만, 두 사람은 음식에는 수저도 대지 않고 한동안 말없이 맥주만 홀짝거렸다.

이윽고 진영기 부회장이 입을 열었다.

"윤기 이 자식, 뭐 하는 거야? 30분이나 지났는데."

"우리에게 시간을 주는 건지도 모르지."

"시간이라니?"

"먼저 협상할 시간."

진영기는 입으로 가져가던 맥주잔을 탕 내려놓고 묘한 미소를 보였다. 비웃음이었다.

"손 떼. 너나 나나 서로 안방 들여다보듯 회사 사정 뻔히 아는데… 넌 카드 인수할 자금 없잖아."

"쌈짓돈이라는 게 있잖소."

"욕심 때문에 무리하지 마. 어차피 카드사가 꼭 필요한 계열사도 아니잖아."

"그건 피차 마찬가지 아냐? 떼돈 버는 순양전자가 있는데 돈놀이하는 회사 가져가서 뭐 하려고?"

"필요한 이유는 너랑 다르지 않지. 그렇지 않아?"

순양의 계열사 하나라도 더 늘리려는 목적, 세부적인 건 다를 수 있지만 큰 목적은 보여 주기뿐이다. 주력이라고 할 수 있는 계열사 숫자를 누가 더 많이 가지느냐가 바로 위상이다. 아버지가 돌아가신 후, 외부에서 순양을 바라볼 때 두 형제 중 누가 우위에 있느냐는 바로 크기로 평가될 것이다. 매출, 영업 이익, 계열사 수 등등. 기업이 외형을 불리려 노력하는 것이나 계열사를 늘리려는 두 형제의 노력이나 다를 바 없다.

진영기 부회장은 이미 순양카드의 기업 가치를 확인했다. 그리고 회사를 지배하기 위한 지분도 파악했고 그에 걸맞은 자금도 충분하다. 어린 조카가 미친 짓만 하지 않는다면 순양카드는 분명히 손에 들어온다.

두 사람이 서로를 노려보며 신경전을 벌이고 있을 때 다시 입구 쪽이 소란스러웠다.

"누가 이따위로 영업하랬어요?

"그게 아니고….'

"그거든, 저거든! 여기 일일 매상이 얼만 줄 몰라요? 하루 쉬면 그 돈이 하늘에서 떨어집니까? 도대체 무슨 정신으로 일하는 겁니까?"

"죄, 죄송합니다. 하지만 부회장님 지시라 저희도 어쩔 수 없었습니다.'

"부회장? 진서윤 부회장님?"

"아, 아닙니다. 진영기 부회장님께서….."

"뭐?"

식당 입구에서 들리는 소리에 진영기 부회장은 얼굴을 팍 구겼다. 저렇게 크게 소란을 피우니 들리지 않을 리 없다. 게다가 저 목소리는 기다리던 동생의 목소리가 아니다.

"형님. 저거… 도준이 아뇨?"

"뭘 물어봐? 껑충하게 큰 키만 봐도 딱 알겠는데. 근데 지금 이게 무슨 상황이냐?"

"그러게, 저놈이 왜 와?"

진동기가 휴대전화를 꺼냈을 때 띠링, 하는 소리와 함께 문자가 떴다.

[직접 담판 지으세요. 순양 계열사는 내 것이 아니고 도준이 거니까. 너무 심하게 닦달해서 애 울리지 말고, 살살 타일러서… 그럼 이만.]

황당한 진동기가 진윤기에게 전화를 걸려고 할 때, 조카가 성큼성큼 발걸음을 옮겨 이미 테이블 곁으로 왔다.

"늦어서 죄송합니다, 큰아버지. 아버지가 갑자기 연락하셔서 부리나케 달려왔습니다."

두 사람은 꾸벅 머리를 숙이는 조카를 보며 짧은 한숨을 내쉬었다. 조카를 앞에 두고 회사를 넘겨라, 팔아라, 할 생각을 하니 난처하기 이를 데 없었다. 진영기 부회장은 진도준의 얼굴을 보자마자 오늘 낮, 금융사 사장들에게서 들었던 이야기가 떠올랐다.

▲ ▲ ▲

"증권가 매니저?"

"그렇습니다. 딱 그 정도입니다. 그쪽으로는 상당한 소질이 있다고 합니다. 실제 여의도 증권가에서도 진도준이 뭘 찍었느냐가 초미의 관심사라고…."

"급히 날 찾은 이유가 도준이 칭찬 늘어놓으려는 거 아니잖소. 그래서요?"

"아, 죄송합니다."

진도준에게 상처 입은 자존심을 안고, 진영기 부회장에게 달려온 세 명의 사장은 오늘 겪었던 수모를 남김없이 털어놓았다.

"그러니까 결론부터 말하면 도준이는 경영보다는 차라리 회사를 판 돈으로 투자에 쏟아붓는 게 더 낫다고 생각한다. 맞소?"

"그렇습니다. 열심히 회사를 키워서 돈을 버는 것보다 주식 투자가 훨씬 쉽고, 빠르고, 더 많이 벌 수 있다고 생각하는 것 같았습니다."

"그… 뭐요? 주식투자에 빠진 사람은 도박 중독자와 유사하다던데…. 혹시 도준이가 그런 거요?"

주식투자는 도박이 아닌 건강한 투자라고 주장하지만, 경쟁, 모방, 열중, 우연의 요소가 적당히 어우러져 있어서 사람을 병적으로 집중하게 만드는 매력, 즉 도박의 얼굴이 공존하는 것을 부인할 수 없다. 거기다 지금까지 진도준이 보여 준 모습을 보면, 대학생이지만 젊음을 즐기기보다 모든 생활이 주식투자 위주로 꾸려져 있었고, 취미는 차트 분석이고, 특기는 종목 발굴이다. 이 정도면 중독 수준이라고 봐도 무방하지 않은가?

"아, 그 가능성을 배제할 수 없겠습니다."

"그렇다면 지금 도준이가 카드사를 빨리 매각하려는 이유가 바로 도박 자금 마련일 수도 있겠군요."

사람은 모든 것을 자신에게 유리한 방향으로 해석한다. 세 명의 사장은 오늘 진도준에게 들었던 폭언이 한낱 도박 중독자의 입에서 나온 말이라 철저히 무시해도 된다는 위안을 얻고 싶었다.

"아버님이 이 이야기를 들었다면 기절초풍하시겠군."

진영기는 이 사실에 웃어야 할지, 화내야 할지 어정쩡한 심정이었다.

곰곰이 생각해 보면 도박에 환장한 어린놈의 본모습을 몰라본 아버지에게 화를 내야 할 상황이다. 하지만 이런 횡재도 없다. 돈만 듬뿍 안겨 준다면 그룹의 지분을 잔뜩 쥐고 있는 순양생명과 증권까지 넘겨줄지도 모르기 때문이다.

▲ ▲ ▲

"많이 기다리셨죠? 혹시 아버지한테 연락 못 받으셨습니까?"

나는 두 사람의 표정을 살피며 연신 머리를 조아렸다. 가장 우려되는 것은 큰아버지들이 자리를 박차고 나가 버리는 것이다. 하지만 이들도 사업가라 불쾌한 기색은 역력했지만, 거래를 앞두고 기분 내키는 대로 행동하지는 않았다.

"방금 문자 받았다. 너랑 직접 이야기하는 게 나을 것 같다고 하는구나."

"문자?"

진영기는 후다닥 휴대전화를 꺼내 확인했다. 그의 표정이 또 한 번 일그러졌다.

"이 자식은 연락 주려면 빨리 주든지…. 에이."

폴더를 접어 안주머니에 넣은 큰아버지는 못마땅한 표정으로 내게 말했다.

"넌 체면을 좀 지켜. 여기 일하는 애들하고 왜 언성을 높이는 거야?"

"그, 그게…."

뒷머리를 긁으며 얼버무리자 큰아버지는 짜증 섞인 목소리로 변했다.

"그 매상 내가 챙겨 주마, 됐지?"

"아, 아닙니다. 전 큰아버지 지시사항인 줄 모르고…."

"형도 그 정도만 해요."

진동기 부회장이 나를 향해 미소 지으며 말했다.

"급히 오느라고 고생했다. 저녁 챙겨 먹어."

그나마 둘째 큰아버지가 조금 더 현명해 윽박지르기보다 본심을 숨기고 챙겨 주는 척한다.

"네. 큰아버지들 먼저 드십시오. 아직 첫술도 뜨지 않으신 것 같은데."

"그래 먹자. 형님도 좀 드세요."

한동안 말없이 먹기만 했다. 내가 조급해 할 필요는 없다. 아버지의 일방적인 통보에도 이렇게 달려 나온 걸 보면 두 사람은 지금 입안이 바짝 마르고 음식 맛도 모를 것이다. 가끔 내 술잔에 술을 채워 주는 것 외에는 상갓집 분위기와 다르지 않았다.

'누가 가장 목이 마를까?'

"도준아."

역시, 우리 첫째 큰아버지. 성급한 성격은 변하지 않았다.

"네."

"소문이 사실이냐? 카드사를 정리한다는 거 말이다."

"아직 생각 중입니다. 아, 오해는 마십시오, 큰아버지. 결론 내리기 전에 상의드리려고 했습니다."

입에 발린 소리라는 걸 잘 아는지 구겨진 얼굴이 조금도 나아지지 않았다.

"할아버지가 주신 걸 쉽게 버리는 거 아니다. 쥐고 있어."

진동기 부회장이 날 보며 타이르듯 말했지만, 탐욕에 젖은 눈에선 전혀 진심이 느껴지지 않았다.

"그렇지 않아도 할아버지께서 절 부르셨어요."

두 사람은 동시에 수저를 탁 하고 내려놓았다.

"뭐라고 하시더냐?"

"이왕 물려준 거 더 간섭하지 않으시겠다고… 누구에게 팔든 알아서 하라고 하셨어요."

'누구에게', 이 말이 두 사람에게는 아주 중요할 것이다. 조카가 가진 것을 빼앗든, 싸게 사든 괜찮다는 뜻 아닌가?

"그래서? 넌 뭐라고 말씀드렸어?"

"순양카드를 팔아 훨씬 더 큰돈을 벌겠다고 했습니다. 1조가 넘는 돈이 들어오면 지금 순양증권의 수익률의 몇 배는 벌어들일 자신 있습니다. 하하."

이때는 최대한 거만하게 웃어 줘야 한다. 하지만 두 큰아버지는 내 웃음에 신경 쓰지 않았다. 오직 귀를 울린 숫자, 1조 원에만 집중하고 있는 듯했다.

장도형 전무가 뽑아 준 자료에 따르면 최저가는 1조 2000억이었다. 이 금액이면 해외 금융사들도 거품 물고 덤벼들 것이라고 자신 있게 말했다.

큰아버지들 머릿속에는 '순양카드의 맥시멈 가치'를 매긴 숫자가 있을 것이다. 그 숫자가 넘어가면 절대 인수하지 말라는 참모진들의 당부를 귀에 못이 박히도록 들었을 게 뻔하다.

"진심인 게로구나."

진동기 부회장이 곁눈으로 흘깃 보며 나지막이 말했다.

"지금 미국은 부동산을 베이스로 한 금융상품이 쏟아지고 있습니다.

거기에 투자한다면 몇 년 안에 두 배로 만드는 건 문제없어요. 신용카드 수수료에 비할 바가 못 됩니다."

조금 과장해서 그렇지 꼭 틀린 말은 아니다. 두 배까지는 아니고 육칠십 퍼센트는 가능한 수익률이다. 한껏 잘난 척하며 투자를 말했지만 두 사람은 나를 한심하다는 눈빛으로 바라볼 뿐이다.

프랜시스 언더우드는 "권력 대신 돈을 선택하는 것은 대부분의 사람들이 하는 실수다. 돈은 10년 후 허물어지는 새러소타의 현대건축물과 같다. 하지만 권력은 반세기를 지탱하는 오랜 석조 건축물과도 같은 것이다."라고 말했다. 내 할아버지는 순양그룹을 이용하여 돈으로 권력을 샀고 한 세대를 지나 순양그룹은 권력이 되었다. 두 큰아버지에게 난 돈을 좇는 멍청이이고 자신들은 내가 버린 권력의 한 조각을 주우려는 현명한 사람인 것이다.

"그렇구나. 우리야 주식투자니, 펀드니 하는 걸 잘 모르니…. 이미 구세대가 돼버렸어. 허허."

진동기 부회장이 너털웃음을 터트리며 큰형님에게 눈짓했다. 일단은 어린애 장단이라도 맞춰 주라는 의미일 것이다.

"우리 조카, 대단한데? 두 배라니. 허허."

싸게 먹으려고 마음에도 없는 소리까지 하는 걸 보면 장사치는 장사치다. 급한 성격의 장사치가 먼저 본심을 드러냈다.

"도준아."

"네."

"너 혹시 순양카드를 대현그룹에 넘길 생각이었니?"

"아뇨. 정한 건 없습니다. 오세현 대표와 상의했는데… 참, 아시죠? 미라클 인베스트먼트의 대표."

두 사람이 머리를 끄덕였다.

"그분 말씀이 농협에서 관심을 보인다고 하더군요. 다양한 카드 구성, 확실한 전산망 등을 고려하면 우리 순양카드 인수가 가장 빠른 지름길이라고 판단했다고 합니다."

큰아버지들은 당황한 표정을 숨기지 못했다. 농협이라면 충분한 자금력을 바탕으로 조건만 맞는다면 순식간에 채갈 것이기 때문이다.

"도준아, 아무리 그래도 순양의 이름을 다른 곳에 넘기는 건 옳지 않아. 회사 하나하나에 할아버지의 숨결이 깃들어 있는데…. 너도 잘 알잖니."

내가 할아버지에 약하다는 걸 아니 감성을 건드리겠다?

"아, 아직 결론 내린 것도 아닙니다. 서두를 사안도 아니고요."

속 좀 탈 것이다. 서두르면 다른 곳으로 넘어갈 위험이 있고, 서두르지 않다가 내 마음이 변해 버리면 카드사 인수가 물 건너가 버린다. 특히, 둘째 큰아버지는 카드사 인수가 절박하다. 현금 유동성을 생각하면 하루라도 빨리 카드사를 가져오는 게 유리하기 때문이다. 그래서 그런지 이번엔 침착한 진동기 부회장이 먼저 방아쇠를 당겼다.

"도준아, 차라리 우리에게 넘기는 게 어떠냐? 값은 후하게 쳐주마."

"우리? 우리라니? 회사가 조립식 장난감은 아니잖아. 쪼개자는 거냐?"

"형님, 쪼개자는 게 아니라 공동 인수도 가능하다는 뜻입니다."

"누구 마음대로! 가만히 보자 보자 하니까 노는 꼴이 아주 가관이군."

진영기 부회장의 인내는 여기까지였다.

"도준아, 허튼소리 그만하고 순양카드는 이 큰아버지에게 넘겨라. 너도 경영하기 힘들어하니, 내가 후하게 쳐주마. 이 이야기는 여기서 끝낸다. 됐지?"

"저, 저기… 큰아버지. 그게…."

"시끄럽다. 아무리 철부지라고 해도 그렇지, 순양의 이름을 함부로 해서는 안 된다는 것쯤은 알아야지! 부끄럽지도 않아?"

서슬 퍼런 그의 기세에 맞장구는 쳐주는 게 맞지 않을까?

"죄, 죄송합니다. 큰아버지."

황급히 머리를 숙였다.

'빨리 진동기 부회장이 나서야 할 텐데, 왜 이리 미적거리시나?'

"형님. 그런 식으로 윽박지른다고 될 일이 아닙니다. 도준이가 뭘 알겠습니까? 그래도 현명한 아이니 잘 타이르면 됩니다. 도준아."

"네."

"너도 이제 어엿한 성인이고 또 순양의 금융 부문 대주주이기도 하다. 그러니 이 일이 얼마나 큰 건인지 잘 알 거다. 지금 이 자리에서는 딱 하나만 약속해라."

"네. 어떤 약속을 하면 되겠습니까?"

두 사람의 눈치를 보며 잔뜩 풀죽은 표정을 지었다.

"순양카드를 정리한다고 해도 순양의 이름을 지워서는 안 된다. 할아버지께서 널 얼마나 이뻐하시니? 그걸 생각해서라도 우리 말을 들어야 한다."

"그 말씀은… 두 분께 매각하라는 뜻이겠지요?"

"두 분은 무슨! 나한테 넘겨."

"형님, 쫌! 억지 부리는 건 그만합시다."

"동기야! 네 힘으로는 불가능하다는 걸 몰라? 1조라고, 1조! 이 돈을 만들 수나 있어? 철강이든 기계든 네 계열사를 팔아야 가능한 금액이라는 걸 알 거 아니냐!"

충분히 무르익은 듯하여 나는 한 가지 말을 보탰다.

"저기, 큰아버지. 말씀 중에 죄송한데요. 1조가 아닙니다."

"뭐?"

"1조가 넘는다고 말씀드렸는데….'

눈이 휘둥그레진 두 사람을 향해 일단 한숨부터 쉬고 말했다. 마치 큰 결심이라도 한 것처럼.

"좋습니다, 그럼 이렇게 하겠습니다. 미라클과 순양카드에서 산정한 최소 밸류에이션(valuation,기업가치평가)은 1조 2000억입니다. 전 1조 4000억이면 충분하다고 생각하고요. 이 정도만 주신다면 순양의 이름을 지키기 위해서라도 두 분 큰아버지께 넘기겠습니다."

1조 4000억이라는 숫자는 진동기 부회장을 절망하게 만들기에 충분했다. 그가 이 돈을 만들려면 계열사를 정리하지 않는 한, 회사 지분을 담보로 은행 대출을 받는 수밖에 없다. 하지만 금융권은 대출 대신에 직접 순양카드를 인수하려고 나설 것이다. 아니, 그보다 앞서 담보 능력이 되는지도 짚어 봐야 한다.

진동기의 표정을 확인한 진영기는 이미 승기를 잡은 듯 의기양양했다.

"좋다. 나 역시 분석은 해야 하지만 도준이 네 조건에 최대한 맞춰 주마. 이제 실무진들 불러서 협상하면 되겠지?"

이 정도 말까지 나왔는데도 둘째 큰아버지가 입을 열지 못하는 걸 보니 자금 여력이 정말 없는가 보다. 하지만 쉽게 끝나는 싸움은 재미없다. 피도 좀 흘려야 제맛이다.

"그럼 매각 대금은 3년 만기 채권으로 하겠습니다. 가족인데 이 정도 편의는 봐 드려야죠. 저야 뭐 돈이 급한 건 아니니까요. 곧바로 실무진에게 세부 사항 준비하라고 일러두겠습니다."

채권이라는 말을 던지자마자 두 사람의 표정이 싹 바뀌었다. 3년 만기 채권이라면 외상거래다. '외상이라면 소도 잡아먹는다.'라는 속담도 있지 않은가?

"자, 잠시만. 도준아. 너 방금 뭐라고 했어? 3년짜리 채권이라고 한 거 확실하지?"

진동기 부회장의 얼굴에 화색이 돌았다. 반면에 진영기 부회장은 너무 당황해서 말도 제대로 못 했다.

"네. 대신 매각 대금은 1조 4000억으로 하겠습니다. 아 참, 정확한 수치는 아니지만, 은행 부채가 4000억 이상이라고 알고 있어요. 그러니까 부채 안고 9000억 조금 넘을 겁니다."

"9000억?"

진동기 부회장의 머리 돌아가는 소리가 생생하게 들렸다. 숫자 계산이 아니다. 3년 뒤 9000억을 갚을 수 있을지 없을지는 이미 안중에 없다. 1년 뒤도 예측하기 어려울 만큼 세상은 획획 돌아간다. 하물며 3년 뒤의 회사 상황을 어떻게 정확히 추정할 수 있을까? 지금 그의 머릿속에선 1조에 가까운 채권을 발행할 수 있느냐 없느냐만 계산되고 있을 것이다.

반면에 다잡은 승기를 놓쳐 버린 진영기 부회장은 할 말을 찾느라 전전긍긍이었다. 가족이라 편의를 봐주겠다는데 외상거래 불가를 외칠 수도 없는 일이니 자꾸 동생의 눈치만 살필 뿐이었다.

기뻐하는 한 사람과 전전긍긍하는 또 한 사람의 표정을 보니 우습기도 하다. 남은 시간이 3년인 시한폭탄을 서로 가져가려 눈치를 보는 꼴이라니.

3년 뒤 카드 대란이 갑자기 쏟아져 피할 수 없는 소낙비라면 만기가 돌아오는 1조 원가량의 채권은 더 무시무시한 강풍이 될 수도 있고 쓰나미가 될 수도 있다. 카드 대란으로 채권 회수가 불가능해지고 회사의 자금이 씨가 말라갈 때, 1조 원이라는 채권은 핵폭탄을 맞는 것이나 다름없다. 누가 이 폭탄을 가져갈지 궁금하다.

자금력이 풍부한 순양전자라면 강풍과 소낙비를 견딜 수도 있다. 하지만 순양중공업이라면? 3년 뒤의 중공업 시황에 따라 다르겠지만, 쉽게 버텨 낼 수는 없을 것이다. 시한폭탄의 효과를 제대로 보려면 진동기 부회장이 카드사를 인수하는 게 훨씬 좋긴 한데….

"도준아! 제정신이야? 3년짜리 채권이라니? 카드사를 매각하는 순간 수익이 끊어지는 거다. 당장 자금 압박에 시달릴 수도 있어."

진영기 부회장이 황급히 말했지만, 이미 늦었다.

"형님, 헛소리 좀 그만하쇼. 도준이가 맡은 계열사는 전부 화폐 찍는 은행이나 다를 바 없어요. 자금 압박은 무슨!"

진동기 부회장은 형을 향해 눈을 부라린 다음 내게 분명한 확답을 받으려는 듯 말했다.

"도준아, 카드사를 1조 4000억으로 평가한 것은 다른 계열사 지분을 싹 뺐다는 뜻이지?"

"그렇습니다. 관계 자회사 서너 개를 제외하고 핵심 계열사 주식은 다 옮길 겁니다. 순양생명이나 순양증권 지분까지 포함하면 3조에 육박하니까요."

"좋아. 그리고 매각 대금 전부 3년 만기 채권으로 받겠다는 거 맞지?"

"네, 큰아버지. 우린 가족이니까요."

둘째 큰아버지에게 환한 미소를 보냈다. 그는 내 미소에 화답이라도 하듯 술을 따랐다.

"그래, 일단 그 정도로 끝내자. 자세한 이야기는 실무자들이 해야겠지. 그리고 형님."

"뭐냐?"

"조카 보는 앞에서 언성 높이지 맙시다. 식사 끝내고 우리 둘이 따로 이야기 좀 하시죠. 어떻습니까?"

진동기는 조카 앞에서 체통을 잃지 않으려는 마지막 자존심을 담은 간절한 눈빛을 형에게 보냈다. 진영기도 이 눈빛을 거절하기는 어려워 고개를 끄덕이며 수저를 들었다.

"일단 먹자. 그리고 도준아."

"네, 큰아버지."

진영기 부회장은 언제 그랬냐는 듯 인자한 표정으로 말했다.

"넌 네 어깨에 짊어진 회사가 무겁니?"

"조금은요. 그래도 제가 잘 아는 분야라서 다행이죠. 만약 제조업이었다면… 어휴, 어떻게 감당하겠어요? 공장에, 노동자에, 노조에…."

나는 고개를 세차게 흔들었다.

"오세현 대표 보면 알 수 있어요. 아진그룹, 순양자동차, 대아건설…. 이 회사들 챙기느라 정신없더군요. 그나마 사장들과 임원들이 제 회사처럼 챙기니까 버티죠. 저였다면 못 버텼을 겁니다. 그 임원들이 어린 저를 인정하겠어요?"

큰아버지들은 원하는 대답을 듣지 못해 실망한 표정이었지만 희망의 끈은 놓지 않았다. 사람 상대하는 걸 극도로 싫어한다는 사실은 확인했기 때문이다. 아직 지시나 명령 내리는 것에 익숙하지 않은 젊은 놈이 그 맛을 모른다고 생각하기에 경영 상황이 나빠지면 내 멘탈이 흔들릴 것이고, 그때는 어떻게든 기회를 잡을 수 있다고 생각하는 것이다.

"그래, 앞으로 어렵거나 힘든 일 생기면 언제든 우리에게 말하렴. 적극적으로 도와주마."

고양이 쥐 생각해 주는 척한다. 가증스럽게….

"네. 감사합니다."

폭탄은 매물로 내놨고, 서로 사겠다고 다투는 모습까지 봤으니 할 일은 끝났다. 이제 경쟁을 붙여 1조 4000억 이상을 뜯어내면 되는데…. 매각 대금을 너무 올리면 첫째 큰아버지가 유리하다. 가족인데 경쟁은 동등해야 하지 않겠는가? 이자나 듬뿍 뜯어낼까?

두 사람의 보이지 않는 팽팽한 기 싸움을 구경하는 재미가 쏠쏠했지만 코스 요리와 디저트까지 먹고 나니 그만 일어나야 했다.

"그럼 저 먼저 일어날까요? 두 분은 더 말씀 나누실 거죠?"

"아, 그래. 먼저 가려무나. 수고했다."

두 사람에게 허리를 숙이고 호텔을 빠져나왔다. 조금 아쉽다. 경영이나 지배보다는 승부에 집착하는 모습을 더 보여 주고, 복잡한 것을 싫어하고 돈벌이를 좋아하는 단순한 모습을 더 부각했어야 했다. 그랬다면 조금이라도 경계심을 희석할 수 있었을 텐데 좀 부족하지 않았나 하는 생각이 머리에서 떠나지 않는다.

▲ ▲ ▲

"어떻게 생각해?"

"뭘?"

"도준이… 저놈 오늘 진심이었을까?"

"복잡하게 생각 마라. 저놈이 본모습을 숨겼든, 고작 저 정도 놈이든 변하는 건 없어. 도준이가 가진 회사, 지분, 다 가져와야 하니까."

진영기는 술을 삼키며 속마음을 드러냈다. 어차피 동생도 자신과 다를 바 없다는 걸 잘 안다. 재미있는 일이다. 모두에게 진심을 속이지만 가장 강력한 경쟁자에겐 숨길 필요가 없다니 말이다. 진동기는 술을 홀짝이면서 형의 눈을 똑바로 바라보았다. 그리고 진심을 드러냈다.

"형님, 순양카드 꼭 가져야겠소? 그룹 지분도 없다고 하잖아."

"자식이, 꼭 아쉬울 때만 그런 표정이지?"

"형님!"

"그만해. 지금 와서 서로 사정 봐줘 가며 챙기는 우애 좋은 형제 흉내 내면 뭐 하나?"

"그래서? 회사 하나 놓고 경매라도 붙자고? 우리가 싸우면 도준이만 좋아지는 거, 알잖소?"

"안 싸우면? 너 좋아지는 거는 괜찮고? 돈지랄할 자신 없으면 지금이라도 포기해."

"도대체 이유가 뭐요? 카드사가 현금 돌리기 좋다고는 하지만 형님은 전자만으로도 충분하잖아. 그리고 소비재 관련 회사도 많아 현금 아쉬울 건 없는데 왜 욕심내는 거요? 그냥 나 엿 먹으라고?"

"뭐? 엿 먹어? 이 자식아! 엿 먹은 건 나야! 난 이미 아버지한테 엿 먹었다고. 빌어먹을."

쨍강!

진영기는 술잔을 바닥에 던져 버렸다.

"내가 철들기도 전부터 아버지는 귀에 못이 박히도록 말했다고. 영기야, 앞으로 넌 순양의 선장이 될 거다. 내 모든 걸 네게 줄 테니 넌 더 웅장한 순양을 만들어야 한다."

진영기는 거친 숨을 몰아쉬며 주먹을 불끈 쥐었다.

"그런데… 수십 년을 그 말을 믿고 살았는데…. 내 나이 곧 환갑이다. 이 나이에 받은 게 절반도 안 돼. 무슨 말인 줄 알아? 네가 가진 거든, 어린 조카 새끼가 가진 거든, 전부 내 거라고! 내가 내 걸 돈 주고 사야 하는 지금 이 상황이 지랄 맞은 거야! 이래도 내가 너 엿 먹이는 거로 생각해?"

진영기가 불같이 화를 냈지만, 진동기의 눈빛은 오히려 차분히 가라앉았다. 그는 형이 좀 안쓰럽다는 생각까지 들었다. 장남이란 저런 것인

가? 부모의 기대를 한몸에 받고 막중한 중압감을 느끼지만 대신 부모의
모든 것은 당연히 자기 것이라고 착각하는 존재가 장남인가?

"형 생각은 잘 알았어. 그럼 나도 생각을 고쳐먹어야겠어."

"무슨 생각을 어떻게 고쳐먹어?"

"아주 잠시, 각자 맡은 계열사를 더 키우고 더 늘려서 서로 부족한 부
분을 채워 주고, 필요하다면 서로 바꿔 가며… 거 있잖아, 선의의 경쟁
같은 걸 생각했는데…. 역시 안 되겠어. 그냥 지분 싸움하자고. 누구 하
나 자빠져서 두 번 다시 일어나지 못할 때까지."

진동기는 입을 닦은 냅킨을 식탁에 툭 던지며 일어섰다.

"순양카드는 내가 가져갈 거야. 형도 아버지에게 배웠겠지? '돈으로
사는 건 누구나 할 수 있다. 중요한 건 꼭 가지려는 의지다. 그럼 돈이
중요한 게 아니라는 걸 알게 될 거다.' 난 이 말을 귀에 못이 박히도록
들었어. 그리고 사실이더라고."

진영기는 진동기가 떠나간 빈 의자를 뚫어지게 바라보며 이를 악물
었다.

"개 같은 새끼… 끝까지 잘난 척은."

▲ ▲ ▲

순양그룹 본관에 들어서자 장도형 전무가 황급히 달려왔다.

"미리 연락을 좀 주시죠. 하루 만에 정리하느라 많이 부족해서… 마
음에 드실지 모르겠습니다."

"책상, 의자, 컴퓨터, 회의용 테이블만 있으면 됩니다."

"하하, 그게 더 어렵죠. 미니멀리즘 추구하는 사람이 얼마나 까다로
운데요."

"전 미니멀리즘이 아니라 필요한 것만 있으면 됩니다."

본관 입구에서 전용 엘리베이터까지 걸어갈 때 많은 사람들이 늘어서서 허리를 숙였다. 이 모습을 보니 이맛살이 찌푸려졌다.

"전무님, 앞으로 이런 거 시키지 마세요. 제가 싫어하는 거 아시잖습니까?"

"그렇지 않아도 오늘만 이럴 겁니다. 적어도 실장님 얼굴을 알아 놔야 할 사람들이거든요. 인사는 천천히 나누시더라도 말입니다."

전용 엘리베이터에는 단둘만 탔다. 조용히 나눌 이야기가 있기 때문이다.

"지시한 건 어떻게 됐습니까?"

"대표이사 네 분은 이미 실장님 방에서 대기 중입니다. 그리고 직원들은 각 사장실 앞에서 대기 중입니다. 실장님 들어가시면 곧바로 시작할 겁니다."

"네. 번개처럼 해치우죠."

"문제없습니다."

24층에 준비한 내 방에 처음으로 들어갔다. 응접 소파에 앉아 있던 네 명의 대표이사가 불편한 기색을 그대로 드러내며 엉거주춤 일어났다.

일단 방을 한번 둘러보니 누구 솜씨인지 알 것 같았다. 단순하면서도 고급스러운 가구로 꽉 찬 방, 고모가 준비한 것이 틀림없다.

"모두 편히 앉으세요."

상석에 앉자 장도형 전무가 내 곁에 섰다.

"이민섭 사장님."

"네."

"카드사는 매각하기로 했습니다. 사장님은 오늘부로 해임합니다."

이민섭 사장의 얼굴이 일그러졌을 때, 딴소리가 나오지 않도록 덧붙였다.

"진영기, 진동기 부회장님께 말씀드리니 인수하시겠다고 하시더군요. 이민섭 사장님의 재선임은 그분들께 달려 있습니다."

일그러졌던 이 사장의 얼굴이 더할 나위 없이 밝아졌다.

'바본가? 큰아버지가 다시 사장 자리에 앉힐 리가 없잖아? 큰아버지 곁에 줄 서 있는 사람이 얼마나 많은데?'

나는 큰아버지의 수고를 덜어 주기 위해 내 손으로 잘랐을 뿐이다.

"그리고 양우찬 사장님. 고인규 사장님."

"네."

"두 분도 해임합니다."

두 사장은 벼락이라도 맞은 듯 굳어 버렸다.

"저보다 큰아버지를 더 따르시니 그분께 가십시오. 자리 하나쯤은 만들어 주시겠지요."

"자, 잠시만. 지금 그게…."

양우찬 사장이 급히 입을 열었지만 난 손을 들어 그의 입을 막아 버렸다.

"이제 실감 나십니까? 누가 인사권자인지?"

두 사람은 노려보는 내 눈을 마주하지 못하고 시선을 피했다.

"경고합니다. 이 방을 떠나는 순간부터 순양그룹에서 있었던 모든 일은 잊으십시오. 인생을 돌아보며 추억을 회상하는 건 머리로만 하시고 입으로 하시면 안 됩니다. 제가 단 한 줄이라도 활자로 보게 되면 여러분들의 과거를 샅샅이 뒤질 겁니다."

순양그룹 계열사 사장까지 올랐다면 온몸이 먼지투성이고 심하면 진흙도 많이 묻었다. 입을 조심하지 않으면 본인이 수사 대상이 되는 건 시간문제고 피의자 신분이 될 수도 있다. 순양그룹의 힘이라면 지검 검사 몇 명 동원하는 것쯤 식은 죽 먹기고, 검사가 뒤를 털기 시작하면 말년이 꼬인다는 것쯤 모를 리 없다.

세 사람의 안색이 흙빛으로 변했다. 윤호일 순양화재 사장만이 긴장 때문에 몸을 빳빳이 세우고 굳어 있었다.

"자, 세 분 사장님. 마지막 순양그룹의 흔적을 지우겠습니다. 휴대전화 꺼내세요."

이들은 잠시 주춤하더니 긴 한숨을 내뿜었다. 임원으로 승진하는 순간 휴대전화를 나눠 준다. 업무용으로 쓰라고 주는 거지만 대부분 공사 구분을 하지 않고 사적인 통화도 많이 한다. 하지만 회사 비품이라는 것은 변하지 않는다. 세 사람은 미적거리며 휴대전화를 꺼내 테이블 위에 내려놓았다.

"너무 염려 마십시오. 사적인 통화 내용까지 들여다볼 생각은 없습니다. 공적인 업무 부문만 확인하고 전화는 폐기할 생각입니다."

장도형 전무가 굳은 표정으로 휴대전화를 챙겼다.

"하실 이야기가 많으실지 모르지만 조금 아끼십시오. 미안하지만 전단 한마디도 들어 줄 기분이 아닙니다."

내 말을 신호로 장도형 전무가 입을 열었다.

"각 사장실의 물건은 감사팀이 챙기고 있습니다. 하나하나 확인하고 개인 물품은 댁으로 보내드릴 겁니다. 그리고 본관 현관 앞에 승용차가 대기 중입니다. 사장님들께서 원하시는 곳으로 모실 겁니다. 그럼."

장도형 전무는 기계적으로 말을 마친 후 문을 열었다. 명백히 나가 달라는 의미였다. 세 사람은 이를 악물고 일어섰다. 적의에 찬 눈으로 나를 노려보았지만 내게 악담을 퍼부을 정도로 멍청하지도 않았고 아마추어도 아니다. 이들이 이대로 백수처럼 지낼 리 없다. 분명 이들을 초빙하는 곳이 있을 것이며 고문, 사외이사, 감사라는 자리에 앉을 것이다. 이들을 채용하는 곳은 순양그룹과 관계 맺기를 원하는 곳이다. 그들이 원하는 바를 들어주기 위해서 이들은 순양그룹과 웃으며 만나야 한다. 그래서 오늘 나와 악수하며 헤어질 마음도 없겠지만, 드잡이질할 마음 역시 없을 것이다.

세 사람이 나가자 장 전무가 문을 닫고 소파 한쪽에 조용히 앉았다.

"윤호일 순양화재 사장님."

"네."

윤 사장은 그제야 머리를 들고 내 눈을 바라보기 시작했다.

"순양화재는 비상장기업이며 지분 75퍼센트는 순양생명이 쥐고 있습니다."

"네, 잘 알고 있습니다."

"사장님의 생각이 궁금합니다. 방금 떠난 세 분과 행동을 같이하실 생각이신지, 아니면 순양화재의 모회사인 순양생명을 맡아 한껏 능력을 발휘하실 것인지 말입니다."

난감할 것이다. 좋아서 펄쩍 뛰고 싶은데 방금 이 방을 나간 사람들과의 친분을 생각하면 왠지 배신자가 되는 느낌이 들 것이고, 그렇다고 거절할 만큼 그들과 의리가 쌓인 관계는 또 아니다. 이럴 때는 내가 고개를 끄덕일 명분을 줘야 한다.

"부탁합니다. 이미 눈치채셨겠지만, 지금은 세대교체가 필요한 시점입니다. 순양금융그룹의 핵심은 누가 뭐라 해도 순양생명 아닙니까? 윤 사장님 외에는 마땅한 분이 없습니다."

간곡히 부탁하는 말까지 들었고 이 정도면 충분할 것이다. 윤호일 사장은 마치 구국의 결단을 내린 애국지사 같은 표정으로 머리를 끄덕였다.

"먼저 감사의 인사를 드려야겠군요. 감사합니다. 앞으로 실망하시지 않도록 최선을 다하겠습니다."

"흔쾌히 승낙해 주셔서 감사합니다. 윤호일 순양생명 사장님."

장도형 전무가 흐뭇한 미소를 지으며 입을 열었다.

"이제 대회의실로 가시죠. 금융 부문 임원 전부가 기다리고 있습니다."

"네, 윤 사장님. 함께 가시죠. 임원들에게 발표하겠습니다."

우리 셋은 웃으며 대회의실로 향했다.

대회의실 문을 활짝 열고 들어서자 수십 명의 사람들이 벌떡 일어났다. 조금 떨렸지만, 어깨를 펴고 최대한 당당한 자세를 유지하며 상석으로 나아갔다. 좌우로 장도형과 윤 사장이 자리 잡자 모두의 시선이 우리를 향했다.

"안녕하십니까? 진도준입니다."

내 앞의 마이크를 가까이 당기며 첫인사를 건넸다.

임원들은 가볍게 머리를 숙였다. 긴장한 표정, 시큰둥한 표정 그리고 불만스러운 얼굴도 보였다.

"조금 전, 대표이사 세 분이 순양을 떠났습니다."

그 세 명이 누군지 말하지 않아도 모두 알 것이다. 내 옆에 윤 사장만 있으니 말이다. 한순간 회의장이 술렁거렸다. 이 웅성거림에는 누군가의 분노가, 변해 버린 환경에 대한 기대가, 그리고 우려가 담겨 있었다. 내가 다시 입을 열자 술렁거림이 사라졌다.

"첫 번째 인사에 불만 있으신 분은 언제든 회사를 떠나셔도 됩니다. 하지만 회사에 남겠다고 마음 굳히신 분은 이 하나를 명심하십시오."

다시 좌중을 훑어보니 이들의 초조함이 느껴졌다.

"앞으로 펼쳐질 일들에 대해서 어린애처럼 투덜거리는 소리가 들리면 냉혹한 대가를 감당하셔야 할 겁니다. 임원이시지 않습니까? 경영진의 일원이라는 자각을 해야 합니다. 왜냐? 전 경영에 관여하지 않을 것이며 순양금융그룹에서 그 어떤 직책도 갖지 않을 것이기 때문입니다."

물론 이 말을 믿는 사람은 없어 보였다. 누구 핏줄인데 가만있을까? 모두 이런 표정이다.

"이렇게 임원분들을 한자리에 모시는 것도 오늘이 처음이자 마지막일 겁니다. 딱 한 번이 필요한 이유는 바로 인사의 원칙을 말씀드리기 위함입니다."

임원도 월급쟁이다 보니 인사 원칙에는 모두 귀를 쫑긋 세운다.

"우려하시는 낙하산 인사는 없습니다. 그리고 내부 승진을 기본으로 하겠습니다. 오늘 윤호일 사장님께서 순양생명의 대표이사가 되셨습니다. 아직 세 회사의 대표이사 자리가 비어 있습니다. 그 자리는 현재 차석의 자리에 계신 임원이 오르시게 될 겁니다."

이 말의 뜻은 대규모 승진 인사를 단행한다는 것이다. 모두 한 계단씩 오르게 된다는 걸 알게 되니 회의실 공기는 순식간에 훈훈해졌다.

"그리고 순양금융그룹 총괄 전략실을 신설할 것이며 장도형 전무님이 책임질 겁니다. 직급은 부사장입니다."

장도형 전무와 눈을 맞추자 가볍게 머리를 숙였다.

"새로운 대표이사님 그리고 장도형 부사장님, 마지막으로 임원 여러분들께서 회사를 잘 이끌어 가기 바랍니다. 전 분기별 실적만 보고받는 것이 전부일 겁니다. 다만…."

결정적인 한마디를 남겨 두고 잠시 뜸을 들였다. 임원들의 귀가 내게 쏠리는 것이 느껴질 정도였다.

"분기별 실적을 바탕으로 항상 보직과 직책을 바꾸겠습니다. 냉혹할 정도로 실용주의를 따를 것이니 각오를 다져 주시기 바랍니다."

더 말하면 군더더기일 뿐이다. 이제는 행동으로 보여 주는 일만 남았다. 장도형 부사장과 함께 먼저 회의실을 빠져나왔다. 다시 내 방으로 돌아와 커피 한 잔을 마시며 긴장을 풀었다.

"뒤처리는 부사장님께서 잘해 주십시오."

"네. 오늘 중으로 모두 인사발령 내겠습니다."

"그리고 말씀드린 대로 카드사 매각은 두 부회장님 비서진과 조율하셔야 합니다."

장도형 부사장은 한숨부터 내쉬었다.

"정말 채권으로 협의하셨습니까? 너무 후한 조건 아닙니까?"

"그렇지 않으면 경쟁이 안 됩니다. 중공업 부문에서는 1조 원을 지금 당장 조달할 여력이 없어요."

"알겠습니다. 마지막 푸념이었습니다. 채권으로 하신 걸 보면 진동기 부회장님 쪽으로 생각하시는 듯한데 맞습니까?"

카드사 인수가 한쪽은 수류탄이 되고 한쪽은 핵폭탄이 된다. 이왕이면 핵폭탄이 되는 쪽으로 보내는 게 낫지 않은가? 어차피 한 명만 살아남을 전쟁이라면.

"그렇습니다. 이왕이면…. 하하."

나는 웃음으로 얼버무리며 속내를 감추고 다른 이야기를 꺼냈다.

"일사분기 끝나는 대로 하위 실적 임원 열 명을 정리하겠습니다. 우리 부사장님… 손에 피 좀 묻히세요."

"열 명씩이나요?"

봄이 되자마자 피바람이 분다. 그 충격이 작지 않다는 걸 아는 장도형의 표정이 좋지 않았다.

"한두 명으로 겁이나 먹겠습니까? 전 직원이 충격에 빠질 정도는 돼야 피 묻히는 보람이라도 있죠. 대신 실적 좋은 상위 열 개 팀에는 보너스를 듬뿍 안겨 주십시오. 한쪽은 칼바람, 한쪽은 봄바람, 이 정도면 모두 회사가 변했다는 걸 체감할 겁니다."

"네. 열 명의 임원이 날아가는 충격을 상쇄할 만큼 보너스를 지급하겠습니다. 괜찮겠습니까?"

말귀도 빨리 알아듣고 고집을 내세우지도 않는다. 이런 점이 장도형의 장점 같다.

"괜찮습니다. 앞으로 그런 건 알아서 하셔도 됩니다. 일일이 허락받으려 하지 마시고요."

"재량권을 주시면 돌려드리지 않을 겁니다. 흐흐."

이 와중에 농담까지 하는 걸 보면 배짱이 좋은 건가, 아니면 천성인가?

"앞으로 더 큰 재량권을 드릴 텐데 놀라지나 마세요."

"기대하겠습니다!"

"그럼 전 이만 가보겠습니다. 할 일 많으신 분을 붙잡고 시간 낭비하는 건 여기까지만 하겠습니다."

"여의도로 가십니까?"

"아뇨. 학교에 잠시 가봐야 합니다. 저 혼자 졸업사진 촬영을 안 했다고 연락이 와서요."

"졸업? 아, 다음 주죠?"

장도형의 표정이 묘하게 변했다.

"네. 왜 그러시죠?"

"그게… 대학생이라는 걸 잊었습니다. 오늘 회의실에서 말씀하시는 거 보니 사회생활 몇 년은 하신 것 같아 착각했습니다."

'이 양반아, 10년도 넘게 했네. 말하는 자리가 아니라, 말 듣는 자리라는 것이 차이지만 말일세.'

"아무튼, 축하합니다. 졸업식장에 꽃다발이라도 들고 갈까요?"

꽃다발이라는 소리에 손을 휘휘 내저었다.

"아이고, 그렇지 않아도 돌아 버리겠어요. 부모님까지는 문제없는데 할아버지가 오십니다. 상상해 보세요.”

“아…. 정말… 부담되시겠어요.”

장도형은 충분히 이해한다는 듯 안쓰러운 표정으로 변했다.

진짜, 미치도록 부담스럽다.

7장

화려한 데뷔

"할 만해? 벌써 2주가 넘었지?"

"내 얼굴을 한번 봐. 누가 볼을 숟가락으로 파먹어 버린 것 같지 않아?"

조금 과장된 표현이지만, 사법연수원에 들어간 지 20일도 지나지 않은 서민영은 눈이 퀭했다. 그녀는 2월 1일 사법연수원에 들어간 후 문자 한 통 보내지 않았다. 정신없을 거라는 건 알았지만, 얼굴이 상할 만큼 혹독한 시간을 보낼 거라고는 짐작 못 했다.

"산삼 몇 뿌리 보내 줄까?"

"옥살이나 다름없는데 산삼으로 돼? 면회나 자주 와."

"그래. 노력해 볼게."

"참, 너 순양그룹 금융 계열사 맡았다면서? 소문 돌더라."

"맡기는 뭘, 거기서 일 배우는 거야. 나도 이제 고생길에 접어들었지. 일 못 하면 거제도로 유배 가는 게 우리 집안 전통이다."

"가기만 해! 내가 머리끄덩이 끌고 와서 오피스텔에 감금해 버릴 테니까!"

이때 법대 강당 입구가 소란스러웠다. 검은 정장의 사내들이 우르르 들어와 통로를 확보하는 모습이 보였다.

'오셨다. 유별난 우리 할아버지…'

후광효과, 카리스마, 경외심, 존경심, 어쩌면 부자에 대한 원초적인 선망…? 그 실체가 뭔지 정확히는 모르겠지만 강당으로 걸어 들어오는 할아버지와 눈을 마주친 사람들은 한 명도 빠짐없이 얼떨결에 머리를 숙여 인사를 한다. 하필이면 부모님과 형, 그리고 고모가 할아버지 뒤를 따랐다. 아버지는 조금 찌푸린 표정이었고 어머니는 난감해서 어쩔 줄 몰라 하는 게 확 드러났다. 고모는 그런 시선을 아주 자연스럽게 즐기며 몸에 걸친 값비싼 모피 코트를 과시하는 중이었다.

"민영아."

"응?"

"도망가."

"뭐?"

너무 늦었다.

나와 서민영을 발견한 할아버지는 나이에 어울리지 않는 민첩함을 보여 주며 어느새 내 곁으로 다가왔다.

"이놈아. 할애비를 봤으면 잽싸게 달려올 것이지 뭐 하는 게냐?"

할아버지의 호통은 나를 향했지만, 시선은 이미 서민영에게 향해 있다. 생쥐를 낚아채려는 독수리 같은 눈으로 그녀를 한번 쓱 훑더니, 입에서 부드러운 음성이 흘러나왔다.

"이쁘게 생겼구나. 아버지와는 딴판이로고. 어머니가 미인이시겠구먼."

"네?"

긴장한 서민영은 인사부터 해야 한다는 걸 까맣게 잊고는 할아버지의 말이 무슨 뜻인지 생각하는 듯했다.

"아니다. 참, 아가는 이름이 뭐고?"

"아, 서민영입니다. 인사가 늦었습니다."

'좀 이상한데, 민영이를 이미 알고 계셨나?'

"할아버지, 민영이 부모님을 아세요? 아니, 처음부터 알고 계셨던 거예요?"

"네 녀석이 무슨 짓을 하고 다니는지 모를 줄 알았더냐? 네놈 점심 메뉴까지 훤하다, 이놈아."

뭔가 이상하다. 내 뒤를 따라다니며 조사했다는 뜻인데, 그럴 리는 없고…. 도대체 어떻게 아셨을까? 더 묻고 싶었지만, 우리 주변을 빙 둘러싼 가족들의 축하 인사 때문에 그럴 수는 없었다.

"졸업 축하한다. 공부는 뒷전이더니 용케 졸업하는구나."

아버지가 어깨를 두드리며 흐뭇한 미소를 짓자 고모가 얄밉게 웃으며 딴지를 건다.

"용케는 무슨, 학교에서 알아서 처신한 거지."

"쯧! 넌 그 입조심 좀 안 할래?"

할아버지의 한마디에 고모는 입을 닫았고 그녀의 관심은 곧 서민영에게 쏠렸다.

"도준이 여자친구?"

"아, 네. 일단은 그런 셈이에요. 서민영입니다."

그녀는 고모를 비롯한 가족들에게 머리를 꾸벅 숙였다.

"일단은 또 뭐야?"

가만 놔두면 질문 공세만 이어질 것 같아 내가 나섰다.

"이쪽은 제 여자친구 서민영입니다. 동기고, 작년에 사시 패스해서 지금 사법연수원에서 연수 중이에요. 졸업식 끝나고 다시 들어가야 합니다."

"오호! 대단하네. 재학 중 합격이구나. 사시 패스도 더불어 축하한다."

가족들은 모두 그녀를 보고 놀라며 축하 인사를 건넸다.

"안녕하십니까? 회장님."

이때 서민영의 곁으로 슬며시 다가온 중년 남자가 할아버지께 머리를 숙였다.

"아이고, 서 판사. 이거 참 오랜만일세. 춘부장께서도 계셨으면 좋았을 것을?"

"네. 저도 정말 아쉽습니다."

뭐지? 서로 잘 아는 사이였던가? 하긴, 법조인만 10여 명인 집안이니 인사 정도는 나눴을지도 모르겠다.

"아는지 모르겠지만 돌아가신 서 판사 부친께서는 대법원장이셨어."

할아버지의 설명을 듣자 모두의 입에서 낮은 탄성이 나왔다.

"그 양반이 우리 순양그룹에 추징금 200억을 때렸지. 내가 직접 만나서 보신탕까지 대접하며 봐달라고 했는데 딱 잘라 거절하시더군. 허허."

"회, 회장님….."

당황한 서 판사가 얼굴을 붉히며 말을 더듬을 때, 서민영이 웃으며 말했다.

"회장님, 사람들이 오해하겠어요. 공직자 매수는 범죄거든요."

"매수? 넌 아직 네 할아버지를 잘 모르는구나."

"네?"

"보신탕 먹은 다음 날 사람 시켜서 14000원 넣은 봉투를 갖다 주더구나. 내 말은 안 했지만, 어찌나 화가 나던지?"

"할아버지가 왜 화를 내세요? 그게 당연한 거지."

내가 슬쩍 끼어들었다. 주변에 듣는 귀가 한둘이 아니다. 가능하면 이 이야기를 빨리 끝내고 싶었다. 강당의 많은 사람들이 바라보는 시선도 부담스럽다.

"보신탕 특은 17000원이야. 3000원 덜 넣었어. 그때 나는 보통, 대법원장은 분명히 특을 먹었다고."

농담도 참 아슬아슬하다. 다행히 헐레벌떡 뛰어온 총장 때문에 대법관 매수 시도 이야기는 여기서 끝났다.

"회장님. 총장실에 들리실 줄 알았는데, 바로 이곳으로 오셨군요."

"손자놈 학사모 쓴 거 보러 왔지, 총장 얼굴 보러 온 거 아니네."

"여전하시네요. 하하. 아무튼, 감사 인사가 늦었습니다."

"인사? 무슨 인사?"

"기숙사 건립 말입니다. 저도 조금 전에 보고받았습니다."

내가 입학할 때도 꽤 많은 장학금을 기부한 거로 아는데 기숙사 건립까지? 총장의 입이 찢어질 만하다.

"4년간 학교도 제대로 안 다닌 날라리를 무사히 졸업시켜 주는 값으로 생각하게. 인사 받자고 한 거 아닐세."

할아버지는 나를 흘겨보다 씩 웃었다.

"사실 그거 내 돈으로 하는 거 아닐세. 아는지 모르겠지만, 대아건설에서 기부하는 거야. 나중에 오세현 대표에게 전화나 한 통 넣어 주게."

"아, 그렇습니까?"

대아건설이면 내 돈 아닌가? 어처구니가 없어 입을 떡 벌리자 할아버지가 내 귀에 대고 속삭였다.

"남의 돈으로 생색내는 거 또한 장사다. 잘 알아 둬라."

할아버지는 총장에게 손을 내밀었다.

"난 이만 가보겠네. 수고하시게."

"왜 벌써 가십니까? 졸업식은 보고 가셔야죠."

"아니야. 손자놈 학사모 쓴 거 봤으니 됐어. 내가 있어 봐야 괜히 소란스러운 일만 더 생기지 않겠는가? 저것 좀 보게. 벌써 파리가 꼬이기 시작했네그려."

아니나 다를까 강당 입구에는 이미 기자들이 진을 치기 시작했고, 순양그룹 회장에게 눈도장이라도 찍으려는 사람들이 경호원들의 제재를 뚫으려 기를 썼다. 집에서 거의 나오지 않고 은둔하고 있지만, 손자 졸업식에는 나타날 거라 예상한 기자들에게 오늘은 다시 없을 기회인 것이다.

"넌 나 좀 보자."

할아버지는 발걸음을 옮기며 내게 말했다.

"고것 참 심지가 대차구나. 괜찮은 애다."

"누구요? 민영이요?"

"그래. 내 앞에서 눈빛 흔들리지 않은 애 만나기가 얼마나 어려운데. 제 할애비를 많이 닮았어. 인연 끊지 말고 만나 봐. 네게 도움이 될 게다."

"할아버지, 우린 심지 굳은 판사보다 조금 얍삽한 판사가 더 필요하지 않나요? 흐흐."

"예끼 이놈아. 자고로 안사람은 심지가 굳건해야 한다. 그래야 어려운 일 당해도 집안은 조용한 법이다."

내가 결혼해서 가정을 꾸릴 수나 있을까? 누가 됐든 내 아내가 되면 본의 아니게 힘겨운 싸움에 휘말린다. 뻔히 알면서 그 싸움에 끌어들일 필요는 없지 않을까?

"그리고 졸업식 끝나면 뭐 할 거냐? 친구들이랑 술 한잔하는 게냐?"

"아뇨. 사진 좀 찍고 바로 회사로 가야 합니다. 인사이동도 있고 벌여놓은 일이 많아서요."

"인사이동? 내 새끼들 목을 전부 쳐버린 거 말이냐?"

미리 언질도 드리지 않고 세 명의 사장을 해임한 걸 야단치시는가 했는데 표정을 보니 아니다. 계속 웃고 계시지 않은가?

"죄송합니다. 미리 말씀드려야 했는데…."

"아니다. 네 사람 안 될 것 같은 놈들은 빨리 도려내야지. 잘했다."

걸음을 멈춘 할아버지가 내 등을 쓰다듬었다.

"인사에 너무 깊게 개입하지 않는 것도 좋지만, 마름에게 모두 맡기는 것도 위험하다. 봉급쟁이들은 그들만의 네트워크가 있어. 그 네트워크가 굳건해지는 건 위험해."

장도형 부사장을 말하는 거다. 내가 오세현에게 기댔듯이 장도형에게 기대는 걸 우려하시는 것이 틀림없다.

"조심하겠습니다. 그리고 가끔 브레이크 거는 것도 잊지 않겠습니다."

"그래. 잔소리는 그만하마."

"바쁜 일 끝내고 찾아뵙겠습니다."

"이놈아, 늘 바쁜데 언제 끝나기를 기다려? 시간 만들어서 와."

"네. 졸업식 끝나고 바로 찾아뵙겠습니다."

웃으며 시원스럽게 대답하자 할아버지는 고개를 끄덕이며 다시 발걸음을 옮겼다. 경호원들이 부리나케 강당 밖으로 달려 나가 기자들을 막기 시작했다. 그 모습을 보니 졸업식 끝나고 우리 가족을 둘러쌀 기자들 생각에 머리가 지끈거렸다.

졸업식이 끝나자마자 할아버지께 약속한 대로 평창동으로 달려갔다.

"이건 할아버지께 드리는 선물입니다."

"졸업장 아니냐?"

"네."

"됐다. 그깟 졸업장이 뭐 대수라고."

할아버지는 내 예상과 다르게 시큰둥한 반응을 보이며 졸업장에는 관심이 없었다. 서울대 법대를 들어갔을 때 보였던 반응과 너무 큰 차이가 난다.

"이놈아. 서울대 법대가 어떤 곳이냐?"

"네?"

"들어가는 건 하늘의 별 따기지만 졸업이야 쉽지 않으냐? 네 동기들 중에 졸업장 못 받은 놈이 몇이나 되더냐?"

자퇴한 놈은 몇 있긴 하지만 공부를 따라가지 못해 퇴학당한 이는 없다.

"정말 가치 있는 건 바로 이거다."

할아버지는 서랍에서 작은 액자 하나를 꺼냈다.

"그건…?"

"그래, 네 녀석의 합격 통지서다. 이게 개나 소나 다 졸업하는 그 대학의 졸업장보다 수천수만 배는 더 가치 있는 거야. 난 이걸로 족해."

합격 통지서를 다시 서랍 속에 넣은 할아버지는 빙그레 웃었다.

"넌 내게 선물은 이미 충분히 줬다. 남은 선물은 순양 간판을 단 회사를 늘려 가는 것뿐이야. 알아들었겠지?"

"네. 두 배, 세 배 키우겠습니다."

"내가 죽기 전에는 꼭 볼 수 있도록 해다오."

지금 당장에라도 가능하다. HW그룹의 간판을 순양으로 바꿔 달면 되는, 어렵지 않은 일이다. 어쩌면 할아버지도 그걸 바라고 한 말인지도 모른다.

"네. 제가 약속드리겠습니다. 분명히 보실 겁니다."

"네 녀석은 말귀를 잘 알아들어서 좋아. 허허."

역시, 그것이다. 할아버지가 물려준 게 있으니 약속은 꼭 지켜야겠다. 그러려면 지금부터 슬슬 준비해야 한다.

"그럼 이제 내 차롄가?"

"무슨 말씀입니까?"

"네 졸업선물 말이다. 이젠 너도 사람이 필요할 때가 온 것 같다."

할아버지는 수화기를 들었다.

"들어와."

밖에서 기다리고 있었는지 수화기를 내려놓기 무섭게 40대로 보이는 사내가 문을 열고 들어왔다. 보자마자 어떤 자인지 알았다.

"인사드려라. 우병준 상무다."

나는 자리에서 일어나 그를 향해 머리를 숙였다.

"안녕하십니까? 진도준입니다."

"처음 뵙겠습니다. 우병준입니다."

메마른 어조, 무표정한 얼굴. 순양시큐리티 사람이 분명했다.

그가 내민 명함을 받아들자 할아버지가 말했다.

"단축번호에 우 상무 번호 저장해 둬."

"아, 네."

우병준 상무는 전화번호를 저장하는 나를 잠시 보더니 사무적인 어투로 입을 열었다.

"편의상 실장님으로 부르겠습니다. 괜찮습니까?"

"아… 네."

"앞으로 실장님 차는 우리 직원이 운전할 겁니다. 이미 밖에서 대기 중입니다. 그리고 경호팀은 네 명입니다. 순양그룹 본관, 여의도 미라클 사무실에 계실 때는 건물 입구에서 항시 대기할 것이며, 실장님께서 귀가하실 때까지 밀착 경호합니다. 별도의 승용차로 움직이니까 신경 쓰이지는 않을 겁니다."

빠르게 말을 마친 우병준 상무는 할아버지를 향해 머리를 숙였다.

"이만 나가 보겠습니다."

"그래. 앞으로 고생 좀 해주게."

"별말씀을요. 당연히 해야 할 일을 할 뿐입니다."

그는 건조하게 말을 끝낸 후 서재를 나갔다.

"누군지 알겠지?"

"네. 순양시큐리티 사람 아닙니까?"

"맞다. 앞으로 너를 위해 일할 팀을 구성했다. 우 상무가 책임질 것이고 대략 사오십 명으로 구성했을 거다."

경호 정도 하는 데 사오십 명이 필요하지는 않다. 교대 근무한다고 해도 열 명이면 충분하다. 그제야 이들의 진짜 임무가 뭔지 알았다. 말이 좋아 경호원 또는 보안요원이지, 실상은 양성화된 월급쟁이 조폭과 다르지 않다. 물론 진짜 조폭 출신은 아니다. 대부분 경호원이나 군인 출신으로 구성되었지만, 경호 업무를 제외하면 그들이 하는 일은 불법적인 것도 상당하다. 내가 저들에게 경호 업무 외에 다른 일을 지시할 경우가 생길까?

"뭘 그리 놀라느냐?"

"아닙니다. 인원이 너무 많아서요."

"부족하다고 더 늘릴 생각이나 하지 마라."

할아버지의 의미심장한 웃음을 보니 불법의 유혹이 대단한가 보다. 법보다 가까운 건 주먹이라고 했던가? 문제가 생겼을 때 말 한마디면 은밀하고 깔끔하게 해결된다. 50명의 잘 훈련된 무력 집단이 곁에 있는데 그들을 사용하고 싶은 유혹이 오죽하겠는가?

"우 상무는 앞으로 네 지시를 가장 우선시할 거다. 24시간 항상 전화를 받을 테니까 필요할 때 언제든 연락해라."

"무슨 일이든지 다 처리합니까?"

"그래. 네가 원하는 대로 다 처리할 거다. 하지만 한 가지는 잊지 마라. 저 친구들 자존심을 건드리는 일은 시키지 않는 게 좋아."

"이를테면 여자 뒤처리라든지, 음주운전, 뺑소니 같은 자질구레한 일 말씀입니까?"

"넌 그런 쪽은 얼씬도 하지 않으면서 무슨 소리야? 설사 그렇다 해도 그 일은 전략실 애들이 정리하잖냐?"

잘 알지만, 갑자기 과거의 기억이 너무 생생하게 떠올라 그냥 한번 던져 본 말이다.

"그러니까요. 도대체 우 상무에게 어떤 일을 맡기게 될지 짐작도 안 갑니다."

"그럼 좋고. 네가 우 상무에게 전화 걸 일 없다면 일 잘하고 있는 거다. 하지만 도준아."

"네."

"넌 안전 운전하고 있는데 웬 정신 나간 놈이 뒤에서 네 차를 팍 들이받으면? 넌 어쩔래?"

"보험회사 부르고 경찰에 알려야죠."

"그래. 우 상무는 바로 그런 존재가 되는 거다. 보험회사."

"적어도 억울하게 손해 볼 일은 막아 준다는 뜻이군요."

"그뿐만이 아냐. 잘 쓰면 누군가를 억울해서 돌아 버리게 만들 수도 있지."

아무렇지도 않게 웃으며 말하는 할아버지… 역시 악당이다.

"그런데 할아버지."

"왜? 아직 묻고 싶은 게 남았어?"

"우병준 상무… 어디까지 믿을 수 있습니까?"

할아버지는 조금의 생각도, 고민도 없이 대답했다.

"너의 가장 깊숙한 곳에 숨어 있는 추악한 비밀을 이야기해도 혼자만 알고 죽을 사람이다. 대답이 됐어?"

"그렇군요. 잘 알겠어요. 유용하게 쓰겠습니다."

"그리고 너도 준비해야 할 게 있다."

"네. 말씀하십시오."

"그룹을 쪼개는 바람에 변호인단도 쪼개야 한다. 어떡할까? 내가 몇 놈 보내 줄까?"

그룹 변호인단이면 할아버지의 장학금을 받으며 판검사를 하던 사람들이다. 그들은 법조인의 양심을 버려 가며 할아버지를 위해 일하고 사표를 던진 후 그룹에 합류한 돈벌레일 뿐이다. 그런 사람들치고 실력 뛰어난 사람은 못 봤다. 그러니 변호인단은 그룹 내부의 일을 주로 할 뿐, 큼지막한 사건이 터지면 결국 대형 법무법인에 맡긴다. 특히, 내 돈을 먹은 장학생도 아니니 그 사람들은 큰아버지들의 세작이 될 가능성이 더 크다. 해만 끼칠 사람들이지 아무런 도움이 안 된다.

"아닙니다. 명색이 한국 최고 명문 법대 졸업생입니다. 변호인단은 제가 알아서 꾸리겠습니다."

"그래. 그건 알아서 하려무나."

할아버지는 의외라는 듯한 표정을 지었지만, 별다른 말은 없었다.

"됐다. 이제 가봐라. 할 일도 많을 텐데…."

"아닙니다. 오늘은 시간 많아요. 큰 졸업선물도 주셨는데 선물만 받고 사라지는 건 예의가 아니죠."

"그래? 그럼 술이라도 한잔할까?"

"건강 생각하셔야죠. 차 준비시키겠습니다."

"이놈아, 오늘은 네 졸업이다. 축하주 한 잔 정도는 해야 하지 않겠냐?"

"그럼 와인 한 잔만 드세요. 딱 한 잔입니다."

하지만 한 잔은 한 병이 되었고 새벽까지 이런저런 이야기를 나누다 집으로 돌아왔다.

▲ ▲ ▲

장도형 부사장은 세 명의 인사 카드를 내밀었다. 증권, 화재 그리고 카드의 사장 자리에 앉을 사람의 과거가 아주 자세히 기록된 것이었다.

가장 먼저 카드사를 맡을 후보의 이력부터 살폈다.

"어차피 오래 못 갈 회사라는 건 다 알 텐데, 이분이 사장 자리에 앉으려고 하겠습니까?"

"그래서 더욱 신중하게 엄선했습니다. 분위기가 뒤숭숭할 때 확실히 다잡을 수 있는 분입니다."

내 눈치를 슬쩍 보는 걸 보니 뭔가 숨기는 게 있다. 할아버지가 말씀하신 네트워크인가?

"카드사를 매각하면 이분을 저쪽에서 받을까요? 매각 계약 체결하는 날이 이분 백수 되는 날 아닙니까? 받아들이지 않을 것 같은데…?"

"그래서 이분께는 매각 후 순양생명 부사장으로의 보직 이동을 약속드렸습니다. 그러자 흔쾌히 수락하시더군요. 매각 시점까지 최대한 회사 가치를 올릴 수 있도록 노력하겠답니다."

그림이 그려졌다. 장도형 부사장은 자신과 긴밀한 관계자를 골랐을 것이고 선심 쓰듯 자리를 제안했을 것이다. 최종 자리는 순양생명의 부사장이니 확실한 승진 보장 아닌가? 이런 인사를 단행함으로써 장도형 부사장은 자신의 파워도 그룹 전체에 입증하는 셈이니 일거양득이다.

할아버지 말씀대로 제동을 걸 시점이다. 장도형의 들뜬 마음을 한번 꾹 눌러야겠다.

"그건 안 됩니다."

"네?"

"임원들은 명확히 알아야 합니다. 대표이사는 마지막 자리라는 걸 늘 명심하도록 말이죠. 순양카드 사장에서 순양생명 부사장으로 이동하는 건 사실상 승진입니다. 우리 회사에서 순양생명의 위상은 순양전자나 다름없으니까요."

"시, 실장님, 그렇게 되면 순양카드 대표이사 발령이 바로 해임이나 다를 바 없습니다. 모두 발령 내는 순간 사표 낼 겁니다."

"잘됐네요."

"네?"

"임원중에 정리해야 할 사람들을 차례로 발령 내세요. 별다른 고생 없이 그들의 사표를 받을 수 있으니 얼마나 편합니까?"

장도형 부사장은 난감한 표정을 감추지 못했다. 자신의 계획이 완전히 일그러졌기 때문이다.

"순양카드 사장 자리는 바로 사형장이 되는 셈이군요. 우리에게 해가 될 임원들을 전부 정리한 다음 장 부사장님이 매각을 지휘하십시오."

"제가요?"

"네. 지금 우리에게 가장 시급하고 중요한 문제가 바로 카드사 매각 아닙니까? 왜요? 자신 없으세요?"

"아, 아닙니다. 제가 맡겠습니다."

뜨끔했을 것이다. 조금이라도 잔머리를 굴리면 오늘같이 낭패를 겪게 해줄 것이다. 몇 번만 이런 일침을 반복하면 늘 조심하는 게 습관처럼 굳어질 것이고, 그때부터 풀어 주면 된다.

"그리고 순양증권 사장 후보 말입니다. 왜 전무를 고르셨죠? 부사장도 있는데?"

"아, 그 부사장은 순양물산에서 잔뼈가 굵었습니다. 아무래도 진영기 부회장님과 관계가 깊지 않겠습니까?"

"그런 식으로 따진다면 임원 대부분을 정리해야 하지 않겠어요? 큰아버지들이 관리하는 계열사를 한 번씩은 거쳤는데?"

"…."

"낙하산이 없다는 건 제가 천명하지 않았습니까? 그분 경력을 보면 성공으로 이끈 사업이나 프로젝트가 한두 개가 아닙니다. 공을 많이 세우신 분을 이런 식으로 모욕을 주면 안 되죠. 이 정도 실력자라면 증권사를 맡겨도 충분합니다. 부사장을 대표이사로 승진시키세요."

"네. 알겠습니다."

풀죽은 장도형의 목소리가 기어들어 갔다. 이 정도면 고삐는 충분히 죄었으려나?

▲ ▲ ▲

봄기운이 스며드는 3월이 시작되었을 때 상준 형은 완전히 집을 나갔다. 어머니는 변변한 일자리도 구하지 못한 상준 형을 계속 걱정했지만, 아버지는 조금도 걱정하는 모습이 아니었다. 오히려 어머니에게 다짐받는 것에 열심이었다.

"다 큰 사내자식 걱정하지 마. 뭘 해도 먹고는 살아. 괜히 돈 보내 주고 그런 짓 하면 절대 안 돼. 꼭이야!"

하지만 상준 형은 이미 취직했다고 내게 귀띔했다. 취업 사실을 부모님께 알리면 냉정한 척하는 아버지가 몰래 알아볼 것이고, 그러다 말이 새어 나가면 또 똑같은 일이 반복될 것을 걱정했기에 입을 다문 것이다.

"집은 구했어? 내가 오피스텔 하나 준비해 준다니까!"

"괜찮아. 회사 녹음 스튜디오 근처에 원룸 빌라 구했어. 나쁘지 않아."

"회사는 어때? 괜찮아?"

"신생 회사라 위태위태하지. 하지만 이 기획사 사장은 음악을 잘 알아. 그래서 날 뽑은 거고. 뉴욕에서 프로듀싱과 사운드 엔지니어링 공부했다니까 되게 좋아하더라고."

"음악 잘 아는 것과 사업은 달라."

"방향도 좋아. 반짝하는 아이돌 빨아먹고 버리는 것보다 확 뜨진 않더라도 오래 팔리는 뮤지션을 양성하는 게 목표야. 나한테 맞아."

"그래. 형이 잘 판단했겠지. 참, 회사 이름은 뭐야?"

"타임뮤직. 시간이 가도 생명력이 살아 있는 음악을 추구한다고 지었다더라."

"그래. 집 나갔다고 연락 끊지 말고 종종 전화하자."

상준 형은 기가 찬다는 듯 나를 흘겨보며 말했다.

"너나 잘해, 인마. 어떻게 형이 전화하는데 비서가 받아? 전화할 때도 미리 스케줄 잡아야 해?"

"아, 미안… 이제 그런 일 없을 거야. 그땐 좀 바빠서."

"어련하시겠어? 나 간다."

멀리 사라지는 형을 배웅하고 집으로 들어가니 아버지는 기다렸다는 듯이 물었다.

"넌 언제 독립해?"

"곧 나갈 겁니다. 지금 인테리어 공사 중이라서요. 끝나는 대로…."

"실내장식? 집은 어디에 구했는데?"

"서초동 주상복합 하나 샀습니다."

"혹시 펜트하우스 어쩌고 하는 그런 거야?"

"어떻게 아셨어요?"

"진짜?"

아버지는 눈을 크게 뜨고 혹시나 하는 모습으로 캐묻기 시작했다.

"설마 100평 넘는 초호화 펜트하우스는 아니겠지? 집 안에 홈바도 있고 일본식 미니 정원도 꾸미고… 드라마에서나 나오는 그런 거?"

이번엔 도리어 내가 놀랐다.

"제 뒷조사하셨어요? 어떻게 정확히 아세요? 아, 바는 없어요. 하지만 옥상 일부분을 마당처럼 쓸 수 있어서 정원으로 꾸미는 중인데…."

이제 어머니도 합세했다. 막내가 독립해서 떠나는 아쉬움도 잊은 채 집에 대한 궁금증을 드러낸다.

"몇 평이야? 100평?"

"집은 120평이고 옥상 정원은 70평이에요. 원래 방이 네 개 있었는데 전부 털어서 원룸으로 꾸미느라 예상보다 많이 늦어졌어요. 자재도 아직 도착하지 않은 게 좀 있고."

"수입 자재 말하는 거냐?"

"네. 그 집에서 오래 살 생각이라 신경 좀 썼어요. 인테리어는 미국에 의뢰했고 정원은 일본 업자거든요."

아버지의 표정이 환해졌다. 돈이 얼마나 들었는지 물어보지도 않으시고 갑자기 손뼉을 짝 쳤다.

"잘됐다. 딱 들어 봐도 초호화판 럭셔리 원룸이구나. 맞지?"

"네? 아, 네. 그런 셈이죠."

"공사 언제 끝나냐? 내가 좀 봐도 되겠지?"

"그럼요. 그렇지 않아도 공사 끝나면 아버지, 어머니 초대해서 보여 드릴 생각이었어요. 그런데 왜 그러세요?"

왠지 불안해지기 시작했다. 아버지가 저런 표정을 짓는 것은 아들이 좋은 집에 살게 되어 기뻐서가 아니다. 분명 다른 꿍꿍이가 있다.

"아… 딴 게 아니고 드라마 찍을 때 꼭 그런 집 나오는 신이 있더라고. 워낙 재벌집 이야기를 많이 찍으니까 말이야. 앞으로 종종 빌리자. 세트장이 아니라 실제 집이니 생생한 현장감도 살고, 세트장 지을 돈도 세이브 하잖아."

그럼 그렇지. 수상해도 한참 수상했다.

"안 됩니다."

"뭐?"

난 아버지의 시선을 무시하고 어머니를 향해 말했다.

"도어락 비번은 어머니만 알려드릴 테니 혼자 오세요."

난 힘든 하루를 끝내고 혼자만의 안락함을 즐기고 싶다.

▲ ▲ ▲

휴대전화를 만지작거리며 조금 망설였다. 이 일이 그에게 적합한지 아닌지 확신이 서지 않았다. 하지만 마음을 고쳐먹었다. 은밀한 일이 그가 하는 일의 가장 기본이다. 휴대전화의 단축키를 누르자 신호가 울렸다. 심장이 두근거린다.

"네, 실장님. 우병준입니다."

여전히 단조로운 목소리가 들렸다.

"우 상무님. 진도준입니다."

"네. 말씀하십시오."

"부탁이 있어서 전화했습니다."

"부탁이 아니라 지시입니다, 실장님."

"그렇군요. 그럼 지시하겠습니다. 강남에 타임뮤직이라는 연예기획사가 있습니다. 가수를 양성하는 곳이죠."

"네."

"이 회사 사장과 회사 재정 상태를 조사해 주십시오."

"특히 어떤 부분을 조사해야 합니까?"

"연예기획사라는 곳은 워낙 사기꾼이 많아서요. 연예인 스폰서 장사나 하는 곳인지, 아니면 투자자를 꾀어 돈이나 챙기는 놈인지, 혹시 전과자는 아닌지 조사하시면 됩니다."

돈 많은 사람 중 어떻게든 연예인과 관계를 맺어 보려는 사람은 쉽게 찾을 수 있다. 연예기획사 사장 중에는 이런 멍청한 부자를 꼬드겨 투자를 끌어내는 일만 집중하는 양아치도 많다. 어쩌다 호구 하나 걸리면 신인 걸그룹이라며 그럴싸하게 포장한 젊은 여자를 소개해 주고 음반이나 뮤직비디오 제작비를 왕창 뜯어내는 일도 비일비재하다. 상준 형이 일하는 곳이 혹시라도 이런 곳이라면 빨리 빼내 와야 한다.

"더 지시하실 일은 없으십니까?"

"네. 그 정도면 충분합니다."

"알겠습니다. 나흘 정도 걸릴 겁니다."

나흘보다 하루 앞당긴 사흘째 우병준 상무와 회사 근처의 카페에서 만났다. 그는 두툼한 서류뭉치를 꺼내 테이블 위에 올렸다.

"특별히 조사할 이유를 못 찾았는데, 알고 보니 형 진상준 씨가 취직한 곳이더군요."

"네. 그래서 혹시나 하고 알아본 겁니다."

"특별한 점은 없었습니다. 사기꾼도 아니고 양아치도 아닙니다."

"회사 재정 상태는 어떻습니까?"

"그 부분은 실장님께서 전문가시니 한번 보시는 게 나을 겁니다. 그 회사와 사장 개인의 지난 5년 치 금융거래 내역을 뽑아 왔습니다."

서류 두어 장을 보자마자 헛웃음이 났다. 규모가 작은 건 이미 알았지만, 수입도 바닥이고 지출도 바닥이다. 전형적인 자기만족 사업체다. 자기가 좋아하는 걸 생업으로 삼고 적게 벌어 적게 쓰면서 행복한 인생이라 위안하는 아마추어, 딱 그 정도 회사다.

"평판은 나쁘지 않았습니다. 신인들의 가능성을 잘 파악하고 그에 맞는 음악 작업을 한다더군요."

그렇다면 벌써 성공했어야 한다. 아직 아이돌이 판치는 세상은 오지 않았다. 많은 아이돌이 성공했지만, 그 숫자만큼 솔로도 강세다. 그렇다면 이유는 딱 하나….

"이 회사, 언더그라운드 위주로 굴러가는군요."

우병준의 표정이 조금 변했지만 금방 원래의 무덤덤한 얼굴로 돌아왔다.

"네. 언더그라운드의 정확한 뜻은 모르겠으나 비인기 장르만 찾아다닌다고 알려졌습니다."

이 정도면 알아야 할 건 다 알았다. 서류를 챙기니 우병준이 물었다.

"더 필요한 건 없으십니까?"

"네. 이 정도면 충분합니다. 수고하셨어요."

"별말씀을. 그럼 먼저 일어나겠습니다."

벌떡 일어나 머리를 약간 숙여 인사한 후 걸음을 옮기려던 우 상무는 깜박한 것이 떠올랐다는 듯이 멈춰 섰다.

"아, 새로운 직원들은 어떻습니까? 불편한 점 있으시면 말씀하십시오."

"아닙니다. 모두 과묵해서 마음에 듭니다."

"다행이군요. 그럼…."

카페를 나가는 우병준의 넓은 등을 보자 짧은 한숨이 나왔다.

저 사람과 언제쯤 웃으며 대화를 나눌 수 있을까? 아니, 그런 날이 오기는 할까?

▲ ▲ ▲

타임뮤직 조환규 사장은 아주 오랜만에 꺼내 입은 정장이 영 어색해 자꾸 어깨를 움직여 봤다. 어떻게든 긴장을 풀어 보려 했지만, 손끝의 떨림이 멈추지 않는다.

"오세현 사장님을 뵈러 왔습니다. 약속은 이미…."

"혹시 타임뮤직 사장님이신가요?"

회사 입구의 여직원은 메모장을 슬쩍 보며 확인했다.

"네."

"기다리고 계십니다. 이쪽으로…."

조환규 사장은 바짝 긴장한 채 호화로운 사무실을 가로질렀다. 대표이사실을 두드리고 들어가니 중년의 사내가 환히 웃으며 반겨 주었다.

"처음 뵙겠습니다. 조환규입니다."

"오세현입니다. 자, 이쪽으로 앉으시죠."

가죽 소파에 엉덩이를 걸치니 더욱 불안해지기 시작했다. 분명 먼저 연락한 쪽은 미라클인데 왜 자신이 더 긴장하는지…. 조환규 사장은 이 불안을 떨쳐 버리려면 궁금한 것부터 확인해야겠다고 생각했다.

"오 내표님. 솔직히 어안이 벙벙합니다. 전 미라클 인베스트먼트가 어마어마한 투자회사라는 걸 대표님과 통화한 후 인터넷을 검색해 보고 알았습니다."

"이런, 연예기획사를 운영하시는 분이 투자사를 모른다?"

오세현 대표가 의외라는 표정으로 되물었다.

"아, 투자 같은 건 저랑 관계없는 일이라고 생각해서…."

"투자받을 생각조차 하지 않은 건 아닙니까?"

뭐라 할 말이 없을 만큼 정곡을 찔렸다. 조환규가 입을 닫아 버리자 오세현은 웃으며 말을 이어 갔다.

"거두절미하고 본론부터 말씀드릴 테니 잘 들으세요."

"네."

"우리 미라클이 타임뮤식에 투사할 겁니다."

"네? 우리 회사에 투자요?"

"그렇습니다. 투자 조건은 그쪽 업계 룰에 맞추도록 하죠. 그러니까 조 사장님은 주변 기획사를 한 바퀴 돌면서 보편적인 투자 조건을 알아 놓으시는 게 좋을 겁니다. 우리가 제시한 조건이 그쪽 업계 룰에 맞는지 아닌지는 확인하셔야 하니까요. 아시겠습니까?"

"아, 네."

"1차 투자금은 20억입니다."

"헉, 20억…?"

조환규 사장은 순간 자신의 귀를 의심했다. 믿어지지 않는 거액이다. 뒤이어 또 다른 의심이 스멀스멀 기어 올라왔다.

'왜? 우리 회사에?'

"네. 작습니까?"

"아, 아니 그게 아니라…."

"20억보다는 1차라는 말에 더 집중하셔야죠. 결과가 좋으면 200억이라도 투자할 수 있으니까요."

조환규 사장은 지난밤 꾸었던 꿈을 떠올리려 애썼다. 기억은 안 나지만 돼지 농장이 나왔거나 용이 여의주를 품고 하늘로 승천하는 꿈이었던 게 틀림없다.

"제가 제시하는 별도의 조건은 딱 하나뿐입니다."

조환규는 정신을 차리고 오세현의 입에서 흘러나올 조건에 귀를 기울였다.

"우리 투자금 20억으로 인디밴드나 언더그라운드 가수 먹여 살리는 건 절대 안 됩니다. 그건 지금처럼 사장님께서 알아서 하시고요."

"그, 그럼?"

"신인 걸그룹 하나 키우는 데 5억에서 10억 든다고 하더군요. 맞습니까?"

"저도 잘… 하지만 많은 돈이 깨진다고 들었습니다."

"20억으로 두 개 팀을 키우세요. 걸그룹이야 당장에라도 행사 뛰면 푼돈은 버니까요. 맞죠? 그러니까 돈 될 만한 신인을 키우라는 뜻입니다."

"하지만 전 그쪽으로 사업을 확장할 생각은 없습니다. 제 비전과 다릅니다."

계속 더듬거리기만 하던 조 사장이 똑 부러지게 대답하자, 오세현의 얼굴이 냉소적으로 돌변했다.

"조 사장님."

"네."

"생각 좀 하고 대답하지? 당신 지금 땡잡은 거야. 길 가다가 금덩이 주운 거라고!"

조환규는 매섭게 쏘아보는 오세현의 눈빛에 또다시 긴장이 몰려왔다.

"그 금덩이로 사업 잘해서 돈 많이 벌어. 그리고 그 돈으로 당신이 좋아하는 인디밴드나 언더 뮤지션 양성하면 되잖아. 취미생활과 사업은 분리할 줄 알아야지. 안 그래?"

취미. 조 사장은 자신의 사업을 단지 취미 정도로 여기니 울컥했지만, 미라클이라는 회사 규모로 본다면 반박하기도 어려웠다.

"우리 미라클 미국 본사는 영화에 엄청난 투자를 해요. 알고 있어요?"

"아, 아뇨."

"주로 할리우드 블록버스터 영화에 투자하는데 독립영화나 예술영화에도 투자 많이 해요. 이쪽은 투자하는 돈 본전은커녕 대부분 다 날리지. 그런데 왜 꾸준히 투자하는 줄 알아요?"

"…"

"그래야 영화 전체가 발전하거든. 독립영화에 나왔던 신인배우, 예술 영화 찍던 젊은 감독, 이런 사람들이 상업영화로 흘러 들어가. 이게 자꾸 도니까 할리우드가 발전하는 거요."

오세현의 말투가 조금 부드러워졌다.

"좀 알아보니까 조 사장님 평판이 좋더군요. 안목 있다고. 그 안목으로 상업성과 스타성 함께 갖춘 애들을 발굴해요. 그리고 아이돌이든, 발라드 가수든 스타로 키우라고. 돈 얼마든지 밀어줄 테니까 걱정하지 말고. 그렇게 키운 스타가 버는 돈으로 예술 하시면 되지 않겠어? 이게 그렇게 어려운 계산인가?"

조환규 사장은 한참 동안 말을 잇지 못했다. 그가 침묵을 지키는 동안 오세현도 입을 다문 채 가만히 기다리고 있었다.

마침내 조환규가 입을 열었다.

"질문 하나 해도 되겠습니까?"

"얼마든지."

"왜 제게 투자하시는 겁니까? 강남에 아이돌 키우는 기획사는 널리고 널렸습니다. 그런 곳에 투자하시면 될 일인데, 전혀 다른 방향을 추구하는 우리 회사를 고른 이유가 궁금하군요."

"말했잖소. 당신 땡잡은 거라고."

"그러니까 왜 제가 땡잡게 됐습니까?"

"당신 회사에 신입 하나 뽑았죠? 진상준이라고."

"네. 유학파 출신…."

"그 애가 나와 절친한 친구 아들이요."

"아…!"

지난밤 꿈 때문이 아니었다. 여의주를 문 용은 바로 신입 피디였다.

"없는 살림에 유학까지 보냈는데 가만 보니까 본전은커녕 궁상맞은 인생을 예약한 거나 다름없더군요. 하지만 어쩌겠어요? 그놈도 사장님 처럼 하고 싶은 일 한다고 하니, 뜯어말리지는 못하겠고."

"그래서 투자하시는 겁니까? 친구 아들 때문에?"

"이유가 중요합니까? 눈앞에 온 절호의 기회를 버릴 만큼?"

"그건 아닙니다."

"그러니까 조 사장님께서는 이유보다 앞으로 어떻게 사업을 키워 나 갈지 생각하시는 게 우선입니다."

조환규는 또 한참 생각하더니 조심스레 입을 열었다.

"만약 제가 투자를 받아들이지…."

조 사장의 말이 끝나기도 전에 오세현이 분통을 터트리며 일갈했다.

"이런 천금 같은 기회를 뻥 차버리는 멍청한 사장 밑에 내 친구의 아 들을 그냥 둘 것 같소? 멱살을 잡아서라도 끌고 나올 거요. 차라리 내가 회사를 차리는 게 더 낫지!"

진심이었다. 지금이라도 상준이 멱살을 잡고 이런 회사에서 끌고 나 오고 싶은 마음이 간절한 오세현이었다.

'아마추어들이란…!'

홀로 일어서겠다는 상준이의 마음이 기특해서, 그런 형을 적극적으 로 돕고 싶다는 도준이의 마음이 갸륵해서, 별생각 없이 사는 조 사장 같은 사람에게 귀한 시간을 투자하는 것이다.

"참, 하나 더."

오세현의 호통에 고개를 숙이고 있던 조환규가 천천히 얼굴을 들었다.

"내가 투자한다는 건 상준이에게는 절대 비밀이오. 그 애가 이 사실 을 알면 당장 사표 던질지도 몰라요. 상준이 자존심 하나는 재벌집 도련 님과 맞먹거든."

생각을 굳힌 듯 조환규 사장이 벌떡 일어났다.

"어떤 이유에서든지 기회를 주셔서 감사합니다. 대표님, 이 기회를 헛되이 날려 버리지 않도록 최선을 다하겠습니다."

"잘 생각했어요. 타임뮤직은 우리 회사 전문가들이 딱 붙어 관리해 줄 겁니다. 조 사장님은 재능 있는 신인들 발굴하고 좋은 음악 만드는 데 전념할 수 있을 겁니다. 믿고 맡겨 보세요."

"네, 많이 가르쳐 주십시오."

연신 머리를 숙이고 떠나는 조 사장을 보며 오세현은 저도 모르게 혀를 찼다.

"쯧쯧. 도준이 이놈은 완전 소년가장이군. 아버지에, 형에. 지지리도 복 없는 놈."

오세현은 진도준이 한국 최고 부자의 손자로 태어난 복은 잠시 잊고 있었다.

▲ ▲ ▲

"이야기는 잘 끝났습니까?"

"아무래도 생돈 20억 날리는 거 아닌지 몰라. 사람이 영 더듬해."

오세현은 삐죽이 나온 입술로 마음에 들지 않는다는 걸 드러냈다.

"수업료 톡톡히 물었다고 생각하죠, 뭐."

"수업료 한번 거창하군. 그래서? 그 뒤는 어쩌려고?"

"제가 도와주는 건 거기까지죠. 그래도 안 되면 상준 형이 뭘 하든 신경 쓰지 않고 지낼 겁니다."

자립 비용 20억이면 할 만큼 한 거다. 오세현도 안심하는 눈치였다. 가망 없는 일에 핏줄이랍시고 돈 쏟아붓는 건 어리석은 일이라고 생각하는 게 틀림없다. 이때 비서가 쾅하고 문을 벌컥 열었다.

"대, 대표님,"

"뭐야? 왜 그래?"

비서의 표정을 보니 심상치 않은 일인 것 같아 대답을 재촉했다.

비서는 아무 말도 못 하고 한쪽에 놓인 리모컨을 들고 TV를 켰다.

TV에는 긴급 속보가 흘러나왔다.

『주영일 대현그룹 명예회장이 지난밤 오후 10시 서울 대현병원에서 노환으로 별세했습니다. 고인의 직접적인 사인은 '폐렴으로 인한 급성 호흡부전증'이며 마지막까지 의식은 있었던 것으로 알려졌습니다.

고 주영일 전 회장은 지난해 5월, 경영 퇴진을 발표한 이후 경영 일선에서 물러나 집과 서울 대현병원을 오가며 치료를 받아 왔고, 8월부터는 심한 관절염 증세로 거동이 불편해 주로 병원에만 머물렀다고 전해지고 있습니다.』

오세현과 나는 입을 떡 벌린 채 멍하니 TV만 쳐다보고 있었다.

『고 주영일 전 회장의 장례는 5일 가족장으로 치러지지만, 전경련 등 경제 5단체가 모두 장례에 참여해 실질적으로는 경제인장(葬) 성격이 짙다고 볼 수 있습니다.

전경련 측은 '경제인장으로 할 수도 있지만, 대현 측의 여건을 고려해 가족장으로 의견을 모았다.'고 밝히면서 '그러나 고인이 전경련 회장직을 10년간 수행해 왔고 한국 경제에 기여한 점을 생각하면 전 경제인이 장례에 참석할 것'이라고 덧붙였습니다.

분향소는 국내외 대현그룹 사업장에도 마련될 예정이며 장례 절차는 장남인 주태식 대현자동차 회장이 모두 관장할 것으로 알려졌습니다.』

TV 방송국들은 주영일 회장의 파란만장한 일생을 아예 다큐멘터리처럼 보여 주고 있었다.

정신을 차린 오세현은 곧바로 수화기를 들었다.

"대현그룹 주가 실시간 체크하고, 10분마다 보고해."

어차피 대현그룹 주가는 떨어지겠지만 한두 달 뒤쯤이면 다시 정상으로 회복될 것이다. 이미 한국 대기업은 회장 혼자 북 치고 장구 치는 수준을 벗어났다. 회장은 오로지 승계 작업에만 집중할 뿐이고 기업은 임직원에 의해 잘 굴러간다.

"이야, 앞으로 대현 시끌시끌하겠는걸?"

"흥미진진하지는 않을 것 같은데요? 이미 계열사 나누기는 끝난 거 아닙니까?"

'왕자의 난'이라고 불릴 만큼 상속 싸움이 치열해질 앞날을 모르지는 않지만, 슬쩍 한번 떠봤다.

"돈 싸움에 끝이 어디 있어? 부친 때문에 입 다물고 있던 아들들이 본격적으로 나설 거다. 게다가 자식은 좀 많아? 아들만 여덟이야. 또 있지. 주 회장 동생들 말이야. 창업주나 다름없는 그들이 가만히 있겠어? 그 양반들도 자식에게 한 몫 뚝 떼어 주고 싶어 난리 칠 게 뻔한데."

몇 년 전부터 계열 분리를 준비해 왔던 대현그룹은 자동차그룹이 분리된 이후 중공업 계열, 증권 등 금융 부문, 전자, 그리고 건설 부문 등 5개 주력 사업 중심으로 쪼개졌다. 하지만 순환출자구조라는 기업 지배의 방법 때문에 완벽한 분리는 불가능했고 우리 순양그룹과 마찬가지로 언제든 서로를 상처 낼 수 있는 칼날을 쥐고 있었다.

"그나저나 삼촌은 어떻게 하실 겁니까? 조문 가셔야죠?"

"근조 화환이나 보내지 뭐. 나야 고인 생전에 인연도 없는데."

"아진자동차를 두고 진하게 싸운 분 아닙니까? 없다고 할 수는 없죠."

"난 됐다. 어차피 송현창 회장이 HW그룹을 대표해서 갈 테니까….
그만하면 예의 차린 거다. 그보다 넌? 진 회장님이야 분명히 가실 텐데
모시고 안 가?"

"글쎄요. 할아버지께서 함께 가자고 하면 가고, 아니면 저도 빠져야
죠. 그곳에 끼기에는 아직 짬밥이 부족합니다."

함께 갔으면 좋겠다. 그쪽 집안도 3세들이 득실댄다. 그들 중 경영에
발을 담근 사람도 있고 준비 중인 사람도 있다. 함께 손잡고 공동 투자
할 수도 있고, 사업을 두고 경쟁할 수도 있다. 이럴 때 대현그룹과 안면
이라도 익히면 나쁘지 않을 텐데 말이다. 하지만 3일이 지났지만, 할아
버지로부터 연락은 없었다.

▲ ▲ ▲

"갈 사람들은 다 갔어?"

"네. 청와대 수석들, 장관급들은 첫날 다녀갔습니다. 그룹 총수들도
대부분 조문했고요."

"우리 애들은?"

"진영기, 진동기 부회장은 첫날 다녀갔습니다만, 진상기 이사장은 여
전히 두문불출입니다."

진 회장은 계속 한숨만 쉬었다.

"언제 가시겠습니까?"

이학재 실장이 조심스레 묻자 진 회장의 한숨도 멈췄다.

"발인 전날 가보자고. 그때쯤이면 주 회장 자식 놈들 눈물도 말랐을
거 아닌가? 그놈들 표정 보는 것도 재미있겠지."

"굳이 그러실 필요가…?"

이학재는 진 회장의 의중을 몰라 슬쩍 운을 뗐다.

"죽고 나면 못 보지 않나. 내가 죽은 뒤에 자식 놈들이 무슨 표정을 짓는지, 무슨 일을 하는지, 무슨 꿍꿍이인지 나는 모르잖아."

"그럼 그 모습을 보시려고?"

"그래. 그놈들이나 내 자식 놈들이나 다를 바 없어. 다 똑같은 놈들이야. 제 손으로 돈이라고는 벌어 본 적도 없으면서 돈이 부족한 적도 없었던 놈들. 죽고 나면 못 볼 광경, 살아서 보는 것도 재미있을 게야."

"어떻게 같겠습니까? 대현은 워낙 잘게 쪼개야 하니 2세들의 불만이 터지기 직전이지만, 순양은 큼지막하게 양분하지 않았습니까? 다를 겁니다."

"됐네, 이 사람아. 뭘 위로까지 하려고 해? 크든 작든 다 똑같아. 사람 욕심이 끝이 있나? 참, 나중에 내 무덤에 와서 이야기나 들려 줘."

"네?"

"나야 눈감으면 끝이지만 자네는 우리 자식들 싸우는 꼴 똑똑히 볼 거 아닌가? 얼마나 재미있었는지 하나도 빠짐없이 소상하게 말일세. 허허."

이학재는 어떤 말도 하지 못했다. 농담처럼 말하지만, 회장의 진심을 엿볼 수 있었기 때문이다.

"제가 뭘 하면 되겠습니까?"

조금은 무례할 수도 있는 말이었지만, 이학재는 진 회장의 진심이 궁금했다. 진 회장은 아무 말 없이 이학재를 물끄러미 보기만 했다. 그리고 그가 입을 열었을 때, 예상외의 대답을 했다.

"그야 자네 맘이지. 내가 이래라저래라 할 수 있겠는가? 단지 부탁 한 가지 한다면… 너무 욕심부리지는 말게."

"네?"

"됐어. 내가 죽고 이 세상에 없으면 저절로 알게 될 거야."

진 회장의 마음을 더 듣고 싶었으나 꼬치꼬치 물을 수는 없는 일, 이 학재 실장도 입을 다물었다.

"참, 도준이도 데려갈 테니까 그리 알게."

"네. 혹시 발인까지 보실 생각입니까?"

"그래야. 내가 세상에서 가장 꼴 보기 싫어하던 영감이 죽었는데 하룻밤 같이 지내는 게 힘들 리가 있겠나? 땅속에 묻히러 떠나는 것도 내 눈으로 꼭 봐야지."

"알겠습니다. 대현 측에 미리 알려 놓겠습니다."

▲ ▲ ▲

성북동의 사찰로 향하는 차 속에서 할아버지는 평소와 다르게 말이 없었다. 나이 들면 양기가 입으로 올라서 끊임없이 수다 떠는 게 노인의 특징이라고 농담할 만큼 말을 많이 하는 분인데….

참다못한 내가 먼저 입을 열었다.

"주 회장님 댁도 보통 큰 게 아닌데 왜 사찰을 장례식장으로 정한 거 죠?"

"산 사람 뜻에 따르는 거야. 주 회장 부인이 맺혔던 한을 푸는 거지."

"네?"

"평생 집 밖으로 쫓아내고 싶었던 서방이었거든. 주영일 그 영감은 밖으로만 돌았어. 여자를 너무 좋아해서 말이야. 호적에 오른 자식 여덟 중에 배다른 자식이 셋이나 섞여 있다는 소문도 있잖아."

"그거 사실입니까?"

나는 눈이 휘둥그레져서 물었다.

"모르지. 가끔 만나 밥 먹을 때 내가 몇 번이나 물었는데 절대 아니라 고 딱 잡아떼더구나. 그건 그 가족들만 아는 비밀인 게야."

할아버지의 굳었던 표정이 조금 풀렸다.

"호적에 올리지 않은 자식도 꽤 많을걸? 여자가 자식 낳으면 한 재산 뚝 떼어 외국으로 보낸 게 한두 번이라야 말이지."

그 여자들과 자식들도 지금쯤이면 주 회장이 세상을 떠났다는 걸 알았을 테고, 한국행 항공권 끊느라 분주할 것이다. 앞으로 유산 상속 소송과 친자 확인 소송이 줄을 잇고 대현그룹은 이 추문을 막느라 언론에 돈을 뿌리기도 할 것이다. 물론 대현그룹에 발붙일 수 있는 혼외자는 단 한 명도 없을 것이고, 모두 두둑하게 합의금을 챙겨 다시 외국으로 사라질 것이다. 이런 생각에 웃음이 났지만, 꾹 참고 할아버지 말에 귀를 기울였다.

"그런 서방이 죽었으니 한풀이하는 게지. 마지막 닷새만이라도 집 안에 발을 못 붙이게 한 거야."

주 회장의 부인은 팔순에 가깝다고 들었다. 그 나이에 이르기까지 남편에 대한 미움과 한이 얼마나 깊었으면 이렇듯 잔인하게 풀어 버리겠는가. 내가 혹시나 하는 생각으로 곁눈질하자 할아버지의 눈빛도 변했다.

"이놈이! 무슨 생각하는 게냐?"

"아, 아니에요."

"아니긴! 네놈 얼굴에 훤히 다 쓰여 있다. 날 주영일 그 영감이랑 같이 보는 게냐?"

"아니라니까요. 그냥…."

"그냥, 뭐?"

할아버지는 얼굴에 남아 있던 마지막 미소를 지우더니 조금은 진지하게 말했다.

"내가 아는 한, 배다른 자식은 없어. 남자가 조심해야 할 세 곳을 항상 조심하며 살았어. 그게 뭔지는 알지?"

머리를 끄덕였다. 입과 주먹과 거시기 아닌가?

"그런데 '아는 한'이라니요? 모르는 게 있을 수도 있다는 뜻입니까?"

"아이 가졌다는 걸 내게 알리지 않은 여자가 없다고는 장담 못 하지 않겠냐?"

갑자기 할아버지가 겸연쩍은지 실소를 터트렸다.

"이런, 이런… 다 큰 자식과도 나누지 않은 이야기를 손자랑 하게 될 줄이야. 허허허."

"제가 또 할아버지와 은근히 통하는 게 있으니까요. 흐흐."

할아버지는 내 머리를 툭 쥐어박고는 목소리를 낮추며 말했다.

"도준아."

"네."

"혹시 말이다. 내가 죽고 나서 내 자식이라고 나타나는 놈이 있으면 철저하게 친자 확인해 보아라."

"그러고요?"

"네 큰아버지들은 무조건 쫓아내려 할 거다. 또 그래야 하고. 그런 애가 순양에 발을 담그는 일은 없어야 해. 하지만 사는 꼴이 거지 같으면 네가 적당히 돌봐 줘라. 사람답게 살도록 말이다."

"네. 부족함 없도록 보살피겠습니다."

"그래, 고맙구나."

할아버지는 내 손을 꼭 잡았다.

"늘 이 사이에 낀 것 같은 찜찜함을 네가 씻어 주는구나. 허허."

대화를 나누는 동안 어느새 사찰에 도착했다. 사찰 입구에는 대한민국 모든 기자가 다 모여들었나 싶을 정도로 수많은 기자들이 지나가는 모든 차량을 향해 카메라 셔터를 눌러대고 있었다. 대현그룹 직원들이 입구를 막고 출입을 철저히 통제하고 있어 그들이 할 수 있는 건 자동차 번호판이라도 찍는 게 전부였다. 나중에 차량 조회를 해서라도 누가 다녀갔는지 알아야 하기 때문이다.

"도준아."

"네."

"유리창 내려라."

"네?"

"어서."

"할아버지, 기자들이 카메라를 들이댈 겁니다."

"그러라고 창문을 여는 거다. 어서."

운전하는 기사가 놀라 마른침을 꿀꺽 삼키고는 할아버지가 시키는 대로 창문을 내렸다. 이미 할아버지 쪽 창문이 완전히 열렸기에 더는 주저하기 어려웠다. 아니나 다를까 차 안까지 카메라가 들어와 무작정 셔터를 눌러대기 시작했다. 사찰 입구를 통과하고는 겨우 한시름 놓았다.

"할아버지 갑자기 왜 그러셨어요?"

"흐흐. 내일이면 네 얼굴이 신문에 대문짝만하게 날 거다."

내 얼굴이 신문에? '순양그룹 회장님과 동승한 젊은 청년'이라고 나려나? 하긴 아들이 아니라 손자와 함께했다는 사실도 충분한 기삿거리가 된다. 그러니까 왜 노출을 원했는지 묻고 싶었다. 하지만 승용차가 멈추고 대기 중이던 직원이 문을 여는 바람에 기회를 놓쳐 버렸다. 차에서 내린 할아버지는 경내에 진동하는 육개장 냄새에 인상을 찌푸렸다.

"참 심술궂은 영감이로고. 풀만 먹는 스님들 침 고이게 고깃국이라니. 허허."

이때 머리가 희끗희끗한 주태식 대현자동차 회장이 달려와 허리를 숙였다.

"힘든 걸음 하셨습니다. 회장님."

"차 타고 편히 왔네. 괜찮으이."

할아버지는 주태식 회장의 등을 가볍게 두드렸다.

"환중이라는 소식을 듣고도 찾지 못해 늘 마음에 걸렸는데, 먼 길 가시는 분 마지막은 봐야지. 가세나."

장남 주 회장이 앞장서 가는 길을 우리는 천천히 뒤따랐다. 걸음을 옮기는 동안 할아버지를 알아본 사람들이 벌떡 일어서서 머리를 숙였다.

경내로 들어가니 10여 명의 주 회장 자식들이 쭉 서 있었다. 과거엔 감히 쳐다볼 수도 없었던 집안의 사람들, 그들이 바로 내 눈앞에 서 있다. 그뿐만이 아니다. 그들이 나를 바라보는 눈길, 그것은 바로 동류의 사람을 보는 눈빛이다. 엄청나게 많은 꽃으로 둘러싸인 영정, 끗발 있는 수많은 조문객, 끝없이 늘어선 화환… 이런 것 때문에 조금 움츠러들었던 어깨가 펴졌다.

할아버지께서 향을 피우며 작별 인사하는 것을 멀찍이 떨어져 지켜봤다. 그런데 향을 피운 할아버지가 자리에 서서 꼼짝도 하지 않았다. 주위에 당황한 사람들이 어찌할 바를 모르고 있었다. 1분이 한 시간처럼 느껴지는 순간이었다. 다른 조문객들은 할아버지 때문에 밖에서 기다리고 있었고 상제들도 감히 말릴 수 없어 할아버지 눈치만 보기 시작했다.

5분쯤 지났을 때 도저히 안 되겠다 싶어 할아버지께 다가갔다.

"할아버지…."

"…응? 아."

할아버지는 쭉 늘어선 상제들에게 다가갔다.

"이거, 결례를 범했네. 내가 부친과 할 이야기가 많았는데 기회가 지금뿐이라서 말일세."

"아닙니다. 회장님. 괜찮습니다."

맏상제인 주태식 회장은 연신 머리를 조아렸다.

"식사 준비하겠습니다."

주 회장의 눈짓에 기다리던 직원 두 명이 부리나케 달려왔다.

"회장님, 이쪽으로 오시죠."

"그전에… 인사드려라, 도준아."

할아버지는 내 손을 잡고 끌었다.

"내 손자일세. 노년에 내 말동무 해주는 효손이지."

머리를 망치로 한 대 맞은 것 같았다.

'이거였나?'

나를 이 자리에 데려오고, 승용차 창문까지 열어 기자들에게 나를 노출했다. 그리고 대현그룹 회장들에게 나를 소개한다. 내 존재를 세상에 알리는 것이다. 이제 갓 대학을 졸업한 순양의 막내 손자가 홀로 총수를 모신다. 게다가 지금까지 쉬쉬했지만, 순양의 금융 부문을 물려받은 다크호스다. 언론은 이렇게 떠들어댈 것이고, 대현그룹 회장들도 나를 눈여겨보기 시작할 것이다. 어떤 놈이길래 저 어린 나이에 순양그룹의 알짜 금융사를 물려받았는지 말이다.

나를 보는 눈이 많아지면 많아질수록 내 움직임 하나하나가 힘을 받는다. 오늘 이 장례식장에서 난 화려한 데뷔를 한 것이다.

"뭐 하나? 인사드리지 않고?"

"아, 네."

난 주영일 회장의 자식들에게 머리 숙여 인사했다.

"삼가 고인의 명복을 빕니다."

가장 먼저 악수를 청한 건 주태식 회장이었다.

"세대교체의 선두에 섰다는 그 손자군요."

"주식 장사 좀 하는 게 전부인 놈일세. 앞으로 많이 가르쳐 주시게."

만상제가 대표로 인사했으니 끝난 줄 알았다. 그런데 갑자기 또 하나의 손이 불쑥 내 앞에 나타났다.

"소문으로만 듣던 분이군요. 주광식입니다."

주영일 회장의 6남 주광식, 대현투자증권과 투자신탁을 필두로 한 금융 계열사를 전부 물려받은 자로 나와 같은 처지인 사람이다.

"진도준입니다."

마주 잡은 손에 힘을 꽉 주며 나를 바라본 그는 살짝 미소 짓는 것도 잊지 않았다.

식탁으로 자리를 옮긴 뒤 할아버지는 육개장 국물만 한 모금 마시고는 수저를 놓았다.

"좀 더 드시지요?"

"괜찮다. 시장하지 않구나. 오늘 밤은 예서 보내야 하니 너나 든든히 챙겨 먹어."

"그래도…."

"괜찮다니까. 시장하면 그때 한 그릇 하면 돼."

난 재빨리 육개장 그릇을 비웠다.

"도준아."

"네."

"저놈들 모습을 한번 봐라."

할아버지가 가리키는 곳에는 주영일 회장의 자식들이 삼삼오오 모여 수군대는 광경이 들어왔다.

"아버지가 돌아가셨는데도 슬픔이라고는 단 한 줌도 보이지 않지?"

"며칠 지났으니 그렇겠지요. 하루 종일 울 수는 없는 일 아닙니까?"

"뭐야? 악수 한 번 했다고 좋게 보는 거냐? 저놈들은 지금 춘추전국 시대 왕들과 다르지 않다. 대현이라는 제국을 조금이라도 더 차지하려고 서로 힘을 합칠까, 말까 고민 중인 거다."

"그럼 순양그룹은 삼국시대인가요?"

농담처럼 슬쩍 말했지만, 할아버지의 표정은 여전히 딱딱했다.

"도준아."

"네."

"서양 놈들은 전쟁 중이라도 크리스마스 시즌이 되면 상대를 겨누던 총도 내려놓는다면서?"

"꼭 그렇지는 않아요. 딱 한 번 있었던 일일 뿐입니다."

"아무리 치열한 삼국시대 전쟁 중이라도, 내 장례 중에는 정전하거라. 무슨 말인지 알아들었어?"

'참… 할 말 없게 만드시네.'

이 자리에서 이런 당부를 하니 대답하기 힘들지만 약속하고 싶었다.

"네. 사십구재 동안 큰소리 나오지 않도록 제가 말리겠습니다. 큰아 버지들은 물론이고 제 사촌들까지 입도 뻥긋 못하게 막겠습니다. 너무 염려 마십시오."

"그리 가능해 보이지는 않지만, 네놈 큰소리치는 건 마음에 쏙 든다. 허허."

표정이 밝아진 할아버지는 주 회장 자식들을 계속 주시했다. 마치 그들의 행동, 표정 등을 하나도 놓치지 않고 머릿속에 새겨 넣으려는 듯.

"거봐라, 내 말 맞지?"

"네?"

"아버지가 세상을 떠났다는 건 이미 먼 과거의 일이 되어 버렸어. 장례식장에서 비즈니스 하려고 모두 바쁘잖냐? 특히 욕심 많은 놈은 더 바쁜 법이지. 저놈이 여섯째던가?"

할아버지는 내 등 뒤를 향해 턱짓했다. 뒤를 돌아보니 내게 악수를 청했던 주광식이 우리를 향해 다가오고 있었다. 황급히 일어나 머리를 조금 숙이니 그는 내 어깨를 어루만졌다.

"음식이 입에 맞지 않으십니까? 수저를 들지 않으신 것 같은데…"

"괜찮네. 초상집은 배고프면 언제든 배불리 먹을 수 있는 곳이니 좋은 거 아니겠나?"

할아버지는 살짝 웃으며 주광식을 올려다보고 말했다.

"데리고 가게. 뒷방 늙은이한테 볼 일은 없을 테고, 계열사를 손에 쥔 애한테 용무가 있겠지?"

"결례를 용서하십시오."

주광식이 머리를 숙였지만, 할아버지는 손을 내저었다.

"아닐세. 내 손자 대신 내 앞자리에 앉고 싶어 안달 난 사람이 이곳에도 줄 서 있지 않나? 내가 심심할 틈은 없을 거야."

할아버지의 말처럼 장례식장 조문객들은 호시탐탐 기회만 노리는 듯했다. 내가 자리를 비우면 재빨리 달려와 앉으려고 엉덩이를 들썩이는 게 훤히 보였다.

"그럼 실례를 무릅쓰겠습니다."

주광식은 할아버지께 다시 머리를 숙이고 나를 향했다.

"진도준 씨. 시간 좀 내주시겠습니까?"

정중한 그의 말투에 할아버지가 버럭 소리 질렀다.

"이 친구야. 내가 자네 부친과 호형호제할 만큼 가까운 걸 모르는가? 조카 같은 놈에게 씨가 뭔가? 씨가?"

"하하, 이거 졸지에 출중한 조카 하나 생긴 셈이군요."

주광식은 머리를 슬쩍 긁으며 나를 바라보며 물었다.

"조카님. 나랑 커피 한잔할까? 긴히 할 이야기가 좀 있는데⋯. 들어 둬서 나쁘진 않을 거야."

나보다 먼저 할아버지께서 입을 열었다.

"자네가 여섯째지?"

"네."

"판박이구먼. 성격 급한 거, 할 일 뒤로 미루지 못하는 거. 에이!"

"하하, 맞습니다. 제가 가장 많이 닮았다고들 하더군요."

할아버지는 머리를 절레절레 저으며 내게 말했다.

"가봐라. 오늘 생긴 숙부 말씀 잘 들어 봐. 무슨 헛소리를 하는지."

나는 조용히 주광식을 따라나섰다.

"진도준 씨. 회장님 말씀은 괘념치 마십시오. 전 이미 진도준 씨를 경영인으로 보니까요."

"아닙니다. 편히 대하십시오. 제가 부족하지 않다면 숙부님으로 불러도 되겠습니까?"

"오, 나야 대환영이지. 잘생긴 인물만큼 성격도 좋으시네. 하하."

주광식은 호탕한 웃음을 터트리며 내 등을 툭 쳤다.

"그래, 우리 조카님은 어떻게 진 회장님의 눈에 들어서 그 나이에 순양의 금융을 손에 쥐게 되었을까?"

"막내라 챙겨 주신 걸 겁니다. 제 아버지가 막내아들이니까 애틋한 뭔가가 있으셨겠죠?"

"아들에게 못 해준 걸 손자에게 대신 전해 준다? 음⋯."

아버지가 한동안 집안의 구박을 받은 건 재계에 잘 알려진 사실이다.

"아마도 그렇지 않을까 짐작만 할 뿐입니다."

"그런 손자가 할아버지께서 어렵게 물려준 계열사를 팔아먹는다? 이건 좀 심한 거 아냐?"

'이런, 너무 노골적이고 성급한데. 만나자마자 속을 드러내다니.'

조용히 따로 불러낸 이유가 이거였다. 대현그룹의 여섯째 아들은 순양 카드 매각 정보를 입수했고, 카드사가 없으니 침을 흘리는 중이다. 하지만 인수할 만큼 현금이 충분하지 않을 텐데….

"능력 안 되면 쥐고 있어 봤자 결국 잃어버리거나 뺏기죠. 제 주제를 알고 하는 행동이기에 할아버지께서도 별말씀 없으셨습니다."

"그것보다는 내키지 않았던 사업 아닐까? 돌아가신 우리 아버지도 카드 사업은 끔찍이 여기시더라고. 옛날 분들에게 카드 사업은 외상 장사, 고리대금업… 뭐 이런 인식이 강하니까."

"매각을 반대하지 않으신 이유 중에 그것도 한몫했죠."

"그래서? 진척은 있나?"

참 고마운 숙부다. 내 손에 카드 한 장을 더 쥐여 주려고 이렇게 애를 쓰다니 말이다. 주는 카드를 굳이 거절할 이유는 없다.

"일단 같은 식구니까 두 분 큰아버지께 제안서를 받아 볼 생각입니다."

"에이, 그건 매각이 아니잖아. 계열사 지분 정리지."

"현금 받고 파는 건 매각이 맞죠. 깔끔하게 계열 분리해서 비싸게 팔 생각입니다만."

"금액은 나왔어? 대충 계산기 두드려 보니 1조 2000억에서 1조 4000억 사이가 될 것 같던데."

돈 만지는 사람이라 그런지 셈은 무지하게 빠르다.

"세상에 원가대로 파는 장사꾼이 어디 있습니까? 발품 판 경비도 보태고 이문도 남겨야 하죠."

"뭐라? 으하하."

주광식은 다시 웃음을 터트렸다.

"우리 조카님, 보통 아니신데? 윗사람 제치고 앞서 달리는 이유가 있었군. 그래서 판매가는 얼마지? 솔직하게. 숙질의 인연을 맺었으니 할인도 좋고."

그의 눈빛이 확 달라졌다.

'여유 있는 척해 봤자 당신은 아니야.'

들러리만 서고, 허탕만 칠 텐데… 좀 미안하기도 하다.

"숙질의 인연을 맺었으니 조카한테 용돈 주신다 생각하고 후하게 주십시오."

"오, 팔 생각은 있고? 가족도 아닌 내게?"

"장사에 핏줄이 어디 있습니까? 비싸게 팔 수 있으면 아무것도 가리지 않습니다."

난 주광식의 표정을 살피며 약한 곳을 슬쩍 찔러 봤다.

"그런데 우리 카드사를 인수하실 자금은 충분하시고요?"

"조카님, 장사치가 손님 주머니 걱정까지 할 필요는 없어요."

"돈만 확실하게 받으면 된다?"

"그렇지. 외상만 아니라면 그 돈이 어디서 나오든 신경 쓸 이유는 없으니까."

"못 나올 수도 있으니 걱정돼서 하는 말입니다."

"우리 조카님은 왜 그렇게 생각하지?"

주광식이 뭔가 캐내려는 듯 내 표정을 유심히 살폈다.

어디까지 알려 줘야 하나? 장남인 주태식 회장이 자동차를 밑천으로 무자비하게 세를 불린다는 걸 말해도 될까? 그가 형제들의 회사를 차례차례 뺏고 먹고살 만큼 적선하듯 계열사 한두 개만 던져 준다는 사실을 알면 얼마나 충격을 받을까?

아니, 지금은 말해 봤자 믿지도 않을 것이다. 주씨 가문의 모든 형제는 자신이 아버지의 뒤를 이어 대현그룹의 총수가 되리라고 믿어 의심치 않기 때문이다.

"눈치 빠른 사람이라면 모두 알지 않습니까? 앞으로 총알 대신 돈으로 전쟁을 시작한다는 거 말입니다."

"전쟁이라…."

"이미 말하기 좋아하는 언론들은 떠들어대던데요? 왕자의 난이 시작됐다고?"

"내가 다른 곳으로 눈 돌릴 여유가 없다고 생각하는군."

주광식의 쓸쓸한 미소를 보니 이 사람은 목적이 다른 듯하다. 대현의 전부를 갖지 못한다는 것을 알고 가진 것을 확실히 지키는 쪽으로 방향을 틀어 버린 게 아닐까? 재미있게 흘러간다.

내 전생의 주광식은 무리한 대현그룹 주식 매입으로 물려받은 금융 계열사 전부를 조각조각 쪼개 날려 먹었다. 그 후, 이리저리 부유하던 대현의 금융사들은 대부분 다른 대기업에 편입되었고 대현자동차에서 새로이 출범한 금융 계열사만 남는다. 만약 현재의 주광식이 더는 욕심내지 않고 자신의 것을 지키는 것에만 전념한다면 미래는 어떻게 바뀔까?

"순양카드를 인수할 만큼 자금의 여유가 있다면, 전쟁에서 발 뺀다는 의미 같은데… 맞습니까?"

"이거, 오늘 처음 만난 조카님에게 내 속을 다 들키게 생겼구먼. 눈치 하나는 정말 발군이야. 진 회장님의 총애를 받는 데는 다 이유가 있는 거지."

주광식은 나를 향해 빙그레 웃고는 불쑥 손을 내밀었다.

"자리를 너무 오래 비우면 상제의 도리가 아니니 이만하지. 하지만 분명히 난 제안한 거야. 순양카드 인수 대상에 나도 포함하는 거 절대 잊으면 안 돼. 오케이?"

그는 거절하지 못하고 얼떨결에 내준 내 손을 조금 과장되게 흔들었다. 그 순간, 나는 아주 작지만, 뭔가 석연치 않은 느낌을 받았다. 단순하지 않다. 더 복잡한 것이 숨어 있다. 그런 느낌을 지울 수 없어 이마를 조금 찡그렸는데 다행히 주광식은 주변을 살피며 돌아서느라 그 모습을 보지 못했다.

할아버지가 계신 곳으로 돌아가니, 말 한 번 나눠 보고 싶어 순서를 기다리는 사람이 전혀 줄어든 것 같지 않았다. 자리를 피해 주어야 하나, 아니면 할아버지 주변의 사람들을 쫓아 버려야 하나 잠시 고민하는데, 할아버지가 나를 보고 손을 번쩍 들어 흔들었다. 할아버지와 대화를 나누던 사람은 나를 발견하고는 슬며시 일어섰다.

"귀한 말씀 잘 들었습니다. 그럼….”

내가 다시 자리를 비울 때까지는 할아버지를 알현할 기회가 없으니 뒤에서 호시탐탐 기회를 노리던 사람들은 모두 실망했을 것이다.

"그래, 뭐라고 하더냐?"

"순양카드 인수 대상에 자기를 끼워 달라고 하더군요.”

"주광식이가? 진짜 그런 말을 했어?"

"네."

"그래서 넌? 뭐라고 했지?"

"제 대답은 듣지도 않고 가버렸습니다."

"그래? 그럼 넌 어떠냐? 주광식 그놈이 가장 좋은 조건을 제시하면 넘길 생각이냐?"

할아버지의 우려 섞인 목소리에 손을 살짝 저었다.

"이미 말씀드린 대로 순양의 간판을 늘리면 늘렸지 줄일 생각은 없습니다. 순양카드는 두 분 큰아버지 중 한 분이 가지게 될 겁니다."

"허허, 주광식이는 헛물만 켜는구나."

안심한 할아버지의 웃음에 고개를 저었다.

"아뇨. 그분도 목적은 달성한 것 같습니다."

"응? 그게 무슨 뜻이지?"

"순양카드를 인수할 생각은 없을 겁니다. 그런 척하기 위해 절 이용했을 수도 있어요."

"척하다니?"

"주광식 회장이 순양카드 인수전에 뛰어들었다는 소문이 나기를 원하는 것 같습니다. 위장 전술이라고나 할까요?"

"위장? 왜? 그놈이 널 흔들어 봐야 얻을 게 없지 않으냐?"

"절 흔드는 게 목적이 아니라 그분의 형님들을, 특히 주태식 회장을 안심시키려는 거 아니겠습니까?"

잠시 눈을 깜박거리던 할아버지는 혀를 찼다.

"그것참, 이놈들 집구석도 잘 돌아간다. 쯧쯧."

가진 자산을 모두 바깥의 회사를 인수하기 위해 쏟아붓는다는 건, 대현 내부 싸움에 발을 담그지 않겠다는 시그널이라는 걸 할아버지도 금방 알아차렸다.

"너도 참, 어찌 그리 눈치가 빠르냐? 그걸 어떻게 알아챈 거야?"

"주변에 보는 눈이 쫙 깔렸습니다. 그런데 일부러 절 찾아와서 불러냈어요. 좀 과장된 악수까지…. 이건 광고하는 것과 다를 바 없죠. 대현의 금융 부문 회장이 순양의 금융 계열사 후계자를 만났다. 이 사실이 누군가의 귀에 들어가기를 간절히 바란 걸 테죠."

"그렇지. 은밀히 뜻을 전달하는 방법이 없는 것도 아니고."

"순양카드를 인수한다는 건 대현그룹의 다른 계열사 지분을 사들일 생각이 없다는 뜻 아니겠습니까?"

"그 정도로 주태식 회장을 안심시킬 수 있을까?"

"완벽한 위장 전술은 아닐지라도 한숨 돌릴 시간은 벌 겁니다. 분명히 저와의 협상을 질질 끌 겁니다. 소문은 요란하게 낼 테죠. 그 사이에 물밑으로는 대현그룹 지배지분을 확보하며 힘을 키워 나갈 겁니다."

할아버지는 초상집에 어울리지 않는 흐뭇한 미소를 머금으며 말했다.

"그럼 우리 손자 혜안을 한번 볼까?"

"무슨…?"

"과연 누가 실질적인 대현그룹의 회장이 될까? 지금처럼 쪼개진 대현이 아니고 말이야."

"할아버지께서는 다시 합쳐진다고 생각하시는군요."

"강물은 흘러가는 동안 좀 갈라지기도 하고 굽이치기도 하겠지만 결국은 바다에서 만난다. 시간문제일 뿐이야."

"지금 상황은 대현자동차가 가장 유력해 보입니다. 규모도 가장 크고 대현의 상징성도 있으니까요."

"건설도, 조선도 대현의 상징 아니냐?"

"장남이라는 상징성도 큰 무기가 되니까요. 지금 보십시오."

나는 주태식 회장이 수행원을 잔뜩 거느리고 온 국회의장을 공손하게 맞이하고 있는 빈소를 가리켰다.

"이건 가족장입니다. 이곳을 찾은 귀빈을 영접하는 사람은 장남입니다. 귀빈들에게 자신이 후계자라는 걸 단단히 못 박아 두는 것, 그게 경제인장이 아니라 가족장을 치르는 진짜 이유인 거죠."

사실 주영일 회장 정도라면 가족장이 아니라 경제인장이 격에 맞다.

경제인장으로 결정했다면 먼저 전경련, 대한상공회의소, 한국무역협회, 중소기업중앙회 그리고 한국경영자총협회 등의 경제 5단체에서 장례위원회를 발족한다. 이 장례위원회가 장례 전체를 총괄하게 되고, 언론은 장례위원회와 위원장의 행보와 발표에만 귀와 촉각을 곤두세운다. 고인의 위상은 올라가겠지만, 장남은 주목받지 못한다. 주태식 회장은 분명 이런 계산까지 염두에 두고 가족장으로 밀어붙인 것이 틀림없다. 할아버지는 얼이 빠진 것처럼 내 입만 바라보고 있었다.

"넌 도대체 어떻게 생긴 놈인 게냐?"

"네?"

"이놈아. 돌아가신 아버지를 가족끼리 보내드리고자 하는 순수한 마음도 있어. 모든 걸 그런 치밀한 계산으로 움직인다고 생각하는 건…."

"할아버지. 내일이 발인입니다. 오늘이 돌아가신 부친과 마지막으로 함께 보내는 밤이라고요. 그런데 처음 보는 절 불러내서 위장 전술이나 쓰는 아들입니다. 전 저들에게 그런 순수한 마음이 눈곱만큼이라도 남아 있다고는 생각하지 않습니다."

내 생각을 조금 단호히 말씀드리니 할아버지는 잠깐 말을 잊으셨다. 아마도 주영일 회장의 장례와 당신의 장례가 겹쳐 보였을 것이다. 할아버지가 다시 입을 열었을 때 나는 생각지도 못한 질문을 받았다.

"넌 어떻게 할 생각이냐?"

"네? 뭘 말입니까?"

"내 장례식 말이다. 가족장으로 할 것이냐? 아니면 사회장이라도 해서 장남인 네 큰아버지의 힘을 깎아 먹을 거냐?"

"그건 집안 어른들이 결정하겠죠. 집안 서열 가장 아래인 제가 할 수 있는 일은 고작 그 결정에 따르는 것이 전부입니다."

"그래서 네 뜻이 뭐든 어른들 시키는 대로만 한다고? 그게 네 뜻과 달라도?"

가만히 생각해 보면 내 말은 지극히 현실적이고 타당하기까지 하다. 장례는 자식의 몫이지, 손자가 끼어들 여지가 없다. 하지만 나이 들수록 어린애처럼 변한다고 했던가? 머리로는 이해하지만, 수수방관하겠다는 말에 할아버지는 화도 나고 섭섭하기도 했나 보다.

"몸은 어른들이 시키는 대로 해도 마음은 제 뜻대로 하겠습니다."

"뭐라? 어디서 말장난을? 좋다, 네 녀석 마음은 뭐냐?"

사람들이 귀를 쫑긋 세우고 우리들의 대화를 엿듣는 모습이다. 다행히 할아버지도, 나도 목청을 높이지는 않았고, 약속이라도 한 듯 우리 주변 가까이 자리 잡은 조문객은 없었다.

"할아버지 묘소는 용인에 있는 순양미술관 공원이지요. 명당자리라고 할아버지께서 직접 고르셨으니까 그 누구도 바꾸지는 못할 겁니다."

"그게 어떻다는 말이냐?"

"3년간 하루도 빠짐없이 매일 아침 문안 인사드리러 가겠습니다. 마음 같아서는 움막 짓고 삼년상이라도 하고 싶지만, 할아버지께서 주신 계열사를 버려둘 수는 없으니 아침 문안 인사로 대신하겠습니다."

분명 감동했을 텐데, 티 내지 않으려고 무던히도 애를 쓴다.

"하여튼 귀에 착착 달라붙는 그 달콤한 소리는 기막히게 하는구나. 평소에 연습이라도 하는 게냐?"

할아버지는 심통 맞은 노인네처럼 삐죽이 입을 내밀었지만, 눈매는 환하게 웃고 있었다.

"참 내, 제 진심을 그런 식으로 받으신다 이겁니까?"

"시끄럽다."

할아버지는 괜히 버럭 소리를 한번 지르고 나서야 차분한 목소리를 냈다.

"네 녀석은 내가 가고 나면 일 안 하고 놀 생각이더냐? 일분일초가 아쉬운 놈이 매일 아침 3년은 무슨… 가끔 생각나면 들러서 세상 돌아가는 이야기나 해주고 돌아가."

평상시에는 세상을 떠나면 완전한 무로 돌아간다고 하던 할아버지였지만, 당신이 잠든 곳에 잊지 말고 자주 찾아 주기를 원하는 걸 보면, 외로울까 봐 두려워하는 것 같았다.

"이만 일어서자. 몸이 마음 같지 않구나."

"돌아가시게요?"

"주 회장 심심하지 않도록 하룻밤 보내고 싶었는데…."

"네. 집에서 쉬십시오. 젊은 저도 밤샘은 힘듭니다."

"그래야겠다. 내일 다시 와서 저 영감 가는 길, 배웅이나 하련다."

할아버지가 몸을 일으키니 곳곳에서 사람들이 달려왔으나 대부분의 사람들은 못 본 체하고 만상제 주태식 회장과 그 형제들에게만 인사를 건넸다.

"내일 보세나. 이젠 친구 마지막도 지키지 못할 만큼 늙어 버렸네. 허허."

"아닙니다, 회장님. 와주신 것만으로도 몸 둘 바를 모르겠습니다."

한 명 한 명 악수를 하던 할아버지는 6남인 주광식 회장의 손을 잡고 그의 눈을 노려보며 말했다.

"내 것에 손대지 마."

"네? 그게 무슨 말씀이신지…?"

할아버지의 느닷없는 공세에 주광식 회장은 당황해서 어쩔 줄 몰라 했다. 아니, 적어도 그렇게 보였다.

"자네 선친께서도 내 거는 손대지 않았어. 다른 놈들 거를 놓고 싸우기는 했지만, 서로가 가진 건 욕심내지도, 탐내지도 않았어."

"회, 회장님…."

더듬거리기도 하고 얼굴도 붉어진 주광식이었지만, 그의 눈은 차분히 가라앉아 있었다.

"어린 내 손자가 가진 거라고 해서 순양의 이름이 지워진 건 아니야. 경고하는데 순양카드에 손끝 하나라도 대면 힘없는 노인네 강단이 얼마나 무서운지 알게 될 걸세. 명심해."

"회장님, 일단 고정하시고…."

장남인 주태식 회장이 나섰지만, 할아버지는 요지부동이었다.

"빈소니까 큰소리 내지 못한 걸 다행으로 여기게."

주태식의 화살이 동생을 향했다.

"너 도대체 무슨 짓을 한 거냐? 엉?"

"오해십니다, 형님. 그냥 회사 근황이나 물어본 게 전부입니다."

곤혹스러워하는 주광식을 보며 할아버지는 미련 없이 돌아섰다. 돌아선 할아버지의 얼굴에 미소가 잠깐 스치는 걸 나는 놓치지 않았다.

"가자, 앞장서거라."

"네."

빈소를 나오니 수행원들이 이미 승용차의 문을 열어 놓고 기다리고 있었다.

"밖에 아직 기자들 많나?"

"네. 더 붙었습니다."

"그래? 잘 됐구나. 기자들 사진 잘 찍도록 창문 다 내리도록 해."

"할아버지! 이미 충분합니다."

미치겠다. 적당한 수준이라는 걸 모르는 분이다. 마음먹은 일이라면 최대한 크고 화끈하게 끝을 보려는 저 성품은 여전하다.

"세상에 충분한 건 없다. 가다가 멈추니 그런 것이지. 만족이란 포기를 아주 그럴싸하게 포장한 말일 뿐이다. 명심해."

뭐… 할 말 없게 만드는 것도 여전하다. 난 어깨를 한 번 으쓱하고 차에 올랐다. 사찰 입구가 보이자 할아버지는 내 옆구리를 쿡 찔렀다.

"웃어라, 이놈아. 네 사진이 내일 전국을 도배할 건데 그 잘생긴 얼굴 찌푸린 채로 나갈 거냐?"

"초상집 나가면서 환하게 웃을 수는 없지 않습니까?"

"그런가? 아무튼, 좋은 인상 주도록 노력해 보라고."

사찰에서 조금 멀어져서야 귀가 먹먹할 정도의 셔터 소리가 잦아들었다.

"그런데 할아버지."

"왜?"

난 차의 속도가 올라갔을 때 눈치를 보며 입을 뗐다.

"주광식 회장에게 왜 그러셨어요? 혹시 도와주신 겁니까?"

"내가 누굴 도와?"

"주광식 회장이죠."

"그놈을 왜?"

"그러게요. 할아버지께서 그런 말씀 안 하셔도 순양카드가 대현으로 넘어갈 일도 없는데…. 주광식 회장이 딴생각 없다는 걸 주태식 회장에게 알려 준 꼴 아닙니까?"

"바로 봤다."

"그러니까, 왜요? 어차피 알게 될 텐데…. 그냥 못 박는 것 이상은 아니지 않습니까?"

할아버지는 피식 웃었다.

"이놈아. 무슨 구체적인 목적이 있어야만 행동하는 건 아니잖느냐?

그냥 그러고 싶었다. 주광식이를 도와주면 대현그룹이 더 시끄러워질 테니까 말이다. 난 저놈 집구석이 조용한 걸 못 참겠더라고. 허허."

어떤 순간이든 기회가 닿을 때마다 경쟁자를 흔들어 놓는다. 목표가 없을지라도 본능적으로. 가진 것 대부분을 물려주고 일선에서 은퇴했지만 여전하다. 우리 할아버지!

다음날, 주 회장의 발인에 함께 가기 위해 해뜨기도 전 할아버지 댁으로 달려갔다. 할아버지는 이미 조간신문을 모두 구해 기사를 샅샅이 살피고 있었다.

"어떠냐? 꽤 그럴듯하게 나왔지?"

신문 1면은 여전히 고 주영일 회장의 장례 기사였지만, 주변 기사로 내 이야기도 실렸다.

「순양그룹의 새로운 다크호스?」
「24세의 젊은 후계자, 진도준. 순양그룹의 금융을 짊어지는가?」
「한국 20대 부자 순위 1위의 진도준. 드디어 모습을 드러내다.」

이 정도 기사는 양반이었다. 스포츠 신문은 주영일 회장의 기사가 아니라 내 사진을 큼지막하게 박고 1면을 도배했다. 그것도 자극적인 제목과 내용으로.

「모든 걸 가진 남자. 돈, 외모, 두뇌」
「수능 전국 10위, 서울대 법대 졸업, 재계에 화려하게 데뷔」
「재계의 거물 진양철 순양그룹 회장과 한국 대표 미인 이서현 씨의 유전자를 고스란히 이어받은 0.001퍼센트의 남자, 진도준」
「마침내 모습을 드러낸 한국 최고의 신랑감 1순위, 진도준」

기자 놈들은 정말 대단하다. 이렇게 손발이 오그라드는 문장을 어떻게 자신의 이름을 내걸고 쓸 수 있을까?

"내가 어제 단단히 일러뒀거든. 우리 손자 사진 제대로 싣지 않으면 광고 싹 끊어 버리겠다고. 흐흐. 이놈들… 약발 제대로 받았구먼."

'약발이 아니고 협박이겠죠. 광고 끊는다는 건 밥줄 끊는다는 소리니까요.'

입 밖으로 내지 않았지만 할아버지는 이미 내 표정을 보고 눈치챈 것 같다.

"광고는 무기야. 무기를 손에 쥐고 쓰지 않는다는 건 바보 같은 짓 아니냐?"

"전 한마디도 하지 않았는데, 왜 그러세요? 헤헤."

"얼굴로 말하고 있으니 그러는 거다."

이때 이학재 실장이 서재로 들어왔다.

"출발하셔야 합니다. 회장님."

나를 발견한 그는 신문을 가리켰다.

"실물이 더 나은데, 아깝다. 그렇지?"

"저 정도 나온 것도 감지덕지죠. 오늘은 실장님도 가십니까?"

"그래. 오늘은 내가 모시마. 넌 안 가도 돼."

"아닙니다. 괜찮습니다."

"아니다. 오늘은 내가 긴한 약속이 있어. 그러니 넌 빠지는 게 나아."

출발할 채비를 마친 할아버지도 손을 내저었다.

"알겠습니다. 그럼 다녀오세요."

이럴 것 같았으면 미리 알려 주시지 하는 생각이 들었으나 말하지는 않았다. 삼년상을 치르겠다고까지 했는데 아침 문안 인사라고 생각하면 불평할 수 없는 일이다.

할아버지가 출발한 뒤 나는 곧바로 순양 본관으로 향했다. 이른 아침이지만 이미 많은 직원들이 빠른 걸음으로 건물로 들어가는 모습이 보였다.

"실장님. 오늘은 정문으로 들어가지 마시고 지하주차장의 전용 엘리베이터를 이용하시는 게 어떨까요?"

핸들을 잡은 순양시큐리티 직원이 조심스레 입을 열었다.

"기사 때문에 그런 거죠?"

"네. 이제 실장님 얼굴을 모르는 직원은 없을 겁니다. 불편하실 것 같은데…."

"그럽시다. 순양 직원들 눈에는 부모 잘 만난, 밥맛없는 새끼 아니겠어요?"

"아니 꼭 그렇게까지 심하지는…."

"나도 내 사촌들을 보면 그런 생각 드는데 일반인들은 오죽하겠습니까? 내가 뭘 하든 전부 돈으로 쌓은 계단으로 편하게 정상에 오른 놈일 뿐입니다."

운전대를 잡은 직원은 싱긋 웃으며 지하주차장으로 차를 몰았다.

전용 엘리베이터에서 마주친 장도형 부사장은 웃으며 신문에 나온 내 사진을 가리켰다.

"어쩐 일로 이렇게 일찍? 아, 그보다 축하드… 릴 일인가요?"

"쪽팔려 죽겠습니다. 그만 하세요. 후후."

"이제 자유롭게 돌아다니는 건 힘들어지셨습니다."

"그건 상관없어요. 일하는 데 도움만 된다면 TV 예능 프로그램도 나갈 생각입니다."

"알려지면 알려질수록 도움이 되죠. 얼굴이 바로 명함이니까요. 그리고 이번 기사는 진 회장님의 신뢰를 한몸에 받는 핏줄이라는 뉘앙스가 강해요. 앞으로 누굴 만나더라도 순양의 계승자 중 한 명이라고 생각할 겁니다."

우리는 이런저런 이야기를 나누며 24층의 사무실로 들어갔다.

"주광식 회장이 절 불러내서 재미있는 이야기를 하더군요."

장도형 부사장에게 어제 장례식장에서 있었던 일을 들려주니 그의 눈이 커졌다.

"그럼 또 한 명의 입찰자가 나타난 거 아닙니까?"

"그렇게 생각하세요?"

"아닌가요?"

"그분은 다른 목적이 있는 것 같습니다. 하지만 목적이 뭐든지 간에 충분히 이용할 만한 점이 있지 않을까요?"

장도형은 머리를 약간 갸우뚱했다.

"카드사는 그룹 내에서 소화하기로 하지 않았습니까?"

"맞아요."

"아… 페이스메이커로 이용하자는 뜻이군요."

"네. 그럴 리는 없겠지만 혹시라도 두 분 부회장님께서 손이라도 잡게 되면 낭패니까요. 큰아버지들이 외부의 강력한 경쟁자가 등장했다는 것만 알면 됩니다."

"만약 주광식 회장이 가장 좋은 조건을 제시하면 어쩌시려고요?"

"주 회장은 아주 좋은 조건의 계약서를 우리 눈앞에 흔들지는 모르지만 절대 도장 안 찍습니다. 인수할 생각이 눈곱만큼도 없어 보였어요. 그 점을 잘 알고 써먹어야 합니다."

장도형은 약간 허탈한 표정으로 가방을 뒤적이며 서류 몇 장을 꺼냈다.

"이거, 새로운 선수가 등장했으니 지금까지 룰은 무용지물이 되었네요."

"그건…?"

"진동기 부회장 측의 제안입니다."

"특이한 점이 있습니까?"

"이제 시작이니까 아주 평범한 내용일 뿐입니다. 이 평범함에 우리가 특별함을 더해 카운터를 날려야겠죠."

"복잡한 건 뺍시다. 최종 인수가격, 이자율 그리고 담보. 담보는 순양중공업과 순양건설의 주식. 모자라는 금액은 순양중공업의 전환사채 발행으로 대신하겠다고 하십시오."

장도형은 아쉬운 듯 끙하는 낮은 신음을 냈다.

"카운터가 아니라 가져가기 쉽게 포장까지 해주는 꼴인데…."

"말했죠? 절 믿으시라고. 좋은 조건을 내거는 만큼 인수가격과 이자율을 높이면 됩니다."

"그래 봤자 그 돈이 지금 들어오는 것도 아닙니다. 아시죠?"

장도형이 무엇을 우려하는지 안다. 기업 경영이라는 항해를 할 때 언제 폭풍우를 만날지 모른다. 항상 위기를 대비해야 하는데 가장 훌륭한 대비책 하나가 사라지니까 불안한 것이다.

그는 지금 이인자 아닌가? 경영부실의 책임을 첫 번째로 져야 한다. 물론 모든 책임은 내게 있지만, 난 순양금융그룹의 주인이다. 쫓겨나는 건 주인이 아니라 마름이니까. 게다가 그는 순식간에 임원 목을 쳐버리는 내 모습을 봤다. 자신이라고 해서 그 꼴을 당하지 않으리라고 장담 못 한다. 늘 불안에 떨며 경영 일선에 서는 건 지옥이나 다름없다. 제대로 그를 부려 먹으려면 불안에서 건져내야 한다.

"부사장님."

"네."

"우리 금융그룹 자금 흐름은 매일 아침 제가 받죠?"

"네. 제가 항상 메일로 보내드리지 않습니까?"

"그러니까 전 회사 자금 상황을 실시간으로 파악합니다. 오차가 없다면 말이죠."

"오차 없어요. 정확합니다."

"그럼 자금 상황이 나빠지면 돈은 제가 구해 옵니다. 순양카드 빠져서 발생하는 구멍 난 자금은 전부 제가 채워 놓을 테니 염려 마세요."

장도형의 표정이 딱딱하게 변했다.

"실장님 능력을 모르지는 않습니다. 하지만 제가 실장님의 말씀만 믿고 안심할 거로 생각하십니까?"

"못 믿겠다는 뜻이군요. 하하."

"웃을 일이 아닙니다. 아무리 투자의 귀재라 해도 한계가 있죠. 어떻게 개인이 국내 굴지의 카드사의 영업 이익을 커버한다는 말입니까? 차라리 미라클의 자금이라면 안심입니다만…."

"남의 투자사 돈을 함부로 빼내 올 수는 없죠."

"그러니까요."

치밀한 건가? 겁이 많은 건가? 아무래도 젊은 나이에 갑자기 부사장으로 승진하니 더 조심스러워진 것 같다.

"작년 순양카드 순이익이 1250억 정도죠?"

"네."

"불안하면 지금이라도 말하세요. 회사 통장에 2000억 넣을 테니까. 이러면 안심하겠습니까?"

장도형의 표정은 조금 전보다 훨씬 굳어졌지만, 전혀 다른 이유에서였다. 잠깐 아무 말 없이 나를 쳐다보던 그가 입을 열었다.

"허언하실 분은 아니니까 안심입니다. 저도 돈 부족하다는 말을 꺼내지 않도록 최선을 다해 보겠습니다."

　미래를 바라보는 내 눈은 못 믿어도 가진 재산은 믿는다. 하긴, 그것
이 더 이성적인 판단이다. 돈은 거짓말을 못 하는 확실한 숫자 아닌가?

8장

발톱을 숨기는 인내

"빈소를 찾은 조문객 모두에게 이런 인사를 하십니까?"

"그럴 수는 없지. 우리 조카님이야 워낙 특별해서 이렇게 특별하게 모신 거야. 왜? 불편해?"

"특별해도 너무 특별해서요. 저도 식당 하나 통째로 빌린 적은 많지만, 피자집을 빌린 적은 없거든요."

테이블이 열 개도 채 안 되는 작은 피자 전문점이라니. 주광식 회장 정도의 나이에는 전혀 어울리지 않는 곳이다.

"내가 가장 좋아하는 음식이 피자라는 건 대외비야. 사실 좀 창피하거든. 하하."

"이상하긴 한데 부끄러운 일은 아닙니다."

"우리 조카님 나이 때는 괜찮지. 내 나이에 피자 좋아한다면 전부 어린애 입맛이라고 놀려."

하지만 주문한 피자가 나왔을 때, 놀리기 어려울 만큼 근사한 맛의 피자 때문에 대화도 중단하고 허겁지겁 먹어 치웠다.

"이 집 정말 끝내주는군요. 제가 피자, 파스타 같은 기름기 있는 음식 싫어하는데…."

"좋지? 내가 아끼는 몇 안 되는 맛집이야."

"숨은 맛집까지 공개하시니 기대가 큽니다."

"응? 무슨 기대?"

"숨은 속내 말입니다. 아니, 계획이라고 하죠. 속내는 왠지 음흉한 뉘앙스가 강하니까요."

티슈로 입술에 묻은 기름기를 닦던 주광식이 빙그레 웃었다.

"이야… 나도 조카님 같은 아들 하나 있으면 얼마나 좋을까? 샤프하기가 아주… 명불허전이군."

"은밀하게 이런 장소에서 만난다면 누구라도 눈치챕니다."

"좋아. 조카님 앞이라 발가벗지는 못하겠고 팬티만 남겨 두고 다 벗어 주지."

주광식 회장은 직접 가져온 와인으로 목을 축였다.

"순양카드 인수 의향이 있다는 걸 동네방네 소문낸 사람이 바로 나야."

"그럴 거라고 짐작했습니다."

"그럼 인수할 생각은 눈곱만큼도 없다는 것도 짐작했겠네."

"물론이죠. 제 할아버지도 아시니까 회장님을 위해 그런 쇼도 하신 거고요."

"날 위해서? 아니지. 말은 똑바로 하자고. 사랑하는 손자를 위해 그러신 거지."

"그렇군요."

"어때? 내가 인수전에 뛰어든다니까 가격은 좀 올랐어?"

"아직은 눈치싸움이 한창입니다. 그럼 회장님 형제분들은 어떻습니까? 속아 주던가요?"

주광식 회장의 미소가 사라지고 그 자리에 굳은 표정이 자리 잡았다.

"수 싸움을 잘 읽는구나. 맞아, 조금은 방심하는 눈치야."

"완전히 위장하기에는 한참 모자란가 봅니다."

"의심이 체질인 사람들 아닌가? 물론 자네나 나도 그렇고."

"그러니까 말씀하시죠. 2단계는 뭡니까? 제가 어떻게 도와드려야 할까요?"

"으하하하!"

도움을 주겠다는 말에 그는 머리까지 절레절레 흔들면서 갑자기 크게 웃음을 터트렸다.

"자꾸 너무 뛰어난 모습을 보이면 내가 경계하게 되잖아. 그래도 괜찮아? 우린 늘 경쟁하고 견제해야 하는 사이라는 거, 잊었나 보군."

"아뇨. 전 대현그룹과 경쟁할 생각 없습니다. 그건 먼 미래의 일이죠. 제 경쟁 상대는 회장님이 아니라 자제분들이 될 겁니다. 2세는 2세끼리, 3세는 3세와 싸워야죠. 전 조카뻘 아닙니까? 잘 좀 도와주십시오."

"아이고, 우리 자식들이나 좀 살살 다뤄 주게. 내가 이런 부탁하는 게 더 어울릴 것 같다."

주광식 회장은 와인 한잔을 쭉 들이켜고 내 잔도 채웠다.

"그럼 용건을 말하지. 순양생명 자회사 중에 보험조사 전문업체인 순양특종상해손해사정이라고 있지?"

"네."

'뭐지? 기억하기도 어려울 만큼 작은 회사 아닌가? 이 회사의 이름이 주 회장 입에서 왜 나오지?'

눈치 빠른 건 나뿐만이 아니다. 내 표정을 본 그가 살짝 미소 지었다.

"눈여겨볼 회사는 아니니까 그 회사의 자산을 잘 모르겠군."

"사실 그렇습니다. 특이한 점이 있나요?"

"그 회사는 세 개의 회사를 통합한 거야. DH커뮤니케이션, LWS. 전부 보험 쪽인데…."

"DH라는 이니셜로 봐서는 대현그룹 방계회사였군요."

"맞아."

실수다. 이런 중요한 사실을 내가 모르고 있었다니! 그리고 이 사실을 아무도 보고하지 않았다니! 회사 들어가면 한소리 해야겠다.

"그 회사에 대현자동차 주식이 2퍼센트나 있어."

표정 관리를 못 할 정도로 놀랐다. 이건 꼭 보고받아야 할 주요 사안이다. 싫은 소리 한마디 정도로 끝낼 일이 아니다.

"너무 놀라지 마. 그렇게 된 게 불과 며칠 전이니까."

"무슨 말씀이신지…?"

"며칠 전에 대현자동차가 부품회사 하나를 사들였어. 합병한 거야. 그 회사가 가진 특허권을 확보하기 위해서."

"그러니까 부품회사 주식이 대현자동차 주식으로 변해 버린 거군요."

"그래. 아직 공식적인 발표가 없었으니 자네 회사 사람들도 모르는 거야."

이런 운 좋은 일이 터지다니. 이번엔 미소를 감추지 못했다. 도대체 가만히 앉아서 얼마를 번 걸까?

"그 주식을 갖고 싶다. 이 말씀입니까?"

"아주 후하게 쳐주지. 됐나?"

"글쎄요. 생각 좀 해봐야겠는데…."

주광식의 표정이 확 굳어졌다.

"조카님에게는 단지 돈일 뿐이야. 내게는…."

"아주 중요한 핵심 자산이 될 테죠. 그러니까 돈으로 사실 생각 마십시오."

"돈이 아니면? 뭐로?"

"물물교환하시죠."

"뭐?"

"대현자동차 주식 2퍼센트 드리겠습니다. 순양전자 주식 2퍼센트 주십시오."

오늘 주가로 따지면 열 배쯤 차이 날 텐데. 주광식 회장의 실력 좀 볼까.

탕!

주광식 회장은 잔이 깨질 만큼 세차게 내려놓으며 소리를 질렀다.

"이, 이봐! 갑자기 그게 무슨 뚱딴지같은 소리야?"

"순양전자 주식 2퍼센트? 주가 차이가 얼만지 모르고 하는 소리야? 아니, 가격은 둘째치고 2퍼센트나 되는 주식을 내가 어떻게 긁어모아?"

"순양전자의 어제 종가가 22만 7000원, 대현자동차 2만 1000원인 건 압니다."

"알면서 그따위 헛소리야? 무려 열 배의 차이라고!"

이 아저씨, 아직 멀었다. 물건의 가치는 사람에 따라 다르다. 다수의 사람들이 받아들이고 기꺼이 거래하는 가격을 우리는 흔히 '시중가'라고 부른다. 하지만 한 개인에게 특별한 의미와 가치가 더해진 물건이라면, 시중가로 가격을 매기는 건 멍청한 짓이다. 시중가 500만 원에 불과한 도자기를 선조가 남긴 유품이라는 이유만으로 기꺼이 열 배의 돈을 지불하고 사들인 사람도 있다.

주가라는 것은 시중가일 뿐이다. 내가 순양그룹을 차지할 수 있다면 거래가의 열 배, 아니 백 배라도 순양전자의 주식을 사들일 용의가 있다.

"숙부님, 하나만 묻겠습니다."

그는 말없이 거친 숨을 진정시켰다.

"순양전자와 대현자동차, 어느 회사를 원하십니까?"

"…."

아무 말 못 하는 걸 보니 단번에 알아들었다. 대현그룹을 차지하려는 그에게 대현자동차의 주식은 내가 순양그룹을 차지하는 데 필요한 순양전자 주식과 똑같은 가치를 지닌다. 일반인에게는 열 배의 차이가 나지만 우리는 다르다. 우리에게 주력 회사의 주식이란 그룹 회장 자리에 오르기 위한 계단이다.

"조카님, 내가 순양카드를 인수한다는 소문이 큰 도움이 됐을 텐데?"

할 말이 없으니 생색내겠다는 건가?

"숙부님께서 위장 전술로 쓰신 거죠. 서로의 이해가 맞아떨어진 겁니다."

"퉁치자는 말이군. 좋아. 하지만 열 배는 너무했어."

"형님이신 주태식 회장님은 어떨까요? 열 배가 비싸다고 하실까요?"

생각할 필요도 없다. 경영권을 튼튼히 하기 위해서는 가격 따위는 신경 쓰지도 않을 것이다. 그리고 이 사실을 주광식이 더 잘 안다. 그는 입술을 지그시 깨물었다.

"순양전자 지분 2퍼센트를 구하려면 증권시장에 쏟아져 나오는 주식 전부를 싹쓸이해야 해. 이게 어떤 영향을 미칠지 모르는 바는 아니겠지?"

'이런, 예상보다 갑갑한 양반일세. 어쩔 수 없이 해결 방법을 제시해 줘야 하나?'

이럴 때는 먼저 무슨 방법을 쓰든 간에 구해 주겠다고 대답하는 게 맞다. 그런 다음 구할 방법을 함께 찾아가야 한다. 하지만 주광식 회장은 계속해서 부정적인 말만 쏟아 놓는다.

"급할 필요 있습니까?"

"응? 무슨 뜻이지?"

"2퍼센트 대현자동차 주식은 제가 잘 보관하고 있겠습니다. 당장 필요하신 게 아니지 않습니까?"

내 뜻을 알아들었는지 굳었던 얼굴이 서서히 부드러워졌다.

"필요할 때 넘기겠다?"

"역습을 하시려면 많은 준비를 하셔야 할 테고, 무기는 숨길수록 좋은 거 아니겠습니까?"

"그렇군. 서두를 필요가 없어."

"마찬가지로 순양전자 주식도 천천히 모으세요. 서로 필요할 때 바꾸면 됩니다."

"우리 조카, 장사 잘하네. 열 배나 남겨 먹다니!"

"귀한 무기를 돈으로 바꿀 생각은 없으니 그리 남는 장사는 아닙니다. 하하."

우리는 와인잔을 살짝 부딪치며 거래 성사를 축하했다.

"그런데 우리 조카님은 순양그룹을 차지할 자신은 있어?"

"일단은 목표입니다. 자신? 글쎄요. 지금으로서는 그 가능성이 굉장히 낮죠."

"대범하다고 해야 하나? 그 욕망을 이렇게 막 드러내도 돼?"

"다른 분들은 욕망이 아니라 과욕쯤으로 여기니까 괜찮습니다."

"눈은 장식으로 달고들 다니나? 능력이 받쳐 주면 욕심은 목표가 되는 건데…."

"과찬이십니다. 그 정도는 아닙니다."

"나는 어때?"

"네?"

뜬금없이 무슨 말을 하는 걸까?

"조카님이 보기에 말일세. 내가 대현의 주인이 될 것 같은가?"

'언감생심, 미안하지만 당신은 변방으로 쫓겨나.'

장남인 주태식을 만만하게 보면 안 된다. 대현자동차를 글로벌 톱 5까지 키우는 사람이다. 단순하고 무식하다는 세간의 평가가 맞을지는 모르지만, 그는 불도저처럼 밀어붙이는 장점이 있다. 수만 명 대현자동차 직원들을 벼랑 끝까지 밀어붙여 마침내 생산량 기준 세계 5위의 기업을 만들 사람이다. 그런 대현자동차를 등에 업고 결국 쪼개진 대현을 전부 되찾는다.

난 내 앞에서 밝게 웃는 주광식을 위할 생각은 눈곱만큼도 없다. 미래가 조금이라도 변하는 걸 원치 않기 때문이다.

"대답하기 곤란합니다."

"어째서? 가망이 없어 보이나?"

"정확히 아는 게 없으니까요. 숙부님 그리고 형제분들이 어떤 사람인지, 현재의 지분구조는 어떤지, 레이스에 참여한 분들의 의지는 어느 정도인지… 데이터가 없습니다."

"어릴 때부터 정확한 데이터를 바탕으로 투자한 경험 때문인가? 참 이성적이군."

주광식은 바닥이 보이는 와인을 말끔히 비웠다.

"하나는 명확하지? 나와 조카님은 서로를 돕는 관계라는 것, 아닌가?"

"돕기보다는 우호적이라는 게 더 적합하지 않나요?"

"끝까지 냉정하군. 조부님을 많이 닮았어. 좋아, 적이 아닌 것만 해도 큰 수확이지. 하하."

기분 좋은 웃음을 터트리는 그를 보니 조금은 안쓰럽다. 정확한 시점까지는 기억나지 않지만, 수백억 원대의 횡령 사실을 주태식 회장이 폭로했고 그 때문에 몇 년 옥살이도 한다. 그리고 계열사 하나 정도를 건졌는지, 무일푼으로 살았는지는 잘 기억나지 않는다. 목표가 있고 욕망을 불태우는 주광식 회장의 절정기는 안타깝게도 짧다.

▲ ▲ ▲

"명분을 주십시오."

"명분?"

"네. 저 경매 붙여 가격이나 올리려는 생각은 없습니다. 남도 아니고…. 인수금액은 적정 기업가치 정도면 만족합니다."

분명히 반가운 말일 텐데 진동기 부회장은 표정의 변화가 없다. 세상에 공짜 밥은 없다는 걸 누구보다 잘 아는 사람이다.

"왜? 입찰가가 높을수록 좋은 거 아닌가?"

"자신 있으십니까?"

"뭐?"

"순양전자의 사내 유보금은 어마어마합니다. 제가 장담하지만, 첫째 큰아버지는 순양카드의 가치보다 훨씬 높은 돈을 제시할 겁니다. 절대 못 이기세요."

"그런데도 넌 순양카드를 내게 넘기겠다는 생각을 굳힌 거지?"

"네."

"이유를 물어봐도 될까?"

"무서워서요."

"무서워? 뭐가?"

뜻밖의 대답에 진동기의 눈빛이 달라졌다.

"장남이니까 순양그룹은 본인 거라고 늘 말씀하시지 않습니까? 카드사를 가져가면 그 생각은 더욱 굳어질 테고, 종국에는 수단과 방법을 안 가리고 제가 물려받은 회사 전부를 가져가실 겁니다."

"형님께 힘을 실어 주는 것 같아 두렵다?"

"네."

진동기 부회장은 내 모습을 유심히 살피다 슬쩍 미소 지었다.

"나는? 순양가의 두 아들이 그룹을 놓고 크게 한판 벌일 거라는 걸 세상 사람들도 다 알아."

"제가 잘못 봤을 수도 있지만, 차이가 있더군요. 한 분은 순양그룹을 소유하려 들고, 한 분은 경영하려는 의지가 보입니다. 전 안전한 쪽을 선택하는 것뿐입니다."

"경영이라…."

"아닙니까?"

"잘못 봤다. 나도 순양그룹을 손아귀에 넣고 싶어. 형님이랑 크게 다르지 않다."

"솔직하시네요."

"하지만 다른 점도 있어. 적어도 난 대기업 총수라는 자리를 아주 무겁게 생각하니까. 고작 중공업 계열만 짊어진 지금도 두렵다."

'내 전생에서 이 사람이 순양그룹을 차지했다면 달라졌을까?'

이런 생각을 하는 나 자신을 보며 쓴웃음이 날 뻔했다. 오십보백보다. 명심하자. 이들에게 조금의 호감도 품어서는 안 된다. 언젠가 전부 축출해야 할 대상일 뿐이다. 키워서 잡아먹을 돼지에게 정을 주는 건 미련한 짓이다.

"그렇다고 다 내려놓으실 건 아니잖습니까?"

"당연해. 그럴 수는 없지."

"그럼 결론 났군요. 제가 카드사를 넘길 만한 명분만 주시면 힘을 실어 들이겠습니다. 만약 명분이 약하다면 두 분 큰아버지가 아닌 제삼자에게 아주 비싸게 팔겠습니다. 이미 선수도 등장했으니 말입니다."

"대현 말이냐?"

"네."

"그쪽으로 넘기면 할아버지께서 널 미워하실지도 몰라."

"아주 잠깐입니다. 전 할아버지 마음 돌리는 법을 잘 압니다."

"진즉에 알았다. 네가 가장 위험한 놈이라는 걸."

진동기 부회장은 허탈한 웃음을 보이며 말했다.

"뭘 해도 명분은 없어. 가장 좋은 명분은 이 집안의 장남에게 계열사를 넘기는 거지. 차라리 돈으로 하자."

"돈으로 안 되실 겁니다."

"아니, 돼."

"어떻게 말입니까?"

진짜 궁금하다. 중공업 계열의 유동성 자금이 취약해서 카드사를 원하는 게 아닌가? 현금 동원력은 순양전자가 월등하다. 절대 이길 수 없다.

"적정가가 1조 4000억이라고 했지?"

"네."

"3년 만기 채권이고?"

"두 번 확인하지 않으셔도 됩니다. 한번 뱉은 말은 꼭 지킵니다."

"거기에 1000억을 더 얹어 주마. 그건 외상이 아니라 인수 조인식하는 날 바로 현금으로 주마. 어떠냐?"

'이 양반, 머리가 둔한가? 아니면 이 양반의 뜻을 알아차리지 못하는 내가 둔한 건가?'

동생이 현금 1000억을 제시했다면 형은 곧바로 2000억을 배팅할 사람이다. 진영기 부회장은 절대 돈으로 밀리지 않는다.

"정확히 말씀해 주십시오. 1000억은 뭡니까?"

"오, 역시 우리 도준이. 평범한 1000억이 아니라는 걸 알아차렸어? 하하."

큰아버지는 한바탕 시원하게 웃은 뒤에 설명했다.

"꼬리표 없고 출처도 없는 돈, 어디에 쓰더라도 절대 탈이 안 나는 돈."

'비자금이구나!'

탈이 안 난다는 건 말끔하게 세탁한 돈이라는 뜻이다. 뇌물로 쓰더라도 계좌 역추적이 불가능해서 딱 잡아떼기만 하면 되는 돈이다.

"형님은 절대 개인 재산을 내놓지 않아. 순양카드를 인수하기 위해 2조 원을 쓰더라도 회삿돈이지. 너도 네 주머니에 얼마가 들어오든 함부로 쓰기 힘들어. 국세청 애들… 무섭다."

"이런 차이가 있군요."

"응?"

"두 분 큰아버지 사이에 말입니다. 1000억을 모으려면 수조 원의 회사 자금을 굴리고 또 굴려서 아주 힘들게 장만하셨을 텐데… 그걸 턱하니 내놓으시다니."

"내가 상대적으로 욕심은 좀 덜해."

욕심의 문제가 아니라 누가 더 급하냐의 문제다. 쌈짓돈까지 꺼내야 할 만큼 급하다는 말인데…. 진동기 부회장이 맡은 중공업 계열의 경영 상황을 다시 한 번 확인해야겠다.

"아무튼… 앞으로 너도 명찰 없는 돈이 필요할 때가 올 거다. 그때는 미라클에 묻어 둔 네 돈은 무용지물이야. 완벽하게 세탁한 돈이라야만 돼."

그런 돈이라면 차고 넘친다. 미국 미라클에 묻어 둔 내 돈을 네덜란드 시골에 존재하는 수많은 페이퍼 컴퍼니에 투자한 다음 손실 처리 해버리고, 다시 스위스 어느 곳에다 묻어 두면 비자금이 완성된다.

하지만 무시하고 뿌리치기 힘든 제안이었다. 카드 대란으로 현금이 씨가 마르면 진동기 부회장은 내게 준 비자금 1000억 원이 아쉬워 발을 동동 굴릴 테니까 말이다.

"큰아버지. 생각할 시간을 조금 주시겠어요? 사나흘 정도만요."

"물론이다. 오세현에게 비자금 1000억 원의 가치를 확인해 보는 것도 좋겠지. 그자라면 두 팔 벌려 환영할 거다."

진동기 부회장은 자신만만한 말을 남기고 사라졌다. 그런 그의 뒷모습을 보자 미안한 마음도 들었지만, 사실 웃음이 먼저 났다. 일타삼피란 이런 경우를 말하는 걸까? 폭탄도 터트리고 쌈짓돈도 빼앗는다. 마지막으로 그가 넘길 비자금 1000억 원을 역추적하면 그의 비리 장부까지 내 손에 쥐게 되니 '일타삼피'가 확실하다. 진영기 부회장도 동시에 엿 먹여야 하는데 그 점이 조금 아쉽다.

▲ ▲ ▲

"숙부님. 두 달이나 끌었으니 이제 끝내도 되겠죠?"

"이 정도면 괜찮았어. 고마워. 덕분에 과도기는 잘 넘겼다."

주 회장의 죽음 이후 형제들의 날카로운 신경전, 이 시기를 잘 넘겼다는 뜻이다.

"그럼 아쉽게 거래가 불발됐다는 보도자료 돌려 주시겠어요?"

"그래야겠지. 그런데 조카님."

"네."

"순양카드는 누구 손에 들어가는 건가?"

"집안에서 도는 것뿐입니다. 숙부님께서 관심 가질 만한 일이 아니죠."

잔뜩 호기심을 드러낸 주광식 회장에게 찬물을 끼었었다. 이 사람의 관심은 누가 순양카드의 주인이 되느냐가 아니다. 아직도 이해하기 힘든 일, 바로 수익 높은 회사를 외상으로 파는 것이다. 어차피 설명하기도 불가능하니 처음부터 말을 자른 것이다.

"그렇지. 내 코가 석 잔데 남의 집 살림 옮기는 것까지 챙길 필요는 없지. 흐흐."

주광식은 손가락으로 탁자를 톡톡 두드리며 살짝 웃었다.

"내일 언론에서 빅딜이 무산되었다고 떠들어댈 거야. 그리고 추가 보도도 있을 텐데…. 잘 보라고."

"추가 보도? 그게 뭐죠?"

"궁금해도 참아. 내일이면 알게 될 텐데."

주광식은 킬킬거리며 묘한 웃음만 남기고 일어섰다.

다음날, 신문보다 인터넷이 더 빨랐다.

「명일그룹의 프라임카드, 대현그룹으로 넘어가나?」

「순양카드 인수전에 뛰어든 대현그룹, 양동작전이었나? 순양카드 대신 명일 프라임카드 선택!」

「두 그룹 관계자의 말에 따르면… 인수는 확실시… 극적 매각 대금 타결….」

「업계 최하위의 명일 프라임카드, 대현그룹 품에서 비상(飛上)?」

"푸하하. 이거 대박인데…."

웃음밖에 나오지 않았다. 형님들의 매서운 감시의 눈길을 피하려고 위장한 것이 아니다. 명일의 프라임카드를 싸게 인수하려고 두 개의 낚싯대를 던진 것이다. 이용당했다는 생각은 들지 않았다. 서로 이용했을 뿐이다. 하지만 좀 안쓰럽다. 대한민국의 인재란 인재는 다 끌어모은 대현그룹이지만 한 치 앞을 내다보지 못하는 것은 일반인과 다르지 않다.

카드는 판만 깔아 놓으면 갈퀴로 돈을 긁어모으는 사업이라고들 하는데, 틀린 말이 아니다. 세상의 모든 것이 다 그렇듯, 잠시 바닥으로 가라앉았다가 다시 떠오른다. 바닥에 가라앉았을 때 대현이 인수한 프라임카드까지 끌어오는 걸 계획에 넣어야겠다.

'순양과 대현의 카드 사업을 합치면 업계 1위가 되려나…?'

그전에 끊임없이 울려대는 진영준의 전화부터 해결하자!

큰아버지 진영기 부회장은 자존심이 어마어마하다. 막내 조카와 밀고 당기는 협상은 도저히 못 하니 자식을 내세운다. 문제는 그 자식이 그리 훌륭한 협상가가 아니라 계속 악수를 두고 있다.

"잡소리 집어치우고 액수나 불러! 1조 4000억에 2000억 더 얹어 준다고 하잖아. 어차피 대현도 네 뒤통수 치고 빠졌잖아. 아무리 채권이라지만 작은아버지는 이 돈 준비 못 한다."

"형님, 남의 집 곳간에 쌓인 금은보화 신경 쓰지 마시고요. 결론은 들었으니 생각 좀 하겠습니다."

"이게 지금 생각할 거리가 있어? 무려 2000억이라고!"

진영준은 잔뜩 찌푸린 얼굴로 소리쳤다.

"진동기 부회장님을 무시하시는군요. 2000억 정도는 충분히 감당하십니다."

"뭐? 정말 2000억을 제안했어?"

"아무리 가족이지만 상도의는 지켜야죠. 다른 측의 협상 정보를 알려 드릴 수는 없어요."

"야!"

마음대로 안 되면 소리부터 지르는 저 성질은 변함이 없다.

"생각해 보겠다고 말씀드렸습니다. 저 혼자 결정할 문제가 아니라는 걸 아시지 않습니까? 금융 계열사 사장님들 의견도 들어 봐야 하고…. 특히 카드사 임원들의 생각을 무시할 수는 없습니다."

"도대체 무슨 헛소리야? 네가 결정하면 그놈들은 따르는 거지. 그게 우리야! 선택하고 결정하는 건 우리 몫이고 그 뒤를 맡아 정리하는 게 바로 그놈들 의무라고!"

"귀 안 먹었으니 소리 좀 그만 질러요. 아무튼, 전 생각도 해야겠고 의견도 들어야겠습니다."

그렇게 진영준을 돌려보냈지만, 그 뒤로도 하루가 멀다고 찾아와서는 소리를 지르고 윽박지르다 친근하게 달래기도 하며 널을 뛰었다. 여기서 진영기와 진동기 두 큰아버지의 큰 차이를 알았다. 한쪽은 오로지 밀어붙이기만 한다. 도박으로 치자면 올인 스타일이다. 끝없이 돈으로 밀어붙여 상대가 나가떨어지도록 한다. 다른 한쪽은 상대가 쥔 패가 뭔지 궁리한다. 그리고 상대가 가장 혹할 만한 카드를 들고 와서 제시하는 것이다.

순양의 선장으로는 진동기 부회장이 어울린다. 더 신중하고, 잔꾀도 부릴 줄 안다. 자신이 아끼는 것을 거래를 위해 내놓는 배포도 있다. 그러니 이 사람부터 넘어트려야 한다. 더 큰 힘을 갖기 전에 말이다.

▲ ▲ ▲

"우리 카드사의 6000억 부채는 순양중공업과 순양건설이 나눠서 가져가기로 은행과 협의 끝났습니다."

"채권은 순양중공업 100퍼센트죠?"

"네. 총 8000억의 채권을 발행할 것이고 2003년 하반기까지입니다."

"순차적으로?"

"네. 2003년 9월, 10월은 각 3000억, 11월은 2000억 만기입니다. 그리고 금리는 6퍼센트 고정으로 협의했습니다. 현재 시중금리가 4.25퍼센트인 걸 고려하면 그리 과하지 않아요."

장도형 부사장의 얼굴엔 아쉬움이 가득했다. 자격이 있었다면 본인이 순양카드를 인수하고 싶을 만큼 후한 조건이라고 생각할 것이다.

장도형은 나와 진동기 부회장 사이에 뭔가 이면 계약이 있는지 끊임없이 호기심을 드러냈지만, 비자금 1000억에 대한 것을 털어놓을 만큼 가깝지 않은 사이라 모른 체 무시했다.

"됐습니다. 가족이니 그리 까다롭게 굴지 않았습니다. 대신 조인서 준비는 차질 없도록 준비하십시오. 내용은 굉장히 까다롭게 해야 합니다. 놓치는 부분이 없도록 말입니다."

"네! 그런데 실장님."

"네."

"담보 설정 말입니다. 저쪽에서는 자꾸 중공업뿐만 아니라 건설까지 끼워 넣으려 합니다."

"자사주 8000억이니 현업의 대표이사로서는 굉장한 부담이겠죠. 이해는 합니다."

갑자기 늘어나는 부채는 기업가치를 확 떨어트린다. 그 결과는 곧바로 주가에 반영되는 게 당연한 일이며, 주가 관리는 대표이사의 책임 아닌가? 하지만 나로서는 계열사 지분을 많이 쥐고 있는 중공업 주식이 더 간절하다.

"카드사 인수 때문에 늘어나는 부채니 악재는 아닐 겁니다. 현재 카드사 실적을 보면 오히려 호재예요. 그 점을 강조하고 물러서지 마세요."

"알겠습니다."

마지막 조율을 지시한 뒤, 집으로 향했다. 1000억 비자금에 대해 오세현과 밀담을 나누기 위해서다.

왜 그렇게 집에서 만나자고 하는지… 혼자 사는 총각 집을 굳이 봐야겠다는 오세현이 귀찮기도 했지만, 아버지가 집 자랑을 얼마나 했으면 그럴까 싶기도 했다.

"이야, 이건 뭐… 운동장이네, 운동장."

"체육관이죠. 운동장급은 아닙니다."

"그게 그거지, 인마."

오세현은 내 어깨를 툭 치고 보물찾기라도 하는 듯 집 안을 샅샅이 훑었다.

"일단 여자 흔적은 안 보이는군. 속옷이라도 하나 굴러다닐 줄 알았는데."

"그런데 왜 그런 눈빛이세요? 저 건전합니다."

"이게 건전한 거냐? 메마른 거지. 도대체 뭐가 부실하길래 허구한 날 독수공방이냐?"

오세현은 혀를 끌끌 차며 마지막 점검이라도 하듯 휙 둘러보다 눈을 빛냈다.

"이야, 이건 정말 끝내주는구나. 작품인데?"

그는 옥상 정원의 풍경에 입을 다물지 못했다. 당연한 반응이다. 아버지도 그랬고 어머니도 그랬다. 나 역시 완성된 정원을 보는 순간 입을 다물지 못했으니까.

"시간 나실 때 가끔 오세요. 여기서 술 한잔하는 것도 제법 운치 있습니다."

"아닌 게 아니라 절로 술 생각이 난다. 아예 지금 가볍게 한잔할까?"

"그러시죠. 선물 받은 와인 몇 병 있습니다."

우린 옥상 정원의 작은 정자에 앉아 술잔을 기울였다.

"준비는 다 돼가?"

"네, 세부 사항 조율만 남았어요. 이달 안에 끝낼 수 있습니다."

"그 비자금 1000억은?"

"말레이시아 연방 직할의 라부안에 있다더군요. 그곳에 가서 계좌 옮겨야 합니다."

"자금 출처는 더듬어 볼 수 있겠어?"

"그것 때문에요. 그까짓 1000억이 급한 건 아니라 진동기 부회장님

목줄 잡자는 건데…."

오세현은 술로 입술을 축였다.

"검은돈 덥석 받았다가는 나중에 공범이 될 수도 있어. 혹시라도 모르니까 출처까지 확인하고, 넘겨받는 즉시 몇 바퀴 돌려서 연결고리 끊어야 해."

"역추적할 방법이 있겠습니까?"

"네가 힌트는 얻어야 해. 보나 마나 건설에서 빼낸 돈일 거야. 건설이야 뭐 비자금 창구니까."

"조성한 시점 말이죠?"

"그래. 라부안 돈세탁 은행들 입 무거워. 그쪽 두드려 봐야 아무것도 나오지 않는다. 계좌번호, 비번 입력된 어소리티(Authority) 카드 주면 돈 내주고 기존 계좌 삭제해 버려. 언제 돈이 모였는지 파악 못 해."

"그럼 제가 큰아버지께 힌트라도 얻어 오면 가능하고요?"

"해봐야지. 순양건설 재무이사 목이라도 비틀어 볼까?"

비자금이 건설에서 빠져나온 돈이라면 그 내용을 훤히 아는 사람은 재무이사이거나 부장, 혹은 총무부장이다. 진동기 부회장이 직접 은행 왔다 갔다 했을 리는 만무하니까. 이 비밀을 아는 사람의 목을 비튼다! 어쩌면 가능할 것 같기도 한데….

"뭔 생각하냐? 좋은 생각 있어?"

"아, 아닙니다. 비자금 계좌 받으러 갈 때 슬쩍 한번 떠볼게요. 뭐라도 건져야죠."

"그래. 누가 뭐라 해도 네 큰아버지 진동기는 이번에 땡잡은 거니까 기분 좋을 거다. 슬쩍 한번 캐내 봐."

"네. 한번 두드려 보죠."

어쩌면 방법이 있을 것 같기도 하다.

이때 내 눈치를 슬쩍 살피던 오세현이 조심스레 입을 열었다.

"그건 그렇고, 내년에 지방선거 있다. 알지?"

"네."

"진서윤 씨 남편…. 어쩔 거냐?"

"왜요? 삼촌께 연락했어요?"

오세현은 조금 짜증나는 듯 눈살을 찌푸렸다.

"또 도전하겠다는데…."

"돈… 요구합니까?"

"응."

"제가 알아서 할게요. 삼촌은 제게 미루세요."

"괜찮겠냐?"

오세현의 눈빛에 걱정이 가득하다. 그 걱정의 이유도 안다. 상암 DMC 때 고모부가 큰 역할을 했다. 그걸 빌미로 돈을 요구하는 모양인데, 이번엔 헛다리 짚었다.

"출마도 당에서 공천받는 게 우선입니다. 이번엔 공천 못 받습니다."

"응? 왜?"

"그냥 두고 보십시오. 고모부가 상대하기 어려운 거물이 등장하니까요. 제가 밀어준다는 생색 팍팍 내고 좋은 관계 유지하자고 할 테니까 걱정하지 마십시오."

"그러니까 그 거물이 누구냐고?"

"작년 8월 15일 광복절 사면 대상을 잘 보십시오. 그중 한 명입니다."

오세현은 기억을 더듬는 듯 눈을 깜빡였다. 아마 곧 기억해낼 것이다. 제17대 대한민국 대통령이 될 그 사람을.

▲ ▲ ▲

"고맙다는 말을 하고 싶은데 좀 쑥스럽구나."

"그 정도면 충분합니다. 큰아버지."

"나도 귀는 있어. 형님이 2000억을 더 얹어 준다고 했다면서?"

"네. 하지만 두려움이 더 컸습니다. 순양의 장자는 정말 위협적이더군요."

진동기가 알 것 같다는 표정으로 쓴웃음을 지었다.

"일견 포악스러워 보이지만, 그게 큰 조직을 이끌어 갈 때는 장점으로 변할 수도 있어. 형님은 그걸 잘 이용하는 거야. 지금까지 통했으니까."

"제게는 통하지 않은 거고요."

"넌 아랫사람이 아니니까. 물론 촌수로 따지면 까마득하지만… 아무튼 동등한 선상에 있다는 걸 절대 받아들이지 못하는 거지. 그게 네게는 두려움으로 다가왔고."

이런 걸 꿈보다 해몽이라고 하는 건가? 그냥 둘러댄 말인데 수긍까지 하고 설명을 덧붙이는 걸 보니 진영기 부회장의 성정이 상상 이상인가 보다.

"자, 그럼 가장 중요한 계약서 조항부터 처리해야겠지?"

"비자금 말입니까?"

"그래."

큰아버지는 웃으며 머리를 끄덕였고 서류봉투 하나를 쓱 내밀었다.

"그 속에 필요한 건 다 들어 있다. 라부안에 가서 네 계좌 하나 트고 옮기면 끝난다."

"온라인 뱅킹 같은 건 안 되는 거죠? 헤헤."

"농담이라면 딱히 우습지도 않구나. 그쪽은 아날로그야. 기록을 남기지 않기 위해서지."

"그럼 직접 방문하지 않으면 절대 손댈 수 없는 돈이군요."

"지금 네 손에 든 것이 없다면 라부안에 가봤자 은행으로 들어가지도 못해. 간수 잘하라고."

나는 봉투를 만지작거리며 조용히 말했다.

"큰아버지."

"응."

"보너스 하나 부탁드려도 될까요?"

"보너스?"

"네. 이런 물고기 요리보다 아예 물고기 잡는 법을 알려 주셨으면 합니다."

물고기 요리는 봉투 속의 물건이다.

"하하. 그렇지, 역시 빨리 배우는구나."

비자금을 만드는 방법, 그걸 물었더니 큰아버지는 웃음으로 답했다.

"너 같은 경우는 좀 힘들 거다. 금융 기업이라는 게 구조가 복잡하지 않거든. 옆으로든, 아래로든 가지 뻗기할 만큼 관계사를 둘 수도 없고."

"임원들도 지나가는 말로 그러더군요. 전산망이 발전할수록 점점 더 투명해진다고. 이러다가는 회사 내부를 국세청이 훤히 들여다볼 때가 머지않았다면서요."

"도준아. 비자금에 눈독 들이지 말고 네 돈을 만드는 데 집중해라."

나를 위해서 하는 조언일까? 아니면 돈맛에 빠져들게 하려는 속셈일까? 뭐, 지금은 좋게 해석하자.

"법의 테두리 안에서 법인인 회사가 벌어들인 돈을 네 돈으로 만드는 게 더 중요하다."

가장 간단한 방법은 어마어마한 월급을 받으면 된다. 또는 연말 배당금을 챙겨도 되고. 결국, 세금 안 내고 돈 챙기는 걸 말하는 것이다.

"그건 조금씩, 차근차근해 나가야 하는 거 아닙니까?"

"맞아. 넌 아직 젊잖아. 너무 욕심부리지 말고 조금씩 준비하도록 해."

"그럼 이것도 그런 식으로 만든 겁니까?"

봉투를 슬쩍 흔들었다.

"아니. 법적 테두리 안에서 만든 돈이라면 우리나라 은행에 당당하게 내 이름으로 넣어 뒀겠지."

"그럼…?"

"법의 테두리 밖에서 만든 거야. 그것도 한 번에 만든 돈이지. 그러니까 명찰 없이 외국의 구석진 섬에 묻어 둔 거야."

"그게 가능하군요."

"평상시에는 불가능해. 큰바람이 불어 모두가 휘청거릴 때, 그래서 누가 무슨 일을 하고 있는지 감시하기도 버거울 때 가능한 거다."

큰바람이 불 때라… 그렇다면 IMF 태풍이 몰아칠 때 만든 것이다. 어떤 방법을 쓴 것일까?

"쉽지 않겠군요. 외부의 충격도 필요하고 타이밍도 맞아야 하고…."

"시나리오도 잘 써야지. 하하."

"큰아버지께서 직접 시나리오를 쓰신 겁니까?"

"난 제작자지. 시나리오야 똑똑한 인재들이 머리 맞대고 만들잖아."

머리 맞댄 인재들이 재무팀일까? 기획실일까?

"믿을 만한 인재들을 한데 모은 기획실의 또 다른 역할이군요."

"기획실이 보는 숫자와 재무팀이 보는 숫자는 달라. 너도 곧 알게 될 거다."

재무팀에서 작업했다는 말이다. 일단 필요한 걸 다 얻었을 때 때마침 큰아버지도 입을 닫았다. 너무 많은 걸 떠벌렸다고 생각했나 보다. 내가 비자금을 전해 받은 한통속이 되었기에 이 정도 정보를 말했을 것이다.

아니었다면 결코 함부로 입을 놀릴 사람이 아니다.

"그럼 빨리 말레이시아 라부안에 다녀오너라. 그래야 인수 건을 마무리하지."

"네, 내일 당장 출발하겠습니다."

큰아버지는 내 등을 툭 치며 웃었다. 당분간 나와 연합했다고 생각하는 것 같다. 2003년까지 연합 전선을 맺은 건 사실이니, 나도 그를 향해 환한 미소를 보냈다.

▲ ▲ ▲

"전화로 지시하셔도 됩니다. 굳이 번거롭게…."

"번거롭습니까? 절 만나는 게?"

"아닙니다. 실장님 번거로우실까 봐 드리는 말씀입니다."

"중요한 내용은 직접 얼굴 맞대고 이야기해야 하고, 기록을 남겨야할 정도로 중요하면 문서로도 남겨야죠. 하지만 우 상무님께서 하시는 일은 문서로 남길 수 없는 노릇 아닙니까? 그러니 꼭 만나서 말씀드리고 싶었습니다."

짧은 미소가 우병준 상무의 얼굴을 스쳐 지나갔다. 그런 우 상무를 보며 궁금한 한 가지를 물었다.

"이곳은 처음이실 텐데 실내를 둘러보지도 않으시는군요."

여의도 오피스텔에 처음 방문한 사람은 작은 테이블 하나와 의자 서너 개만 달랑 있는 내부를 희한하다는 듯 휘휘 둘러보는 게 정상이다. 그런데 우병준 상무는 현관문을 열고 들어와서 아주 자연스럽게 의자에 앉았다. 주변으로는 단 한 번도 시선을 돌리지 않았다.

"알고 있었습니다. 은밀한 이야기를 나눌 곳이 필요해서 준비하신 거로 압니다."

"직접 와보신 건 처음이실 텐데요?"

"네."

무표정한 얼굴로 간결한 대답을 내놓으니 말문이 막혔다. 감정을 드러내지 않는 건지, 불필요한 것에는 아예 호기심을 갖지 않는 건지…. 나도 이 사람에 대한 개인적인 호기심은 접어야겠다.

"이거, 쓸데없는 질문이었군요. 죄송합니다."

"아닙니다."

여전히 건조한 음성이다.

"제가 필요한 건 누군가의 약점입니다."

"그 누군가가 누구입니까?"

"97년, 98년 IMF 때 순양건설 재무팀장, 재무이사를 지낸 사람들입니다."

"어느 정도의 약점이 필요한 겁니까?"

"진동기 부회장과 관련된 자료를 넘길 만큼?"

"그 정도라면 치명적인 약점이 필요한 거군요."

진동기라는 이름 때문인지 그의 눈가가 조금 떨렸다.

"어렵습니까?"

"아닙니다. 하지만…."

조금 주저하는 그에게 말했다.

"괜찮습니다. 편히 말씀하세요."

"실장님은 괜찮습니까?"

"무슨 뜻입니까?"

"이런 일은 시작하는 순간 서로 치명상을 입을 때까지 주거니 받거니 하게 됩니다. 제가 그쪽을 조사하는 것처럼 진동기 부회장 측에서도 실장님의 뒤를 캘 수도 있다는 뜻입니다."

진동기 부회장을 터는 일이 찝찝한 게 아니다. 역으로 내가 당할지도 모르기 때문에 우려하는 것이다.

"혹시 순양건설 재무 쪽 관련자 조사할 때 모습을 드러내시는 겁니까?"

"아뇨. 말 그대로 뒷조사입니다. 문제는 재무 쪽 사람의 약점을 들고 진동기 부회장과 관련된 뭔가를 요구할 거 아닙니까? 그게 제가 될 수도 있고 실장님이 직접 하실 수도 있는데…. 결국 진동기 부회장 측에서 알게 되겠지요."

"그럼 진동기 부회장도 내 뒤를 탈탈 털어 버릴 것이라는 거죠?"

"그렇습니다."

"저쪽에서 일하는 사람들, 잘 아십니까?"

두 큰아버지 최측근에도 우병준 상무 같은 존재가 분명히 있다. 어쩌면 우 상무와 끈끈한 관계일 수도 있지 않을까?

"모릅니다. 우리 일이라는 게 철저한 칸막이가 없다면 말이 새어 나갈 수 있어서 서로 어떤 사람인지 알기 힘든 구조입니다. 하지만 저쪽 직원들은 실장님의 과거 10년을 일주일이면 낱낱이 알아낼 실력자들이라는 건 잘 압니다."

"우 상무님은 제 10년 치 과거를 파악하는 데 얼마나 걸릴까요?"

"저 역시 일주일이면 충분합니다."

"그럼 일주일 뒤에 제 10년 치 과거를 보고 싶습니다. 가능하시죠?"

이 사람도 상상하기 어려운 지시를 내리니 놀라기도 한다. 처음으로 우 상무가 놀라는 모습을 보니 조금 우쭐한 기분도 들었다.

"진심입니까?"

"네. 상무님에게는 농담을 해도 반응이 없으니 재미없거든요. 그래서 농담은 하지 않기로 일찌감치 마음먹었습니다."

"그럼 열흘을 주십시오. 이왕 하는 거 철저히 조사하는 게 더 도움이 되지 않겠습니까?"

자신을 테스트한다고 생각하는 걸까? 예상치 못한 의욕을 불태운다.

"그러죠. 이거, 기대되는군요."

"그 기대에 부응하도록 하겠습니다."

이번엔 옅은 미소까지 보이는 걸 보니 재미있는 일이라고 생각하는 것이 틀림없다. 모시는, 그리고 꽤 긴 세월을 모셔야 하는 사람의 과거를 조사하는 게 일상적이지는 않은 일이다.

"자, 그럼 본론으로 다시 가서, 아까 말씀드린 일은 얼마나 걸리겠습니까?"

"팀장과 이사 두 사람이니 각각 열흘씩, 20일이면 됩니다. 조사하다 시간이 더 필요하면 다시 보고드리겠습니다."

"그럼 저부터 먼저 하시고 그다음 두 사람 조사에 착수하십시오."

"네, 실장님."

"그리고 진동기 부회장의 반격은 걱정하지 않으셔도 됩니다. 전 조사 내용을 쥐고 있을 뿐 폭로하거나 협박할 생각은 없으니까요."

"칼집 속의 칼이 위협적인 법이죠. 잘 아시는군요."

"그 정도는 배웠습니다. 호호."

웃으며 일어섰다. 바쁘게 움직여야 할 사람을 붙잡고 있을 수는 없다.

"내일부터 말레이시아 출장 갑니다. 딱 열흘 뒤에 돌아올 테니 그때 다시 뵙죠."

"네. 준비하고 기다리겠습니다."

우병준 상무가 또 미소 짓는다. 그도 이제 사람처럼 느껴지기 시작했다. 그리고 이 양반의 뒤도 한번 털어 보고 싶다. 내가 지시하면 받아들이려나?

▲ ▲ ▲

"칼리프 알 토르틀리에(Khalifah Al Tortelier)?"

내가 넘겨준 서류와 CD 그리고 카드를 유심히 보던 오세현은 머리를 갸웃하며 은행 이름을 중얼거렸다.

"아랍계 은행인데 혹시 아십니까?"

"아니. 이런 은행이 한두 개도 아닌데 내가 어떻게 알겠어? 그런데 내일 간다고?"

"네."

"내가 이 은행이 어떤 곳인지 알아볼 여유는 좀 두지 그랬어?"

"알아봐 주십시오. 열흘 동안 있을 겁니다."

"응? 오래 있네?"

"간만에 휴가 좀 즐기려고요."

"휴가? 설마? 다른 꿍꿍이가 있는 건 아니고?"

오세현의 미심쩍은 눈빛이 내 얼굴을 쓱 훑었다.

"꿍꿍이는 무슨… 정말이에요. 코타키나발루 리조트 예약해 뒀어요. 거기서 일주일 이상 푹 쉬고 라부안은 마지막에 들렀다 올 생각이에요."

"그래? 잘 생각했다. 떡 본 김에 제사도 지내야지."

오세현은 웃으며 서류 몇 장을 꺼냈다.

"돈 찾으면 이쪽으로 옮겨. 쿠알라룸푸르에 있는 은행이다. 왔다 갔다 하기 귀찮으면 믿을 만한 친구 붙여 줄 테니까 돈 찾은 다음 그 친구에게 맡겨도 되고."

"필요 없습니다. 몇 가지 확인만 하고 끝낼 테니까요."

"응? 무슨 말이야?"

"돈 찾을 생각 없어요. 그 계좌에 그대로 묻어 둘 겁니다. 어차피 돈쓸 곳도 없으니까요."

"그렇다고 진동기 부회장 계좌에 그대로 놔둬?"

"네. 큰아버지 말로는 그 서류, CD, 카드 없으면 아무도 못 찾는다고 하니 놔둬도 됩니다."

"그렇다고 돈을 묻어 놔? 라부안 은행들은 이자도 안 준다고. 보관만 해주는 은행이야."

"이자 챙기자고 큰아버지와 연결된 계좌를 삭제할 필요는 없죠. 이것만큼 중요한 증거가 있을까요?"

"증거? 무슨 증… 야! 너 혹시…?"

깜짝 놀라는 오세현의 표정을 보니 이제야 눈치챘나 보다. 1000억 원의 탈세, 아니 더 큰 범죄일 수도 있을 것이다. 이를테면 횡령 같은…. 그 증거가 내 손에 있는데, 없애는 건 바보짓이다.

"생각하시는 그거 맞습니다. 급하지도 않은 돈 1000억을 굴리는 것과 언젠가 확실한 무기가 되는 해외계좌. 길게 생각할 것도 없죠. 쥐고 있는 게 맞습니다."

"그게 무기가 될까?"

"네. 큰아버지 말씀으로는 돈을 찾거나 옮기는 순간 구 계좌는 삭제된다고 하더군요. 남겨 둬야 필요할 때 써먹습니다."

"단지 계좌만으로는 무기로 써먹지 못할 텐데?"

"조치해 뒀습니다. 나중에 말씀드리죠."

오세현의 눈빛에는 아쉬움이 가득했다. 말로는 이자 운운했지만 1000억을 증시에 굴린다면 얼마나 큰 수익을 거둘지 계산하기 때문이다.

"삼촌, 곧 어마어마한 기회가 옵니다. 1000억 정도는 푼돈으로 여겨질 만큼 말이죠."

"뭐? 그게 무슨 말이야?"

"때가 되면 말씀드릴게요. 그러니 1000억 묻어 두는 걸 아쉬워하지 말라는 뜻입니다. 하하."

이런 일을 한두 번 경험한 게 아닌 오세현이기에 더는 묻지 않았다.

"그래. 그 어마어마한 기회를 기다려 볼게. 참, 내일 몇 시 비행기냐?"

"아무 때나 가면 됩니다. 항공기 하나 빌렸거든요."

"뭐?"

"뭘 그리 놀라세요? 저한테는 택시비 수준 아닙니까? 이왕 쉬러 가는 거 궁상떨지 않을 겁니다."

▲ ▲ ▲

항상 과묵하게 조용히 내 곁을 지키던 순양시큐리티 직원들도 유명한 해외 휴양지와 전세기라는 것에 들떠 보였다. 내색하지 않고 참으려 무던히 애를 쓰지만, 그들의 입가에 미소가 사라지지 않았다.

전세기로 말레이시아 코타키나발루 국제공항에 도착하니 이미 예약한 리조트 직원들이 리무진을 대기하고 기다리고 있었다. 하룻밤 숙박비가 8000달러가 넘는 프라이빗 빌라를 세 채나 예약한 특급 고객이니 이 정도 서비스는 당연했다.

비행기 안에서는 긴장을 풀고 이야기도 곧잘 하던 경호팀은 비행기가 착륙하자마자 본래의 과묵한 모습으로 돌아왔다.

"여기선 좀 풀어져도 됩니다. 쉬러 온 거 아닙니까? 그리고 우리 숙소는 외곽에 경비까지 서는 안전한 장소예요. 이번 일주일은 넥타이 풀고 푹 쉬다 간다고 생각해요."

"이 정도면 긴장 많이 푼 겁니다. 너무 신경 쓰지 않으셔도 됩니다, 실장님."

항상 내가 타는 차의 보조석을 차지하는 요원. 문성훈 과장이던가? 내 경호팀의 책임자인 그가 웃으며 말했다.

"이해 못 하신 것 같은데…."

"네?"

"전 휴일도 없고 휴가도 없어요. 이미 겪어 보셨잖아요? 제 경호팀을 맡은 후로 쉬는 날 있었어요? 중간중간 교대로 하루씩 쉬는 게 전부 아니었나요?"

"괜찮습니다. 당연한 일입니다."

"앞으로 몇 년을 휴가 못 갈지 모릅니다. 특히 문 과장님은 더 그렇죠?"

"…."

다른 이는 교대근무라도 하지만 문 과장은 책임자라 그럴 수도 없었다.

"여기 리조트에 머무는 일주일을 마지막 휴가라 생각하고 쉬세요. 술 마셔도 괜찮으니까. 아니 꼭 취하게 마시고 쓰러져 자도록 해요. 하하."

내 말이 진심이라는 걸 느낀 그들은 꼿꼿이 세웠던 등을 리무진 시트에 슬며시 기댔다. 전용 비치를 보유한 리조트에서 바라보는 에메랄드 빛 바다는 속이 뻥 뚫릴 만큼 절경이었다. 경호 팀원들도 굽이굽이 도는 해안도로를 따라 프라이빗 빌라로 가는 길에 모두 계속 탄성을 지르며 소풍 나온 어린애처럼 즐거워했다.

짐을 풀고 다같이 모여 저녁 식사와 함께 술도 한잔 기울였다.

"문 과장님부터 말해 봐요. 뭐 하시던 분이었어요? 순양 입사 전에요?"

전용 풀 사이드에서 리조트 직원들은 열심히 고기를 굽고 우린 맥주를 마시며 떠들었다. 술도 마신 김에 평소 궁금했던 이들의 과거를 슬쩍 묻자 서로 눈치만 보며 주저하기만 했다.

"실장님. 좀 난처한데…."

"왜요? 부하직원들이 다 듣고 있어서요?"

"아닙니다. 우린 서로를 잘 압니다. 물론 이놈들도 꼭 숨겨야 할 이야기는 털어놓지 않았겠지만요."

"아이고, 과장님. 우린 숨긴 거 없습니다."

젊은 경호원이 손을 세차게 흔들었다.

"기록으로 남은 건 말했겠지. 흐흐."

문 과장은 맥주를 한 잔 비우고 가벼운 헛기침을 했다.

"실장님. 이 애들은 모두 운동한 놈들입니다. 체육 특기생이나 국가대표가 꿈이었지만 이런저런 이유로 꿈을 접고 직업군인이나 경찰 특채를 노리던 애들이죠."

"그럼 경호 업무는…?"

"순양시큐리티에서 배운 겁니다. 2년 정도 교육받죠."

"문 과장님도 운동…?"

"네. 전 국가대표 상비군이었습니다. 2군이죠. 1군으로 올라갈 기회를 잡지 못해 관뒀고요."

난 이 친구들이 혹시나 조폭 출신이 아니었나 늘 궁금했는데 상상했던 것과는 좀 다르다.

"그럼 우병준 상무도 같은 길을 걸었던 분입니까?"

"아뇨."

문 과장은 웃으며 머리를 흔들었다.

"사실 우리도 상무님이 무슨 일을 하신 분인지 모릅니다. 그냥 소문이 전부죠."

"어떤 소문입니까?"

"안기부 출신이라는 둥, 해외 용병 생활 오래 했다는 둥… 심지어 미국 FBI 출신이라는 소문도 돌았는데 그건 아닌 것 같더군요. 영어 발음이 그냥 콩글리시예요. 하하."

이들은 리조트에서 맥주 한 잔과 함께 과거를 이야기한다. 우병준 상무는 어떤 상황이 되어야 자신의 이야기를 털어놓을까?

"이야, 저거 정말 끝내주네!"

"뭐?"

"저기 배 말이야. 요트."

"저런 데서 낚시하면 끝내주는데…."

"야! 저게 고깃배냐? 호화 요트라고. 저런 곳에서는 파티하는 거다."

"파티도 하고 낚시도 하면 되지 뭐."

어둠이 내린 바다에는 요트 한 척이 샹들리에 불빛처럼 빛을 쏘아대고 있었다.

"메가 요트네."

"네?"

이들의 시선이 내게 쏠렸다.

"전체 선박 길이가 24미터가 넘는 대형 요트를 메가 요트라고 해요."

"혹시 요트도 갖고 계십니까? 잘 아시네요."

"아뇨. 요트 산업은 이탈리아가 강한데, 그쪽에도 투자했거든요. 전 보고서 보고 알았죠. 세상에 슈퍼리치가 더욱 늘어나고 있으니 요트 수요도 늘거든요. 전망이 밝은 사업 분야죠."

몇몇이 실망한 눈빛이다. 재벌 3세쯤 되면 요트 하나는 있을 거로 생각했나?

"우리 내일 저거 빌릴까요? 이왕 노는 거 낚시도 하고, 파티도 하고. 괜찮죠?"

나이와 상관없이 여섯의 사내는 입을 떡 벌렸다. 손을 들자 대기하던 컨시어지가 달려왔다. 그에게 귓속말로 물어보니 놀라서 눈이 커졌지만, 곧바로 미소를 지으며 가볍게 머리를 숙이고 달려 나갔다. 경호원들이 눈을 빛내며 물었다.

"뭐래요?"

"확인하고 알려 준다는데 문제없을 거라네요. 기다려 봅시다."

경호원들이 환호하며 좋아했지만, 분명 곧 실망할 것이다. 놀아 본 사람들이 잘 논다고, 나와 이 사람들이 요트에서 파티한다고 해봤자 지금과 달라지는 것은 없다. 단지 장소만 바뀌는 게 전부다. 배에 타 천천히 이동하며 주변 경치를 감상할 수 있다는 것이 장점이라면 장점일까.

잠시 후, 컨시어지가 달려와 웃으며 서류 한 장을 내밀었고 대충 훑어본 뒤 호기롭게 사인했다.

"됐습니다. 내일 아침 식사는 요트에서 합시다."

입이 귀에 걸릴 정도로 좋아하는 경호원들 중 누군가 매우 조심스레 물었다.

"그런데 실장님, 저런 호화 요트를 빌리는 데 얼마쯤 주는 겁니까?"

"응? 아, 가격 안 봤는데요? 24시간 빌린다는 내용만 확인했어요."

돈이 많아지고 나서 달라진 점은 바로 확인하는 숫자가 다르다는 것이다. 돈이 없을 때는 쓰는 돈이 얼마인지 꼬박꼬박 확인했지만, 가늠하기 힘들 만큼 돈이 많아지면 늘어나는 수입만 확인한다. 가격을 확인하고 쓸까 말까 고민하는 게 아니라 어떤 서비스인지 확인하는 게 전부가 되어 버렸다.

"그럼 먼저 일어날게요. 내일 봅시다. 내 눈치 보지 말고 실컷 마시고 드세요."

나의 새로운 면을 확인하고 놀란 경호팀을 남겨 놓고 빌라로 들어갔다. 욕실의 자쿠지에 몸을 푹 담그고 피로를 풀고 싶었다.

다음 날 아침 선착장에는 작은 모터보트가 우리를 기다리고 있었다.

"정말 낚시하게요?"

"네. 요트에 낚시 도구 전부 있다던데요?"

어젯밤까지만 해도 낚시에 대해서는 입도 벙긋하지 않았던 문 과장은 호화 요트에서 하는 낚시 손맛은 분명 특별할 거라며 들떠 있었다.

"어머, 안녕하세요?"

"아침 일찍 어딜 가세요?"

우리를 향해 환하게 웃으며 인사하는 네 명의 여성들은 다름 아닌 전세기 승무원들이었다. 전세기의 특성상 기장과 승무원들은 우리가 한국으로 돌아갈 때까지 이곳에 머문다. 물론 그들의 체류 경비 역시 요금에 포함되어 있다. 단, 저들은 프라이빗 빌라가 아니라 일반 객실에 투숙한다.

"일찍 일어나셨네요?"

슬쩍 인사를 건네자 곧바로 그녀들은 가까이 달려왔다.

"네. 아침 바닷가 풍경이 너무 좋아서요. 그리고 이곳은 우리도 처음이라…."

코타키나발루는 한국인에게 익숙한 곳이 아니다. 한국 국적기는 아직 직항노선이 개설되지 않았고 쿠알라룸푸르 또는 싱가포르에서 다시 두 시간 넘게 비행기로 이동해야 하기 때문이다.

"우리 실장님께서 저기 보이는 저걸 '통째로' 빌리셨거든요."

경호원 한 명이 잽싸게 끼어들어 바다에 떠 있는 요트를 가리켰다. 그녀들은 경호원이 기대했던 반응을 곧바로 보였다.

"우와! 정말요?"

"진짜 좋으시겠다. 저 요트에는 풀장까지 딸려 있다고 들었는데…."

부러워하는 승무원들보다 더 간절한 눈빛의 경호원들을 보자 웃음이 났다. 이들은 30대 아닌가? 한창인 나이다.

"같이 가실래요? 우리밖에 없어 넉넉합니다만."

같이 가자는 한마디가 남녀 모두에게 이 정도로 큰 기쁨을 선사할 줄이야.

"잠시만 기다려 주세요. 저희 바로 준비해서 나올게요."

부리나케 숙소로 달려가는 그녀들도, 기다리는 경호원들도 괴성을 지르고 싶은 것을 꾹 참는 듯했다.

"몇 명은 먼저 갑시다."

먼저 보트에 올랐다. 승무원들까지 한 번에 타기엔 모터보트는 작았다. 아름다운 네 명의 여성들까지 합세하면 선상 파티 느낌이 좀 나려나?

요트는 천천히 움직였고, 그 속도에 맞춰 숨어 있던 해변의 풍광이 드러났다. 문 과장은 상어라도 잡을 기세로 늘어놓은 낚싯대만 뚫어지게 처다보았고, 난 선교에서 선장과 커피를 마시면서 이런저런 이야기를 나누며 즐겁게 웃고 떠드는 젊은 남녀를 구경했다.

"캡틴, 저긴 뭡니까?"

"어디…? 아하."

선장은 내 손이 가리키는 바닷가를 확인했다.

"괜찮은 해변인데 사람 한 명 안 보여서 그러시죠?"

"네. 제 숙소 전용 비치보다 훨씬 괜찮은데요?"

"그렇지 않아도 저기에 리조트가 들어섭니다. 이야기 나온 지는 꽤 됐는데 이상하게 진척이 없군요."

"흠…."

야자수가 만들어 내는 시원한 그늘, 하얀 모래사장과 얕은 바다. 정말 리조트나 호텔이 어울리는 최적의 장소였다.

"저기 가볼 수 있을까요?"

"물론입니다. 하선 준비할까요?"

"아닙니다. 다른 사람들은 즐기고들 있으니 저 혼자 가보겠습니다.

음료수와 피크닉 블랭킷이나 좀 챙겨 주세요."

"네. 그럼 이걸 가져가십시오."

선장은 무전기 하나를 내 주머니에 쑥 찔러 넣었다.

"쉬다 지겨우면 알려 주세요. 즉시 모시러 가겠습니다."

큰 해변의 모래사장에 오직 나 혼자만 발자국을 남기니 나쁘지 않았다. 뜨거운 햇살을 받으며 거닐다 넓은 야자수 그늘에 자리 잡았다. 따뜻한 모래의 온도를 느끼며 누워 있으니 시원한 바닷바람이 얼굴을 매만진다. 천국은 먼 곳에 있지 않았다. 스르륵 잠이 들었다.

정말 개운하게 잠에서 깼을 때 눈앞에 절경이 펼쳐져 있었다. 코타키나발루는 적도가 가까운 곳이라 날씨가 변덕스럽지 않고 사시사철 깨끗한 하늘과 주홍빛 노을을 볼 수 있어 '황홀한 석양의 섬'으로도 불린다. 이곳 바닷가에서 보는 낙조는 그리스 산토리니, 남태평양 피지와 함께 세계 3대 낙조로 꼽힌다.

아름다운 광경에 취해 멍하니 있을 때 문 과장이 옆으로 다가왔다.

"푹 주무셨습니까?"

"아, 네. 언제 왔어요?"

"조금 전에요. 여기서 바비큐 먹으며 맥주 마시려고 전부 내렸습니다. 혹시 방해한 건 아닌지 모르겠습니다."

"아닙니다. 잘 잤어요. 그런데 물고기는 좀 잡았습니까?"

문 과장은 살짝 난처한 표정을 지었다.

"이놈들이 국적을 알아보나 봅니다. 요트 승무원들이 던지는 건 무는데 제 것만 살살 피하더라고요."

"그래도 이런 멋진 해넘이를 보는 것이 낚시보다 더 좋지 않습니까?"

"평생 잊지 못할 광경을 실장님 덕분에 구경합니다. 감사합니다."

요리를 준비하던 리조트 직원마저 바다를 향해 눈을 떼지 못했다. 그들은 수십, 수백 번 본 광경이겠지만 아름다움은 늘 새로운 감동을 전해 주는 법이다.

하늘과 바다의 붉은 빛이 사라지고 다시 바비큐 파티가 시작되었다. 아름다운 여성이 넷씩이나 있으니 어제와는 분위기가 사뭇 달랐다. 야릇한 긴장과 흥분이 주위를 맴돌았다. 하지만 딱 그 정도일 뿐 좀 더 진척되는 느낌은 들지 않았다. 여성은 넷, 남자는 더 많다. 젊은 놈들이라 분명 눈치싸움이 치열할 것 같았는데 그런 모습도 보이지 않았다. 딱 그 정도 선에서 멈췄고 개인적인 호감을 드러내는 듯한 행동 역시 누구도 하지 않았다. 오히려 여성들이 더 적극적인 것 같기도 했다. 이런 기묘한 분위기가 연출된 이유를 나중에 리조트로 돌아와서야 알았다. 선착장에 도착했을 때 경호원들은 조금의 미련도 보이지 않고 곧바로 승합차에 오르며 아쉬워하는 여성들에게 이렇게 말했다.

"오늘 즐거웠습니다. 그럼 귀국하는 날 비행기에 뵙죠."

내가 놀란 것만큼이나 승무원들도 황당해 하는 표정을 숨기지 않았지만, 그들은 승합차 문을 닫고 미련 없이 출발했다.

"가서 더 놀다 와요. 난 괜찮으니까."

하지만 단 한 명의 경호원도 내 말을 반기는 기색을 보이지 않았다.

"아닙니다. 충분히 놀았습니다. 더 나아가면 문제가 생길 소지가 다분합니다."

"순양그룹 이름이 우리 앞에 있습니다. 이럴 때 조심해야죠."

문 과장이 마지막으로 입을 열었다.

"실장님이 일탈하시는 건 괜찮습니다. 우리가 모든 걸 차단하고 한마디도 새어 나가지 않도록 할 테니까요. 하지만 우리는 일탈하면 안 됩니다. 그건 실장님께 누를 끼치는 일이기 때문입니다."

웬만한 유혹에는 절대 흔들리지 않을 것 같은 단호한 그의 모습에 이 정도면 충분히 믿을 만한 사람이라는 확신이 들었다.

"참, 쿠알라룸푸르 현지법인에 연락해서 내일 아침 첫 비행기로 법인 장 좀 오라고 하세요."

"네, 알겠습니다. 바로 연락하겠습니다."

빌라에 도착했을 때 경호원들은 더는 술판을 벌이지 않았다. 첫날 마신 거로 만족하는지 모두 절제하는 모습이었다.

다음 날 아침 첫 비행기를 타고 날아온 쿠알라룸푸르 법인장은 잔뜩 긴장한 채 머리를 숙였다.

"갑자기 불러서 죄송합니다. 바쁘실 텐데…."

"아닙니다. 오신다는 연락을 주셨으면 응당 제가 준비했을 텐데요."

"공적인 일로 온 게 아닌데 의전을 기대할 수 있나요? 마음 쓰지 마십시오."

나는 법인장과 단둘이 아침 식사를 시작했다.

"일단 먹으면서 이야기 나누시죠."

"아, 네."

그는 조심스레 포크를 들었다. 복잡한 심경일 것이다. 순양그룹의 강력한 다크호스라고 언론에서 떠들지 않았던가? 그런 나와 독대한다는 건 라인 탄다는 오해도 살 수 있다. 더욱이 자칫 잘못하다가는 소속인 순양물산을 맡은 진영기 부회장의 눈 밖에 날지도 모른다. 그렇다고 만나자는 내 요청을 거부할 수도 없었을 테니 속이 바짝 타고 있을 것이 분명하다.

"뵙자고 한 건 딴 게 아니라 뭘 좀 알아봐 주십사 해서요."

"네. 뭘 알아보면 될까요?"

"여기서 북쪽으로 올라가면 꽤 긴 해변이 나옵니다. 모래도 멋지고 주변 경관도 운치 있더군요."

"아, 그렇습니까? 하긴 이곳에는 그런 해변이 즐비하긴 합니다."

"제가 본 곳은 탁월해요. 어제 요트를 빌려 이 부근을 한 바퀴 돌았는데 그곳만 한 해변이 없더군요."

"요트요? 아, 그럼 아직 미개발 지역이군요."

"네. 하지만 선장 말로는 리조트가 들어선다는 이야기는 들었는데 진척이 없다고 합니다."

"아… 여긴 그런 곳이 꽤 있습니다. 계획부터 개발 완공까지 걸리는 시간 동안, 투자를 지속해서 끌어낼 만한 기획력이 부족한 놈들이 막 덤비거든요. 비록 쿠알라룸푸르가 국제적인 도시지만, 말레이시아는 아직 후진적 요소가 많습니다."

"그렇군요. 그럼 좀 알아봐 주십시오. 그 해변을 제가 사서 집이라도 한 채 올려놓고 싶어서요."

법인장은 들고 있던 포크를 멈칫했다.

"네? 집 한 채요?"

"네. 문제 있습니까?"

"아, 아닙니다. 전 리조트 건설을 생각하시는 줄 알고…."

"아이고, 그런 사업에는 관심 없어요. 해변을 통째로 사서 별장 하나 지어 놓으면 괜찮다 싶더군요. 해변 접근이 어려우니 완전히 사적인 공간으로 사용할 수도 있고. 후후"

말귀를 알아먹었는지 고개를 끄덕인다. 돈 많은 재벌 3세 놈이 그림 같은 곳에 집을 짓고 흥청망청 주색잡기 하기 딱 좋은 공간을 원한다고 이해했을 것이다.

"그 정도 해변에 별장 하나만 짓는 건 좀 아쉬운데요? 차라리 본격적인 리조트 개발이 어떨까요? 물론 별장도 함께…."

"아뇨. 말했다시피 번거로운 사업에는 관심 없습니다."

"하지만 비용이 만만치 않을 겁니다. 말씀하신 내용으로 보면 해변이 꽤 크다고 생각되는데…. 땅 매입비만 해도 수백억은 필요할 것 같거든요."

"1000억까지 생각합니다. 이 정도면 충분하겠죠?"

"1000억이라고요?"

알량한 바닷가 별장 하나에 1000억이라니? 미친놈이라고 생각했을 것이다. 그리고 법인장의 생각은 고스란히 두 큰아버지에게 전해질 것이다. 특히, 진동기 부회장은 자신이 전해 준 비자금 1000억 원으로 긴 해변을 사서 별장을 지었다고 생각할 것이다. 여기서 중요한 건, 내가 비자금 1000억을 찾았다고 믿도록 하는 것이다.

"왜요? 1000억으로도 부족합니까?"

"아… 아뇨. 십 한 채에 1000억이면… 충분하죠."

"그럼 해변 매입부터 별장 짓는 데까지 책임지고 맡아 주실 수 있겠습니까?"

"당연히 그래야죠. 헌데….

법인장은 내 눈치를 슬쩍 살폈다.

"아시겠지만 해외 지사나 법인은 업무 내용을 본사에 알려야 합니다."

"그러세요. 이건 숨길 일도 아니니까요. 아 참, 비용도 당연히 청구하십시오."

"아이고, 아닙니다. 비용이랄 게 뭐 있습니까? 이것저것 알아보는 게 전부인데요."

법인장은 화들짝 놀라 손을 저었다. 나도, 저 사람도 서로 원하는 건 얻었다. 나는 내게 어디선가 1000억 원이 생겼다는 소문을 원했고, 법인장은 날 만났다는 걸 숨기고 싶지 않았을 것이다.

"그렇게 생각하신다니 고맙습니다. 일 다 끝내면 제가 톡톡히 한턱내 겠습니다."

"그럼 식사 후 우리 문 과장과 함께 제가 점찍어 둔 해변을 한번 둘러 보세요. 그리고 별장 짓는 데 필요한 인력이 있다면 즉시 알려 주세요. 제가 사람을 보내드릴 테니까요."

"네. 진척 상황을 수시로 말씀드리겠습니다."

필요한 용무를 끝내자 법인장은 마음 편히 식사를 시작했다.

"동남아 사정은 좀 어떻습니까?"

"97년 금융위기 이후 계속 침체 상태입니다. 조금씩 회복 기미가 보 이지만 우리나라와는 차이가 큽니다."

"우리가 빨리 회복했죠?"

"비교할 대상이 없죠. 아무튼, 엄청난 민족이라는 건 틀림없습니다."

법인장은 내 눈치를 슬쩍 보며 말했다.

"그런데 금융그룹을 맡으신 소감이랄까, 느낌이랄까… 여쭈어도 되 겠습니까?"

"별거 없습니다. 전 경륜이 부족하니까 가능한 전문 경영인 체제를 유지하려고 노력합니다."

이것저것 궁금한 게 많겠지만, 질문은 나의 영역이다. 내 질문에 충실 히 대답하는 게 법인장의 할 일이고.

"법인장님 친정은 어디죠? 물산? 전자?"

여기서 친정이란 주요 경력을 쌓은 곳을 말한다.

"아, 저는 순양생명입니다. 보험 리스크 운용팀에 있다가 싱가포르 발령 때 물산으로 옮겼습니다."

아시아 금융의 거점인 싱가포르에서 거래 규모도 보잘것없는 말레이 시아로? 이 친구, 실적이 엉망이었거나 큰 사고 하나 치고 수습하지 못

한 게 틀림없다. 호시탐탐 재기를 노리고 있을 테니, 나를 만난 게 기회라고 생각할 수도 있겠다. 본사와 줄도 잘 이어 놔야지, 줄도 잘 서야지, 나를 어떻게라도 이용해야지…. 참 복잡한 심경일 듯하다.

"아, 순양생명! 그러시군요. 이거 반갑네요. 하하."

이 정도 친근함을 표시했으면 법인장도 만족하려나?

"준비 끝났습니다. 출발하실까요?"

우리 식탁을 살펴보던 문 과장이 쓱 나타나 법인장에게 말했다.

문 과장의 절제된 행동과 위압적인 체격 그리고 예사롭지 않은 눈빛 때문인지 법인장은 마치 상관을 대하듯 긴장했다.

"네, 넵. 식사 끝났습니다."

자리에서 벌떡 일어난 법인장은 앞장서는 문 과장을 따라나섰다.

'자, 1차 목표는 달성했고 이제 진짜 사업을 시작하자.'

곧바로 국제전화를 걸었다.

"푹 쉬고 있어? 초호화판 휴가를 즐기는 기분은 어때?"

오세현의 반가운 목소리가 들렸다.

"네. 덕분에 잘 쉬고 있습니다. 그런데 여기 진짜 괜찮은 휴양지가 될 만한 장소를 발견했는데 검토 한번 해야겠습니다."

"휴양지?"

"네, 리조트나 호텔 부지로 딱 맞습니다. 사람들 좀 보내서 확인하고 싶은데요?"

"쉬러 갔으면 쉬는 데 집중해. 일은 무슨…!"

"그러기에는 낙조가 너무 아름다운 곳이라 그 광경이 머리에서 떠나지 않네요."

"그래? 감성이라고는 쥐뿔도 없는 네가 그렇게 말하는 거 보니 정말 괜찮은 곳인가 본데?"

"대아건설과 순양호텔, 리조트 사업부 사람들 추려서 보내세요. 직접 확인하고 사업성 괜찮게 나오면 곧바로 추진하게요."

"그래. 위치 정확하게 확인해서 메일로 보내. 답사팀 꾸려서 시작해 보자."

말 나온 지 한참 된 리조트 공사가 시작도 못 했다고 했다. 그 이유가 사업성이 없기 때문이라면 포기해야겠지만 투자 문제라면 충분히 끼어들 수 있다. 별장 대신 리조트를 갖는 게 경제적으로나 외형적인 면에서 월등히 낫지 않은가?

먹고, 마시고, 자고… 일주일을 이렇게 보내니 백수가 왜 하루가 짧다고 하는지 알 것 같다. 일주일이 하루처럼 휙 하고 지나가는 느낌이 들었다. 일주일 동안 물고기 한 마리 낚지 못한 문 과장을 제외하고는 모두 만족한 표정으로 돌아갈 준비를 시작했다.

이곳 리조트에서 200여 킬로미터만 가면 라부안 섬이다. 라부안은 말레이시아 연방정부가 직접 관할하는 유일한 직할구다. 원래 브루나이의 술탄 통치 구역이었으나 1846년 브루나이의 술탄이 영국에 이 섬을 넘겼다. 제2차 세계대전 동안 일본이 지배했고, 그 후 다시 영국을 거쳐 말레이시아의 연방 직할구가 되었다. 이곳이 역외금융센터이자 자유무역 지대가 된 것은 10년 전쯤이었다. 그리고 그 10년간 이곳에 모인 세계 각국의 검은돈이 얼마나 되는지 아는 이는 극히 드물다.

리무진과 페리를 이용하여 라부안에 도착한 뒤 문 과장에게 은밀히 말했다.

"제가 은행으로 들어가면 주변을 눈여겨보세요. 분명 누군가가 절 지켜볼 겁니다."

"그자를 찾으면 어떡할까요? 잡아서 족쳐 볼까요?"

"아닙니다. 그냥 뒤만 따르세요. 그자의 행선지만 파악하면 됩니다. 분명 순양 직원일 겁니다."

"아, 그렇군요. 알겠습니다."

문 과장은 무슨 의미인지 감을 잡은 표정이었다. 은행 문을 열고 들어서자 무전 수신기를 귀에 꽂은 키 큰 사내가 내 앞을 막아섰다.

"May I help you, Sir?"

그에게 어소리티 카드를 내밀자 가볍게 고개를 숙이며 나를 안으로 안내했다. 각각 문이 달린 칸막이 창구에 앉자 맞은편의 중년 여인이 웃으며 반겼다.

"먼저 계좌 확인부터 하겠습니다. 증서 주시겠어요?"

계좌 서류와 CD를 건네자 키패드를 내밀었다.

"패스워드 입력 부탁합니다."

18자리의 암호를 입력하고 기다리자 그녀는 웃으며 오케이 사인을 보냈다.

"감사합니다. 확인 끝났습니다. 뭘 도와드리면 될까요?"

"잔액 금액부터 확인할까요?"

"물론입니다. 선생님."

그녀는 잔액 확인서를 프린트한 전표를 내밀었다.

[USD 89,877,100]

"오늘 자 한국 환율이 어떻게 되죠?"

"잠시만요."

그녀는 메모지에 급히 숫자를 적어 건네준다.

[1297.7]

1166억이다.

잔액을 확인하려 이 먼 곳을 온 게 아니다. 목적은 따로 있다. 난 창구

건너편에 앉아 계속 환한 미소를 짓는 아줌마에게 인상을 찌푸리며 고개를 갸웃했다.

"무슨 문제라도 있으십니까? 선생님."

"좀 큰 문제군요."

"네?"

"이 계좌를 물려주신 분에게 들은 잔액과 꽤 많이 차이 나는 금액이군요."

"그럴 리가요? 입출금이 거의 없는 계좌입니다. 착오란 있을 수 없습니다. 그런 믿음과 신용이 우리 은행의…."

"됐고, 입출금 내역 한번 봅시다. 숫자가 다르니 누군가의 착각이나 실수가 있었을 거 아닙니까? 이 은행은 아니라고 하니, 이번엔 내가 확인해 보죠."

"아, 네."

그녀는 다시 키보드를 두드렸고 출금 내역은 깨끗한 대신 두 번의 입금 기록만 있는 전표를 출력했다.

내 예상이 맞았다.

1997년 11월, 그리고 1998년 1월. 5000만 달러가 넘는 돈이 영국의 잉글랜드 허치슨 은행과 미국 맨해튼-차일드 뱅크로부터 각각 들어왔다. 달러가 없어 나라가 망할 판국에 1억 달러에 가까운 돈을 해먹었다니. 둘째 큰아버지도 어지간한 악당이다. 이제 확인해야 할 것은 1억 달러를 해먹은 방법이 무엇인가 하는 것이다.

"흠…."

"딱 2회 거래입니다. 여기서 실수가 일어날 리는 없어 보이네요."

거만한 표정의 그녀가 나를 노려보기 시작했다.

난 머리를 슬쩍 긁으며 끄덕였다.

"그렇군요. 기억에 착오가 있었나 봅니다. 기록보다는 기억이 더 정확하지 않으니까요."

"이해해 주시니 감사합니다."

입금 명세서를 챙겨 일어났다.

"더 도와드릴 일은…?"

"없습니다. 곧 이 돈이 필요할 것 같아 확인차 들른 것이거든요."

"아, 네. 그럼 필요하실 때 언제든 다시 찾아 주십시오. 선생님."

"네. 고맙습니다. 그럼….'"

미국과 영국의 송금은행 계좌 역시 차명일 확률은 높지만, 금액과 날짜, 입금 은행까지 확인했으니 절반은 건졌다. 은행을 나서서 천천히 걸었다. 내 모습을 누군가 지켜보고 있다면 정확히 확인할 충분한 시간을 주기 위해서다. 리무진으로 돌아오니 문 과장이 새카맣게 선팅한 창밖을 쳐다보고 있었다.

"누구 있습니까?"

"네. 두 명을 확인했습니다. 그런데 그 두 놈이 같은 일행이 아닌 듯합니다."

문 과장의 표정이 살짝 어두웠다.

"아는 사람인가 보군요."

"…네. 시큐리티 직원입니다."

"어디 소속인지도 아시죠?"

조금 주저하더니 입을 열었다.

"한 명은 진동기 부회장님을 모시는 팀원입니다. 그런데 한 명은 모르겠습니다. 분명 낯이 익은데….'"

"천천히 생각하십시오. 우리 식구 중 한 명 아니겠습니까?"

"어떡할까요? 두 사람 다 쫓을까요?"

"신분 확인한 쪽은 내버려 두고 한쪽만 확인하세요. 집 떠난 집안 막내를 이처럼 걱정해 주는 가족이 누군지는 알아야 하니까요. 그래야 감사 인사라도 올리죠."

"알겠습니다."

누굴까? 진영기 부회장 측일까? 여기 말고는 짐작할 만한 곳이 없다.

"그럼 우리 먼저 이동하겠습니다. 계속 이 자리에 있으면 의심할 테니까요."

"네. 출발합시다. 공항에서 기다리는 게 자연스럽겠죠. 참, 요원들 연락은…?"

"다들 로밍했습니다. 염려 마십시오."

휴가의 마지막 날은 이렇게 끝나 가고 있었다.

공항으로 향하는 리무진 안에서 문 과장은 미간을 잔뜩 찌푸린 채 통화를 계속했다.

"뭐? 호텔? 끝까지 붙어. 그 새끼 오늘 실장님을 확인했으니까 분명히 체크아웃할 거야. 아, 그놈 출국하려면 어차피 우리가 있는 이 공항으로 오겠구먼."

통화를 끝냈을 때 내가 말했다.

"그놈이 시큐리티 직원이니까 그냥 놔두죠. 한국에서 확인해도 되지 않습니까?"

"만에 하나라는 게 있습니다. 제 기억이 틀렸다면요? 시큐리티 직원이 아니거나, 이미 회사를 그만두고 다른 곳 소속일 수도 있으니까요."

이 정도까지 철저한 것에 조금 감탄했지만, 걱정도 된다. 큰아버지를 돕는 수행원들도 이렇게 철저하지 않을까? 일 잘하는 두 팀이 격돌하면 아무래도 경험 많은 쪽이 유리하다.

기다려 보자. 오늘 그 결과를 알 수 있을지도 모른다. 미행의 성공과 실패가 내 사람의 실력을 가늠할 잣대가 될 것이다. 그리고… 시간이 흐르고 문 과장이 점점 더 초조함을 드러내는 걸 보니 실패한 듯했다.

"저, 잠시만."

문 과장은 휴대전화를 들고 사라졌다 한참 뒤에 돌아왔다.

"한국에 돌아가면 영어 공부부터 시켜야겠습니다."

난처한 표정의 문 과장을 보니 놓친 모양이다.

"호텔로 사라진 뒤 나오지 않는답니다. 프런트 직원에게 짧은 영어로 물었지만…."

"확인해 줄 리가 없죠. 투숙객의 정보를 아무에게나 말하지는 않으니까요. 됐습니다. 그냥 돌아오라고 하세요."

"죄송합니다. 그놈 얼굴을 확인했으니 한국에서 꼭 찾아내겠습니다."

"그래야겠죠? 어디 식구인지 짐작하는데도 못 찾아내면 우병준 상무가 내게 큰소리친 것이 전부 허풍일 뿐이라는 말이니까요."

굳은 내 얼굴을 보는 문 과장의 이마에 식은땀이 맺혔다.

9장

거절할 수 없는 제안

"애들이 일을 그르쳤다고 들었습니다. 죄송합니다, 실장님."

"계획했던 게 아니고 갑자기 발생한 일이라 대응하기가 힘들었을 겁니다. 그리고 외국 아닙니까? 언어 문제도 있었어요. 너무 마음 쓰지 마십시오."

우병준 상무의 굳은 표정을 보니 내가 더 불편했다.

"큰일 아니니 문 과장에게 맡겨 두십시오."

"이해해 주셔서 감사합니다."

"자, 그럼 제가 과거에 그르친 일은 뭐가 있었는지, 어떤 악행을 저질렀는지 한번 볼까요?"

별것 아닌 걸 알지만, 손바닥에 땀이 찼다. 우병준은 살짝 웃으며 작은 수첩을 품에서 꺼내 들었다.

"실장님은 참 재미없는 분이시더군요."

'특별한 게 없었다는 말이겠지?'

"사촌분들은 사춘기로 넘어가면 참 기발한 사고를 많이 쳤는데 실장님은 학업에만 충실… 아니, 전념하셨더군요."

"대학 때는 일에만 전념했으니 딱히 뭔가 나온 게 없다는 소리로 들립니다만."

"너무 자신하지 마십시오."

우병준은 슬쩍 웃으며 수첩을 넘겼다.

"숨은 계좌 추적은 지금으로서는 불가능합니다. 국내 계좌야 전부 오픈돼 있고 차명은 전혀 없다고 판단했습니다. 참, 엄청난 부자시더군요. 후후."

'오, 이 사람이 웃음을?'

숨은 계좌까지 찾아냈다면 저런 웃음을 보이지 못 했을지도 모른다.

"전 차명으로 숨겨 놓은 돈은 없는데요? 전부 정당하게 번 돈이라 감출 게 없다고 보면 됩니다."

"그럴까요? 전 미국 미라클 인베스트먼트가 가장 의심스럽습니다만, 그쪽은 제 역량으로 추적하기 어려워서 포기했습니다."

"설마요? 미국입니다. 금융 관련 불법이 적발되면 평생 감옥에서 썩어야 합니다. 구린 돈은 없습니다."

"그럼 합법적인 돈이겠죠. 얼마나 되느냐 하는 문제는 남아 있지만…. 아무튼 한국 재벌가라면 대부분 가지고 있는 취약한 부분은 없습니다. 이런 일로 누군가에게 약점 잡힐 일은 없다고 생각합니다."

"그럼 누군가에게 약점 잡힐 만한 다른 일은 있다는 뜻입니까?"

"아주 약간 부도덕한 일은 있지만, 약점으로 잡힐 만한 건 없었습니다. 정말 잘 숨겼든 아니면 애초에 자제하며 지냈다는 뜻인데…."

"우 상무님은 어느 쪽이라고 생각합니까?"

"전자가 아닐까요? 넘치도록 많은 돈을 가진 피 끓는 20대. 본능을 자제하기란 상당히 어려운 일입니다."

"전 여자친구가 있습니다. 아실 텐데요?"

"사법연수원에서 살인적인 수업 일정을 소화 중인 미래의 판사님 말씀입니까?"

"네."

"한 달에 한 번 만나는 것도 힘든 상태 아닌가요? 자신 있게 여자친구라고 말씀하시는 것이 더 이상할 지경입니다."

대답하는 우병준의 입가에 묘한 미소가 서렸다.

"뭔가 찾으셨나 보군요. 약간의 부도덕한 일이라고 말씀하셨죠?"

"강남 상록회관 뒤, 마우이라는 텐프로가 있더군요."

"푸하하!"

당황한 걸 감추는 방법은 웃음이 제일이다.

"그걸 찾아내셨습니까? 대단하시네요."

"오기가 솟더군요."

"네?"

"없어도 이렇게 없을 수 있나 하는 생각이 들었습니다. 직원들을 엄청나게 족쳤는데도 못 찾아내더군요. 그래서 방법을 바꿔봤어요."

"어떻게요?"

"실장님과 가장 오랜 시간 함께하시는 분의 뒤를 밟았습니다."

"오세현 대표님?"

우병준은 웃으며 머리를 끄덕였다.

"그분 단골집이더군요. 접대할 일 있으면 항상 그곳을 이용하시고…. 그런 쪽으로 실장님을 안내할 분은 오세현 대표가 유일하다고 생각했죠. 그리고 제 판단이 옳았습니다."

"하지만 그걸로는 약점 잡혀 휘둘릴 일은 없다?"

"네. 제가 털어서 나온 먼지가 고작 이 정도뿐입니다. 단언하는데 다른 누구도 이 이상은 힘들 겁니다."

내 약점을 찾아내서 봉합하는 게 이번 일의 목적이 아니다. 내가 큰 아버지의 약점을 찾아 공격할 때 반격할 거리가 있는지 없는지를 확인하는 작업이었다. 이로써 반격은 있을 수 없다는 게 확실하다.

그리고 또 하나, 우병준 상무의 능력을 확인하는 일이었는데…. 좀 애매하긴 하다. 마우이를 찾아낸 건 놀랍지만 그리 탁월하다고 말할 수는 없다.

"그럼 이제 다음 일에 착수하시죠."

"이미 시작했습니다. 순양건설에서 그 당시 경영지원본부에서 일했던 핵심 인사 셋을 조사하고 있습니다."

"제가 알아낸 것도 참고하십시오. 97년 11월, 98년 1월. 이때 담당자였던 사람을 집중하시면 될 겁니다."

우병준 상무의 눈빛이 번뜩였다.

"어떻게 아셨습니까?"

"계좌에 흔적이 있더군요. 그걸 알아낸 겁니다."

"혹시 말레이시아에서…?"

"네."

"그렇군요. 역시 휴가가 아니었군요."

"휴가 맞습니다. 알아낸 건 덤이고요."

수첩을 품에 넣은 우병준이 일어섰다.

"열흘 뒤 1차 보고드리겠습니다. 미진한 부분이 있다면 시간이 더 필요하겠지만요."

"급한 건 아니니까 너무 서두르지는 마십시오."

"빨리 그리고 정확히 처리하는 게 맞죠. 서두른다고 핵심을 놓치는 일, 없도록 하겠습니다."

결과는 이미 알고 있다. 1000억 원대의 회사 자금을 빼돌렸다는 증거만 확보하면 되는 일… 아니, 증인을 확보하면 그 증인이 증거를 가져다줄 것이다. 진동기 부회장의 약점을 언제쯤 써먹어야 할까?

정확히 열흘이 지나고 우병준 상무와 여의도 오피스텔에서 마주 앉았다. 우 상무가 내민 자료에는 두 명의 이름이 적혀 있었다.

전무 임종윤.

부장 정규환.

"IMF 때 많은 사람을 정리해고했지만 두 사람은 승진했습니다. 이사에서 전무로, 팀장에서 부장으로."

"그렇군요. 힘들 때는 지원부서부터 깨끗하게 밀어 버리는 게 상식인데…."

생산과 영업은 제조업의 두 기둥이기 때문에 정리의 후순위지만, 만만한 게 홍어 거시기라고 관리, 재무, 총무, 이 세 부서는 적자에 허덕이거나 경영 위기가 닥치면 정리해고 1순위에 오른다.

그런데 차고 넘치는 지원부서의 이사와 팀장이 IMF라는 대위기 속에서 승진이라니? 특히 임종윤은 이사에서 전무로 두 단계나 뛰었다. 엄청난 신임을 받거나 몹시 어려운 일을 해냈다는 뜻이다.

"이 두 사람 외에는 눈에 띄는 이가 없었습니다."

"뭔가 나왔습니까?"

"건설 바닥이야 원래 모래와 시멘트로 범벅인 곳 아닙니까? 두 사람에게 묻은 먼지만 털어도 집 한 채는 지을 수 있을 겁니다."

우병준은 자료 파일 몇 장을 넘겼다.

"임종윤 전무는 아예 인력회사를 운영하고 있습니다. 순양건설의 아파트 공사 현장에 일용직을 공급하는데…."

"거짓으로 사람 수를 부풀렸겠군요."

"돈 빼먹는 ABC 아닙니까? 그런데 이놈은 좀 심했어요. 임 전무 형님이 사장으로 있는데, 연간 수십억을 챙길 정도니까요."

수억이 아니라 수십억? 이건 큰아버지의 재가 없이는 불가능한 것이다.

"그럼 순양건설의 비자금 창구라고 보는 게 맞겠는데요?"

"그렇습니다만 떡이 크면 떡고물도 많이 묻는 법 아니겠습니까?"

"큰아버지도 모르게 빼돌리는 것도 많다는 말이군요."

"네. 연간 삼사 억 정도까지는 부회장님도 눈감아 줄 겁니다. 하지만 작년에 챙긴 돈이 10억입니다."

10억? 이건 눈감아 줄 수준이 아니다. 회사에도 무언의 룰이 있다. 담당 과장이 밥 한 끼, 술 한 잔 얻어먹는 정도는 눈감아 준다. 부장이 명절 때 갈비 세트 받는 것 정도는 당연하다. 임원이 골프 접대받는 것은 일상이다. 하지만 딱 여기까지다.

임종윤 전무가 이 정도로 간 크게 돈을 빼먹는 건 진동기 부회장의 신임을 믿는 게 아니라 약점을 믿는 것이다. 부회장의 비리를 아는 자신을 쉽게 내치지 못할 것이라는 믿음 말이다. 어리석은 자다. 우리 집안 사람들이 얼마나 독하고 무서운지 모른다.

"임종윤 전무는 곧 끝장나겠군요. 좋습니다. 그럼 정규환 부장은 어떻습니까?"

"이 친구는 금괴가 든 보물 상자를 주웠다는 농담이 돌 정도로 인생이 확 변했습니다."

"소위 말하는 인생역전?"

로또는 아직 나오지도 않았다. 내년부터 시작이던가? 그러니 로또 맞아 일확천금이 생긴 건 아니다.

"네. 98년부터 변했더군요. 와이프와 애를 미국으로 보냈습니다. 현재 애들이 보스턴의 명문 사립학교에 다니는데, 보통의 기러기 아빠는 아파트를 정리하고 오피스텔로 기어들어 가는데 정 부장은 주상복합으로 옮겼습니다. 차도 바꾸고요."

"부회장님이 단단히 한몫 챙겨 줬나 보군요."

"그렇습니다."

"뭔가 구린 일을 했고, 그 입막음용이라고 볼 수 있네요."

문제는 그가 구린 일을 했다고 해도 약점이 될 수 없다. 큰아버지의 지시를 따른 것이니 말이다.

"그래서, 정 부장의 먼지는 뭡니까?"

"목돈이 들어와도 생활을 바꾸지 않는 게 옳습니다. 하지만 이 친구는 같은 부서 사람들마저 수군거릴 정도로 흥청망청했어요. 당연히 더 큰 사고도 쳤죠."

우병준 상무는 경멸스러운 표정으로 혀를 차며 서류 사이에 끼워져 있던 사진을 내밀었다.

"같은 층에 근무하는 여직원입니다."

"불륜?"

"네. 와이프와 애를 보내고 가장 먼저 한 짓이 바로 젊은 여직원을 꼬신 겁니다. 사회생활을 막 시작한 친구의 눈에는 값비싼 보석 선물, 호텔 레스토랑의 근사한 디너, 수입 중형 세단, 그리고 빠른 승진이 증명한 능력 같은 게 다 멋져 보이는 법이죠."

"이건 좀 치명적이네요."

"네. 아내가 알면 이혼 귀책 사유가 남편의 불륜이니 재산의 절반이 날아가고 양육비까지 주려면 횡령보다 더 무서운 약점입니다."

우 상무는 내 눈치를 슬쩍 살피며 말했다.

"이 정도로는 부족하십니까?"

"아닙니다. 충분합니다. 수고 많으셨어요."

"수고는요. 아닙니다. 그나저나 이제 이 먼지 뭉치로 어쩌실 생각입니까?"

"먼지를 침대 밑으로 슬쩍 밀어 놓고 못 본 척해 줘야죠. 단 그 대가는 먼저 받고."

우병준은 염려스러운 눈으로 날 바라보기 시작했다.

"직접 그들을 만나 협박하실 생각이라면 제게 맡기시는 게…"

"협박이라뇨? 그건 제게도 위험한 일입니다. 전 제안을 던질 뿐입니다. 〈대부〉의 명대사 아시죠?"

"거절할 수 없는 제안."

"그렇습니다."

"말장난이죠. 영화에서는 그 제안이 바로 협박이었습니다만."

"전 다릅니다. 이자들의 욕망에 불을 지필만 한 제안을 던질 것이고 그들은 얼씨구나 하고 받을 겁니다. 자신의 약점을 쥐고도 협박하지 않으니 고마워하며 절 은인으로 생각할 겁니다."

"어떤 제안인지 말씀해 주실 수 있겠습니까?"

"간단합니다. 현재 두 사람은 돈의 맛을 알아 버렸어요. 이제는 멈출 수 없을 겁니다. 전 그 맛 좋은 돈을 듬뿍 안겨 줄 생각입니다."

잠깐 생각에 잠긴 우병준은 조심스레 입을 열었다.

"주제넘지만 한 말씀 드리겠습니다. 욕망을 채워 주고 원하는 것을 얻으려 하지 마십시오. 공포에 빠져 스스로 필요한 것을 내놓게 하십시오. 욕망보다 공포가 더 큰 힘입니다."

이 사람은 지금까지 어떤 길을 걸어 왔던 걸까? 이것이 이 사람의 방식인가? 두려움을 무기로 원하는 것을 얻는 건 아무나 할 수 있는 일이 아니다.

"돈은 더 큰돈 앞에 무릎을 꿇습니다. 이놈들의 욕망을 다 채워 줄 수는 없는 법입니다."

"우 상무님."

"네."

"공포는 극복할 수 있지만, 욕망은 극복할 수 없습니다. 어차피 이 두 사람은 욕망 때문에 자멸할 겁니다. 전 돈으로 원하는 것을 얻고, 두 사람은 내 돈 때문에 자멸의 속도만 높일 뿐이죠."

다시 생각에 빠진 우병준은 마침내 싱긋 웃었다.

"이솝우화가 생각나는군요. 외투를 벗기는 건 결국 햇빛이다?"

"그렇습니다. 하지만 이 이야기는 좀 다르죠. 외투를 벗기는 게 아니라 안락한 인생을 벗겨 버릴 테니까요."

웃는 그를 마주 보며 나도 슬쩍 웃었다. 오늘 이 사람과 조금은 가까워졌으려나?

▲ ▲ ▲

"네. 정규환입니다."

오늘 저녁은 뭘 먹을까 고민하던 정 부장은 모르는 번호로 걸려 온 전화에 머리를 갸우뚱했다.

"갑자기 전화한 점 양해 구합니다. 여긴 헤드헌팅 기업인 스펜서 스튜어트입니다. 들어 보셨는지 모르겠네요."

"네? 헤드헌팅요?"

정규환 부장은 목소리를 낮추며 급히 사무실을 나와 비상계단 쪽으로 걸어갔다.

"스펜서 스튜어트는 50여 개국에 지사를 두고 있는 다국적 인서치 기업입니다. 정규환 부장님의 명성이 워낙 자자해서 이렇게 연락드리게 됐습니다."

복도를 걸을 때 전화에서는 회사 자랑과 자신을 부추기는 소리가 계속 들렸다.

"저기요. 전 회사 옮길 생각이 없는데…."

"중요한 건 자신의 가치를 정확히 파악하는 것 아니겠습니까? 현재 정 부장님께서 순양건설의 최고 인재라는 걸 잘 압니다만 그에 걸맞은 대우를 받으시는지는 미지수 아닐까요?"

"아, 전 충분히 만족합니다만."

"과연 그럴까요? 현재 순양그룹 부장 평균 연봉이 5000, 상여금 600프로. 이 정도 수준을 만족하신다면 부장님께서는 본인의 가치를 50퍼센트 깎으신 겁니다."

귀가 번쩍 띄었다. 50퍼센트? 하지만 곧 생각을 고쳐먹었다. 자신은 이 회사에서 월급으로 환산할 수 없는 특별한 존재 아닌가? 일시금으로 받은 특별보너스가 얼만인가? 다른 부장이 평생 받을 월급을 전부 챙겼다.

"관심은 고맙지만 별로 생각 없습니다. 그럼 이만…."

"잠시만요, 부장님."

전화기에서 다급한 목소리가 흘러나왔다.

"인터뷰 정도는 괜찮지 않을까요? 꼭 회사를 옮기는 것도 아니고 단지 부장님을 객관적으로 바라보는 시각을 확인하는 차원에서 말이죠. 물론 최종 결정을 하시기 전에는 모든 게 컨피덴셜입니다. 절대 외부로 소문나지 않으니 그 부분은 염려 마시고요."

회사를 옮길 생각은 조금도 없었지만, 슬슬 호기심이 일었다. 자신을 필요로 하는 회사와 그 회사가 생각하는 자신의 가치를 듣고 사실 좀 으쓱한 기분도 들었다. 그런데 정말 두 배 이상의 돈을 주는 걸까?

"인터뷰는 어떻게 진행됩니까?"

"아주 간단해요. 부장님께서 가능한 시간대에 편하신 장소, 예컨대 커피숍 같은 곳에서 짧게 할 겁니다."

망설이던 정규환은 짧은 말로 여지를 남겨 뒀다.

"제가 다시 연락드리죠. 업무시간이라 길게 통화할 수 없군요."

정규환 부장은 아주 가벼운 마음으로 만나나 보자 하는 생각을 굳혔다.

정규환이 받은 명함에는 HW건설 HR 관리부 이사라는 직함이 찍혀 있었다.

"HW건설이면 예전 대아건설 아닙니까?"

"맞습니다. 정규환 부장님, 귀한 시간 내줘서 고맙습니다."

"요즘은 인사부 대신 HR이라고 많이들 쓰는군요."

"미국물 먹어서 그렇죠, 뭐. 휴먼 리소스(Human Resource)의 중요성이 기업의 화두 아닙니까? 그래서 제가 정 부장님 같은 분을 이렇게 청하는 것이고요."

정규환은 자신을 치켜세우는 소리가 싫지는 않았다.

"아시겠지만 우리 HW건설이 상암동 DMC 이후로 급성장했습니다. 10년 넘는 대규모 사업 아닙니까? 사람은 한없이 부족하고 필요한 인재는 드물고. 그래서 헤드헌팅 업체에 의뢰하니 대번에 정 부장님을 추천하더라고요."

HW건설이면 그럴 만하다. 불황이라고 울부짖는 소리가 곳곳에서 터져 나왔지만, HW는 DMC 하나만으로도 10년 먹거리를 마련한 회사다.

"갑자기 성장하는 회사가 그렇듯이 우리도 재무 쪽이 엉망입니다. 버는 돈이 많으니 씀씀이가 헤퍼요. 그러다 이번에 된통 작살났습니다."

"작살나다니요?"

"우리 회사 지배주주가 바로 투자 전문회사 아닙니까?"

"아, 그렇죠. 미라클…."

"미국 본사에서 회계 감사를 했는데…."

HW건설 이사는 머리를 절레절레 흔들었다.

"회사가 발칵 뒤집힐 정도로 질타하더군요. 허튼 데 쓴 돈의 내용을 조목조목 따지며 전부 형사 고발하겠다는 말까지 나왔으니."

정규환 부장은 나올 자리가 아니었다는 것을 깨달았다. 미국 놈들이 눈에 불을 켜고 장부를 확인하는 회사다. 이런 곳이라면 자신은 감당할 수 없다. 두 배, 아니 열 배의 연봉을 준다고 해도 옮길 수 없는 회사다. 자신의 몸값이나 확인하러 나온 자리였지만 더 들을 필요가 없었다.

"이사님, 죄송하지만 없었던 일로 하겠습니다. 본의 아니게 시간만 뺏은 꼴이 돼버렸군요. 사과드립니다."

정규환은 자리에서 벌떡 일어났다.

"아니, 갑자기 이러시면…. 우리 회사의 구체적인 제안이라도 듣고…."

"아닙니다. 가벼운 마음으로 나온 제 불찰입니다. 정말 죄송합니다."

연신 머리를 숙인 정규환은 도망치듯 카페를 빠져나왔다. HW건설의 이사가 그런 그의 뒷모습을 황당한 듯 바라보고 있을 때 누군가 다가왔다.

"이사님. 저 자식 왜 저럽니까?"

"몰라. 갑자기 놀라서 도망치네. 그보다 어떻게 됐어? 잘 찍었어?"

"네. 이사님과 저놈, 투 샷으로 정말 깔끔하게 나왔습니다. 한번 보시겠습니까?"

"됐어. 사진이나 갖다 줘. 젠장, 그런데 내가 왜 팔자에도 없는 배우 흉내를 내야 하는 거냐?"

"까라면 까야죠. 위에서 시키는데…."

두 사람은 시무룩한 표정으로 남은 커피를 들이켰다.

"너 회사 관두냐?"

"네? 갑자기 그게 무슨 말씀입니까? 전무님."

"시치미 떼지 말고 솔직히 말해. 여차하면 내가 너 잘라 버린다!"

임종윤 전무의 호통에 정규환 부장은 아차 싶었다. 들키지 않으려 회사와 멀리 떨어진 노원구까지 가서 만나지 않았던가?

"전무님. 혹시 제가 HW건설 사람 만난 것 때문에 이러신다면 오해십니다. 그쪽에서 하도 졸라대서 차 한 잔 마신 게 전부입니다."

"그럼 이게 조작은 아니네?"

임종윤 전무는 사진 몇 장을 테이블 위에 툭 던졌다.

정규환은 자신과 HW의 인사 담당 이사가 환히 웃으며 마주 보는 사진을 보며 입술을 깨물었다. 솔직하게 먼저 털어놓은 게 다행이다 싶었다. 이 정도 확실한 증거까지 손에 쥐고 있을 줄이야.

"만났습니다. 하지만 연락 그만하라고 못 박으려 만난 겁니다. 믿어 주십시오!"

애타게 말하면서도 이상한 생각이 자꾸 들기 시작했다. 이 사진은 어디서 났을까? 혹시 줄곧 자신을 미행하며 행적을 전부 체크하는 중이었을까?

"이 자식이! 야! 다른 사람이면 몰라도 너 이러면 안 되지. 안 그래?"

두 사람이 주고받은 눈빛에 숨은 말은 서로 말하지 않아도 안다. 부회장의 어두운 비밀을 공유하는 두 사람은 나가라고 하기 전까지는 하늘이 무너져도 회사를 떠나면 안 된다. 정규환 부장은 호기심 때문에 가볍게 저지른 일이 큰 실수라는 걸 깨달았다.

"당연하지요. 그러니까 귀찮게 오는 전화를 끊어 버리려고 만난 거라고요. 별 이야기도 없었습니다. 스카우트 제의는 제게 소용없다는 말만 던지고 왔어요."

여전히 의심을 버리지 않는 듯한 임 전무의 눈빛 때문에 불안함이 밀려들었다.

"그런데 전무님, 이 사진은 어떻게 구하신 겁니까?"

"인사팀에서 주더라. 누가 투서한 모양이다."

"전무님, 설마 오해하시는 건 아니시죠? 전 정말 순양건설에 뼈를 묻을 겁니다."

"미친 새끼. 뼈 묻을 놈이 경쟁사 인사부 임원을 만나서 차를 마셔? 네가 생각이 있는 놈이냐?"

정 부장은 진짜 궁금한 점을 슬쩍 던졌다.

"전무님, 혹시 사장님이나 부회장님께서 이 사진을 보셨습니까? 오해하시면 어떡하죠?"

"오해? 이 새끼, 진짜 똥오줌을 못 가리는 자식이구먼. 야 인마, 내가 네 말을 믿을 거라는 그 확신은 어디서 나오는 거야? 네가 돈 더 준다니까 회사 옮길 생각이 있었는지 내가 어떻게 알아?"

임 전무의 호통에 정 부장의 안색이 시커멓게 변했다.

"나가 봐. 앞으로 조금이라도 허튼짓하다 걸리면 절대 용서하지 않을 거야. 톡톡히 대가를 치르게 해줄 테니 각오해. 나가, 이 자식아!"

정규환은 머리를 푹 숙이고 사무실로 돌아오자마자 의자에 몸을 던졌다. 호기심이 모든 걸 망쳐 버릴지도 모른다는 생각에 식은땀이 흘렀다. 비밀을 공유한다는 건 동지와 적의 갈림길에 선 칼날과도 같다. 양극단만 있을 뿐 제3의 선택지는 없다. 지금까지 자신은 회사 최고위층의 확실한 동지였으나 의심이 짙어 가면 제거해야 할 대상으로 변할 수도 있다. 사소한 실수 때문에 이런 불안감에 시달리니 스트레스가 머리를 짓눌렀다.

띠링!

이때 문자 알림이 들어왔다. 또 발신자가 누군지 모를 번호다.

[메일 확인하세요.]

불안한 마음으로 사내 메일함을 급히 연 정규환은 눈을 의심했다. 요즘 인생의 봄날을 되찾게 해준 어린 여직원과의 데이트 모습이 고스란히 메일에 들어 있었다. 함께 웃으며 밥 먹는 모습, 팔짱 끼고 호텔 엘리

베이터에 오르는 모습, 결정적으로 차 안에서 진한 키스를 나누는 모습
까지….

정 부장은 더 볼 것도 없이 메일을 통째로 삭제했다. 이건 경고 아니
면 협박, 둘 중 하나다. 부회장 쪽에서 보낸 메일이라면 경고일 테고,
정체를 알 수 없는 자가 보냈다면 협박이다. 경고라면 딴생각 말라는
뜻이고 협박이라면 불륜을 터트리기 전에 뭔가 요구해 올 것이다. 그
리고 휴대전화가 울렸다. 방금 문자를 보낸 누구인지 모르는 번호다.
그렇다면 메일은 바로 협박이다. 정규환 부장은 떨리는 손으로 휴대전
화를 받았다.

"당신 누구야?"

"메일 보낸 사람이죠. 아시면서."

"뭐 하는 놈이냐고!"

큰소리 때문에 사무실 사람들의 시선에 자신에게 쏠리자 정부장은
급히 밖으로 달려 나갔다.

"너 이 새끼 누구야?"

"긴 이야기를 좀 해야 할 것 같으니 만나시죠. 시간과 장소는 문자로
보냅니다. 참, 바람맞히면 메일의 그 사진 순양건설 전 직원이 보게 됩
니다. 물론 미국에 있는 가족들까지. 그럼."

띠링!

통화가 끊어지자마자 또다시 문자 신호음이 울렸다.

▲ ▲ ▲

"다, 당신은?"

"절 아십니까? 정 부장님?"

오피스텔의 현관문을 열어 주자 턱이 빠질 듯 입을 다물지 못하는 정

규환 부장이 서 있었다.

"지… 진도준… 씨?"

"맞아요. 들어오세요. 여기까지 오셨는데 그냥 돌아가실 건 아니죠?"

멍하니 서 있는 그를 내버려 두고 거실의 소파로 돌아왔다. 돌아가 버릴까 망설이는 것 같지는 않으니 놀란 가슴이 진정되면 들어올 것이다. 몇십 초 지나자 현관 닫히는 소리가 들렸다. 발소리를 죽이며 다가온 정 부장이 내 앞에 다소곳이 앉았다.

"긴장 푸세요. 정 부장님을 난처하게 만들 생각은 없으니까요."

정 부장은 입도 뻥긋하지 못하고 내 눈치만 자꾸 살폈다. 이 상황을 이해할 수 없으니 혼란스럽기만 할 것이다.

"두 배의 연봉과 엄청난 인센티브를 주겠다는 말을 듣고 오케이만 했어도 이런 일은 없었을 텐데 말이죠. 제안이라도 들었다면 마음이 변했으려나요?"

"그, 그럼 그… HW건설이… 바로…?"

"네. 쉽게 푸는 방법도 있는데 왜 그리 어렵게 가려 합니까? 뭐, 이렇게 됐으니 제가 다시 제안하죠."

"자, 잠깐만요. 지금 이게 무슨…."

"참 내. 그렇게 급하니까 인생에서 두 번 다시 오지 않을 기회를 자꾸 놓치는 겁니다. 지금은요, 정규환 부장님. 입 딱 닫고 내가 하는 말을 끝까지 듣는 겁니다. 아시겠어요?"

눈을 부라리며 그에게 윽박지르자 화들짝 놀라 고개만 끄덕였다. 나는 사진 몇 장을 테이블 위에 툭 던졌다.

"어때요? 죽이죠? 이 정도면 절경이라고 부를 만하지 않습니까?"

정 부장은 사진을 던지자마자 후다닥 집어 들었다. 자라 보고 놀란 놈이 솥뚜껑 보고 놀란다더니 딱 그 꼴이다. 하지만 새하얀 모래사장과 수평선으로 넘어가는 붉은 태양이 그려내는 빛을 찍어 낸 사진을 보더니 안도의 한숨부터 내쉰다.

"머, 멋지네요."

"말레이시아 코타키나발루라는 곳입니다. 세계적으로 유명한 휴양지죠."

"그런데 왜 이 사진을 제게 보여 주시는지…?"

"그곳에서 5년 정도 푹 쉬면서 지내는 것도 나쁘지 않겠죠?"

"저 말입니까?"

황당한 표정으로 변한 정규환 부장이 사진과 나를 번갈아 보며 말했다.

"올해 하반기쯤 그곳에 근사한 리조트를 하나 올릴 겁니다. 설계부터 오픈까지 삼사 년 걸릴 테고 정상 궤도에 오르려면 넉넉잡고 5년은 필요하지 않겠어요? 거기에 가서 주특기인 자금 관리나 하며 지내라는 말입니다."

눈만 뒤룩뒤룩 굴리는 그에게 달콤한 말을 해야 할 타이밍이다.

"은밀하게 전 재산을 처분해서 깊숙이 숨겨 두세요. 미라클 인베스트먼트에 맡겨 둬도 됩니다. 아무도 찾을 수 없도록 잘 보관하겠습니다. 투자 수익도 은행보다 훨씬 짭짤할 겁니다."

"설마 도피하라는 말씀입니까?"

그의 질문은 무시하고 내 말만 계속했다.

"리조트 오픈 전까지 호텔에서 지내도 좋고, 멋진 빌라 하나 빌려 지내도 좋습니다. 리조트 최고 책임자 자리 드리죠. 물론 외국에서 근무하는 것이니까 충분한 특별 수당이 지급됩니다. 앞으로 받게 될 두 배의 연봉은 고스란히 저축하는 셈이죠. 이런 좋은 제안을 듣지도 않고 가버렸으니 내가 그런 메일을 보낼 수밖에 없지 않습니까?"

그의 표정이 조금 변했다. 겁먹은 눈빛은 사라졌고 당황해서 붉게 변한 안색도 정상으로 돌아왔다. 특히 영문을 몰라 찌푸렸던 미간은 주름 하나 없이 매끈하게 펴졌다. 세계적인 휴양지, 리조트, 책임자, 특별 수당, 두 배의 연봉… 이런 달콤한 단어가 그의 머리를 휘젓고 있을 것이다.

"제게 이런 말씀을 하는 이유가 뭡니까?"

"경쟁사의 인사 담당자를 만나 스카우트 제안을 받았다는 것만으로도 당신은 이미 불신의 눈길을 받고 있습니다. 사실 이런 일은 특별한 게 아니죠. 경쟁사가 사람 빼가는 일이 어제오늘 일도 아니고 말이죠. 그런데 왜 유독 당신에게는 특별한 눈길이 쏟아질까요?"

나는 그가 절대 자기 입으로 대답하지 않을 질문을 던졌다.

"어차피 부장님은 언제든 배신할 가능성이 있는 놈으로 찍혔습니다. 부회장님의 특별 비자금을 처리한 사람이니 사표 쓰고 곱게 나가도록 놔두지 않겠죠? 잘 알겠지만, 순양그룹은 이런 쪽으로는 얼마든지 잔혹해질 수 있습니다."

"비, 비자금이라니요? 전 모르는 일…."

"시간 낭비는 딱 질색입니다. 시치미 떼는 건 부인 앞에서나 해요. 바람피운 적 없다고!"

불륜을 언급하니 다시 얼굴이 붉어지며 입을 닫았다.

"IMF 때 부회장이 챙긴 돈 1000억, 그 엄청난 위기에서 어떻게 그 돈을 빼돌렸는지 당신은 알 거로 생각하는데?"

"자, 잠깐만요. 1000억이라니? 아니에요. 전 단지 500억짜리 페이퍼 컴퍼니를 매각…."

'오호라, 존재하지도 않는 유령회사를 순양건설에 팔아먹었군.'

"그 페이퍼 컴퍼니는 곧바로 손실처리 했겠군요. IMF를 맞았으니 부실 자산 처리한다는 명분도 서고."

실수를 깨달은 정 부장은 대꾸도 없었다. 이 친구는 500억짜리만 아는 걸 보니 나머지 500억은 임종윤 전무가 아는 내용일 것이다.

"그 페이퍼 컴퍼니로 장난친 서류만 가져와요. 그럼 당신의 신변은 제가 지켜 주죠. 물론 리조트 제안도 유효합니다."

그는 말이 없었다. 열심히 머리를 굴리고 있겠지만, 챙겨 주는 쪽과 의심하는 쪽 중 어디에 붙을지는 자명한 일이다. 마침내 정 부장이 입을 열었다.

"하나 여쭤봅시다."

"말씀하세요."

"진동기 부회장님은 큰아버지 아닙니까? 그분의 약점을 왜 파헤치려 합니까?"

이것도 호기심인가? 아니면 배신할 명분을 찾는 것일까?

"제가 순양카드를 부회장님께 넘긴다는 거 알죠?"

"네. 매각하신다고 들었습니다."

"왜 매각하겠습니까?"

"네?"

"연간 수천억의 순익이 나는 회사입니다. 황금알을 낳는 거위나 다를 바 없는데 내가 왜 팔겠어요? 그것도 외상으로?"

"깊은 내막을 월급쟁이가 어떻게 알겠습니까?"

"여러 가지 이유가 있지만 강탈하는 겁니다. 조카 회사를 공짜나 다름없이 뺏는 큰아버지죠. 저도 반격할 거리는 있어야 하지 않을까요?"

정 부장은 긴 한숨을 내쉬더니 예상하지 못한 반응을 보였다.

"하 씨, 용코로 걸렸네."

정확한 표현이다. 제대로 걸린 신세다. 그래서 위험한 일에 손을 담글

때는 퇴로를 미리 준비해야 한다.

"고래 싸움에 새우 등 터지지 않으려면 도망가야죠. 코타키나발루로 튀세요. 거긴 안락하고 평화롭고 안전합니다."

"제가 서류를 갖고 있지 않으면 어쩌려고 했습니까?"

"보험증서 안 챙기는 월급쟁이는 없죠. 그 정도 머리도 돌아가지 않는 사람이면 부회장님 일에 가담하는 것도 불가능하죠."

"재벌 3세치고 많이 아시는군."

자신도 가진 게 있다고 믿는지 말투가 점점 거칠게 변해갔다.

"까불지 마. 이 새끼야! 네 인생 지옥으로 빠트리는 건 일도 아냐. 푼돈 좀 받고 인생 성공한 것처럼 까부는 새끼 여럿 봤어. 그 새끼들 중에 말년까지 까불며 산 놈이 몇이나 될 것 같아?"

초장에 기를 확 죽여 놔야 한다. 이놈이 부회장에게 충성한답시고 달려가면 큰일이다.

"막장 인생으로 빠질 놈을 천국 같은 휴양지에서 지내게 해주는 은인이 바로 나야. 어디서 개겨?"

"부, 부회장 비자금 서류… 내가 갖고 있다고!"

"지랄하네. 넌 반밖에 모르지? 너 말고도 또 있어. 그놈한테 내가 너한테 제안한 조건의 열 배를 제시하면 얼씨구나 하며 내 발가락이라도 핥을걸? 그럼 넌? 부회장을 배신한 놈이자 더불어 바람피운 남편일 뿐이야. 당신 부인 성격 좋아? 불륜 정도는 눈감아 줘?"

정규환 부장은 자신의 처지를 정확히 알았는지 손끝이 떨리고 있었다.

"뭐해?"

"네?"

"빨리 가서 서류 가져와. 내 호의는 오늘까지야. 지금 서류 가져오면 코타키나발루 리조트 책임자는 여전히 당신이야. 빨리!"

정 부장은 벌떡 일어나 쏜살같이 달려 나갔다. 그 뒷모습을 보니 쓴 웃음이 났다. 내가 틀렸다. 아니, 절반만 틀렸다. 욕망에 불을 지필 때 공포를 곁들이면 빨리 타오른다. 아니, 공포가 우선인가? 협박을 받아들이는 촉진제로 욕망이 효과적일까?

정규환 부장에게 받은 서류를 오세현에게 보여주었다.

"이거야?"

"네. 동유럽에서 자원 개발 관련 유령회사를 만들어 순양건설에 팔았습니다. 곧바로 부실 자산을 떨어 버렸고요. 전형적인 수법이죠."

기가 차는 건 이 수법이 10년 뒤에도 횡행한다는 사실이다. 이렇게 빈번하게 일어나는데도 잡히는 놈은 거의 없다. 큰 도둑은 늘 법망을 피한다.

"아직 500억이 남았지?"

"동유럽 유령회사 매각 대금은 영국에서 입금했어요. 남은 건 미국에서 입금했으니 유령회사는 아마도 남미쯤 될 것 같습니다."

"남미도 자원일까?"

"아마도요."

오세현은 어이가 없는지 서류를 툭 던졌다.

"미국이라면 종신형이야."

"여기선 3년에 집행유예죠."

"젠장. 그래도 네 큰아버지 중에 진동기 부회장이 좀 낫다고 생각했는데 이건 뭐…. 온 나라가 금융위기로 휘청거리는데 그걸 돈 빼먹을 기회로 생각하다니. 재벌들은 참 한결같다."

"한결같으니까 제게 유리하죠. 진영기 부회장이라고 이런 짓 안 했겠습니까?"

오세현의 구겨진 표정이 펴질 줄 몰랐다.

"그놈은? 정말 휴양지에서 빈둥거리며 살도록 놔둘 거야?"

"머슴 아닙니까? 시키는 대로 했을 뿐인데 제가 벌을 줄 수는 없습니다. 대신 유유자적하도록 놔두지는 않을 겁니다. 빡세게 부려야죠."

"말 나온 김에 정확히 하자. 리조트, 진행할 거야?"

"현지 조사단 결과 대로 하겠습니다. 사업 타당성 있다는 결론이면 진행하고 아니라면 별장이나 하나 올리고 말죠. 삼촌도 가끔 쓰시도록요."

"말만 들어도 좋다."

오세현은 그제야 슬쩍 미소 짓는다.

"이제 어찌할 거냐? 남은 500억도 찾아낼 거냐?"

"네. 아마도 임종윤 전무가 처리했을 겁니다. 그 대가로 인력회사 운영권을 하나 받았으니까 확실합니다."

"임원 정도 되면 웬만한 유혹에 흔들리지 않아. 알지?"

"네. 이번에 절실히 느꼈습니다. 상호 이득을 내세워 원만한 거래로 원하는 걸 얻으려 했는데… 가끔은 힘을 보여 주는 것이 더 빠르다는 걸 봤으니까요. 임 전무에게는 힘으로 해볼 생각입니다."

"이번엔 내 역할은 없어? 정 부장 건에는 내가 HW건설 임원 동원했잖아."

"힘으로 누를 거라 괜찮습니다."

"무슨 힘? 그 임 전무란 놈은 진동기 부회장 측근이다. 너 정도는 어린애로 볼걸?"

"삼촌. 순양그룹 임원이 가장 무서워하는 힘이 뭐겠습니까?"

"뭐긴, 두 부회장님이시지."

"아닙니다."

"그럼?"

"회장님이죠. 둘도 아닌 한 명 아닙니까?"

"너 설마 진 회장님을 끌어들일 생각이냐?"

오세현은 입을 떡 벌렸다.

"아뇨. 이름만 슬쩍 쓰려고요. 이런 일에 할아버지를 끌어들일 수는 없죠."

이번엔 임종윤 전무에게 힘을 보여줄 차례다.

"이렇게 나와 주셔서 감사합니다. 어려운 걸음이실 텐데."

"아닙니다. 순양의 세 기둥 중 한 분 아닙니까? 비록 가장 짧고 가늘지만요."

'어쭈? 슬쩍 가시 돋친 소리도 할 줄 알고. 짬밥 좀 먹었다 이거지?'

"아이고, 기둥은 무슨… 과찬이십니다. 잠시 맡아 두고 있는 꼴이랄까요? 갖고 있기에는 제 능력 밖이라 버겁습니다."

일단 겸손을 떨었다.

"맡아 둔다? 무슨 뜻이죠?"

"아실 텐데요? 순양카드를 곧 넘기지 않습니까? 다른 금융사도 곧 그 길을 따라갈 겁니다."

임 전무의 눈이 반짝인다.

"혹시 세금 문제 때문에 쿠션 돌리기를 하신다는 말입니까?"

"저야 뭐 아나요? 다 할아버지 의중에 달린 거죠."

"진 회장님?"

"네."

역시 할아버지는 아직 절대적인 존재다. 거론하는 것만으로 임 전무의 앉은 자세가 달라진다. 그는 꼬고 있던 다리를 슬며시 풀었다.

"그럼 제게 하실 말씀이 있다는 것도 진 회장님 전언입니까? 아무리 생각해도 제가 이 자리에 나와야 하는 이유를 짐작하지 못했습니다만."

"아닙니다. 제가 할아버지께 보고를 드려야 하나 말아야 하나 생각하다 전무님과 먼저 이야기 나누는 게 맞다고 판단했습니다."

"보고라니요?"

"이번에 좀 재미있는 사실을 알아냈습니다. 그런데 그게 임 전무님과 관련이 있더군요."

"제가요?"

"네, 순양건설 일용직 근로자를 한 회사가 전부 공급한다고 하더군요. 그런데 그게 전무님의 가족 회사라…."

임 전무의 안색이 변하기 시작했다.

"아시죠? 할아버지 정책? 돈 되는 자리는 2년마다 사람을 바꾸죠. 어차피 뒷돈 받는 걸 막을 수 없으니 돌아가며 용돈이라도 벌라는 의미잖습니까?"

하청업체를 책임지는 구매부, 자재부, 물류 등의 꿀 보직은 2년 이상 버틴 임원이 없다. 적당히 챙기고 빠지라는 할아버지의 뜻이기 때문이다.

"그런데 전무님의 가족 회사는 지금 3년 넘게 독점인데…."

"이봐요. 도대체 무슨 권한으로 이따위 소리를 하는 거요? 이건 전부 부회장님 지시로…."

당황한 게 확연히 드러나더니 목청부터 높인다.

"진동기 부회장님이 1년에 10억씩 해먹어도 좋다고 하셨습니까?"

이젠 큰소리 대신 입을 다물었다.

"머리만 들이밀면 몸통도 쓱 들어오는 게 자연스럽죠. 일이 억이 10억으로 변하는 것이 순식간이었을 겁니다."

임종윤 전무는 사색이 된 얼굴로 입술을 떨었다. 조금만 더, 이번 한

번만, 이런 마음으로 시작했을 테지만 별다른 문제가 생기지 않으니 조금씩 더 대범해진다. 삼사 억을 더 해먹으며 액수만큼 간은 더 커지고, 결국 열 배의 금액으로 불어났을 것이다. 이 상태로 1년 뒤면 얼마까지 불어날까?

"부회장님도 분명히 이 사실을 모를 리 없을 텐데 왜 잠자코 계시는지 이해할 수 없긴 한데…."

"이, 이봐요. 호, 혹시 부회장님께서 뭔가 말씀하신 거요?"

임 전무의 표정을 보니 진동기 부회장도 용납하기 어려운 금액을 해먹은 게 확실했다.

"말씀이 없으시니 더 무서운 거 아닐까요? 주의나 경고를 하지 않으신다는 건 이미 적절한 조치를 준비하신다는 뜻일 수도 있고요."

"조치?"

"설마 몰라서 그렇게 눈을 동그랗게 뜨시는 겁니까?"

미지의 공포가 가장 두렵다. 지금 임 전무의 머릿속에는 온갖 상상이 난무할 것이다.

"순양에서 밥 먹은 지 꽤 오래되셨을 텐데…. 우리 가족들이 어떻게 일을 처리하는지 모르십니까?"

진 회장이 설정한 허용 범위를 벗어나면 철저한 징벌을 피할 수 없다.

회사가 허용하는 범위를 벗어난 자(대부분 임원이었다)들은 과거가 들춰지고 사생활이 드러난다. 이 일을 도맡아 하는 자는 다름 아닌 검찰청 내의 순양 장학생들이다. 가족과 친척 명의로 숨겨 놓은 계좌가 드러나고 몰래 사놓은 땅과 상가 문서가 책상 위에 놓인다. 법적 책임을 피하려면 모든 걸 토해 내고 낙향하는 것만이 유일한 방법이다. 만약 회사의 비리를 꼬투리 잡아 협상이라도 하려 든다면 가족의 신변이 위험할 수 있다. 이것이 바로 진 회장의 처리 방법이었다.

두려운 듯 몸을 살짝 떠는 임 전무를 보며 나는 말을 이었다.

"제가 짐작하는 내막을 말씀드릴까요? 전무님은 아마도 진동기 부회장님의 은밀한 부분을 알고 계시겠죠. 인력 공급 회사는 입막음용이거나 노고를 치하하는 선물이고요."

이미 아는 사실을 모른 척하려니 답답하기도 했다. 마지막으로 그의 눈을 똑바로 바라보며 물었다.

"임종윤 전무님, 큰아버지를 위해 도대체 무슨 짓을 하신 겁니까?"

"괜한 억측은 그만두시오. 아무 일 없었습니다. 그리고 내 형님의 인력회사가 과도한 이익을 남겼다면 부회장님께 직접 말씀드리고 바로잡으면 될 일! 이따위 헛소리는 그만 듣겠소."

그의 말대로 큰아버지께 쪼르르 달려간다면 큰일이다. 서둘러 발목을 잡아야 한다.

"이 아저씨 아직 감을 못 잡으셨나?"

"뭐라고? 이봐! 말조심해!"

내 도발적인 말투가 임 전무의 발걸음을 막았다.

"지금 부회장님이 문제가 아니에요. 우리 할아버지… 그러니까 회장님께서 그룹 감사를 시작하실 생각입니다. 이학재 실장님은 이미 특별 감사팀을 꾸리기 시작했고요. 아시겠습니까? 그 첫 번째 감사 대상이 바로 순양건설입니다. 건설이 첫 번째인 이유는 잘 아시겠죠?"

외부 감사가 아니다. 내부 사정을 누구보다도 잘 아는 특출한 인간들이 회사를 뒤져 본다는 뜻이다. 또한, 온갖 비리의 온상인 건설사부터 터는 건 당연하다.

"전무님의 인력회사는 진동기 부회장님께도 타격이 클 겁니다. 이런 회사를 몇 년이나 묵인했다? 할아버지께서 노발대발하실 텐데요?"

"이봐요. 진도준 씨. 도대체 하고 싶은 말이 뭐요? 여기 푹 찔렀다, 저기 푹 찔렀다 하지 말고 원하는 걸 제대로 말하세요! 그래야….”

복잡하게 말하지만 내가 원하는 것은 따로 있다는 걸 드디어 임 전무가 감 잡았다.

“정리하고 도망치세요. 유럽? 미국? 호주? 어디든 좋습니다. 제가 준비해 드리죠.”

“뭐, 뭐요?”

“임 전무님은 어차피 전무에서 끝 아닙니까? 설마 순양건설 사장 자리까지 노리시는 건 아니겠죠? 그 자리는 공구리 치며 노가다 판에서 빡빡 구른 경력자만 올라갑니다. 장부나 뒤적거리던 전무님은 경영지원본부장이라는 지금 그 자리가 끝입니다. 아시죠?”

현장 출신이 아니면 건설사 사장이 될 수 없다는 불문율을 잘 아는 사람이다.

“인력회사 꾸리는 것도 앞으로 몇 년 안 남았어요. 순양 떠나는 날 그 회사도 문 닫아야 하니까요. 그냥 퇴직일을 몇 년 앞당긴다 생각하시고 돈이나 챙기세요.”

임 전무는 쉽게 대답하지 못했다.

큰아버지의 비자금을 만들기 위해 간 크게 한탕할 때도 이랬을 것이다. 무려 500억의 돈을 존재하지도 않는 회사에 갖다 바쳤다. 일이 잘못되면 소극적인 가담자인 자신도 형사처분을 면할 수 없다. 하지만 그는 과감한 선택을 했고 그 결과로 돈방석에 앉았다. 지금도 마찬가지다. 무슨 이유로 주는 기회인지 모르지만 내가 주는 또 한 번의 기회에서 그는 무엇을 버려야 하고 어떤 위험을 감수해야 하는지 직감적으로 알 것이다.

“장부만 20년째 들여다보신 분이 셈이 느리네. 무슨 생각을 그리 오래 하십니까? 10초만 생각해도 답 나오는구먼.”

임 전무가 열심히 머리를 굴리는 동안 사실 나는 입은 바짝바짝 말라 갔다. 혹시나 이 양반이 진동기 부회장과의 의리를 더 중요시한다면? 그래서 나와 나눈 대화를 고스란히 알려 준다면? 할아버지의 사내 감사 때문에 부회장이 다치는 걸 온몸으로 방어하려 한다면… 모든 게 틀어진다. 하지만 나는 진동기 부회장이 마련해 준 인력회사를 이용해 10억이나 해먹은 임종윤 전무의 과욕과 이미 돈벌이에 혈안이 된 그의 욕망을 믿었다.

"진도준 씨, 절실히 필요한 게 있군요. 말해 봐요. 뭐요?"

"계산 끝났습니까?"

"당신이 원하는 걸 들어야 계산이 끝날 것 같은데?"

한결 여유를 보이는 임 전무였다. 지금부터는 나의 경고가 아니라 제안을 들을 차례라는 걸 알아챈 것이다.

"IMF 때 유령회사를 하나 샀죠? 아마도 남미에 있는 회사일 겁니다. 서류만 존재하는 회사를 500억이나 줬을 테고 나라가 혼돈에 빠졌을 때 손실처리 했을 겁니다. 난 그 거래 내역 전부가 필요합니다."

오늘 만난 이후로 가장 놀란 임 전무의 얼굴을 봤다. 저 표정 다음에 어떤 말이 나올까?

"그럼 인력회사 건을 묻어 주실 수 있습니까?"

임 전무의 말투가 공손해지기 시작했다. 다행히 빠르게 계산을 마친 모양이다. 사실 내가 할아버지의 특별한 사랑을 받고 있다는 건 그룹 내에서 모르는 사람이 없고, 그도 예외는 아니다.

"어차피 감사팀에서 찾아낼 테니 묻어 줄 수는 없어요. 하지만 문제 삼지 않게 해줄 수는 있습니다."

문제 삼지 않는다, 검찰을 이용해서 형사사건으로 키우지 않는다는 뜻이다.

"그럼 인력회사는 어떻게 정리하는 게 좋을까요?"

"처분하세요. 그 누구도 회사를 들여다보지 못할 힘 있는 곳으로 말입니다."

"건설을 모르는군요. 인력회사는 사무실 하나 달랑 있습니다. 어차피 연줄로 운영하는 곳인데, 누가 삽니까?"

"HW건설에서 매입하도록 준비하겠습니다. 매입 대금은 20억, 퇴직금이라고 생각하시면 됩니다."

"HW…? 아, 대아건설 말이군요."

"그리고 진동기 부회장님이 임 전무님을 잊어버릴 정도의 시간… 한 5년 정도 외국에서 지내세요. 물론 돈도 많으니 완전히 은퇴하고 쉬어도 되고요."

그는 아직 주저하는 모습이다. 20억이라는 거금이 손에 들어온다 해도 진동기 부회장의 손길을 피하지 못한다면 다 써보지도 못할 게 뻔하기 때문이다.

"전무님이 한국을 뜬다면 그 흔적을 지워 드리겠습니다. 5년간 철저하게 존재하지 않는 사람으로 풍광 좋은 외국에서 푹 쉬면 됩니다."

"이유가 뭡니까?"

"무슨 이유요?"

"진동기 부회장님의 약점을 손에 쥐려는 이유 말입니다."

"아는 게 많으면 그만큼 위험해진다는 걸 아직도 모르세요? 지금 당신 모습을 보세요. 부회장님의 비밀을 아니까 이런 꼴을 당하는 겁니다."

그가 다시 입을 닫았다. 어떤 결론을 내릴지 생각하는 것이다. 가장 무서운 진 회장의 감사를 피하고, 배신한 진동기 부회장의 손길도 피해야 한다. 돈은 그다음이다.

"대아, 아니… HW건설의 해외 프로젝트가 있는 곳의 취업 비자를 만

들어 주십시오. 인력회사 정리, 20억 퇴직금 수령 그리고 제가 외국에서 자리 잡았을 때 자료를 넘기겠습니다."

"자료 먼저."

"그건 안 되죠."

칼자루를 쥐었다고 착각하는 사람에게는 칼날의 날카로움을 보여 줘야 한다.

"지금 당장 자료부터 주지 않으면 지금까지 나눈 이야기는 모두 없던 거로 하겠습니다. 괜히 귀한 시간만 날렸지만, 어쩌겠습니까? 마지막 톱니가 어긋났는데?"

임 전무의 얼굴에 당황한 기색이 역력하다.

"아, 아직 모르겠군요. 정규환 부장이 이미 유럽의 유령회사 자료를 넘겼습니다. 그것만으로도 충분한데, 폭탄은 많을수록 좋은지라 전무님 자료도 구하려는 것뿐입니다."

"저, 정 부장이…?"

"지금쯤 태평양 바다 위를 날고 있을 겁니다. 그 친구도 대략 5년 이상 외국에서 지내죠."

"그, 그럴 리가…?"

"브라티슬라바 자원개발 유한 회사. 어디서 많이 들어본 이름 아닙니까? 정 부장이 넘겨준 자료 맨 위에 적힌 회사 이름이던데… 이래도 못 믿겠어요?"

슬로바키아의 유령회사 이름, 이걸 아는 사람은 단 셋뿐이다. 임 전무는 내 말이 거짓이 아님을 알았을 테고, 이제 칼자루가 자신의 손에 없다는 걸 충분히 깨달았을 것이다.

"고생한 대가로 돈 좀 만지게 해준 큰아버지 몰래 10억을 빼돌린 사람을 내가 믿을 것 같습니까? 나중에 20억이 부족하니 어쩌니 하는 딴

소리는 피하고 싶군요. 머리 굴리지 말고 자료 가져와요. 한 달 안에 호주 시드니에서 지내도록 만들어 줄 테니까요."

▲ ▲ ▲

"죄송합니다. 부회장님."

"흠… 꼭 그만둘 필요는 없지 않나? 내가 임 전무를 어떻게 생각하는지 알면서 이러나?"

진동기 부회장은 고개를 푹 숙인 임종윤 전무를 이리저리 살피며 낮고 차분한 음성으로 달랬다.

"잘 압니다. 그러니 그만둬야죠. 저도 염치는 있습니다."

"살다 보면 돈 필요할 때가 있는 거고, 그러다 보면 실수할 수도 있지. 괜찮네."

"아닙니다. 부회장님의 은혜를 저버리고 몹쓸 짓을 저질렀습니다. 곰곰이 생각을 좀 했는데, 이러다가는 제가 무슨 짓까지 하게 될지 두렵습니다. 그리고…."

임종윤은 부회장의 눈치를 슬쩍 살폈다. 부드러운 표정으로 자신을 바라보고 있지만, 눈빛은 날카롭다.

"가족뿐만이 아니라 친척들까지 미쳐 가고 있습니다. 무슨 꿀단지라도 되는 양 어떡하든 한 다리 걸쳐 돈 챙기려고 혈안이 되었습니다. 더는 감당하기 어려울 만큼 말입니다."

집안까지 거론하자 진동기 부회장의 얼굴에 한줄기 경멸의 빛이 나타났다 사라졌다. 이런 꼴을 참 많이도 봤다. 없이 사는 놈들이 모여 사는 집안은 성공한 한 명만 나타나면 거머리처럼 들러붙는다. 이때부터는 가족도 아니고 친척도 아니다. 어떻게 하든 만 원짜리 한 장이라도 더 뜯어먹으려 아귀로 변해 버린다.

처음에는 그런 친척들에게 성공을 과시하듯 도움을 주지만, 그것이 바로 빠져나올 수 없는 늪에 발을 담근 일이라는 걸 곧 깨닫는다. 그리고 아귀가 사는 지옥이 펼쳐진다.

진동기 부회장은 짐짓 걱정스러운 표정으로 물었다.

"그래서 앞으로 뭘 하려고?"

"애들도 다 커서 더는 돈 들어갈 일도 없습니다. 집사람과 같이 당분간 동남아 여행이나 하며 지내려고요. 어차피 한국에 있으면 핏줄들 등쌀에 견딜 수도 없습니다. 한 3년 뒤에 돌아오면 집구석도 잠잠해지지 않겠습니까?"

임 전무는 매우 조심스럽게 말을 이어갔다.

"그리고 제가 과욕을 부린 돈은 전부 제자리에 두고 바로 잡겠습니다."

진동기 부회장이 빙긋 웃었다.

"됐네. 임 전무 고생한 거 내가 모르는 바도 아니니 그냥 퇴직금이라 생각하고 마음 편히 써. 내가 이러는 이유는 잘 알겠지?"

순양에 몸담으며 있었던 모든 일을 싹 잊으라는 뜻이다. 덕분에 돈은 굳었다.

"물론입니다. 그저 부회장님께는 감사의 마음뿐입니다."

임종윤은 벌떡 일어나 머리를 숙였다.

"왜 이러나? 사람 쑥스럽게…."

진동기 부회장이 손사래를 쳤다.

"그건 그렇고 정규환이는 어떻게 된 일인가? 갑자기 사표 던지고 사라지다니?"

"아, 그렇지 않아도 그걸 말씀드리려고 했습니다."

임 전무는 짐짓 난처한 듯 머리를 슬쩍 긁었다.

"그 친구가 바람이 나서…."

"뭐라? 바람?"

"네. 같이 근무하는 젊은 여직원인데… 여자 집에서 알아 버렸습니다. 그거 무마한다고 가족들이 있는 미국으로 일단 떴습니다. 그 전에 제게 찾아왔습니다. 얼굴 들고 회사에 다닐 수 없다고요. 남녀 모두 이회사에서 모르는 사람이 없으니 당연한 소리지요."

"어이구. 한심한 사람 같으니라고."

진동기 부회장은 경멸하는 표정을 또 한 번 지었고 이번에는 숨기지도 않았다.

"염려 마십시오. 제가 확실하게 단속했습니다. 그 친구도 함부로 입 놀렸다가는 큰일 난다는 걸 잘 아니 조용히 지낼 겁니다."

"그래야 할 거야. 임 전무가 다시 한 번 단단히 못 박아 둬. 여직원하고 바람이나 피우는 놈은 내가 영 믿을 수 없어."

"알겠습니다. 확실하게 입단속 시키겠습니다."

"이거, 섭섭하지만 어쩌겠나? 집안 문제니 더는 말리지도 못하겠군."

"죽으러 가는 것도 아닙니다. 부회장님께는 종종 안부 인사 올리겠습니다. 편하신 시간에 직접 찾아뵙기도 할 겁니다. 문전박대만 말아 주십시오. 하하."

"그래그래. 우리가 어떤 인연인데? 종종 놀러 와서 말동무나 되어 주게."

"네 부회장님. 그간 감사했습니다."

공손히 머리를 숙이고 부회장실을 나서는 임 전무의 입가에는 개운한 웃음이 번졌고, 그의 뒷모습을 바라보는 진동기의 표정은 굳어갔다. 임 전무가 문을 닫자마자 진동기 부회장은 핸드폰을 꺼내 들었다.

"임종윤 따라붙어. 그리고 그놈 계좌 살펴서 입출금 확인해 봐. 그래. 친인척 전부 뒤져. 참, 정규환이 지금 어디 있는지 확인하고 그놈이랑 바람난 여직원도 조사해 봐. 꼼꼼히 확인해야 한다."

진동기 부회장은 영 개운하지 않았다. 하필 같은 일에 써먹은 두 놈이 동시에 회사를 떠나는 게 우연일까?

〈4권에서 계속〉

재벌집 막내아들 3

초판 1쇄 발행 2022년 11월 18일
초판6쇄 발행 2024년 6월 20일
지은이 산경
펴낸이 이진영, 배민수
기획·편집 밀리&셸리
표지·본문 디자인 정현옥
마케팅 태리
펴낸곳 (주)테라코타 **출판등록** 2023년 1월 13일 제2024-000068호
주소 서울특별시 마포구 어울마당로 130 기린빌딩 3층 3604호
메일 terracotta_book@naver.com
인스타그램 @terracotta_book

ⓒ 산경, 2022
ISBN 979-11-979159-6-3 04810
    979-11-979159-9-4 04810 (세트)